BASTARD

J.L. Perry

Traduit de l'anglais
par Elsa Ganem

Eden
Poche

ISBN : 978-2-8246-1219-5
Code Hachette : 27 8701 2

Collection dirigée par Christian English & Frédéric Thibaud.
Catalogue et manuscrits : city-editions.com

Dépôt légal : Mai 2018
Achevé d'imprimer en Italie par Grafica Veneta SpA

Note de l'auteur

Avertissement : ce livre contient des scènes de sexe, un langage grossier et de la violence. Il est recommandé pour les lecteurs de plus de dix-huit ans.

Ceci est une œuvre de fiction. Les noms, personnages, lieux et événements sont les fruits de l'imagination de l'auteur ou utilisés de manière factice. Toute ressemblance avec des faits, lieux ou individus réels, vivants ou morts, est purement fortuite.

Ce livre est dédié à ma meilleure amie,
ma sœur, Kylie…
Merci de m'avoir toujours soutenue,
D'avoir toujours été là pour moi
quand j'avais besoin de toi,
Et de m'aimer d'un amour inconditionnel.
Je t'aime plus que les mots ne peuvent
l'exprimer.
Je serais perdue sans toi.

Elle croyait pouvoir
le faire, alors elle l'a fait.

Prologue

Le passé...

CARTER

Tandis que je tends le bras, ma mère enroule ses longs doigts délicats autour de ma petite main.

– Saute, bébé.

Elle me sourit alors que je saute de la dernière marche du bus pour atterrir sur le trottoir. Nous rions ensemble. J'adore ma mère. Elle est amusante.

– Brrrr, il fait froid aujourd'hui, déclare-t-elle.

En levant les yeux, je découvre qu'elle tremble. Je lui souris tandis qu'elle remonte la fermeture éclair de son manteau pour que je n'aie pas froid. Elle fouille dans son sac, sort mon bonnet et mon écharpe favoris à l'effigie de Spider-Man et me les tend.

– Mets ça, chéri, dit-elle avec le sourire, en s'accroupissant devant moi pour enfiler mon bonnet sur ma tête et enrouler mon écharpe autour de mon cou. Laisse-moi te mettre tes gants, ajoute-t-elle en cherchant à nouveau dans son sac. Je ne veux pas que mon petit bonhomme attrape mal.

Immobile, je l'observe insérer mes petits doigts dans mes gants bleus, un à un.

– Voilà, bien au chaud.

– Bien au chaud comme un oisillon dans son nid.

C'est quelque chose qu'elle me dit chaque soir quand elle me met au lit.

– C'est ça, bébé, dit-elle en se penchant vers moi pour déposer un doux baiser sur mon nez.

Elle se redresse et me tend la main.

– Allez.

Tandis que nous marchons dans la rue, mes yeux étudient tout. Je ne crois pas être déjà venu ici auparavant. Il y a des magasins d'un côté de la rue et de grandes maisons de l'autre.

– Où sommes-nous, maman ? dis-je en regardant autour de nous.

Le vrombissement bruyant d'une moto me fait sursauter.

– C'est ma ville natale. J'ai grandi ici.

Je lève les yeux vers elle. Waouh ! Maman a vécu ailleurs que chez nous avant ?

Elle me regarde, mais elle a l'air triste.

– Tu vivais ici quand tu étais petite, comme moi ?

– Hmm, hmm. C'est ici que vivent tes grands-parents.

– J'ai une grand-mère et un grand-père ?

Je l'ignorais aussi. Je sens mes yeux s'écarquiller et mon sourire s'élargir. J'entends tout le temps les enfants de l'école parler de leurs grands-parents. Je me suis toujours demandé pourquoi je n'en avais pas, moi.

Je n'ai jamais posé la question à maman. Une fois, je lui ai demandé comment cela se faisait que je n'aie pas de papa comme les autres enfants, et ça l'avait fait pleurer. Je n'aime pas voir ma maman pleurer.

– Je t'amène les rencontrer. Ils ne t'ont encore jamais vu.

Je suis si excité, comme je l'étais il y a quelques semaines quand j'ai eu cinq ans et que ma mère m'a acheté un gros gâteau au chocolat. Mon copain Josh est même venu me voir. Et il m'a acheté un cadeau. Personne d'autre que maman ne m'avait jamais acheté de cadeau, avant. J'ai rencontré les grands-parents de Josh une fois, quand je jouais chez lui. Ils étaient vraiment gentils. J'espère que mes grands-parents sont comme les siens.

Je commence à sautiller parce que je suis très heureux. Maman s'arrête devant une grande maison blanche. Elle est vraiment très grande, comme les maisons qu'on voit dans les films. Tellement plus grande que l'endroit où ma mère et moi vivons.

La main de ma mère se met à trembler alors qu'elle tient la mienne. Je la regarde. Elle a l'air furieuse, comme la fois où j'ai dessiné sur le mur à la maison. Ses yeux font des drôles de trucs.

– Tes mains tremblent, maman.

– Je vais bien, mon bonhomme, j'ai juste froid.

Elle baisse les yeux sur moi en souriant. Ses yeux expriment le bonheur quand elle me regarde.

– Tu veux que je te prête mes gants ?

– Non, bébé, dit-elle, et son sourire s'élargit.

Elle s'accroupit et pose ses mains sur mes joues.

– Peu importe ce qui se passera quand nous entrerons ici, souviens-toi simplement à quel point je t'aime et comme tu es spécial.

– D'accord.

J'adore ma maman. Je sais que je vais aussi adorer mes grands-parents.

– Tu es un bon garçon.

Elle se penche et m'embrasse sur la joue avant de se relever et reprendre ma main.

– Allons-y.

Pendant que nous parcourons la longue allée, la main de ma mère continue à trembler. Je regrette qu'elle n'ait pas mis mes gants. Je déteste qu'elle ait froid comme ça.

– Un…, deux…, trois…, quatre…, cinq.

Je compte les marches dans ma tête alors que nous les montons avant de nous arrêter devant la grande porte jaune. J'entends ma mère souffler fort. Elle lâche ma main, serre le poing et lève le bras, mais s'arrête à mi-chemin. Elle me regarde, et ses lèvres affichent un petit sourire avant qu'elle finisse par frapper à la porte. Je suis impatient de voir mes grands-parents. J'espère qu'ils ont du chocolat. J'adore le chocolat.

Elle attrape ma main et la serre. Quand la porte s'ouvre, je lève les yeux vers l'homme qui se tient là. Il n'a pas l'air content lorsqu'il voit maman.

– Elizabeth, dit-il sur un ton sévère.

– Salut, papa, répond-elle nerveusement.

Il se détend quand maman lui parle. Les coins de sa bouche montent légèrement. Je sens un grand sourire apparaître sur mon propre visage. Waouh ! Ce doit être mon grand-père. Il a l'air si fort.

– Que fais-tu ici ? lui demande-t-il.

Ma mère ne dit rien pendant ce qui me semble durer un siècle.

– J'avais envie de vous voir. Je..., euh..., voulais que vous rencontriez votre petit-fils, Carter.

Elle serre à nouveau ma main en baissant les yeux sur moi.

– Bonjour, grand-père, dis-je.

Je suis devant mon grand-père à moi. J'ai envie de le prendre dans mes bras.

Il a de nouveau l'air en colère quand il me regarde. Puis sa tête remonte pour revenir à ma mère.

– Pourquoi as-tu amené ce petit bâtard ici ? demande-t-il très méchamment. Dégage-le de là. Ne le ramène jamais ici.

Il fait un pas en arrière et nous claque la porte au nez.

Ma mère fait un bruit bizarre et j'ai envie de pleurer. Je suis triste parce que ma maman est triste. Elle ne fait ce bruit que lorsqu'elle est bouleversée. Je n'aime pas mon grand-père. Il est méchant.

– Viens, bébé, dit-elle.

Quand ses yeux croisent les miens, je vois que ses larmes coulent déjà. Je n'aime pas voir ma maman pleurer.

Je dois presque courir derrière elle, car elle me tire par la main. Elle dévale l'allée et retourne dans la rue.

– C'est quoi, un bâtard ?

Je n'ai jamais entendu ce mot auparavant. À la manière dont mon grand-père l'a prononcé, cela ne semble pas être un mot gentil.

Ma question interrompt sa fuite. Elle s'essuie les yeux avec le dos de la main et s'accroupit devant moi.

– Tu n'es pas un bâtard, dit-elle d'un air triste. Ne fais pas attention à ce qu'il a dit. Tu es un petit garçon génial.

Elle dépose un baiser sur mon front.

– Je suis désolée de t'avoir amené ici.

– Ça va, maman, dis-je en m'efforçant d'être courageux.

Quand ma lèvre inférieure commence à trembler et que les premières larmes coulent, je sais que j'ai échoué. Je ne suis pas courageux.

– Oh ! bébé.

Elle ouvre les bras et me serre fort. Je pleure contre sa poitrine.

– Tu n'es pas un bâtard, répète-t-elle.

Je veux la croire, je la crois, mais pourquoi grand-père aurait-il dit ça si ce n'est pas vrai ? Je déteste être un bâtard. Même si je ne sais pas ce que ça veut dire, je sais que cet instant et ce mot horrible vont me coller à la peau pendant longtemps. Peut-être même pour le restant de ma vie.

***

BÂTARD

1. *Insultant.* Personne née hors mariage.
2. *Argot.*
   a. Personne considérée comme méchante ou méprisable.
   b. Personne considérée comme particulièrement malchanceuse.
3. Chose d'origine inconnue, inférieure ou discutable.

C'est amusant de voir comme un instant fugace peut vous transformer. Comme un tout petit mot peut vous définir. Je ne le savais pas, à l'époque, mais après ce jour, les choses ont changé…, j'ai changé. Je n'avais que cinq ans le jour où j'ai appris que j'étais un bâtard et, malheureusement, avec les années, c'est exactement ce que je suis devenu.

PARTIE I

I

Le présent…

CARTER

Après avoir déposé les derniers cartons dans le coffre de la voiture, je me retourne et jette un dernier coup d'œil au seul endroit que j'aie jamais appelé « ma maison ». L'endroit où j'ai vécu les dix-sept dernières années de ma vie. O.K., ce n'est qu'un vieil immeuble miteux, mais c'est chez moi. Je n'ai jamais rien connu d'autre. Ça me fout en rogne qu'ils me forcent à partir. Je redoutais ce jour. Je déteste devoir aller vivre avec ce peigne-cul que ma mère appelle maintenant son mari. Dieu merci, ça ne sera que pour six mois. Jusqu'à ce que j'aie dix-huit ans et que je devienne légalement majeur. Vous pouvez être certain que la première chose que je ferai, ce sera de quitter cet endroit paumé. Ma mère a cet enfoiré pour veiller sur elle, maintenant. Elle n'a plus besoin de moi.

Elle a commencé à sortir avec John Shepard il y a six mois. On pourrait appeler ça une romance éclair. Elle est restée seule depuis ma naissance ; alors, je suppose que je ne peux pas vraiment lui reprocher d'avoir voulu trouver un compagnon. Il n'y a toujours eu que nous deux. Au début, j'appréciais bien l'idée d'avoir une figure paternelle, mais mes espoirs ont vite été déçus quand j'ai appris à connaître Peigne-Cul. C'est comme ça que je l'appelle. Ça lui va à la perfection.

J'ai vu la différence chez elle quand elle revenait après être sortie avec lui. Elle était plus heureuse. Plus légère.

Comme si elle flottait ou un truc dans le genre. J'aimais la voir comme ça. Elle méritait le bonheur.

Ils se sont vus pendant quelques mois avant qu'elle le ramène à la maison pour me le présenter. Je me suis montré d'une sagesse exemplaire la première fois que je l'ai vu. Je faisais ça pour elle. Il était très agréable jusqu'à ce qu'elle quitte la pièce quelques minutes pour nous apporter à boire. La manière dont il m'a dévisagé avec mépris a instantanément éveillé mes soupçons. Avec le temps, ses regards se sont transformés en remarques haineuses. Au début, je n'avais rien fait pour les provoquer. Je suppose qu'il avait juste une dent contre moi pour une raison ou une autre. Peut-être parce que j'étais un bâtard. Qui sait ? J'étais habitué au rejet. Je l'avais connu toute ma vie. L'amour de ma mère a toujours été inconditionnel. Même quand je me conduisais mal, elle m'aimait toujours, s'inquiétait toujours pour moi. Je lui serai reconnaissant à jamais pour ça. Je lui en ai fait voir de toutes les couleurs au cours des années, mais ses sentiments pour moi n'ont jamais vacillé. *Pas une seule fois*. Je n'étais rien pour Peigne-Cul. Rien qu'une épine dans le pied. Quelqu'un qui se trouvait sur son chemin entre lui et ma mère.

J'étais anéanti quand il l'a demandée en mariage et qu'elle a accepté, mais je n'ai pas montré à ma mère ce que je ressentais. Je ne voulais pas faire éclater la bulle dans laquelle elle s'était enfermée. Elle méritait d'être heureuse après tous les sacrifices qu'elle avait faits pour moi pendant toutes ces années. Je n'allais pas être un obstacle pour elle.

Le jour où il a fini par lui mettre la bague au doigt est le même jour où il a dévoilé ses vrais sentiments me concernant. Il y a eu une espèce de cérémonie merdique au bureau d'état civil. C'était le premier mariage de ma mère. Elle méritait bien mieux que ça. Je n'avais même pas envie d'y assister, mais elle voulait que je sois là, et j'ai dû sourire et le supporter pour elle.

Après ça, nous sommes allés tous les trois dans un joli restaurant pour fêter l'événement. Enfin, eux, ils ont fêté ça, c'est sûr. Mais moi, non. Ma mère a demandé à Peigne-Cul de s'arrêter à la pâtisserie du coin pour qu'elle achète un beau gâteau. À la seconde où elle est sortie de la voiture, il m'a jeté un regard plein de haine dans le rétroviseur.

– J'aime ta mère, m'a-t-il dit. Mais ne va pas croire une minute que la moindre part de cette affection s'étend à toi, parce que ce n'est pas le cas. À mes yeux, tu es la clause gênante du contrat.

Je déteste l'admettre, mais ces paroles blessantes ont fait mouche. Elles n'ont fait que renforcer mon sentiment d'être un moins-que-rien.

Pourquoi était-il si difficile de m'aimer ?

Avant de fermer le coffre, mon beau-père sort la tête par la portière du côté conducteur.

– Dépêche-toi, *fiston.* Je n'ai pas toute la journée ! lance-t-il sur un ton sarcastique.

Je suis persuadé qu'il fait ce genre de connerie pour m'emmerder. Je tourne brusquement la tête vers lui.

– Je ne suis pas ton « fiston ». Tu ferais mieux de t'en souvenir, le vieux, dis-je en plissant les yeux. Si tu t'étais bougé les fesses et m'avais aidé au lieu de rester assis là à aboyer des ordres tout l'après-midi, on aurait fini depuis des heures.

Il rit à gorge déployée de ma remarque. Il agit si gentiment devant ma mère. Elle tombe dans le panneau tout le temps. La vérité, c'est que c'est un pauvre hypocrite. Dès que ma mère a le dos tourné, il me traite comme un minable. Peut-être qu'elle l'aime, mais pas moi. *Je le déteste.* Ce seront les six plus longs mois de ma vie.

Je ferme violemment le coffre et me rends du côté passager de la voiture.

– Essuie tes foutus pieds avant de monter ! lance-t-il.

Je jure que, s'il y avait une crotte de chien pas loin, je sauterais dedans juste pour le faire enrager.

J'obéis en soupirant avant de m'asseoir.

– Connard, dis-je en marmonnant.

– Fais gaffe à ton langage, mon garçon. Je ne tolérerai pas que tu parles comme ça dans *ma* maison, et surtout devant ta mère.

Je n'ai jamais parlé comme ça à ma mère. À lui, par contre, c'est autre chose. Je l'ignore et tourne la tête pour regarder dehors et jeter un dernier coup d'œil à *ma* maison alors qu'il recule dans l'allée. Mon Dieu, cela ne fait même pas vingt-quatre heures et j'ai déjà envie de lui mettre mon poing dans la gueule.

Pas un mot pendant le trajet jusque chez lui. Tant mieux. Mon estomac est noué. Vivre avec ce crétin va être l'enfer. Je ne sais absolument pas ce que ma mère lui trouve, mais bizarrement, il la rend heureuse. C'est la seule raison pour laquelle je supporte ces conneries. Je le fais pour elle, et pour rien d'autre. Après tout ce qu'elle a sacrifié pour moi, elle mérite d'être heureuse.

Il y a environ une heure entre mon ancien quartier et les portes de l'enfer. J'ai besoin d'une clope. Dès que nous arrivons dans la rue que je devrais désormais appeler « chez moi », mon rythme cardiaque accélère. La rue est bordée de belles maisons, avec des pelouses parfaites et des jardins bien entretenus.

Je déteste déjà cet endroit.

– Voilà ta nouvelle maison, *ma* maison. Ne l'oublie pas, annonce Peigne-Cul quand nous nous garons dans l'allée.

– Génial, dis-je en sortant de la voiture avant qu'il n'ait le temps d'ajouter quelque chose.

Je vais à l'arrière du véhicule pour déballer les cartons. Bien sûr, cette espèce de feignant reste dedans. Je suppose que je vais encore devoir me taper tout le travail.

Normal.

Alors que je m'apprête à ouvrir le coffre, je suis interrompu par un rire. Un rire pur, doux, agaçant. Je tourne brusquement la tête dans la direction d'où il vient, et c'est là que je la vois. En fait, la première chose que je vois, c'est son petit cul. Vêtue d'un short sexy, elle est penchée et caresse un chien. Je détourne les yeux et ils atterrissent sur le chien. C'est un berger allemand à poil long.

Le chien parfait.

J'ai toujours voulu avoir un chien comme ça, mais en vivant en appartement, il était impossible d'avoir des animaux.

Quand la fille se redresse, mes yeux remontent le long de ses longs cheveux noirs qui tombent en cascade dans son dos mince. Le soleil s'abat sur eux et illumine leur brillance. Je me surprends à souhaiter qu'elle se retourne pour que je puisse voir son visage. Mais comme elle ne le fait pas, mes yeux redescendent sur son cul. Et, waouh, quel cul !

Des images de moi en train d'enrouler ses cheveux autour de mon poignet tandis que je la penche en avant et que je la prends par-derrière me traversent l'esprit. Cela fait remuer ma queue. Bon sang, pourquoi ai-je laissé mes pensées dériver comme ça ? Son corps est peut-être canon, mais cela ne veut pas dire que son visage l'est aussi. Mais je suppose que si je la prenais par-derrière, cela ne poserait pas de problème, de toute façon.

Je la regarde lever le bras pour lancer la balle dans le jardin. Son lancer n'est pas mauvais pour une fille. Le chien se retourne et court la chercher. Quand il revient, il manque de la lâcher tellement il est excité. Elle se remet à rire, et je sens les coins de mes lèvres esquisser un sourire tandis que je les observe.

– Bon chien, dit-elle d'une voix douce en le grattant derrière les oreilles. C'est qui, le bon toutou ?

Quand le chien remarque que je les regarde, il lâche la balle et trotte dans ma direction.

– Salut, le clebs, dis-je en lui tendant la main pour qu'il me renifle.

Comme il semble amical, je me penche et passe les doigts dans son épaisse fourrure. Je sens mon sourire s'élargir. Sourire n'est pas quelque chose que j'ai l'habitude de faire.

– Lassie, l'appelle-t-elle, ce qui transforme instantanément mon sourire en air renfrogné.

Elle plaisante ? *Lassie ?* Elle a eu le culot de baptiser ce chien super cool Lassie. Que lui est-il passé par la tête ? Il ressemble plus à un Rambo ou un Butch, mais assurément pas à un Lassie.

– Mon pauvre, dis-je à voix basse alors que je le gratte derrière les oreilles. Après ça, elle va probablement te castrer et te mettre un de ces satanés nœuds dans les poils.

Je lève brusquement la tête et fronce les sourcils quand elle s'avance vers nous. Son visage est aussi beau que son corps. Je vous jure que j'ai l'impression que ma mâchoire se décroche quand elle approche. *Quelle bombe !* Ses longs cheveux noirs encadrent son visage angélique. Ses grands yeux sont bordés d'épais cils noirs. Sa peau laiteuse n'a aucun défaut et me donne envie de la toucher. Mes yeux dévient vers ses seins. Ils sont plutôt petits, mais trop gros pour tenir dans la bouche, je pense. Elle a un joli petit nez qui me donne envie de vomir.

D'accord, ce dernier commentaire est peut-être un peu exagéré. C'est juste ma sauvagerie qui se pointe à nouveau. C'est un mécanisme de défense que j'ai développé et que j'ai fini par maîtriser après toutes ces années. Une barrière que j'ai érigée. Je déteste le fait qu'elle me fasse déjà ressentir toutes ces choses que je ne veux pas ressentir. J'ai appris avec le temps que, si on ne ressent rien, on ne peut pas souffrir. Si je dois la voir tous les jours, il faut que je tue le ver dans la pomme avant que ça devienne incontrôlable.

– Hé ! Tu dois être Carter. Ta mère m'a dit que tu emménageais aujourd'hui.

Sa beauté me laisse sans voix. *Qu'est-ce qui m'arrive, bordel ?*

Je me ressaisis et me redresse, surplombant son corps minuscule. Ses lèvres charnues super sexy affichent un sourire, et ses magnifiques yeux verts croisent les miens.

– Je m'appelle Indiana. Je suis ta nouvelle voisine, dit-elle gentiment en me tendant la main.

C'est parti.

Il est temps de la repousser avant qu'elle ne se rapproche trop. On appelle ça l'instinct de conservation. J'ai appris il y a longtemps que cela rendait les choses moins douloureuses si je repoussais quelqu'un avant qu'il ait le temps de le faire avec moi.

Je baisse les yeux sur sa main tendue, puis les remonte vers son visage.

– Tu as appelé ton chien Lassie ? dis-je avec hargne. Qu'est-ce que tu as dans la tête ? C'est un nom ridicule pour un chien comme ça. Tu réalises bien que c'est un mâle, hein ?

Sa jolie bouche s'ouvre sous le choc, et ses doux yeux verts s'écarquillent avant de se plisser.

– Le chien qui jouait le rôle de Lassie dans les films était un mâle, lui aussi, tu sais, réplique-t-elle en croisant les bras sur sa poitrine.

Si elle essaie d'avoir l'air mauvais, elle échoue lamentablement. Croiser les bras ne fait que remonter un peu plus ses petits seins fermes. Je sens ma queue gonfler, et cela m'agace furieusement. Je déteste l'effet qu'elle me fait.

J'ouvre alors le coffre et y attrape un carton pour le placer devant moi. La dernière chose que je veux qu'elle voie, c'est l'érection qu'elle me procure.

– C'est quoi, ton problème, d'abord ? me demande-t-elle en me regardant à nouveau dans les yeux. On ne peut pas dire que tu fasses une bonne première impression.

Son attitude me donne presque envie de sourire, mais il n'est pas question que je lui donne cette satisfaction.

– Je me fous de ce que tu penses de moi, gamine. Pourquoi ne vas-tu pas jouer avec tes poupées comme une gentille petite fille ?

Je lutte vraiment pour ne pas sourire alors que ses yeux s'écarquillent, tant elle a du mal à croire à la manière dont je lui parle. Quand ses lèvres s'écartent pour former un petit « O » parfait, tout ce que j'arrive à penser, c'est qu'elle a la bouche la plus excitante que j'aie jamais vue. Et cette pensée ne fait que rendre ma queue plus dure que jamais.

Bon sang, qu'est-ce qu'elle me fait ?

Je me surprends à me sentir presque mal de la traiter comme ça, mais la mettre en boule est bien trop amusant. Je ne vais pas m'arrêter maintenant.

– Qu'est-ce que tu es grossier ! Il a dû t'arriver quelque chose de vraiment nul dans la vie pour que tu aies une attitude si déplorable.

Elle met dans le mille. J'ai envie de dire que c'est le cas, mais je ne le fais pas. Je fronce les sourcils. Pourquoi ces paroles m'agacent-elles encore plus ? Je déteste le fait qu'en moins d'une minute elle ait déjà vu à travers ma façade. C'est quoi, cette fille ? Une sorte de voyante ou un truc dans le genre ? Mes yeux se fixent à nouveau sur les siens, et l'air compatissant que je vois sur son visage renforce mon aversion pour elle.

– Non. Je suis juste un bâtard et arrête de me regarder comme ça. Tu me mets carrément mal à l'aise.

– Te regarder comme quoi ? souffle-t-elle en mettant ses mains sur ses hanches.

– Comme si tu étais désolée pour moi. Je n'ai ni envie ni besoin de ta pitié. Plus vite tu l'apprendras, mieux ce sera pour toi comme pour moi, princesse. Rends-toi service, gamine : reste loin de moi.

Elle reste bouche bée, et un sourire satisfait s'affiche sur mon visage.

Mission accomplie.

– À plus, Larry, dis-je au chien en le grattant une dernière fois derrière les oreilles avant de m'éloigner.

– Son nom est Lassie, imbécile ! aboie-t-elle dans mon dos.

– Pas pour moi, dis-je en riant doucement tandis que j'avance vers la maison. Tu ne m'entendras pas l'appeler par ce nom de tapette.

Peut-être que vivre ici ne sera pas aussi nul que je le pensais.

– Viens, mon bonhomme, l'entends-je dire en poussant un soupir exaspéré.

Alors que je monte les marches vers mon nouvel enfer, j'entends sa porte claquer. Bizarrement, le sourire que j'arborais disparaît instantanément. En fait, je me sens dégueulasse de l'avoir traitée de la sorte. Je ne regrette pas souvent mes actes.

Pourquoi suis-je un tel bâtard ? Ah oui, c'est vrai : je suis né comme ça.

2

INDIANA

Je claque la porte et parcours le couloir d'un pas lourd jusqu'à l'arrière de la maison.

– Dehors, mon beau, dis-je à Lassie après avoir ouvert la porte vitrée.

Je suis tellement déçue. Je n'arrive pas à croire que j'étais impatiente de rencontrer cet abruti. Personne n'a jamais été aussi grossier avec moi. *Jamais.*

Il n'est absolument pas comme je m'y attendais. Enfin, je ne sais trop à quoi je m'attendais. Mais certainement pas à ce que j'ai vu. C'est un con, purement et simplement. Un idiot vulgaire et égoïste. Et même si je déteste l'admettre, un idiot scandaleusement sexy. *Pourquoi faut-il qu'il soit aussi beau ?*

Il est grand et baraqué. Partout. Ses cheveux noirs et ses yeux chocolat obsédants ne font qu'ajouter à son charme. Comme sa jolie petite fossette sur sa joue gauche. Ses dents parfaites et blanches lui donnent un sourire radieux. En tout cas, quand il sourit. Je déteste admettre qu'il est beau même quand il prend un air renfrogné. Et en plus, il a un visage parfaitement dessiné que j'aimerais gifler à cet instant, d'ailleurs.

J'ai vraiment été prise au dépourvu. J'ai bien sûr rencontré beaucoup de mecs sexy auparavant. Mais rien de comparable. Il dépasse de loin mon mètre cinquante-cinq. Ses cheveux et ses yeux sombres vont bien avec son personnage. Quel dommage que son caractère ne corresponde pas à son apparence ! Si c'était le cas, il serait parfait.

Sans que je m'y attende, j'ai ressenti une attirance immédiate pour lui. Jusqu'à ce qu'il ouvre sa fichue bouche. Je suis tellement furieuse, maintenant. Comment ai-je pu le laisser me taper sur les nerfs comme ça ? *Crétin.* Je suis presque désolée pour lui. J'ai bien dit « presque ». C'est fou, je sais. Je suis sûre d'avoir vu quelque chose en lui. Je ne peux pas l'expliquer. C'était presque comme si sa goujaterie était un numéro, une façade. Je me trompe peut-être. Mais personne ne peut être naturellement aussi grossier et méchant. Sa mère semble si douce.

Je suis contente que mon père ne soit pas à la maison. J'aurais détesté devoir lui expliquer ma mauvaise humeur soudaine. Il serait furieux s'il apprenait comment Carter vient de me parler.

Je me dirige vers ma chambre. J'ai besoin de mon iPod. La musique est la seule chose qui peut me calmer. Au moins, elle m'occupera l'esprit pour que je ne repense pas à mon nouveau voisin venu de l'enfer. Je croyais que M. Shepard détenait ce titre, mais son nouveau beau-fils vient de remporter le prix.

Après avoir mis mes écouteurs dans mes oreilles, je monte le volume à fond. J'attrape aussi mon iPad sur mon bureau et m'installe à mon endroit préféré dans ma chambre : le banc que mon père a fabriqué devant la fenêtre. C'est mon havre de bonheur. Je reste assise là pendant des heures certains jours. Même si la fenêtre de ma chambre est sur le côté de la maison, elle est orientée vers l'arrière, et j'aperçois donc le lac sur lequel donne notre terrain.

Je me connecte à mon compte Facebook et envoie un message privé à ma meilleure amie, Meg. Si quelqu'un peut me remonter le moral, c'est elle.

Moi : *Tu es là ?*

Meg : *Bien sûr. Tu sais bien que je vis ici. LOL. Quoi de neuf, ma belle ?*

Moi : *Je viens de rencontrer mon nouveau voisin.*

Meg : *Quoi ? Monsieur Ne-laisse-pas-ton-chien-chier-sur-ma-pelouse a déménagé ?*

Moi : *LOL. Non. Sa nouvelle femme et son beau-fils ont emménagé.*

Meg : *QUOI ? Quelqu'un a épousé cet enf... ? OMG !*

Moi : *Je sais. C'est fou ! En fait, elle est vraiment gentille. Je ne sais pas du tout ce qu'elle lui trouve. Son fils par contre...*

Meg : *Quel âge a-t-il ?*

Moi : *Un an de plus que nous.*

Meg : *Il est sexy ?*

Moi : *Mouais. Il est pas mal.*

Pur mensonge. Il est plus que pas mal. Si je lui dis la vérité, elle sera ici en une fraction de seconde. Je ne sais pas pourquoi l'idée qu'elle craque pour lui ne me plaît pas, mais c'est comme ça. Peut-être parce que, aujourd'hui, c'est devenu mon ennemi. Ou peut-être autre chose. Ma meilleure amie est dingue des mecs. Elle a un nouveau petit copain presque chaque semaine. Je n'arrive même pas à suivre.

Meg : *Alors, c'est quoi, le problème, avec lui ?*

Moi : *C'est un imbécile ! Il est grossier.*

Meg : *Oh ! Il t'a énervée ? Tu veux que je vienne et lui apprenne les bonnes manières ?*

Moi : *Non. Je peux me débrouiller toute seule. Mais merci pour la proposition.*

Si je lui racontais ce qu'il m'a dit, elle se pointerait aussitôt. Elle est très protectrice quand ça me concerne. Nous nous sommes toujours soutenues l'une l'autre.

Meg : *Tu veux venir à la maison ? Je suis toujours coincée ici pour avoir fait le mur l'autre soir. Mes parents sont nuls.*

Elle me fait rire. Meg est punie parce qu'elle s'est fait pincer en train de sortir en douce pour rejoindre son copain au milieu de la nuit. Si ma fille de seize ans faisait la moitié de ce qu'elle a fait, je pense que je l'enfermerais en permanence.

Moi : *O.K., j'arrive. x*

Je jette un coup d'œil rapide à mon fil d'actualité avant de me déconnecter. Quand je regarde par la fenêtre de ma chambre, mes yeux dévient vers la maison de mon voisin. Imaginez ma surprise quand je vois Carter devant la fenêtre juste en face de la mienne. Il me regarde fixement. *Super.* Ne me dites pas que ça va être sa chambre.

Je le regarde les yeux plissés. Qu'est-ce qu'il fixe comme ça ? Un petit sourire suffisant s'ébauche sur ses lèvres. Mon Dieu, qu'est-ce qu'il m'énerve ! Je me lève et attrape le cordon de mes stores. Je crois que je ne les ai jamais fermés auparavant. J'adore quand la lumière du soleil entre dans ma chambre par cette fenêtre. C'est la fin de mon sanctuaire, de mon havre de paix. Cette journée peut-elle encore empirer ? Quand mes yeux retournent vers lui à contrecœur, je le découvre en train de rire. Qu'il aille se faire voir. Je devine qu'il prend plaisir à m'agacer. Quand je lui fais un doigt d'honneur, il balance la tête en arrière et rit de plus belle. *Crétin.*

Je tire sur le cordon brusquement, vexée. Une obscurité morne emplit ma chambre quand les stores sont baissés. J'ai le sentiment que c'est ce à quoi va ressembler ma vie maintenant que j'ai cet imbécile pour voisin.

J'attrape mon téléphone sur mon bureau et sors de la maison en trombe. Finalement, je reste chez Meg jusque tard. Ses parents me traitent comme l'une des leurs. Comme mon père est en poste de nuit pour les deux prochaines semaines, je n'ai pas besoin d'être à la maison. Plus je suis loin de cet imbécile de Carter, mieux je me porte. Sa chambre est si proche de la mienne que nous sommes pratiquement colocataires. Quel cauchemar !

***

Mon père dort toujours quand je me lève le lundi matin. Il était environ trois heures quand il est enfin rentré à la maison. Je déteste ses horaires parfois, mais il adore ce qu'il fait. Il travaille dans les forces de police depuis ses dix-huit ans. C'est le seul métier qu'il connaisse ; il ne fera jamais autre chose.

Après avoir pris mon petit-déjeuner et lavé ma vaisselle, je me mets à tout préparer pour mon père à son réveil. Je verse ses céréales dans un bol et le couvre d'un film plastique. Je mets deux tranches de pain dans le grille-pain. Tout ce qu'il aura à faire, c'est l'allumer. Je remplis la bouilloire et place deux sucres et un sachet de thé dans un mug avant de les poser sur le plan de travail.

Quand il travaille de jour, nous mangeons toujours ensemble. Quand ce n'est pas le cas, je prépare généralement son petit-déjeuner. Pas parce qu'il me le demande, mais parce que j'aime le faire pour lui. Je suis sûre qu'être père célibataire ces dix dernières années n'a pas été facile pour lui. J'avais environ deux ans quand les maux de tête de ma mère sont apparus. Elle passait des journées, parfois des semaines au lit à cause d'eux. Mon père a essayé de la pousser à voir un médecin, mais elle refusait, disant que ce n'étaient que des migraines. Mon père disait qu'elle était vraiment têtue. J'ai bien peur d'avoir hérité de ce trait de caractère.

Quand elle a fini par aller faire des examens, la tumeur dans son cerveau était si grosse qu'elle était inopérable. Ils ont essayé la chimiothérapie. C'était sa seule option. Ça n'a pas marché. Ça l'a rendue très malade. Elle a passé les six derniers mois de sa vie clouée au lit. Elle est morte quand j'avais six ans. Sa disparition a brisé le cœur de mon père. Ils s'aimaient depuis l'adolescence. Je ne sais pas s'il s'en remettra complètement un jour.

***

J'ouvre les stores de ma chambre avant de partir à l'école. Je ne vais pas passer la journée à la maison ; alors, je n'ai pas à me soucier de cet idiot de Carter qui me provoque. Je ne prends même pas la peine de regarder en direction de sa maison. Je ne vais pas le laisser me gâcher une nouvelle journée.

En sortant, je caresse Lassie une dernière fois avant de lui donner à manger et remplir sa gamelle d'eau.

– À tout à l'heure, mon beau, dis-je en partant.

Il est trop occupé à manger pour remarquer que je disparais derrière le portillon.

Avec ma chance habituelle, au moment où je parcours l'allée, Carter et sa mère sortent par la porte.

– Bonjour, Indiana ! lance-t-elle. Voici mon fils, Carter. Celui dont je t'ai parlé.

– Nous nous sommes rencontrés hier, dis-je en affichant un faux sourire.

– Oh ! tu ne me l'as pas dit, fait-elle en dirigeant son attention vers son fils.

J'en profite pour lui jeter un regard noir. J'ai bien envie de raconter à sa mère comme son fils a été grossier. Peut-être a-t-il été adopté. Comment quelqu'un d'aussi charmant pourrait avoir un gamin aussi con, autrement ?

Maintenant qu'il se tient près de sa mère, je vois qu'ils ont les mêmes yeux. Mais c'est à peu près tout. Il doit avoir hérité son allure de son père. Je parie qu'il est beau. Sa mère est extrêmement séduisante, mais ses traits sont plus communs que ceux de Carter.

– Ça m'est sorti de la tête, je suppose, affirme-t-il en regardant vers moi pour me faire un clin d'œil.

Beurk !

– Pourquoi ne conduis-tu pas Indiana à l'école, puisque vous allez tous les deux dans la même direction ? Cela vous donnera l'opportunité de mieux vous connaître.

Le peu que je sais sur lui me suffit.

– Non ! lançons-nous à l'unisson.

– Carter, le réprimande-t-elle, ce qui le fait me regarder d'un air mauvais. Ça te fera du bien d'avoir une amie pour ton premier jour.

Sa remarque me donne presque envie de rire. Je doute que nous soyons jamais des amis.

– Merci, madame Shepard, mais j'ai l'habitude de me rendre à l'école en bus.

– Ne sois pas idiote. Carter va t'y conduire. Hein ? dit-elle en lui donnant un petit coup de coude.

– C'est bon, souffle-t-il en levant les yeux au ciel.

Même quand il est en colère, il est sexy. Et ça m'énerve encore plus. Monter en voiture avec lui est la dernière chose que j'ai envie de faire. Mais si m'accompagner le dérange, je suis partante. Je prendrai un malin plaisir à lui rendre la monnaie de sa pièce.

– O.K. Ce sera super, dis-je en souriant à sa mère.

Quand elle se tourne pour regarder son fils, je lui fais un clin d'œil. Je souris quand il plisse les yeux. Moi aussi, je peux jouer à ce jeu, mon pote.

– Passez une bonne journée, vous deux, dit-elle avec douceur.

Comment elle a pu donner naissance à un tel monstre ? Ça me dépasse.

– À plus, maman.

Je suis surprise quand il se penche pour l'embrasser sur la joue. Elle lui sourit. Il est si grand qu'il surplombe son corps si menu.

– Jolie voiture, dis-je une fois assise sur le siège du passager.

Il grommelle. Je lève les yeux au plafond. J'aurais mieux fait de ne pas lui faire de compliment.

Je n'ai aucune idée du genre de voiture dont il s'agit. Elle est ancienne, c'est tout ce que je sais. On dirait qu'elle est en train d'être rénovée. Je crois qu'on appelle ça une *muscle car*. Mais ça ne vient pas de moi. Mon père me le confirmera. Il adore tout ce qui concerne les voitures.

Il y a dix minutes entre la maison et l'école. Je décide de ne rien dire pendant le reste du trajet. En tout cas, c'était ce que je comptais faire jusqu'à ce qu'il se penche à un feu rouge pour attraper un paquet de cigarettes dans la boîte à gants.

Après en avoir allumé une, il jette le paquet dans le vide-poche central.

– Tu ne devrais pas fumer, tu sais, dis-je. Ce n'est pas bon pour toi. Ne lis-tu pas les messages de prévention sur l'étiquette ?

Je ramasse son paquet de cigarettes et pointe du doigt les mots FUMER TUE inscrits en grosses lettres.

Il me souffle la fumée dans le visage avant de m'arracher le paquet des mains.

– Occupe-toi de tes affaires, *gamine*. Tu crois vraiment que ça me ferait quelque chose de mourir ?

– Pourquoi dis-tu ça ? dis-je, horrifiée.

L'entendre tenir ce genre de propos me bouleverse. Je sais d'expérience à quel point le cancer peut être dévastateur.

– Carter ?

Mais il ne me répond pas.

– Quoi ? soupire-t-il finalement en regardant dans ma direction.

– Tu veux mourir ?

Je vois ce qui ressemble à de la tristesse passer brièvement sur ses traits avant qu'il ne se reprenne et retrouve cet air endurci qu'il semble toujours porter.

– Je n'ai pas dit que je veux mourir. J'ai juste dit que je m'en fous si ça m'arrive.

– Eh bien, je trouve ça triste.

– Écoute, arrête avec tes questions à la noix. Je t'accompagne juste parce que ma mère me l'a demandé. Nous ne sommes pas amis. Compris ?

– Compris.

Clair comme de l'eau de roche, espèce d'imbécile. Je tourne la tête pour regarder par la vitre.

– Juste un conseil : si tu veux te faire des amis ici, je te suggère d'arrêter de te comporter comme ça. C'est une petite ville. Tu ne veux pas avoir une mauvaise réputation dès ton premier jour ?

Il ne prend pas la peine de réagir à ma remarque.

Nous parcourons le reste du trajet en silence. Quand nous atteignons la rue dans laquelle se trouve l'école, il s'arrête au bord du trottoir.

– Sors ! aboie-t-il.

– Quoi ? L'école est plus loin.

– Je sais, dit-il avec un sourire narquois. Si tu t'inquiètes tant pour ma réputation, tu comprendras pourquoi je ne veux pas qu'on me voie arriver à l'école avec une gamine dans ma voiture.

– Je ne suis pas une gamine. Je n'ai qu'un an de moins que toi.

– Oh ! Je n'aurais pas cru. On dirait que tu en as douze.

Je retire brusquement ma ceinture et sors de la voiture.

– Va te faire voir, dis-je en claquant la portière.

Il ne me gâchera pas une autre journée.

3

CARTER

Je reste assis et la regarde marcher dans la rue vers l'école. Pourquoi est-ce que je me sens mal quand je suis méchant avec elle ? J'ai presque envie de la rejoindre et lui dire de reposer son joli petit cul dans la voiture. Mais non. Je ne le ferai pas.

Bon sang, son derrière est vraiment pas mal. Mes yeux sont vissés dessus. Aujourd'hui, elle porte un de ces jeans hyper moulants et ultra-sexy. Pourquoi faut-il qu'elle soit aussi excitante ? Pourquoi ne peut-elle pas être une espèce de troll dégueulasse ou un truc dans le genre ? Je sens ma queue s'agiter dans mon pantalon. Non, non. Il faut que je trouve à m'occuper, aujourd'hui ; n'importe quoi pour que son visage, ses lèvres et ses petites fesses de pécheresse sortent de ma tête.

Je la perds de vue quand j'entre dans le parking. C'est probablement mieux comme ça. Le fait qu'elle vive juste à côté de moi est déjà bien suffisant. Être conscient de l'effet qu'elle me fait et devoir la voir dans l'école chaque jour ne va pas être marrant. Après m'être garé, j'attrape mon sac à dos et me dirige vers le secrétariat. Ma mère m'a dit que je devais y passer pour récupérer mon emploi du temps.

***

Quand l'heure du déjeuner arrive, ça va plutôt bien. J'ai réussi à éviter Indiana toute la matinée. Je suis même arrivé à avoir mon premier plan avec une jolie blonde. Ne me demandez pas son nom. Je l'ai déjà oublié. Ce n'est pas important, de toute façon. C'est juste pour m'amuser un peu, rien de plus.

Après avoir acheté quelque chose à manger, je me dirige vers une table.

– Carter ! lance un des mecs de mon cours de math. Viens t'asseoir avec nous.

Il a l'air assez cool. Je m'avance vers lui et ses amis.

– Merci, dis-je quand je m'assieds au bout de la table.

Il me présente à ses potes. Ils sont au moins dix. Je ne me souviendrai jamais de leurs noms.

Brad, le type assis en face de moi, me jauge du regard. Je déteste quand les gens font ça. J'ai l'impression d'être jugé.

– Tu es costaud, mec, dit-il avec un signe de tête. Tu as déjà joué au football ? On pourrait avoir besoin d'un gars comme toi dans notre équipe.

C'est l'un de ces beaux gosses. Le genre de type pour lesquels les filles semblent craquer. Un mec arrogant. Généralement, je ne traîne pas avec cette espèce.

– Non. Je ne suis pas fan de sport. Je trouve que courir sur un terrain avec un ballon est une perte de temps. Le seul exercice physique que j'aime pratiquer, c'est le sport en chambre.

Les autres mecs de la table éclatent de rire. Mais il ne semble pas impressionné. Connard.

– On ne se contente pas de courir sur un terrain avec un ballon, crétin. Ça demande un certain savoir-faire.

– Comme tu veux, mec, dis-je en haussant les épaules comme si je m'en foutais.

Il est visiblement vexé par ma remarque. Je choisis d'ignorer le fait qu'il vient de me traiter de crétin. Je me suis déjà fait un ennemi aujourd'hui : Indiana. Ça suffit pour la journée.

Le silence règne à table. Je suis sûr qu'ils attendent de voir jusqu'où ça va aller. A priori, ça n'ira nulle part à moins qu'il décide de m'insulter une nouvelle fois. Je commence à manger. Quand je lève les yeux et croise les siens, je vois qu'il me lance un regard furieux. S'il croit que ça va m'intimider, il se trompe sérieusement. Je suis difficilement impressionnable. Je le fixe.

– Hé ! Brad, il y a Indi qui arrive, entends-je dire l'un des gars.

Je tourne brusquement la tête vers l'entrée. *Qu'est-ce qu'il lui veut ?* Elle marche vers notre table. Une amie l'accompagne. Elle est pas mal. Je devrais l'ajouter à ma liste de futures conquêtes. Je suis sûr que ça énerverait Indiana.

– Tu te l'es tapée ? demande l'un d'entre eux.

Je présume qu'il demande si lui et Indiana l'ont fait. Pourquoi cela m'énerve, je ne sais pas. Il vaut mieux que cet enfoiré ne dise pas oui.

– Pas encore, mais ce week-end, mes parents s'en vont. Je vais l'inviter à dormir chez moi, dit-il en ricanant.

Le con assis à côté de moi lui tape dans la main. Moi, j'ai bien envie de lui taper dans la gueule.

– Je parie que tu n'y arriveras pas, ajoute un autre.

Bordel. Je vais devoir m'attaquer à tous les crétins autour de cette fichue table ?

– Combien ? demande Brad.

– Cinquante billets.

– Ça me va, répond Brad en tendant la main par-dessus la table.

Sérieusement, ils font des paris sur elle ?

– Ce ne sera pas la première que je dépucellerai, et tes cinquante dollars rendront la chose encore meilleure.

Il se frotte les mains. *Pas moyen qu'il se la tape ce week-end.* Je ne sais pas encore comment, mais je l'en empêcherai.

Tandis que les filles passent, Brad tend le bras et tire Indiana sur ses genoux.

– Salut, poupée, murmure-t-il à son oreille.

Cela me hérisse aussitôt. Pourquoi le fait que ses mains se promènent sur elle me pose-t-il un problème ?

– Brad, glousse-t-elle en essayant de se lever.

J'ai envie de lui dire de la laisser partir, mais je me la ferme.

– Ne fais pas de projets pour samedi soir, d'accord ? chuchote-t-il dans le creux de son cou.

Elle recule la tête et lui sourit. Elle a un joli sourire. Quand elle est avec moi, tout ce à quoi j'ai droit, c'est un air renfrogné. En même temps, vu la façon dont je la traite, je suppose que c'est tout ce que je mérite.

– Qu'est-ce qu'il y a samedi soir ? demande-t-elle.

– Toi et moi. Nous allons faire quelque chose. Rien que tous les deux, répond Brad.

– Un rancard ? demande-t-elle.

Quand il regarde les autres mecs assis à la table et affiche un sourire suffisant, je dois faire un gros effort pour ne pas lui sauter dessus. Mon sang bout. J'essaie de ne pas paraître affecté quand le type à côté de moi marmonne :

– Un rancard avec son lit.

J'ai vraiment envie de lui mettre un pain.

– Ouais, un rancard. Je t'appelle, O.K. ? répond Brad en lui adressant un doux sourire.

Enfoiré. Il n'y a rien de doux chez lui. Ce n'est qu'un maudit serpent.

– D'accord.

Il la lâche et elle se lève de ses genoux. Ses yeux parcourent rapidement la table avant de se poser sur moi. Son sourire disparaît et ses sourcils se froncent. Cela me fait sourire sans que je sache pourquoi. Bien sûr, je préférerais avoir droit à l'un des sourires qu'elle adresse à cet imbécile, mais j'aime le fait que ma simple présence ait un effet sur elle.

– Salut. Tu dois être nouveau, entends-je dire son amie.

Je détache mes yeux d'Indiana et découvre sa copine qui

me sourit. Elle est encore plus mignonne de près, mais rien à voir avec Indiana.

Je sens le regard de cette dernière peser sur le côté de ma tête et je décide de jouer de mon charme.

– Carter, dis-je avec un immense sourire plaqué sur le visage.

Je tends la main à son amie et elle la serre.

– Je suis Megan, glousse-t-elle en battant des cils.

Ça m'agace. Je déteste quand les filles se comportent comme ça. Je pourrais en faire ce que je veux.

– Allons-y ! lance Indiana en l'attrapant par le coude pour l'éloigner.

Je ris. Si parler à son amie l'énerve, je devrais le faire plus souvent.

***

INDIANA

– Je crois que je suis amoureuse, dit Meg tandis que je l'éloigne de ce crétin.

Il a été charmant avec elle. Pourquoi n'ai-je pas droit à ce genre de propos quand je le croise ? Mon Dieu, qu'est-ce qu'il m'énerve ! Je déteste constater que la manière dont il a été avec Meg me rend jalouse.

– Il faut que tu restes à l'écart de ce type, dis-je tandis que nous nous frayons un chemin entre les autres élèves pour atteindre notre table.

– Quoi ? Pourquoi ? Tu as entendu parler de lui ? demande-t-elle.

– C'est mon nouveau voisin. Celui dont je t'ai parlé.

– Arrête, dit-elle en regardant par-dessus son épaule dans sa direction. Pas possible. Ce canon est ton nouveau voisin ? Espèce de chanceuse, c'est toujours pour toi.

– Ne laisse pas son joli minois te tromper. C'est tout ce qu'il a pour lui.

– Avec un visage comme le sien, c'est tout ce dont il a besoin, réplique-t-elle en riant.

– Meg, dis-je en soufflant, agacée. S'il te plaît.

– D'accord. Ne te fais pas de bile. D'ailleurs, je pense qu'il en pince pour toi.

Sa remarque me fait rire. C'est la chose la plus ridicule que j'aie jamais entendue.

– Crois-moi. Il n'en pince pas pour moi. Il ne peut pas me supporter, dois-je avouer lorsque nous prenons nos places.

J'aurais peut-être dû m'asseoir de l'autre côté. D'ici, j'ai une vue bien dégagée sur mon voisin agaçant. En sortant mon déjeuner de mon sac, je réalise que je n'ai soudain plus faim. *Et ce pou arrogant mange son repas comme s'il se fichait de tout.*

– Oh ! permets-moi de ne pas être de cet avis. J'ai vu comment il te regardait quand tu étais sur les genoux de Brad. Si je ne me trompe pas, ses magnifiques yeux marron sont devenus verts de jalousie.

J'ignore sa remarque. Elle doit se faire des films. Je sais comment un mec agit quand il est intéressé. Carter n'est assurément pas intéressé.

– Qu'est-ce que je devrais faire concernant Brad, d'après toi ? dis-je pour essayer de changer de sujet de conversation.

– Tu me poses sérieusement la question ? Il te court après depuis toujours. Sors avec lui. C'est un beau gosse. N'importe qui tuerait pour sortir avec lui.

– Peut-être, mais je ne suis pas n'importe qui. Je ne suis pas sûre d'avoir envie de quelque chose de sérieux avec ce mec pour le moment. Tu connais sa réputation. Il va s'attendre à du sexe.

– Alors, donne-lui-en. Tu as presque dix-sept ans, Indi. Tu ne peux pas conserver ta virginité éternellement.

Elle a raison. Je le sais, mais je ne veux pas l'offrir à n'importe qui. J'espérais la donner à quelqu'un de spécial.

Brad et moi sommes sortis ensemble quelques fois. Principa-lement en groupe. Jamais seuls. Enfin, sauf le week-end dernier quand il m'a raccompagnée chez moi après une fête. Il m'a embrassée pour me souhaiter bonne nuit. Techniquement, c'était plus qu'un baiser de bonne nuit, mais ce n'est jamais allé plus loin.

Ce n'est pas comme si je n'étais jamais sortie avec des mecs avant. Mais maintenant que nous sommes plus âgés, les mecs s'attendent à plus que des baisers. Je sais que je suis prête. Mais c'est juste que je ne suis pas sûre que Brad soit le bon.

– Arrête de trop réfléchir à ça, dit Meg en attrapant ma main quand elle voit mon air inquiet. Nous en avons discuté des milliers de fois.

– Je sais. C'est juste que…

– Juste quoi ? Au moins, il a de l'expérience. Il devrait savoir ce qui te plaira. Ma première fois a été horrible.

Je me mets à rire. Elle avait quinze ans quand elle a perdu sa virginité. C'était la première fois pour eux deux. D'après ce qu'elle m'a raconté, c'était un désastre.

J'essaie d'oublier ça pour le moment. Je ne fais que grignoter mon repas. Mon regard n'arrête pas d'errer vers la table des garçons. Quels traîtres, ces yeux ! Au lieu de regarder Brad, ils se concentrent sur Carter. Je ne peux m'empêcher de remarquer toutes ces filles pathétiques qui passent devant sa table en chuchotant et gloussant comme un troupeau de dindes quand elles le voient. Cela m'exaspère au plus haut point.

***

Entre deux cours, Meg et moi tombons sur Carter dans le couloir.

– Salut, Carter, ronronne Meg.

La garce.

– Megan, dit-il en inclinant la tête.

Elle, au moins, il l'appelle par son prénom. Ça aussi, ça me rend jalouse. Cela ne devrait pas m'embêter, mais si.

– Si tu veux que je te ramène, rejoins-moi dans le parking, ajoute-t-il en tournant son attention vers moi.

Je choisis de l'ignorer. Après avoir agi comme il l'a fait ce matin, il rêve s'il pense que je vais remonter avec lui dans une voiture.

– Il ne semble pas aussi mauvais que tu le dis, fait remarquer Meg alors que nous nous rendons à notre prochain cours.

– Ne le laisse pas te duper. C'est un monstre.

Ça la fait rire.

– Il a été assez gentil pour te proposer de te ramener. Tu dois bien le prendre en compte.

– Ouais, et il m'a conduite à l'école, aussi. Le problème, c'est qu'il s'est arrêté au bout de la rue et m'a demandé de descendre de la voiture. Il avait peur que des gens nous voient ensemble et ruinent sa réputation.

– Il a dit ça ? demande-t-elle, clairement choquée d'après le ton de sa voix.

– Ouais.

– Quel connard ! dit-elle en faisant la moue.

– Je sais. Maintenant, tu comprends pourquoi ?

***

J'évite le parking après les cours et opte pour le bus. C'est clair que je mettrai plus de temps pour rentrer à la maison, mais au moins, je n'aurai pas à supporter la grossièreté et les insultes de Carter. Je suis surprise qu'il m'ait proposé de me ramener. C'était probablement une ruse pour faire croire à Meg que c'est en réalité un gentil garçon, ce qu'il n'est évidemment pas.

4

CARTER

J'ai attendu dix minutes, mais comme elle n'est pas venue, je suis rentré à la maison. Je me doutais qu'après l'avoir traitée de cette manière ce matin, elle ne viendrait pas. Tant pis pour elle. Même si je dois admettre que je suis déçu, je ne vais pas en faire un flan.

Une fois garé dans l'allée, je me penche pour ranger mes cigarettes dans la boîte à gants. Ma mère déteste quand je fume. Je ne le fais pas souvent. J'ai repris juste quand j'ai découvert qu'elle allait épouser Peigne-Cul. Fumer me calme, et Dieu sait que j'en ai besoin quand je suis en sa présence.

Je ne pense pas que je m'habituerai un jour à vivre ici, dans cette maison, ou dans ce quartier. C'est trop parfait. *Je déteste la perfection.* Les gens comme moi n'auront jamais leur place dans un endroit comme celui-là. J'ai des défauts. Les familles qui vivent dans ce genre de quartier aiment généralement se montrer et sont prétentieux et hypocrites. Trop bien pour être vrais. Tout comme mon beau-père. Qu'est-ce que je le hais !

Je sors de la voiture juste au moment où quelqu'un se gare dans l'allée d'à côté. Ma première pensée est qu'il s'agit probablement du *minet* qui dépose Indi, mais je suis surpris quand je vois un homme plus vieux sortir.

– Bonjour, dit-il en se dirigeant vers moi.

– Salut.

Je me demande si c'est son père. Il pourrait vouloir me mettre une raclée si elle lui a raconté comment je la traite.

– Tu dois être le fils d'Elizabeth. Elle m'a dit que vous emménagiez ce week-end.

– Oui. Carter. Carter Reynolds, dis-je en lui tendant la main.

– Ravi de te rencontrer, fiston. Je suis Ross. Ross Montgomery.

– Enchanté de vous connaître, monsieur.

Je suis surpris de ne pas m'énerver quand il m'appelle « fiston ». Je déteste quand c'est mon beau-père qui le fait. Parce que je suppose qu'il ne le fait que pour me provoquer. *Crétin.*

– Joli carrosse. Une Holden HJ GTS Monaro 1975.

– En effet. Vous connaissez les voitures, dis-je, surpris.

– Je suis fana de voitures depuis toujours. Mon vieux père en avait une comme ça. Tu t'en occupes seul ?

– Ouais. J'ai déjà fait pas mal de trucs. Mais certaines pièces sont difficiles à trouver, et un peu chères pour un jeune de dix-sept ans, dis-je en riant doucement. J'y arriverai un jour.

– J'ai passé des heures à aider mon père à bosser sur sa caisse quand j'étais ado. Si tu as besoin d'un coup de main, je serais ravi de t'aider.

Son offre me fait sourire. Pourquoi ma mère n'a-t-elle pas épousé quelqu'un comme Ross Montgomery ?

– J'aimerais beaucoup, lui dis-je en toute honnêteté.

Avec mon passé, je reste généralement sur mes gardes avec les étrangers, surtout les hommes adultes, mais pour une raison ou une autre, pas avec lui. Après tout, mon père n'a jamais voulu de moi, mon grand-père m'a rejeté, et mon beau-père me déteste profondément. Ross semble être un type sincère, en plus.

Je l'apprécie déjà.

– Je peux jeter un coup d'œil sous le capot ? demande-t-il.

– Bien sûr.

Je rentre dans l'habitacle et tire le levier avant de le suivre devant ma voiture.

– Tu t'y connais en mécanique ? demande-t-il en attendant que j'ouvre le capot.

Je le regarde promener ses mains sur la peinture. Il esquisse un petit sourire. J'adore comme il apprécie cette voiture autant que moi.

– J'ai eu de la chance ; le type auquel j'ai acheté cette voiture avait le manuel, mais non. Pas vraiment. Mais j'apprends vite.

– Eh bien, quand tu auras un peu de temps libre, je serais ravi de te montrer ce que je sais.

– Je suis libre maintenant, dis-je de manière trop enthousiaste.

Je suis excité à l'idée de travailler sur ma voiture avec lui. Mais je ne sais pas vraiment pourquoi. Peut-être parce que personne n'a jamais pris le temps de m'aider dans le passé. À part maman, bien sûr, mais elle y connaît que dalle en voitures.

– D'accord. Je travaille de nuit, mais je peux te consacrer une heure ou deux. Donne-moi une minute pour me changer et on pourra commencer.

Je m'écarte de la voiture et lui tends la main.

– Merci, monsieur Montgomery. J'apprécie vraiment votre proposition.

– Ne t'en fais pas, fiston. Je suis heureux de pouvoir t'aider. Et s'il te plaît, appelle-moi Ross. Je vais bien m'amuser, dit-il en caressant le capot quand je le ferme. Je n'ai pas travaillé sur une voiture depuis des années. De nos jours, elles sont toutes pleines de technologie.

Tandis que nous discutons tranquillement, Indi passe sur la pelouse. Elle a dû prendre le bus pour rentrer.

– Ma princesse, dit son père quand elle passe ses petits bras autour de sa taille.

Il se penche pour l'embrasser sur le haut de la tête.

– Comment ça s'est passé à l'école aujourd'hui, mon bébé ?

– L'école s'est bien passée.

Elle regarde vers moi et fronce les sourcils. Je sens le sourire sur mon visage s'éteindre. Je n'ai peut-être pas une haute opinion d'elle, mais j'aime son courage. J'adore le fait que mes singeries lui tapent sur les nerfs. J'admire aussi le fait qu'elle s'efforce de donner le change. La plupart des filles dans sa situation se mettraient à pleurer.

– Tu connais déjà Carter ? lui demande son père.

– Oui, nous avons fait connaissance, répond-elle sèchement. Je vais aller faire mes devoirs. As-tu sorti la viande du congélateur ?

– Bien sûr, répond-il.

– D'accord, je vais bientôt préparer le dîner, alors.

Tandis qu'elle s'éloigne, nous l'observons tous les deux. Mes yeux sont rivés sur son derrière. Je suis sûr que ce n'est pas le cas de ceux de son père.

– C'est vraiment une super gamine, dit-il. J'ai de la chance de l'avoir.

Je ne réagis pas. Que pourrais-je dire ? Mes sentiments à son égard sont complètement contradictoires. Je la déteste et la désire en même temps. Ça me chamboule carrément la tête.

***

Après m'être changé, je retourne à la voiture où Ross m'attend déjà. Il a éparpillé quelques outils par terre. Apparemment, ils appartenaient à son père. Il semble vraiment tenir à m'aider. Je peux déjà dire que je vais adorer passer du temps avec lui. J'espère que ce sera pareil pour lui. Tout en travaillant, il me raconte ses souvenirs et des histoires amusantes. Le temps passe vite. J'apprécie vraiment être avec lui. Ce n'est pas qu'un type sympa, il m'a déjà beaucoup appris.

– Que pensez-vous du mec de votre fille ? lui dis-je de manière complètement inattendue.

– Pourquoi ? répond-il en fronçant les sourcils. Tu veux sortir avec elle ?

– Moi ? Pu… Euh, non.

Je n'arrive pas à croire que j'ai failli prononcer le mot en « P » devant lui.

Il penche la tête et me demande :

– Pourquoi ne voudrais-tu pas sortir avec elle ?

Il dit cela comme s'il était vexé que je n'en aie pas envie. Mince. Pourquoi ai-je mis ce sujet sur le tapis ?

– J'ai juste entendu quelque chose à l'école aujourd'hui.

Je sais que c'est bas de ma part de raconter à son père ce que Brad a dit, mais il est hors de question que je la laisse aller chez cet imbécile ce week-end. Surtout maintenant que je connais ses intentions. Je ne suis pas jaloux ou quoi. Enfin, c'est ce que je me dis. Mais ça ne me convient pas.

– Qu'as-tu entendu ? me demande-t-il en tournant la tête vers moi pendant que nous sommes tous les deux penchés au-dessus du moteur de la voiture.

Je vois son poing se serrer autour de la clé anglaise dans sa main. Ses articulations sont blanches. Peut-être que le mettre en colère alors qu'il tient cet outil digne d'une matraque n'était pas la meilleure des idées.

– L'un de mecs avec qui j'ai déjeuné aujourd'hui… Brad.

– Brad Cartwright ?

– Je ne connais pas son nom de famille.

– Grand. Blond. Capitaine de l'équipe de foot. Abruti obsédé.

– Ouais, c'est lui, dis-je en riant.

– Je ne supporte pas ce gamin. Je suis allé à l'école avec son vieux. Il était exactement pareil, m'explique-t-il. Qu'a-t-il dit à propos de ma fille ?

– Attendez. Je ne veux pas causer de problèmes à Indi.

Et c'est vrai. C'est juste que je ne veux pas qu'elle s'approche de Brad.

– Je veux savoir ce qu'il a dit. Si quelqu'un dit des bêtises sur ma petite fille…

– Ce n'est pas ça. C'est juste…

– Juste quoi, Carter ? aboie-t-il.

Je devine que sa patience s'amenuise.

– Il se vantait auprès de ses potes que ses parents n'étaient pas là ce week-end. Il prévoit de l'inviter chez lui.

– Quoi ?! crie-t-il en se redressant et se cognant la tête contre le capot ouvert.

Je me sens bête d'avoir parlé. Fouiner dans les affaires des autres n'est pas mon truc, mais l'idée qu'elle aille là-bas et que ce crétin profite d'elle me fait bouillir de rage sans que je sache pourquoi.

Son visage devient rouge vif tandis qu'il se frotte la tête.

– Je suis désolé. Je me suis dit que vous aimeriez être au courant.

J'ai l'impression d'être un faux-cul. J'invite des filles avec pour seul objectif de les baiser tout le temps.

Mon espoir repose maintenant sur le fait qu'il est au courant et mettra un terme à cette histoire. Au moins, je n'ai pas mentionné le pari qu'il a fait avec son pote.

– Ne sois pas désolé, dit-il en m'attrapant par l'épaule. J'apprécie que tu veilles sur ma fille. Elle est très souvent seule à cause de mes horaires de travail complètement fous. Je m'inquiète pour elle. Savoir que tu es là, juste à côté, me soulage.

Maintenant, il me donne le sentiment d'être un imposteur. Non seulement j'ai envisagé de faire exactement ce que Brad voulait faire, mais je traite sa fille comme une moins-que-rien. Pourquoi suis-je soudain rongé par la culpabilité ?

***

Plus tard ce soir-là, je suis assis dans ma chambre, dans l'obscurité absolue, et regarde Indiana installée devant sa fenêtre. Je ne fais pas ce genre de chose, d'habitude ; j'ai l'impression d'être un pervers. Elle est encore sur son iPad. Je présume qu'elle échange des messages avec quelqu'un puisqu'elle rejette occasionnellement la tête en arrière et rit avant de taper une réponse. Je me surprends à sourire en l'observant. *Mais qu'est-ce qu'elle me fait, à la fin ?*

À plusieurs reprises, elle regarde vers la fenêtre de ma chambre. Logiquement, je sais qu'elle ne peut pas me voir. Il fait nuit noire. Mais je me pose quand même des questions. Quand mon téléphone sonne pour m'avertir que j'ai un message, mon cœur s'emballe en pensant que c'est elle. Mais c'est impossible, évidemment. Elle n'a pas mon numéro.

C'est mon plan cul : Jen. Je ne connais son nom que parce qu'elle l'a mis dans son message. Elle arrive. Je lui ai dit de venir à côté de chez moi. Je vais la rejoindre en passant par la fenêtre. Heureusement, ma chambre est au rez-de-chaussée.

La raison pour laquelle Peigne-Cul a choisi de vivre dans une maison aussi grande me dépasse. C'est bien trop vaste pour une personne seule. Bon, techniquement, nous sommes trois, maintenant, mais avant que nous emménagions, il n'y avait que lui. Il suffit de regarder ses fringues tape-à-l'œil et la voiture européenne hors de prix qu'il conduit pour savoir que c'est un âne prétentieux.

Ce n'est pas comme si je pouvais la faire entrer par la porte. Peigne-Cul m'a déjà prévenu : tant que je vis ici, je n'ai pas le droit d'inviter des filles dans ma chambre. Sale maton. Ses exigences me donnent encore plus envie de le défier.

Dix minutes plus tard, j'entends taper à la vitre.

– Carter ? Tu es là ?

J'allume la lumière de ma chambre et me dirige vers la fenêtre.

– Carter, répète-t-elle.

Heureusement, ma mère et Peigne-Cul dorment à l'étage côté rue.

– Doucement, lui dis-je en ouvrant la fenêtre.

– Désolée, dit-elle en me souriant.

J'avais oublié comme elle était jolie. Pourquoi l'image d'une certaine gamine belle et agaçante apparaît-elle dans ma tête tandis que je l'aide à passer par la fenêtre ?

Ma tête se tourne pour regarder vers la chambre d'Indiana. Je suis surpris quand je la vois me fixer droit dans les yeux avec un air maussade. Bâtard comme je suis, je lui fais un signe de tête avant de fermer les stores. Je n'ai pas besoin que son regard pénétrant me perturbe.

Je vais baiser cette blondinette de toutes mes forces en espérant qu'Indiana sorte de ma tête une bonne fois pour toutes.

5

INDIANA

Je ne sais pas pourquoi voir cette garce de Jennifer se faufiler dans la chambre de Carter me dérange, mais c'est comme ça. Et ça me dérange beaucoup. Le fait qu'il me pique mon père m'énerve déjà. Mais voir ça, ça m'est insupportable. Des larmes me brûlent les yeux, mais j'arrive à les contenir. Bon sang. Je refuse de lui donner la satisfaction de pleurer à cause de lui.

Découragée, je dis au revoir à Meg et me déconnecte de Facebook avant de me mettre au lit. Que je sois bouleversée ne fait que renforcer ma colère. Pourquoi me tape-t-il autant sur les nerfs ? Vu mon état actuel, je sais que je vais avoir du mal à trouver le sommeil.

Quand mon père a fini par rentrer pour dîner tout à l'heure, il m'a interdit de voir Brad Cartwright. Ça m'a choquée. Non seulement je ne lui avais pas parlé de Brad, mais il ne m'avait jamais rien interdit.

Je sais que Carter a dû lui dire quelque chose pendant qu'ils travaillaient sur sa stupide voiture. C'est obligé. Sinon pourquoi mon père aurait-il dit ça ? Pourquoi Carter se donne-t-il autant de mal à me gâcher la vie ? J'étais heureuse avant qu'il n'emménage à côté. *Crétin.*

Allongée dans mon lit, j'essaie de ne pas penser à ce qu'ils sont en train de faire à côté. Je sais qu'ils ne font pas leurs devoirs, ça, c'est sûr. Pas quand cela concerne Jennifer Darcy. *Sale garce.* Ce doit être l'une des pires traînées de notre école. Elle est vraiment jolie, dans le genre hyper maquillée. Je suis certaine qu'elle pourrait attirer les mecs sans écarter les cuisses, mais elle semble apprécier le fait d'être connue comme la traînée de l'école. Meg l'appelle le « matelas humain ».

Ça lui va bien.

***

Je me sens super mal quand je me réveille le lendemain matin. Je me suis tournée et retournée dans mon lit toute la nuit avant de finir par m'endormir. Je n'arrive pas à croire à quel point ça m'a rongée de savoir que cette fille était dans sa chambre. Si on m'avait demandé la semaine dernière si j'étais du genre jalouse, j'aurais répondu non. On dirait que je me trompais.

Je ne peux pas le supporter ; alors, ça ne devrait pas me gêner. Je l'ai entendue partir quelques heures plus tard. Elle gloussait comme une idiote quand il l'a aidée à sortir par la fenêtre. Oui, j'ai honte d'admettre que je me suis levée pour les épier derrière les stores.

J'aimerais pouvoir changer de chambre pour ne pas avoir à être témoin de ces frasques. J'ai l'impression que Jen ne sera que l'une de ses nombreuses conquêtes. Je sais comment sont certaines filles de cette ville. Elles vont faire la queue pour avoir une chance d'être avec cet abruti. Beurk.

J'aimerais qu'il n'arrive plus à bander.

Malheureusement, nous n'avons que trois chambres dans la maison. Donc changer de chambre n'est pas une option. Celle que ma mère et mon père partageaient quand elle était encore en vie est inaccessible. Mon père n'a pas supporté d'y dormir sans elle une fois qu'elle est partie. Il est installé dans la chambre d'amis depuis.

Comparativement aux autres maisons de la rue, la nôtre est plutôt petite. Comprenez-moi bien, c'est une belle maison, mais elle n'est simplement pas aussi grandiose que les autres. Quand il a épousé ma mère, mon père était catégorique sur le fait qu'il voulait que sa famille vive dans ce joli quartier. Je suppose qu'il a vu beaucoup de vilaines choses en étant officier de police. Ma mère étant institutrice et mon père travaillant dans les forces de l'ordre, ils n'avaient pas de très gros revenus. Ils ont réussi à économiser assez pour s'offrir ce terrain, mais n'ont pu faire construire qu'une petite maison. Mais je l'adore. Elle est parfaite pour nous.

Je suis sûre que M. Shepard, à côté, a des tas de chambres dans son immense maison. Pourquoi il a choisi de mettre Carter dans celle en face de la mienne, je ne le saurai jamais. Mais vu l'attitude de Carter, il a probablement voulu l'isoler à l'arrière de la maison, loin d'eux. Je ne peux pas le lui reprocher.

Après avoir pris mon petit-déjeuner et rincé mon bol et ma tasse, je prépare la table pour le réveil de mon père. Je donne à manger à Lassie avant de me rendre à l'arrêt de bus. Je m'assure de partir plus tôt ce matin. Je ne veux pas prendre le risque de tomber sur cet imbécile encore une fois.

Tandis que j'attends le bus, je parcours mon fil d'actualité sur mon téléphone. Je ne suis pas d'humeur, mais j'ai besoin de quelque chose pour passer le temps puisque le bus ne sera pas là avant une bonne vingtaine de minutes. Je déteste la façon dont Carter réussit déjà à bouleverser ma vie alors que ça ne fait que quelques jours qu'il est ici.

Je lève brusquement la tête quand j'entends le vrombissement d'une voiture. Je dois admettre que je suis surprise lorsque Carter s'arrête au bord du trottoir à mon niveau.

– Monte, gamine ! lance-t-il d'une voix rageuse.

Son ordre ridicule me fait rire. Il se fout de moi ? Il lève les sourcils, s'attend à ce que je fasse ce qu'il a demandé. *Je ne crois pas, mon pote.*

Je baisse à nouveau les yeux sur mon téléphone et continue à parcourir ma page. Quel culot après m'avoir traitée comme il l'a fait ! Je ne l'admettrais jamais, mais le fait qu'il soit passé me chercher me fait un peu plaisir. C'est complètement idiot, non ?

– Tu as trois secondes pour monter dans cette voiture, dit-il, agacé.

Je lève les yeux au ciel en continuant de l'ignorer. Je l'entends ronchonner et je dois me retenir de sourire. Le fait que je le défie l'énerve et ça me plaît.

– Une…, deux…

Je n'arrive pas à croire qu'il compte vraiment. Je sens les coins de mes lèvres monter. Quand j'entends sa portière s'ouvrir, je lève la tête.

– Trois. Je t'ai prévenue.

C'est tout ce qu'il dit avant de m'attraper et me mettre sur son épaule.

– Carter ! dis-je en criant. Repose-moi !

Il ignore mon ordre et contourne la voiture pour aller jusqu'au siège passager. Sa main est posée sur mes fesses pour me maintenir en place. Je ne devrais pas apprécier cette sensation, mais c'est pourtant le cas. Du coup, je me demande ce que ça ferait s'il me tenait correctement et pas comme un sac de patates sur son épaule. Oh ! Je déteste être en train de penser à ce que ça ferait d'être dans ses bras. Je suis sûre que ce serait génial.

Non, je détesterais. Menteuse.

Il ouvre la portière et me jette sur le siège.

– Mets ta ceinture, grommelle-t-il en me surplombant comme une brute.

Je le regarde avec horreur. Je n'arrive pas à croire ce qu'il vient de faire. Il se penche et attrape la ceinture.

– Donne-moi ça, dis-je en lui jetant un regard noir. Je peux mettre ma ceinture toute seule. Je ne suis pas une enfant.

– J'aurais cru, dit-il avec un sourire suffisant et magnifique.

Bon sang, ce qu'il m'agace ! Pourquoi faut-il qu'il soit aussi beau ?

Il attend jusqu'à ce que ma ceinture soit bouclée avant de regagner le siège conducteur. J'ai bien envie de m'échapper, mais étant donné ce qu'il vient de faire à l'instant, il me courrait probablement après.

Nous n'échangeons aucun mot sur le trajet jusqu'à l'école. Contrairement à hier où il m'a déposée au bord de la route, aujourd'hui, il va directement au parking. J'ai envie de faire une remarque concernant sa réputation, mais je me ravise.

– Assure-toi d'être là cet aprèm, ou je viendrai à l'arrêt de bus pour te récupérer encore une fois, me menace-t-il.

Je l'ignore, descends de la voiture et fais claquer la portière. Je l'entends rire tandis que je m'éloigne. Je pourrais vraiment le gifler, là.

***

– Qu'est-ce qui t'arrive ? demande Meg quand nous sortons de notre premier cours. Ce n'est pas dans tes habitudes d'être de mauvaise humeur.

– Devine, dis-je alors que nous nous dirigeons vers nos casiers.

– Ton voisin sexy ?

– Oui. Et il n'est pas sexy. C'est un abruti.

Elle me donne un coup d'épaule et se met à rire. Ce n'est pas drôle. Elle ne réalise pas qu'il est en train de me gâcher la vie ?

– C'est peut-être un abruti, mais tu ne peux pas dire que tu ne le trouves pas charmant.

– Je n'ai pas remarqué.

Je l'entends se moquer de ma réponse. À l'évidence, elle ne me croit pas. En toute honnêteté, qui pourrait ne pas l'avoir remarqué ? Impossible de le rater… ce crétin.

– Tu es une menteuse ! lance-t-elle en riant.

– Il est pas mal, dois-je admettre en haussant les épaules comme si son allure ne me faisait aucun effet.

Mais ce haussement d'épaules est bien faiblard. Il ne me convainc même pas moi-même.

– Il est plus que pas mal.

– D'accord, il est sexy, dis-je en levant les yeux au plafond, mais c'est tout ce qu'il a pour lui.

– Qu'a-t-il fait aujourd'hui pour que tu sois d'aussi bonne humeur ? demande-t-elle de manière sarcastique.

– Tu devrais plutôt demander ce qu'il n'a pas fait.

Quand nous atteignons nos casiers, elle s'arrête et se retourne pour être face à moi.

– Alors, crache le morceau.

– Pour commencer, sa simple présence m'énerve.

Elle a tendance à m'exciter aussi, mais je ne l'admettrais jamais.

– Et ? Il doit y avoir autre chose. Tu es d'humeur massacrante.

Elle lève un sourcil en attendant impatiemment ma réponse. J'ai envie de lui dire que ça ne la regarde pas, mais je sais que c'est ma mauvaise humeur qui parle. Elle s'inquiète pour moi. Je n'arrive pas à me souvenir de la dernière fois où j'ai été aussi excédée.

Je me tourne et mets la clé dans le cadenas. Maintenant, je regrette d'avoir été aussi sèche avec elle. J'ai de la chance d'avoir une amie qui se préoccupe autant de moi. Je déteste que Carter Reynolds me mette à cran comme ça.

– Je suis de si mauvaise humeur ? dis-je en soupirant.

Je pose mes livres dans le casier et sors ce dont j'ai besoin pour mon prochain cours.

– Ouais.

– Je suis désolée. Je ne voulais pas m'en prendre à toi, dis-je en guise d'excuse en la prenant par le bras tandis que nous nous dirigeons vers son casier.

– Raconte-moi ce qu'il a fait pour t'énerver comme ça, Indi.

– Il a parlé de Brad à mon père. Et maintenant, j'ai interdiction de le voir.

– Quoi ? Impossible. Tu vois, je t'avais dit qu'il craquait pour toi.

J'étais sûre qu'elle verrait les choses comme ça. Ça n'a rien à voir avec ses sentiments pour moi. C'est un con, purement et simplement.

– Il ne craque pas pour moi, dis-je avec aplomb.

– Si. Tu n'as pas vu ce que j'ai vu hier. Il était clairement soûlé quand tu étais sur les genoux de Brad.

– S'il craque pour moi, ce que je ne crois pas une minute, pourquoi cette traînée de Jennifer Darcy s'est faufilée par la fenêtre de sa chambre cette nuit ?

Elle s'arrête de marcher et me tire vers le mur pour que d'autres élèves ne nous rentrent pas dedans tandis qu'ils se dépêchent d'aller à leur prochain cours. Alors qu'elle est en face de moi, la première chose que je remarque, ce sont ses yeux. Ils sortent presque de leurs orbites tellement elle est choquée. Même en étant de mauvaise humeur, ça me fait sourire.

– Quoi ? C'est pas vrai ! Vraiment ? Quelle garce ! Elle n'a pas attendu longtemps. Je ne peux pas supporter ce matelas humain.

– Je sais. Tu y crois, toi ? Elle est restée plusieurs heures. Je sais exactement ce qu'ils ont fait, dis-je sur un ton plus furieux que je ne le voulais.

– Oh… mon… Dieu. Il te plaît, couine-t-elle en frappant mon bras.

– Quoi ? Non.

Je m'efforce de ne pas paraître touchée par sa remarque, mais j'échoue lamentablement.

– Foutaise. Regarde-moi dans les yeux et dis-moi que tu ne craques pas pour lui.

– Je ne craque pas pour lui, réponds-je en regardant le sol.

Mince.

– Oh la vache. Tu craques, dit-elle en me frappant le bras à nouveau.

Aïe ! Je déteste qu'elle me connaisse aussi bien. Nous sommes amies depuis la maternelle. Inséparables même. Je suppose que c'est la conséquence d'être ensemble en permanence depuis douze ans.

– Arrête de me taper, gémis-je en me frottant le bras.

– Alors, admets-le.

Elle lève la main comme si elle s'apprêtait à me taper une nouvelle fois. Je dois me retenir de sourire. La garce.

– O.K. Je l'aime bien et je le déteste, si c'est possible de faire les deux en même temps.

Je finis par la regarder dans les yeux. Bien sûr, elle affiche un sourire radieux.

– Je le savais, dit-elle d'un ton arrogant.

C'est vraiment une mademoiselle Je-sais-tout, des fois.

***

J'aurais vraiment préféré qu'elle ne découvre pas ce truc, quoi que ce soit, que je ressens pour Carter. Elle n'a pas arrêté d'en parler toute la journée. Je suis surprise qu'elle n'ait pas abordé le sujet du mariage et des bébés, c'est pour dire dans quel état elle est. Pendant le déjeuner, je l'ai même menacée d'aller à une autre table si elle ne la fermait pas. Heureusement, ça a suffi pour qu'elle s'arrête.

Elle est folle des mecs. Elle l'a toujours été. Non seulement elle est jolie, mais en plus elle a une grosse poitrine. Les garçons l'adorent. Qu'est-ce qu'ils ont avec les nichons ? Moi, de mon côté, j'aime bien les garçons, mais je ne suis pas obsédée. Je suppose que c'est pour ça que je suis excitée maintenant que je sais ce que je ressens pour Carter.

Après la fin des cours, j'hésite entre deux options. Une partie de moi veut prendre le bus pour le défier. Comment ose-t-il me commander comme ça ? La partie folle a envie d'être près de lui. Ne me demandez pas pourquoi. Ce n'est pas comme s'il était d'agréable compagnie.

Tandis que je me demande ce que je vais faire, deux bras se glissent autour de ma taille par-derrière.

– Hello, poupée, murmure-t-on à mon oreille.

Je sais tout de suite que c'est Brad.

– Salut, fais-je en me retournant dans ses bras.

– C'est toujours bon pour samedi ?

Avant que je n'aie le temps de répondre, Carter apparaît près de nous.

– Tu es prête ? demande-t-il.

Sa voix est calme, mais je devine à son visage qu'il est loin de l'être.

– Prête pour quoi ? demande Brad en nous regardant tous les deux.

– On va faire un tour en voiture, répond Carter avec un air suffisant.

– Vous allez quoi ? aboie Brad en me jetant un regard noir.

– Il me ramène chez moi. C'est tout. On est voisins.

Mes yeux se dirigent vers Carter. Je le fusille du regard. *Quel fouteur de merde !*

– En fait, ce n'est pas tout à fait vrai. On va faire un tour. Il faut que j'aille acheter des pièces pour ma voiture sur la route. J'ai dit à ton père que je te ramenais à la maison.

– Peu importe, dit Brad à Carter, l'écartant avant de se tourner vers moi.

Je vois bien qu'il n'est pas impressionné.

– Tu seras connectée ce soir ?

– Probablement, dis-je en haussant les épaules.

– O.K. Je t'enverrai un message. Je dois aller à mon entraînement de foot.

Je trouve sa question et sa réponse un peu étranges. Nous sommes amis sur Facebook, mais il ne m'a jamais contactée auparavant. Il a *liké* certains de mes statuts dans le passé et commenté des photos, mais c'est tout.

Quand il se penche et plaque ses lèvres sur les miennes, je suis décontenancée. Il ne m'a jamais embrassée à l'école avant. En fait, à part le baiser pour me souhaiter bonne nuit quand il m'a raccompagnée chez moi après la fête, il ne m'a jamais embrassée. Je suis sûre que c'est juste pour attirer l'attention de Carter. *Les mecs.* Je suis surprise qu'ils ne sortent pas leurs manches pour comparer leurs tailles.

6

CARTER

Je ne sais pas pourquoi, mais voir ses lèvres sur elle m'a carrément dérangé. Je pensais qu'après mon plan baise d'hier soir, tout ça me serait sorti de la tête. *Faux.* En réalité, ça n'a que cimenté le fait que j'ai des sentiments pour elle. Ce qui me surprend. Je me pensais incapable de ce genre de connerie. Pendant que je défonçais la blonde, je dois avouer, même si je déteste ça, que ses longs cheveux noirs et soyeux, ses yeux verts et ses lèvres que je rêve de goûter ont occupé mes pensées plus qu'ils n'auraient dû. Non seulement ça m'a fait peur, mais en plus ça m'a carrément soûlé. C'est quoi, mon problème avec elle ? Je déteste le fait qu'elle m'attire si facilement sans même le faire exprès. Je déteste avoir l'impression de ne pas pouvoir me tenir loin d'elle. J'ai détesté quand les lèvres de cette andouille se sont posées sur les siennes tout à l'heure. J'aurais voulu qu'elles soient à moi.

Je ferais mieux de me contenter de la déposer chez elle. Encore mieux, la laisser prendre ce foutu bus. Je ne peux même pas dire pourquoi je lui ai demandé d'être dans le parking cet après-midi. En fait, si. Je voulais être avec elle. Et j'ai promis à son père de garder un œil sur elle.

C'est n'importe quoi. Il pense que je la protège des ados obsédés, quand, en réalité, je la désire autant, voire plus qu'eux. Si elle a réussi à faire en sorte que je sois complètement accro en seulement quelques jours, je ne veux pas voir dans quel état je serai quand je partirai d'ici dans quelques mois.

Plus vite j'aurai dix-huit ans et quitterai cet endroit, mieux ce sera.

Nous nous dirigeons vers ma voiture. Ni elle ni moi ne parlons. C'est peut-être une bonne chose. Je déteste ce sentiment que j'éprouve quand je suis avec elle. Je n'ai jamais connu ça. Nous n'avons même pas quitté la rue quand elle l'ouvre.

– Qu'est-ce que tu as dit à mon père sur Brad ?

Même si je peux sentir ses yeux rivés sur le côté de ma tête, je reste concentré sur la route devant moi.

– Je ne vois pas du tout de quoi tu parles, gamine.

Je m'efforce de ne pas sourire en sortant ce mensonge.

– Arrête tes conneries, Carter.

Je ne sais pas pourquoi j'aime entendre mon nom sortir de sa bouche sensuelle. Mais je préférerais qu'elle le prononce pendant que je suis bien au fond d'elle. Merde. Je sens ma queue remuer. Pourquoi est-ce que je laisse mon esprit s'aventurer par là ?

– J'exige que tu me dises ce que tu lui as raconté.

Je la joue cool et hausse les épaules.

– Je suis sérieuse… Alors, dis-le-moi.

Elle me fait rire. Qu'est-ce qu'elle croit qu'elle va me faire ?

– Te dire quoi ? dis-je en tournant la tête pour la regarder.

Bien sûr, ses yeux me disent tout sans qu'elle ait besoin de prononcer un mot. Cela me fait sourire, et je ne pense pas que ce soit l'effet escompté.

– Il m'a interdit de le voir. Je veux savoir pourquoi, crache-t-elle.

– Ton père est un homme sage. Je suis certain qu'il a ses raisons, dis-je calmement.

Sa main serre la poignée de la portière si fort que ses articulations deviennent blanches. La colère la traverse par vagues. La voir comme ça a un effet sur ma queue.

Qu'est-ce qu'elle est sexy quand elle est en colère ! Un vrai petit volcan.

– Mon Dieu, qu'est-ce que tu m'agaces parfois ! lance-t-elle.

– Toi aussi, gamine.

– Je ne suis pas une gamine. Arrête-toi tout de suite, dit-elle, les dents serrées.

– Quoi ? Pourquoi ? dis-je, surpris.

– Parce que je préfère marcher que supporter une minute de plus dans cette voiture avec toi.

Je me mets à rire. Généralement, il n'y a pas grand-chose qui m'amuse, mais elle, elle y arrive.

– Ce n'est pas drôle, imbécile. Pourquoi tiens-tu tant à ruiner ma vie ?

Cette question me tape particulièrement sur les nerfs sans que je sache pourquoi.

– Ruiner ta vie. C'est ce que tu penses que je fais ?

Quand elle croise les bras sur sa poitrine, faisant remonter ses petits seins fermes, je tourne la tête et me reconcentre sur la route. Je n'ai pas besoin de ses nichons pour me distraire.

– Oui, répond-elle avec bien trop d'aplomb.

Ça me rend furieux qu'elle pense que je fasse ça pour ruiner sa vie, alors qu'en fait j'essaie juste de l'aider.

– Pourquoi ? Parce que j'ai dit à ton père que Brad se vantait auprès de ses potes du fait qu'il allait t'inviter chez lui ce week-end pour se glisser dans ta culotte ? dis-je en criant presque.

Ce que je dis et la manière dont je le dis la prennent par surprise. Ses beaux yeux verts s'écarquillent et son visage perd son joli teint.

– Quoi ? demande-t-elle sur un ton horrifiée et incrédule.

– Oui. Juste avant qu'il ne te prenne sur ses genoux hier, c'est exactement ce qu'il a dit.

J'essaie de parler de manière plus calme cette fois. Même si son attitude me tape sur le système, je ne veux pas l'effrayer.

– Il n'a pas fait ça ! lance-t-elle.

– Crois ce que tu veux. Tu penses peut-être que je l'ai inventé ?

Je regarde dans sa direction. Je devine à son regard choqué qu'elle me croit.

– Il a vraiment dit ça ? murmure-t-elle.

J'entends clairement de la tristesse dans sa voix.

– Ouais.

Elle tourne la tête vers la vitre côté passager. Elle reste muette un long moment. Je me sens mal maintenant, mais il fallait qu'elle le sache. Ce mec est sournois.

– Où allons-nous ? finit-elle par demander quand je tourne sur la route principale qui mène en ville.

Je ne suis pas encore habitué à rouler dans ce coin, mais heureusement Ross est fort pour donner des indications.

– Je te l'ai dit : acheter des pièces.

– Je pensais que tu avais inventé ça pour énerver Brad.

– Pourquoi aurais-je fait ça ? dis-je en tendant le bras pour attraper mes cigarettes.

– Parce que tu es un connard. Tu sais que Jennifer Darcy est la traînée de l'école, n'est-ce pas ?

Qui est Jennifer Darcy ?

– Qui ?

Je n'ai aucune idée de qui elle parle.

– Jennifer Darcy, répète-t-elle.

– Jamais entendu parler. Mais je pourrais bien m'y intéresser, dis-je en plaisantant.

– C'est la fille qui est passée par ta fenêtre la nuit dernière, dit-elle avec un air dégoûté.

– C'est ça, son nom ?

– Tu es un porc.

– On dirait presque que tu es jalouse, dis-je pour la

taquiner, parce que c'est vraiment l'impression que ça me donne, et ça me surprend.

– Certainement pas ! lance-t-elle avec mépris.

– Tu es jalouse, hein ? Je parie que tu aurais adoré être à sa place cette nuit.

– Tu rêves, dit-elle alors que je m'arrête à un feu rouge.

Je regarde dans sa direction. Mes yeux se rivent sur elle. Je suis choqué par ce que je vois alors. Je ne faisais que l'embêter, mais le regard qu'elle me lance me fait penser qu'il y a du vrai dans ce que j'ai dit. Ce n'est pas possible, elle n'a pas pu penser ça. Elle agit comme si elle ne pouvait pas me supporter.

Quelque chose se passe entre nous. Je ne sais pas trop quoi, mais j'ai presque envie de tendre la main pour la toucher. L'embrasser. Quoi que ce soit, c'est rapidement rompu quand une voiture derrière moi klaxonne pour m'indiquer que le feu est vert. Je n'aime pas la tournure que prennent les choses.

J'aurais dû la laisser prendre ce satané bus.

***

Nous roulons en silence pendant les vingt minutes suivantes. Quand nous atteignons notre destination, je me gare sur une place de parking.

– Tu comptes rester dans la voiture ? Ou tu veux venir avec moi ?

Elle hausse les épaules avant de répondre.

– Je pense que je vais venir, dit-elle en enlevant sa ceinture.

Le père d'Indi m'a recommandé cet endroit. Apparemment, il est ami avec le propriétaire depuis le lycée. Il vend des pièces neuves et d'occasion, mais est principalement spécialisé dans les voitures anciennes. Ross a dû l'appeler aujourd'hui pour lui dire que je viendrais. Il a dit qu'il s'occuperait de moi. Indi me suit tandis que nous nous dirigeons vers l'entrée du magasin. De la rue, on peut voir qu'il est rattaché à un bâtiment qui ressemble à une grande usine. C'est probablement de là que viennent toutes les pièces.

Le carillon retentit au-dessus de la porte quand nous entrons. Un homme d'environ quarante ans sort de l'arrière-boutique.

– Mais c'est la petite Indiana Montgomery, dit-il en contournant le comptoir. Regarde comme tu as grandi.

Elle a grandi ? Mais quelle taille pouvait-elle bien faire avant ? On pourrait la glisser dans une poche, là.

– Bonjour, monsieur Gregory, dit-elle en le prenant dans ses bras.

– Laisse-moi te regarder.

Il recule et étudie son visage.

– On dirait exactement ta mère au même âge. Qu'elle repose en paix.

Quoi ? Sa mère est morte ? En regardant son visage, je vois un voile de chagrin passer, mais son sourire réapparaît aussitôt. Je dois admettre que je me suis demandé pourquoi je n'avais pas encore croisé sa mère, mais je n'ai jamais pensé qu'elle n'en avait pas. Ça me rend triste pour elle. En grandissant, j'aurais été perdu sans ma mère. Elle est tout ce que j'ai. Moi qui pensais qu'elle avait une vie parfaite. Je crois que je me trompais.

– Mon père me le dit souvent, répond-elle avec un sourire triste.

Il lui adresse un regard compatissant.

– Tu dois être Carter, dit-il en reportant enfin son attention vers moi. Ross m'a dit que tu passerais.

– Oui, c'est bien moi, dis-je en serrant sa main tendue.

– Warren. Warren Gregory.

– Ravi de vous connaître, monsieur.

– Alors, comme ça, tu cherches des pièces pour une Monara 75, je crois ? demande-t-il.

– C'est ça.

– Tu as de la chance. Viens avec moi et je vais te montrer ce que j'ai, dit-il avant de se retourner pour se diriger vers la porte de derrière.

Indiana et moi le suivons.

***

Je repars ravi. Cet endroit est le paradis des pièces détachées. J'ai trouvé tout ce dont j'avais besoin et j'ai même pu mettre certaines des pièces les plus grosses et les plus chères de côté jusqu'à ce que j'économise un peu plus. Je ne sais carrément pas comment je vais faire. Je suis à sec. Peut-être que je devrais trouver un petit boulot.

– Tu veux qu'on aille manger un morceau tant qu'on est là ? dis-je en posant les dernières pièces dans le coffre.

– Tu veux aller manger un truc ? Avec moi ? demande-t-elle, surprise.

Je ne peux pas lui en vouloir. J'ai été un véritable imbécile avec elle. Je ne sais même pas pourquoi je lui ai proposé ça. Je suppose que c'est juste parce que j'ai faim.

– J'ai faim, dis-je en haussant les épaules.

Je ne veux pas qu'elle croie que c'est un rancard, parce que cela n'en est pas un.

– D'accord.

Nous nous dirigeons vers le fast-food qui se trouve un peu plus loin. Je regrette déjà cette idée. Qu'est-ce que je vais bien pouvoir lui dire ? Je n'ai pas l'habitude de ce genre de choses. Je ne sors pas souvent. On ne peut assurément pas dire que je suis quelqu'un de sociable.

Assis en silence, nous parcourons la carte.

– Les burgers sont super ici, dit-elle. Mon père m'y amène de temps en temps.

Je croise son regard par-dessus ma carte. Un burger, ça me dit bien.

– Vous avez choisi ? demande la serveuse quand elle s'approche de notre table.

– Est-ce que je pourrais avoir un burger, des frites et un milk-shake au chocolat ? dis-je avant de regarder vers Indi.

– Je prendrai la même chose, dit-elle en fermant sa carte.

Je suis impressionné. Je pensais que les filles comme elle mangeaient de la salade ou du tofu, des cochonneries comme ça. Je serais curieux de voir ce qu'elle va vraiment avaler. Quand la serveuse s'éloigne, le silence retombe sur nous. Je la regarde tandis que ses yeux se posent partout dans le restaurant sauf sur moi. Elle a l'air nerveuse et un peu mal à l'aise. Comme ça, on est deux. Je ne suis pas fan des bavardages.

– Alors, parle-moi de ta mère, dis-je soudain.

Bordel. Je ne peux pas me la fermer ? Quand ses yeux croisent les miens, je vois sa tristesse. J'ai un pincement de cœur inexplicable. Dans un premier temps, elle ne dit rien. Et moi, j'ai l'impression d'être un con.

– Oh ! tu as entendu monsieur Gregory, c'est ça ? Pas grand-chose à dire, finit-elle par répondre.

Elle se tord nerveusement les mains sur la table. Je ne peux qu'imaginer comme ce doit être dur pour elle d'aborder ce sujet.

– Elle est morte quand j'avais six ans. Elle a eu une tumeur au cerveau. Je n'ai pas beaucoup de souvenirs. Mon père a essayé de me protéger. Elle souffrait beaucoup et passait le plus clair de son temps au lit. Mon père a eu beaucoup de mal à accepter sa mort. Et c'est encore le cas aujourd'hui. Ça n'a pas été facile pour lui. Il fallait qu'il gère un boulot à temps plein, une femme malade et une petite fille.

Je vois le chagrin passer sur son visage. C'est fugace, mais je le vois. C'est compréhensible.

– Je suis désolé.

C'est tout ce que je trouve à dire. Réponse minable, je sais, mais c'est tout ce que j'ai en stock.

– Et toi ? Tu vois toujours ton père ?

Cette question m'horripile. Voilà pourquoi je déteste

les bavardages. Moi et ma grande gueule… J'aurais dû la fermer. Parler de mon père, ou de son absence, est quelque chose que je ne fais jamais.

– Je n'en ai pas, dis-je sèchement.

– Tout le monde a un père.

Pas tout le monde. Moi, non. Peut-être qu'elle pense juste que mes parents sont divorcés.

– Eh bien, pas moi. On peut passer à autre chose ?

Quand je lui jette un regard noir, elle comprend le message puisqu'elle change de sujet.

– Depuis combien de temps as-tu ta voiture ?

Bon sang, qu'est-ce qu'elle est bavarde !

– Je l'ai achetée il y a quelques années. Il y a encore pas mal de boulot pour qu'elle ressemble à ce que j'ai en tête, mais c'est tout ce que j'ai pu payer pour le moment.

– Tu avais un boulot avant de déménager ?

– Ouais. On peut dire ça.

– Qu'est-ce que tu veux dire par là ? Soit tu en avais un, soit tu n'en avais pas. Tu as acheté ta voiture tout seul ?

J'aimerais bien qu'elle s'arrête avec toutes ces questions. Je déteste parler de ma vie personnelle.

– Ouais. Tout le monde n'a pas une vie privilégiée comme toi, princesse.

– Qu'est-ce que c'est censé vouloir dire ? demande-t-elle, sur la défensive.

Je l'ignore. C'est pourtant clair. Ma mère galère pour mettre à manger sur la table la plupart du temps. Le moindre bonus que j'ai voulu, j'ai dû me le payer tout seul. Quand j'avais douze ans, j'ai commencé à rendre service aux gens qui vivaient dans notre immeuble. Tout a commencé comme ça.

– Comment as-tu eu l'argent pour acheter la voiture alors ? insiste-t-elle.

– Je me suis débrouillé, dis-je avec un sourire narquois quand je la vois assimiler ma réponse.

– Comment ?

Je secoue la tête et me moque d'elle :

– Qu'est-ce que tu es bavarde !

Je la fixe en espérant qu'elle comprendra le message et qu'elle s'arrêtera. Je ne suis pas à l'aise pour parler de ce sujet avec elle. Avec qui que ce soit, d'ailleurs.

– Tu as fait quel genre de petit boulot ? Je n'arrive pas à imaginer comment quelqu'un de ton âge a pu se payer une voiture comme celle-là.

Manifestement, mon numéro d'intimidation ne marche pas vraiment.

– On peut changer de sujet ? dis-je en soupirant.

– Non. C'est un secret ? Tu dealais de la drogue ou un truc dans le genre ?

– Bien sûr que non, dis-je en riant.

– Alors, quoi ?

Je ferais mieux de lui dire la vérité. Elle ne laissera pas tomber tant qu'elle ne saura pas. Au moins, elle la fermera.

Je pose mes mains sur la table entre nous et me penche vers elle. Elle m'imite avant que je chuchote :

– Des faveurs sexuelles.

Ses beaux yeux verts s'écarquillent sous le choc.

Elle recule, mettant de la distance entre nous.

– N'importe quoi.

– C'est la vérité. C'est exactement comme ça que j'ai eu cet argent.

Je vois ses yeux regarder sur les côtés pour s'assurer que personne ne peut l'entendre.

– Comme un prostitué ? Oh… mon… Dieu. Tu te prostitues ? Tu fais payer les filles qui passent par ta fenêtre ? couine-t-elle.

– Mais non. Ça, c'est pour le plaisir, dis-je, agacé en regardant la salle. Écoute, c'est une longue histoire. Alors, laisse tomber, d'accord ?

Toutes ces questions commencent à me donner mal à la tête.

Mes yeux reviennent aux siens tandis qu'elle pose sa main sur la mienne et se penche en avant.

– Pas moyen que je laisse tomber.

Je fixe sa main qui serre la mienne.

– C'était juste avec une personne. C'est tout. Quand je vivais dans cet immeuble avec ma mère, la proprio me payait pour satisfaire son appétit, si je puis dire. Rien de grave là-dedans.

– Mais si, c'est grave. C'est dégoûtant.

Sa façon de juger comme ça commence sérieusement à m'énerver. Je tire ma main de sous la sienne. Pour qui elle se prend, à la fin ?

– Peu importe, dis-je. Je ne m'attendais pas à ce que tu comprennes, de toute façon. Tu as toujours tout obtenu sur un plateau d'argent. Alors, à moins de passer une journée à ma place, ne me juge pas, O.K., princesse ?

Elle croise ses bras sur sa poitrine pour m'indiquer que mon commentaire ne lui plaît pas.

– Ça marche dans les deux sens. Ne me juge pas non plus. Tu ne sais absolument pas quel genre de vie j'ai eu, dit-elle avec un air blessé.

Maintenant, je me sens débile.

– D'accord. Je n'aurais pas dû.

Même si je suis quasiment sûr que sa vie a été mille fois meilleure que la mienne. Ce n'est pas le concours de celui qui a eu la vie la plus nulle. Nous connaissons tous des épreuves que nous gérons différemment, après tout.

– Tu le fais toujours ? Je veux dire, te faire payer pour du sexe ?

Je lève les yeux au plafond parce que je pensais que cette conversation était close. Bien sûr que non.

– Non. J'ai arrêté quand j'ai déménagé.

Pourquoi les réponses continuent-elles à sortir de ma

bouche alors que je ne le veux pas ? J'ai toujours été discret sur ma vie privée. C'est comme si mon cerveau et ma bouche ne me répondaient pas aujourd'hui. Je préférerais avoir fermé ma gueule.

– Quel âge avais-tu quand ça a commencé ?

Bon sang, qu'est-ce qu'elle a avec toutes ces fichues questions ? J'aurais dû savoir qu'elle ne comprendrait pas.

– Quel âge, Carter ? insiste-t-elle.

– Quinze ans, je crois, fais-je en frottant mon visage avec ma main.

– Quinze ? Quel âge avait ta proprio ?

Je ferme les yeux avant de prendre une profonde inspiration.

– Mais j'en sais rien, moi, une petite trentaine peut-être.

– Quoi ? Tu n'étais qu'un gamin. Quelle perverse ! lance-t-elle. C'est de l'abus de mineur.

– Calme-toi ! Ce n'était pas de l'abus de mineur. Bon sang. Ça n'avait rien à voir, dis-je à voix basse mais furieux, avant de regarder autour de nous en passant ma main dans mes cheveux et en l'adjurant discrètement de laisser tomber.

Je cherche la serveuse des yeux. Où est notre foutue commande ?

– Bien sûr que si. L'âge légal de la majorité sexuelle est de seize ans dans notre pays. Tu étais mineur et elle était adulte. Elle n'aurait pas dû. Ta mère est au courant ?

Devant son insistance, je pousse un long soupir exaspéré.

– Bien sûr que non.

Maintenant, c'est moi qui parle un peu trop fort.

– Elle aurait eu une crise cardiaque si elle l'avait su.

– Évidemment, parce que ce qu'a fait cette femme était mal sur de nombreux plans. Comment a-t-elle osé te faire ça ? dit-elle sur un ton dégoûté.

– C'est plutôt moi qui lui faisais des trucs, dis-je en riant.

Elle secoue la tête.

– Ce n’est pas drôle, Carter.

Mes yeux plongent dans les siens. Je m’attends à voir un jugement, mais non. Elle a l’air bouleversée. Je soupire. Je ne sais même pas pourquoi je lui en ai parlé. Je ne l’ai jamais confié à qui que ce soit. Ce n’est pas quelque chose dont j’ai honte, mais je n’en suis pas fier non plus. J’ai fait ce que j’avais à faire, c’est tout.

Ça a commencé peu de temps après mon quinzième anniversaire. Je tondais la pelouse de ma propriétaire. Avant cela, j’avais déjà fait des trucs comme sortir les poubelles, changer les ampoules, arracher les mauvaises herbes du jardin ou repeindre la clôture. Des trucs dans le genre. C’était dur, mais elle me payait bien.

Ce jour-là, il faisait chaud. Quand j’ai terminé de passer la tondeuse, j’ai enlevé mon tee-shirt et me suis essuyé le front. Je suis bien bâti ; donc, même à quinze ans, je faisais plus vieux que mon âge. C’est là que j’ai remarqué que la proprio, Simone, me regardait par la fenêtre.

Elle était bien plus vieille que moi, mais c’était une vraie bombe. J’étais un ado avec les hormones en ébullition. Bien sûr, je l’avais remarquée. Qui ne l’aurait pas fait ? Elle avait de longs cheveux blonds, de gros faux seins et un corps superbe. Elle portait toujours des fringues qui montraient tout. L’objet de pollutions nocturnes pour un jeune garçon.

J’ai appris plus tard qu’elle était divorcée. Elle avait épousé un mec riche et utilisé l’argent de la répartition des biens pour acheter l’immeuble. Pas cool, mais je suppose qu’elle était tranquille pour le restant de sa vie.

D’habitude, elle se contentait de me tendre mon enveloppe devant la porte, mais ce jour-là, elle m’a invité à entrer boire un verre. Comme il faisait chaud, je n’ai pas trop réfléchi. C’est là qu’elle m’a fait la proposition. Bien sûr, j’ai été choqué, mais comme je l’ai dit tout à l’heure, j'étais un gamin obsédé. L'idée de tremper mon biscuit m'excitait énormément.

J'hésitais beaucoup, et elle s'est empressée de mettre la barre plus haut. Je pense qu'elle était excitée, elle aussi. Elle m'a proposé non seulement de me payer le double, mais de diminuer le loyer de ma mère de moitié. Comment pouvais-je dire non à ça ? Je savais combien c'était dur pour ma mère.

Elle n'a jamais découvert ce que je faisais. Je sais qu'elle n'aurait pas apprécié. Quand elle me donnait l'argent du loyer chaque semaine, j'en récupérais la moitié et remettais petit à petit la somme dans son portefeuille. C'était malin. Je mettais un tout petit peu chaque jour. Comme ça, elle ne le remarquait pas. Et si elle l'a fait, elle n'a jamais rien dit.

Après que j'ai accepté, Simone m'a demandé de prendre une douche avec elle. Je flippais un peu, mais je l'ai fait. Elle m'a fait ma première pipe. Les jours et semaines suivants, elle m'a appris tout ce que j'avais besoin de savoir pour donner du plaisir aux femmes. Elle savait exactement ce qu'elle voulait et n'avait pas peur de me le montrer. Elle me faisait faire des trucs encore et encore jusqu'à ce que je les fasse bien. Je suppose que c'est elle qui a fait de moi le « Dieu du sexe » que je suis aujourd'hui. Je ne peux pas me plaindre de cette partie-là. Les femmes m'aiment. Peu de mecs de mon âge ont mon expérience.

Simone s'est vraiment énervée quand elle a appris que nous déménagions. Je veux dire vraiment. Elle s'est mise à crier, à pleurer et à casser des trucs. D'abord, je n'ai pas compris pourquoi. Avec du recul, maintenant, j'aurais dû voir les signes. Avec le temps, les choses ont changé ; sa manière de me toucher, de m'embrasser, de me regarder. Je n'étais qu'un gamin et je n'y ai pas vraiment fait attention.

Peu de temps avant notre départ, elle m'a proposé deux mille dollars pour passer la nuit avec elle. Évidemment, j'ai dit oui, même si l'idée ne m'emballait pas plus que ça. C'est là que j'ai tout compris. Elle me chevauchait, j'avais les yeux rivés sur ses énormes seins refaits qui rebondissaient, quand elle s'est mise à pleurer d'un coup. Carrément à gros sanglots.

Elle m'a supplié en s'écroulant sur mon torse.

– S'il te plaît, ne pars pas.

Au début, j'ai cru que c'était le sexe qui allait lui manquer ; j'étais une bête de sexe, après tout. Puis elle a avoué qu'elle avait des sentiments pour moi. Alors ça, non. On avait passé un accord. Je n'ai jamais signé pour ce genre de connerie. Je ne marche pas comme ça. Elle n'était que le moyen d'arriver à mes fins, rien de plus. Pas une seule fois pendant le temps que nous avons passé ensemble j'ai pensé à elle de cette façon. Inutile de dire que je l'ai tout de suite poussée et je suis descendu du lit. J'ai laissé l'argent sur la table de nuit et suis sorti de là à toute vitesse. C'est la dernière fois que je l'ai vue.

– Tu as dû accorder beaucoup de « faveurs sexuelles » si tu as gagné assez d'argent pour te payer une voiture, dit Indi d'un air écœuré.

Son attitude m'horripile vraiment. Je ne saurai jamais pourquoi j'éprouve le besoin de justifier mes actes devant elle, mais il est important pour moi qu'elle comprenne pourquoi je l'ai fait.

– J'ai commencé à faire des petits travaux pour elle quand j'avais douze ans. Je donnais la moitié de ce que je gagnais à ma mère, et le reste, je le mettais de côté. Comme je te l'ai dit, les faveurs sexuelles n'ont pas commencé avant que j'aie quinze ans. Malgré ce que tu penses, j'ai travaillé dur pour gagner cet argent. Il n'y a rien de mal à travailler pour obtenir ce qu'on veut.

– Je suis désolée que tu aies dû vivre ça, dit-elle en tendant la main pour couvrir la mienne à nouveau.

Je ne sais pas pourquoi elle en fait toute une histoire.

Mes yeux descendent sur sa main avant de remonter vers son visage. Elle l'enlève aussitôt, mais je le regrette, sans savoir pourquoi.

– Moi, je ne suis pas désolé, lui dis-je honnêtement. Cet argent nous a bien aidés. Ma mère a beaucoup galéré pendant toutes ces années.

– Je ne peux pas fermer les yeux sur ce qui s'est passé, mais je suis contente que ça ait aidé. Promets-moi que tu ne la laisseras plus profiter de toi, à l'avenir.

– Cette période de ma vie est terminée, lui dis-je.

Je crois que j'apprécie qu'elle semble s'inquiéter pour moi.

– Qu'a pu voir une femme adulte chez un gamin de quinze ans ? ajoute-t-elle en secouant la tête.

Je déteste toutes ces discussions sérieuses. Ça me met mal à l'aise.

– Je suppose que c'est parce que je suis irrésistible, dis-je en haussant les épaules.

Elle fronce les sourcils, ce qui me fait sourire.

– Qu'est-ce que tu es prétentieux !

– Je parie que tu aimerais bien profiter de mes talents, dis-je en empiétant sur son espace.

Cette vanne m'a échappé sans l'accord de mon cerveau.

– Tu es un porc, répond-elle, dégoûtée, en secouant la tête.

Et juste comme ça, tout revient à la normale. Les choses entre nous redeviennent comme elles étaient. Comme j'aime.

Heureusement, quelques minutes plus tard, la serveuse arrive avec notre commande. Maintenant, nous pouvons manger et mettre fin à ces foutus bavardages.

7

INDIANA

Je suis toujours déroutée par l'après-midi que j'ai passée avec Carter. Une fois de retour à la maison, je l'ai laissé travailler sur sa voiture et je suis allée promener Lassie. Pendant tout ce temps, j'ai analysé tout ce que nous nous étions dit au restaurant.

On ne peut toujours pas nous qualifier d'amis, loin de là. Pour être honnête, je ne sais pas du tout ce que nous sommes. Au moins, il a brièvement baissé la garde et m'a laissé avoir un aperçu du vrai Carter. Bien sûr, son effronterie est revenue de plus belle sur le trajet de retour, ce qui ne m'a pas vraiment surprise.

Dire que j'ai été choquée d'apprendre qu'on le payait pour du sexe serait un euphémisme. Sa proprio a l'air d'être un monstre. Un prédateur sexuel. Elle pourrait aller en prison pour ce qu'elle a fait. Peu importe ce qu'il pense, une femme adulte qui couche avec un garçon mineur, c'est mal sur tous les plans.

Et ça m'a brisé le cœur. J'apprécie le fait qu'il l'ait fait pour aider sa mère, mais je déteste la simple idée qu'il ait dû le faire. Il agit comme si ce n'était pas grave, mais je suis sûre qu'il y a eu des moments où cela n'a pas été facile pour lui.

Il m'a rembarrée quand je l'ai interrogé sur son père. Il y a clairement une histoire de ce côté-là, mais c'est son choix s'il ne veut pas en parler. Je suis contente que lui et sa mère n'ait plus à galérer. M. Shepard n'est pas dans le besoin. À mes yeux, c'est bien sa seule qualité. Je ne sais pas du tout ce que la mère de Carter lui trouve. C'est un crétin.

Mon père et moi lui disons bonjour pour être polis, mais ni lui ni moi ne l'apprécions vraiment. Mon père a failli se battre avec lui il y a quelques années quand il m'a insultée et m'a fait pleurer parce que Lassie avait fait ses besoins sur sa pelouse. C'est un chien. C'est ce que font les chiens.

Quand Lassie et moi sommes de retour à la maison, je trouve mon père et Carter la tête sous le capot de la voiture de ce dernier. J'apprécie que mon père l'aide. Puisqu'il n'a pas de père et que mon père n'a pas de fils, je pense que ça leur fera du bien à tous les deux. Tant que Carter arrête de m'embêter, ça me va.

Je n'arrive pas à croire que Brad ait dit ce qu'il a dit. Enfin, en réalité, si. Il a une petite réputation. Je savais que, si je me mettais avec lui, il s'attendrait à ce qu'on couche ensemble. Le fait que nous n'ayons même pas eu de rancard et qu'il prévoie de m'inviter juste pour me mettre dans son lit m'énerve. Je peux vous assurer qu'il n'obtiendra plus rien de moi, désormais.

***

Les jours passent et rien ne change vraiment entre nous. Carter insiste toujours pour m'accompagner et me ramener de l'école, même s'il continue à être un imbécile quatre-vingt-dix pour cent du temps.

Aucune fille n'est repassée par sa fenêtre depuis Jennifer. C'est un bon point. Je ne sais trop pourquoi ça me fait plaisir, mais c'est le cas. Ce n'est pas comme s'il y avait quelque chose entre nous.

Samedi est vite arrivé. Je me lève tôt et vais promener Lassie. En revenant à la maison, je tombe sur Elizabeth, la mère de Carter.

– Bonjour, Indiana ! me lance-t-elle.

– Bonjour. Vous sortez de bonne heure aujourd'hui, fais-je remarquer.

– Je vais voir une vieille amie. Elle vit à quelques heures d'ici, répond-elle avec un sourire agréable.

Je l'aime vraiment beaucoup. Je ne comprendrai jamais comment elle a pu engendrer un tel abruti.

– C'est sympa. Bonne journée, lui dis-je en lui retournant son sourire. Soyez prudente sur la route.

– Merci. Toi aussi, ma belle.

Elle tend la main et m'attrape délicatement le bras tandis que j'allais m'éloigner.

– Je suis contente que toi et Carter soyez devenus amis. Il n'avait pas beaucoup d'amis là où nous vivions, me confie-t-elle.

Pourquoi cela ne me surprend-il pas ? Je me contente de sourire. Je n'ai pas de mots. Nous sommes loin d'être amis, mais je n'ai pas le courage de le lui dire.

Après avoir détaché Lassie, je le laisse courir dans le jardin pendant que je rentre pour prendre mon petit-déjeuner. La punition de Meg a enfin été levée ; donc, elle passe à la maison tout à l'heure. Il va faire chaud aujourd'hui. Nous irons probablement nous baigner ou bronzer au bord du lac.

Après avoir mangé, je nettoie le désordre et vais dans ma chambre faire mon lit. Bien sûr, mes yeux sont traîtres et traînent vers la fenêtre de la chambre de Carter. Soudain, sa porte s'ouvre et il arrive en trombe. Il a l'air de mauvaise humeur aujourd'hui. Rien d'anormal.

Je suis interloquée quand je vois M. Shepard le suivre de près. Il attrape Carter par le bras et lui fait faire brusquement demi-tour. J'observe la scène, horrifiée. Ils sont nez à nez, et M. Shepard crie. Je n'entends pas ce qu'il dit à travers la fenêtre fermée, mais il n'est pas content. Je suis désolée pour Carter. Mon père ne me traiterait jamais comme ça, quel qu'ait pu être mon comportement.

Pfff ! Je ne supporte pas ce type.

Quelques minutes plus tard, il ressort en fulminant. Carter fait claquer la porte de sa chambre. Il pose ses poings serrés sur ses tempes et bascule la tête en arrière, regardant le plafond. Le pauvre. Le voir comme ça me déchire le cœur. Je suis tentée d'aller m'assurer qu'il va bien, mais je ne le fais pas. Il serait capable de reporter la faute sur moi.

Il doit sentir que je le regarde parce qu'il tourne brusquement la tête dans ma direction. J'ai envie de me cacher, mais ça ne servirait à rien. Je suis déjà démasquée. Je lui adresse un sourire compatissant, mais ce connard me rejette. Il fait quelques pas vers sa fenêtre et ferme brusquement ses stores. Il me rend vraiment folle parfois. J'ai un message de Meg qui me dit qu'elle arrive d'ici une heure ; je décide de ressortir jouer avec Lassie pendant ce temps. Je ne suis dehors que depuis quelques minutes quand j'entends la voix furieuse de M. Shepard.

– Je veux que la pelouse soit tondue, et les bordures, taillées. Tu as intérêt à faire du bon boulot. Je suis heureux d'héberger ta mère gratuitement, mais toi, tu dois gagner le gîte et le couvert. Je ne subviendrai pas aux besoins d'un bâtard qui n'est même pas le mien.

Ma main se plaque sur ma bouche. Je suis à la fois consternée et choquée qu'il lui dise ça. Comment ose-t-il ?

– Ouais, ben, si j'avais le choix, je ne serais pas là, répond Carter sur un ton découragé.

Ces commentaires cruels me tirent les larmes. Mon corps veut courir là-bas pour dire à ce con le fond de mes pensées. Il n'a pas le droit de parler à Carter de cette façon. Je suis consternée.

– Contente-toi de le faire ! aboie M. Shepard. Quand tu auras terminé, tu pourras nettoyer le garage.

Je le déteste encore plus, maintenant. Pauvre Carter. Je me demande si sa mère sait qu'on le traite de cette manière. Je vais en toucher un mot à mon père quand il se réveillera. Peut-être qu'il pourra lui en parler la prochaine fois qu'ils travailleront ensemble sur sa voiture.

Quelques minutes plus tard, j'entends la tondeuse démarrer. Je m'approche discrètement de la clôture en bois qui sépare nos propriétés et jette un œil par un espace dans la palissade. Il a l'air encore plus malheureux que d'habitude.

Nos jardins sont grands. Il va lui falloir une éternité pour faire tout ça. Mon père, au moins, a une tondeuse autoportée. Carter le fait avec une tondeuse toute simple qu'on doit pousser. J'aimerais pouvoir aller le voir et l'aider, mais je sais qu'il ne l'acceptera pas. Il est trop fier pour ça.

***

– Oh... mon... Dieu. Son corps est aussi beau que son visage. Ça devrait être un crime d'être aussi sexy, dit Meg.

Je tourne la tête vers elle. Ses lunettes sont posées sur le bout de son nez pendant qu'elle regarde devant elle. Je regarde dans la même direction qu'elle. Je suis à deux doigts d'avaler ma langue. Carter se dirige vers nous, torse nu. Ses abdos sont parfaitement dessinés. Il porte un slip de bain noir qui descend bas sur ses hanches, révélant un délicieux « V ». Waouh, quel corps ! Il est encore plus canon que je ne l'avais imaginé. Tout ce que je peux dire, c'est : « Dieu merci, je porte des lunettes de soleil. » Je suis presque sûre que mes yeux sortent de leurs orbites, là.

– Salut, Carter, roucoule Meg près de moi.

– Megan. La gamine, dit-il avec un signe de tête en arrivant près de nous.

J'aimerais qu'il arrête de m'appeler comme ça. Ce n'est pas parce que je suis petite que je suis une gamine.

Est-ce un tatouage que je vois sur ses côtes ? Ah oui. Il est écrit *Trust*. Je ne crois pas connaître d'autres mecs de dix-sept ans qui ont un tatouage. Ça fait tellement *bad guy*. Je ne sais pas pourquoi, mais je trouve ça sexy. J'aime le fait qu'il ne se conforme pas aux règles de la société, contrairement à moi. J'ai toujours été une petite fille modèle. J'ai toujours fait ce que les gens attendaient de moi. J'aime son côté indépendant et le fait qu'il ne semble pas se soucier de ce que pensent les gens de lui.

Meg et moi sommes toutes les deux allongées sur le ventre. Quand je vois les yeux de Carter se promener sur mon corps, je regrette d'avoir mis ce petit bikini qui ne cache pas grand-chose. Je me sens tellement exposée. Je jurerais entendre un râle venant de lui quand ses yeux atterrissent sur mes fesses, mais je n'en suis pas entièrement sûre.

– L'eau est bonne ? demande-t-il quand ses yeux reviennent à mon visage.

– Oui, s'empresse de répondre Meg. Je suis certaine qu'elle ne sera pas loin de bouillir quand tu entreras dedans.

– Meg, dis-je, les dents serrées.

Cette fille n'a aucune honte.

– Ne me dis pas que tu ne penses pas la même chose, *gamine*, dit-il avec un sourire arrogant.

Mon Dieu, qu'il m'agace. Il est tellement imbu de sa personne. Je choisis d'ignorer sa remarque et de rouler sur le dos avant de tirer mon chapeau de soleil sur mon visage. Je l'entends ricaner en passant à côté de moi. Quelques secondes plus tard, j'entends un « splash » quand il plonge dans le lac.

– Il s'est rincé l'œil sur ton cul et tes nichons quand tu t'es retournée. Il a carrément envie de toi, affirme Meg.

Je lève les yeux au ciel.

– Non, dis-je sèchement.

– Si. Tu devrais te lancer. Si tu ne le fais pas, je le ferai.

– Tu n'as pas intérêt, dis-je en retirant le chapeau de mon visage pour la regarder. D'ailleurs, tu as un petit copain, tu ne te souviens pas ?

– Derek commence à m'ennuyer. Je pense qu'il est temps de trouver de la chair fraîche, admet-elle avec un soupir.

– Qu'est-ce que tu peux être dévergondée ! dis-je en riant.

– Tu devrais essayer d'en faire de même, répond-elle avec un clin d'œil.

***

C'est l'un des rares jours de congé de mon père aujourd'hui ; alors, ce soir, nous allons faire un barbecue à l'arrière de la maison. Je suis dans la cuisine en train de préparer une salade et un gratin de pommes de terre pour accompagner la viande. Papa prend sa douche. Il a encore passé l'après-midi à travailler sur la voiture de Carter. On dirait qu'il aime vraiment ça. Meg est rentrée chez elle pour se changer. Elle se joindra à nous plus tard.

– Hé, ma princesse, dit mon père en entrant dans la cuisine. Qu'est-ce que je peux faire pour aider ?

– Tout se goupille plutôt bien. Quand Meg sera de retour, tu pourras allumer le gril. Je n'ai plus qu'à mettre le gratin au four.

– J'ai aussi invité Carter. J'espère que ça ne te dérange pas.

Ma bouche esquisse un sourire. J'adore le fait que mon père se soit pris d'amitié pour Carter. Il a besoin d'un modèle masculin positif dans sa vie.

– Bien sûr que non. Tu l'aimes bien, n'est-ce pas ?

– C'est un bon garçon.

Je dois l'admettre. Je pense que sous la surface qu'il présente et toutes les remarques acérées qu'il fait, c'est en effet un bon garçon. Je pense juste qu'il est incompris.

– Écoute, il faut que je te dise quelque chose. C'est à propos de Carter, dis-je en me tournant vers mon père.

– Je suis tout ouïe, répond-il en prenant une bière dans le réfrigérateur.

– Je sais que ça ne me regarde pas, mais monsieur Shepard a crié après Carter ce matin. Il l'a traité de bâtard et a dit que, s'il voulait vivre dans cette maison, il devait payer. Il l'a fait tondre la pelouse avec une tondeuse manuelle, puis nettoyer le garage.

– Quoi ? Ce type est un con, siffle mon père, la colère visible sur son beau visage.

– C'est exactement ce que je pense, papa. J'étais tellement désolée pour Carter. Je sais que tu ne peux probablement pas faire grand-chose, mais j'ai pensé que tu aimerais être au courant. Peut-être que tu pourrais en parler avec lui.

– Je vais m'en occuper, ma princesse, répond-il en se penchant pour m'embrasser sur la tête. Bon, je sors nettoyer le gril.

– Merci, papa.

J'ai de la chance d'avoir un père aussi merveilleux. Je l'aime tellement.

Je reste dans la cuisine à préparer les trucs jusqu'à ce que Meg arrive. Je suis secrètement ravie que Carter vienne. Je sais qu'il ne m'enquiquinera pas devant mon père. Enfin, je l'espère. Mon père lui botterait les fesses s'il savait comment il me traite. De temps en temps, son côté gentil transparaît, mais ce n'est pas souvent.

Il semble différent quand il est en présence de mon père. Je les entends souvent rire pendant qu'ils travaillent sur la voiture. Il a un rire vraiment fabuleux. C'est si différent du côté mélancolique que je vois habituellement. Mon père est un homme bien. Il aura une bonne influence sur Carter.

Une fois que Meg arrive, elle m'aide à sortir tout ce dont nous avons besoin pour mettre la table. Nous avons pris beaucoup de soleil toutes les deux aujourd'hui et nous avons un teint hâlé. Après ma douche, j'ai mis ma petite robe blanche. Elle accentue ma peau bronzée.

– Tu es sexy dans cette robe, dit-elle en me suivant à l'extérieur.

– Merci. Toi aussi. Tu es toujours jolie.

– Je sais, affirme-t-elle.

Et nous éclatons de rire.

Je m'arrête net quand j'arrive dehors. Meg ne s'y attendait pas et elle me rentre dedans. Carter est déjà là. Je n'étais pas au courant. Il a dû passer par le portillon du jardin. Il est assis sur l'un des canapés d'extérieur. Lassie est affalé sur ses genoux. Il rit avec mon père. Mon Dieu qu'il est beau quand il est heureux ! Le simple fait de le regarder me coupe le souffle et fait palpiter mon cœur.

Meg me pousse.

– Est-ce qu'il faut que j'aille chercher la serpillière pour essuyer ta bave ? murmure-t-elle à mon oreille.

Sale... ! J'ignore sa remarque et me remets à marcher. Heureusement, Carter était trop occupé pour remarquer que je le regardais.

– Voilà mes deux filles préférées, dit mon père quand il nous voit arriver.

La tête de Carter se tourne brusquement dans notre direction. J'observe ses yeux se promener sur mon corps avant de se poser sur mon visage. La manière dont il me regarde a un effet amusant sur mes parties féminines. J'ai chaud. Il n'a même pas encore remarqué Meg. Ses yeux sont rivés sur moi.

Mon père s'éclaircit la voix. Je le regarde. Ses yeux font des allers et retours entre Carter et moi. Zut.

– La viande est-elle prête ? dis-je pour essayer de détourner son attention et l'empêcher de dire quelque chose.

– Presque, répond-il en m'adressant un regard étrange.

Je sens bien que mon père a remarqué l'échange entre nous, et cela me met mal à l'aise.

– O.K., super. Quand j'aurai fini de mettre la table, je sortirai le gratin du four, dis-je sans croiser son regard.

– Voulez-vous une autre bière, monsieur Montgomery ? demande Meg à mon père.

Je l'adore. Elle a dû remarquer le regard que nous adressait mon père ; elle essaie d'adoucir les choses. J'adore la façon dont elle me soutient constamment.

– Avec plaisir, répond-il.

Désastre évité. Meg retourne dans la maison pendant que je mets la table.

– Viens, mon beau, dis-je à Lassie quand j'ai terminé.

Même si Carter ne semble pas gêné par le fait que Lassie soit affalé sur lui, il fait chaud ce soir, et je doute que ce soit agréable pour lui. Le chien m'ignore. Il ne fait jamais ça. Espèce de traître.

– Lassie.

Cette fois, ma voix est un peu plus autoritaire. Il ne vient toujours pas.

– C'est bon, laisse Larry tranquille. Hein, mon grand ? dit Carter en m'adressant un regard narquois tandis qu'il passe sa main dans ses longs poils.

– C'est « Lassie », dis-je sèchement en posant mes mains sur mes hanches et en faisant la moue.

Son sourire s'élargit. Je suis sûre qu'il fait ça pour m'embêter. J'entends mon père rire doucement. À l'évidence, lui aussi trouve ça amusant. Je les laisse tous les deux et retourne dans la cuisine.

Heureusement, le reste de la soirée se déroule sans incident. En fait, nous passons même un bon moment tous ensemble. Je n'arrive pas à croire à quel point Carter est différent ce soir. Mon père fait vraiment ressortir le meilleur de ce garçon.

– Il se fait tard, il vaudrait mieux que je rentre, dit Meg.

En général, elle dort à la maison, mais elle doit aller chez sa grand-mère, demain matin, et ne peut pas rester ce soir.

– J'ai bu, dit mon père en se levant. Je vais faire venir un gars du poste pour te ramener chez toi.

– Ne vous embêtez pas, monsieur Montgomery. Je vais rentrer à pied, répond Meg.

– Je t'accompagne, dis-je en me levant près d'elle.

– Non. Je n'aime pas l'idée que Megan rentre seule chez elle, mais si tu y vas, tu devras rentrer toute seule aussi, fait remarquer mon père.

– Je vais y aller avec elles, intervient Carter.

Mon père le regarde en considérant son offre.

– D'accord. Ça me va tant que Carter reste avec vous.

Je toise mon père. Il est sérieux ? Après le regard qu'il nous a jeté tout à l'heure, je suis surprise que le fait que nous nous retrouvions seuls ne le dérange pas.

***

Une fois devant la porte de Meg, je la prends dans mes bras pour lui dire au revoir.

– Ne fais rien que je ne ferais pas, chuchote-t-elle à mon oreille.

Cela lui vaut un pincement sous le bras. Il n'y a pas grand-chose qu'elle ne ferait pas.

– Aïe ! fait-elle en riant. Merci de m'avoir raccompagnée, Carter, ajoute-t-elle en se tournant vers lui.

– De rien, répond-il.

Les mains dans les poches, il a l'air cool, calme et sexy.

– Ne te dérange pas pour profiter de ma copine sur le trajet de retour ! lance-t-elle avec un clin d'œil.

Oh... mon... Dieu. Elle ne vient pas de dire ça ? Carter se contente de rire. Moi, par contre, j'ai envie de m'enfouir sous un rocher et mourir. Je suis contente de l'avoir pincée. J'aurais même dû y aller plus fort. Elle me le paiera demain. Je lui adresse un regard l'informant que je n'apprécie pas ce qu'elle vient de dire. Elle se contente de me sourire avec bienveillance. *Petite peste.*

Nous gardons tous les deux le silence sur le trajet de retour. Je ne sais pas quoi lui dire. Je bous toujours à l'intérieur après les paroles de Meg. D'un côté, j'espère qu'il suivra son conseil et, d'un autre, pas du tout. Je sais que je ne devrais probablement pas m'occuper de ce qui ne me regarde pas, étant donné que j'ai l'impression que le sujet du père est tabou, mais je me lance quand même.

– Ton beau-père te parle souvent aussi mal ? dis-je pour essayer de rompre ce silence gênant.

– On dirait bien, dit-il en haussant les épaules. C'est un enfoiré. Je ne le supporte pas. Je ne comprendrai jamais ce que ma mère lui trouve.

– Je me suis dit la même chose. Elle a l'air gentille, lui dis-je en secouant la tête pour essayer de comprendre.

– Tu ne l'aimes pas non plus ? demande-t-il en me regardant avec un air surpris.

– Non. Tout comme mon père. Ils ont failli se battre un jour.

– Pourquoi ?

– Lassie avait fait sa petite affaire sur sa pelouse. Tu sais, une crotte. Autant dire qu'il n'a pas apprécié. Quand il s'est mis à me crier après à m'en faire pleurer, mon père est devenu fou.

– Larry est un super champion, dit-il en riant.

– « Lassie ».

– Désolé, gamine, dit-il en passant son bras autour de mes épaules. Ce sera toujours Larry pour moi. Il faut que tu admettes que Lassie est un nom pourri pour un chien qui déchire grave comme lui.

Même si sa remarque m'agace, je souris comme une idiote. Je n'arrive pas à croire que son bras me touche. Je prends une profonde inspiration et respire son eau de Cologne. Elle est musquée et virile ; elle lui ressemble beaucoup. Je pourrais me noyer dans son parfum. Houlà ! C'est officiel : je suis pathétique.

Les nuits à cette période de l'année dans la banlieue de Sydney sont plutôt chaudes, mais sa température corporelle ne me dérange pas. Je n'ai pas l'intention de me plaindre.

– Je regardais *Lassie* à la télé avec mon père quand j'étais gamine, ce que je ne suis plus d'ailleurs.

Il penche la tête en arrière et éclate de rire. Je l'ignore et poursuis.

– Après chaque épisode, je le suppliais de m'acheter un chien comme ça. Un jour, il est rentré à la maison avec Lassie. Bien sûr, ce n'était pas un collie, mais je m'en fichais. Ils avaient tous les deux des poils longs et une couleur similaire. Mon Lassie venait d'une portée de chiots d'une chienne de la police. C'est comme ça que mon père l'a eu.

– Belle histoire, beau chien, mais malheureusement, toujours un nom pourri pour mon Larry.

Je lui donne un coup de coude taquin dans le ventre et il se remet à rire. Il baisse vraiment sa garde ce soir. Je regrette qu'il ne soit pas comme ça plus souvent. En fait, ce n'est pas un mauvais garçon quand il ne fait pas le con.

– Moi, je l'aime bien. Alors, on le garde, dis-je en m'imposant.

– Eh bien, moi, j'aime Larry, alors, c'est comme ça que je continuerai à l'appeler, proteste-t-il en me rapprochant de lui.

Je suis si petite comparativement à lui que je tiens parfaitement sous son bras.

Nous faisons le reste du trajet en silence. Je suis tentée de passer mon bras autour de sa taille, mais je ne le fais pas. Je suis certaine que son bras autour de moi n'a rien de romantique de sa part ; ce n'est qu'un geste amical. Quand nous arrivons devant chez moi, nous nous arrêtons.

– Tu entres ou tu retournes chez toi ?

– Non. Je pense que je vais rentrer. Remercie ton père de ma part de m'avoir invité ce soir, ajoute-t-il en lâchant mon épaule avant de se tourner vers moi.

– Ce sera fait.

Je me retourne pour m'éloigner.

– Bonne nuit, Carter, dis-je en le regardant par-dessus mon épaule.

Il tend la main et me tire vers lui. Mon corps se retrouve contre le sien. Il me retourne pour que je lui fasse face et il glisse ses bras autour de ma taille pour me coincer contre lui.

– Tu es déçue que je n'aie pas suivi le conseil de ta copine ?

Sa voix est grave et sexy. Quand ses yeux plongent dans les miens, mon rythme cardiaque accélère.

– Quoi ?

Dans un premier temps, je ne sais trop de quoi il parle, puis je me souviens : la remarque de Meg.

– Non, dis-je avec un cri strident en faisant la grimace.

– Menteuse, lâche-t-il avec un sourire narquois. Tu espérais que je profite de toi.

– Non.

J'essaie de me retourner pour m'éloigner, mais il me retient. Qu'est-ce qu'il est imbu de sa personne ! D'accord, il y avait une partie de moi qui l'espérait, mais je ne l'admettrai certainement pas devant lui. Le fait que je puisse le vouloir malgré la façon dont il me traite est déroutant.

Il me serre plus fort contre lui pendant que l'une de ses mains incline ma tête vers la sienne et qu'il plonge à nouveau son regard dans le mien. Mon cœur bat à tout rompre. Ses yeux descendent sur mes lèvres avant de remonter vers mes yeux. Son visage s'approche extrêmement lentement. Oh mon Dieu ! Je crois qu'il va m'embrasser.

Ma respiration se fait superficielle quand ses lèvres sont à quelques centimètres des miennes.

– Tu veux que je t'embrasse, hein ? souffle-t-il.

– Oui, dis-je sans hésiter.

Est-ce que je viens de l'admettre à voix haute ? Je m'attends à ce qu'il éclate de rire et se moque de moi avec un « Je te l'avais dit : je te plais », mais étonnamment, il ne le fait pas. Au lieu de cela, il gémit avant que ses lèvres ne touchent les miennes. Mes mains remontent pour attraper son tee-shirt et le serrer contre moi.

Quand mes lèvres s'entrouvrent, il glisse sa langue dans ma bouche, approfondissant son baiser. C'est un baiser sensuel. Je gémis contre sa bouche. Personne ne m'a jamais embrassée comme ça avant. C'est l'un de ces baisers qui vous donnent envie de crisper les orteils. Est-il possible d'avoir un orgasme juste avec un baiser ? Parce que je crois que je ne suis pas loin d'en avoir un.

Je serre les cuisses. Personne ne m'a jamais excitée comme ça. Soudain, la lumière du porche s'allume. Mince, mon père. Nous nous éloignons l'un de l'autre.

– Indi, c'est toi ? lance mon père derrière la moustiquaire.

– Oui, c'est moi, dis-je, les yeux toujours rivés sur Carter.

Nous sommes tous les deux à bout de souffle.

– J'arrive.

Carter souffle en passant ses mains dans ses cheveux noirs. Ses yeux ne m'ont toujours pas quittée. Je pense qu'il est aussi choqué que moi.

Je fais quelques pas en arrière. C'était quoi, ça ? Je n'arrive pas à parler. Je n'ai pas de mots pour ce qui vient de se passer. Pas de mots pour ce que m'a procuré ce baiser.

– Je dois y aller.

C'est tout ce que je dis alors que je me retourne et monte les marches. *Loin de lui.*

8

CARTER

Mon Dieu. C'était quoi, ça ? Je ne sais pas ce qui m'a pris. O.K., dès l'instant où je l'ai vue, j'ai voulu que ses lèvres se posent sur moi, je veux bien l'admettre. Mais je n'ai *jamais* pensé que j'agirais en conséquence. *Jamais* pensé que ça se réaliserait vraiment. Et *jamais* pensé que cela me ferait cet effet. La vache.

Je suis dans la merde jusqu'au cou.

Après qu'elle est rentrée chez elle, je suis resté là. C'était comme si mes jambes ne fonctionnaient pas. Mais ce qui est coincé entre les deux va très bien. Cet obsédé se dresse fièrement. Il est tellement dur que ça fait mal. Pourquoi me suis-je aventuré dans cette histoire ? *Pourquoi ?*

Quand le sang quitte enfin ma queue et redescend dans mes jambes ; je me traîne jusqu'à la maison. Je ne prends pas la peine de passer par la porte d'entrée. Je grimpe directement par la fenêtre de ma chambre. Je ne peux pas affronter ma mère ou Peigne-Cul maintenant. J'ai la tête tout embrouillée. Qu'est-ce que je vais faire ? Même si ça me plairait vraiment beaucoup, je ne peux pas prendre cette voie avec elle. C'est impossible.

***

Après une nuit d'insomnie, je me lève tôt et me dirige vers ma voiture. Je ne sais pas du tout où je vais, mais je ne peux pas rester dans le coin aujourd'hui. Je ne peux pas prendre le risque de croiser Indiana. Ce baiser me hante encore. Ce qu'il me faut, c'est rester le plus loin possible d'elle. Elle me fait ressentir des choses. Des choses que je ne veux pas ressentir.

Il m'a fallu douze longues années pour construire cette barrière autour de mon cœur. Mon bouclier protecteur. Celui qui bloque tous sentiments. Si on ne ressent rien, on ne peut pas être blessé. O.K. ? En tout cas, c'est ma logique.

Il lui a fallu seulement quelques jours pour faire une fissure dans les fondations que je me suis démené à ériger. Qu'elle aille se faire voir, avec son beau soleil et ses arcs-en-ciel. Avec sa lumière qui essaie de pénétrer mon obscurité. Je n'en ai pas besoin et je n'en ai carrément pas envie.

Je me retrouve dans un parc, à des kilomètres d'où je vis maintenant. Je ne suis même pas sûr de quel quartier il s'agit. Quelle importance ? Cela me fournit ce dont j'ai besoin : de la distance, du temps pour réfléchir, du temps pour assimiler. Du temps pour trouver ce que je vais bien pouvoir faire avec cette satanée Indiana Montgomery. Pourquoi s'immisce-t-elle insidieusement dans mon cœur comme ça ?

J'écrase ma cigarette et en allume aussitôt une autre. Mais ça ne m'aide pas. Alors, je me penche sur le siège passager pour attraper mon carnet de croquis en glissant la main sous le siège. Cela fait des mois que je n'ai rien dessiné. Peut-être que ça me calmera. Ça a marché dans le passé.

En parcourant les pages, j'étudie mes dessins précédents. Ils sont plutôt sombres, des crânes, des démons et des serpents, des trucs dans le genre. Cela correspond à ma personnalité, je suppose. Je sors un crayon de la boîte à gants et me mets à dessiner. Quand j'ai fini, je fixe mon travail.

Habituellement, je me lance et laisse ma main dessiner ce qu'elle veut. Évidemment, aujourd'hui, elle a décidé de la dessiner. Ces grands yeux bordés de longs cils épais et ces belles lèvres charnues qui ont un maudit goût de paradis. Mon Dieu qu'elle est belle ! *Mince...*

Je déchire la page du carnet, la mets en boule et la jette par terre. J'attrape mon paquet de cigarettes avant de sortir de la voiture pour marcher dans le parc et finir par m'asseoir sous un arbre.

J'ouvre mon carnet à une nouvelle page. Cette fois, je m'assure de maîtriser ce que fait ma main. Pas moyen qu'elle dessine cette gamine. Finalement, ce sera le dessin d'un crâne avec un serpent qui sort des orbites et des roses noires. Voilà qui est mieux. Je le pose sur mes genoux pour allumer une autre cigarette, puis m'adosse à nouveau contre le tronc pour admirer mon œuvre.

– Salut, mec. Tu as du feu ?

Je lève les yeux et vois un type couvert de tatouages qui approche. Il a un énorme piercing en argent à travers le sourcil et des écarteurs d'au moins deux centimètres dans chaque lobe. Je me fiche des piercings, mais s'écarter les lobes comme ça me semble extrême. Ce n'est pas comme si on voulait encore porter ces trucs aux oreilles à soixante-dix ans. Qu'est-ce qu'il fera alors avec ces énormes trous ?

– Bien sûr, dis-je en lui lançant mon briquet.

– Merci. J'ai laissé le mien au salon.

Il se penche et me le rend une fois sa cigarette allumée.

– Hé ! C'est toi qui as dessiné ça ? demande-t-il en regardant mon carnet.

– Ouais.

– C'est pas mal. Ça te dérange si je jette un œil ?

– Je t'en prie, dis-je en le lui tendant.

Je n'ai jamais montré mon travail avant, mais je ne connais pas ce type ; alors, quelle importance ? Je me fiche bien de savoir ce qu'il pense.

– Ça ferait un tatouage carrément génial. Tu as déjà pensé à les vendre ?

– Non. Je fais ça pour le fun.

– Je suis le propriétaire du salon de tatouage de l'autre côté de la rue, dit-il en désignant la rangée de boutiques au bout du parc.

Puis il revient sur d'autres de mes dessins.

– Waouh, ils sont déments.

– Merci, mec.

Je dois admettre que je suis choqué qu'il apprécie mon travail.

– Je suis sérieux. J'adorerais les acheter. Je cherche toujours de nouveaux motifs. Tu me les vends ?

Je hausse les épaules. Qu'est-ce que je fais ? Je ne sais pas trop. Ce serait plutôt sympa de savoir que mes dessins ont été tatoués sur quelqu'un de manière permanente. J'ai même pensé à m'en faire quelques-uns moi-même quand je pourrai me le permettre. Les tatouages ne sont vraiment pas donnés.

– Tu veux venir jeter un œil à mon salon ?

– Pourquoi pas, dis-je en me levant.

Je n'ai rien de mieux à faire.

– Jax ! lance-t-il en me tendant la main.

– Carter.

Je traverse la rue avec lui. Sa boutique est vraiment sympa. Elle ne paie pas de mine vue de la rue, mais à l'intérieur, le décor est dingue. Mes yeux se promènent partout avant d'atterrir sur la fille derrière le comptoir. Elle a les bras couverts de tatouages et des cheveux rose vif, mais vous me croirez ou non, ça lui va bien. Elle est plutôt sexy. Elle a un beau décolleté. Elle doit avoir à peine vingt ans.

– Candice, voici Carter, dit Jax tandis que nous nous approchons.

Elle n'essaie même pas de se cacher quand elle me dévisage.

– Salut, beau gosse ! lance-t-elle avec un clin d'œil.

– Salut, dis-je en inclinant la tête.

– Regarde un peu ces dessins, dit Jax en lui tendant mon carnet.

Je sais que mes dessins sont bons, mais sans que je sache pourquoi, cela me met mal à l'aise qu'elle les voie.

– Waouh ! Ils sont fantastiques. C'est toi qui les as faits ? demande-t-elle en me regardant dans les yeux.

J'acquiesce.

– Ils sont super. Oh ! je voudrais bien celui-là sur la fesse, dit-elle en montrant l'image d'une tête de mort sur un lit de roses.

Sa remarque me fait sourire. Je parie qu'elle a un joli derrière.

– Je te donne cent cinquante dollars, annonce soudain Jax.

Je hausse les épaules.

– Pourquoi pas ?

Je n'arrive toujours pas à croire qu'il veut les acheter.

– Parfait.

Il parcourt rapidement le carnet et compte le nombre de dessins qu'il contient.

– Quinze, dit-il en se penchant pour attraper la calculatrice sur le comptoir.

Il appuie sur des chiffres.

– Ça fait… deux mille deux cent cinquante dollars, ajoute-t-il. Ça te va ?

– Tu me paies cent cinquante dollars par dessin ? dis-je, incrédule.

– Ouais. Tu pensais que c'était cent cinquante pour le tout ?

– Oui.

Je me sens idiot. Jax éclate de rire et secoue la tête devant ma naïveté.

– Ils sont bons, mon pote. Je récupérerai plus que mon investissement en une seule fois. Ils vont bien se vendre. Je connais déjà quelques personnes qui vont les adorer.

– Mince alors, dis-je en souriant et secouant la tête.

Qui savait que des petits dessins pouvaient me rapporter autant de fric ? Je vais pouvoir acheter les pièces que j'ai fait mettre de côté pour ma voiture, maintenant.

– J'ai un client qui ne va pas tarder à arriver. Il va falloir que j'aille tout installer. Candice va te payer. Content d'avoir fait ta connaissance, mec, dit-il en me serrant la main. Si tu as d'autres dessins dont tu veux te débarrasser, tu sais où me trouver.

– Merci.

Je suis toujours sous le choc. C'est carrément génial.

– Non, merci à toi. À un de ces quatre ! lance-t-il en se dirigeant vers l'arrière-boutique.

Je l'aime bien. C'est un mec cool.

Candice ouvre la caisse et commence à poser les billets sur le comptoir.

– Et voilà, beau gosse.

Elle m'adresse un sourire séducteur en me tendant l'argent.

– Merci, dis-je en prenant le fric pour le glisser dans ma poche.

Je l'observe arracher soigneusement les pages sur lesquelles se trouvent mes dessins avant de prendre un stylo et écrire quelque chose à l'intérieur de la couverture de mon carnet.

– Tiens. J'ai écrit mon numéro. Si tu as envie de me voir, appelle-moi. Je serais curieuse de voir ce que tu peux faire d'autres avec ces mains.

Je ris en récupérant mon carnet. J'aime les femmes qui savent ce qu'elles veulent.

– Ça me paraît sympa comme idée, dis-je en lui faisant un clin d'œil tandis que je me tourne pour sortir du salon.

Habituellement, j'aurais sauté sur l'occasion, mais il faut d'abord que je mette les choses au clair avec Indiana. Merde.

Je décide d'acheter un truc à manger. Comme j'ai quitté la maison très tôt, je n'ai même pas pris de petit-déj. Il y a un café pas loin.

Une fois que j'ai mangé un bout, je retourne à ma voiture. Il n'est même pas encore midi, et je n'ai pas l'intention de rentrer pour le moment. Si je peux éviter de voir Indiana toute la journée, tant mieux. Maintenant que je suis blindé, je suppose que je peux faire ce que je veux.

***

Il fait nuit quand j'arrive dans ma chambre par la fenêtre. La lumière chez Indi est éteinte. Elle dort probablement, déjà. Je ne sais absolument pas ce que je vais faire pour l'école demain matin. Je ne suis pas sûr d'avoir envie de l'y conduire. L'avoir près de moi n'est pas une bonne idée. Il faut que j'identifie mes sentiments, que je mette de l'ordre d'abord.

– Carter, tu es là ? demande ma mère en tapant à ma porte.

– Oui, maman. Entre.

– Où étais-tu toute la journée ? Je me suis inquiétée, dit-elle avec un air soucieux.

– Je suis juste allé me promener en voiture. C'est tout.

– Tu vas bien ?

Elle vient s'asseoir près de moi sur le lit. Je reconnais ce ton. Elle est inquiète. Je déteste lui causer du souci.

– Oui. Ça va.

Je me force à afficher un sourire rassurant.

– Tu n'es pas heureux ici, n'est-ce pas, Carter ?

– Ça me convient, maman. J'avais juste envie de sortir aujourd'hui. Honnêtement.

Quel mensonge ! Je déteste cet endroit, mais le truc, c'est qu'elle, non. Je vois bien qu'elle est heureuse. Et tout ce que je veux, c'est la voir heureuse. C'est tout ce que j'ai toujours voulu. Je ne vais pas gâcher ça.

Faire semblant d'être heureux ici est la moindre des choses que je puisse faire pour elle. Je suis sûr que je pourrai m'y tenir pendant quelques mois. *J'espère.*

– Tu es sûr ? Je détesterais me dire que ce n'est pas le cas.

– Mais oui, maman. J'aime bien cet endroit.

Encore des bobards. Je déteste lui mentir, mais je le fais pour la protéger et je suppose que ce n'est pas grave.

– D'accord. Je suis contente, dit-elle en posant sa main sur mon genou et en le serrant avant de se lever de mon lit.

Elle se penche et dépose un baiser sur mon front.

– Bonne nuit, mon bébé. Je t'aime, ajoute-t-elle en me caressant doucement le visage.

– Je t'aime aussi, maman.

Après une petite douche, je me mets au lit. Quelques minutes plus tard, mon téléphone sonne. Je l'attrape dans le noir. Merde, c'est Jen. Elle veut savoir si elle peut venir. Si je savais que me perdre dans sa chatte m'aiderait à oublier, j'accepterais, mais je sais que ça ne marchera pas. La dernière fois, je n'ai pas arrêté de penser à Indiana. Je pose mon téléphone sur la table de nuit et ignore son message.

Quand j'ouvre les yeux, je regarde l'heure près de mon lit. Il est sept heures. Je n'ai pas envie d'aller en cours aujourd'hui, mais il le faut. Je pense que je vais partir tôt pour ne pas croiser Indiana. Je ne suis toujours pas prêt à l'affronter après ce baiser.

Ma mère a préparé mon petit-déjeuner quand j'arrive dans la cuisine. J'adore passer ce moment avec elle. Peigne-Cul étant déjà parti travailler, il n'y a que nous deux. Comme au bon vieux temps.

– J'ai remarqué que tu passais beaucoup de temps avec Ross, le voisin, dit-elle en posant une assiette d'œufs au bacon devant moi.

– Ouais. Il m'aide sur ma voiture. Il en connaît un rayon.

– C’est bien. Je suis contente qu’il t’aide. Je devrais le remercier la prochaine fois que je le croiserai. Tu sais que John t’aiderait s’il s’y connaissait en voiture, hein ? dit-elle comme si elle croyait vraiment ces foutaises.

De qui elle se moque ? Ce crétin ne m’aiderait pas. Bon sang, il l’a vraiment dupée.

– Ouais.

C’est tout ce que je réussis à dire alors que je m’efforce d’avaler mon assiette. Je pense qu’il vaut mieux qu’elle pense qu’il est gentil avec moi. Le contraire lui ferait du mal.

Quand je retourne dans ma chambre pour prendre mon sac à dos, je vois Indi qui passe discrètement par le portail et se dépêche le long de sa maison. Elle a dû avoir la même idée que moi. Pourquoi cela m’énerve-t-il autant ? Je voulais partir sans qu’elle me voie, mais maintenant qu’elle fait de même, ça ne me convient pas. Pas le moins du monde.

9

INDIANA

J'entends un « Hé ! » tandis que je passe d'un pas pressé le long de la maison. Mince. J'ai envie de continuer à marcher, mais impossible. On dirait que je suis piégée. Je m'arrête et me retourne. Carter est à la fenêtre de sa chambre avec un air renfrogné. Je soupire quand je le vois.

– Où crois-tu aller comme ça ? lance-t-il.

Il est sérieux ?

Il m'énerve et je ne peux même pas dire pourquoi. En fait, si. Je suis restée allongée sur mon lit pendant des heures l'autre soir, à me repasser ce baiser dans la tête. Je ne savais pas quoi en penser ou que faire. Puis hier matin, j'ai entendu sa voiture démarrer à l'aube. Je me suis précipitée vers ma fenêtre juste à temps pour le voir faire marche arrière dans l'allée.

Il n'est pas rentré avant vingt et une heures. Il est parti plus de quinze heures. S'est-il absenté toute la journée pour éviter de me croiser ou y avait-il quelque chose d'autre ? Ou devrais-je dire *quelqu'un* d'autre ? Je ne peux pas dire pourquoi cette pensée me dérange autant, mais c'est comme ça. Vraiment. Tant de scénarii me sont passés par la tête alors que les heures avançaient et qu'il ne revenait pas. Plus il tardait, plus j'étais inquiète. Était-il avec Jen ? Ou pire, avec son ex-propriétaire ?

– Je vais prendre le bus, dis-je en croisant les bras sur ma poitrine en signe de contrariété.

– Je ne crois pas, non.

Il saute de sa fenêtre et se dirige vers moi. Je me retourne et commence à avancer vers la rue.

– Hé ! lance-t-il en tendant la main pour me saisir par le bras quand il me rattrape. Qu'est-ce qui t'arrive ?

– Rien, dis-je en essayant de me libérer.

– Alors, pourquoi tu pars en douce comme ça ?

Je devine au ton de sa voix qu'il est contrarié. Je me retourne pour lui faire face. Mince. Il est blessé. Ça se lit sur son visage.

– Où es-tu allé hier ?

Cela ne me regarde pas, mais ça m'a rongée toute la nuit. Je ne suis pas sa mère et je sais qu'un unique petit baiser, incroyable et hyper sensuel ne fait certainement pas de moi sa petite amie, mais bon sang, j'ai trop envie de savoir.

– Je suis sorti.

Et c'est tout ce qu'il répond. Je suis tentée de lui dire : « Je sais que tu es sorti, crétin », mais je m'abstiens. Je considère son air évasif en fronçant les sourcils.

– Où ?

– Me promener.

Voilà qui m'en dit long. *Ou pas.*

– C'est ça, le problème ? demande-t-il.

– Non, dis-je parce que j'ai soudain l'impression d'être une idiote d'avoir été bouleversée par tout ça.

Il n'a même pas à me répondre.

– Menteuse.

– Je ne suis pas une menteuse ! dis-je en plaçant mes mains sur mes hanches.

– Si. Ça te dérange que je sois sorti, n'est-ce pas ? Nous avons partagé un baiser et, maintenant, je n'ai plus le droit d'aller où que ce soit sans toi. C'est un peu exagéré, tu ne crois pas ?

– Si c'est ce que tu crois, tu es encore plus imbu de ta personne que je le pensais à l'origine.

Je me retourne et m'en vais. Pas parce que ce qu'il a dit m'a mise en colère, mais parce que je suis gênée par la scène que je lui fais. Il a raison : j'exagère. Je n'ai pas le droit d'être en colère contre lui. *Bien joué, Indi.* Il va penser que je suis la folle de *Liaison fatale*. Il croit probablement que je vais faire cuire son lapin. Enfin, il le croirait s'il en avait un.

– Reviens ici, m'ordonne-t-il.

Je l'ignore et continue de marcher. J'atteins à peine le trottoir quand je suis soulevée dans les airs et jetée sur son épaule. Il ne dit rien et moi non plus. Après avoir récupéré sa clé dans sa poche, il ouvre la portière côté passager et me dépose dans la voiture.

Qu'on m'achève, maintenant.

Le silence règne pendant tout le trajet jusqu'à l'école. Et tant mieux. J'ai honte d'avoir agi comme une enfant gâtée. On dirait que le surnom de « gamine » me va bien, finalement.

– Tu as intérêt à être là cet aprèm, quand ce sera l'heure de rentrer, dit-il sur un ton menaçant une fois qu'il a garé la voiture.

Son ordre ridicule me donne presque envie de rire. Presque. Mais je suis surtout soulagée que la voiture soit arrêtée. Il est temps de m'échapper et de m'éloigner autant que possible de lui.

***

– Crache le morceau, dit Meg quand je m'approche de mon casier.

J'ai évité ses appels toute la journée d'hier.

– Il n'y a rien à dire, dis-je en la poussant pour pouvoir poser mon sac à l'intérieur.

– Indiana Isabella Montgomery.

Elle utilise toujours mon nom complet quand elle est contrariée.

Mince. Elle n'abandonnera pas tant que je ne lui raconterai pas tout. Je ferme la porte et appuie ma tête contre le casier en poussant un soupir exaspéré.

– On s'est embrassés. C'est tout. Tu es contente, maintenant ?

– Oh... mon... Dieu. Je le savais. Je me suis inquiétée quand tu n'as pas répondu à mes appels, puis je me suis dit que tu passais peut-être la journée avec ton voisin sexy, dit-elle, tout excitée.

J'aurais bien aimé.

Je l'ignore et me dirige vers mon premier cours.

– Indi ! lance-t-elle dans mon dos tout en courant pour me rattraper.

Elle me saisit par le bras pour m'arrêter.

– Qu'est-ce qui te prend, aujourd'hui ? Tu es en colère contre moi ou quoi ?

– Non, dis-je en me retournant vers elle.

L'inquiétude que je vois sur son visage me fait monter les larmes aux yeux. Peut-être que tout ce qui s'est passé depuis qu'il m'a embrassée est la vraie raison de mon état. Je pense que c'est ça, le truc.

Sans dire un mot, elle me tire dans le couloir jusqu'aux toilettes des filles.

– Qu'est-ce qu'il y a ? demande-t-elle quand nous sommes à l'écart.

Je ne trouve pas mes mots. Les mains plaquées sur mon visage, je me mets à pleurer.

– Bon sang, qu'est-ce qui se passe ?

Elle me prend dans ses bras et me serre fort.

– Qu'est-ce que ce connard t'a fait ?

– Rien, finis-je par dire.

Elle pose ses mains sur mes épaules et me fait reculer pour pouvoir voir mon visage.

– Arrête tes bêtises. Ça fait douze ans que nous sommes

amies et je peux compter sur les doigts de la main le nombre de fois où je t'ai vue pleurer.

Quand d'autres filles entrent, elle m'attire dans une cabine et nous y enferme. Je lui en suis reconnaissante. La rumeur se propage vite dans cette fichue école. Si on apprend que je pleure dans les toilettes, les gens seraient capables d'inventer des histoires.

Je finis par tout lui raconter. Du baiser au fait qu'il ait disparu toute la journée d'hier et ce qui s'est passé ce matin.

– Chérie, je pense que tu y attaches trop d'importance.

– Tu crois ?

J'ai vraiment besoin de son avis sur la question. J'ai l'esprit tout embrouillé.

– Oui. Je suis sûre qu'il y a une explication logique. Je vois bien comment il te regarde. Il est fou de toi, Indi. Je ne l'imagine pas aller voir quelqu'un d'autre alors qu'il a des sentiments pour toi.

Je hausse les épaules. A-t-il vraiment des sentiments pour moi ? Ou veut-il juste me mettre dans son lit, comme Brad ? Une fois que j'ai retrouvé mes esprits, elle nous laisse sortir des toilettes. Je me mets un peu d'eau sur la figure avant de partir. Je vais essayer d'oublier tout ça pour le moment.

Carter Reynolds a assez semé la pagaille dans ma tête pour le moment.

Je parviens à éviter Carter le reste de la journée. Je l'ai vu au loin à l'heure du déjeuner. Enfin, j'ai vu son dos tandis qu'il sortait en trombe du réfectoire. Brad a décidé de venir s'asseoir avec nous aujourd'hui. Je ne sais pas si ces deux éléments ont un rapport.

Depuis que j'ai repoussé Brad, il ne m'a pas laissée tranquille. Je suppose qu'il n'aime pas qu'on lui dise « non ». Je suis probablement la première fille dans l'histoire à avoir refusé ses avances. Il peut essayer tout ce qu'il veut, je peux vous assurer qu'il ne verra même pas la couleur de ma petite culotte.

Suivant bien les ordres, après mon dernier cours, je me dirige vers le parking. Carter est scandaleusement sexy, appuyé contre sa voiture alors que je marche vers lui. Je m'efforce de ne pas le dévisager, mais ces traîtres d'yeux font ce que bon leur semble. Oups !

– Tu apprécies ce que tu vois, *gamine* ? demande-t-il.

Bon sang, ce que son effronterie m'agace !

– Absolument pas.

Je lève les yeux au ciel en me dirigeant vers le côté passager. Il ricane en montant dans sa voiture. Ni lui ni moi ne parlons pendant les premières minutes du trajet.

– Tu vas continuer à me punir par ton silence ? demande-t-il.

Je ne réponds pas.

– As-tu l'intention de me dire ce que j'ai fait pour te contrarier à ce point, ou tu es juste ronchon parce que tu es dans ta mauvaise période du mois ?

– Quoi ? Grrrrr. Non. Je n'arrive pas à croire que tu aies dit ça.

Il bascule la tête en arrière et se met à rire. C'est rare. Il est absolument à couper le souffle quand il rit comme ça.

– Au moins, j'ai réussi à te faire parler, dit-il sur un ton suffisant.

Je pousse un soupir plein de regrets.

– Je suis désolée.

– Pour quoi ? demande-t-il en me regardant.

– Pour mon comportement. C'était déplacé.

– Vas-tu me dire ce qui te chagrine ?

– Non. C'était idiot. Oublie tout ça.

– C'est déjà oublié, répond-il avec le sourire alors qu'il tend le bras pour poser sa main sur ma cuisse. Ça vaut ce que ça vaut, mais si c'est moi qui t'ai contrariée, je suis désolé aussi.

Waouh ! Est-ce qu'il vient de s'excuser ? Voilà bien trois mots que je ne pensais pas entendre un jour sortir de sa bouche.

Il retire sa main de ma jambe et la repose sur le volant. Je me surprends à le regretter.

– J'ai remarqué que Brad t'a tourné autour aujourd'hui, dit-il quelques minutes plus tard.

– Ouais. Je pense que j'ai blessé sa fierté en lui disant que je n'étais pas intéressée.

– Tu lui as dit ça ?

– Je le lui ai dit la semaine dernière. Je devine à son comportement d'aujourd'hui qu'il ne m'a pas prise au sérieux.

– Tu veux que j'aie une discussion avec lui ? me propose-t-il en tournant la tête vers moi.

– Non, dis-je en riant. J'imagine bien ce que tu lui dirais. Je suis une grande fille. Je peux me débrouiller.

– Tu es une grande fille ? répète-t-il sur un ton sarcastique en levant un sourcil.

Mais il se retient de sourire ; alors, je sais qu'il plaisante.

– Tu as des miroirs chez toi ?

– Ha, ha ! dis-je en tendant le bras pour lui mettre un coup de poing taquin dans le bras.

Nous rions ensemble. Je ne sais toujours pas où cela va nous mener, mais je suis contente que les choses aillent de nouveau bien entre nous. Quand il ne tourne pas au carrefour vers notre rue, je suis surprise.

– Où allons-nous ?

– Je dois passer récupérer quelque chose. Je me suis dit qu'on pourrait peut-être manger un burger ensemble tant qu'on y est.

– Ça me va.

Je suis à la fois contente et surprise qu'il veuille sortir avec moi.

Nous nous garons devant l'endroit où nous avons mangé l'autre jour. Nous nous asseyons à la même place.

– Tu prends la même chose ? me demande-t-il. Je n'arrive toujours pas à croire que tu aies mangé tout ça la dernière fois. Tu as le ver solitaire ou quoi ?

– Non, dis-je en haussant les épaules. J'ai toujours été une bonne mangeuse.

Il me sourit en secouant la tête.

– Je ne sais pas où tu mets tout ça. Ça ne se voit pas.

Pendant que nous attendons que notre commande arrive, nous nous mettons à bavarder. Rien d'ennuyeux comme la dernière fois, Dieu merci. Quand il ne fait pas le con, il est plutôt drôle. Je crois que nous ne nous sommes jamais aussi bien entendus jusqu'ici.

– Merci de m'avoir amenée ici, dis-je un peu plus tard tandis que nous quittons le restaurant. En fait, tu n'es pas si mal quand tu es gentil, dis-je en plaisantant, même si je suis on ne peut plus sérieuse.

Il passe son bras sur mon épaule.

– Tu n'es pas mal non plus pour une gamine agaçante ! lance-t-il en riant.

Je lui donne un petit coup de coude dans les côtes.

– Je te taquine. Passer du temps avec toi n'est pas aussi pénible que je le pensais.

Je souris parce que je sais qu'à sa manière un peu tordue, c'est un compliment. Nous nous dirigeons vers le magasin de monsieur Gregory.

– Tu ne vas pas acheter des pièces à crédit, non ? Tu ne crois pas que tu devrais plutôt attendre de pouvoir les payer ?

– En fait, je suis là pour les récupérer, répond-il.

– Je croyais que tu n'avais pas assez d'argent.

Cela éveille aussitôt mes soupçons.

– Ce n'était pas le cas l'autre jour. Disons simplement que je me suis fait un peu de fric hier, dit-il avec un sourire.

J'ai un pincement au cœur. J'avais raison. Il est vraiment allé voir cette traînée, son ex-propriétaire. J'ai l'impression que je vais être malade. Il m'a promis qu'il n'y retournerait jamais.

– Ça te dérange si je retourne t'attendre dans la voiture ?

Je m'efforce de paraître calme.

– Pas de problème. Tu vas bien ?

– Ouais. Je pense que j'ai juste trop mangé, dis-je avec un sourire forcé.

Il rit doucement.

– C'est clair que tu as beaucoup mangé pour une morveuse.

– Ha, ha ! fais-je avec un air sarcastique en tendant la main pour qu'il me donne ses clés de voiture.

Les larmes me piquent les yeux tandis que je quitte le magasin. Je prends quelques profondes inspirations pour les chasser, mais certaines parviennent à couler. Je les essuie rapidement avec le dos de ma main. Je n'arrive pas à croire qu'il y soit retourné. Au moins, avant, il faisait ça pour sa mère, pour payer le loyer et remplir le réfrigérateur. Vendre son corps pour des pièces auto, c'est honteux.

Une fois assise dans la voiture, je sors mon iPod et mes écouteurs de mon sac. J'ai besoin de me distraire, sinon, je risque de faire quelque chose d'incroyablement stupide, comme éclater en sanglots. Je suis blessée. Peut-être que je n'ai aucun droit de l'être, mais je le suis.

Je parcours ma playlist et trouve ce dont j'ai besoin. J'enfonce mes écouteurs dans mes oreilles et appuie sur *Play*. La première chanson retentit. C'est amusant ; cette playlist s'intitule « Distraction ». C'est exactement ce qu'il me faut à cet instant.

Elle ne contient pas de chansons tristes ou cruches, rien qui ne puisse me rendre triste ou me faire pleurer. En fait, j'ai fait cette liste l'année dernière. Chaque année, à l'anniversaire de la mort de ma mère, ou de sa naissance, mon père disparaît. Ce sont les deux seuls jours de l'année où je ne peux pas compter sur lui pour quoi que ce soit. Il s'enferme avec une bouteille de whisky dans la chambre qu'il partageait autrefois avec elle, et je ne le revois pas avant le lendemain matin.

C'est là que j'ai pensé à ma playlist « Distraction ». Tandis que la nuit tombe et que le niveau de la bouteille de whisky de mon père descend, le chagrin d'avoir perdu ma mère s'installe, et il se met à pleurer. C'est la même chose chaque année. J'aimerais plus que tout au monde pouvoir effacer sa peine.

Je suis sûre qu'il ne se rend pas compte que je peux l'entendre. En général, je m'allonge sur mon lit et pleure moi aussi..., pour lui, pour ma mère, pour notre famille. L'an dernier, j'ai décidé que ça allait changer. Je ne peux plus supporter de l'entendre s'effondrer comme ça. Il est habituellement si fort et posé. Je suppose qu'il a le droit à ces deux jours par an pour réfléchir et être rongé par le deuil, d'où cette playlist. Je l'écoute jusqu'à ce que je m'endorme, en essayant de ne pas penser à mon père qui est en train de se morfondre dans sa chambre. Quelques minutes plus tard, quelqu'un tape à la vitre. Je tourne la tête et découvre M. Gregory, tout sourire. J'arrête ma musique et descends la vitre.

– Salut, Indi.

– Bonjour, monsieur Gregory. Comment allez-vous ?

– Ça va, et toi ?

– Je vais bien, merci.

Ce qui est un mensonge. Je suis loin d'aller bien.

– Je voulais juste te dire bonjour. Je ferais mieux de retourner au magasin.

– Au revoir, dis-je avec un sourire forcé.

– À bientôt. Passe le bonjour à ton père.

– Ce sera fait.

Quand il s'éloigne, je remets aussitôt mes écouteurs

dans mes oreilles et appuie de nouveau sur *Play*. Si je continue à écouter la musique sur le trajet du retour, je ne serai pas obligée de parler à Carter.

Installée contre l'appuie-tête, je ferme les yeux. Je n'entends pas Carter monter dans la voiture à cause de la musique, mais je le sens. Je sais que ses yeux sont rivés sur moi, mais je ne regarde pas dans sa direction jusqu'à ce que je sente sa main tapoter ma jambe. J'enlève l'un de mes écouteurs et tourne la tête vers lui.

– Tu te sens bien ? me demande-t-il.

– Oui. Ça va.

Avant qu'il n'ajoute quelque chose, je remets mes écouteurs et referme les yeux. Je reste comme ça pendant tout le trajet. Je sens son regard peser sur moi à plusieurs reprises, mais je n'ose pas le regarder.

Quand il se gare dans son allée, j'enlève mes écouteurs et attrape mon sac à mes pieds.

– Tu es sûre que ça va ? Tu agis bizarrement, dit-il tandis que ma main saisit la poignée de la portière.

– Ouais. Je vais parfaitement bien. À plus tard, dis-je en le regardant dans les yeux.

Mauvaise idée. Il a l'air blessé et j'ai l'impression d'être une garce en agissant de la sorte. Ses yeux tristes cherchent une réponse dans les miens. Je sais qu'il se demande probablement ce qui me prend.

– Je dois y aller, dis-je en rompant le contact visuel.

Je l'entends soupirer, mais je l'ignore. Je me sens encore plus mal.

***

Je sens la première larme couler dès que je passe la porte. Il m'a fait pleurer deux fois dans la même journée. Habituellement, je ne suis pas une personne émotive. Que me fait-il ? Mon père étant au travail, je suis toute seule.

J'y suis habituée. En général, cela ne me dérange pas, mais aujourd'hui, si.

Je sors mon téléphone de ma poche pour appeler Meg.

– Je peux dormir chez toi ce soir ? dis-je aussitôt qu'elle décroche.

– Est-ce que tu pleures, Indi ?

J'entends l'inquiétude dans sa voix.

– Je peux ou pas ?

– Bien sûr que oui. Qu'est-ce qui ne va pas, chérie ?

– Je t'expliquerai quand j'arriverai.

J'essuie mes yeux avec le dos de ma main. Je me sens stupide de pleurer.

– Je vais demander à ma mère qu'on vienne te chercher. On arrive dans cinq minutes.

– Merci.

10

CARTER

Je n'ai aucune idée de ce qui a bien pu se passer. Une minute, nous nous entendions bien et, la suivante, les choses ont changé. Elle a changé. Quelque chose l'a contrariée, mais je ne sais pas du tout quoi. Bordel... C'est exactement pour ça que je ne baisse jamais ma garde et ne me rapproche jamais de personne.

– Comment c'était, l'école, mon chéri ? me demande ma mère quand je passe la porte.

– Ça va, dis-je en l'embrassant sur la joue avant de me diriger vers ma chambre.

Je ne suis pas d'humeur à bavarder, là. J'essaie toujours de comprendre ce qui a pu faire changer Indiana comme ça. Je ne l'ai jamais vue aussi froide. C'était la première fois que j'étais vraiment moi-même avec quelqu'un d'autre que ma mère. La première fois où j'essayais d'être normal. Grave erreur. Si j'ai mis ces foutues barrières en place, ce n'est pas pour rien.

Ma mère me dit toujours qu'il faut que je m'ouvre aux autres et leur fasse plus confiance. Je lui fais confiance à elle, mais c'est tout. Mais je sais qu'elle a raison. Je n'arrive pas à accepter ce que mon grand-père nous a fait, entre autres. La raison me dit que tout le monde n'est pas comme lui. Mais c'est une habitude difficile à effacer. Je fais ça depuis que j'ai cinq ans. C'est pour ça que j'ai ce tatouage. Pour me rappeler de *faire confiance*. Ou au moins d'essayer. Regardez où ça m'a mené de faire confiance à Indiana. Absolument nulle part. Assis sur mon lit, je pose mes coudes sur mes genoux et cache mon visage dans mes mains. J'essaie de trouver un sens à tout ça. De me souvenir exactement ce que je lui ai dit, en espérant trouver les réponses que je cherche. J'entends un klaxon chez les voisins. Je jette un coup d'œil vers la chambre d'Indi et l'aperçois jeter un sac à dos sur son épaule et sortir de sa chambre en courant. Je me lève et me dirige vers ma fenêtre. Où peut-elle bien aller ?

***

INDIANA

Dès que nous arrivons chez Meg, elle me tire vers sa chambre.

– Le dîner sera prêt dans une heure, les filles ! lance sa mère.

– Merci, maman, répond Meg.

– Merci, madame Miller.

Meg ferme la porte une fois qu'elle m'a traînée dans sa chambre. Elle retire mon sac de mon dos et le jette par terre avant de me pousser vers son lit en appuyant avec sa main entre mes omoplates.

– Qu'est-ce qui t'arrive ? demande-t-elle dès que nous som-mes assises.

– Devine.

– Qu'est-ce qu'il t'a fait encore ?

Elle affiche une moue dégoûtée.

– Il ne m'a rien fait à moi. Enfin…, c'est juste…

– Juste quoi ?

– Il m'a dit quelque chose il y a quelques jours. Je ne sais trop si je devrais te le dire. C'est plutôt personnel et pas très bien, dois-je admettre.

– Sérieux ? Il faut que tu me le dises, tout de suite.

Je ris doucement quand elle se frotte les mains et fait des bonds d'impatience sur le lit. Elle adore les commérages.

– Je ne suis pas sûre.

J'aurais le sentiment de trahir Carter si je le lui disais.

– Est-ce qu'il t'a dit de ne le dire à personne ?

Je sais qu'elle dit ça pour essayer de me faire cracher le morceau. *La fourbe.*

– Non.

– Alors, où est le problème ? dit-elle en levant les sourcils.

– J'aurais l'impression de trahir sa confiance. Je ne sais pas comment il prendrait le fait que je répète ce qu'il m'a confié.

– C'est croustillant ?

Elle se frotte à nouveau les mains.

– Oui, dis-je en riant.

– Écoute, si tu ne veux pas me le dire, je comprendrai. Je respecterai ton choix. Mais il faut que tu saches que ne pas savoir va probablement me tuer.

– Idiote.

– À toi de voir, chérie. Tu sais que tu peux me faire confiance. On se dit tout. Peut-être que je pourrais t'aider si je savais exactement ce que tu vis.

Je lui confierais ma vie. Au fond de mon cœur, je sais qu'elle ne répéterait jamais quelque chose que je lui dis, tout comme elle sait que je ne lui ferais pas ça non plus.

– Évidemment.

Je hausse les épaules.

– Alors, tu vas tout me raconter ? demande-t-elle en montant dans les aigus.

Vous voyez, elle adore ce genre de choses. Il n'y a rien de drôle dans ce que je vais lui dévoiler. Je sais qu'elle va juste être choquée comme je l'ai été quand il me l'a avoué.

– Promets-moi que ça restera entre nous.

Je sais que je n'ai pas besoin de le lui demander.

– Promis, juré ! lance-t-elle en tendant son petit doigt devant moi.

Je sers son doigt avec le mien et respire profondément avant de me lancer. Tandis que je lui raconte tout ce que Carter m'a dit, ses yeux s'écarquillent tellement que j'ai l'impression qu'ils vont lui sortir de la tête.

– Pas possible.

Elle est estomaquée. Ce n'est pas un petit cancan de rien du tout. C'est énorme.

– Et si. Tu vois pourquoi j'hésitais à te le dire ?

Elle a toujours la bouche ouverte. Je suis sûre que j'ai dû faire la même tête quand Carter m'a fait cet aveu. Je suis toujours bouleversée par le fait qu'il ait dû vivre ça.

– Il se faisait payer pour du sexe ?

– Hmm, hmm.

– Eh ben ! Il doit être doué. Raison de plus pour coucher avec lui.

Elle lève lentement les yeux au plafond, et un sourire apparaît sur son visage. Oh... mon... Dieu. Elle est en train de penser à ses talents sexuels, je le sais. Je la tape sur le bras.

– Tu es dégoûtante, dis-je en riant.

– Alors, c'est pour ça que tu es bouleversée ? demande-t-elle en se frottant le bras.

Allô ? Est-ce qu'elle m'a bien écoutée ?

– Oui et non.

Meg pose sa main sur la mienne.

– Tu sais comment sont les garçons. Ils réfléchissent avec leur queue, pas avec leur cerveau, chérie.

– J'en veux à sa propriétaire, pas à lui. Il n'avait que quinze ans. Elle a profité de lui.

– Il te l'a dit comme ça ?

Au lieu de répondre, je me contente de secouer la tête.

– Bien sûr que non, continue-t-elle. Il se faisait baiser et payer. Trouve-moi un obsédé de quinze ans qui ne sauterait pas sur l'occasion.

– Peut-être. Mais je trouve toujours ça dégoûtant.

– Ça dépend de l'âge de sa propriétaire. Si elle a quatre-vingts ans, d'accord, c'est dégueu.

Nous éclatons de rire.

– Elle avait la trentaine, d'après ce qu'il m'a dit, lui dis-je sur un ton dégoûté en levant les yeux au plafond.

– Pfff, fait-elle en agitant la main. Je connais beaucoup de trentenaires qui sont encore sexy. Tout ça est arrivé avant même que tu ne le rencontres. Ça ne devrait pas vraiment te déranger.

– En fait, c'est ça, le truc. Il m'a promis qu'il n'y retournerait pas.

– Et il l'a fait ? C'est là-bas qu'il était hier ? demande-t-elle en écarquillant les yeux tandis qu'elle attend ma réponse.

– Je crois, oui. Il avait fait mettre des pièces détachées de côté au magasin de monsieur Gregory parce qu'il ne pouvait pas le payer. Aujourd'hui, il avait l'argent.

– Ça ne veut pas dire que c'est elle qui le lui a donné. Peut-être que c'est sa mère.

S'il n'y en avait pas eu autant, cela aurait été possible.

– Cela représentait plus de mille dollars, Meg. Sa mère ne travaille pas et je ne vois pas monsieur Shepard lui refiler ça. Quand je lui ai demandé d'où venait cet argent, il a dit qu'il s'était fait un peu de fric hier, mais il n'est pas entré dans les détails. Comment un jeune de dix-sept ans peut-il gagner mille dollars en un jour sans… tu sais ?

– La vache, si elle l'a payé autant juste pour du sexe, il doit vraiment être super bon au lit.

Elle a probablement raison, mais je n'ai pas l'intention de le découvrir. Il faut que je reste aussi loin de ce foutu Carter Reynolds que possible. Ça va être dur puisque nous sommes voisins, mais si je veux protéger mon cœur, je n'ai pas le choix.

***

Je suis resté assis la moitié de la nuit à attendre qu'elle rentre chez elle, mais elle n'est jamais rentrée. Ce matin, je suis carrément vénère. Vénère d'avoir baissé ma garde avec elle. Vénère parce qu'elle me met dans un état bizarre et que je ne sais pas du tout pourquoi. Vénère qu'elle ne soit pas rentrée. Je ne l'attends même pas pour la conduire à l'école. Quel intérêt ? Même si elle était rentrée chez elle, après sa scène d'hier après-midi, elle n'aurait probablement pas accepté de venir avec moi. Qu'elle aille se faire voir. Peut-être qu'il vaut mieux qu'on revienne au point où on en était. C'est-à-dire *nulle part*. C'est bien trop compliqué, notre histoire. Ça me fait mal au crâne.

Au cours de la journée, je la vois plusieurs fois, mais quand elle me remarque, elle se retourne et part dans l'autre direction. Ça m'énerve encore plus. Au déjeuner, Brad est encore à sa table. Je bous à l'intérieur.

À la fin des cours, je ne suis pas surpris de ne pas la trouver au parking. En rentrant, je la vois attendre à l'arrêt de bus. J'en déduis tout ce que je dois savoir. Je l'ignore en passant devant elle. La colère s'est calmée. Elle fait maintenant place à la peine. Je déteste ce sentiment. Ça faisait longtemps que je n'avais pas ressenti ça. *Le rejet*.

J'avais prévu de bosser sur ma voiture cet aprèm, mais même ça, ça ne m'intéresse plus. Je décide plutôt de prendre mon carnet sous le siège passager et d'aller dans ma chambre. La première chose que je fais, c'est de fermer les stores. Je n'ai pas besoin de signes me rappelant Indiana. Et je ne veux certainement pas prendre le risque de la voir.

Je m'assieds contre la tête de lit. Si j'arrive à me plonger dans le dessin, je n'aurai pas le temps de penser à elle.

Dès que j'ouvre le carnet, je vois le numéro que Candice a écrit. Je suis tenté de l'appeler. Peut-être que j'ai besoin de m'enfoncer dans un joli minou. Indi m'a clairement fait comprendre qu'elle n'était pas intéressée.

Je sors mon téléphone de ma poche et décide de l'appeler.

– Candice à l'appareil, dit-elle en décrochant.

– Salut, Candice, c'est Carter. On s'est vus samedi…

– Oh ! je sais qui tu es. Tu as le genre de visage qu'une fille n'oublie jamais. Tu as décidé d'accepter mon offre ? dit-elle en roucoulant.

– Ouais. Tu es toujours partante ?

– Bien sûr. Dis-moi où et à quelle heure, et je serai là, beau gosse, affirme-t-elle sur un ton séducteur.

– Ce soir ?

– Parfait. Je finis le boulot vers dix-huit heures. Et si je te retrouvais à vingt heures ?

– Super. Je t'envoie un message avec mon adresse, dis-je avec une certaine appréhension.

Je ne suis pas vraiment sûr d'avoir envie de faire ça.

– Je suis impatiente, répond-elle.

Après avoir raccroché, je lui envoie mon adresse et lui demande de m'appeler quand elle arrive. Je n'explique pas pourquoi. Elle le découvrira elle-même quand elle sera là. Je ne sais trop ce qu'elle pensera du fait que je la fais passer par la fenêtre de ma chambre, mais je m'en soucierai plus tard.

***

– Mince. Tu ne m'as pas dit que tu vivais encore chez tes parents. Mais quel âge as-tu ? me demande Candice tandis que je la hisse par la fenêtre.

– J'aurai bientôt dix-huit ans.

– Mince. Tu es encore un gamin, dit-elle, choquée, tandis que je la repose.

– Je ne suis pas un gamin.

Parmi tous les mots qui existent, il a fallu qu'elle choisisse celui-là.

– Tu as l'air plus vieux.

Qu'est-ce que l'âge a à voir là-dedans ? Je suis peut-être jeune, mais je sais que je serai le meilleur coup qu'elle ait jamais eu.

– On le fait ou pas ? dis-je, agacé.

Je commence à perdre patience.

– Calme-toi, répond-elle en faisant un pas vers moi et en passant ses bras autour de ma taille pour presser son corps contre le mien. Je n'ai pas dit que ça me posait un problème, beau gosse. Je suis juste surprise, c'est tout.

Ses lèvres trouvent mon cou et elle dépose des baisers le long de ma mâchoire jusqu'à ce que sa bouche couvre la mienne. Je passe à mon tour mes bras autour de sa taille et la tire contre moi. C'est la première personne que j'embrasse depuis Indi. Bizarrement, je ne ressens rien. J'ai vraiment ressenti quelque chose quand mes lèvres se sont posées sur celles d'Indiana. Elle m'a fait éprouver des choses que je n'avais jamais éprouvées avant, et je déteste ça. Quand j'ouvre les yeux, mon regard se dirige vers sa fenêtre. *Super.* Elle est là et nous observe. Même d'ici, je vois clairement la peine sur son beau visage. Puis en un instant, elle tire les stores et disparaît. Bon sang, mais qu'est-ce que je fais ? Je m'écarte de Candice et la regarde.

– Je suis désolé, je ne peux pas faire ça, dois-je admettre en regardant vers la fenêtre de la chambre d'Indi à nouveau.

– Quoi ? Pourquoi ?

Elle suit mon regard tandis que je continue de fixer l'endroit où se trouvait Indi seulement quelques secondes auparavant.

– C'est quoi, le problème ?

Je m'éloigne d'elle et me dirige vers mon lit. Je m'y

assieds, pose mes coudes sur mes genoux et cache mon visage avec mes mains.

– Ce n'est pas ta faute, dis-je sans la regarder.

– Alors, c'est quoi ? demande-t-elle en venant s'asseoir près de moi.

Qu'est-ce que je peux lui dire ? J'ai une relation compliquée entre l'amour et la haine avec la voisine ? Je ne peux pas lui dire ça, mais c'est pourtant exactement ce que je fais. Je lui raconte tout. Enfin presque. Nous nous retrouvons assis sur mon lit à discuter pendant plus d'une heure avant qu'elle finisse par partir, insatisfaite. On est deux. Un simple baiser et cette satanée gamine m'a détruit. Je me sens con d'avoir fait ça. Aussi bien à elle qu'à Indi. Heureusement, Candice a bien pris la chose. J'ai le sentiment que ce ne serait pas le cas d'Indiana.

Et j'avais raison.

***

Six jours ont passé, et c'est à peine si je l'ai vue. Elle ne croise même pas mon regard. Quelle tête de mule ! Les stores de sa chambre sont restés baissés depuis ce soir-là. Après l'incident avec Candice, Indi s'est terrée dans sa maison pendant deux jours. Deux satanés jours. Elle n'est même pas allée à l'école. J'ai demandé à son père si elle allait bien quand nous travaillions sur ma voiture. Il m'a répondu qu'elle n'était juste pas dans son assiette.

Pas dans son assiette, mon œil.

Je n'arrive pas à la comprendre. C'est elle qui est devenue bizarre avec moi, à m'ignorer et m'éviter dès qu'on se croisait. Mais il ne faut pas être un génie pour comprendre qu'elle est contrariée par Candice. Mais quelle prise de tête ! Qu'est-il arrivé à la nana fougueuse ? Celle qui m'engueulait pour mes bêtises ? Je préférerais que ce soit comme ça. Qu'elle me dise ce qui se passe. Au moins, je saurais sur quel pied danser. Là, ça me fout la migraine.

Même Megan me fusille du regard quand je la croise. Je lui ai demandé comment elle allait l'autre jour et elle m'a carrément ignoré. Ce qui m'énerve encore plus que tout, c'est que, lors des rares occasions où j'ai vu Indi à l'école, ce crétin de Brad était avec elle. Si elle traîne avec lui pour me faire mal, eh bien, ça marche.

Je rêve de lui mettre mon poing dans la gueule.

11

INDIANA

– Brad veut venir à la maison cet après-midi, dis-je à Meg pendant le déjeuner. Monsieur Jenkins nous a mis ensemble pour notre devoir d'anglais. Je ne sais pas trop quoi faire.

– Laisse-le venir. Mais fais-le bien passer par la fenêtre de ta chambre. Donne à ton imbécile de voisin un aperçu de ses propres manières.

– Je ne le ferai pas passer par la fenêtre, dis-je en riant. Ce n'est pas œil pour œil, dent pour dent. En plus, si je fais ça, Brad se fera des idées.

– Non. Dis-lui que la porte d'entrée est cassée, dit-elle sérieusement.

Elle est devenue folle ou quoi ? Je ne peux pas faire ça.

– Tu es vraiment cinglée. Je ne sais même pas si je pourrais le faire entrer. Mon père m'a interdit de le voir, tu te souviens ?

– C'est pour les cours. Puis il sera au travail, non ? Il ne le saura jamais.

Elle est peut-être habituée à faire des choses dans le dos de ses parents, mais ce n'est pas mon cas.

– Si, si Carter le lui dit. Au départ, c'est à cause de lui si je n'ai pas le droit de voir Brad.

– Comme tu veux, mais à ta place, je tournerais la page. Non seulement Brad est canon, mais c'est la vengeance parfaite pour ce qu'a fait Carter.

Elle marque un point, mais je ne sais toujours pas si ça me convient. Je ne suis pas du genre à me venger.

– Et s'il essaie de… Tu sais ?

Aller à l'encontre des conseils de mon père me met mal à l'aise. Je ne lui ai jamais désobéi auparavant. Mais comme l'a dit Meg, c'est pour les cours. Ai-je vraiment le choix ? Je ne vais certainement pas aller chez lui.

– Coucher avec toi ? traduit-elle en riant. Tu peux le dire, tu sais. Qu'est-ce que tu es prude !

Mes yeux parcourent la salle pour s'assurer que personne n'écoute.

– Ce n'est pas vrai, dis-je en lui jetant une frite.

– Sois bien claire sur le fait que vous serez là pour faire vos devoirs. Rien d'autre. Ton père est flic. Ce n'est pas comme s'il allait te forcer. À moins qu'il ait envie de mourir.

– Je suppose que tu as raison.

Mon père le tuerait s'il posait un doigt sur moi. Nous changeons de sujet et parlons de Derek, le dernier copain de Meg. Je l'ai croisé à plusieurs reprises. Il a l'air gentil. Il n'est pas dans notre lycée.

– Je peux me joindre à vous, mesdemoiselles ?

Brad nous interrompt quelques minutes plus tard. J'ai envie de lever les yeux au plafond, mais je me retiens.

– Bien sûr, beau gosse, roucoule Meg.

Elle a vraiment un sacré culot parfois. Bien sûr, il s'assied à la place juste à côté de moi. Il commence vraiment à me fatiguer à force de toujours me tourner autour. Il est vraiment adorable avec moi, mais je ne lui fais plus confiance après ce que Carter m'a dit.

– On se voit toujours cet aprèm pour le devoir ? demande-t-il.

– Oui. On n'a que quelques jours pour le faire.

– À ce propos, intervient Meg. Si tu vas faire ce devoir chez Indi, il faudra que tu passes par la fenêtre de sa chambre. Sa porte d'entrée est cassée.

Oh... mon... Dieu. Elle ne lui a pas dit ça ? Ce n'est pas possible. Je lui donne un coup de pied sous la table.

– Quoi ? répond-il en me regardant avec un air perplexe. Je ne peux pas passer par la porte de derrière ?

– Non. Elle a un chien vicieux qui n'aime pas les étrangers. Il essaierait probablement de te bouffer, lui explique-t-elle, très sérieuse.

Je ne peux pas m'en empêcher. J'éclate de rire. Le lécher jusqu'à la mort serait plus probable. Quelle fourbe, cette Meg ! Parfois, je me demande comment nous avons pu devenir amies.

***

– Je n'arrive pas à croire que tu lui aies dit ça, dis-je à Meg tandis que nous nous dirigeons vers notre prochain cours.

– Je savais que si je ne le faisais pas, toi non plus. Laisse Carter voir la scène. Faire passer des filles par sa fenêtre ne le dérange pas. On va voir ce qu'il en pense, quand c'est toi qui joues au même jeu.

Ça lui sera égal, mais je ne le lui dis pas.

– On peut arrêter d'en parler ?

Je suis toujours sonnée par ce qui s'est passé. Je n'arrive pas à croire que j'ai laissé mes sentiments pour cet abruti grandir.

***

J'ai l'estomac noué tandis que je suis assise à attendre que Brad arrive. J'ai mis le numéro de Meg en raccourci au cas où il aurait le moindre geste déplacé. Elle m'a déjà promis de débarquer si j'avais besoin d'elle. Elle a intérêt, vu que c'est elle qui m'a mise dans cette situation. Il commence tout juste à faire nuit quand j'entends quelqu'un taper à ma vitre. J'espérais qu'il vienne plus tôt, mais il avait entraînement de football. En me dirigeant vers la fenêtre, je le vois me sourire. Il est vraiment charmant, mais à mes yeux, il n'égale pas Carter.

– Salut, dis-je en ouvrant la vitre.

– Salut, poupée.

Je dois encore me retenir de lever les yeux au plafond. Il peut faire tous les numéros de charme qu'il veut, il n'aura aucune chance de voir ma petite culotte.

Il pose ses mains sur le rebord de la fenêtre pour se hisser, mais disparaît aussitôt. Qu'est-ce qui se passe ? J'entends un râle, suivi d'un « Je ne crois pas, non ». Carter. Merde. Il tire Brad en arrière et le fait trébucher. Quand je sors la tête, je les vois face à face.

– Qu'est-ce qui te prend, Reynolds ? aboie Brad. C'est quoi, ton problème ?

– Toi, crache Carter.

Eh mince ! Je ne l'ai jamais vu aussi furieux. Son visage est rouge et je vois une veine gonflée sur son cou. Ça va mal se finir. Foutue Meg et ses idées brillantes. *Ou pas.*

– Carter ! dis-je en hurlant, les ongles enfoncés dans l'encadrement de la fenêtre.

– Reste en dehors de ça, *gamine*. Je m'occuperai de toi plus tard.

Il ne regarde même pas dans ma direction. Ses yeux sont rivés sur Brad. On dirait qu'il va le mettre en pièces. Je me mords la langue. Même si j'ai très envie de me venger, le bon sens me dit de me la fermer.

– Tu as cinq secondes pour retourner d'où tu viens, ou…

– Ou quoi, Reynolds ? Qu'est-ce que tu vas faire ? réplique Brad en se redressant devant lui.

Il a envie de mourir ou quoi ? Rien que le regard de tueur de Carter me ferait prendre mes jambes à mon cou.

– Après t'avoir donné une raclée, je te traînerai jusqu'au poste de police. Voilà ce que je vais faire.

– Très malin, crétin. Tu m'attaques, puis tu m'amènes

chez les flics. C'est toi qui te feras arrêter, alors, vas-y, réplique Brad en riant.

Qu'est-ce qu'il peut être effronté, parfois.

– Je ne crois pas, non. Quand je dirai à son père que je t'ai surpris en train de te faufiler par la fenêtre de sa chambre, il me remerciera pour ce que j'ai fait.

Carter a raison : c'est ce qu'il fera. Puis mon père le mettra en pièces. Brad ne bouge pas. Il reste planté là. Puis il fait quelque chose d'incroyablement stupide. Au lieu de suivre le conseil de Carter, cet imbécile le pousse. Mauvaise idée, idiot. Carter perd légèrement l'équilibre, puis affiche un sourire narquois. En fait, il lui sourit. Comme s'il lui disait : « C'est tout ce que tu sais faire ? » Mais il est fou ! Carter revient vers lui et lui dit d'une voix calme et pourtant intimidante.

– Un.

Qu'est-ce qui lui prend ? Pourquoi compte-t-il ? Mes yeux se dirigent vers Brad. Il ne semble plus aussi confiant. Je ne peux pas le lui reprocher. C'est comme regarder un accident de train. Même si tu veux détourner le regard, tu ne peux pas.

– Deux.

J'ai envie de crier « Cours, Brad », parce que c'est exactement ce que je ferais. Mais cet abruti reste là.

À trois, Brad lève la main pour mettre un coup de poing. Carter est plus rapide et l'arrête en cours.

– Quatre, cinq, enchaîne-t-il vite avant de se jeter sur lui.

Il fait tomber Brad par terre, lève le poing et l'abat sur le visage de Brad. *Bordel.*

J'enjambe la fenêtre et cours vers eux. Ce n'est certainement pas très sage.

– Carter ! dis-je en criant tandis que je m'agrippe à son tee-shirt. Carter !

Avec mon autre main, j'attrape son bras et essaie de le retenir. Il ne tressaille pas.

– Pousse-toi, gémit Brad.

Je suis soulagée quand Carter finit par écouter. Il se relève en respirant fort. Brad rampe en arrière sur les coudes, sans jamais quitter Carter des yeux. Il parvient finalement à se lever et essuyer le sang de sa bouche avec le dos de sa main.

– Tu me le paieras, Reynolds, crache-t-il avant de s'en aller.

– Je suis impatient de voir ça, Cartwright ! lance Carter.

Quels idiots, tous les deux ! Je me retourne aussitôt et me dirige vers ma fenêtre. Je suis folle de rage.

Je rentre et m'apprête à fermer la fenêtre.

– Je n'en ai pas fini avec toi, dit Carter en repoussant la vitre et en se hissant dans ma chambre d'un saut.

Je fais un pas en arrière. Quand je vois son regard, je fais un autre pas.

– Qu'est-ce qui t'est passé par la tête ? grogne-t-il.

Je continue à reculer tandis qu'il avance d'un pas lourd. Finalement, mon dos touche le mur. Mince. Il s'approche et place ses mains de chaque côté de ma tête. Je suis piégée. Il se penche en avant et appuie son corps contre le mien, me bloquant contre le mur.

– Sors de ma chambre, dis-je, les dents serrées.

J'essaie de me libérer. Même s'il est furieux contre moi, je suis surprise de ne pas avoir peur de lui.

– Je ne crois pas, non, dit-il en attrapant brutalement mon visage pour le pencher afin que je le regarde dans les yeux. Je te croyais plus maline que ça.

– Eh bien, tu te trompais.

Je le regarde en fronçant les sourcils. Pour qui se prend-il ?

– Après tout ce que je t'ai dit sur lui, tu l'invites quand même chez toi ?

– Ouais, dis-je d'un ton suffisant parce que la raison pour laquelle Brad était ici ne le regarde pas.

Il grogne furieusement. Et puis zut. Qu'il croie ce qu'il veut. Moi, je ne m'en suis pas prise à cette bimbo aux cheveux roses qui a grimpé par sa fenêtre l'autre soir, même si ça m'a traversé l'esprit à ce moment-là.

– Tu veux te comporter comme une pute ; alors, je vais te traiter comme telle, affirme-t-il en plaquant brusquement ses lèvres sur les miennes.

Je suis sous le choc. Je ne m'attendais pas à ce qu'il m'embrasse. Et je ne m'attendais pas non plus à ce qu'il insinue que je suis une pute. Comment ose-t-il ? Quel hypocrite ! C'est lui qui se prostitue, pas moi.

J'essaie de le repousser pendant une seconde. Son baiser est violent, presque douloureux. Rien de comparable au baiser doux que nous avons échangé la dernière fois. Mais c'est excitant. Carrément excitant. Je mentirais si je disais que je n'ai pas rêvé de sentir à nouveau ses lèvres sur moi. Je le déteste et le désire ardemment en même temps.

Les mains serrées sur son tee-shirt, je le tire vers moi et approfondis notre baiser. Il gémit dans ma bouche.

– Tu en as envie, hein ? souffle-t-il en pressant son érection contre mon ventre.

– Non.

Je mens, parce que la réponse est oui. J'ai tellement envie de lui. Je veux qu'il fasse toutes les choses qu'il a faites aux autres filles. C'est pas pathétique, ça ?

Ses doigts glissent sur les côtés de mon corps jusqu'à ce qu'il attrape mes fesses. Il me soulève sans mal et j'enroule mes jambes autour de sa taille. Son manche raide se presse contre mon entrejambe, me procurant le frottement dont je meurs d'envie. J'appuie la tête contre le mur et gémis. Cette sensation est exquise. Je n'ai jamais rien senti de tel. J'enfonce mes talons dans son dos pour le rapprocher encore tandis que je me frotte contre lui.

Sa bouche passe sur ma joue et descend dans mon cou.

– Ton corps me dit que tu as envie de moi. Arrête de le nier, dit-il dans le creux de mon cou.

– Quel prétentieux ! Non, dis-je, à bout de souffle.

Un autre mensonge. Il rit doucement contre ma peau. Il lève la tête et me regarde dans les yeux.

– Si je te touchais là, je sais que tu serais mouillée.

Je le sais aussi, mais je ne l'admettrai pas.

– Eh bien, tu te tromperais.

Il lève un sourcil. Je sais que je l'ai défié.

– On va voir ça, dit-il avec un sourire effronté alors que sa main se glisse sous la ceinture de mon pantalon de yoga.

Oh mon Dieu ! Il va savoir que je mens, mais bizarrement, ça m'est égal. Je veux qu'il me touche là. Non, j'ai besoin qu'il me touche là.

– Ta culotte est trempée, grogne-t-il en s'écartant pour me regarder. Ne me dis pas que tu n'as toujours pas envie de moi.

La colère qu'il y avait dans ses yeux quand il m'a plaquée contre le mur a disparu. Elle a fait place à un désir cru. La façon dont il me regarde à cet instant fait battre mon cœur si fort que j'ai l'impression qu'il va sortir de ma poitrine.

– Alors, tu ne veux pas que je fasse ça ? demande-t-il en appuyant ses doigts contre mon clitoris et en effectuant des cercles.

– Non.

Je mens encore tandis que mes yeux roulent dans ma tête. Je n'ai jamais été aussi intime avec quiconque auparavant, mais j'en ai envie. J'ai envie de lui. Si fort.

– Qu'est-ce que tu es mouillée ! dit-il en un souffle alors que ses doigts passent sous le tissu soyeux de ma culotte pour se glisser dans ma moiteur. Et ça alors ? demande-t-il pendant que ses doigts continuent à s'en prendre à mon clitoris.

Je sens mon visage rougir. Je déteste qu'il sache que je mouille pour lui.

– Non, gémis-je.

Mon Dieu. C'est fantastique. Personne d'autre n'a jamais touché cet endroit. J'adore l'effet que me font ses doigts. Bizarrement, je ne suis pas aussi nerveuse que j'aurais pensé l'être dans une situation comme celle-là. Je ne sais trop si c'est parce que c'est arrivé très subitement et que je n'ai pas eu le temps de réfléchir, ou si c'est parce que c'est avec Carter. Quoi qu'il en soit, j'ai envie de crier « Surtout, ne t'arrête pas ! »

– Alors, tu ne voudrais certainement pas que je fasse ça ? souffle-t-il encore en enfonçant un doigt en moi. Bon sang. Tu es si mouillée. Si serrée, gémit-il en fermant les yeux.

– Non. Certainement pas, gémis-je à mon tour en poussant mon pubis contre sa main.

– Alors, je vais arrêter, dit-il en immobilisant ses doigts.

Mes yeux s'ouvrent brusquement et je le vois me sourire. *L'enfoiré.* Il retire lentement ses doigts, si bien que je passe la main entre nous pour attraper son poignet. Mince. Il sait exactement ce qu'il fait. Il essaie de me faire admettre que j'ai envie de lui. *Jamais.*

– Ne t'arrête pas.

Son sourire s'élargit. J'ai la tête qui tourne et le cœur qui s'emballe. Je n'arrive pas à croire qu'un simple contact peut donner autant de plaisir. Plus il est brusque, plus les sensations sont intenses. Pourquoi n'ai-je pas les mêmes sensations quand je me touche ? Foutus doigts magiques. Il joue avec moi comme un musicien talentueux jouerait de son instrument.

– Pourquoi ne veux-tu pas que je m'arrête ? demande-t-il, plein de suffisance.

Je le toise en fronçant les sourcils.

– Parce que…

– Parce que quoi ?

– Le fait que ce soit agréable ne veut pas dire que j'ai envie de toi.

Son sourire s'élargit encore, révélant ses dents blanches parfaites. Le spectacle qu'il offre quand il sourit comme ça est indescriptible. J'en ai le souffle coupé.

– Oh si, tu as envie de moi, affirme-t-il avec un air insolent. Tu n'as pas besoin de l'admettre, *gamine*. Ta chatte dégoulinante me dit tout ce que j'ai besoin de savoir.

Il sourit encore avant de refaire glisser ses doigts dans ma culotte et ma zone humide. Il ferme à nouveau les yeux.

– *Tout ce que j'ai besoin de savoir*, soupire-t-il.

– Quel prétentieux ! Tu n'en as pas assez ?

– Non. Et je pense que toi non plus, dit-il en me pénétrant avec deux doigts.

– Oh mon Dieu ! dis-je en gémissant.

Mes mains remontent sur ses épaules pour faire levier. J'enfonce mes ongles dans sa peau à travers son tee-shirt et pousse mes hanches vers sa main.

– Mon nom est Carter, pas Dieu.

Quel bêcheur ! Je l'ignore et continue d'enfourcher sa main délicieuse. C'est merveilleux. Fantastique. Je suis tout près.

– Ouvre les yeux, ma belle, m'ordonne-t-il. Je veux que tu voies qui te fait cet effet… Qui te procure autant de plaisir.

Il m'a appelée « ma belle ».

J'obéis. Mes paupières s'ouvrent, et je plonge dans ses superbes yeux marron hypnotiques. Il me sourit à nouveau.

– Nie-le si tu veux. Nous connaissons tous les deux la vérité. Si je venais glisser ma queue dans ta petite chatte étroite, tu me supplierais pour en avoir encore.

Personne ne m'a jamais parlé comme ça auparavant.

Ses paroles cochonnes ne font que m'exciter davantage. Je continue de bouger les hanches contre sa main en accélérant le rythme.

– Oui. Tape-toi mes doigts, dit-il dans un râle.

Mes ongles s'enfoncent un peu plus dans ses épaules.

– Je… Je…

J'essaie de dire que je vais jouir, mais les mots se perdent dans l'orgasme le plus intense que mon corps ait jamais ressenti.

– Ooooh ! Carter, gémis-je en rejetant la tête en arrière.

– Oui, oui, c'est ça. Jouis pour moi, ma belle. J'adore t'entendre dire mon nom comme ça, souffle-t-il tandis que ses doigts continuent leur assaut.

J'adore l'entendre m'appeler « ma belle ».

– Putain, c'était chaud, dit-il en faisant remonter ses lèvres sur mon cou jusqu'à ce qu'elles atteignent les miennes. J'ai failli décharger dans mon pantalon juste en te regardant venir.

Ses doigts sont toujours en moi. Je fais remonter mes mains dans son cou et emmêle mes doigts dans ses cheveux en renforçant notre baiser. S'il peut me faire cet effet seulement avec sa main, je suis impatiente de voir ce que ça fera quand nous iront jusqu'au bout. Soudain, il interrompt notre baiser. Il enlève ses doigts et fait un pas en arrière. Mes jambes retombent jusqu'à ce que mes pieds touchent le sol. Je le regarde porter sa main à sa bouche. Il lèche mes sécrétions sur ses doigts.

– Hmmm. Tu es aussi bonne que je le pensais, gémit-il en fermant les yeux comme s'il savourait le goût.

Je trouve ça incroyablement sensuel.

– C'est pour ça que tu as fait venir Brad ? demande-t-il en rouvrant les yeux.

– Quoi ? Non. On avait un devoir d'anglais à faire ensemble.

Il sourit. Je devine que ma réponse lui plaît.

– As-tu déjà laissé quelqu'un te toucher comme je viens de le faire ?

– Non.

Je l'admets sincèrement. Je me suis déjà touchée occasionnellement, mais je ne le lui dis pas. Toutes ces questions gâchent l'ambiance. J'aimerais qu'il la ferme et me prenne comme je rêve qu'il le fasse.

– Bien. Fais en sorte que ça reste comme ça, me commande-t-il en s'éloignant encore d'un pas.

Puis il se retourne brusquement et marche vers la fenêtre. Quoi ? C'est tout ? Ça n'ira pas plus loin ? Pourquoi suis-je soudain si déçue ?

– Si je retrouve un mec à ta fenêtre, je le dirai à ton père.

Quoi ?!

Je bouillonne de rage. Comment ose-t-il venir ici, foutre la trouille à Brad, me donner le plus incroyable orgasme que j'aie jamais eu, puis s'en aller comme si de rien n'était ?

– Va te faire voir, Carter Reynolds.

Je me baisse et attrape une chaussure par terre pour la lui jeter. Elle le frappe juste à la tête. En plein dans le mille. *Prends ça, connard.* Il lève la main et se frotte la tête en riant avant de descendre de l'appui de fenêtre et disparaître dans l'obscurité. Le fait qu'il trouve ça drôle ne fait qu'accroître ma colère. *Crétin.*

12

CARTER

Quand je me suis rendu chez elle tout à l'heure, j'étais furax. Prêt à faire un autre trou de balle à cet enfoiré. Là, je repars avec un sourire de dingue sur le visage. Enfin, peut-être que je souris, mais ma queue, un peu moins. C'est fou. Tout chez elle me rend complètement cinglé. Mon Dieu que ça a été dur de la quitter. Il m'a vraiment fallu faire un effort surhumain.

Je n'avais pas du tout prévu ça. C'était la dernière chose à laquelle je m'attendais. Quand je l'ai plaquée contre le mur, immobilisant son visage avec ma main, ses joues légèrement pincées ont rendu ses lèvres encore plus sexy ; il fallait que je l'embrasse.

Ses délicieuses lèvres causeront ma perte. Et maintenant, il faut que je lutte contre le souvenir de sa chatte. La manière dont elle bougeait quand mes doigts étaient au fond d'elle. Ces petits bruits qu'elle faisait quand je l'ai fait jouir. Aucune femme ne m'a jamais autant excité qu'elle. Tout ce que je voulais, c'était enfouir ma queue dans sa chatte divine. Elle m'aurait laissé faire, je le sais.

Quand elle a admis que personne ne l'avait jamais touché de cette manière, cela m'a fait plaisir, mais cela a aussi confirmé que je ne pouvais pas faire n'importe quoi avec elle. Même si j'aimerais beaucoup être son premier, ce devrait être avec quelqu'un de spécial. Quelqu'un qui la chérira comme elle le mérite. Et cette personne, ce n'est pas moi. Je ne suis capable que de donner du bon temps. Rien de plus.

Après avoir grimpé à ma fenêtre, je vais directement prendre une douche. Je vais devoir faire quelque chose que je n'ai pas fait depuis mes quinze ans. *M'astiquer le manche.* Si je ne me débarrasse pas de cette gaule, je n'arriverai jamais à dormir.

***

À en juger la chaussure qu'elle m'a jetée à la gueule hier soir, je crois deviner qu'elle ne m'attendra pas pour que je la conduise à l'école ce matin. Je tape à sa porte au cas où. Quand elle ne répond pas, je saute dans ma voiture et me dirige vers l'arrêt de bus. Elle fera le trajet avec moi, qu'elle le veuille ou non.

– Monte en voiture, lui dis-je quand je m'arrête à côté d'elle.

– Je ne crois pas, non, réplique-t-elle sèchement avec un air renfrogné.

Bon sang, qu'est-ce que j'aime son caractère, mais on ne peut pas continuer à s'offrir en spectacle aux curieux de l'arrêt de bus.

– Tu vas encore m'obliger à compter ? dis-je en soupirant, agacé.

Ça commence à bien faire, ces bêtises. Elle n'est pas seule à attendre le bus ce matin, mais si elle pense que cela va m'empêcher de la mettre sur mon épaule pour la traîner dans la voiture, elle se trompe.

J'esquisse un sourire quand je la vois jeter un œil aux autres personnes qui attendent. Tous les yeux sont rivés sur elle. Je sais que j'ai gagné quand ses épaules s'affaissent et qu'elle pousse un soupir découragé.

– C'est bon, crétin, dit-elle en contournant la voiture d'un pas lourd pour atteindre le côté passager.

Cette satisfaction ne fait qu'élargir mon sourire. Je prends un plaisir jouissif à avoir l'avantage sur elle.

– Tu as bien dormi, princesse ? lui dis-je une fois qu'elle est installée près de moi.

Elle m'ignore. Après l'orgasme que je lui ai donné, je parie qu'elle a dormi comme un bébé.

– Moi oui, poursuis-je. Je me suis endormi entouré de ton délicieux parfum.

Je porte mes doigts à mon nez quand elle regarde dans ma direction.

– Beurk ! lance-t-elle en éloignant ma main. Tu es un porc.

Je bascule la tête en arrière et éclate de rire. Pourquoi prends-je autant de plaisir à la mettre en boule ?

– Tu ne me traitais pas de porc hier soir quand mes doigts étaient enfouis au fond de ta divine petite chatte, dis-je doucement en me penchant vers elle.

J'entends sa respiration devenir superficielle et je sais que mes paroles la touchent.

– Si je me souviens bien, ça faisait : « Oh ! Carter. »

Je ne sais pas qui les souvenirs de cette nuit torturent le plus. Elle ou moi ?

– La ferme ! crie-t-elle en croisant les jambes.

Son joli visage rougit. Mes paroles l'excitent, c'est évident. Et cela me fait bander. J'ai envie de continuer, mais je me retiens. Je ne veux pas la pousser trop loin dans ses retranchements. Je ne fais que m'amuser un peu.

Pendant le reste du trajet, elle garde la tête tournée vers la vitre et refuse de dire un mot. Je remarque qu'elle remue parfois sur son siège ; je sais qu'elle repense à cette nuit.

– Ça va, princesse ?

Je ne peux m'empêcher de remarquer sa poitrine qui gonfle tandis que sa respiration change à nouveau. Je suis content de savoir que je lui fais de l'effet. Je parie que si je mettais ma main entre ses jambes, je découvrirais qu'elle est toute mouillée et prête à m'accueillir. Je serre le volant parce que je meurs d'envie de le faire. *La toucher.*

Quand nous nous arrêtons devant l'école, elle sort en une fraction de seconde.

– Sois là après les cours, lui dis-je sur un ton autoritaire en la regardant se lever près de la portière ouverte.

Elle m'ignore et la fait claquer avant de se retourner et de filer. J'ai le sentiment qu'elle viendra. Elle sait ce qui se passera si elle ne vient pas.

Elle parvient à m'éviter presque toute la journée. En tout cas, jusqu'au déjeuner. Je fais exprès de m'asseoir à sa table. Au moins, cet imbécile de Brad a reçu le message et reste à l'écart. Il m'a jeté quelques regards noirs aujourd'hui. Il fait vraiment le dur quand il est avec ses potes.

– Puis-je me joindre à vous, mesdemoiselles ? dis-je en m'approchant d'elles.

Indi et Megan répondent « Non » en chœur.

Je les ignore et m'assieds quand même. Elles ne décrochent pas un mot pendant tout le temps où je suis là, mais ça m'est égal. Quand la sonnerie retentit, je me lève.

– C'était un plaisir de déjeuner avec vous, dis-je en riant doucement.

J'entends Indi râler tandis que je m'éloigne. Mon sourire s'élargit encore.

Alors que je quitte le réfectoire, Brad me donne un grand coup d'épaule lorsque je passe près de lui.

– Fais gaffe, connard, dis-je quand il repart.

Il fuit en riant. Dégonflé.

Quand la dernière sonnerie de la journée retentit, je me dirige vers le parking. En m'approchant de ma voiture, je remarque que des gens sont rassemblés autour. Quand je suis assez près, je comprends pourquoi.

C'est quoi, ce bordel ?!

***

Je me suis demandé si j'allais rentrer à la maison avec lui, mais il est tellement buté que je savais qu'il me traquerait si je ne me pointais pas au parking.

J'y arrive avant lui. Dès que mes yeux se posent sur sa voiture, mon cœur se serre.

Je reste là, sous le choc, pendant environ une minute, avant que Carter arrive. Horrifiée, je le regarde laisser tomber son sac à dos par terre. Ses poings se serrent dans ses cheveux et je vois sur son visage qu'il est dévasté. Et je le comprends. Je sais à quel point il aime sa voiture. Qui a pu faire un coup aussi bas ? Je pense aussitôt à Brad. De toute façon, ça ne peut être que lui. *Le vaurien.*

Quelqu'un a tailladé les quatre pneus. Le pare-brise est explosé. La carrosserie est pleine de bosses, et le capot, couvert de ce qui semble être de la peinture. Manifestement, on l'a frappée avec une batte de baseball.

– Carter, dis-je en courant vers lui. Je suis vraiment désolée.

J'essaie de l'attraper par le bras, mais il me repousse.

– Non, dit-il, les dents serrées.

Il croise brièvement mon regard avant de revenir à sa voiture. Sa pauvre voiture bousillée. J'ai mal au cœur pour lui. Il a l'air en colère. Je ne sais trop si c'est envers moi ou le responsable de ce carnage. Si c'est vraiment Brad, Carter pourrait m'en vouloir. De toute façon, personne ne mérite ça. Je fouille dans mon sac et sors mon téléphone.

– Papa, c'est moi, dis-je dès qu'il répond. Tu peux venir à l'école ? Quelqu'un a saccagé sa voiture.

– Quoi ? Comment ça, « saccagé sa voiture » ? demande-t-il.

– Les pneus sont crevés et on dirait que quelqu'un s'en est pris au pare-brise et à la carrosserie avec une batte. Et il y a aussi de la peinture partout sur le capot.

– Quoi ? crie-t-il. J'arrive. S'il y a des témoins, fais-les patienter.

Je devine qu'il est contrarié. Je sais qu'il aime cette voiture autant que Carter. Qui pourrait faire quelque chose d'aussi méchant ?

Mon père arrive en moins de cinq minutes. Carter est toujours sous le choc. Il n'a pas dit un mot. Son langage corporel crie ce qu'il ne dit pas. Après avoir parlé à toutes les personnes présentes, mon père revient vers nous.

– Personne n'a rien vu, dit-il, visiblement déçu. Ne t'inquiète pas, on aura le fin mot de l'histoire.

Carter ne dit toujours rien.

– On la remettra dans son état d'origine, fiston, dit mon père pour le rassurer en posant sa main sur son épaule. Je t'aiderai.

Carter ne réagit pas, mais les paroles de mon père me redonnent le sourire. Je sais qu'il est sincère.

Une fois que la dépanneuse est arrivée pour emporter la voiture, mon père nous dépose à la maison.

– Carter, attends, dis-je quand il saute de la voiture et se dirige rapidement vers chez lui.

Il ne s'arrête pas. Je sens mes épaules s'affaisser. Je suis tellement mal pour lui.

– Laisse-le tranquille, dit mon père derrière moi. Laisse-lui un peu de temps pour se calmer. Je comprends pourquoi il est aussi bouleversé. Ne le prends pas pour toi.

– Merci d'être intervenu, dis-je quand il se penche pour m'embrasser sur le front.

Il doit retourner au travail.

– J'espère que tu trouveras le responsable, papa.

– As-tu une idée de la personne qui a pu faire ça ?

– Je sais qu'il s'est accroché avec Brad Cartwright, hier. C'est peut-être une bonne piste.

Je n'entre pas dans les détails. Cela ne ferait que nous apporter des problèmes, à Carter et à moi.

– D'accord, ma princesse. Je m'en occuperai.

Il m'embrasse encore avant de remonter dans sa voiture. Je reste là à le regarder s'en aller. Tandis que je me dirige vers la maison, mes yeux restent rivés sur la porte d'à côté. J'ai très envie d'aller le voir, mais mon père m'a dit de lui laisser le temps de se calmer. Je pense que c'est une bonne idée. Je décide plutôt d'appeler Meg.

– Qu'est-ce qui a bien pu arriver à la voiture de Carter ?

Repenser à sa voiture m'énerve instantanément.

– Je dirais que c'est Brad Cartwright.

– Tu crois ? demande-t-elle sur un ton choqué.

– Je ne sais pas si Carter a d'autres ennemis à l'école. Mais avec son attitude, il a probablement agacé beaucoup de personnes, dois-je admettre.

– Peut-être.

– J'aimerais pouvoir faire quelque chose pour l'aider, Meg. Je me sens tellement mal pour lui. Tu aurais dû voir sa tête. Il adore cette voiture.

– C'est vraiment minable. Il va peut-être avoir besoin de vendre à nouveau son corps pour avoir les moyens de faire les réparations.

– Mon Dieu. Ne dis pas ça.

J'ai de nouveau mal au ventre, maintenant. J'espère que ce ne sera pas le cas.

***

Une fois que j'ai fait mes devoirs, je prépare le repas avant de prendre une douche. Allongée sur mon lit, je n'arrête pas de penser à Carter. Je me demande ce qu'il fait. Je me lève alors et regarde vers sa chambre. La lumière est allumée, mais les stores sont baissés. Oserai-je aller le voir ? Je sais que je n'arriverai pas à dormir tant que je ne saurai pas s'il va bien.

Je me décide et passe par ma fenêtre.

– Carter. Tu es là ? dis-je après avoir tapé à la vitre.

– Qu'est-ce que c'est ? lance-t-il en ouvrant le store quelques secondes plus tard.

Ses cheveux sont mouillés et il est torse nu. Il devait prendre une douche. Dieu qu'il est beau.

– Je peux entrer ?

Vais-je oser entrer dans sa chambre après ce qui s'est passé entre nous hier ?

– Qu'est-ce que tu veux ? demande-t-il d'un air agacé quand il ouvre la fenêtre.

– Je voulais juste m'assurer que tu allais bien.

– Ça va. Rentre chez toi.

Je déteste quand il me parle comme ça. Je comprends qu'il soit contrarié, mais il s'en prend à la mauvaise personne.

– D'accord, dis-je, déçue et un peu énervée.

Quel crétin ! Il n'est pas obligé d'être aussi désagréable. Je me retourne et m'apprête à rentrer chez moi.

– Attends ! lance-t-il.

Je m'arrête, mais ne me retourne pas.

– Je suis désolé. Je ne voulais pas m'en prendre à toi.

– Alors, je peux entrer ? dis-je avec le sourire quand je me retourne pour lui faire face.

Il souffle, puis lève les yeux au plafond.

– Bien. Si tu insistes.

Je retourne vers sa fenêtre, où il se penche pour me hisser à l'intérieur.

– Waouh ! Ta chambre est différente vue de l'intérieur, fais-je remarquer en l'étudiant dans les moindres recoins.

Elle est vraiment propre et bien rangée pour une chambre de mec. Mieux rangée que la mienne. Il n'y a presque rien. Pas de photo ni d'affiches sur les murs. Il a un lit, un bureau, une table de chevet et une commode, mais c'est tout.

Quand je croise enfin son regard, il sourit pour une raison inconnue. Je m'efforce de ne pas regarder plus bas que son visage. Je ne veux pas qu'il croie que je le mate, parce que je sais que c'est exactement ce que je ferais.

– Pareil pour la tienne.

Les souvenirs d'hier me passent par la tête et me donnent chaud.

– Pourquoi rougis-tu ?

Je fronce les sourcils. Venir ici était une mauvaise idée. Je me retourne et m'apprête à repartir par la fenêtre.

– Attends, je te taquine, *gamine*. Ne pars pas.

Il tend la main et me tire vers lui jusqu'à ce que mon corps se plaque contre le sien. Mon dos est appuyé contre son torse. Sa proximité me donne des picotements dans tout le corps. Mes sens sont submergés par son délicieux parfum. Dieu qu'il sent bon.

Je reste immobile, le corps exactement où il est, c'est-à-dire contre lui. L'un de ses bras se faufile autour de ma taille pour me rapprocher encore, pendant que l'autre attrape mes cheveux pour les mettre sur le côté. Il fait remonter son nez de la base de ma nuque jusqu'à mon oreille.

– Tu sens délicieusement bon, murmure-t-il contre ma peau, me donnant un frisson.

Il aspire mon lobe dans sa bouche et décrit des cercles autour avec sa langue.

– Et tu as bon goût aussi.

J'appuie ma tête en arrière contre son torse et gémis.

– J'adore ces petits bruits que tu fais. Ça m'excite, dit-il doucement.

Son souffle chaud contre ma peau me donne la chair de poule.

Il presse son entrejambe contre moi pour prouver ses propos. Je sens son érection dans le creux de mon dos. Le fait de savoir que je lui fais cet effet provoque des sensations amusantes dans mes parties intimes. Lentement, il me retourne dans ses bras et tire légèrement sur mes cheveux pour incliner ma tête en arrière jusqu'à ce que je plonge les yeux dans les siens. Le désir que je vois dans ses yeux me fait mal entre les cuisses. Il me dévisage pendant ce qui me semble être une éternité avant que son visage ne s'approche lentement vers le mien.

– Je peux t'embrasser ? murmure-t-il quand ses lèvres sont tout près des miennes.

– Oui, dis-je sans hésitation.

Il pose délicatement sa bouche sur la mienne. Il lâche mes cheveux, et ses doigts remontent jusqu'à mon cuir chevelu pour rapprocher mon visage. Mes bras entourent sa taille tandis que je presse encore mon corps contre le sien, ce qui le fait gémir dans ma bouche. Ce baiser est doux et incroyablement sensuel, tout comme notre première fois. Il embrasse exceptionnellement bien.

Quand j'ouvre légèrement la bouche, il glisse sa langue à l'intérieur et approfondit le baiser. Il me fait reculer jusqu'à ce que mes jambes entrent en contact avec son lit. Il m'allonge doucement et grimpe sur moi sans jamais rompre notre baiser.

Il s'écarte et m'adresse l'un de ses rares sourires à couper le souffle. Il écarte mes cheveux de mon visage avant de se pencher pour plaquer ses lèvres contre les miennes à nouveau. Nous continuons ainsi pendant une éternité. Je suis très excitée.

Cessant finalement de m'embrasser, il me regarde avec le sourire.

– Je n'arrive pas à croire que tu es étendue là, sur mon lit. Maintenant, que vais-je faire de toi ?

– Ce que tu veux, dis-je sans honte.

Je veux qu'il me fasse tout et n'importe quoi. À cette idée, il émet un râle en fermant les yeux. Quand il les rouvre, il me jette un regard malicieux. Mon cœur s'emballe. Est-ce mal que je veuille qu'il me fasse des trucs cochons ? Parce que c'est le cas.

– J'en meurs d'envie, gamine, mais je ne te baiserai pas. Ta première fois doit se faire avec quelqu'un de spécial. Et ce n'est pas moi.

Je suis sûre que la déception se lit sur mon visage.

– Cela ne veut pas dire qu'on ne peut pas faire d'autres trucs, ajoute-t-il avec un petit sourire.

Je suis contrariée d'apprendre que nous n'irons pas jusqu'au bout. Je veux qu'il soit mon premier amant.

Je le veux plus que tout.

Il repose ses lèvres sur moi. Ses baisers m'excitent tellement que j'éprouve un besoin désespéré de sentir un frottement plus bas. Je bouge mes jambes sous lui et les étends avant de le rallonger sur moi. Il s'installe entre mes jambes.

Sa main se glisse sous mon haut de pyjama. Il gémit dans ma bouche quand il sent que je ne porte pas de soutien-gorge. Il attrape mon sein et passe son pouce sur mon téton dur en pressant son entrejambe en même temps. *Oui.*

– Ta peau est si douce, murmure-t-il contre ma bouche.

Son érection est appuyée exactement où je le veux, et cela me fait gémir. Il se frotte encore et encore. Mes mains descendent le long de son dos musclé jusqu'à se poser sur ses fesses. Il a le plus fantastique des culs. Bien rond, ferme et délicieux. J'utilise mes mains pour qu'il se presse tandis que mes hanches remontent contre lui. Seuls deux petits bouts de tissu nous séparent. *Qu'est-ce que j'aimerais qu'ils ne soient pas là !*

Nous continuons à bouger de manière synchronisée. C'est comme si nous faisions l'amour, mais avec nos vêtements. J'ai vraiment envie de le faire avec lui. Je veux le sentir en moi.

– Je… Je crois que je vais venir, dis-je quelques minutes plus tard.

Il gémit à nouveau dans ma bouche et presse son érection contre mon clitoris en décrivant des cercles avec ses hanches. C'est merveilleux.

– Jouis pour moi, ma belle, m'encourage-t-il.

Quelques secondes plus tard, un orgasme me dévaste.

– Oui, gémis-je en basculant la tête en arrière dans l'oreiller tandis que son intensité fait trembler mon corps.

J'enfonce mes ongles dans ses fesses alors que des vagues de plaisir déferlent sur moi. Il n'arrête pas de bouger tant que je n'ai pas terminé. Puis il s'écarte, et ses yeux voilés plongent dans les miens.

– Il faut que je te goûte maintenant, souffle-t-il.

Il s'accroupit et fait glisser mon bas de pyjama le long de mes jambes en emportant ma culotte. Personne ne m'a jamais vue nue auparavant, mais bizarrement, avec lui, je n'ai pas du tout honte.

– Mon Dieu. Tu es plus belle que je ne l'avais imaginé, affirme-t-il.

L'idée qu'il m'ait imaginée nue me plaît. Beaucoup. Il écarte mes jambes et m'étudie. Je vois sur son beau visage qu'il apprécie ce qu'il découvre. Il expire, puis sourit. En se penchant en avant, il soulève légèrement mon dos du lit après m'avoir complètement enlevé le haut.

– Il faut que je te voie en entier.

Il se remet accroupi et je l'observe pendant que ses yeux caressent mon corps. Il me contemple avec un tel regard de braise que je suis surprise qu'il ne me brûle pas la peau.

– Parfaite, soupire-t-il.

Cela me fait sourire. *Il me trouve parfaite.* Ses doigts effleurent ma peau, laissant derrière eux des picotements.

Sa virilité impressionnante se dresse fièrement sous son bas de pyjama. J'ai envie de faire quelque chose pour lui, mais je ne sais pas du tout quoi. Je veux juste lui faire plaisir comme il me fait plaisir. Posant ses mains de part et d'autre de mes hanches, il se penche en avant. Il dépose un baiser sur mon ventre avant que sa langue ne remonte entre mes seins. Il me regarde dans les yeux tout en prenant un de mes tétons dans sa bouche.

– Hmmmm, fais-je en fermant les yeux et en emmêlant mes doigts dans ses cheveux.

Je ne savais pas que mon corps était capable de ressentir un plaisir aussi extraordinaire. Je pourrais facilement devenir accro.

– Ouvre les yeux. Je veux que tu voies qui te fait cet effet, ordonne-t-il alors que sa langue se dirige vers mon autre sein. Tu es parfaite, murmure-t-il contre ma peau alors qu'il redescend vers mon ventre.

Je trouve chacun de ses mots, chacun de ses gestes tellement érotiques.

– J'adore la façon dont ton corps réagit à mon contact.

Le fait qu'il descende encore devrait me rendre nerveuse, mais non. Je veux tout essayer avec lui. *Tout.*

Quand il s'installe entre mes jambes, il lève les yeux vers moi et sourit en se baissant lentement. Il écarte mes lèvres avec ses doigts avant d'expirer son souffle chaud sur mon clitoris. Ses yeux ne quittent jamais les miens. Cela me coupe la respiration et me fait frissonner à l'avance. Il sort la langue et remonte le long de ma fente. Ses paupières se ferment et il gémit contre ma peau sensible.

– C'est bon, murmure-t-il.

Je baisse les mains et passe mes doigts dans ses cheveux.

– Oh mon Dieu ! dis-je dans un gémissement.

Je n'ai pas de mot pour décrire ces incroyables sensations. *C'est indescriptible.* Ses yeux s'ouvrent et il s'écarte légèrement.

– Ce n'est pas comme ça que je m'appelle, marmonne-t-il.

Nous avons déjà eu cette discussion la nuit dernière.

– Carter, dis-je dans un souffle.

– C'est mieux, admet-il tandis que sa langue m'attaque à nouveau.

J'ai trouvé ses mains magiques hier, mais sa bouche…

Oh… mon… Dieu. Fantastique. Cet homme a de nombreux talents.

Au bout de seulement quelques minutes, je suis près d'avoir un autre orgasme. Je fais de mon mieux pour le refréner. Je ne veux pas qu'il s'arrête. Jamais.

– Je pourrais te faire ça toute la journée, affirme-t-il comme s'il venait de lire dans mes pensées.

C'est flippant.

– Je ne m'en plaindrais pas. C'est génial.

Je geins plus que je prononce ces paroles. Il émet un nouveau râle contre ma chair sensible avant d'insérer deux doigts en moi et de les replier. Bon sang. Je ne tiendrai pas plus longtemps.

– Carter, gémis-je, les mains tirant ses cheveux.

Sa langue et ses doigts œuvrent avec ferveur, puis mon orgasme explose et est rapidement suivi par un autre. *Merde.* Je crois que je vais m'évanouir.

Il remonte le long de mon corps en m'embrassant jusqu'à ce que ses lèvres retrouvent les miennes. Je sens mon goût sur lui, mais cela ne calme absolument pas mon excitation. Ma main descend entre nous et j'attrape son manche. Mince, il est énorme.

– Laisse-moi faire quelque chose pour toi.

Je suis tentée de le supplier de me faire l'amour, mais je sais que j'aurais l'air minable. Il met fin à notre baiser et me regarde.

– Tu n'es pas obligée. Le simple fait de te voir jouir me suffit, répond-il avec douceur.

Dommage qu'il ne soit pas aussi doux tout le temps.

– J'en ai envie. *S'il te plaît.* Je ne sais pas quoi faire, mais tu peux me montrer. J'apprends vite.

Ça sonnait mieux dans ma tête. Je me sens rougir. Autant le supplier. Je déteste le fait d'être aussi inexpérimentée par rapport aux autres filles qu'il a connues. Je suis sûre qu'elles savaient comment lui faire plaisir. Je ferme les yeux. Qu'on me fasse disparaître.

– Ouvre les yeux, m'ordonne-t-il.

Je suis alors surprise de le voir sourire.

– J'aime ça chez toi. J'aime ton innocence et le fait que personne ne soit jamais allé là où je suis allé.

Je suis soulagée que ma candeur ne le dérange pas.

– Tu peux me montrer quoi faire ? Me montrer ce que tu aimes ? J'ai envie de te procurer autant de plaisir que toi.

Il se penche et effleure mes lèvres avec les siennes.

– Personne ne m'a jamais dit ça avant, murmure-t-il, les yeux rivés sur les miens.

– Désolée, dis-je en sentant mon visage devenir encore plus rouge.

Maintenant, je passe pour la pire des idiotes.

– Ne le sois pas. Personne ne m'a jamais demandé ce que j'aimais. Ce que je voulais. Elles ne se souciaient que de ce que je pouvais leur faire.

– Eh bien, pour moi, c'est important, dis-je en portant ma main à son visage pour le caresser doucement.

Et c'est vrai. Ça compte plus pour moi que je ne voudrais bien l'admettre. Il plaque à nouveau ses lèvres sur les miennes et roule sur le dos en m'emportant. Il décolle légèrement les hanches du lit et fait descendre son bas de pyjama jusqu'à ses chevilles. Puis il prend ma main et l'enroule autour de son manche. Ma petite main peine à encercler totalement son impressionnante circonférence. Les doigts sur les miens, il fait lentement bouger ma main de haut en bas sur toute sa longueur.

– Oui, c'est ça, gémit-il en suçant mes lèvres. Comme ça, ma belle.

J'adore qu'il continue à m'appeler comme ça. Je me demande s'il dit ça à toutes les filles. J'essaie de ne pas laisser mon esprit s'aventurer par là. Je veux croire que ce que nous partageons est unique.

Finalement, il enlève sa main et me laisse faire seule. Il appuie son entrejambe contre ma main en gémissant. J'arrête de l'embrasser pour regarder plus bas. J'ai envie de voir ça. J'aime le fait que, même inexpérimentée comme je le suis, je lui fasse cet effet, que je sois capable de lui procurer du plaisir.

Son pénis est le premier que je vois en vrai de toute ma vie. Meg dit toujours qu'ils sont moches. Elle n'a certainement pas vu celui de Carter, parce que le sien est magnifique. Je continue de le masturber en étant assise. Je vois le liquide préséminal perler au bout. J'ai envie d'y goûter. Je me penche en avant et passe ma langue autour du gland.

– Putain, siffle-t-il, les dents serrées.

J'ouvre la bouche et glisse le bout dedans. Il se met à pomper doucement dans ma bouche tandis que sa main s'emmêle dans mes cheveux et maintient ma tête.

– Je vais jouir, dit-il soudain en essayant de me faire relever la tête.

Je ne bouge pas. Je veux continuer. J'ouvre grand la bouche et le prends plus profondément. Je ferme les lèvres autour de son manche et continue à le branler avec ma main. Il fait quelques va-et-vient supplémentaires dans ma bouche.

– Indi ! crie-t-il alors que son corps frémit sous moi. Mon Dieu… Indiiiiii !

C'est la toute première fois qu'il m'appelle par mon prénom.

***

– Indi. Réveille-toi, entends-je.

J'ouvre les yeux et suis surprise de voir le beau visage de Carter qui me sourit.

– On a dû s'assoupir, dit-il d'une voix rauque en se frottant les yeux.

Quoi ? Je suis encore à moitié endormie et hébétée. Puis je me souviens soudain de l'endroit où je suis et de ce que nous avons fait. Je me redresse aussitôt.

– Mince.

– C'est bon. C'est encore le milieu de la nuit. J'ai juste pensé que tu voudrais rentrer chez toi avant que ton père découvre que tu n'es pas là, dit-il avec douceur.

En regardant par sa fenêtre, je constate qu'il fait nuit noire. Mais pas dans sa chambre. Sa lampe de chevet est allumée. Mince. Je suis encore nue. Mes mains se précipitent pour couvrir mes seins pendant que mes yeux cherchent désespérément mon pyjama sur le lit. Je ne le vois pas. Je sens mon visage rougir.

– Tu vas bien ? demande-t-il en se redressant sur un coude.

Je n'arrive pas à le regarder.

– Tu sais où sont mes vêtements ?

– Hé ! dit-il en posant sa main sous mon menton pour m'inciter à le regarder dans les yeux. Tu vas bien ? Est-ce que tu regrettes ? demande-t-il quand nos yeux se croisent.

Non. Comment le pourrais-je ? Ce que nous avons partagé cette nuit était fantastique. Je suis juste un peu mal à l'aise, maintenant. C'est une chose d'être nue devant lui dans le feu de la passion, mais c'en est une autre maintenant. C'est la première fois que je laisse quelqu'un me voir dans cet état.

– Non, dis-je en toute honnêteté. Je veux juste me rhabiller.

Il tend le bras et enlève mes mains qui couvrent ma poitrine.

– S'il te plaît, ne te cache pas de moi, me supplie-t-il.

Il a presque l'air blessé par mon geste.

– Ton corps est magnifique. N'en aie jamais honte. Surtout avec moi.

Il prononce ces paroles avec une telle sincérité que je ne peux m'empêcher de sourire. Qui aurait cru qu'il était capable de dire quelque chose d'aussi gentil ?

– Merci.

Que puis-je dire d'autre ? Il se penche et ramasse mes affaires par terre.

– Je le pense.

C'est tout ce qu'il dit en me rendant mon pyjama. Mon sourire s'élargit.

Une fois habillée, je me lève. Je suis toujours sous le choc de ce qui s'est passé cette nuit. Je ne sais trop où ça nous mène, si ça nous mène quelque part, mais je ne regretterai jamais ce que nous avons fait. *Jamais.*

Carter se lève à son tour et me suit vers la fenêtre. Je ne sais pas si je dois l'embrasser pour lui dire au revoir ; alors, je m'abstiens.

– On se voit demain, dis-je en passant les jambes sur le rebord de la fenêtre.

– Hé ! lance-t-il en attrapant délicatement mon bras. Je sais qu'on n'a fait que passer du bon temps ici ce soir, mais je ne veux pas que cela change ce qu'il y a entre nous, d'accord ?

– D'accord.

Je tourne la tête et lui adresse un dernier sourire.

– Bonne nuit, dis-je en sautant de la fenêtre.

– Bonne nuit, gamine.

Je lui lance un regard noir par-dessus l'épaule. Ça le fait rire. Il reste là à me regarder jusqu'à ce que j'aie retrouvé la sécurité de ma chambre. Je lève la main pour le saluer avant de fermer la fenêtre et il me chasse d'un signe de la main. Mais il sourit. Je suppose que c'est sa manière de faire en sorte que les choses restent normales entre nous.

13

CARTER

Dès qu'elle s'en va, je m'allonge sur le lit avec une espèce de sourire débile sur le visage. Mon Dieu. J'ai la tête qui tourne. Ça s'est vraiment passé ? Je ne me suis jamais arrêté avant d'aller au bout avec une nana avant elle, mais je peux vous garantir que ce que nous venons de faire m'a plus satisfait que tout ce que j'ai pu faire avec les autres dans le passé. Je donnerais n'importe quoi pour la baiser. N'importe quoi. Mais je ne peux pas lui faire ça. Elle mérite bien mieux qu'un coup d'un soir. Mais c'est tout ce que je peux lui offrir. Pas d'engagement. Jamais.

Je ne sais trop quelle heure il est quand je finis par m'endormir, mais je sais que j'ai rêvé d'elle. Je me suis même réveillé avec le sourire aux lèvres. Mince. Ça ne me ressemble pas. J'espère qu'aujourd'hui, les choses ne seront pas bizarres entre nous. Je veux que ça reste comme c'était. Je ne remarque même pas que je siffle en entrant dans la cuisine pour prendre mon petit-déjeuner, jusqu'à ce que ma mère le fasse remarquer.

– Il y en a un qui s'est levé du bon pied ce matin, plaisante-t-elle. Cela fait longtemps que je ne t'ai pas vu aussi heureux. Ça fait plaisir à voir, mon chéri.

– Bonjour, maman, dis-je en l'embrassant sur la joue et en ignorant sa remarque.

À vrai dire, mon humeur me surprend aussi.

– Avec tout ce qui s'est passé hier, c'est bien la dernière chose que je m'attendais à voir ce matin. Je sais à quel point tu aimes cette voiture.

Oh non. *Ma voiture*. Pendant une minute, j'ai pensé qu'elle parlait d'Indi et moi. Elle occupe tellement mon esprit que ces problèmes avec ma voiture m'étaient complètement sortis de la tête. Mon sourire disparaît aussitôt, et ce malaise que j'ai ressenti tout l'après-midi d'hier revient. J'aimerais tellement attraper le responsable.

– J'espère qu'ils trouveront qui a fait ça, dit-elle en posant mon petit-déjeuner devant moi.

Soudain, je n'ai plus d'appétit. Je ne sais pas comment je vais trouver l'argent pour faire les réparations. Je suis seulement assuré au tiers. C'est tout ce que j'ai pu me payer.

– Je n'aurai pas besoin de ma voiture, mon chéri. Tu peux la prendre pour aller à l'école si tu veux.

– Merci, maman.

– Mange quelque chose, m'encourage-t-elle en me frottant gentiment le dos. Je suis sûre que Ross découvrira le fin mot de cette affaire.

J'espère bien.

***

Quand je me dirige vers la voiture, je ne sais pas si je vais trouver Indi, mais je l'espère bien. Je suis surpris de constater que j'ai l'estomac barbouillé à l'idée de la revoir. Je n'ai aucun regret pour cette nuit. Comment le pourrais-je ? Je veux juste que les choses redeviennent normales entre nous. Il faut que je fasse un effort pour garder mon sang-froid. Ce qui s'est passé cette nuit était une exception. Je rêverais que cela se reproduise, mais pour notre bien à tous les deux, il ne le faut pas.

Je jette mon sac à dos sur la banquette arrière quand je vois Indi passer le portillon. Je déteste devoir prendre la voiture de ma mère aujourd'hui. Je déteste que quelqu'un ait bousillé la mienne. Il vaudrait mieux que Dieu protège celui qui a fait ça quand je le trouverai. Même si je suis quasiment sûr que c'est ce crétin de Brad.

– Salut ! lance-t-elle en s'avançant vers moi. Je pensais qu'on prendrait le bus aujourd'hui.

– Qui a dit que je t'amène à l'école ?

– Quoi ? dit-elle, estomaquée, en plissant les yeux. Je vois que tu n'as pas oublié de remettre ton déguisement de petit con aujourd'hui.

Sa remarque me faire rire. Dieu merci, tout va bien entre nous.

***

– J'ai entendu ce qui est arrivé à ta voiture, dit Brad en riant tandis que je passe près de lui dans le couloir pour atteindre mon casier. Bien fait.

J'avais prévu d'ignorer ce con jusqu'à ce que j'aie les preuves que c'était lui, mais pas là. Pas après ce qu'il vient de dire. Ça fait comme un déclic en moi. Mon sac à dos n'a pas encore touché le sol que je suis déjà sur lui.

Je ne lui mets que quelques châtaignes avant qu'un prof m'attrape et me tire en arrière.

– Cartwright, Reynolds, au bureau du principal, tout de suite ! crie-t-il en désignant le couloir.

Super. Après tous les ennuis que je me suis attirés dans mon précédent lycée, j'ai promis à ma mère que j'essaierais de rester clean ici. On dirait que je viens de rompre cette promesse.

Le prof nous laisse tous les deux assis devant le bureau pendant qu'il discute avec le principal.

– Tu vas me payer ce que tu as fait à ma voiture, enfoiré, dis-je, les dents serrées, en lançant un regard furieux à Cartwright.

– Bonne chance pour le prouver, connard. Tu crois que j'ai été assez stupide pour le faire devant des témoins ?

Je savais que c'était lui. Je me lève de ma chaise, prêt à lui donner une autre raclée.

– Rasseyez-vous, monsieur Reynolds, dit le principal

sur un ton sévère de l'encadrement de la porte de son bureau avant de retourner son attention vers Brad. Vous ai-je bien entendu, monsieur Cartwright ?

Putain, j'espérais tellement qu'il ait entendu son aveu.

– Quoi ? dit Brad en pâlissant.

– Si je ne me trompe pas, je viens de vous entendre admettre que vous aviez vandalisé la voiture de monsieur Reynolds.

– Nooooon, couine ce sale menteur.

– Donc, vous allez maintenant ajouter le mensonge à votre liste de délits ? La police est venue ici ce matin pour enquêter sur cet incident. Je crois que je vais devoir les rappeler.

– Ce n'est pas moi ! crie-t-il, paniqué.

Qu'est-ce que je suis content que cet âne n'ait pas su tenir sa langue !

***

J'ai dû aller en retenue pendant la pause déjeuner pour m'être battu, mais Cartwright s'est carrément fait renvoyer temporairement. Le père d'Indi est revenu à l'école et l'a embarqué pour le questionner et il a été inculpé pour vandalisme et destruction volontaire de propriété d'autrui.

Après la fin des cours, Indi et moi sommes rentrés ensemble. Je suis content que la nuit dernière n'ait rien changé entre nous. Même si nous nous comportons comme si l'autre nous soûlait, je crois qu'en fait, nous sommes en train de devenir amis. Je n'ai pas eu de véritable ami depuis l'enfance.

Après avoir découvert le vrai sens du mot « bâtard », j'ai commencé à mal me conduire. En grandissant, mon attitude a empiré. Les amis que j'avais à l'époque ont rapidement arrêté de me fréquenter. Je suppose que leurs parents estimaient que j'avais une mauvaise influence sur eux.

C'était peut-être le cas, mais cela n'a fait que renforcer mon sentiment d'être un bon à rien. Le père d'Indi vient nous accueillir quand nous nous garons dans l'allée.

– Salut, papa, dit-elle tandis qu'il s'approche de la voiture.

– Salut, ma princesse. Ça te dérange si je discute un peu avec Carter ?

– Pas du tout. Je vais aller promener Lassie avant de faire mes devoirs.

Nous la regardons tous les deux marcher vers la maison. Bien sûr, mes yeux sont rivés sur son cul. Enfin, je croyais que nous la regardions tous les deux, jusqu'à ce que je me tourne vers M. Montgomery et découvre qu'il était en train de me fixer. *Merde.*

– Je peux te demander quelles sont tes intentions envers ma fille ?

– Nous sommes amis, rien de plus.

C'est un mensonge. Enfin, pas vraiment. Des amis avec certains avantages, dirons-nous. Mais comme je n'ai pas envie de mourir, je ne compte pas le lui dire.

– Je ne suis pas idiot, fiston. J'ai bien vu comment vous vous regardez, tous les deux.

Nerveux, je mets mes mains dans les poches de mon jean. C'est une chose de savoir moi-même ce que je ressens, mais c'en est une autre que quelqu'un d'autre soit au courant. Je n'aime pas la tournure que prend cette conversation. Je m'attends à ce qu'il me dise que je ne suis pas assez bien pour sa fille. Je le sais, mais je n'ai pas envie de l'entendre le dire. Jusqu'à maintenant, j'aimais bien la façon dont il me traitait.

– C'est exactement comme ça que je regardais ma femme quand elle est arrivée en ville, avoue-t-il.

– Ouais. Je suis désolé pour…, vous savez…, ce qui est arrivé à votre femme.

– Merci.

La tristesse que je vois dans ses yeux me fait mal au cœur. N'ayant jamais été amoureux, je ne peux qu'imaginer ce qu'il ressent, mais je devine qu'il est loin de s'être remis de sa mort.

– Si sa disparition m'a bien appris quelque chose, c'est de vivre pleinement. On ne sait jamais ce qui nous attend.

Il soupire, puis secoue la tête.

– J'imagine que ça n'a pas été facile pour vous.

– Ça a été dur, mais avoir Indi m'a aidé. Elle ressemble tellement à sa mère.

Je souris quand je vois son visage s'illuminer. Je ne l'admettrais jamais, mais elle me fait le même effet.

– Dois-je t'avertir de ne jamais lui faire du mal ? De toujours la traiter avec respect ? Elle est tout ce que j'ai et elle représente tout pour moi, Carter.

Quoi ? C'est bien la dernière chose que je m'attendais à entendre.

– Non, monsieur, dis-je avant de m'éclaircir la voix.

Est-ce que c'est la bonne réponse, ou était-ce une question piège ?

– Bien, dit-il en m'attrapant l'épaule. Je t'aime bien, fiston, mais si tu la blesses ou lui manques de respect de n'importe quelle façon que ce soit, je n'hésiterai pas à te le faire payer. Compris ?

Quand il me sourit, je sens les coins de mes lèvres remonter. Ce n'est pas comme ça que j'avais imaginé cette conversation. Indi et moi ne serons jamais plus que ce que nous sommes, mais c'est agréable de savoir que son père n'est pas contre l'idée que sa fille sorte avec quelqu'un comme moi.

– Oui, monsieur.

Il acquiesce et me tapote l'épaule comme si ma réponse lui convenait.

– Je suis passé chez le dépanneur ce matin et j'ai récupéré tes affaires personnelles dans ta voiture, dit-il en me tendant le sac en plastique qu'il tenait. J'ai jeté les cancers du poumon en tube que j'ai trouvés dans la boîte à gants. Que je ne t'attrape pas à fumer à nouveau, tu entends ?

– Oui, monsieur, dis-je en baissant la tête.

J'ai l'impression d'être un enfant qu'on réprimande, mais d'un côté, j'aime le fait qu'il semble se soucier de moi.

– Et j'ai trouvé ça aussi.

Il sort un bout de papier froissé de sa poche. Sans même l'ouvrir, je sais ce que c'est. Le dessin que j'ai fait d'Indiana. Mince. Pourquoi ai-je laissé ça sur le sol de ma voiture ? J'aurais dû le jeter dans une poubelle, mais je ne sais pas pourquoi, je n'ai pas pu m'y résoudre.

– C'est toi qui as dessiné ça ?

– Oui, dis-je en tendant la main pour l'attraper.

Mais il l'éloigne de moi.

– Il est réussi. Ça te dérange si je le garde ?

Bon sang. Cette conversation est de plus en plus gênante chaque minute.

– Non. Vous pouvez le garder, bien sûr.

Je suis certain que je pourrais en dessiner un autre si je le voulais, ce qui n'est pas le cas. Nous sommes amis. Rien de plus.

– Vous n'allez pas le lui montrer, hein ?

– Le dessin ? demande-t-il avec un petit sourire sur les lèvres.

– Oui, dis-je timidement.

Je ne veux pas qu'elle pense qu'elle m'obsède ou quoi, parce que ce n'est pas le cas.

– Pas si tu me demandes de ne pas le faire, répond-il tandis que son sourire s'élargit.

Je ne sais pas du tout pourquoi il sourit. Je détourne le regard. Il me regarde de la même façon qu'Indi. Comme s'il pouvait lire en moi. Il s'éclaircit la voix :

– Pourquoi n'as-tu pas une assurance tous risques pour

ta voiture ? demande-t-il pour changer de sujet, ce qui me convient parfaitement.

– Je ne pouvais pas me le permettre.

– Je comprends. Le type des dépanneuses me doit quelques faveurs ; alors, je lui ai demandé de commencer les réparations. Tu peux poursuivre Cartwright en justice pour les dommages. Ses parents peuvent se le permettre. Je vais en parler à son père. Il acceptera probablement de payer les réparations avant d'en arriver là. Il ne voudra pas que cette histoire s'étale en public.

– Merci, dis-je en lui tendant la main.

Même si je suis toujours en colère pour ma voiture et le fait qu'il faudra des semaines avant que je la récupère, je ne pouvais pas demander mieux.

***

Le reste de la semaine se passe sans incident. Les jours où ma mère a besoin de sa voiture, elle nous dépose au lycée, Indi et moi. Les autres fois, elle me laisse la prendre.

Ross a parlé au père de Cartwright. Il avait raison. Il n'a pas hésité à payer toutes les réparations dont j'ai besoin pour la voiture ; en échange de notre silence, bien sûr. Comme si c'était utile. C'est une petite ville. La nouvelle se répand déjà comme un incendie de forêt.

Vendredi, en fin d'après-midi, Ross vient taper à ma porte.

– Tu as une demi-heure ? me demande-t-il. J'ai besoin de ton aide.

– Bien sûr. Laissez-moi juste dire à ma mère que je sors.

Je ne sais pas du tout pourquoi il a besoin de moi, mais ça me va. Une fois assis sur le siège passager de sa voiture, il m'en informe.

– C'est l'anniversaire d'Indiana dimanche, et j'ai décidé de lui acheté une petite voiture. C'est là que tu interviens.

Je travaille toute la journée demain. Si je la veux pour dimanche, il faut que je la récupère aujourd'hui. Il faudra que tu la ramènes du vendeur d'occasion à la maison.

– Allez-vous la lui donner aujourd'hui ?

– Non. Frank, qui habite de l'autre côté de la rue, me laisse la cacher dans son garage jusqu'à dimanche matin. Je prends ma journée pour la passer avec elle.

– D'accord. Cool. Elle a son permis ?

Elle a de la chance que son père ait les moyens de lui offrir une voiture. Je sais que, si ma mère avait été dans cette situation, elle aurait fait la même chose pour moi. Elle m'a toujours laissé emprunter la sienne, jusqu'à ce que je puisse m'en acheter une.

– Oui. Un permis provisoire, répond-il.

***

Il commence à faire nuit quand nous rentrons. Ross me fait attendre au bord de la route pendant cinq minutes pour pouvoir aller dans la maison et distraire Indi. Frank attendait déjà dehors, la porte de son garage ouverte, quand je suis arrivé sur son allée.

Je ne savais pas que c'était son anniversaire ce week-end. Du coup, je me demande si je devrais lui offrir quelque chose. Nous sommes un peu comme des amis. Les amis font ce genre de trucs, je suppose. Mince. Je ne veux pas qu'elle se fasse des idées à propos de nous.

***

Samedi, le père d'Indi m'a invité chez eux dimanche soir pour un dîner d'anniversaire. Je suppose que cela signifie que je vais devoir lui offrir quelque chose, maintenant. Je dois admettre que je suis resté éveillé la moitié de la nuit à me demander quel genre de cadeau elle aimerait avant même qu'il me propose de venir. On dirait que mon esprit avait déjà pris sa décision.

– Maman, je peux t'emprunter ta voiture ? dis-je en entrant dans la cuisine.

– Non, répond Peigne-Cul en intervenant sans qu'on lui ait demandé son avis.

– John. Ce n'est pas gentil, répond ma mère. Pourquoi ne pourrais-je pas lui prêter *ma* voiture ?

Il se racle la gorge et remue sur son siège. Je le déteste, mais j'ai envie de rire. Généralement, ses attaques contre moi sont très calculées. On dirait qu'il a raté son coup, cette fois-ci.

– S'il ne peut pas prendre soin de sa propre voiture, pourquoi devrait-on le récompenser en le laissant utiliser les nôtres ? Comment va-t-il apprendre la leçon ?

– C'est un peu exagéré, dit ma mère en posant sa main sur sa poitrine comme si elle était blessée ou choquée par ses paroles.

Si elle savait à quel point « exagéré » est son deuxième nom.

– Carter n'y est pour rien dans ce qui est arrivé à sa voiture. Pourquoi devrait-il être puni pour ça ?

– Tu as raison, Elizabeth, dit-il avec une voix mielleuse qui me donne envie de gerber.

Il pose le journal qu'il lisait sur la table et se lève de sa chaise pour la rejoindre.

– Je suis désolé, ma chérie, ajoute-t-il en passant ses bras autour de sa taille.

Ma mère lui sourit. C'est pas vrai, elle gobe tout ce qu'il raconte. Bien sûr, il ne s'excuse pas auprès de moi. *Connard.*

– Mes clés sont dans mon sac à main, chéri, dit-elle en me souriant.

Je détourne le regard et le rive sur Peigne-Cul.

– Merci, maman.

– Tu peux laver la voiture de ta mère avant de rentrer pour la remercier de sa générosité, grommelle Peigne-Cul.

Qu'est-ce que j'aimerais arracher cet air suffisant de sa tronche de cake !

– Ce n'est pas nécessaire, dit ma mère en fronçant les sourcils.

– C'est bon, maman. Ça ne me dérange pas de le faire pour toi.

Je sors de la pièce avant que l'un ou l'autre n'ait le temps d'ajouter quelque chose. Ou, pire, avant que je dise quelque chose qui pourrait lui faire du mal.

***

Après deux heures à arpenter les magasins, je trouve enfin le cadeau parfait pour Indiana. Je ne suis pas habitué à ce genre de choses. Je déteste faire les boutiques. Je déteste acheter des cadeaux, point.

C'est quelque chose que je n'ai jamais fait auparavant. J'ai toujours donné de l'argent à ma mère. Je sais qu'il y avait beaucoup de choses qui lui manquaient, mais elle avait besoin d'argent plus que toute autre chose.

Je suis content que la dame de la bijouterie me propose de faire un paquet-cadeau, sinon, elle l'aurait eu tel quel. Il me reste un truc à acheter avant de rentrer.

Quand je reviens à la maison, je planque mes achats dans ma chambre et retourne dehors pour laver la voiture de ma mère. Ça ne me dérange pas de faire des trucs pour elle, mais je déteste que ce soit *lui* qui me l'ait demandé. Encore une chose qui doit le faire jubiler.

Une heure plus tard, j'ai terminé. Je vide le seau, nettoie l'éponge et commence à enrouler le tuyau quand Peigne-Cul décide de se pointer sur le côté de la maison.

– Avant de tout ranger, tu peux laver la mienne aussi ! aboie-t-il.

– Quoi ?

– Tu es sourd, en plus d'être con ?

– Ni l'un ni l'autre, dis-je, les dents serrées.

Je rêve de cogner ce connard. S'il n'y avait pas ma mère, je n'hésiterais pas.

– Je ne t'ai pas emprunté ta voiture ; alors, pourquoi devrais-je la laver ?

– Parce que tu vis dans *ma* maison, mange *ma* nourriture et utilises *mon* électricité, voilà pourquoi, crétin. Tu n'es rien pour moi et je ne fais pas la charité. Si tu veux continuer à vivre sous mon toit, tu fais ce que je te dis.

Je pousse un soupir exaspéré en comptant jusqu'à dix dans ma tête. Plus je reste dans cette maison avec lui, plus il m'est difficile de garder mon sang-froid.

– Active-toi, ajoute-t-il avant de retourner vers la maison. Et tu as intérêt à faire ça bien ou je te le ferai recommencer.

Je le déteste à fond. En fait, ce que j'aimerais vraiment faire, c'est lui enfoncer cette sacrée éponge au fond de la gorge.

Je ramasse le seau par terre et me dirige vers le robinet quand mon regard s'égare vers la chambre d'Indi. Super. Elle est en train de me regarder par la fenêtre avec cette espèce de sourire compatissant. Je n'ai ni envie ni besoin de sa foutue compassion. Je déteste qu'elle ait vu ce crétin faire ce qu'il voulait de moi. Une fois que le seau est plein et que j'y ai ajouté du produit, je balance l'éponge sur le capot de la voiture.

– Salut. Tu veux un coup de main ? me demande Indi derrière moi.

Elle m'a fait sursauter.

– Tu veux que j'aie une attaque ou quoi ? dis-je en grommelant.

– C'est un peu exagéré, tu ne crois pas ? dit-elle sur un ton sarcastique en posant ses mains sur ses hanches.

J'adore son attitude.

– J'essayais juste d'être gentille, ajoute-t-elle.

– Pas la peine.

Elle fronce les sourcils et j'ai bien du mal à me retenir de sourire. Est-ce que c'est mal si j'adore la mettre en rogne ?

– Tu ne devrais pas le laisser te traiter comme ça, affirme-t-elle quand je me retourne pour continuer le boulot.

– Quand je voudrai ton avis, *gamine*, je te le ferai savoir.

– Tu n'as pas besoin d'être aussi désagréable, dit-elle en faisant la moue.

– Et tu n'as pas besoin d'être aussi chiante.

– Oh ! *fuck* !

– Oh ! je sais que tu aimerais bien, mais désolé. Comme je te l'ai dit, je ne peux pas.

Elle grommelle et se retourne, vexée, ce qui me fait rire doucement. Je crois que je me suis assez amusé avec elle pour le moment.

– Hé ! dis-je alors qu'elle se dirige d'un pas lourd vers chez elle.

– Quoi ?

Elle s'arrête de marcher, mais ne se retourne pas.

– Merci pour la proposition.

Quand elle me chasse d'un regard par-dessus son épaule, j'éclate de rire. J'aimerais aussi la remercier de m'avoir remonté le moral, mais je ne le fais pas, bien sûr.

***

Plus tard ce soir-là, je dessine, assis dans ma chambre, quand j'entends le portillon de la maison d'à côté grincer. Je me lève d'un bond et jette un œil. Indiana. Où croit-elle se rendre discrètement à cette heure de la nuit ?

J'ouvre la fenêtre et saute aussitôt dehors.

– Hé ! Où crois-tu aller comme ça ? dis-je en la rattrapant.

– Bon sang, Carter, murmure-t-elle sur un ton furieux, la main sur le cœur. Tu veux me faire mourir de peur ?

Je souris et décide de lui retourner ce qu'elle m'a dit tout à l'heure contre elle.

– C'est un peu exagéré, tu ne crois pas ?

– Ha, ha. Je crois que c'est un peu différent, Carter. Il fait nuit, il est tard et je suis une fille.

– Raison de plus pour me dire ce que tu fiches dehors.

Mieux vaut qu'elle n'essaie pas de me mentir. Je suis prêt à passer mes nerfs sur elle. Je la soulèverai et la mettrai sur mon épaule pour la ramener dans sa chambre s'il le faut.

– Ça ne te regarde pas, réplique-t-elle en cachant rapidement une main dans son dos.

Je ne crois pas, *gamine*. Je ne sais pas ce qu'elle essaie de cacher, mais j'ai bien l'intention de le découvrir. Je tends la main et essaie d'attraper son bras.

– Qu'est-ce que tu caches derrière ton dos ?

– Rien, répond-elle en essayant de s'écarter.

Bien essayé. Je suis bien trop fort pour elle et arrive aisément à lui arracher ce qu'elle a dans la main.

– Donne-moi ça, dis-je en prenant le sac.

– Non. Fais attention ! crie-t-elle en essayant de le récupérer.

Mais je lève la main. Comme c'est une naine, impossible pour elle de l'atteindre. Quand elle se met à sauter pour essayer de l'attraper, cela me fait rire.

Je fais un as en arrière et baisse le bras pour regarder dans le sac. Dès que je l'ouvre, j'ai envie de vomir. L'odeur aurait dû suffire à me prévenir de son contenu. Je lâche aussitôt le sac par terre.

– Mais... qu'est-ce que tu peux foutre avec un sac plein de merde ?

Elle éclate de rire.

– C'est à Lassie. Ça t'apprendra à te mêler de ce qui ne te regarde pas.

Elle se penche et ramasse le sac avant de se retourner pour partir.

– Où vas-tu ?

– Réparer une injustice.

Je ne sais pas du tout ce qu'elle manigance, mais si elle croit que je vais la laisser sortir toute seule la nuit, elle se trompe. Je m'apprête à la suivre, mais quand elle s'arrête près de la portière côté conducteur de la voiture de mon beau-père, je m'arrête net.

Ma bouche esquisse un sourire lorsque je vois ce qu'elle fait. Elle ouvre le sac et verse son contenu juste à côté de la portière. Il fait encore nuit quand il part au travail le matin ; alors, je sais qu'il va mettre les deux pieds dedans. C'est une idée brillante.

Une fois qu'elle a terminé, elle passe devant moi avec un petit sourire satisfait super mignon.

– Bonne nuit, crétin.

– Bonne nuit, *gamine*. Et merci.

Je n'arrive pas à croire qu'elle ait fait quelque chose comme ça pour moi. Je ne suis pas habitué à ce qu'on me soutienne. Et elle prend un gros risque, surtout après la manière dont il a réagi quand Larry a chié sur sa pelouse il y a quelques années de cela.

– De rien.

C'est tout ce qu'elle dit avant de grimper par la fenêtre de sa chambre. Je reste là et la regarde, admiratif. Pour une naine agaçante, c'est une sacrée nana.

***

Je mets mon réveil à cinq heures et quart. Pas question que je rate le spectacle. Mon beau-père part au travail à cinq heures et demie. Il a juste à aller ouvrir sa boutique le week-end. Il est généralement de retour pour le petit-déjeuner. Il travaille du lundi au vendredi. Il a des employés qui s'occupent du magasin le week-end. Ne me demandez pas ce qu'il fait. Ma mère me l'a dit une fois, mais je n'écoutais pas vraiment. Tout ce qu'elle me dit le concernant ne m'intéresse pas.

Le spectacle valait vraiment que je me lève à l'aube. C'était hilarant. Après avoir juré comme un charretier quand il a mis les pieds dans la merde, il a marché jusqu'à la porte d'Indiana pour la marteler. Il n'avait aucune preuve que c'était elle, ou plutôt Larry, mais je savais qu'il allait l'accuser.

Je ne vois pas l'avant de sa maison de la fenêtre de ma chambre, mais j'ai clairement entendu M. Montgomery le traiter de tous les noms. J'ai gardé la lumière de ma chambre éteinte, mais pas Indi. Mes yeux sont restés rivés sur elle pendant tout le temps où j'ai entendu son père piquer une crise.

Elle avait l'oreille appuyée contre la porte de sa chambre pour écouter son père engueuler mon beau-père. À plusieurs reprises, elle s'est couvert la bouche et a rejeté son joli minois en arrière pour rigoler de ce qu'il disait. Je sentais mon sourire s'agrandir en l'observant. À mes yeux, elle est devenue une légende pour ce qu'elle a fait.

***

Je ne sais trop quelle heure il était quand j'ai fini par me rendormir, mais je sais que j'avais un sourire radieux. C'est assez surréaliste qu'une personne puisse faire une telle différence dans votre vie. Même si je déteste vivre ici avec Peigne-Cul, d'une certaine manière, cette gamine donne un sens à cette situation.

C'est fou, mais c'est vrai.

Soudain, je suis réveillé en sursaut par un hurlement aigu. Je suis d'abord dans le coaltar, puis je me souviens que c'est l'anniversaire d'Indi. D'après ce cri, elle vient de découvrir son cadeau. Je saute de mon lit et me dirige en courant vers ma fenêtre, juste à temps pour la voir se jeter au cou de son père.

Dans l'allée se trouve la voiture que son père a achetée pour elle. Un gros ruban rouge est noué autour. La voir aussi heureuse me fait quelque chose. Je n'arrive pas vraiment à poser des mots sur ce que je ressens, mais je sais que j'affiche ce putain de sourire à nouveau. Allez comprendre. J'ai plus souri ces derniers mois depuis que j'ai aménagé ici que je l'ai fait pendant les douze dernières années de ma vie.

Je continue à l'observer pendant quelques minutes avant de me diriger vers la salle de bain pour pisser. J'ai envie de lui donner le cadeau que je lui ai acheté et lui souhaiter un bon anniversaire, mais j'attendrai d'aller chez eux ce soir. Je vais la laisser passer du temps avec son père. Je sais qu'elle n'a pas l'occasion de le voir autant qu'elle le voudrait.

Pendant le reste de la journée, je traîne à la maison, principalement dans ma chambre. Je ne suis pas à l'aise ici quand Peigne-Cul est là. Je profite de ce temps pour mettre les touches finales au dessin que j'ai fait pour Indi. Quand j'ai terminé, je le glisse dans le cadre que je lui ai acheté.

Je ne sais trop ce que ça me fait de lui donner ça, mais qu'est-ce que j'ai envie de voir sa tête quand elle le découvrira. J'ai dessiné un portrait d'elle et Larry. Je l'ai fait de mémoire, mais je suis satisfait du résultat. Je me suis inspiré du jour où je suis arrivé, quand ils jouaient devant la maison. Elle tient la balle en l'air, et Larry saute pour essayer de l'attraper.

Bien sûr, je n'ai pas pu m'en empêcher : j'ai intitulé le dessin : « Mon pote Larry et la gamine ». Je sais que ça va l'énerver. C'est exactement pour ça que j'ai fait ça. Au moins, ça devrait me faire bien rire, s'il n'y a rien d'autre.

14

INDIANA

Jusqu'ici, ma journée d'anniversaire a été merveilleuse. Et le mieux, c'est qu'elle n'est pas encore terminée. Meg et Carter viennent dîner et manger le gâteau à la maison ce soir. Je ne sais pas pourquoi mon père a invité Carter, mais je suis contente qu'il l'ait fait. Même si je ne l'admettrai jamais à voix haute. Je ne devrais pas aimer autant être avec lui, et c'est pourtant le cas. Meg vient chaque année pour faire la fête avec moi. D'habitude, je porte simplement un jean ou quelque chose de commun, mais ce soir, je décide de faire un petit effort. Ce n'est pas parce que Carter sera là. J'ai juste envie de m'habiller un peu. Enfin, c'est ma version et je m'y tiens.

Je me surprends à sourire en regardant par la fenêtre de ma chambre ma nouvelle voiture garée dans l'allée. Je l'adore. Je ne me doutais pas du tout que j'en aurais une. Mon père est vraiment génial. C'est le truc le plus fou qu'il m'ait jamais acheté. Je pensais en avoir peut-être une pour mes dix-huit ou vingt et un ans. Mais je ne m'en plains pas.

Après avoir pris ma douche, je sèche mes longs cheveux châtains et applique un peu de maquillage. J'ai opté pour une petite robe vert émeraude. Elle va parfaitement avec mes yeux. Je n'ai porté cette robe qu'une fois et j'avais alors reçu beaucoup de compliments. *J'espère que Carter l'aimera.*

– Tu es très jolie, ma chérie, dit mon père quand je sors à l'arrière de la maison.

– Merci, papa.

Je m'approche de lui et passe mes bras autour de sa taille. Je l'aime tellement.

– Tu veux que je commande le chinois ?

– Non, répond-il. J'ai déjà passé commande. J'ai pris tous tes plats préférés.

Je le regarde en souriant.

– Tu es le meilleur.

Il m'embrasse sur le front avant de regarder sa montre.

– D'ailleurs, ça me rappelle qu'il faut que j'aille récupérer le repas.

– Je vais t'y conduire.

Ma proposition le fait rire.

– Il faut que tu restes là pour accueillir nos invités.

Il a raison, mais j'ai cherché toute la journée des excuses pour conduire ma voiture. Je nous ai emmenés prendre le petit-déjeuner à l'endroit où ils font nos pancakes préférés. Puis nous sommes passés aux magasins faire quelques courses. J'ai même pris le plus long trajet pour rentrer à la maison parce que je n'étais pas prête à sortir de ma voiture. Ça va être chouette de ne pas avoir à prendre tout le temps les transports en commun. Je vais même pouvoir aller au lycée toute seule. Les trajets avec Carter me manqueront, mais c'est probablement mieux comme ça. Il n'arrête pas de me rappeler qu'il n'y a et n'y aura rien entre nous. Je le regrette, mais je lui suis reconnaissante d'être franc et de ne pas me mener en bateau. Cependant, j'ai remarqué que, plus je passais du temps avec lui, plus je m'attachais. J'ai l'impression de ne pas être capable de contrôler ces sentiments qui naissent en moi.

Après le départ de mon père, je m'apprête à installer la table dehors. J'adore cet endroit. La plate-forme de la terrasse est assez haute pour qu'on voie le lac par-dessus la clôture. Je suis perdue dans mes pensées quand Carter passe le portillon. Ce n'est que lorsque Lassie passe en trombe devant moi et descend les marches pour se jeter sur lui que je remarque son arrivée. Pourquoi ai-je le cœur qui s'emballe et des papillons dans le ventre dès qu'il est près de moi ?

Il s'arrête quand il arrive en bas des marches. Ses yeux se promènent sur mon corps avant de monter jusqu'à mon visage. Ses lèvres esquissent un sourire. Pourquoi sa façon de me regarder me fait-elle un drôle d'effet à l'intérieur ? Il souffle avant de secouer la tête.

– Regarde-toi. La gamine a bien grandi, dit-il avec un sourire narquois tandis qu'il monte les marches.

– Ha ha, fais-je en fronçant les sourcils. Tu sais, techniquement, nous avons le même âge, maintenant ; alors, si je suis une gamine, tu es un gamin, toi aussi.

Il éclate de rire.

– Bien essayé. Mais moi, au moins, je fais mon âge, si ce n'est plus vieux.

Bon sang, il me rend vraiment furieuse. Comment peut-il m'exciter d'un regard et m'énerver comme ça la seconde suivante ?

– Joyeux anniversaire, Indiana ! lance-t-il avec un sourire espiègle.

Brrrr ! Je vois bien qu'il prend plaisir à me faire sortir de mes gonds.

– Oh ! tu connais mon prénom ? dis-je sur un ton sarcastique, même si l'entendre le prononcer fait battre mon cœur un peu plus fort.

– Bien sûr. D'ailleurs, ce n'est pas la première fois que je l'utilise, murmure-t-il en se penchant vers moi. Tu as déjà oublié ?

Je sens mon visage chauffer. Comment pourrais-je oublier ça ? Il a crié mon nom alors que son sexe était logé dans ma gorge et que je le faisais jouir. Aussi embarrassée que je puisse l'être à cet instant, je sens les souvenirs de cette nuit remplir tout mon corps de désir. Si bien que je dois serrer les cuisses pour essayer de calmer les palpitations que je ressens à cet endroit.

– Non, dis-je doucement en baissant la tête.

– Tu n'as pas à être gênée, ajoute-t-il en mettant son doigt sous mon menton pour incliner ma tête vers le haut.

Quand mes yeux croisent les siens, mon cœur s'emballe à nouveau. Il a l'air blessé. Je ne veux pas qu'il pense que je regrette ce que nous avons fait cette nuit-là, parce que ce n'est pas le cas.

– Je ne suis pas embarrassée par ce qui s'est passé, lui dis-je honnêtement.

– Bien.

C'est tout ce qu'il dit avant d'approcher son visage du mien. Il pose délicatement ses lèvres contre ma bouche.

– Bon anniversaire, ma belle.

Avant que j'aie le temps de profiter un peu plus de son baiser, il s'écarte.

– C'est pour toi, ajoute-t-il.

Je n'avais même pas remarqué qu'il tenait un paquet-cadeau. J'ai l'impression de ne pas pouvoir détacher mes yeux de son beau visage quand il est près de moi. À moins qu'il soit torse nu, bien sûr.

– Tu m'as acheté un cadeau ? dis-je, sceptique.

– Oui. Je t'ai acheté quelque chose, et j'ai aussi fait quelque chose pour toi, dit-il avec un petit sourire en coin.

Cela éveille aussitôt mes soupçons.

– Tu as fait quelque chose ? C'est une bombe, c'est ça ?

Ma remarque le fait rire.

– Non, ce n'est pas une bombe.

– Alors, c'est quoi ?

Je tiens les anses du sac à bout de bras.

– Ouvre et tu verras.

– D'accord.

Je ne sais toujours pas si c'est une blague. Venant de lui, ce serait tout à fait possible. Il y a deux trucs dans le sac.

Quelque chose de grand emballé dans un papier de soie. Cela ressemble à un cadre ou un truc dans le genre, ça, et une petite boîte dans un papier cadeau. J'attrape d'abord le plus petit.

Après l'avoir secoué et porté à mon oreille, juste pour m'assurer que ça ne fait pas tic tac, je croise à nouveau son regard.

– Ce n'est pas une bombe, répète-t-il. Promis.

Je le déballe soigneusement et ouvre la petite boîte de velours. J'ai le souffle coupé quand je vois ce qui se trouve à l'intérieur. C'est un collier en argent avec un pendentif en forme de chien. Il ressemble exactement à Lassie. Je sens des larmes me monter aux yeux. C'est le cadeau le plus mignon qu'on m'ait jamais fait. Le fait qu'il vienne de la part de quelqu'un qui agit comme s'il me détestait la plupart du temps le rend encore plus spécial. Je veux qu'il m'apprécie. Je veux que nous soyons amis. Peut-être plus, mais je me contenterai de son amitié.

– Tu aimes ?

– J'adore.

– Bien. Comme je n'ai jamais acheté de cadeau à qui que ce soit avant, je ne savais pas quoi te prendre.

Il y a décidément un côté gentil en lui. Même s'il détesterait l'admettre, je vois de mieux en mieux le vrai Carter. Celui qu'il s'efforce de garder caché.

– Tu peux m'aider à le mettre ?

– Tu veux le porter maintenant ? demande-t-il, surpris.

– Bien sûr. Je vais le porter tous les jours.

– Vraiment ?

– Hmm, hmm.

Son visage s'illumine. Je sors le bijou de sa boîte et le lui tends. Puis je me retourne et soulève mes cheveux. Quand ses doigts effleurent mon cou, je frissonne et cela le fait rire doucement. Idiot. Je suis sûre qu'il l'a fait exprès. Une fois qu'il a terminé, il me surprend en se penchant pour déposer sur mon épaule un tout petit baiser qui me donne la chair de poule.

Je tourne la tête et le regarde. Qu'y a-t-il chez ce mec qui démultiplie toutes mes sensations ? Personne ne m'a jamais fait ressentir ce genre de choses par un simple regard ou contact.

Je suis étonnée quand je vois du désir pur dans ses yeux. Comme le soir où je suis venue dans sa chambre. Ses mains caressent légèrement mes bras avant de passer autour de ma taille. Puis il tire mon corps contre le sien. Je sens son érection pressée contre mon dos. On dirait que je lui fais le même effet.

Ses lèvres s'approchent de mon cou et remontent jusqu'à ma joue en déposant de petits baisers. Je penche la tête sur le côté et gémis doucement. Il me retourne dans ses bras, et mes mains se promènent sur son torse jusqu'à son cou tandis que ses lèvres trouvent les miennes. Nous nous étions mis d'accord pour ne plus nous aventurer sur cette voie, mais quand nous sommes ensemble, c'est comme si une force magnétique nous attirait inexorablement l'un vers l'autre. Je ne peux pas l'expliquer, mais à sa façon de me regarder parfois, je sais qu'il la ressent aussi.

Quelques minutes plus tard, quand la sonnette retentit, nous nous écartons l'un de l'autre comme si on nous avait surpris en train de faire quelque chose de mal. Comment quelque chose d'aussi bon pourrait-il être mal ? Carter s'éclaircit la voix et je sens mon visage rougir.

– Ce doit être Meg, dis-je en défroissant nerveusement l'avant de ma robe.

Il passe ses mains dans ses cheveux en me regardant, ahuri. J'ai l'impression que lui non plus ne comprend pas ce qu'il y a entre nous.

– Je ferais mieux d'aller lui ouvrir.

Je me retourne et m'éloigne de lui avant qu'il n'ait le temps de dire quelque chose.

– Joyeux anniversaire, ma chérie, dit Meg quand j'ouvre la porte d'entrée. J'ai vu ta nouvelle voiture dans l'allée. Hiiiiiii, je suis grave jalouse.

– Je sais. Je n'arrive toujours pas à croire que j'ai une voiture. Demain, toi et moi, on ira faire un petit tour en ville.

– Super. Hé ! Ça va ? Tu as le visage tout rouge.

Je suis certaine que cette remarque ne fait qu'empirer les choses.

– Je vais bien.

C'est un mensonge et elle me regarde en plissant les yeux. Je déteste qu'elle puisse discerner mes bobards comme ça.

– Entre. Papa est allé récupérer les plats chinois chez le traiteur.

Elle me tend un cadeau et passe.

– Merci, dis-je en plaquant un sourire sur mon visage.

Je la suis vers la terrasse de derrière. Elle s'arrête net quand elle y voit Carter en train de caresser Lassie. Elle me regarde par-dessus son épaule et affiche un sourire entendu. La garce. Je suis sûre qu'elle imagine déjà pourquoi j'étais toute rouge quand je lui ai ouvert la porte.

– Carter ! lance-t-elle en se retournant dans sa direction.

– Megan, répond-il avec un petit signe de tête.

Elle sourit et nous regarde tous les deux avant de se diriger vers la table et s'asseoir. Je la suis. J'imagine à peine ce qui se passe dans sa tête à cet instant.

– Ouvre ton cadeau, dit-elle quand je suis assise.

– J'ai encore un cadeau de la part de Carter à ouvrir d'abord.

Je me penche et attrape le sac sur la table.

– Oh ! Carter t'a donné un cadeau avant que j'arrive ? demande-t-elle en gloussant.

– Oui.

Quelle fourbe ! Je sais exactement ce qu'elle insinue.

– Il m'a offert ce collier.

Je le lui montre.

– Un bijou ? Hmmm. Comme c'est mignon ! dit-elle avec un immense sourire quand elle s'approche pour mieux le voir. Que t'a-t-il donné d'autre ?

Ses yeux se tournent vers lui et il remue sur sa chaise. Le pauvre. Meg peut vraiment être une fouteuse de merde, parfois.

– Tu pourras l'ouvrir plus tard si tu veux, fait remarquer Carter.

– Non. Je veux voir ce qu'il y a d'autre dans ce sac, affirme mon amie.

– Meg, lui dis-je d'un ton sec.

– Quoi ? Je trouve ça gentil de sa part de t'avoir apporté des cadeaux.

Pffff ! Je regrette maintenant d'avoir parlé. J'ouvre le sac et en sors l'autre cadeau. Je suis estomaquée quand je retire le papier de soie. C'est un portrait encadré de Lassie et moi en train de jouer.

– C'est toi qui l'as dessiné ? dis-je en le regardant.

– Ouais, répond-il en haussant les épaules et en tripotant nerveusement le col de son tee-shirt.

Je ne l'ai jamais vu paraître aussi peu sûr de lui. Ce dessin est superbe. Il y a tellement de détails. On dirait vraiment nous. Qui aurait cru qu'il était aussi talentueux ?

Mes yeux parcourent le dessin, puis je vois le titre écrit en bas. *Mon pote Larry et la gamine*. Je reporte mon regard vers lui. Je dois combattre le sourire sur mon visage pour lui jeter un regard noir. Je sais que j'échoue lamentablement quand il se met à rire.

– Fais-moi voir, dit Meg en me l'arrachant des mains.

– Waouh ! C'est toi qui as dessiné ça ? Tu devrais en faire ton métier.

– J'y pense, lui dit-il. J'ai vendu quelques-uns de mes dessins à un tatoueur il y a quelques semaines. Je suis toujours aussi surpris qu'ils m'aient rapporté autant d'argent.

– Tu déconnes ? dit Meg.

Puis elle me regarde. Je sais exactement ce qu'elle essaie de me dire. Je comprends qu'il n'est pas allé voir cette salope de propriétaire, finalement. Je me sens super mal. Ce n'était pas bien de ma part de faire des hypothèses sur la manière dont il avait gagné cet argent. Meg avait même dit qu'il devait y avoir une explication raisonnable, mais, comme je suis têtue, j'ai refusé de l'écouter.

***

Finalement, Meg a dormi à la maison, et je n'ai pas pu passer plus de temps seule avec Carter. Je dois admettre que j'étais déçue, mais c'est probablement mieux comme ça. Ce n'est décidément pas l'homme d'une seule femme, et je suppose que si ça continue comme ça entre nous, je vais finir par me faire larguer et être blessée.

Lundi, c'est férié. Il n'y a pas cours. Meg et moi passons la journée à nous promener en ville dans ma voiture.

– Tu veux qu'on aille manger un morceau au petit café où ma mère nous a amenées l'autre fois ? J'ai envie d'essayer ce qu'elle avait commandé, me dit Meg.

– Avec plaisir. Je pense que je vais prendre la même chose. Ça avait l'air super bon.

Je me gare sur le parking à l'écart de la rue principale. C'est quasiment impossible de trouver une place dans la rue à cette heure de la journée. Nous ne sommes qu'à un demi-pâté de maisons du café, de toute façon.

Meg me prend par le bras tandis que nous marchons.

– Ça ne serait pas Carter, là-bas ? demande-t-elle en désignant l'autre côté de la route.

Bien sûr, ma tête tourne aussitôt dans cette direction. *C'est lui.* Mon cœur se met à s'emballer sans raison apparente. Je déteste qu'il me fasse cet effet.

– Que fait-il dans un bar ?

Cette question s'adresse plus à moi-même qu'à elle. Il n'a même pas encore dix-huit ans.

– Je ne sais pas. Peut-être qu'il veut prendre un verre.

– C'est le beau milieu de la journée. Et il n'a pas l'âge.

– Tu sais, on n'est pas tous des petits enfants modèles comme toi, Indi. Je suis déjà allée dans des bars plein de fois.

Je lui pince le bras.

– Aïe ! crie-t-elle. Pourquoi as-tu fait ça ?

– Je ne suis pas une petite fille modèle.

O.K., je n'ai pas fait la moitié de ce qu'elle a fait, mais depuis que Carter est mon voisin, j'ai repoussé mes limites à plusieurs reprises.

– Donne-moi un exemple, me défie-t-elle.

Je pourrais lui en donner plusieurs, mais je ne lui ai pas encore parlé de ce que Carter et moi avons fait. Simplement parce que je sais qu'elle n'arrêtera pas d'en parler si je la mets au courant. Elle s'immobilise et attend ma réponse.

– C'est bien ce que je pensais, dit-elle quand je ne dis rien.

– J'ai mis une crotte de chien près de la voiture de monsieur Shepard l'autre soir.

C'est minable, je sais, mais c'est la meilleure anecdote que j'aie en stock.

Elle éclate de rire.

– Non. Tu n'as pas fait ça.

– Si, si. Il a marché dedans le lendemain matin. Il est arrivé en furie pour tambouriner à notre porte en criant comme un cinglé. Mon père a piqué une crise quand il a accusé Lassie.

– Pas possible. Tu as vraiment fait ça ? Pourquoi ?

– Parce qu'il avait été méchant avec Carter. Je déteste sa façon de le traiter.

Elle s'arrête de marcher à nouveau et se tourne vers moi.

– Tu l'apprécies vraiment, hein ?

Je hausse les épaules. La réponse est oui, mais je fais de mon mieux pour réfréner ce que je ressens. Inutile d'espérer quelque chose qui n'arrivera jamais.

– Pourquoi ne lui dis-tu pas ce que tu ressens ? Je vois bien à sa manière de te regarder que c'est réciproque. Et ça, c'en est bien la preuve, ajoute-t-elle en désignant le collier à mon cou. Quand un mec achète un bijou à une fille, c'est très significatif.

– C'est un collier avec un pendentif, Meg. Ce n'est pas une bague de fiançailles.

– Pourquoi ne fais-tu pas un pas vers lui ? Peut-être que c'est ce qu'il attend.

– Il ne veut pas de petite amie, lui dis-je.

– C'est ce qu'il t'a dit ?

– En gros, oui. Il a dit que les choses ne pourront jamais aller plus loin…

Mince. Je ferme ma bouche avant d'en dire plus. Je ne voulais pas dévoiler cette partie.

– Plus loin ? Plus loin que quoi ? demande-t-elle en tirant sur mon bras quand j'essaie de m'éloigner d'elle.

– Rien, dis-je en regardant le sol.

Elle va deviner que je mens si je la regarde dans les yeux.

– Tu mens, espèce de garce. Crache le morceau. Je sais que tu me caches quelque chose.

– Non.

Je mens une nouvelle fois, mais lève la tête et croise son regard d'acier. Quand un sourire s'immisce sur mon visage, elle me pince.

– Aïe !

Je me mets à rire en me frottant le bras pour essayer de soulager la douleur.

– J'attends, dit-elle, impatiente, en levant la main comme si elle allait de nouveau me pincer.

– D'accord, dis-je en poussant sa main. Peut-être qu'on s'est faufilés dans la chambre l'un de l'autre et qu'on a fait des choses. Mais pas de sexe. D'autres trucs.

– Quoi ? Quand ? Pourquoi est-ce que je ne l'apprends que maintenant ? crie-t-elle d'une voix aiguë.

Je la tire vers le café en promettant de tout lui raconter une fois que nous serons installées. Elle ne va pas arrêter de m'en parler, je le sais, mais je n'ai pas vraiment le choix. Je ne peux pas lui mentir.

***

Je lui raconte toute l'histoire pendant que nous attendons notre commande. Nous sommes assises en terrasse. Je lui ai dit que je voulais m'asseoir là pour qu'on soit plus tranquilles pour discuter, mais la véritable raison est que je veux pouvoir jeter un œil au bar où se trouve Carter. Je me demande toujours ce qu'il fait là-bas. J'espère qu'il n'est pas là pour rencontrer une fille ou, pire, passer la prendre.

Cette idée me donne la nausée.

– Je n'arrive pas à croire que tout ça s'est passé dans mon dos et que je ne l'apprends que maintenant. Je te dis tout sur mes rancards, se plaint-elle.

– Oui, je sais, dis-je en levant les yeux au ciel. Même les détails les plus intimes. Parfois, après avoir discuté avec toi, je ressens le besoin de me vider la tête.

– Va te faire voir ! lance-t-elle.

Et nous nous mettons toutes les deux à rire. Nous nous arrêtons de parler quand notre commande arrive pour pouvoir manger, même si pendant tout ce temps mes yeux n'arrêtent pas de dévier vers le bâtiment où se trouve Carter. Une demi-heure a passé depuis qu'il y est entré.

Quand nous avons terminé de manger, nous demandons l'addition. Nous la réglons et nous dirigeons vers le parking pour retrouver ma voiture. Mais nous n'allons pas loin, puisque Meg tourne et me tire pour traverser la rue.

– On va où ?

– Voir ce que fait ton amoureux.

– Quoi ? On ne peut pas entrer là-dedans. On n'a pas le droit, dis-je, horrifiée.

– Lui non plus. On peut faire croire qu'on a dix-huit ans. Enfin, moi, oui. Toi, je n'en suis pas sûre, affirme-t-elle en riant.

– Ha, ha, garce. Ce n'est pas parce que je suis petite que…

– Défais ces boutons, dit-elle en attrapant mon haut.

Je lui tape sur la main.

– Non !

– Tu veux voir ce que fait Carter ou pas ?

Est-ce que je veux savoir ? Je n'en suis pas sûre. S'il est là-dedans avec une autre fille, je ne sais pas ce que ça va me faire. Pas du bien, ça, c'est sûr.

– Ta seule chance d'entrer, ce sont tes petits seins, ajoute-t-elle en touchant aux boutons de mon chemisier.

– O.K.

Je frappe à nouveau sa main et défais les deux premiers. Je ne sais pas si ça va aider, mais ça vaut le coup d'essayer. Heureusement que je porte mon push-up en dentelle noire aujourd'hui.

– Mesdemoiselles, dit le videur à la porte quand nous nous approchons.

Il n'y avait vraiment pas de quoi s'inquiéter : il n'a même pas regardé dans ma direction. Bien sûr, il n'a pas pu détourner ses yeux du décolleté de Meg. Ses seins énormes font honte aux miens. C'est quoi, le problème des mecs avec les nichons ?

Il ouvre la porte et nous fait signe d'entrer sans même nous demander nos papiers d'identité. Il fait un clin d'œil à Meg quand elle passe devant lui. Je lève les yeux au plafond. Je suis barbouillée en entrant. Cet endroit est un vrai boui-boui. Ça sent la bière éventée et la fumée de cigarette. Si mon père savait où je suis, il me botterait les fesses et ferait certainement fermer cet établissement.

– Je ne le vois pas, dis-je en regardant autour de nous. Partons.

– Oh ! arrête de faire le bébé.

Elle m'attrape par le bras et me tire plus loin dans le bar. C'est la première fois que je viens dans un lieu comme celui-là. J'espère ne pas croiser un ami de mon père. J'attrape sa main et la serre fort.

Tandis qu'elle m'attire vers le fond, je parcours la salle des yeux. J'ai l'impression que tout le monde nous fixe. Nous passons près d'une table, et un type avec une crête sur la tête et des tatouages partout sur les bras me dévisage de la tête aux pieds avant de se lécher les lèvres. Beurk.

– On peut partir, Meg ? lui dis-je sur un ton suppliant. Cet endroit me fout la trouille.

– Pas avant d'avoir trouvé ton amoureux.

– Ce n'est pas mon amoureux. Arrête de dire ça, dis-je tout bas. Il est probablement déjà parti.

– Vu comme tu surveillais cet endroit de l'autre côté de la rue, je pense que tu l'aurais remarqué, si c'était le cas.

– Ha, ha. S'il te plaît, on peut y aller ?

Elle me tire et me plaque contre le mur avant de poser ses mains sur mes épaules.

– Reste ici et ne bouge pas.

– Où tu vas ? Ne me laisse pas toute seule.

J'entends la terreur dans ma propre voix. Meg se contente de rire.

– Tu m'éclates. Arrête d'être aussi sage. Vis un peu, ma chérie.

Elle lâche mes épaules et se retourne pour s'éloigner avant même que je n'aie le temps de protester. Génial. Mes yeux étudient nerveusement la salle. Quand ils atterrissent sur le type tatoué effrayant, je découvre qu'il me fixe. Il se lève de la table et commence à s'avancer vers moi. Méga-génial. Mon cœur bat la chamade dans ma poitrine.

Je suis vaguement soulagée quand je remarque qu'il a des seins. En fait, c'est une fille. Ou un trans. Comme vous voulez. Ils sont bien trop gros pour être des seins de mec. Je n'aime toujours pas sa manière de me regarder. Mon Dieu, j'espère qu'elle ne veut pas se battre avec moi ou quoi.

– Salut, dit-il ou elle en s'arrêtant devant moi.

– Salut, réussis-je à couiner.

– Qu'est-ce qu'une jolie petite créature comme toi fait dans un endroit pareil ?

– Euh…, euh…

Je veux dire quelque chose, mais je ne trouve pas les mots. Elle fait un pas de plus vers moi. Elle n'est plus qu'à quelques centimètres. Je sens son haleine alcoolisée. Qu'est-ce qu'elle me veut ? J'ai la réponse à ma question presque immédiatement quand elle tend la main et la passe entre mes jambes. Je suis pétrifiée, sous le choc. Ce trans a la main sur mon pubis, et je ne peux rien faire ou dire pour l'arrêter.

Elle ne cherche même pas à faire plus ; elle garde juste sa main là, comme si je lui avais dit : « Tu peux me toucher le minou une seconde », ce que je n'ai évidemment pas fait. Je reste là pendant ce qui me semble durer une éternité alors que cette inconnue me tient l'entrejambe. Je veux lui demander de dégager, ou au moins d'arrêter de faire ça, mais je suis terrifiée. Elle fait le double de ma taille. Je croise brièvement son regard. Elle me sourit. Vous pouvez le croire ? Elle se tient au beau milieu d'un bar, en public, la main sur ma chatte et sourit. Espèce de tarée.

– Hé ! Qu'est-ce que tu fous ? dit quelqu'un derrière elle.

Je ressens un immense soulagement quand je reconnais la voix de Carter.

– Enlève tes mains de ma copine, la met-il en garde en me tirant vers lui.

Même si je suis horrifiée par la situation, je suis heureuse. Il m'a appelée sa copine.

– Pardon, mon pote, dit-il ou elle en levant les mains avant de reculer.

Mes yeux croisent ceux de Carter. Merde, il est énervé.

– Mais qu'est-ce que tu fous ici ?

– Euh…, Meg avait besoin d'aller aux toilettes, dis-je en bégayant.

Pas moyen que je lui dise que nous étions là pour l'espionner.

– Tu vas bien ? me demande-t-il en posant doucement sa main sur mon épaule. Tu es super pâle.

Ouais, ben, comment il se sentirait si un inconnu malmenait ses parties intimes ? Oubliez ça. C'est Carter. Il est fort probable qu'il aimerait ça.

– Cette fille vient de me mettre la main au…

Je ne sais trop pourquoi je n'arrive pas à prononcer ce mot à voix haute, mais je pointe du doigt en direction de mon pubis. Je suis vraiment ridicule.

– Comment crois-tu que je me sens ?

Je suis morte de honte à cause de ce qu'elle a fait, mais encore plus parce qu'il en a été témoin. Même s'il y a de la colère dans ses yeux, je vois un petit sourire sur ses lèvres. *L'enfoiré.*

– Je sais. J'ai vu. Elle a de la chance d'avoir des seins, sinon je lui aurais mis mon poing dans la gueule.

– Carter, dit Meg derrière lui. Qu'est-ce que tu fais ici ?

Dieu merci, elle ne dit rien d'autre. J'adore sa façon de toujours me soutenir.

– Tu as trouvé les toilettes ? lui dis-je en lui faisant un clin d'œil tandis que Carter tourne la tête dans sa direction.

– Oui. Tu vas bien ? Tu es toute blanche, fait-elle remarquer en fronçant les sourcils.

– Une nana vient de m'attraper par le…, tu sais…

Je n'arrive toujours pas à croire ce qui vient de se passer. Qui fait ce genre de chose ? Bien sûr, cette crétine éclate de rire.

– C'est quoi un « tu sais » ? demande-t-elle.

La peste. Elle sait exactement ce que je veux dire.

– Mes parties intimes, dois-je admettre en sentant mon visage chauffer.

– Ton pubis ? Ta chatte ? Ton entrejambe ? Tu peux prononcer le mot, tu sais, dit-elle en gloussant.

Heureuse de voir qu'elle trouve ça amusant. *Ou pas.*

– Ferme-la, dis-je sèchement en lui lançant un regard noir.

Elle ne fait que renforcer mon humiliation.

– Tu te fous de moi, c'est ça ? demande-t-elle comme si elle ne me croyait pas.

Pourquoi inventerais-je un tel mensonge ?

– Non, elle ne plaisante pas, dit Carter en riant.

Qu'on m'achève tout de suite.

– Je suis contente de voir que vous trouvez ça drôle tous les deux, dis-je en les regardant.

Bien sûr, ils sont morts de rire.

– Ce n'est pas drôle, c'est carrément hilarant ! lance Meg. C'était qui ? Montre-la-moi.

Je lui jette un regard noir. Il faut que je sorte d'ici.

– Ça t'apprendra à traîner dans ce genre d'endroit alors que tu n'as pas l'âge, intervient Carter.

Qui lui a demandé son avis, d'abord ?

– Pardon ? Je crois que tu n'as pas l'âge non plus.

Quel hypocrite !

– Ça ne sera plus le cas dans seulement quelques mois. Je suis venu ici jouer au billard. Et puis, je suis un mec. Je peux me débrouiller tout seul. Toi, par contre, tu es une gamine. Ta petite scène avec le trans a bien prouvé que ce n'était pas un endroit pour toi.

J'entends Meg pouffer à nouveau à côté de moi et j'ai envie de lui mettre un coup de pied. Carter me toise. Je devine à son regard qu'il essaie de me mettre en boule.

– Pas du tout.

Je veux continuer, mais je ne le fais pas. Il se contenterait de sortir une autre remarque débile pour avoir le dernier mot. *Et merci à Meg pour son soutien.* Qu'ils aillent se faire voir tous les deux. Je fais demi-tour et me dirige vers la sortie d'un pas lourd. Je suis sûre qu'un jour je trouverai la situation amusante, mais pas maintenant.

***

Carter a accepté à contrecœur de nous accompagner pour le reste de l'après-midi.

– Je suppose qu'être avec vous deux est mieux qu'être avec mon beau-père, a-t-il dit sur un ton sarcastique.

Même si ses propos m'ont agacée, il souriait en disant ça. Je parie qu'il fait ce genre de connerie juste pour me mettre en rogne. Même s'il ne l'admettra jamais, je pense qu'il était content.

Il a avoué ne pas vouloir rentrer chez lui parce que son beau-père était en congé aujourd'hui. Ça m'a rendue triste pour lui. Ça doit vraiment être dur de vivre avec un type comme lui Surtout quand ce dernier lui fait clairement comprendre qu'il n'est pas le bienvenu. Et puis, je sais qu'il est perdu sans sa voiture. Il va devoir encore attendre une semaine avant que les réparations ne soient terminées.

Heureusement, personne ne fait référence au petit incident du pub. Mais je reste persuadée que j'en entendrai parler à nouveau, surtout par Carter. Tandis que nous rentrons en voiture, Meg se souvient qu'elle doit récupérer des photos que sa mère a fait développer. Carter nous attend devant le magasin pendant que j'entre avec elle.

Je remarque qu'ils ont des tee-shirts exposés sur le comptoir et qu'on peut y faire imprimer l'image que l'on veut. Cela me donne une idée. Après avoir parlé avec la dame qui a servi Meg, elle m'affirme qu'elle peut vraiment faire ce que je veux. Par chance, j'ai l'image parfaite sur mon téléphone. Après l'avoir téléchargée sur son ordinateur, elle me dit que je pourrais le récupérer demain. Je souris. Je suis impatiente de voir la réaction de Carter quand je le lui donnerai.

Nous nous promenons en voiture un moment avant de rentrer pour aller nous baigner dans le lac. Il est même venu avec Lassie et moi plus tard quand nous avons raccompagné Meg chez elle. Je trouve toujours difficile d'être avec lui après tout ce que nous avons fait, mais j'espère qu'avec le temps, cela s'arrangera. Au moins, je suis contente que nous soyons amis, d'une certaine manière.

***

Mardi matin, je me dirige vers ma voiture. C'est le premier jour où je vais conduire jusqu'au lycée. Je n'ai pas demandé à Carter hier s'il voulait que nous fassions le trajet ensemble. Il est assez franc pour me le demander. Puis il a la voiture de sa mère s'il ne veut pas venir avec moi.

– Salut, gamine, dit-il quand je passe le coin de la maison, me faisant sursauter.

J'aimerais bien qu'il arrête de me surprendre comme ça. Il est appuyé contre ma voiture avec un air suffisant et sexy. Visiblement, il compte venir avec moi.

– Je peux faire quelque chose pour toi ? dis-je en levant un sourcil.

Il ne me rend jamais les choses faciles ; alors, j'ai bien l'intention de faire de même avec lui.

– Je suis juste là pour que tu m'emmènes, répond-il

alors qu'un côté de sa bouche remonte pour esquisser un sourire espiègle.

Ça devrait vraiment être illégal d'être aussi beau.

– Où ça ? Je ne t'ai rien proposé, dis-je en essayant de rester sérieuse.

– Ce n'est pas nécessaire, affirme-t-il, toujours aussi suffisant. Tu me le dois bien.

– Je ne crois pas, non, dis-je en riant doucement.

– Et le nombre de fois où je t'ai déposée ?

– Si je me souviens bien, c'était sous la contrainte.

– Contrainte ou pas, un trajet est un trajet, gamine, dit-il en contournant la voiture jusqu'à la portière du passager.

– Arrête de m'appeler gamine.

– Tant que ça t'embêtera, je ne m'arrêterai pas.

Rappelez-moi pourquoi je le supporte ? Grrrrrr.

Même si je déteste l'admettre, j'aime bien être avec lui.

***

Après les cours, j'ai dit à Carter qu'il fallait que je fasse un détour en ville pour récupérer le tee-shirt que j'avais commandé. Ça ne le dérangeait pas. Il m'a attendue dans la voiture. J'ai éclaté de rire quand la dame m'a montré le produit fini.

Une grande photo de la tête de Lassie était imprimée sur l'avant du tee-shirt avec MON POTE LASSIE écrit en gros. C'est idiot, je sais, mais j'en ai assez qu'il appelle Lassie « Larry ». Il trouvait le dessin qu'il a fait amusant, on verra si ce sera pareil pour ce tee-shirt. C'est un peu comme si je prenais ma revanche, si vous voulez.

– Qu'est-ce que tu devais récupérer ? m'a-t-il demandé quand je suis remontée en voiture.

J'ai jeté le sac en plastique sur ses genoux.

– Un cadeau pour toi.

– Tu m'as acheté un cadeau ?

– Oui. Ouvre le sac.

Il avait l'air sceptique en sortant le tee-shirt. Quand il l'a levé et a lu ce qui était écrit dessus, il a éclaté de rire.

– Je l'adore trop, mais elle a fait une erreur en écrivant le nom de Larry.

– Non, elle ne s'est pas trompée.

Je n'ai pas pu cacher le sourire sur mon visage. Enfin, un point pour Indi.

C'est en tout cas ce que je pensais jusqu'au lendemain matin. Il m'a retrouvée à la voiture avant les cours en portant le tee-shirt. Je n'arrivais pas à le croire. J'aurais dû me douter qu'il manigançait quelque chose, vu le grand sourire qu'il avait. Mon regard est descendu immédiatement en bas du tee-shirt, où le nom de Lassie avait été imprimé. Hé ! Il l'avait barré avec un gros marqueur noir et écrit LARRY à côté en lettres majuscules. *Idiot.*

15

CARTER

Ces dernières semaines, on dirait que la vie est de plus en plus dure. Même si j'ai enfin récupéré ma voiture, *ce qui est un sacré soulagement*, Indi et moi passons beaucoup de temps ensemble. Et plus je suis avec elle, moins j'ai envie d'être sans elle. C'est n'importe quoi. Ça craint de vouloir une personne en sachant que ce n'est pas possible.

Je fais de mon mieux pour ne pas le montrer et continuer de l'enquiquiner dès que je peux, mais chaque jour qui passe, je trouve ça plus dur de lui résister. J'aurais dû simplement la prendre quand elle s'est offerte à moi, mais pour une fois dans ma vie, j'ai essayé d'être un type bien. J'ai mis son bien-être avant mes propres besoins.

Pas un jour passe sans que je pense à ce que nous avons fait cette nuit-là, ou à son minou tout doux. J'ai envie de m'enfoncer en elle. *Plus... que... tout.* Et ne me parlez même pas de sa bouche.

La situation à la maison empire aussi. Je ne sais trop combien de temps je vais pouvoir continuer à me maîtriser avec Peigne-Cul. Je pense qu'il a compris que je ne riposte pas parce que je ne veux pas faire de peine à ma mère. Et il utilise cette situation à son avantage. Maintenant, il me provoque dès qu'il en a l'occasion. *Salaud.* Il faut absolument que je sorte d'ici avant de tout saccager.

Si je pète un câble devant cet enculé, cela gâchera la vie de ma mère. Et même si je le déteste, j'adore voir ma mère heureuse. Je ne comprendrai jamais pourquoi, mais c'est bien l'effet qu'il a sur elle. Et puis, il y a Indi. Si je laisse les choses aller plus loin entre nous, je gâcherai sa vie aussi. Je ne veux pas voiler son soleil avec mon côté sombre. Elle est pure et je ne le suis pas. Comment quelque chose qui semble si bon peut être aussi mal ? *La vie peut être une vraie garce parfois.*

J'ai le sentiment que les murs se referment sur moi. Certains jours, c'est tellement dur que j'ai même du mal à respirer. Il ne reste plus que quelques mois avant mes dix-huit ans. Au fond de moi, je sais que je ne tiendrai pas aussi longtemps.

***

Samedi soir, je fais mes devoirs, assis devant mon bureau quand je vois Indi descendre par la fenêtre de sa chambre. Où croit-elle aller comme ça ? Aujourd'hui, je l'ai évitée comme la peste. J'avais juste besoin d'un peu d'espace pour faire le tri dans tous ces sentiments indésirables que j'ai pour elle. On dirait que j'ai perdu mon temps. Je ne peux pas rester assis là et la regarder faire le mur pour aller Dieu sait où. Il pourrait lui arriver quelque chose.

Je l'observe pour voir dans quelle direction elle va avant d'enfiler un tee-shirt. Elle marche vers le lac. Même s'il fait bon ce soir, elle a un petit pois dans la tête si elle a l'intention d'aller se baigner.

Le temps que je mette mes chaussures et saute par la fenêtre, quelques minutes ont passé. J'espère qu'elle n'est pas trop loin. J'aurais dû prendre une lampe de poche. Il fait carrément noir ici. J'ai bien envie de la mettre à plat ventre sur mes genoux et lui donner la fessée pour être sortie de chez elle à cette heure de la nuit. Bon sang, elle me rend vraiment fou parfois.

Je suis en train de marmonner des jurons quand je l'aperçois. Elle est assise sur le pont, toute seule, les pieds au-dessus de l'eau. Je ne vois que sa silhouette à la lueur de la lune. Elle projette sa lumière argentée sur l'eau et illumine Indi.

Les battements de mon cœur accélèrent au fur et à mesure que j'approche. Il y a encore cette espèce de mélange d'amour et de haine dans les sentiments qu'elle éveille en moi. Même si j'aime bien ça, ça m'est inconnu et ça me fout la trouille. Quand je suis avec elle, j'ai l'impression d'être vivant. Je croyais que cette partie de moi était morte depuis longtemps. Je ne peux pas expliquer comment cette minuscule râleuse qui m'agace au plus haut point peut me faire ressentir ça, mais merde, c'est bien le cas.

– Qu'est-ce que tu fais dehors toute seule ? dis-je, énervé, quand je me retrouve à quelques pas derrière elle.

Elle ne répond pas, mais je la vois clairement porter sa main à ses yeux pour les essuyer. Mince, elle pleure. Je ne sais pas quoi faire dans ce genre de situation. Je n'ai pas pleuré depuis mon enfance. Pourquoi les nanas sont-elles si émotives ?

Je n'ai qu'une seule envie : faire demi-tour et m'enfuir en courant. Mais je ne peux pas lui faire ça. Je sais que je vais le regretter, mais je lui pose quand même la question.

– Tu vas bien ?

– Ça va, répond-elle en reniflant.

Elle ne va carrément pas bien.

– Tu peux me laisser seule ?

Même si elle m'offre l'opportunité que j'espérais, je ne peux pas l'abandonner. D'abord parce que c'est ce qu'elle veut, et mon côté entêté ne me permettra pas de faire ce qu'elle me demande. Et ensuite parce que la voir bouleversée agit sur ma corde sensible.

Je franchis les quelques mètres qui nous séparent et m'assieds à côté d'elle.

– Si tu vas bien, pourquoi pleures-tu ?

Est-ce que je viens de lui demander ça ? J'ai envie de

me mettre mon poing dans la gueule pour me punir d'être aussi stupide. Mais sans que je comprenne pourquoi, je veux savoir pourquoi elle est dans cet état.

– Je t'ai dit que ça allait.

– D'accord. Si tu le dis…

Je sais qu'elle ment, mais je ne vais pas insister. Pourtant, je ne la laisse pas. Nous restons assis en silence quelques minutes à fixer le lac. Quand je la vois du coin de l'œil porter sa main à son visage, je sais que ses larmes silencieuses coulent toujours. Ça me fait mal de la voir comme ça.

Je décale légèrement ma main vers la gauche et mêle mes doigts aux siens. Elle ne veut peut-être pas parler, mais je me surprends à espérer que ma présence la réconforte.

– Aujourd'hui, c'est l'anniversaire de la mort de ma mère, murmure-t-elle.

Ça explique les larmes.

Tout ce que je trouve à dire, c'est :

– Je suis désolé.

C'est minable, je sais, mais je ne suis pas très doué pour ce genre de truc.

– Mon père s'enferme dans sa chambre tous les ans, ce jour-là. Il boit une bouteille de whisky et pleure. Je ne peux pas le supporter. Ça me fend le cœur. C'est pour ça que je suis venue ici. Pour ne pas avoir à l'entendre.

Bon sang. Je n'ai pas de mots pour réagir à ce qu'elle vient de me dire ; je me contente de lui serrer la main.

Tenir sa main et être si près d'elle met tous mes sens en alerte, mais j'ai le sentiment que, ce soir, elle a besoin d'un ami avant tout.

– Je suis sûr qu'elle vous manque beaucoup à tous les deux. Je serais perdu sans ma mère.

– En effet. Dans tous mes souvenirs d'elle, elle était malade. Mon père a fait de son mieux pour me protéger de sa maladie. Elle était souvent au lit. Je me souviens que, dans ses bons jours, mon père me laissait m'allonger près d'elle. Parfois, elle chantait pour moi et me caressait les cheveux.

Un petit sourire illumine son visage.

– Je suis triste que sa vie ait été si courte, poursuit-elle. Elle n'avait que vingt-huit ans quand elle est morte. Je suis surtout triste pour mon père. Il est tellement perdu sans elle. C'est comme si, quand elle est morte, sa lumière s'était éteinte. Je sais qu'il m'aime, mais c'est un amour différent de celui qu'il portait à ma mère. Il arrive bien à le cacher la plupart du temps, mais des jours comme aujourd'hui montrent combien sa mort l'a affecté. Et je déteste qu'elle ne m'ait pas vue grandir. Avant que tu fasses une remarque débile, j'ai beaucoup grandi depuis mes six ans.

– Vraiment ? Tu devais vraiment être minuscule à cette époque, alors.

– Ha, ha, dit-elle en me frappant l'épaule.

– Blague à part, dis-je en riant doucement, ça a dû être dur pour lui. Perdre sa femme et devoir élever un enfant seul.

– Oui. Je suis sûre que ça l'est toujours par moments. Ton père est-il toujours en vie ?

D'habitude, cette question m'horripile, mais pas ce soir. Je n'ai jamais parlé de ça à quiconque avant, mais bizarrement, pour la première fois de ma vie, j'ai envie d'aborder le sujet. Je veux m'ouvrir à elle.

– Je n'en sais rien. Le jour où il a appris que ma mère était enceinte, il a disparu.

– Alors, tu ne l'as jamais connu ? demande-t-elle en se tournant pour me regarder.

– Non. Il n'y a toujours eu que ma mère et moi. Enfin, c'était comme ça jusqu'à ce qu'elle se marie avec cet enfoiré.

– Je suis désolée, murmure-t-elle en pressant ma main. Et tu as de la famille ? Des grands-parents, par exemple ?

– Non. Les parents de ma mère l'ont reniée quand elle est tombée enceinte. Apparemment, elle a déshonoré la famille. Elle a tout perdu par ma faute. Elle m'a amené les voir quand j'avais cinq ans. Ça ne s'est pas très bien passé. Mon grand-père m'a traité de bâtard et nous a claqué la porte au nez.

– Quoi ? Oh... mon... Dieu. C'est affreux. Je suis désolée. C'est pour ça que tu te qualifies toujours de bâtard ?

J'entends le chagrin dans sa voix. Je ne devrais probablement pas me confier à elle comme ça, mais en fait, je ressens un certain soulagement à en parler. Comme si on enlevait un poids qui pesait sur mon cœur.

– C'est la vérité. Je suis un bâtard. Rien ne peut changer ça.

Après toutes ces années, j'ai toujours honte quand je repense à ce jour et à ce que signifie ce mot. Elle lâche ma main et la lève pour tourner mon visage vers elle. Quand je vois des larmes dans ses yeux, une boule vient se loger dans ma gorge.

– Tu n'es pas un bâtard, Carter. Je t'en prie, ne pense plus jamais ça de toi.

– Je me souviens encore du jour où j'ai cherché le sens du mot « bâtard » dans le dictionnaire.

Je souffle en repensant à ce jour. Ce foutu jour où j'ai appris ce que j'étais vraiment. *Une personne née de parents qui ne sont pas mariés. Une personne considérée comme méchante ou méprisable. Une personne considérée comme particulièrement malchanceuse. D'origine inconnue, inférieure ou discutable.*

– Ça m'a fait mal, mais je n'étais qu'un gamin. Je suppose que j'ai appris à vivre avec, au cours des années.

– Tu n'es pas un bâtard, Carter. Ce n'est pas parce que tu choisis de te comporter comme tel parfois que tu en es un, insiste-t-elle tandis qu'une autre larme coule de ses jolis yeux verts.

La voir verser une larme pour moi fait grossir la boule dans ma gorge. On dirait presque qu'elle croit ce qu'elle dit. J'ai envie de la croire, tout comme j'ai voulu croire ma mère il y a si longtemps, mais c'est un fait.

– Ça va, lui dis-je en essuyant sa larme avec mon pouce. Comme tu peux le voir, j'ai adopté le fait que j'étais un bâtard, dis-je en riant doucement.

Mais pas elle. Mes paroles ne font que la rendre plus triste encore. Et ça me brise le cœur, bon sang.

– Beaucoup de gens ont des enfants avant d'être mariés, de nos jours. Ce n'est pas bien grave. C'est vraiment le pire des clichés. Les anciennes générations croyaient peut-être ces conneries, mais selon moi, ils devraient avoir honte d'eux. Ces pauvres gamins n'ont jamais demandé à naître et, pourtant, ils doivent subir cette injustice et cette étroitesse d'esprit pendant le reste de leur vie. Les hypocrites comme ton grand-père sont complètement cons, si tu veux mon avis, ajoute-t-elle en fronçant les sourcils.

Elle est trop adorable quand elle fait ça.

Elle s'apprête à dire autre chose, mais je me penche vers elle et couvre sa bouche avec la mienne. J'adore qu'elle semble si passionnée par ce sujet et j'adore qu'elle ne pense pas que je suis un bâtard. Tout ce qu'elle a dit est vrai, mais malheureusement, cela ne me fait pas changer d'avis sur moi.

Je reste un bâtard.

Peut-être qu'un jour, ses paroles m'aideront, mais là, tout mon sang a quitté mon cerveau pour descendre dans ma queue, et je n'arrive pas à penser à autre chose qu'à elle. Je sais que nous avons dit que nous ne le referons pas, mais j'en ai tellement envie. *J'ai carrément besoin d'elle.*

Quand je penche sa tête en arrière et approfondis le baiser, elle gémit dans ma bouche. Je glisse mes mains sous ses bras et la soulève pour qu'elle se mette à cheval sur mes genoux. Elle enroule ses jambes autour de ma taille, et ses mains se faufilent sur ma nuque. Les miennes enlacent sa taille menue, et je mets son corps au même niveau que le mien. J'adore la façon dont elle embrasse. La sensation de ses lèvres contre les miennes. La façon dont son corps se moule contre mon érection. Je ne crois pas pouvoir m'en lasser un jour. En fait, je sais que je ne m'en lasserai jamais. Je suis accro… *à elle.*

16

INDIANA

J'ai toujours mal au cœur pour lui. Penser à ce qu'il a dû ressentir enfant et aux stigmates qu'il porte depuis toutes ces années, ça me brise le cœur. Même si elle est infondée, son attitude depuis le jour où nous nous sommes rencontrés prend tout son sens. Je déteste qu'il ait une si mauvaise opinion de lui-même, surtout en sachant que les circonstances ne dépendaient pas de lui. Comment son grand-père, la chair de sa chair, a-t-il pu le qualifier de cette façon ? Ce n'était qu'un gamin. Il n'a pas demandé à naître.

En l'embrassant, je fais de mon mieux pour lui montrer sans mots à quel point il est spécial, à quel point il compte pour moi. À quel point il n'a rien à voir avec la perception qu'il a de lui-même. Nous nous sommes tous les deux efforcés de faire en sorte que notre amitié reste platonique ces dernières semaines, mais ce soir, j'ai envie de lui. Et je pense que lui aussi.

J'ai besoin de me perdre en lui pour ne pas avoir à penser à mon père qui s'effondre à la maison. Ma playlist « Distraction » n'a pas suffi. Entre les chansons, je pouvais encore entendre ses pleurs étouffés. C'est pour ça que je suis venue ici. Tous les ans, je redoute cette date. J'ai toujours espéré qu'avec les années, les choses deviendraient plus faciles pour mon père, mais pas cette fois. Peut-être la prochaine.

Les mains de Carter glissent de ma taille à mes fesses. Il me presse contre lui, appuyant mon entrejambe contre son érection. Je gémis dans sa bouche. Je ne me reconnais même pas quand je suis comme ça avec lui. Il me rend complètement folle. L'une de ses mains passe sous mon haut, et ses doigts caressent légèrement mon ventre, me donnant des frissons, jusqu'à ce que sa paume se plaque sur mon sein et pince mon téton à travers la dentelle de mon soutien-gorge. Mes mains se mêlent dans ses cheveux tandis que je balance mes hanches en avant.

Je ne l'embrasse que depuis quelques minutes et je suis déjà sur le point de jouir. Je pourrais devenir accro à l'effet qu'il fait à mon corps. Notre baiser devient bientôt sauvage. C'est comme si nous ne pouvions pas nous passer l'un de l'autre.

Il descend une main entre nous pour frotter mon clitoris au travers du tissu fin de mon short.

– Jouis pour moi, ma belle, murmure-t-il.

Ses lèvres descendent le long de mon cou. Je penche la tête en arrière et gémis. Il ne faut que quelques minutes avant que je crie son nom quand un orgasme m'assaille. Lorsque j'ouvre les yeux, je le découvre en train de me regarder avec le sourire.

– J'adore te regarder jouir.

Je sens mon visage chauffer.

– Ne sois pas timide avec moi, ajoute-t-il en s'approchant pour déposer un doux baiser sur mon nez.

Je sens toujours son érection pressée entre mes cuisses. Je fais glisser ma main le long de son corps et le caresse à travers son jean.

– Non, dit-il en écartant ma main.

– Quoi ? Pourquoi ? Je veux te soulager.

– Non. Je fais de gros efforts pour bien me comporter avec toi depuis des semaines. J'ai accepté qu'on aille aussi loin ce soir parce que tu en avais besoin. Si on ne s'arrête pas maintenant, je risque de ne pas pouvoir me contrôler. Tu me rends fou, admet-il.

– Alors, ne t'arrête pas.

– Je te l'ai dit, on ne peut pas faire ça, Indi. Ta première fois doit se passer avec quelqu'un de spécial. Et ce n'est pas moi.

Je lève la main pour la poser sur son visage.

– Tu es spécial, Carter. Je veux que tu sois mon premier.

Je pense chaque mot que je lui dis. Je regretterai peut-être, mais j'en doute. Même si nous ne pouvons pas rester ensemble après ce soir, je continuerai à chérir le fait qu'il ait été mon premier amant.

– Tu ne le penses pas, dit-il en plaçant sa main derrière ma tête pour appuyer mon visage contre sa poitrine.

J'entends son cœur battre la chamade. J'adore quand il me tient comme ça. Quand je suis avec Carter, il me donne le sentiment que nous sommes seuls sur terre. Manifestement, il ne sait pas à quel point je le veux.

– Si. S'il te plaît, Carter. Ne me laisse pas te supplier.

– Je n'aime pas les engagements, Indi. Je ne suis pas un petit ami.

– Je ne te demande pas d'être mon petit ami, dis-je en reculant la tête pour pouvoir voir son visage.

– Alors quoi ?

Même sous cette faible lumière, je vois sa vulnérabilité. J'aimerais tellement qu'il n'ait pas une aussi mauvaise opinion de lui-même. J'aimerais qu'il puisse se voir à travers mes yeux ; alors, il saurait à quel point il est spécial.

– Je te demande d'être mon premier. Rien de plus. Juste une nuit. Je veux que tu fasses toutes les choses que tu as faites aux autres.

Est-ce que je viens vraiment de dire ça ? Oui, oui. C'est la vérité, après tout. Depuis le moment où j'ai vu Jennifer grimper par sa fenêtre, j'ai voulu être à sa place. Puis il y a eu la bimbo aux cheveux roses.

– Quelles autres ?

– Les filles qui sont passées par ta fenêtre. Jennifer et la fille aux cheveux roses.

– Je n'ai rien fait avec la fille aux cheveux roses, dit-il en riant doucement.

– Vraiment ? Mais je…

– Quand j'ai vu que tu nous observais, je n'ai rien pu faire, avoue-t-il.

– Tu n'as pas pu ? Pourquoi ?

– Parce que ça m'a bloqué.

– Pas possible, dis-je en lui frappant le bras. Dis-moi la vraie raison.

– Ça suffit, toutes ces questions. Je n'ai tout simplement pas pu, d'accord ? Je n'étais pas bien.

J'esquisse un sourire.

– Pourquoi tu n'étais pas bien ?

Je ne devrais probablement pas insister comme ça, mais je veux savoir pourquoi.

– Laisse tomber, répond-il sèchement.

– Non. Je veux savoir.

Agacé, il me soulève et me fait descendre de ses genoux pour me remettre à côté de lui.

– Je ne répondrai pas à cette question, dit-il alors que son beau visage se transforme en mine renfrognée.

Quand il détourne la tête, j'ai l'impression qu'il est mal à l'aise, et j'abandonne. Même si, secrètement, je meurs d'envie de savoir pourquoi.

– Alors, on va le faire ? dis-je pour changer de sujet.

– Faire quoi ? répond-il en tournant la tête vers moi.

– Tu sais… Le sexe.

Je n'arrive pas à croire que j'ai cette conversation avec lui. Quand il se met à rire, je rougis. Il me trouve probablement ridicule.

– Crois-moi, gamine. Même si j'ai très envie de te déflorer, tu regretteras de m'avoir donné ta virginité.

Même si sa bouche me dit « non », je vois à l'éclat dans ses yeux qu'il le veut autant que moi.

– Je ne le regretterai pas, dis-je en attrapant sa main. Je

veux le faire, Carter. Vraiment. S'il te plaît, ne me pousse pas à te supplier, parce que je le ferai. Pas d'engagement. Promis. Juste une nuit, c'est tout ce que je demande.

Mon Dieu, je suis pathétique. Il soutient mon regard, mais ne dit rien. *S'il te plaît, dis oui.* C'est la petite prière que je répète dans ma tête.

– Tu le veux vraiment ? demande-t-il finalement.

– Oui. Je te veux, toi.

Il affiche un sourire franc qui dévoile ses parfaites dents blanches.

– Tu ne t'attendras pas à ce que je t'épouse ou quoi, hein ?

– Quoi ? Absolument pas. Je ne veux même pas de toi comme petit copain, dis-je d'une voix aiguë.

– Tu ne mâches pas tes mots, répond-il en posant sa main sur sa poitrine comme s'il était blessé.

– Je suis sérieuse, dis-je en essayant de garder mon calme. Je ne te veux que pour ton corps.

Le voir comme ça me fait fondre. Même quand il est renfrogné, il est à couper le souffle, mais quand il sourit…, *il n'y a pas de mots.*

– Alors, j'avais raison depuis le début ? dit-il quand il s'arrête de rire.

– À propos de quoi ?

– Tu me désires.

Il est carrément suffisant parfois, mais il a raison. C'est vrai. Je ne me justifierai même pas avec une réponse. Il est hors de question que je lui donne la satisfaction d'avoir raison.

– Tu te la joues vraiment, des fois, dis-je en lui donnant un petit coup d'épaule.

– Je vais jouer avec toi dans une minute, affirme-t-il en riant avant de me prendre la main et de se lever.

Mais je le tire pour qu'il se rasseye.

– On peut rester ici ? Je ne suis pas encore prête à rentrer.

– Tu veux que je te prenne ici ? En plein air ? demande-t-il, surpris.

– Il fait sombre. Personne ne nous verra.

– Si tu es sûre de toi, dit-il avec un sourire. Je n'aurais jamais pensé que tu étais aussi audacieuse.

– Il y a beaucoup de choses que tu ne sais pas sur moi.

C'est vraiment n'importe quoi. Il a raison. Je ne suis pas du tout du genre audacieux, mais il éveille quelque chose en moi. Le désir de me libérer. De vivre un peu.

– Je vais devoir retourner chez moi pour prendre un préservatif.

Il se penche pour effleurer mes lèvres avec les siennes.

– Je reviens dans une minute, ajoute-t-il.

– D'accord.

Et il se lève.

On pourrait croire que je serais nerveuse à l'idée d'être sur le point de coucher pour la première fois, et à la belle étoile en plus, mais non. Pas avec Carter. En fait, je suis impatiente. Il revient quelques minutes plus tard avec un immense sourire au milieu du visage, une couverture et un oreiller dans les mains.

– Je ne voudrais pas que tu te mettes des échardes dans le dos et abîmes ta jolie peau, dit-il en l'étendant sur le pont.

Quand ce n'est pas un crétin qui fait tout pour m'embêter, il dit des choses gentilles.

– Tu es sûre de vouloir le faire ?

– Affirmatif, dis-je en attrapant sa main tendue.

Il m'aide à me lever et je me retrouve contre son torse ferme. Il place ses grands bras forts autour de ma taille et baisse les yeux sur moi.

– Pas de regrets ?

Je secoue doucement la tête.

– Pas de regrets.

Ses lèvres trouvent les miennes. Son baiser est si doux

et sucré que mes orteils se recroquevillent. Je passe mes bras autour de son cou quand il me soulève. Il se met à genoux et me dépose délicatement sur la couverture en posant ma tête sur l'oreiller. Il s'étend près de moi et me prend dans ses bras.

– Tu es sûre que tu ne veux pas retourner dans ma chambre ? demande-t-il.

Bon sang. Ça suffit, toutes ces questions.

– Baise-moi maintenant.

Mes paroles ne me choquent même pas. Je veux que ça se produise. *Comme hier.* J'apprécie qu'il essaie de bien faire les choses, mais je ne changerai pas d'avis, même s'il essaie de me le faire dire.

– Mon Dieu que ces mots sont excitants quand ils sortent de ta jolie bouche.

Il me remet assise et m'enlève mon haut. J'attrape le bord de son tee-shirt et le lève pour révéler ses abdos divins et son torse à croquer. Il fait passer son tee-shirt au-dessus de sa tête. Puis ses mains se faufilent derrière mon dos pour dégrafer mon soutien-gorge. Je le fais glisser le long de mes bras et m'en débarrasse, puis il m'allonge délicatement.

Il se penche pour prendre un de mes mamelons dans sa bouche pendant que sa main s'active fiévreusement sur le bouton de mon short. Il s'accroupit de nouveau et fait glisser mon short et ma culotte le long de mes jambes. Je vois son sourire s'élargir à la lueur de la lune quand il me regarde.

J'entends un râle monter du fond de sa gorge tandis que ses lèvres descendent sur mon ventre. Je repose la tête sur l'oreiller et gémis quand son visage s'arrête entre mes cuisses. Il attrape l'arrière de mes jambes et pousse mes genoux vers ma poitrine en écartant mes jambes.

– Il faut d'abord que je te goûte, murmure-t-il contre ma peau sensible. Je n'ai pas arrêté de penser à ton minou.

Je me surprends à sourire à l'idée qu'il ait repensé à cette nuit, à moi. J'y ai repensé aussi… souvent.

Il gémit alors que sa langue décrit des cercles autour de mon clitoris endolori. Je passe les doigts dans ses cheveux pour tenir sa tête en place. Sa bouche est merveilleuse. Je voudrais qu'il ne s'arrête jamais.

En seulement quelques minutes, il me fait jouir. Il glisse deux doigts pendant que mon orgasme déferle sur moi. Il ne s'arrête pas jusqu'à ce que mon corps tremblant se calme.

– Tu es tellement mouillée, dit-il en retirant ses doigts pour les mettre dans sa bouche et les lécher.

Mon Dieu, que j'aime quand il fait ça.

Il se redresse, sort le préservatif de sa poche et enlève son jean. Même si j'adore être dehors sous les étoiles avec lui, j'aurais aimé avoir assez de lumière pour mieux le voir, lui et son sexe qui se dresse fièrement. Son corps est vraiment époustouflant.

Il déchire l'emballage de préservatif avec ses dents et l'enfile sur son manche impressionnant. Tout ce qui me passe par la tête quand je le regarde, c'est : *J'espère que ce truc énorme va entrer.* Je ne change certainement pas d'avis, mais je dois admettre que je commence à stresser un peu.

Il se penche en posant ses mains de chaque côté de mon corps avant de me surplomber. Il approche son visage, et ses lèvres effleurent brièvement les miennes à nouveau. Je sens mon goût sur lui.

– Ça va faire mal, dit-il en s'installant entre mes jambes et en s'alignant avec ma fente. Tu es sûre que tu veux endurer ça ? Il n'est pas trop tard pour arrêter.

– J'en suis sûre. Je veux le faire, Carter, lui dis-je en toute honnêteté tandis que mes mains viennent se poser sur son visage.

Il sourit avant de m'embrasser légèrement.

– Je serai aussi doux que possible, d'accord ? Essaie de te détendre.

– D'accord.

Il glisse le bout de sa queue entre ma zone mouillée avant de s'enfoncer lentement.

– Mon Dieu, gémit-il avant de s'immobiliser pour me donner le temps de m'habituer.

Il se retire légèrement, puis s'enfonce un peu plus loin. Sa tête bascule en arrière, et qu'un râle primaire lui échappe. Je sens déjà la douleur lorsque ma cavité s'écarte pour lui. Mais je ne vais pas mentir : savoir que c'est moi qui lui fais cet effet est incroyablement excitant.

– Tu es trop bonne, souffle-t-il en me regardant. Prête ?

J'acquiesce, et ses lèvres se plaquent sur les miennes. Il m'embrasse pendant une bonne minute sans bouger. Je suis sûre qu'il essaie de me distraire. Et ça marche. Sans prévenir, il se retire avant de s'enfoncer jusqu'au fond. Ça fait hyper mal, mais pas autant que je l'imaginais. Il s'immobilise à nouveau pour me donner le temps de m'habituer.

– Tu vas bien ? demande-t-il en débarrassant délicatement mon visage de mes cheveux.

– Parfaitement bien.

Je n'arrive pas à croire que je suis vraiment en train de faire l'amour. Et avec Carter Reynolds, en plus. Le mec que j'aime et déteste en même temps. Je ne suis plus vierge et je n'ai aucun regret. Absolument aucun. Je suis heureuse que ma première fois se passe avec lui.

– Je vais commencer à bouger, dit-il quelques secondes plus tard.

Il gémit à nouveau quand il se retire lentement avant de se renfoncer en moi.

Après quelques va-et-vient, la sensation de brûlure se dissipe et je commence à bouger avec lui. C'est fantastique. *Il est fantastique.*

– Je crois que je suis amoureux de ta chatte, gémit-il en accélérant le rythme.

Je crois que je suis en train de tomber amoureuse de lui, mais je ne le dirai jamais à haute voix. Je ne devrais même pas ressentir ça, mais je ne contrôle pas mon cœur.

– Je ne sais trop combien de temps je vais encore pouvoir tenir. Tu es trop bonne. Il faut que tu jouisses encore.

– J'en suis pas loin, dis-je en enroulant mes jambes autour de sa taille et en enfonçant mes talons dans le creux de ses fesses pour le pousser plus profondément en moi.

Il soulève légèrement son corps pour glisser sa main entre nous et commence à frotter mon clitoris tout en continuant de s'enfoncer en moi avec des à-coups rapides. Cela suffit à me faire venir.

– Oooh !… Je… Je…

C'est tout ce que je parviens à dire quand les sensations me submergent. J'ai alors l'orgasme le plus intense que j'aie jamais connu.

– Putaiiiin, grogne-t-il.

Son corps se met à se crisper sur moi.

Je sais qu'il jouit aussi. Son corps a fait la même chose quand je l'ai sucé dans sa chambre il y a quelques semaines. Après deux ou trois derniers à-coups, il s'immobilise en moi.

– Je crois que tu m'as tué, dit-il, à bout de souffle.

Ses lèvres retrouvent les miennes. Je serre les poings dans ses cheveux pour tenir son visage contre le mien. Je veux que cette nuit ne finisse jamais. Notre baiser passe de tendre à sauvage en quelques minutes. Il est toujours en moi et je le sens durcir à nouveau. Nous voilà partis pour le deuxième round. Cette fois, il roule et me tire pour que je me retrouve sur lui.

Ses mains se promènent sur mon corps avant d'attraper mes seins et de faire rouler mes tétons durs entre son index et son pouce. Je penche la tête en arrière et gémis.

Le plaisir envahit mon corps. Mes mains caressent son torse, puis s'agrippent à ses épaules pour me donner une prise et pouvoir le chevaucher. J'adore les frottements que procure cette position. Carter se redresse et aspire un téton dans sa bouche. J'adore sentir sa bouche sur moi. Je passe une main sur sa nuque pendant que l'autre passe dans ses cheveux, et je le maintiens contre ma poitrine. Maintenant, je sais pourquoi Meg baise comme un lapin. Je pourrais facilement devenir accro à cette sensation…, mais juste avec Carter, bien sûr. Je ne suis pas le genre de personne qui pourrait coucher comme ça avec n'importe qui.

Les mains de Carter redescendent vers ma taille. Il m'attrape les hanches et soulève légèrement mon corps avant de le reposer. Il le fait encore et encore. Je n'ai pas de mots pour décrire les sensations que j'éprouve.

– Tu as une chatte fantastique, gémit-il. Je pourrais te baiser toute la journée.

Toute la journée, ça me semble parfait. Je veux que ça ne s'arrête jamais.

– N'arrête pas ce que tu fais…, *s'il te plaît*, dis-je comme une prière.

Mes hanches commencent à décrire des cercles, et je frotte mon clitoris contre lui.

– Je n'ai pas l'intention d'arrêter, dit-il, essoufflé. Il faut que je t'embrasse.

Il attire mon visage vers le sien. Je remonte les mains dans son cou et emmêle mes doigts dans ses cheveux. Il me pilonne. Notre baiser s'enflamme. Les bruits que nous produisons tous les deux sont sauvages. Je crois qu'il est aussi perdu en moi que je le suis en lui.

Je suis sur le point de venir. J'essaie de me retenir parce que je ne veux pas que cette sensation, ni ce moment avec lui ne s'arrête, mais je ne peux plus empêcher l'orgasme de venir.

– Carter, dis-je en gémissant dans sa bouche pendant que mon corps convulse sous l'effet de son intensité.

– Putain, lâche-t-il.

Mes muscles internes se resserrent autour de sa queue. Ses mains s'agrippent si fort à mes hanches que je suis sûre qu'elles vont laisser des marques. Il fait encore quelques va-et-vient, trouve le soulagement et me donne un nouvel orgasme.

– Oh ! Mince… Je jouis encore, dis-je en tirant ses cheveux.

Je bascule la tête en arrière et crie son nom. Quand nos corps s'immobilisent enfin, je m'écroule sur son torse. La brise fraîche me donne la chair de poule.

– Mon Dieu, que tu es belle quand tu jouis. Tu n'as pas idée de l'effet que ça me fait de te voir comme ça, soupire-t-il en m'embrassant le front et en me prenant dans ses bras.

Si je n'étais pas aussi épuisée, je lui proposerais de le lui montrer encore une fois.

J'ai senti quelque chose de fort quand nous étions intimes. Je n'arrive pas vraiment à mettre le doigt dessus. Même si je n'ai pas d'expérience, pas d'élément de comparaison, je suis presque sûre que ce qu'il y a entre nous est spécial. C'est comme s'il ressentait tout ce que je ressens. C'est si intense. Mais il va dire ou faire quelque chose qui m'indiquera qu'il veut garder ses distances. C'est déroutant. Peut-être que cela fait partie de son charme. Peut-être que j'y attache trop d'importance. Ou peut-être qu'il ressent vraiment la même chose que moi. J'en doute. *Il est probablement comme ça avec toutes les filles.*

Nous restons sans bouger, dans les bras l'un de l'autre pendant ce qui semble durer une éternité avant qu'il finisse par se libérer et se mettre à côté de moi. Je suis surprise par la sensation de manque que j'éprouve quand nous ne sommes plus connectés.

Il se lève et me passe mes vêtements avant de retirer son préservatif et s'habiller. Les larmes me montent aux yeux quand je réalise que mon temps avec lui est terminé. Je ne veux pas que cette nuit prenne fin. Je ne veux pas que ce soit notre dernière fois ensemble. Quand je lui ai dit « rien qu'une nuit », je croyais sincèrement que ça me conviendrait. Maintenant, je sais que ce n'est pas le cas.

Une fois que j'ai remis mes vêtements, je m'apprête à me lever.

– Ne te lève pas, dit-il en se rasseyant près de moi et en caressant délicatement mon visage. Je ne veux pas que tu t'en ailles maintenant.

Je sens mes lèvres esquisser un sourire quand il se penche pour m'embrasser. Il se rallonge à côté de moi et me prend dans ses bras. Il tend le bras et attrape l'autre moitié de la couverture pour la mettre sur nous.

– Laisse-moi juste te serrer dans mes bras un moment.

***

CARTER

Nous avions dit « aucun regret », mais c'est exactement ce que je ressens. Pas à cause de ce que nous avons fait. *Ça, pas moyen.* Je n'oublierai jamais ce qu'elle m'a donné cette nuit. Et je ne parle pas juste de sa virginité.

Mon regret, c'est que maintenant que je suis allé aussi loin avec elle, que j'ai dépassé la limite que je m'étais juré de ne jamais franchir, je dois partir. Pour son bien. Je n'ai pas le choix.

C'est très tôt ce matin que j'ai pris cette décision. J'espère juste avoir la force de l'appliquer. Je n'ai pas fermé l'œil de la nuit. Il était environ trois heures quand nous avons quitté le lac et sommes rentrés chez nous.

Au fond de mon cœur, je savais que ce serait notre dernière fois ensemble ; alors, je ne voulais pas que ça se finisse. Je lui ai même proposé de passer la nuit chez moi, dans mon lit, mais elle a refusé. Je n'ai jamais invité personne à passer la nuit avec moi avant. C'est amusant, quand ça la concerne, toutes les règles que je m'étais imposées dans le passé cessent d'exister.

J'ai l'impression d'être à la fois au paradis et en enfer. Cette nuit, elle m'a transporté à un endroit que je n'aurais jamais cru connaître un jour. Le bonheur absolu. C'est ce que j'ai vécu avec elle. *Un foutu bonheur absolu.* Jamais dans ma vie je n'ai pensé que le sexe pouvait être comme ça. Bien sûr, c'est toujours agréable, mais avec elle…

Bordel.

Les trucs qu'elle m'a fait ressentir m'ont carrément mis la tête à l'envers. Concrètement, ce que nous avons fait correspondait à ce que j'ai toujours fait avec d'autres, mais je sais que je ne l'oublierai pas de sitôt…, si je l'oublie un jour. Je regrette juste que les choses ne soient pas différentes entre nous, mais c'est impossible.

Je me lève de mon lit et me dirige vers la salle de bain pour prendre une douche. Si je veux appliquer mon plan, je dois retrouver mes esprits. Sous le jet d'eau chaude, je réfléchis à ce que mes actes d'aujourd'hui vont infliger aux deux personnes qui comptent le plus pour moi dans ce monde.

Ma mère a sacrifié les dix-huit dernières années de sa vie pour moi. Il est temps que je lui rende la pareille. Elle a ce *peigne-cul* de mari pour l'aider à s'en remettre. Puis il y a Indi. Elle est promise à un avenir brillant et heureux. Elle a toute la vie devant elle. Une vie qui, j'en suis sûr, sera bien plus riche sans que j'en fasse partie.

Je ne sais pas du tout où je vais, ni ce que je vais faire. J'espérais avoir quelques semaines de plus pour élaborer un plan, mais après ce qui s'est passé cette nuit, il faut que je le fasse aujourd'hui. Le plus tôt sera le mieux. Les choses ne feront que se compliquer si je reste. Les conséquences sont tout simplement trop graves. Mes sentiments pour elle sont trop forts. J'ai essayé de lutter contre eux, mais j'ai perdu le combat. Ce qu'il y a entre nous ne peut plus durer. Cela mènera indubitablement à un immense chagrin. Je le sais. C'est un risque que je ne veux pas prendre, pour elle, comme pour moi.

J'en ai eu assez pour toute une vie.

La tristesse me submerge lorsque j'attrape le gel douche et ôte son odeur de ma peau. Je ne pourrai plus jamais sentir son parfum sucré, sa peau soyeuse sous mes doigts ou le goût de ses lèvres. Cela crée une putain de boule de la taille d'un ballon de basket dans ma gorge.

Une fois habillé, je balance mes affaires dans ma valise et la glisse sous le lit avant d'aller trouver ma mère. Elle est dans la cuisine, en train de préparer à manger. Même si je suis complètement dévasté, le simple fait de la voir me donne le sourire. Ses petits plats vont me manquer, mais c'est surtout elle qui va me manquer.

– Bonjour, mon chéri ! lance-t-elle en me souriant. Le petit-déjeuner sera bientôt prêt. Dès que John sera de retour, on pourra manger.

Je m'approche d'elle et la prends dans mes bras.

– Je t'aime, maman.

– Je t'aime aussi, Carter.

– Merci pour tout l'amour que tu m'as toujours donné. Pour m'avoir gardé quand personne ne voulait de…

J'entends ma voix se casser.

– Mon bébé, qu'est-ce qui t'arrive ? demande-t-elle en me regardant. Est-ce que ça va ?

– Tout va bien. J'avais juste besoin que tu saches à quel point j'apprécie tout ce que tu as fait pour moi pendant toutes ces années. Ça a été essentiel pour moi. Tu es essentielle pour moi.

Je vois ses yeux se remplir de larmes.

– Tu es sûr que ça va ?

Je vois l'inquiétude froisser son beau visage. J'acquiesce et resserre mon étreinte.

– Tu fais partie de moi, mon chéri. Tu feras toujours partie de moi. Une vie sans toi n'a jamais été une option. Pas un jour ne passe sans que je sois heureuse que tu sois mon fils, déclare-t-elle en passant doucement sa main sur mon visage.

Je ne peux pas parler. La boule dans ma gorge est de plus en plus grosse.

Je suis surpris de ne pas pouvoir ravaler cette merde.

Ce sont mes au revoir. Je ne sais pas quand je la reverrai ni si je la reverrai un jour. Cette idée me fait mal au cœur. Sans elle, ma vie ne serait rien. Elle n'aurait pas de sens. Elle a abandonné son avenir, sa famille, tout pour moi. Les mots ne pourront jamais exprimer ce que cela signifie pour moi.

Elle a aimé le bâtard que personne d'autre n'a pu aimer.

Je me penche et dépose un petit baiser sur sa joue.

– Je serai dans ma chambre, dis-je en m'éloignant.

Je ne me retourne pas. Je ne peux pas. Si je le faisais, elle verrait les larmes qui font briller mes yeux.

– D'accord, mon chéri. Je t'aime, Carter, ajoute-t-elle dans mon dos.

– Je t'aime aussi, maman, dis-je à voix basse.

J'attrape le bagage que je viens de faire. Ensuite, je vide le contenu de mon sac de cours sur le lit et retourne dans la salle de bain. Je jette mon déodorant, ma brosse à dents, mon dentifrice et mon peigne dedans. En revenant dans la chambre, j'attrape mon carnet de croquis et une photo de ma mère et moi quand j'étais petit avant de les ranger dedans, eux aussi. Puis je jette un dernier coup d'œil à la pièce pour m'assurer qu'il n'y a rien d'autre dont j'aurai besoin.

Quand j'arrive près de la fenêtre, mon regard se dirige vers la maison d'Indi. Je reste sous le choc quand je découvre qu'elle est devant sa fenêtre et m'observe. Elle me sourit. *Mince.* J'espérais ne pas avoir à la voir avant de partir. Je ne peux pas lui dire au revoir. C'est tout simplement impossible. Ça me tuerait.

Je force mes yeux à se détacher d'elle et laisse tomber mon sac par la fenêtre. Il atterrit avec un bruit sourd. Quand je croise à nouveau son regard, je vois ses yeux qui suivent mon sac par terre, puis remontent vers les miens. Son sourire disparaît aussitôt de son beau visage. *Un visage que je n'oublierai jamais, je le sais.*

Elle fait un pas en avant et appuie ses mains contre la vitre. Elle sait. La douleur que je vois sur ses traits me brise le cœur en deux. Je vois une larme couler sur sa joue. Ce que je donnerais pour la prendre dans mes bras. Pour l'embrasser. Pour lui dire que je ne sais pas comment je vais survivre sans elle.

Je saute par la fenêtre, ramasse mon sac et me dirige vers ma voiture. Je jette un dernier regard par-dessus mon épaule à la seule personne sur cette terre, à part ma mère, que j'aime. Oui, je l'aime. Je l'aime tellement que ça fait super mal. La nuit dernière l'a prouvé.

C'est la seule personne qui m'a donné le sentiment d'être quelqu'un. La seule personne qui m'a accepté pour celui que je suis ; le vrai Carter Reynolds. La personne que je suis à l'intérieur. Pas l'enfant illégitime. Pas le *bâtard.* Le vrai moi. Elle connaît mon histoire et continue à s'inquiéter pour moi. Continue à vouloir être avec moi.

Je n'ai pas l'habitude que des gens veuillent de moi ; alors, le fait que ce soit son cas est quelque chose que je n'oublierai jamais. Je chérirai à jamais les moments que j'ai passés avec elle. Mon cœur lui appartiendra à jamais. Ça, j'en suis sûr. Même si ça me tue, je dois la laisser. Même si elle ne sera pas de cet avis, elle mérite mieux que ce que je peux lui donner. *Beaucoup mieux*. Je suis né bâtard et je mourrai bâtard. Cela ne changera jamais. Avec le temps, je sais que mon destin et ma mélancolie terniraient sa joie de vivre. Je ne peux pas lui faire ça. Elle est parfaite telle qu'elle est.

J'ouvre le coffre de ma voiture et y pose mes bagages. Mon cœur est lourd pendant que je contourne la voiture jusqu'à la portière du passager.

– Carter, je t'en prie, ne t'en va pas. Ne me laisse pas, l'entends-je pleurer derrière moi.

Bon sang. Elle est sortie. Je ne me retourne pas. Je ne peux pas. J'aimerais pouvoir rester. Encore mieux, j'aimerais pouvoir l'emmener, mais ce n'est pas envisageable.

Je l'ignore, ouvre la portière et monte dans ma voiture. Les larmes floutent ma vision. Je ne pensais pas que ce serait aussi dur. Je tourne la clé dans le démarreur et recule dans l'allée. Mes yeux me trahissent et dévient vers la *gamine*. La gamine qui m'a volé mon cœur. La gamine qui a réussi à pénétrer mon obscurité, et, pendant un très bref instant, m'a montré ce que ça faisait d'avoir de la lumière dans le cœur à nouveau. Qu'est-ce qu'elle va me manquer, avec son caractère bien trempé !

Il faut qu'elle m'oublie. Je jurerais sentir littéralement mon cœur se briser en un million de morceaux en la regardant rester là, les bras croisés sur son corps minuscule, les larmes coulant à flots sur son beau visage. Il me faut faire un effort surhumain pour ne pas courir vers elle.

Il y a tellement de choses que je veux lui dire. Tellement. Tellement de choses pour lesquelles je veux la remercier. Mais, au lieu de cela, je fais ce qu'il faut pour l'aider à m'oublier. Pour l'aider à aller de l'avant. J'appuie sur l'accélérateur et roule. Roule loin des deux seules personnes qui auront jamais une place dans mon cœur…

PARTIE II

I

Cinq ans plus tard...

CARTER

Je suis réveillé en sursaut par notre chanson, *Let Her Go*, de Passenger. Enfin, techniquement, ce n'est pas *notre* chanson, mais c'est celle qui me fait penser à elle. À nous. Je l'ai entendue quelques jours après être parti. Pour la première fois depuis des années, j'ai pleuré. *Pleuré comme un bébé*. Depuis, c'est la sonnerie de mon téléphone. Je ne sais pas pourquoi je me torture en la gardant. Elle ne fait que me rappeler ce que j'ai perdu. La seule fille que j'aie jamais aimée.

J'attrape mon téléphone sur la table de chevet, et la petite brune à côté de moi s'agite. Mince, elle est toujours là ?

– Quelle heure est-il ? demande-t-elle.

– L'heure de t'habiller et de partir, dis-je en regardant le réveil.

Quatre heures et demie du matin. Qui peut bien m'appeler à cette heure ? Ça a intérêt d'être une question de vie ou de mort ou celui qui appelle va se prendre une gueulante. Quand je vois le numéro de ma mère sur l'écran, j'ai un pincement au cœur. Je saute de mon lit et me tourne vers la nana qui ne devrait pas être ici.

Je ne me souviens même pas de son nom. Est-ce Sarah…, Samantha…, Shona ? Je suis sûr que ça commence par un « S ». Peu importe, je ne dors pas avec mes partenaires. Je suis toujours franc avec les filles que je ramène chez moi. Elles savent exactement à quoi s'en tenir. Je suis presque sûr de lui avoir dit de partir ce soir après la baise. J'ai dû m'endormir et elle ne m'a pas écouté. Je déteste quand elles font ça.

– Récupère ton bordel et dégage, dis-je sèchement.

– Je veux me rendormir, geint-elle, ce qui m'énerve encore plus.

Je ramasse ses vêtements par terre et les balance sur le lit. Ce n'est pas comme si je n'avais pas été parfaitement clair. C'était un coup d'un soir et c'est tout. La plupart du temps, ça se passe bien, mais parfois, je tombe sur une de ces filles en demande qui pensent pouvoir me faire changer. Comme si elles avaient une sorte de chatte magique qui me donnerait envie de plus. *Désolé, mais non.* Il n'y a qu'une fille sur cette terre qui peut me faire cet effet : *mon Indi.* Personne ne lui arrivera jamais à la cheville. Personne.

– Dégage, dis-je sur un ton menaçant en me retournant et en sortant de la chambre pour prendre l'appel. Maman ?

– Carter, pleure-t-elle.

– Maman, qu'est-ce qui ne va pas ? dis-je, paniqué.

– C'est… C'est John.

Entendre le nom de cet enfoiré fait monter ma tension. S'il lui a fait du mal, il va passer un sale quart d'heure.

– Il est mort.

Oh ! je ne m'attendais pas à ce qu'elle dise ça.

– Quoi ? Comment ça, « il est mort » ? Que s'est-il passé ?

Pour être honnête, je me fiche qu'il soit mort ; je m'inquiète juste pour ma mère. Je l'ai toujours détesté, lui, mais je dois garder en tête que ma mère l'aimait. *Dieu seul sait pourquoi.*

– Carter, sanglote-t-elle. Je ne sais pas ce qui s'est passé. Je me suis retournée dans le lit et j'ai posé le bras sur lui. Il était si froid. Il…

Elle éclate en sanglots sans pouvoir se contrôler. Cela me brise le cœur de l'entendre pleurer.

– J'ai besoin de toi ici, s'il te plaît.

Est-ce que je peux y retourner ? Je suppose que je n'ai pas vraiment le choix. Elle a besoin de moi. Je prends ma décision en une fraction de seconde.

– J'arrive, maman. Je serai chez toi dans quelques heures. Ça ira jusque-là ?

– Oui, murmure-t-elle.

– J'arrive aussi vite que possible, lui dis-je pour la rassurer.

– Merci, mon chéri, renifle-t-elle.

Cela me tue de l'entendre aussi bouleversée.

– Je me sens si seule, ajoute-t-elle.

Bon sang, je déteste ça. Je ne sais que trop bien ce que ça fait de se sentir seul.

Retourner là-bas est bien la dernière chose dont j'ai envie. J'ai passé les cinq dernières années à essayer d'oublier. Mais ma mère a besoin de moi.

***

Après avoir pris une douche et mis quelques affaires dans un sac, il est cinq heures et je suis sur la route. Dès que j'atteins l'autoroute, je sors mon téléphone pour appeler ma mère. Je vis à Newcastle, maintenant. C'est à environ deux heures au nord de Sydney. Il n'y a rien que je n'aime pas dans cet endroit. C'est mon chez-moi, maintenant, et je ne le quitterai jamais. Les gens sont super, j'adore le rythme de vie ici. Ce n'est pas aussi agité que Sydney, et les plages sont extraordinaires. À l'origine, je suis venu dans le Nord pour essayer de mettre de la distance entre Indi et moi. Je pensais que ça m'aiderait, mais même si je déménageais à l'autre bout de la terre, je sais qu'elle serait toujours dans ma tête et dans mon cœur.

Quand je travaillais avec Jax, je n'étais qu'à une demi-heure de route. Parfois, la tentation de passer en voiture devant chez elle était difficile à ignorer. Être ici ne m'empêche pas d'avoir envie de la voir, mais avec le temps, j'ai réussi à m'y faire.

Mais à cet instant, je déteste être aussi loin de ma mère. Elle est toute seule et elle avait l'air tellement affligée quand elle a appelé. Je suppose que c'est compréhensible. J'ai hâte de la retrouver au plus vite.

– Allô, dit une voix masculine.

Je la reconnais aussitôt et sens mes lèvres esquisser un sourire. Super, il est avec elle. Je suis soulagé.

– Ross. Salut, c'est Carter. Je suis content que vous soyez auprès d'elle.

– Carter, mon garçon, dit-il affectueusement.

Je devine au ton de sa voix qu'il est content de m'entendre. Il a eu la même réaction chaque fois que nous avons discuté au cours des cinq dernières années.

– Dès que j'ai entendu l'appel au poste, je suis venu.

– J'apprécie vraiment. Merci. Comment tient-elle le coup ?

– Pas très bien, j'en ai bien peur.

– Vous pouvez lui dire que je suis sur la route ?

– Oui. Je suis désolé que ce soit dans ces circonstances, mais je suis content que tu rentres enfin à la maison, fiston. Je suis impatient de te voir.

Je n'ai jamais considéré cet endroit comme ma maison. Peigne-Cul m'en a empêché. Mais tant que ma mère et Indi y résident, mon cœur aussi.

– Je suis impatient de vous voir aussi, lui dis-je.

Si j'étais honnête avec moi-même, il ne serait pas le seul que je serais pressé de voir.

Quand je me suis enfui, il a fallu moins d'une semaine à Ross pour me localiser. C'est son métier, après tout, j'aurais dû m'y attendre. Je suis allé au salon de tatouage de Jax ce jour-là, avec quelques dessins que j'avais faits. J'espérais me faire un peu d'argent rapidement. Quelque chose pour m'aider à m'en sortir jusqu'à ce que je trouve un boulot. M'enfuir sans avoir beaucoup d'argent n'a sans doute pas été ma décision la plus sage.

C'est là-bas que Ross Montgomery m'a retrouvé, au salon de tatouage. Par chance, Jax ne m'a pas seulement acheté mes croquis ce jour-là, il m'a proposé une place. Il m'a pris sous son aile et, en quelques mois, m'a appris tout ce qu'il savait.

Ross était énervé quand il s'est retrouvé devant moi. Énervé parce que j'étais parti sans rien dire à personne. Il m'a dit que ma mère et Indi étaient dévastées que j'aie disparu comme ça, sans parler du fait qu'elles étaient mortes d'inquiétude pour moi.

– Pourquoi n'es-tu pas venu me voir ? m'a-t-il demandé alors. J'aurais pu t'aider. T'enfuir comme ça n'était pas une solution, fiston.

Il a tout fait pour que je rentre avec lui. Il m'a même proposé une chambre chez lui. Je pense qu'il savait que mon beau-père faisait partie des raisons de mon départ. Ce n'était pas la seule. Mais je ne le lui ai jamais dit.

Il était déçu quand j'ai refusé de repartir avec lui. Mais, étant donné sa nature accommodante, il a accepté que je puisse avoir mes raisons, même s'il ne les approuvait pas. À l'époque, je dormais sur le canapé de Jax. Ross n'aimait pas cette idée, si bien que le lendemain, il m'a aidé à trouver un logement. Un petit studio. Il m'a promis qu'il ne dirait à personne où j'étais quand je le lui ai demandé. Cependant, il a insisté pour que j'appelle ma mère pour lui dire que j'allais bien, ce que j'ai fait.

Ross m'appelait très souvent les premiers mois. Puis ses appels se sont espacés et il ne m'a plus appelé qu'une fois par semaine, puis deux fois par mois, mais il terminait toujours la conversation en disant : « Je suis là si tu as besoin de quoi que ce soit, fiston. Ne l'oublie jamais. » J'ai toujours apprécié ce geste. Le fait qu'il se soucie de moi me touchait beaucoup et me touche encore plus qu'il ne le saura jamais. Avec les années, il est devenu la figure paternelle que je n'ai jamais eue. Le genre de père que je garderai dans mon cœur toute ma vie.

J'ai accompli tant de choses en cinq ans. J'ai appris jeune que, si on travaille dur, tout est possible. Je dois tant à Jax. Avec mes mains habiles et mes talents artistiques, j'ai rapidement dépassé toutes ses attentes et je suis devenu son tatoueur numéro un.

Non seulement je travaillais à plein temps dans son salon, mais je faisais aussi des petits boulots en dehors, à mon appartement. J'étais raisonnable avec mon argent, comme je l'avais été quand j'étais enfant. En un an, j'avais économisé assez pour ouvrir mon propre salon. Indi Ink. Oui, je lui ai donné son nom. Ne me demandez pas pourquoi. Je suppose que je voulais toujours qu'elle fasse partie de ma vie. Même si j'aurais préféré que ce soit autrement.

Je suis l'unique propriétaire d'Indi Ink, mais j'ai un deuxième salon avec Jax : Wicked Ink. Nous espérons en monter toute une chaîne un jour. Comme les affaires sont prospères, je l'imagine très bien pour l'avenir.

Jax et moi sommes devenus très proches, avec les années. Même s'il était contrarié quand j'ai quitté son salon, il n'a pas hésité à m'aider à m'installer et monter Indi Ink.

Au départ, devenir tatoueur n'était pas la voie que j'aurais choisie si je ne l'avais pas rencontré. Je suis heureux que le destin l'ait mis sur ma route. J'adore ce que je fais. Un soir, après quelques bières, il m'a parlé d'un gars qu'il connaissait qui vendait son affaire. C'est là qu'il m'a demandé si devenir son associé m'intéressait. J'ai sauté sur l'occasion.

Candice gère Wicked Ink pour nous. Oui, elle est toujours dans le paysage, et ses cheveux sont toujours rose vif. Je ne pense pas qu'elle changera de couleur un jour. Finalement, nous n'avons jamais rien fait ensemble après le soir où je l'ai repoussée quand elle s'était faufilée dans ma chambre, mais nous sommes devenus amis. Elle m'a aidé à surmonter la perte d'Indi quand je suis parti.

Ross m'a beaucoup soutenu lui aussi. Il est même venu à l'inauguration officielle d'Indi Ink. Je ne savais pas du tout qu'il viendrait. Il n'a jamais rien dit sur le nom que j'ai donné à ma boutique. À ce jour, je me demande encore s'il sait que sa fille me l'a inspiré. Même si je pense que c'est carrément évident.

Je ne peux pas décrire ce que j'ai ressenti quand il a passé la porte ce soir-là. Ça m'en a bouché un coin. Ça m'a carrément touché qu'il s'intéresse à moi. C'est le seul homme dans ma vie qui l'ait jamais fait. Il m'a dit à de nombreuses reprises combien il était fier de moi. Qu'est-ce que je l'aime pour ça ! Pour autant que je sache, Indi et ma mère ne savent pas que nous sommes restés en contact pendant toutes ces années.

Ma mère et moi parlons au téléphone régulièrement, mais je ne l'ai pas vue depuis le jour où je suis parti. Elle me propose toujours de venir pour les fêtes, mais j'utilise mes engagements professionnels comme excuses. Détrompez-vous, j'ai toujours eu envie de la voir. Elle me manque comme vous ne pouvez pas l'imaginer. Son mari, par contre, pas tant que ça. S'il n'avait pas été là, cela fait longtemps que je l'aurais revue. J'aurais invité ma mère chez moi. J'y ai beaucoup pensé, mais je ne voulais pas voir Peigne-Cul salir mon espace. Ma sérénité. Par chance, je n'ai plus à m'inquiéter de ça. *J'ai hâte de la revoir.*

Je n'ai jamais demandé à ma mère, ou à Ross, comment allait Indi. Même si j'en mourais d'envie, cela m'était impossible. Je pense que j'avais peur. Ce qu'on ne sait pas ne blesse pas, non ? Je ne sais pas ce qu'elle a vécu pendant toutes ces années. Elle pourrait même être mariée et avoir des enfants. Cette pensée me donne la nausée. Je suppose que c'est parce qu'après tout ce temps, mon cœur lui appartient toujours.

Bien sûr, il y a eu d'autres femmes depuis que je suis parti. Je ne suis pas un saint. Et je n'ai jamais revendiqué l'être. Mais rien de sérieux. Comment peut-on s'engager avec quelqu'un quand son cœur appartient à quelqu'un d'autre ? Pas un jour ne s'est écoulé sans que je pense à elle, sans qu'elle me manque.

J'espère qu'elle est heureuse, vraiment. Pour être honnête avec moi-même, j'espère qu'elle est célibataire et heureuse, mais c'est mon côté égoïste qui parle. Même si l'idée de la revoir m'excite plus que je ne voudrais l'admettre, ça me fout aussi une sacrée trouille. Je ne sais rien de sa vie durant ces cinq dernières années. Rien. Je ne sais pas à quoi m'attendre. Ross et moi n'avons jamais évoqué mon ancienne vie. C'était mon choix. Le contraire aurait été trop dur à gérer. Je n'aurais pas pu aller de l'avant si j'étais resté englué dans le passé. Il l'a compris, mais le jour où il m'a aidé à emménager dans mon appartement, il a dit :

– J'espère que tu sais ce que tu laisses derrière toi. J'espère que tu ne regretteras pas ta décision.

Je savais qu'il faisait référence à Indiana. Je pense que je regretterai toujours de l'avoir abandonnée, mais j'ai fait ce que je pensais être le mieux. *Pour elle.*

***

Quand j'arrive dans mon ancienne rue, j'ai la nausée. Je ne sais même pas si elle vit toujours avec son père. Cela fait cinq longues années, mais d'une certaine manière, on dirait qu'hier encore, je la tenais dans mes bras. J'embrassais ses lèvres délicieuses. Je suis sûr qu'un connard chanceux l'a attrapée. Le contraire serait étonnant. N'importe qui aurait beaucoup de chance de l'avoir. C'est la fille parfaite. Celle que j'ai laissée tomber.

Quel idiot !

Mon cœur a un raté quand j'arrive près de la maison. Vous me croirez ou pas, mais la première chose que je vois, c'est elle. *Quelle chance !* On dirait qu'elle lave sa voiture. Vêtue d'un petit short en jean, elle est penchée sur le capot. Quel cul ! Bon sang, je ne pourrais pas vous dire combien de fois j'ai pensé à ce cul.

Je trouve ça ironique parce que le premier jour où je suis arrivé ici, c'est la première chose que j'ai vue. Et me revoilà, cinq ans plus tard, et la même chose se produit. C'est la pire impression de déjà-vu qui existe. L'univers essaie-t-il de me rendre cinglé ou quoi ?

Mes mains tremblent légèrement quand j'arrive sur l'allée. J'ai l'estomac noué. Mes yeux sont rivés sur elle. *Faites qu'elle soit contente de me voir*, c'est ma première pensée. Elle se redresse. Toujours dos à moi. Quand son corps se raidit, je sais qu'elle sait que c'est moi. Le bruit de ma voiture m'a probablement trahi.

J'ai toujours ma Monaro. Je ne m'en suis jamais débarrassé. J'ai enfin pu terminer les améliorations. Elle est carrément géniale. Je kiffe trop cette bagnole. Il y a toujours les mots Flamenco Red sur la carrosserie comme à l'origine. Mais je les ai fait refaire. J'ai aussi conservé les bandes noires sur le capot. J'ai remplacé le vieux moteur fatigué par un Chevy Blown 350 et passé la transmission automatique en manuelle. L'intérieur a été rénové en utilisant un beau cuir noir. Les sièges ont aussi été recouverts de cuir noir, avec une bande rouge au milieu. Il y a des jantes chromées sur de gros pneus dix-huit pouces. Elle a vraiment de la gueule. Rien ne donne plus d'adrénaline qu'avoir sept cent cinquante chevaux de muscles entre les mains. On m'a fait un paquet de propositions pour acheter cette beauté, mais je ne m'en suis jamais séparé. J'ai dépensé une petite fortune pour faire d'elle ce qu'elle est aujourd'hui, mais ça valait chaque cent. C'est mon bébé.

Tout semble aller lentement tandis que je reste assis dans ma voiture, les yeux rivés dans sa direction. C'est comme si le monde était passé en mode ralenti. Elle se retourne.

Quand ses yeux croisent les miens, elle me coupe le souffle, littéralement. Mince, elle est encore plus belle que dans mes souvenirs. Ses yeux s'écarquillent sous le choc, et l'éponge lui tombe de la main.

J'ai l'impression de ne pas pouvoir bouger pendant que je l'étudie. Mon cœur bat furieusement dans ma cage thoracique. Dieu que ces yeux m'ont manqué, et ces lèvres… et elle. Elle n'a pas beaucoup changé. Juste mûri. À seize ans, Indi était belle. À vingt-deux ans, Indi… est carrément sublime. Ma *gamine* n'est plus une gamine. C'est une femme hyper sexy. Carrément super magnifique.

Ce n'est que lorsque je parviens à me ressaisir que je sors de la voiture. Ses yeux sont toujours rivés sur moi. Je sens mes lèvres esquisser un sourire. Les mots ne peuvent pas exprimer comme c'est bon de la revoir. Je fais un pas vers elle. Elle plisse les yeux, et mon sourire s'agrandit. Son caractère bien trempé m'a manqué, tout comme cette attitude qui m'énervait tant et m'excitait comme un fou il y a longtemps.

– Salut, dis-je en marchant vers elle.

Elle ne répond pas. Elle se contente de poser ses mains sur ses hanches et prendre une mine encore plus renfrognée. On dirait qu'après toutes ces années, elle est toujours énervée contre moi. Je ne peux pas vraiment lui en vouloir.

– Eh bien, regarde-toi, dis-je en me penchant pour ramasser l'éponge qu'elle a lâchée à ses pieds.

En me relevant, je ne peux retenir le sifflement qui m'échappe quand mes yeux remontent le long de ses jambes fines et sexy. Ma queue remue. L'effet qu'elle a sur moi n'a pas diminué du tout. Qu'est-ce que je ne donnerais pas pour promener mes doigts ou, mieux, ma langue, le long de ses jambes, et enfouir mon visage dans sa douceur.

– La gamine a bien grandi, fais-je remarquer quand mes yeux croisent à nouveau les siens.

Elle a l'air en forme.

– Je ne suis plus une gamine ! aboie-t-elle.

Je me penche, si bien que mon visage n'est plus qu'à quelques centimètres du sien, et je murmure :

– Je vois ça.

Ses pupilles se dilatent, et j'entends sa respiration devenir difficile. Je sais aussitôt que je lui fais toujours autant d'effet. Je dois faire un effort incommensurable pour ne pas la prendre dans mes bras et la serrer jusqu'à lui prendre son dernier souffle. Pourquoi ai-je attendu si longtemps pour la revoir ? Le simple fait d'être près d'elle à nouveau me donne l'impression d'être vivant.

– C'est bon de te revoir, Indi.

– Eh bien, ce n'est pas du tout réciproque, dit-elle.

Elle ment, je le sais. Son langage corporel me dit tout à fait le contraire. Je vois que c'est toujours une tête de mule. Mes yeux quittent les siens et descendent sur ses lèvres. Je ne pourrais pas vous dire combien de fois j'ai rêvé de ces lèvres au cours de ces cinq dernières années. Bien trop pour les compter. J'ai tellement envie de l'embrasser que j'ai mal à la poitrine. Je laisse mes yeux tomber un peu plus bas. C'est là que je vois le collier que je lui ai acheté pour son dix-septième anniversaire. Je n'arrive pas à croire qu'elle le porte toujours. Cela me fait sourire comme un idiot. Vous n'avez pas idée de ce que cela signifie pour moi.

Je regarde sa poitrine se gonfler et se dégonfler tandis que sa respiration accélère. Elle peut nier ce qu'elle veut, mais je lui fais de l'effet.

– Hé, ho ! Mes yeux sont plus haut, crache-t-elle.

Sa remarque me donne envie de rire. J'adore sa langue bien pendue. Je suis content que cet aspect de notre relation n'ait pas changé.

Sous le tissu de son haut blanc, j'aperçois son soutien-gorge en dentelle blanc qui couvre sa poitrine. Cela me donne une idée. Je ne peux pas m'en empêcher. Je lève l'éponge dans ma main jusqu'à ce qu'elle surplombe ses seins. Je l'entends hoqueter quand elle réalise ce que je m'apprête à faire. Je serre le poing, et l'eau s'égoutte. Elle s'imprègne dans le tissu de son haut et le rend transparent. Ses tétons durcissent, comme ma queue. Bon sang. Je ne l'ai même pas encore touchée et je pourrais casser des diamants avec ce glaive.

Arrachant mon regard de son fantastique décolleté, je plonge les yeux dans les siens. Je suis plutôt content de moi, mais ce sentiment ne dure pas. Je ne m'attendais pas à la colère que je vois sur son visage. Quand a-t-elle perdu son sens de l'humour ? Je suppose que j'aurais dû apprendre des expériences passées que, quand ça la concerne, je joue avec le feu. Surtout en sachant qu'elle a eu cinq ans pour ruminer sa rage contre moi.

Pour la première fois, je n'anticipe pas son prochain mouvement. Quand il arrive, je suis totalement pris par surprise. Elle lève légèrement sa jambe droite et BOUM ! Son genou vient cogner mes roubignoles. Super fort. *Merde.*

Je manque d'air lorsque la douleur se propage dans tout mon corps. Ma queue ramollit instantanément. Je crois qu'elle vient de les tuer. Je suis presque sûr que mes joyeuses sont remontées quelque part dans ma gorge.

Un son sauvage et aigu m'échappe. Je tombe à genoux, à l'agonie.

– Ne t'avise pas de t'approcher de moi, connard ! crie-t-elle avant de se retourner et de courir à l'intérieur.

Appelez une ambulance. Je crois que je vais crever.

2

INDIANA

Les larmes menacent de couler pendant que je cours dans le couloir jusqu'à ma chambre, mais je m'efforce de les retenir. J'en ai versé beaucoup après son départ, trop pour pouvoir les compter. Je *refuse* d'en laisser couler une de plus. Qu'il aille se faire voir.

Je retire violemment mon haut mouillé et le jette de rage à travers la pièce avant de m'écrouler la tête la première sur mon lit. *Il est de retour.* Après tout ce temps, il est revenu. Je ne sais pas ce que ça me fait. En fait, si, je sais. Je suis folle de joie, dévastée et énervée comme vous ne pouvez pas l'imaginer. Est-il possible de ressentir autant d'émotions différentes en même temps ? On dirait que oui, parce que c'est bien ce que j'éprouve en ce moment même.

Je savais au fond de mon cœur que ce que j'avais ressenti pour lui il y a si longtemps était encore tapi quelque part. Caché dans les profondeurs de mon âme. Le voir là a tout fait remonter à la surface. Il m'a fallu des années pour tourner la page après son départ.

Je ne peux pas y retourner, c'est tout simplement impossible.

À une époque, j'aurais fait n'importe quoi pour le revoir. *Absolument n'importe quoi.* Mais il revient cinq ans trop tard. J'ai Mark aujourd'hui. La semaine prochaine, nous fêtons notre première année ensemble. Je tiens profondément à lui. Peut-être même que je l'aime. Pour être honnête, je n'en suis pas sûre. Il m'a déjà dit qu'il m'aimait, mais je n'ai pas pu le lui dire à mon tour. Pas tant que je n'en suis pas certaine à cent pour cent. Peut-être parce que ce que je ressens pour lui n'arrive pas à la cheville de ce que j'ai ressenti autrefois pour Carter. Je pense que c'est ce qui me retient.

Mark est charmant, travailleur et a une carrière brillante, mais il n'a jamais réussi à éveiller un désir ardent en moi comme le faisait Carter. Mark et moi nous sommes rencontrés à l'université. Il m'a couru après pendant des mois avant que je cède enfin et accepte de sortir avec lui. Depuis, nous sommes ensemble. C'est le premier mec avec qui j'ai été intime depuis Carter. Je n'ai eu aucune relation après son départ.

Pendant des années, mon cœur brisé a continué à lui appartenir.

Finalement, j'ai accepté l'idée qu'il ne reviendrait pas et j'ai décidé que j'avais besoin d'au moins essayer d'aimer à nouveau. Mark est un type bien. Le parfait opposé de Carter. Il n'est décidément pas du genre *bad boy*. Il est sûr. Stable. Et surtout, *il m'aime*. Il ne m'abandonnerait jamais. Ne me détruirait jamais comme l'a fait Carter il y a tant d'années.

***

Je me suis enfermée dans ma chambre pendant la majeure partie de la matinée. Je n'étais pas consciente de ce qui se passait chez les voisins jusqu'à ce que je fasse surface. Je ne savais absolument pas que M. Shepard était mort durant la nuit. C'est manifestement la raison pour laquelle Carter est revenu. Pour être honnête, je suis contente qu'il soit mort. Vu la façon dont il traitait son beau-fils et ce qu'il m'a fait quand Carter est parti, je ne peux pas dire que je sois triste qu'il ne soit plus là.

– Elizabeth est complètement déboussolée, dit mon père pendant le déjeuner.

– J'imagine.

C'est tout ce que je réponds.

– Carter est revenu ce matin, ajoute-t-il en m'adressant un regard étrange.

Je sais qu'il attend ma réaction. Eh bien, il n'en aura pas.

– Ouais, je sais. J'ai déjà eu le malheur de le croiser.

Je prends une bouchée de mon sandwich pour ne pas pouvoir continuer à parler.

– Tu es toujours en colère contre lui après toutes ces années ? demande-t-il en tendant la main au-dessus de la table pour la poser sur la mienne.

Je soupire.

– Non.

Mais c'est un mensonge. Mon père lève un sourcil. J'essaie de faire comme si je n'étais pas affectée, mais j'ai l'impression qu'il voit en moi malgré ma façade. Je détourne le regard et prends une autre bouchée de sandwich.

– Cinq ans ont passé, ma princesse, dit-il en serrant ma main. Peut-être qu'il est temps d'oublier tout ce chagrin et cette colère. Il s'est peut-être trompé dans sa réflexion, mais il a fait ce qu'il pensait être le mieux.

Croit-il que je n'ai pas essayé d'oublier tout ça ? D'essayer de l'oublier, lui ? Je sais qu'il avait ses raisons pour partir. Je l'ai bien compris. Pourtant, à mes yeux, la manière dont il l'a fait n'était pas bien. Le fait que je n'aie eu aucune nouvelle de lui pendant cinq ans me blesse profondément. Je ne sais pas si je pourrai passer outre.

– On peut changer de sujet, papa ? Je n'ai plus envie de parler de Carter Reynolds.

– Je comprends. Parlons des funérailles alors.

Il m'adresse un petit sourire avant de poursuivre.

– Je sais ce que tu pensais de John, Indi. Je pense la même chose. Malgré tout, je crois que nous devrions assister aux funérailles. Pour Elizabeth et pour Carter. En signe de respect pour eux.

Je lève les yeux au plafond. Aller aux funérailles de cet enfoiré est vraiment la dernière chose que j'ai envie de faire.

– O.K., dis-je en soupirant.

Je n'aime pas du tout cette idée, mais je vais y aller pour Elizabeth. Et rien d'autre. C'est une gentille dame. Je ne comprendrai jamais ce qu'elle trouvait à cet abruti, mais c'était son mari ; alors, je suppose qu'elle aura besoin du soutien que je pourrai lui apporter.

***

J'ai réussi à éviter Carter pendant les deux derniers jours. Mes émotions sont toujours chamboulées depuis que je l'ai revu. J'ai passé les deux dernières nuits chez Mark, ce que je fais rarement, mais c'était le seul moyen que j'avais pour éviter de le croiser.

Par chance, j'avais beaucoup de boulot ; pendant la journée, je n'ai pas eu le temps de penser à quoi que ce soit d'autre. De penser à lui. *Le type qui m'a brisé le cœur.*

Aujourd'hui ont lieu les funérailles de M. Shepard. Éviter Carter ne sera pas envisageable. En tout cas, s'il y assiste. Je sais ce qu'il pensait de son beau-père. Nous partagions la même haine pour lui. Mais je suis presque sûre qu'il sera là pour sa mère. C'est la seule raison pour laquelle mon père et moi y allons.

– Tu es très jolie, ma princesse ! lance mon père en souriant quand j'arrive dans la cuisine.

Pour une tenue d'enterrement, je suppose que ça ira. Je porte une jupe crayon noire jusqu'aux genoux, un chemisier en soie à manches courtes et des escarpins noirs. J'ai attaché mes longs cheveux noirs en un chignon sur le haut de ma tête.

– Merci, papa. Tu es bien aussi, dis-je en m'avançant vers lui pour déposer un petit baiser sur sa joue.

Il est beau dans son costume noir. Je suis sûre qu'il a

un tas d'admiratrices. Je comprends à quel point il aimait ma mère, mais j'aimerais bien qu'il arrive à se libérer du passé. Cela fait seize ans qu'elle est morte. Il est temps pour lui de vivre à nouveau.

Je m'inquiète pour lui. J'espère que cela ne ravivera pas le souvenir de l'enterrement de ma mère. C'est toujours dur pour lui. Le fait qu'il continue à s'enfermer pendant deux jours chaque année en est bien la preuve.

Il y a une voiture noire garée dans l'allée des voisins quand nous partons. J'ai mal au ventre pendant le trajet jusqu'au crématorium. Pas à cause de l'enterrement, mais à cause de la présence de Carter. J'ai l'impression d'être un imposteur en allant aux funérailles de quelqu'un que je déteste. Je n'ai jamais réussi à trouver la force au fond de mon cœur de le pardonner pour ce qu'il a fait. *Jamais*.

Une fois garés, mon père et moi nous dirigeons vers la chapelle. Nous attendons dehors avec les autres. Un maximum de dix personnes, devrais-je préciser. On dirait qu'être le mec le plus odieux de la terre ne lui a pas apporté beaucoup d'amis.

Mon père discute avec les deux hommes près de nous, pendant que j'essaie de calmer le tumulte intérieur qui me ronge à l'idée de voir Carter. J'entends l'un des types dire à mon père que c'est le frère de M. Shepard. Je ne suis pas du genre à avoir des a priori, mais je suis aussitôt sceptique. Après tout, ils sont parents. L'autre homme dit être un employé de M. Shepard. Je me demande alors s'il y a parmi les gens qui sont là une personne avec qui il était ami. On dirait que les gens comme lui n'ont pas d'amis. Rien que des ennemis.

Mon estomac se noue quand le corbillard arrive. Je présume que Carter et sa mère sont à l'intérieur de la voiture noire qui le suit. C'est celle que j'ai vue garée dans leur allée en partant. Mes mains tremblent ; je les croise sur mon ventre. Le chauffeur sort de la voiture et se dirige vers la portière. J'essaie de ne pas regarder quand il l'ouvre, mais mes yeux ne font pas ce que je leur demande.

Carter sort de la voiture en premier. Ma respiration s'interrompt quand je le vois. Il porte un costume noir. Il a l'air si différent. Si mature. Si sexy. Je ne sais pas pourquoi, mais ça me fait mal au cœur. Je ne l'ai jamais vu autrement que dans des tenues décontractées. Il est vraiment époustouflant. Il n'y a pas d'autres mots pour le décrire. Le Carter de dix-sept ans méritait le détour, mais le Carter adulte est… *indescriptible.*

Il tend la main à sa mère et l'aide à descendre du véhicule. J'ai mal au cœur pour elle quand je vois comme elle a l'air malheureuse. La pauvre. Je ne lui ai pas encore présenté mes condoléances, mais il était hors de question que j'aille chez elle en sachant que Carter s'y trouvait.

Son fils la guide vers la chapelle. Quand elle aperçoit le cercueil à l'arrière du corbillard, un torrent de larmes coulent de ses yeux rouges et gonflés. Je sens des larmes monter rien qu'en la regardant. Elle a l'air si abattue. Carter la prend dans ses bras et la serre fort. Je me souviens soudain de ce que ça faisait d'être dans ses bras comme ça. J'essaie de chasser ces pensées. C'est le passé et cela doit rester exactement comme ça. J'ai Mark maintenant.

Quand il est parti, il y a cinq ans, j'ai eu le cœur brisé. J'ai pleuré pendant des semaines. Une partie de moi comprenait pourquoi il avait eu l'impression de devoir partir. Je n'aimais pas ça, mais je le comprenais. Tandis que les mois et les années passaient, et que je n'avais aucune nouvelle de lui, absolument aucune, ce chagrin s'est transformé en colère. Je sais que la nuit où je lui ai donné ma virginité, nous étions d'accord sur le fait que ce n'était que pour une nuit, mais je ne lui ai pas donné seulement ma vertu cette nuit-là, je lui ai offert mon cœur. Quand il est parti, le lendemain, sans rien dire en guise d'au revoir, ça m'a accablée. Je ne sais pas si je pourrai le lui pardonner un jour.

Nous n'étions peut-être pas en couple, mais nous étions avant tout amis. Les amis ne se traitent pas comme ça. Il a fait comme si ce que nous avons partagé sur une courte période n'avait pas d'importance. Est-ce que je comptais si peu pour lui ? On dirait bien.

Après avoir serré la main de Carter, mon père prend Mme Shepard dans ses bras. Elle pleure contre lui. Il a perdu sa moitié, lui aussi. Si quelqu'un sait ce qu'elle traverse, c'est bien lui. Tandis que je les observe, je sens le regard de Carter peser sur moi. Je ne me risque pas à le regarder. Heureusement, je porte mes grosses lunettes noires et il ne peut pas voir mes yeux.

Quand mon père lâche Mme Shepard, je la prends dans mes bras à mon tour.

– Je suis désolée, Elizabeth.

– Merci, ma chérie, dit-elle en reniflant et en me retournant mon étreinte.

Je la lâche et fais un pas en arrière pour qu'elle puisse passer à l'invité suivant. Une ombre tombe sur moi. En levant les yeux, je trouve Carter juste devant moi. Cet insolent me tend les bras et attend son câlin. *Ça, je ne crois pas, mon pote.* Je vois un air suffisant passer sur son visage quand je fronce les sourcils. Avant que je n'aie le temps de dire quoi que ce soit, il me tire dans ses bras. *Enfoiré.* Il sait que je ne ferai pas d'histoires à un enterrement.

Mon Dieu qu'il sent bon.

Je sais que je devrais le repousser, mais je ne peux pas. Mes bras semblent agir de leur propre gré quand ils se glissent autour de sa taille. Il expire et me serre fort.

– Bon sang que tu m'as manqué, murmure-t-il à mon oreille pour que je sois la seule à l'entendre.

Les larmes me piquent les yeux. Il m'a manqué aussi, mais c'est trop tard. J'ai attendu son retour pendant des années et, quand ce n'est pas arrivé, je suis passée à autre chose.

Quand je reviens à la réalité, je ne peux que reculer. Tous ces sentiments que j'éprouve pour lui me font me sentir coupable. Me donnent l'impression que je fais quelque chose de mal par rapport à Mark. Même si je déteste le dire, une fois que les funérailles seront terminées, j'espère que Carter retournera d'où il est venu. C'est trop dur de l'avoir près de moi à nouveau. J'ai une nouvelle vie aujourd'hui. Une vie dont il ne fait pas partie.

***

Pendant le reste de la cérémonie, je ne quitte pas mon père. Je sens les yeux de Carter rivés sur moi. Je ne cède à la tentation de regarder dans sa direction qu'une seule fois. Bien sûr, je le trouve en train de me fixer. La tristesse sur son visage alors que ses yeux croisent les miens me fait mal au cœur. Je détourne aussitôt le regard pour le diriger vers l'avant de la salle.

Quand nous sommes sortis de la chapelle, Mme Shepard nous a invités chez elle pour la veillée. Je n'avais pas l'intention de venir, mais son air implorant quand elle me l'a demandé m'a forcée à dire oui. *Mince.* Carter a intérêt à garder ses distances.

– Je ne resterai pas longtemps, dis-je à mon père quand nous arrivons sur notre allée.

Je ne peux pas supporter les sentiments que Carter m'évoque quand je suis près de lui. Rester à l'écart est la seule solution.

– D'accord, ma princesse. Je suis sûr qu'Elizabeth et Carter apprécieront que tu fasses l'effort de passer.

Bien sûr, quand nous entrons dans la maison, la première personne que je vois, c'est lui. Ses yeux plongent immédiatement dans les miens. Ses lèvres esquissent un sourire qui rend son magnifique visage encore plus beau. Il se tient dans le coin de la pièce et n'a pas du tout l'air à sa place. Je ne saurais dire pourquoi je me sens mal pour lui. Je suppose que c'est désagréable de se sentir mal à l'aise dans sa propre maison. Je me surprends à vouloir le rejoindre pour discuter avec lui, mais je m'abstiens. Je préfère me diriger vers la cuisine pour voir si je peux faire quelque chose pour aider. Au moins ici, je serai à l'abri de son regard insistant.

Pas de chance : ils ont embauché des serveurs pour la veillée ; alors, quand on me dit qu'il n'y a rien que je puisse faire, je retourne dans le séjour, découragée. J'ai un pincement au cœur quand je vois mon père avec Carter. Pas question que je les rejoigne. Heureusement, ils sont plongés dans leur conversation et ne remarquent pas que je suis revenue. Comme je ne connais personne d'autre ici, je sors discrètement et m'assieds sur les marches devant la porte d'entrée. J'ai besoin de prendre l'air frais. J'ai besoin d'espace. J'ai besoin d'être aussi loin que possible de Carter.

Dix minutes plus tard, j'entends la porte s'ouvrir derrière moi. Je tourne la tête et le trouve là, avec son air suffisant, mais toujours aussi beau. Super. Je meurs d'envie de me lever et partir, mais ce ne serait pas une attitude d'adulte. Malgré toute ma colère, nous ne sommes plus des adolescents.

– Je me demandais où tu étais passée, dit-il en venant s'asseoir près de moi. Tiens, je t'ai apporté à boire.

Il me tend un verre de vin. J'ai bien envie de le balancer sur son sourire suffisant, mais la vérité, c'est que j'en ai bien besoin.

– Merci, dis-je en l'attrapant.

Mais il écarte la main. Je le regarde en fronçant les sourcils. Grrr !

– Je vois que certaines choses n'ont pas changé. Tu es toujours un abruti.

Il se met à rire comme si c'était drôle. Ce n'était pas censé l'être.

– Je t'embête, c'est tout, dit-il en me le donnant pour de vrai, cette fois.

Il a déjà enlevé sa cravate et sa veste de costume. Les manches de sa chemise sont retroussées jusqu'à ses coudes, révélant un tatouage qui couvre tout son bras. Il n'avait pas ça la dernière fois que je l'ai vu. Cela lui donne un air encore plus *bad boy.* Deux mots me viennent à l'esprit : « trop » et « sexy ». Je déteste que sa présence me fasse toujours autant d'effet. Je me surprends à me demander à quoi ressemble sa vie depuis qu'il est parti. Beaucoup de temps a passé depuis la dernière fois où nous nous sommes vus. Connaissant son passé, c'est probablement toujours un gigolo. Cette pensée me bouleverse et je déteste ça.

– Alors ? Comment vas-tu ? demande-t-il avant de boire une gorgée de sa bière.

Il doit se poser les mêmes questions que moi. Je hausse les épaules. Est-ce mal que mes yeux se focalisent sur sa bouche autour de la bouteille ? Je ne me souviens que trop bien de la sensation de ses lèvres sur ma peau. Être près de lui à nouveau semble si surréaliste.

– Il y a des hauts et des bas, dis-je en haussant les épaules.

Ses yeux sont rivés sur les miens. Ce que je vois sur son visage est si intense que je dois détourner le regard et prends une grande gorgée de vin. Je ne sais trop si je peux avoir cette conversation avec lui. C'est amusant ; pendant des années, j'ai rêvé qu'il revienne, et, maintenant qu'il est là, je préférerais que ça n'ait jamais été le cas.

– Comment va mon pote, Larry ? demande-t-il, rompant ce silence gêné.

J'ai un pincement au cœur. Il n'était pas là ; donc, il n'est pas au courant.

– Je pourrai passer le voir ? J'ai beaucoup pensé à lui.

L'entendre parler de lui comme ça me donne les larmes aux yeux. Je baisse la tête pour qu'il ne les voie pas.

Qu'est-ce que je ne donnerais pas pour revoir Lassie. Je porte ma main au collier que Carter m'a offert et le serre. Je l'ai retiré quand il est parti, mais quand Lassie est mort, je l'ai remis. Ce collier et le dessin qu'avait fait Carter sont tout ce qu'il me reste.

– Il est mort, dis-je, la gorge serrée.

Même après toutes ces années, j'ai le cœur en miettes chaque fois que je pense à lui. Quand je pense à ce qui s'est passé.

– Quoi ? demande-t-il sur un ton qui me donne l'impression qu'il ne me croit pas.

Je préférerais avoir menti. Mes yeux se dirigent à nouveau vers ceux de Carter. Même à travers les larmes, je le vois clairement pâlir.

– Mince, se contente-t-il de dire en posant sa bière pour me prendre dans ses bras.

J'accepte volontiers son étreinte et enfouis mon visage contre sa poitrine.

– Que s'est-il passé ? Il était encore jeune… et en bonne santé.

Un sanglot m'échappe lorsque je repense à ce matin-là. Je pense que je ne m'en remettrai jamais.

– Tout est ma faute.

Je l'admets pour la première fois. J'ai toujours su que j'étais la raison de la mort de Lassie, mais je l'ai gardé pour moi pendant toutes ces années. Il était trop dur de vivre avec la vérité. J'ai honte du comportement puéril à l'origine de sa mort.

– Quoi ? Comment ? demande-t-il, incrédule.

Sa main me frotte le dos pour me consoler.

Je sens son corps trembler alors qu'il me tient dans ses bras. Je sais qu'il aimait Lassie autant que moi et je suis sûre qu'il est bouleversé par cette nouvelle. Sans bien comprendre pourquoi, je n'hésite pas à lui raconter la vérité. Il est temps pour moi de me confesser.

Je reste le visage collé contre son torse. Je ne trouve pas la force de le regarder. Je ne veux pas voir le jugement dans ses yeux quand il entendra ce que j'ai à dire.

– Après ton départ, j'étais très en colère contre ton beau-père. Je savais au fond de mon cœur qu'il était en partie à l'origine de ce qui arrivait. Chaque jour, pendant des semaines, j'ai jeté les excréments de Lassie par-dessus la barrière dans votre jardin. C'était ma vengeance. Mon moyen de lui dire « merde » pour la manière dont il te traitait quand tu étais là. À l'époque, ça m'a fait du bien. Je savais que ça l'énerverait, mais je ne me doutais pas à quel point.

Je sens son corps se raidir.

– Il lui a fait quelque chose ? demande-t-il en m'attrapant par les épaules pour m'écarter et pouvoir voir mon visage.

Eh oui. Ce salaud. J'espère qu'il pourrit en enfer.

– Oui, dis-je dans un sanglot tandis que les souvenirs reviennent.

Je vois clairement la colère sur son beau visage quand je lui fais cet aveu. Il me fixe un moment avant de me tirer à nouveau contre sa poitrine.

– Qu'est-ce qu'il a foutu ? demande-t-il, les dents serrées.

– Un matin, je suis sortie donner à manger à Lassie avant l'école, comme tous les jours. C'est là… C'est là que je l'ai trouvé, dis-je alors que de nouvelles larmes coulent.

Qu'est-ce que j'aimerais pouvoir effacer cette image de ma tête !

– Il était dans son panier. Il y avait de la mousse verte qui sortait de sa bouche. Il avait du mal à respirer. Oh ! Carter. C'était horrible, dis-je en pleurant.

Son étreinte se renforce.

– Je crois que je ne me sortirai jamais cette image de la tête.

– Il l'a empoisonné ?

Son corps tremble de rage, maintenant.

– Oui. Il l'a empoisonné avec de l'anti-limace. C'est un produit qu'on n'utilise jamais dans notre jardin parce qu'on sait à quel point c'est toxique pour les chiens. La quantité de poison que le vétérinaire a trouvée dans son organisme suggérait qu'il en avait ingéré beaucoup. Une autopsie a révélé des traces de viande hachée qui devait contenir les granules pour que Lassie le mange.

– Mon Dieu.

– Le temps qu'on l'amène chez le véto, c'était trop tard.

– A-t-il été inculpé pour ce qu'il a fait ? Ma mère ne m'en a jamais parlé au téléphone.

– Mon père a essayé. On n'a pas pu prouver que c'était lui, même si on le savait. On a fait un prélèvement dans son jardin. Il y avait le même type de produit que celui qui a empoisonné Lassie. Malheureusement, c'est une marque courante. Sans preuve tangible, on n'a pas pu faire grand-chose.

Les larmes coulent à flots sur mon visage, et je sens mon cœur se briser une nouvelle fois. Il me manque tellement. Il ne méritait pas de mourir comme ça. C'était un bon chien.

– Je suis vraiment désolé, dit Carter en me serrant fort contre lui. Vraiment, vraiment désolé. Ça a dû être très dur à voir. Je sais combien tu aimais ce chien. Si cet enfoiré n'était pas déjà mort, je le ferais souffrir pour ce qu'il a fait.

À son ton, je devine qu'il pense chacun de ses mots. C'est exactement ce que j'ai ressenti quand c'est arrivé.

Lorsque M. Shepard s'est garé dans l'allée cet après-midi-là après le travail, mon père a marché droit vers lui et lui a mis un gros coup de poing dans la gueule. Cela n'effacerait jamais ce qu'il avait fait, mais cela nous a procuré une certaine satisfaction.

3

CARTER

Anéanti. Il n'y a pas d'autres mots pour décrire comment je me sens à cet instant. Je ne sais pas quoi dire. J'adorais ce chien. Si j'avais appris ce que Peigne-Cul avait fait avant aujourd'hui, j'aurais craché sur le cercueil de cet enfoiré. Comment est-il possible que je n'aie pas été mis au courant ? Pourquoi Ross ne me l'a-t-il pas dit ? Je suppose que c'était sa manière de me protéger. Je ne vois pas une autre explication. Je suis sûr qu'il savait que je n'aurais pas laissé passer ça. Me le dire n'aurait fait que me causer des problèmes.

J'ai mal au cœur pour elle. Je veux la consoler comme je peux. L'avoir à nouveau dans mes bras est fantastique. C'est le meilleur sentiment qui existe, mais je déteste les raisons de cette étreinte. J'aurais aimé pouvoir faire quelque chose pour empêcher que ça arrive. Elle pense que c'est sa faute, mais en fait, c'est moi le coupable. C'est moi qui suis parti. C'est moi qu'il détestait. C'est à cause de moi si elle s'en est prise à lui.

Pauvre Larry.

Je continue à la tenir dans mes bras longtemps après que ses larmes ont cessé de couler. Si elle se sent bien dans mes bras, c'est exactement où elle va rester. Qu'est-ce que ça m'a manqué de la tenir contre moi ! Elle est où elle est censée être. Je ne sais pas pourquoi elle me fait ressentir des choses que les autres ne font pas, mais c'est fou ce qu'elle me fait. *Un kaléidoscope d'émotions complètement dingues*, ce serait la meilleure façon de le décrire.

J'ai une envie irrésistible de l'embrasser. Pour chasser toute sa tristesse. Mais je ne peux pas faire ça. Je repars dans quelques jours. Je ne peux pas commencer quelque chose qui se terminera à la minute où je reprendrai ma voiture pour retourner à ma nouvelle vie. Ce ne serait pas bien, ni pour elle ni pour moi. Notre passé m'a déjà assez perturbé comme ça. J'ai peur des conséquences qu'il pourrait y avoir si je m'aventurais sur cette voie à nouveau. Rien de bon ne pourrait en ressortir, ça, c'est sûr. Rien que du chagrin. Encore du chagrin.

– Hé ! Je me demandais où vous étiez passés, tous les deux, dit son père derrière nous.

Indi s'écarte brusquement de moi comme si on la surprenait en train de faire quelque chose qu'elle ne devrait pas. Pourquoi ?! Je suis sûr que je lui jette un regard confus. Je m'efforce de détourner mes yeux d'elle pour regarder Ross par-dessus mon épaule.

– Tout va bien ? ajoute-t-il avec un immense sourire.

Je devine qu'il est heureux de nous voir ensemble.

– Oui, papa, répond-elle en se levant et en tirant sur sa jupe. Je rentre à la maison, si ça ne te dérange pas. J'ai mal à la tête.

Elle ne regarde ni son père ni moi quand elle parle.

– D'accord. Je rentre dans pas longtemps, ma princesse.

Avant de partir, elle croise brièvement mon regard.

– Bye.

C'est tout ce qu'elle dit quand qu'elle se retourne pour rentrer chez elle. Je reste là, sous le choc.

***

Plus tard, après que tous les invités sont partis et que ma mère est couchée, je vais dans ma chambre. Je déteste être de retour dans cette maison. Je n'ai jamais eu l'intention de revenir ici, mais en disant ça, je me rends compte que je ne pensais pas me sentir aussi mal à l'aise. Même s'il est parti, c'est toujours sa maison, et je la déteste.

Indi et Larry occupent tous les deux mes pensées. Je suis assis sur le bord de mon lit, le visage caché dans mes mains. J'aimerais qu'il y ait un moyen d'arranger les choses, mais il n'y en a pas. Je déteste l'idée qu'elle ait dû découvrir Larry comme elle l'a fait. Et comme elle a dû en souffrir. *Comme il a dû souffrir.*

Je suis tiré de mes pensées quelques minutes plus tard quand j'entends un klaxon venant de l'allée des voisins. Je me lève et me dirige vers la fenêtre pour voir qui c'est. Je sens aussitôt ma tension monter. Il y a un mec dans l'allée d'Indi. Je sais que je n'ai pas le droit d'être furieux, mais c'est comme ça. C'est moi qui ai fui notre relation. Ce serait égoïste de ma part de m'attendre à ce qu'elle n'ait pas tourné la page. Pour être honnête, même si elle m'a terriblement manqué et que j'ai énormément pensé à elle pendant ces dernières années, je n'ai jamais eu l'intention de revenir pour elle. Bien sûr, j'y ai pensé, *constamment*, mais je croyais qu'il valait mieux que je m'abstienne. Voir ce crétin me fait pourtant douter de ma décision.

Il klaxonne à nouveau et je vois rouge. *Je ne crois pas, mec.* Si c'est son petit copain, et j'espère que non, il faut qu'on lui apprenne les bonnes manières. J'ouvre la fenêtre et saute, comme au bon vieux temps.

– Salut, dis-je en m'approchant de la vitre du conducteur.

– Salut.

La première chose que je remarque, c'est que c'est un minet. J'aurais dû m'y attendre.

– Pourquoi tu klaxonnes comme ça ? dis-je, agacé.

– Quoi ? demande-t-il en se redressant.

S'il croit que ça va m'intimider, il se trompe. Il en faut plus que ça pour me faire peur.

– Tu es sourd en plus d'être malpoli ? dis-je en posant mes mains sur la portière.

Il recule la tête. *Petite bite.*

– Qui es-tu ? demande-t-il avec une certaine appréhension.

– Et toi alors ?

Je ne suis pas d'humeur pour ce genre de trucs.

– Je suis le petit ami d'Indiana.

J'ai un pincement au cœur. Ce n'est pas possible ; elle ne sort pas avec cet imbécile ? Il me faut quelques secondes pour me ressaisir après cette révélation dévastatrice.

Merde, elle a un mec.

– Ben, alors, si tu es son copain, pourquoi klaxonnes-tu comme ça ? Si tu étais un gentleman, ce que, à l'évidence, tu n'es pas, tu sortirais de cette bagnole pour aller la chercher comme elle le mérite.

– Ça ne te regarde pas.

C'est ça, oui.

– Je ne suis pas de cet avis, dis-je d'un air méprisant en croisant les bras sur ma poitrine.

Je lui jette un regard qui, bizarrement, le pousse à parler.

– Son père peut être très intimidant, admet-il en soupirant. Je ne suis pas sûr qu'il apprécie que je sorte avec sa fille. J'ai l'impression qu'il ne m'aime pas beaucoup.

– Je comprends pourquoi, dis-je avec un regard lui indiquant que je ne l'apprécie pas particulièrement non plus.

Parce que c'est vrai. Plus un mot n'est prononcé pendant que nous nous livrons à une sorte de bataille de regards. Mes yeux piquent, mais il est hors de question que je les cligne. Je ne céderai pas. C'est immature, je sais, mais pas moyen que je laisse ce débile gagner.

– Carter ! aboie Indi derrière moi. Qu'est-ce que tu fiches ?

– J'essaie d'apprendre à ce crétin les bonnes manières, dis-je en me retournant vers elle.

Heureusement qu'elle est arrivée. Je ne sais pas combien de temps j'aurais encore tenu. Je cligne des yeux plusieurs fois pour essayer d'humidifier mes globes oculaires asséchés.

Mon Dieu. Je retiens ma respiration quand je la vois. Elle est superbe dans cette robe rouge hyper sexy.

Elle me coupe toujours le souffle après tout ce temps. J'entends son abruti de mec ouvrir la portière derrière moi.

– Retourne dans ta voiture, dis-je, les dents serrées sans même lui jeter un regard.

Je ne peux pas parce qu'il est bloqué sur elle. Quand j'entends sa portière se fermer, je ris tout seul. C'est bien ce que je pensais : c'est un lâche. Elle mérite bien mieux. *Carrément mieux.* Mon sourire s'élargit quand j'entends Indi émettre un râle de dédain. Elle est tellement adorable quand elle est énervée.

– Écoute, Indi, dit le branleur dans sa voiture. Et si on abandonnait pour ce soir ?

– Quoi ? Non.

Elle fronce les sourcils et fait la moue en me toisant avant de détourner son attention vers lui.

– J'ai passé une heure à me préparer, Mark.

Je veux bien la croire. Elle est sublime. Je dois me retenir de me lécher les lèvres en la dévisageant. Je donnerais n'importe quoi pour goûter à cette version adulte d'Indi.

Avant qu'il n'ait le temps de répondre, je tourne la tête et lui adresse un regard noir. Un avertissement pour qu'il ne change pas d'avis. Ses yeux se dirigent vers elle. Manifestement nerveux, il déglutit.

– Carter ! lance-t-elle sèchement. Comment oses-tu ?

Elle pose ses mains sur mon torse et me pousse. Je dois me retenir de sourire. Elle est trop mignonne.

– Tu n'es revenu que depuis un jour et tu essaies déjà de faire de ma vie un enfer, dit-elle sur un ton sarcastique en me poussant à nouveau.

Bon sang, qu'est-ce que son caractère m'avait manqué !

– Tu es contente que je sois revenu, dis-je avec un air suffisant.

Elle hésite une seconde avant de répondre, ce qui me fait penser que ce qu'elle va dire est le contraire de ce qu'elle ressent vraiment.

– Non, pas du tout.

Bingo. Elle est super contente. Je le savais.

– Ne me dis pas que je ne t'ai pas manqué, dis-je doucement pour qu'elle soit la seule à entendre en faisant un pas vers elle.

Je suis si près que ses petits seins fermes se frottent presque contre mon torse. Son parfum m'enveloppe et réveille ma queue. Je pourrais me noyer dans son odeur, en elle. Je suis tenté de m'approcher encore, mais je ne le fais pas. Même après tout ce temps, je me souviens exactement de la douceur et de la chaleur de son corps pressé contre le mien. Quand ses yeux s'écarquillent et que j'entends sa respiration devenir plus superficielle, je sais que j'ai raison : je lui ai manqué autant qu'elle m'a manqué.

J'ai vu comme elle était bien dans mes bras, tout à l'heure. Si cette *branleur* occupait vraiment son cœur, Indi n'aurait pas été aussi à l'aise quand je l'ai prise dans mes bras. Étrangement, cela me donne de l'espoir. Peut-être que tout n'est pas perdu.

Ses mains se lèvent pour me pousser encore une fois. Elle est plutôt forte pour une morveuse.

– Tu n'as donc rien appris l'autre fois ? lance-t-elle en baissant un sourcil.

Mince. Je fais un pas en arrière tandis que mes mains se placent instinctivement sur mes parties. Mes valseuses payent encore les conséquences de ma petite blague avec l'éponge. Je suis quasiment sûr qu'elles ne survivraient pas à un deuxième coup comme celui-là.

L'air déterminé sur son visage me fait faire un deuxième pas en arrière. Je lève l'une de mes mains en signe de rédemption pendant que l'autre protège mes boules. Si j'avais un drapeau blanc, je l'agiterais devant elle. Qu'est-ce qu'elle a ? Quand est-elle devenue une guerrière casseuse de noix ? Je me demande si le minet a déjà eu droit à un coup de genou. Oubliez. Je viens de le voir en action. Il n'a pas de boules.

– O.K. Message reçu. Je t'en prie, ne rejoue pas les ninjas avec mes joyeuses.

Son visage se détend et je vois un petit sourire passer sur ses lèvres pulpeuses.

– Bien. Maintenant, ne t'approche plus de moi, dit-elle en me contournant pour monter dans la voiture.

J'ai un pincement au cœur. La voiture fait marche arrière sur l'allée. Ce crétin m'adresse un regard suffisant, et je dois me retenir. Les yeux d'Indiana se fixent brièvement sur les miens avant qu'elle tourne la tête et regarde par la fenêtre du passager. J'ai vraiment mal dans la poitrine.

Branleur.

Une fois que la voiture est hors de vue, je retourne dans la maison. J'ai besoin de boire un verre. J'ouvre le réfrigérateur et attrape une bière avant de la reposer. Je ne boirai rien qui appartenait à Peigne-Cul. D'ailleurs, vu mon état, il me faut quelque chose de plus fort. Je retourne dans ma chambre pour récupérer mes clés de voiture. *Il est temps de me prendre une cuite.*

***

Quelques heures plus tard, j'ai vidé la moitié de ma bouteille de Jack quand j'entends une voiture arriver chez les voisins. Je ne sais pas si c'est Indi et son *copain*, ou Ross. Je traîne ma carcasse bourrée jusqu'à la fenêtre pour jeter un œil. C'est Indiana.

Je dois admettre que je suis content qu'elle ne passe pas la nuit avec lui, mais ça me fait comme une pointe dans le cœur quand je la vois se pencher et plaquer ses lèvres sur les siennes. Je me souviens trop bien comme elle embrasse merveilleusement bien. Quand les mains du branleur remontent pour passer dans ses cheveux, la tirant plus près de lui, je dois détourner le regard.

Je ne sais pas si c'est à cause de l'alcool qui coule dans mes veines, mais j'ai envie de sauter par la fenêtre et faire sortir cet enfoiré de la voiture pour l'éloigner d'elle. Je repose la faute sur l'alcool. Revenir ici était une erreur. Je pense que je me portais mieux sans savoir ce qu'elle faisait.

Je m'affale sur mon lit et attrape ma bouteille de Jack pour en prendre une bonne gorgée. Le liquide me brûle grave sur son passage, mais j'en suis ravi. J'ai besoin d'être assommé ; alors, j'en prends une autre gorgée. Il ne m'est arrivé qu'une fois de boire directement à la bouteille, et c'était quelques jours après être parti d'ici il y a cinq ans.

Je vois la lumière de sa chambre s'allumer d'où je suis. Mon corps me crie d'aller la voir, mais quel intérêt ? Elle est passée à autre chose. Je ne peux pas lui en vouloir. En toute honnêteté, je n'avais absolument pas l'intention de revenir. Même si l'idée m'a traversé l'esprit un million de fois.

Je l'observe se diriger vers sa commode et prendre ce que je présume être un pyjama. Son regard dévie vers ma fenêtre, et elle fixe l'obscurité de ma chambre. Je suis tenté d'allumer la lampe de chevet pour qu'elle puisse me voir, mais je ne le fais pas. Elle se retourne soudain et sors de sa chambre. Quelques secondes plus tard, je vois la lumière de la salle de bain. Elle va probablement prendre une douche. Cette pensée fait remuer ma queue. Ça me soûle. Je chasse son délicieux corps nu et plein de savon de mes pensées. Ce ne serait que de la torture si je continuais.

4

INDIANA

Mes pensées dévient vers Carter à nouveau tandis que je laisse l'eau chaude couler sur mon corps. J'étais censée passer la nuit chez Mark, mais après dîner, je lui ai demandé de me raccompagner à la maison. Cela me contrarie de laisser Carter modifier nos projets pour ce soir, mais j'ai un mal de crâne atroce. Qu'il aille se faire voir avec ses techniques d'intimidation. Pour qui se prend-il, merde ? Le pauvre Mark était impressionné. Ils ont des personnalités si différentes. Mark est tout timide, tout le contraire de Carter. Après m'être séchée et mise en pyjama, j'attrape des cachets pour le mal de tête dans le meuble à pharmacie et les avale. Il faut que je m'allonge.

Quand je retourne dans ma chambre, mes yeux me trahissent et atterrissent à nouveau sur la fenêtre de la chambre de Carter. Ses lumières sont éteintes. Il doit dormir. Je n'aime pas la façon dont je suis partie tout à l'heure, mais il ne peut pas surgir dans ma vie comme ça. C'est lui qui est parti, pas moi.

– Je ne suis pas dans ma chambre, entends-je dire une voix masculine qui me fait sursauter.

– Carter, c'est pas vrai ! dis-je quand je le vois s'étaler sur mon lit. Dégage de ma chambre.

– Je ne peux pas, ma jolie, dit-il en s'asseyant maladroitement.

Il est soûl ? Je fais quelque pas vers mon lit et attrape son bras pour le tirer dehors.

– Tu ne peux pas rester ici.

Il me regarde avec le sourire. Un de ces sourires à faire mouiller la culotte qu'il m'adressait tout le temps avant. Il me fait toujours autant d'effet après tout ce temps, et je déteste ça.

– Tu dois partir.

– Non. Il faut d'abord que je te parle, affirme-t-il en tendant les bras pour me tirer vers lui avec une telle force que j'atterris sur lui.

Être pressée contre son corps ferme, sur mon lit, n'est pas une bonne idée.

– Tu m'as manqué, bredouille-t-il en me serrant dans ses bras.

Je sens l'alcool sur lui. *L'odeur est si forte que, si je reste près de lui, je suis sûre que son haleine va me faire tourner la tête.* J'essaie de me relever en m'appuyant sur son torse, mais il renforce son étreinte. Il m'a manqué aussi, mais ça n'a pas d'importance. Je décide de ne pas le dire à voix haute. Être si près de lui est trop dur à supporter. Je ne devrais pas ressentir ce que je ressens. C'est mal. Ma tête est envahie de souvenirs des moments passés ensemble. Je ne peux pas revenir là-dessus.

– Carter. Laisse-moi me lever.

– Non. Pas tant que tu ne m'auras pas parlé.

Il enfouit son visage dans mes cheveux et inhale.

– Qu'est-ce que tu sens bon ! Exactement comme dans mes souvenirs.

– Arrête, dis-je, agacée, alors que j'éloigne mon visage de lui pour le fixer.

L'air gentil sur son visage me fait presque sourire. Presque. Il ne devrait pas être là. J'ai tourné la page. Être si près de lui à nouveau ne fait que me dérouter. Il ne peut pas s'attendre à ce que les choses reprennent simplement où nous les avons laissées.

– Je ne te laisserai pas partir tant que tu n'accepteras pas de parler avec moi.

– Bien, dis-je avec un soupir. On va discuter, mais d'abord, tu me lâches.

– D'accord, accepte-t-il en me libérant.

Je me lève aussitôt. Si nous devons parler, il me faut de la distance. Beaucoup de distance. Je m'éloigne du lit de quelques pas.

– Pourquoi es-tu ici ?

– Je te l'ai dit : tu m'as manqué, répond-il en se remettant assis.

– J'ai un petit copain, Carter. Tu te souviens ? Tu ne peux pas simplement réapparaître dans ma vie après cinq ans, sans avoir dit au revoir, sans avoir donné de nouvelles, et t'attendre à continuer comme si rien ne s'était passé. Tu m'as brisé le cœur quand tu es parti.

Je sens les larmes me piquer les yeux, mais heureusement, j'arrive à les contenir. Je refuse de le laisser voir ma faiblesse.

– Je suis désolé, s'excuse-t-il en soufflant. J'ai pensé que te laisser était la meilleure chose à faire…

Ses yeux croisent les miens, et la tristesse que j'y vois me déchire le cœur.

– C'est de ma faute. Je le sais.

– En effet. Je comprends pourquoi tu as pensé que tu devais partir, mais tu aurais pu me contacter. N'importe quoi aurait été mieux que rien.

Je croise les bras sur ma poitrine pour essayer de contenir mes émotions.

– Tu l'aimes, Indi ?

Je tourne la tête. Je ne peux pas lui dire ça en le regardant.

– Oui.

Même s'il ne m'évoque pas le genre de sentiments que Carter dans le passé, je tiens à Mark. Beaucoup. Il est gentil. Il me traite comme une princesse. Il ne m'abandonnerait jamais comme l'a fait Carter. Avec lui, j'ai un avenir. Avec Carter, tout ce que j'ai, ce sont des souvenirs. Et c'est tout ce que j'aurai jamais. Il reste un long moment sans parler. Quand mon regard se repose sur lui, je suis surprise de voir qu'il a la tête baissée et les épaules affaissées. J'ai l'impression d'être une garce.

– Je suis désolée, Carter.

– Ne le sois pas, dit-il alors que ses yeux tristes plongent dans les miens. Je t'ai laissée et, maintenant, je vais devoir vivre avec ça.

– Carter, dis-je doucement en m'approchant du lit pour m'asseoir près de lui. Je chérirai toujours les moments qu'on a passés ensemble quand on était gamins. Toujours. Mais c'est le passé. Nous ne sommes plus des gamins.

– On dirait bien, répond-il. D'ailleurs, c'était toi la gamine, à l'époque, tu te souviens ? Pas moi.

– Pas du tout, dis-je en lui donnant un petit coup d'épaule.

Je vois les coins de sa bouche remonter. Je savais que ça arriverait. Certaines choses ne changent jamais.

– Je suppose qu'il y a quelqu'un de spécial qui t'attend chez toi ?

Il est tellement beau. Je ne doute pas que les filles tombent comme des mouches, comme elles le faisaient quand il vivait ici. Je ne suis pas sûre de vouloir entendre sa réponse, mais je suis en couple. Ce serait égoïste de ma part de ne pas vouloir qu'il en soit de même pour lui.

– Non. Tu me connais. Je n'ai jamais aimé les engagements.

Comme si je ne le savais pas. Cela m'attriste d'apprendre qu'il n'a pas changé après tout ce temps. C'est un type bien, au fond. Il mérite d'avoir quelqu'un de spécial dans sa vie.

– C'est triste, Carter.

– Je suppose que c'est ma vie, dit-il en haussant les épaules.

Je lève la main pour lui frotter le dos. Je ne sais pas quelle est la part de l'alcool dans tout ça.

– Parle-moi de ta vie. Qu'est-ce que tu deviens ? Où vis-tu ?

Je me suis toujours posé ces questions, mais une partie de moi regrette quand même d'avoir abordé ce sujet. Cette conversation est trop déprimante.

– Je vis dans le Nord, à Newcastle.

– Vraiment ? C'est beau là-bas, dis-je.

Meg et moi y avons passé une semaine il y a quelques années. Je n'arrive pas à croire que j'étais si près de lui.

– C'est vrai. J'ai ma propre affaire. Je suis tatoueur.

– Waouh ! Je suis contente que tu mettes tes talents d'artiste à profit. Tu as toujours été si doué de tes mains.

– Tu m'étonnes, ma jolie, dit-il en remuant les sourcils.

Je me mets à rire.

– Toujours aussi prétentieux, je vois.

– Ne me dis pas que mes mains ne t'ont pas manqué ? Je parie que ton amoureux ne te procure pas les mêmes sensations que moi, à l'époque.

– Je n'aborderai pas ce sujet avec toi ; alors, laisse tomber, dis-je en me levant.

Ses paroles me font mal parce qu'elles sont vraies.

– Parce que j'ai raison, répond-il avec un ton effronté.

Il a raison, mais je ne l'admettrais jamais. *Jamais.* Ma vie sexuelle avec Mark est plutôt fade. C'est rarement spontané et toujours dans un lit. Il n'est pas aussi audacieux que Carter, mais il me satisfait. C'est le principal. Parfois, j'aimerais avoir plus, mais des relations sexuelles géniales ne font pas tout. Je pense.

– On peut changer de sujet, s'il te plaît ?

Je veux bien parler de nos vies actuelles, mais pas de sexe. Mark ne l'approuverait pas et je serais d'accord avec lui. C'est totalement inapproprié. Surtout étant donné notre passé.

– Bien sûr, dit-il en soupirant. Parle-moi de toi. Qu'as-tu fait depuis que je suis parti ?

– Pas grand-chose. L'université, le boulot, ce genre de choses.

– J'étais sûr que tu irais à l'université. Quelle filière ? demande-t-il.

– La zoologie. Je suis vétérinaire.

– Vraiment ? Waouh ! Je ne savais pas que tu voulais devenir véto.

– Moi non plus, mais après Lassie…

J'entends ma voix se casser.

– Merde, dit-il en se passant les mains sur le visage. Je suis désolé. Pauvre Larry.

Quand je le regarde, je vois des larmes qui font briller ses yeux. Je ne veux pas revenir là-dessus. C'était déjà assez dur, tout à l'heure.

– Tu as faim ?

J'essaie de changer de sujet. Il faut que je le fasse sortir de ma chambre. J'ai l'impression de ne pas pouvoir agir normalement tant qu'il est assis sur mon lit.

– Un peu. Mais pas seulement de nourriture.

Il tend les mains vers moi, mais je les repousse.

– Eh bien, je n'ai que de la nourriture, lui dis-je en me retournant pour partir.

Quand il se lève enfin, je le regarde par-dessus mon épaule.

– Tu viens ou quoi ?

– Oui, dit-il à contrecœur.

Sa déception est évidente. Tant pis. Ça m'agace qu'il croie qu'il a le droit de me faire des avances comme ça. Peu importe combien il a bu, il devrait se rendre compte que c'est mal. Il lui faut manger quelque chose pour dessoûler, et moi, j'ai besoin de mettre de la distance entre nous. Par chance, il me suit dans la cuisine.

– Tu veux un sandwich au fromage ?

– Pourquoi pas ? Merci.

Quand il se met à marcher vers moi, je désigne la table. *Distance*. J'ai besoin de distance. Sa proximité est trop dure à supporter.

– Assieds-toi.

Un petit sourire puéril apparaît sur son visage avant qu'il se retourne et obéisse. Il n'est pas très stable. Je me demande ce qu'il a pu ingurgiter.

– Tu bois souvent comme ça ?

– Non.

– Pourquoi ce soir ? dis-je en posant un verre d'eau devant lui.

Ses yeux vitreux croisent les miens. Je vois de la tristesse et peut-être une pointe de colère.

– Parce que j'en avais envie. Je vois que tu n'as pas changé. Toujours aussi bavarde, réplique-t-il.

Je suppose que revenir ici n'est pas facile pour lui et j'ignore sa remarque narquoise. Je prépare quatre sandwiches. Deux chacun. Je n'ai pas beaucoup mangé quand Mark et moi sommes sortis dîner. J'avais l'estomac noué après notre petite altercation avec Carter.

– Et voilà, dis-je en posant l'assiette devant lui.

– Merci, se contente-t-il de dire en attrapant l'un des sandwiches et en prenant une bouchée.

Je me surprends à lui jeter des coups d'œil discrets quand il ne regarde pas. Son visage est si beau et ses traits sont si ciselés. Est-il possible qu'il soit devenu encore plus beau avec les années ? Parce que c'est vraiment l'impression que j'ai. Je ne devrais même pas le penser, mais je ne peux pas m'en empêcher. Mark est agréable à regarder, mais à mes yeux, il est loin d'égaler Carter au niveau physique. Carter est dangereusement sexy, viril, et ses tatouages lui donnent un air si sauvage. C'est le fantasme de n'importe quelle fille. Quel dommage que ce soit un gigolo qui n'aime pas s'engager !

Le fait de partager un repas ensemble après tout ce temps me procure un sentiment surréaliste. Enfin, si on peut définir les sandwiches au fromage comme un repas… Tant de choses ont changé depuis son départ, mais d'une certaine façon, rien n'a changé.

Il lève les yeux et me surprend en train de le contempler.

– Tu ne les aimes pas ? demande-t-il, la bouche pleine.

– Si, si. Pourquoi dis-tu ça ?

– Parce que tu donnes plutôt l'impression de vouloir me manger, moi, dit-il avec un sourire insolent.

– Quoi ?

Il éclate de rire.

– Noooooon. Tu te fais des idées.

– Je ne fais que décrire ce que je vois, ma jolie.

Quand il me fait un clin d'œil, je sens mon visage rougir. Je le regardais probablement de cette manière. Il faut que je le fasse sortir de cette maison, qu'il soit loin de moi, au plus vite.

***

Pendant les prochaines heures, nous mangeons, nous discutons, nous rions… comme au bon vieux temps. Je pense que c'est exactement ce dont nous avons tous les deux besoin pour guérir et tourner définitivement la page. Il y avait tant d'histoires inachevées entre nous, mais maintenant, j'ai l'impression que de l'eau est passée sous les ponts. J'espère qu'après cette nuit, je pourrai enfin oublier toute cette douleur.

L'oublier, lui.

J'ai mal au cœur à l'idée qu'il est fort probable que ce soit la dernière fois que nous passons du temps seuls. Il a mentionné le fait qu'il repartait demain. Je sais que je le recroiserai quand il viendra voir sa mère, mais pas comme ce soir. Je ne devrais pas vouloir qu'il reste, et c'est pourtant le cas. Enfin, une partie de moi le veut. La partie qui appartient désormais à Mark sait qu'il vaut mieux qu'il parte.

– Je devrais y aller, dit-il.

– D'accord.

J'essaie de ne pas laisser transparaître ma déception. Passer du temps avec lui m'a manqué. Nos plaisanteries m'ont manqué. Quand il se retourne à contrecœur, je le suis vers la porte d'entrée.

– Merci pour les sandwiches… et pour la discussion, dit-il quand nous sortons sous le porche.

– C'était sympa, dis-je en me mettant sur la pointe des pieds pour déposer un doux baiser sur sa joue.

Quand je fais un pas en arrière, mes yeux croisent les siens. Mon cœur est triste à l'idée que ce sont nos derniers au revoir. Au moins, j'en ai cette fois-ci.

– Prends bien soin de toi, d'accord ?

– Toi aussi, gamine ! lance-t-il en caressant délicatement mon visage.

Son contact est si doux, si délicat. Je sens les larmes me brûler les yeux. Nous restons là pendant une éternité à nous fixer l'un l'autre. Sa main est toujours sur ma joue. Je me surprends à pencher la tête vers sa paume. Je ferme brièvement les yeux et savoure le dernier instant où je peux sentir sa peau contre la mienne. Je donnerais n'importe quoi pour qu'il me prenne dans ses bras encore une fois. *N'importe quoi.* Quand j'ouvre les yeux, je découvre qu'il me regarde. Il m'adresse un sourire triste.

– Au revoir, Carter, finis-je par dire en faisant un autre pas en arrière.

Je suis contente de pouvoir le lui dire cette fois. Mais cela ne semble pas amoindrir la douleur dans mon cœur.

– Au revoir, Indi.

Il reste là, immobile. Cette attirance électrique entre nous, celle que nous partagions autrefois, est toujours aussi forte. Je rêverais de rester là avec lui toute la nuit, mais je ne peux pas. Il faut que quelqu'un soit fort dans cette situation. Je me retourne et fais les quelques pas qui me séparent de la porte. Du coin de l'œil, je vois sa main se tendre vers moi, mais il la baisse. Dieu merci. Il nous faut vraiment couper les ponts.

***

Je parviens à retenir mes larmes quand j'entre dans la maison, mais elles coulent déjà avant que je n'arrive dans ma chambre. Mon cœur est comme il était quand il est parti il y a si longtemps : brisé.

Je suis heureuse qu'il soit revenu, d'avoir pu le revoir. Mais en disant cela, je me rends compte que le voir a ranimé tous ces vieux sentiments. Ceux que j'ai mis des années à effacer. La culpabilité me ronge. Je ne devrais pas ressentir tout ça alors que j'ai un petit copain.

J'essuie mes yeux et sors mon téléphone de mon sac. Quand je l'allume, je tombe sur un message de Mark.

Bonne nuit, bébé. J'espère que ta tête va mieux. x

Une fois encore, la culpabilité me frappe. Techniquement, je n'ai rien fait de mal, mais si mon cœur était tout à Mark, je ne devrais pas ressentir ce que je ressens.

Je me sens mieux, merci. Désolée d'avoir écourté notre soirée. On se voit au travail demain matin. xxx

C'est un énorme mensonge. Ma migraine est pire que jamais, mais je ne veux pas qu'il s'inquiète pour moi parce que je sais qu'il le fera. Il répond aussitôt.

Super. Bonne nuit, ma chérie. Fais de beaux rêves. Je regrette que tu ne sois pas ici avec moi. x

Je ne réponds pas à ce dernier message. Je ne sais pas trop quoi dire. Je regrette et ne regrette pas de ne pas être avec lui. Ma tête est tellement embrouillée qu'il vaut probablement mieux pas que je sois avec lui. Finalement, je me glisse sous les couvertures. Mes pensées sont encore clairement focalisées sur Carter. Je sais qu'il est juste à côté. À seulement quelques mètres. J'aurais aimé pouvoir passer plus de temps avec lui avant qu'il ne parte, mais il est probablement plus sûr pour mon cœur de s'en tenir là.

5

CARTER

Même si je déteste être de retour dans cette maison, je pense que partir demain et laisser ma mère et Indi à nouveau va être tout aussi dur que la dernière fois. Mais c'est probablement mieux comme ça, pour le bien d'Indi, n'est-ce pas ? Je ne suis plus sûr de rien. Surtout après avoir rencontré le *branleur* avec qui elle sort.

Autrefois, j'aurais dit qu'elle était trop bien pour moi, mais ces dernières années, j'ai mûri, beaucoup mûri. Bien sûr, techniquement, je suis toujours un bâtard, mais les mots d'Indi ce soir-là, il y a bien longtemps, sont restés gravés. Je ne suis plus la même personne qu'avant. Je n'essaie plus de laisser ce mot me définir. J'ai toujours des moments de flottement, mais de manière générale, j'ai fait du chemin. Je suis un type bien, travailleur et honnête. C'est ce que je m'efforce de garder en mémoire. Pas toutes les autres choses. Aller chez elle ce soir, bourré, n'était peut-être pas ma décision la plus maligne, mais je suis content de l'avoir fait. Je pense qu'elle en avait besoin autant que moi. Être de nouveau avec elle était sympa, mais ça n'a fait que confirmer le fait que nous sommes trop bien ensemble et que sa proximité m'a manqué. C'est la seule fille avec laquelle je me suis jamais senti à l'aise. La seule avec qui je peux être complètement moi-même.

***

Quand je me réveille le lendemain matin, elle occupe toujours mes pensées. J'ai super mal à la tête à cause de l'alcool que j'ai avalé. J'ai fini la bouteille quand je suis arrivé à la maison. J'avais mal au cœur après lui avoir dit au revoir. Parce que ce n'était pas que des mots, c'étaient véritablement des au-revoir. Et cela ne me convient pas. J'ai la sensation au fond de moi que, si je pars encore une fois, je vais le regretter pour le restant de mes jours. Je vais la perdre à jamais. Si ce n'est pas déjà le cas. Après avoir pris une douche et mon petit-déjeuner, je décide de passer chez les voisins. Je ne sais pas ce que je vais dire quand j'arriverai, mais je me sens obligé de la voir une dernière fois avant de partir. Jax m'a téléphoné ce matin pour savoir quand je rentrerais. Je lui ai dit que je revenais aujourd'hui. Comme j'ai une super équipe, je ne m'inquiète pas vraiment pour la boutique. Je sais que j'ai aussi Jax et Candice s'il y a un problème, mais de toute façon, il faut que je rentre chez moi. J'ai besoin de réfléchir à ce que je vais faire. De trouver un moyen de revenir ici plus souvent. Enfin, si Indi le veut, bien sûr. J'ai reçu des signaux contraires de sa part hier soir. Elle a dit qu'elle aimait ce *branleur*, ce qui a été difficile à entendre, mais j'ai aussi ce sentiment au creux du ventre qu'il y a toujours quelque chose entre nous. Peut-être que je prends mes désirs pour des réalités. Qui sait ?

– Carter, mon garçon, m'accueille Ross avec le sourire quand il m'ouvre la porte. Entre.

– J'espérais parler à Indi avant de partir, dis-je en le suivant dans l'entrée jusqu'à la cuisine.

– Elle est déjà partie travailler. Assieds-toi.

Je suis hyper déçu. Je m'assieds à la table de la cuisine pendant qu'il s'apprête à nous préparer un café. Le fait de l'avoir ratée est-il un signe ou juste la malchance ?

– Oh !

J'entends mon propre mécontentement dans ma voix.

– Dis-moi, commence-t-il en interrompant ce qu'il est

en train de faire pour se tourner vers moi. As-tu toujours des sentiments pour Indi ?

Waouh ! D'où sort cette question ?

– Quoi ?

– Allez, Carter. Ne prends pas de gants avec moi. Est-ce que tu as toujours des sentiments pour ma fille ou pas ?

Je m'efforce de rester calme et ne rien laisser paraître.

– Pourquoi vous me posez cette question ?

Il souffle de frustration. Je sais qu'il sait que j'essaie d'éviter de répondre.

– Je vais te dire pourquoi, dit-il avec une voix sérieuse en s'approchant de la table et en s'asseyant en face de moi. À cause de ce débile, Mark. Le petit ami d'Indiana.

Je ne peux m'empêcher de sourire quand il le qualifie de con. C'est exactement ce que je pense.

– Et alors ?

– Il m'a appelé hier soir…

– Ah bon ? Pourquoi ?

Ma première pensée est : *Merde, il est allé moucharder que je l'avais accosté dans l'allée, et Ross va me passer un savon.*

– Il m'a demandé la permission d'épouser Indiana.

Non... À la façon dont ses épaules s'affaissent, je dirais que ça ne lui plaît pas trop. On est deux.

– Pour être honnête, je ne sais pas trop ce que j'en pense. Je suis plutôt fort pour juger les gens en général et je n'ai jamais pu vraiment apprécier ce type, si tu vois ce que je veux dire.

Tout à fait. Je ne l'ai vu que quelques minutes, mais je ne l'ai pas aimé. Dans d'autres circonstances, peut-être, mais tant qu'il est avec Indiana, je sais que cela ne changera pas.

– Lui avez-vous donné votre bénédiction ?

Mon cœur s'emballe en attendant sa réponse.

– Pas vraiment, mais je lui ai dit que si c'était ce que voulait ma fille et si ça la rendait heureuse, ça m'allait.

Qu'aurais-je pu dire d'autre ? Je ne ferai jamais objection à son bonheur. C'est juste que je ne pense pas qu'elle le trouvera avec lui.

Il passe ses mains sur son visage et réfléchit à la situation.

– Je n'arrive toujours pas à croire que ce lâche m'a téléphoné plutôt que me poser la question en face. Bon sang, j'espère qu'elle ne dira pas oui.

– Je peux vous demander quelque chose ?

– Bien sûr.

– Pourquoi me racontez-vous tout ça ?

– Parce que je ne pense pas que Mark soit le bon type pour elle. Indi semble assez heureuse avec lui, mais il lui manque quelque chose. Cette étincelle. Je ne la vois pas quand ils sont ensemble. Peut-être que je suis simplement un père surprotecteur. Elle est tout ce qu'il me reste, mais je veux qu'elle soit sincèrement heureuse. Je veux qu'elle connaisse le genre d'amour que j'ai partagé avec sa mère. Est-ce trop demander ?

Je sens mes lèvres esquisser un sourire. Je ne pourrais pas être plus d'accord. Mais cela n'explique toujours pas pourquoi il me raconte tout ça.

– Vous voulez que je lui mette une raclée ?

C'est peut-être pour cette raison qu'il partage ça avec moi.

– Non. Je veux que tu réfléchisses bien et que tu décides de ce que tu veux faire.

Attendez une minute.

– Vous voulez que je me mette avec Indi ?

Je le regarde avec un air incrédule. Ce n'est pas possible.

– Oui. Si c'est ce que vous voulez tous les deux, évidemment.

Mes lèvres affichent un sourire. J'apprécie qu'il pense que je suis assez bien pour sa fille, parce que je sais à quel point elle compte pour lui. Il soupire avant de me regarder dans les yeux. Il a l'air très sérieux.

– Si tu as toujours des sentiments pour elle, ce dont j'ai l'impression, cela pourrait bien être ta dernière chance. Vous pouvez tous les deux le nier si vous le voulez, mais je ne suis pas idiot, Carter. J'ai vu la façon dont vous vous regardiez autrefois. C'est le même regard que j'ai vu hier, si je ne me trompe pas. On n'a qu'une chance de connaître le véritable amour, fiston. Crois-moi, je le sais. Et je connais ma fille. Elle est loyale comme pas une. Si elle l'épouse, ce sera pour la vie.

Je me sens de plus en plus mal à l'aise à chaque mot qu'il prononce. Je jure que mon cœur bat si fort que je l'entends dans mes oreilles. L'idée de la perdre pour qu'elle soit avec lui, à jamais… Cela ne me convient pas…, pas du tout.

– Je ne sais pas quoi dire.

Je croise son regard et remue sur mon siège. Cette conversation me rend nerveux. Bien sûr que j'ai des sentiments pour elle. Mais je ne sais pas ce qu'il attend de moi. Veut-il que je l'épouse ? Il est devenu fou s'il croit que c'est ce que je veux. Je ne suis pas du genre à me marier. Même pour elle. Houlà, non. Les filles comme elle n'épousent pas des mecs comme moi.

– Tu n'as rien à dire. Réfléchis juste à ce que je t'ai dit. J'ai pensé qu'il fallait que je te le dise. Je voulais que la partie soit équitable, ajoute-t-il avec le sourire.

Espèce de petit malin. Qu'est-ce que je kiffe ce type !

– Merci. J'y réfléchirai.

Que puis-je dire d'autre ? Même si je déteste l'idée qu'ils soient ensemble, serait-ce juste que je m'interpose entre eux alors que je ne suis même pas sûr de pouvoir donner à Indi ce qu'elle veut ? Ce dont elle a besoin ? *Oui, je peux le faire.* Même si ce n'est que pour la débarrasser de lui. Elle mérite mieux. Je me lève et tends la main à Ross.

– Je passerai vous voir la prochaine fois que je viendrai

dans le coin, dis-je. Pouvez-vous me faire une faveur et garder un œil sur ma mère jusqu'à ce que je revienne ?

– Bien sûr. Tu pars déjà ? Nous n'avons même pas pris un café.

Il me serre la main.

– Je n'ai pas le temps. Quelle est l'adresse du travail d'Indi ?

Son visage s'illumine.

– C'est sur Tuckers Road, la deuxième rue à gauche. Un immeuble de la couleur du crottin de cheval. Tu ne peux pas le rater.

Sa description du bâtiment me fait rire.

– Contacte-nous pour nous dire que tu es bien arrivé. Et ne t'inquiète pas pour ta mère. Je veillerai sur elle.

Il tend la main et m'attrape par l'épaule.

– Souviens-toi que je serai toujours là si tu as besoin de quoi que ce soit, fiston.

– Je sais, dis-je avec un grand sourire.

J'adore quand il dit ça. J'adore l'idée que je compte pour lui.

***

En roulant vers le lieu de travail d'Indi, ma tête est tout embrouillée. Cet endroit n'a pas beaucoup changé en cinq ans. Enfin, en ce qui concerne les immeubles. *J'aimerais pouvoir en dire de même d'Indi et moi.* J'envisage un instant de faire demi-tour et rentrer chez moi au moins une dizaine de fois. Je sais ce que je ressens pour elle, mais puis-je vraiment m'interposer entre elle et le *branleur* ? Ce n'est pas mon genre de courir après la nana d'un autre mec, mais ce n'est pas n'importe quelle fille. C'est Indiana. Mon Indiana. Elle était à moi avant.

J'entends une chanson à la radio. C'est l'une de ces chansons d'amour à l'eau de rose. Je déteste cette soupe. Je tends le bras pour changer de fréquence quand le refrain retentit. Le type dit qu'il a un trou dans le cœur. Pourquoi cela résonne-t-il en moi ? Parce que c'est exactement ce que je ressens. Il manque un morceau de mon cœur depuis le jour où je suis parti il y a cinq ans.

Au lieu de changer de station, je monte le son. Je l'écoute parler d'un nouveau départ. Est-ce un signe ? Pouvons-nous prendre un nouveau départ ? Sommes-nous allés trop loin pour retrouver ce que nous avons partagé autrefois ? Une fois garé, je reste assis dans la voiture jusqu'à la fin de la chanson. « C'était *Start Again* de Conrad Sewell », annonce l'animateur. J'appuie la tête contre le volant et inspire profondément. Je sais à cet instant que ce trou ne sera comblé que lorsque je l'aurai récupérée. Je dois essayer. Je le regretterai jusqu'à la fin de mes jours si je ne tente pas ma chance.

Le doute s'installe.

– Qu'est-ce que je fous ici ? dis-je en marmonnant quand je sors de la voiture.

Qu'est-ce que je vais lui dire ? Je n'en ai carrément aucune idée. Tout ce que je sais, c'est qu'à la minute où Ross m'a dit que le *branleur* allait la demander en mariage, j'ai su qu'il fallait que je la revoie avant de partir. Elle ne peut pas l'épouser. C'est impossible. Je secoue la tête en marchant vers l'immeuble. Une chose est sûre, Ross avait raison : la couleur de ce bâtiment est vraiment proche de celle du crottin. Je dirais bien que ce mec a vraiment mauvais goût, mais comme il est avec Indi, ce n'est pas possible.

Je lève la main pour pousser la porte vitrée. *Quand faut y aller...*, me dis-je en entrant.

Il est temps de faire quelque chose pour récupérer ma nana. Ou en tout cas, d'essayer.

6

INDIANA

Je me sens toujours coupable pour cette nuit. Même s'il ne s'est rien passé, je me sens obligée d'en parler à Mark. Je ne veux pas avoir de secrets pour lui. Il ne sait rien de mon passé avec Carter. Peut-être que, si je suis honnête, je ne me sentirai pas aussi mal. Je ne veux pas qu'il pense que je fais des trucs dans son dos, parce que ce n'est pas le cas.

Quand j'ai fini d'administrer son vaccin au caniche de Mme Smith, Poppy, je décide d'aller parler à Mark. Je frappe avant d'entrer dans sa salle d'examen, même si Stephanie, la réceptionniste, m'a dit qu'il était seul. Évidemment, sa salle est trois fois plus grande que la mienne. Je suis sûre que le placard à balais est plus grand que la petite salle minable dans laquelle il m'a cloîtrée.

Après tout, c'est sa clinique, et c'est normal qu'il ait la plus grande salle. Mais parfois, ça me met vraiment en rogne. Ses parents la lui ont achetée quand nous avons obtenu notre diplôme. Au début, je n'étais pas très emballée à l'idée de travailler avec lui, mais il m'a presque suppliée, puis j'ai accepté.

Depuis, ça ne fonctionne pas trop mal. Nous nous entendons bien. Passer nos journées si près l'un de l'autre n'est pas aussi dur que je le pensais. Ne vivant pas ensemble, nous avons toujours du temps chacun de notre côté.

– Coucou, dis-je en entrant dans la salle.

– Salut, ma chérie.

Il marche vers moi et me prend dans ses bras.

– Tout va bien ?

– Oui, dis-je en passant mes mains autour de sa taille et en posant mon visage sur son torse. Carter est passé hier soir après que tu m'as déposée.

– Qui ?

– Carter. Mon voisin. Le mec d'hier après-midi.

– Oh ! le voyou.

On peut clairement entendre le mépris dans sa voix.

– Ce n'est pas un voyou, dis-je en prenant sa défense.

Il se comporte peut-être comme tel parfois, mais ce n'est assurément pas un voyou. Il a juste tendance à s'égarer, de temps à autre. Mark ne le connaît pas comme je le connais. Je ne peux pas accepter qu'il traite Carter comme ça.

– Permets-moi de ne pas être de cet avis, mais pourquoi me dis-tu ça ? demande-t-il.

Je devine à sa voix que ça l'agace. Je ne peux pas vraiment le lui reprocher. Je n'apprécierais pas non plus si j'étais à sa place.

– Parce que je ne veux pas avoir de secrets pour toi.

Je sens son corps se raidir. Il recule et met un doigt sous mon menton pour incliner mon visage vers le sien.

– Quel genre de secrets ? Il s'est passé quelque chose entre vous deux ?

Le doute sur son visage me met mal à l'aise.

– Quoi ? Non. Il voulait juste discuter, c'est tout.

– Qu'est-ce qu'il y a entre vous ? Je ne l'ai jamais vu avant et tu ne m'en as jamais parlé. Il semblait particulièrement protecteur avec toi hier.

J'espérais ne pas avoir à le faire, mais on dirait que je vais devoir lui en parler.

– Nous sommes sortis ensemble quand on était plus jeunes. En fait…, c'était mon premier…, tu sais, mon premier amant. Puis il est parti. Et je ne l'ai plus revu jusqu'à il y a quelques jours.

– Je vois, dit-il en me lâchant et en faisant un pas en arrière. Je n'aime pas cette situation, Indi. J'ai vu la façon dont il te regardait hier. As-tu toujours des sentiments pour lui ?

– Non. Nous sommes amis. C'est tout. Comme je te l'ai dit, je ne voulais simplement pas avoir de secrets pour toi.

Je vois son expression s'adoucir. Il se rapproche de moi pour prendre ma main.

– J'en suis ravi, mais je préférerais que tu restes loin de lui à partir de maintenant. Je ne lui fais pas confiance.

– C'est un peu exagéré, tu ne crois pas ? C'est mon ami, mon voisin, rien de plus.

Même si ces mots sortent de ma bouche, j'en doute. Mais Mark semble me croire.

– D'accord. Je n'aime pas ça, mais je te fais confiance. Cependant, s'il t'embête, s'il te plaît, dis-le-moi. J'aurai une conversation avec lui.

– Pas de problème.

Mais là aussi, j'en doute. Il avait l'air plutôt impressionné par Carter hier. Je sais comment est Mark. Il n'est pas du tout du genre à aller à la confrontation. Il suffit de voir comment il laisse ses parents le commander pour le savoir. Il se penche et effleure mes lèvres avec les siennes.

– Je t'aime, Indiana. Et je protégerai ce qui m'appartient.

– Merci, mais ce n'est pas nécessaire. Je peux très bien me débrouiller avec Carter.

Il s'écarte de moi quand quelqu'un frappe à la porte. C'est Stephanie.

– Il y a un certain monsieur Reynolds qui veut vous voir, mademoiselle Montgomery.

Merde. Le seul M. Reynolds que je connais, c'est Carter. Mes yeux se rivent sur Mark. Il me sourit. Bien sûr, il ne sait pas du tout qui est M. Reynolds. Je ne pense pas qu'il appréciera quand il le découvrira.

– D'accord. J'arrive dans une minute.

– Ça va ? demande Mark quand elle ferme la porte. Tu es toute pâle.

– Ça va.

Je lui mens en lui adressant un sourire crispé. Je suis loin d'aller bien. Que veut Carter ? Pourquoi est-il venu à mon travail ?

Je me détourne de Mark et me dirige vers la porte. C'est bien ma chance : il me suit. Merde. Quand il voit Carter, il hésite.

– Lui, entends-je Mark grogner près de moi.

Carter a les mains dans les poches. Il a l'air nerveux, ce que je trouve étrangement attachant chez lui. J'adore son côté vulnérable. C'est un aspect qu'il ne montre pas souvent. Mon cœur s'emballe quand je le regarde. Pourquoi me fait-il toujours autant d'effet après tout ce temps ?

– Que pouvons-nous faire pour vous ? demande Mark en passant son bras sur mon épaule comme un homme des cavernes possessif.

Les yeux de Carter font des va-et-vient entre Mark et moi.

– Il faut que je parle à Indiana. En privé, dit Carter en braquant ses yeux sur Mark.

– Il n'y a rien que vous ne puissiez lui dire devant moi ! aboie-t-il.

Je n'en suis pas si sûre. La tension est palpable. Carter ignore Mark et tourne son attention vers moi.

– S'il te plaît, Indi. Ça ne prendra qu'une minute.

– J'ai dit non, réaffirme Mark.

J'attrape sa main et la serre. Ce n'est pas le moment de se transformer en mâle alpha. Carter le défoncerait.

– Je pense qu'Indi peut prendre ses propres décisions ! lance Carter avec mépris avant de se concentrer sur moi. J'ai juste besoin de te parler avant de partir. Quelques minutes, c'est tout ce que je demande.

Son regard suppliant me déchire le cœur. Je n'arrive pas à croire qu'il repart, déjà. Il vient tout juste d'arriver. Je pensais qu'il resterait encore quelques jours.

– Tu pars maintenant ?

J'essaie de ne pas avoir l'air déçue, mais j'échoue lamentablement.

– J'ai des engagements professionnels, répond-il en m'adressant un sourire mal assuré.

Mark ne va pas aimer, mais je dois lui parler. Je dois savoir ce qu'il veut.

– Oh !

Je me tourne vers Mark.

– Ça ne prendra que quelques minutes.

Il ne dit rien, mais la colère dans ses yeux est évidente.

– Bon, souffle-t-il avant de faire demi-tour et retourner dans sa salle d'auscultation d'un pas lourd.

Je grimace quand il fait claquer la porte. Il réagit vraiment de manière excessive sur ce coup, mais je suppose que je ne peux pas lui reprocher d'être contrarié. Après tout, je viens tout juste de lui dire que Carter et moi avons un passé commun.

– On sort ? demande Carter en inclinant la tête vers la porte.

Son regard insistant me fait acquiescer. Je jette un œil à Stephanie. Ses yeux sont rivés sur Carter tandis qu'elle le dévisage de la tête aux pieds. Je ne saurais dire pourquoi ça m'agace. En fait, si. Je déteste que les femmes succombent toutes à son charme. Elles ne réalisent pas à quel point elles paraissent pathétiques ? Je l'ai vue regarder Mark de la même façon par moments, mais bizarrement, cela ne m'a pas autant dérangée que là, avec Carter.

Je le suis dans la rue. Il reste muet un long moment. Je le regarde marcher sur le trottoir. Il passe ses mains dans ses cheveux. Je présume qu'il essaie d'abord de se calmer. Quand il s'arrête enfin, il se retourne vers moi.

– Rappelle-moi ce que tu trouves à ce mec ?

– Pardon ? C'est pour ça que tu es venu ici ?

Je lui jette un regard plein d'incrédulité. Il vaut mieux pour lui qu'il n'ait pas fait la route juste pour me dire ça.

– Non, répond-il en soupirant.

Ses grands yeux marron sondent les miens.

– Alors, pourquoi ? Qu'est-ce que tu veux, Carter ?

– Tu peux trouver bien mieux.

– Vraiment ?

Encore cette rengaine.

– Oui. Tu ne vois pas qu'il ne te correspond pas du tout, Indi ?

Il s'approche de moi et attrape ma main. Il ne l'a vu qu'une minute. Comment peut-il savoir s'il est fait pour moi ou pas ?

– Ce n'est pas à toi d'en décider, Carter, dis-je sèchement en tirant ma main.

Il ne connaît même pas Mark. Il n'a pas le droit de le juger.

– Indi, s'il te plaît.

Ses mains reviennent se serrer dans ses cheveux. Manifestement, quelque chose le tourmente. Je ne sais pas du tout quoi. Évidemment, il n'est pas venu jusqu'ici pour me dire que Mark n'est pas le mec qu'il me faut. Il l'a déjà exprimé clairement cette nuit.

– Si tu restes avec ce type, tu le regretteras. Crois-moi. Il y a quelqu'un de mieux… qui t'attend.

Mais de quoi parle-t-il ?

– Comment ? Qui ? Toi ? Monsieur Je-ne-m'engage-jamais. ? Tu me demandes de gâcher un avenir avec Mark pour quoi ? Une amitié avec des avantages en nature ? On est déjà passés par là, tu te souviens ? Le jour où je t'ai donné mon cœur, tu l'as brisé et piétiné. Je ne suis pas vraiment surprise que tu recommences.

Ses épaules s'affaissent légèrement sous l'effet de mon attaque verbale, mais tout ce que je dis est la vérité.

– Je suis désolé. Je ne voulais certainement pas te faire du mal, dit-il.

Sa sincérité est évidente. J'aimerais croire qu'il ne me blessera plus jamais volontairement.

– Eh bien, tu l'as fait. Ça n'a plus d'importance aujourd'hui parce que c'est du passé. Je m'en suis remise.

Ce qui est un mensonge. Je ne suis pas sûre de pouvoir m'en remettre complètement un jour.

– Pourquoi es-tu venu ici ?

– Je ne sais pas, dit-il avec un soupir.

– Tu ne sais pas quoi ?

Je commence vraiment à perdre patience face à son indécision.

– Crache le morceau, Carter. Si tu veux dire quelque chose, dis-le, bon sang !

– Je ne sais pas si je suis ce mec, mais je sais que ce n'est assurément pas lui.

Ce qu'il dit n'a aucun sens. Il ne veut pas que je sois avec Mark et il ne veut pas de moi non plus. *C'est quoi, ces conneries ?* Ses paroles me font l'effet d'un poignard dans le cœur.

– Merci pour le conseil. Si c'est tout, il faut que je retourne travailler. Tu as déjà énervé mon patron. Je ne veux pas perdre mon poste.

Encore plus confuse qu'à l'instant où je l'ai vu dans la salle d'attente, je me retourne pour partir. S'il est venu seulement pour me causer des ennuis, il a réussi. Je suis hyper déçue. Mais ce qui est amusant, c'est que je ne peux pas dire pourquoi.

– Attends.

Je m'arrête quand il m'attrape par le coude.

– Peut-être que j'aurais dû réfléchir à ce que j'allais te dire avant de venir ici, mais ce n'est pas le cas. Je suis venu sur un coup de tête. Je suis venu…

– Pour quoi, Carter ? dis-je sur un ton frustré quand je me retourne vers lui.

– Je suis venu te dire…

Je lève un sourcil quand il marque une pause. J'attends.

– Écoute, je ne sais pas si je peux te donner ce dont tu as besoin, Indi, mais je sais que je ne veux pas te perdre pour *lui*.

Il indique la clinique d'un signe de tête.

– Je ne veux te perdre pour personne, d'ailleurs. Je sais que tu m'as dit que tu l'aimais, cette nuit, mais te fait-il l'effet que je te procurais quand nous étions ensemble ? Il y avait quelque chose de spécial entre nous. Je sais que tu l'as ressenti aussi.

Non, il ne me fait pas cet effet, mais je ne l'admettrai jamais à voix haute. Mon rythme cardiaque augmente. Me demande-t-il de rompre avec Mark pour que nous puissions être ensemble ? A-t-il perdu la tête ?

– Le passé est de rigueur ici, Carter. Je ne comprends toujours pas ce que tu essaies de dire.

– Pour être honnête, même moi je ne le sais pas, dit-il en riant doucement et en passant ses mains sur son visage.

Je sens mes lèvres se retrousser en le regardant. Je ne l'ai jamais vu paraître aussi peu sûr de lui.

– C'est juste que… je suis perdu sans toi. J'ai passé les cinq dernières années à essayer de le nier, mais c'est la vérité. Tu me manques. J'ai le sentiment d'avoir un trou dans le cœur depuis le jour où je suis parti et t'ai laissée en pleurs dans l'allée. Je veux que tu fasses à nouveau partie de ma vie.

– Qu'est-ce que tu me demandes de faire, Carter ?

Il tend les mains pour attraper les miennes. Je déteste comme le plus simple des gestes de sa part fait palpiter mon cœur.

– Je vais devoir rentrer chez moi aujourd'hui. Il y a des choses que je dois régler avec le boulot. J'espère revenir ici avant la fin de la semaine. Pendant mon absence, peux-tu juste réfléchir à ce que je t'ai dit ? Tu me manques. Ces derniers jours m'ont permis de réaliser à quel point. J'ai besoin de toi dans ma vie, Indiana.

– Vraiment ?

– Oui. Je ne peux rien te promettre. Je ne sais pas de quoi est fait l'avenir pour nous, mais je veux que les choses soient comme elles l'étaient autrefois entre nous. Je veux voir où ça nous mène. J'admets que je ne suis pas du genre à m'engager, mais si quelqu'un peut me faire changer d'avis, c'est toi. Et ça n'a toujours été que toi.

Ma tête me dit que je devrais l'envoyer se faire voir, mais mon cœur a un tout autre discours. Mon sourire s'élargit. S'il devient plus grand encore, je suis sûre que mon visage finira par se partager en deux. Il y a beaucoup de choses à intégrer dans ce qu'il a dit, et un immense risque à prendre en compte. Et puis il y a Mark. Je sais qu'il ne me fait pas ressentir le genre de choses que je ressens avec Carter, mais je ne sais tout simplement pas si je peux le quitter. Puis-je au moins encore faire confiance à Carter du fond du cœur ? Il l'a brisé une fois ; qui dit qu'il ne le refera pas ? Je crois que ma tête va exploser. Il y a bien trop à analyser en un seul coup.

– D'accord, dis-je finalement.

J'espère que je ne le regretterai pas. Je n'arrive pas à croire que j'envisage cette idée. Mais il y a une partie tout au fond de moi qui sait exactement pourquoi.

– D'accord quoi ? demande-t-il, plein d'espoir.

– D'accord, je vais réfléchir à ce que tu as dit.

Il laisse sortir le souffle qu'il retenait en attendant ma réponse.

– J'ai dit « réfléchir », Carter, c'est tout. Ne t'emballe pas. Je ne sais pas si je peux abandonner ce que j'ai avec Mark comme ça.

Et c'est la vérité.

– C’est tout ce que je te demande.

Il me tire vers lui et me prend dans ses bras. Mark ne me fait jamais cet effet quand il m’étreint. *Jamais*. Pourquoi est-ce que je pense à ça ? Puis-je parier sur un mec qui, je le sais, a le pouvoir de me détruire ? Parce que c’est exactement ce qui se passera s’il me brise le cœur à nouveau.

– On se voit ce week-end, dit-il en reculant et en prenant mon visage dans ses mains.

– Je ne te fais aucune promesse, d’accord ? Je ne sais pas…

– Je respecterai la décision que tu prendras, m’interrompt-il. Je ne l’apprécierai peut-être pas, mais je la respecterai. Si tu décides que Mark est le mec qu’il te faut, je disparaîtrai. Promis.

– D’accord.

– Bien, répond-il en souriant.

Mon Dieu que j’aime son sourire. Il a quelque chose qui me fait fondre.

– Je dois retourner travailler.

Je m’apprête à m’éloigner, mais il attire mon visage vers le sien et dépose un baiser doux et chaud sur ma bouche. Cela laisse des picotements sur mes lèvres et ce n’était qu’un smack. J’ai l’impression que ma migraine ne va pas me quitter de sitôt. La semaine va être vraiment longue et difficile.

***

Trois jours ont passé et, grâce à ma situation fâcheuse actuelle, j’ai toujours cette satanée migraine. Mark était fâché contre moi après la petite discussion avec Carter, mais dans l’après-midi, il a changé d’avis. Il m’a demandé ce que Carter voulait, et j’ai menti. Je lui ai dit qu’il voulait me dire au revoir. Je me suis sentie super mal de lui avoir menti, et c’est toujours le cas. Mais qu’est-ce que je pourrais lui dire ? Il faut que je prenne ma décision par moi-même, sans aucune influence de la part de l'un ou de l'autre.

Pour être honnête, je suis complètement perdue. Je ne suis pas sûre de vouloir abandonner l'un comme l'autre. Mon cœur en miettes crie Carter, mais malheureusement, pas ma tête. C'est la première fois que je regrette d'être aussi sensible. Je crois Carter quand il dit qu'il veut plus, mais en est-il capable ? Pense-t-il qu'il me veut parce que je suis avec Mark, ou est-ce que je lui manque vraiment ? C'est un vrai casse-tête. Puis-je quitter Mark et me lancer dans cette histoire incertaine ?

– Salut, bébé, dit Mark en apparaissant derrière moi et en glissant ses bras autour de ma taille.

J'étais tellement perdue dans mes pensées que je sursaute.

– Tu as bientôt fini ? Je t'emmène dîner.

– On peut remettre ça à une autre fois ? J'ai une migraine atroce. En fait, je prévoyais de rentrer chez moi et m'allonger.

C'est la vérité. J'avais même envisagé de ne pas venir aujourd'hui, mais je savais que Mark avait besoin de moi pour l'assister sur une opération.

– Non. J'ai de grands projets pour nous ce soir. Nous sortons. C'est sans appel, ordonne-t-il tandis que ses lèvres descendent dans mon cou.

– Hmmm, dis-je, gémissant et inclinant la tête sur le côté. On ne peut pas plutôt sortir demain soir ?

– Allez, Indi, me supplie-t-il en me retournant dans ses bras. S'il te plaît. Je me suis donné beaucoup de mal pour organiser cette soirée. Ne la gâche pas avec un mal de tête.

Son regard suppliant me fait céder.

– O.K., dis-je en soupirant.

– Gentille fille.

Il se penche et dépose un baiser sur le bout de mon nez.

– On passera chez toi après le travail pour que tu puisses te changer et prendre des affaires pour demain. Je veux que tu restes avec moi toute la nuit.

– J'accepte le dîner. Mais je ne suis pas d'humeur à découcher.

Ce n'est pas que mon mal de tête qui m'empêche de passer la nuit avec lui, c'est aussi toute cette histoire avec Carter. Jusqu'à ce que j'aie pris une décision, je ne peux pas être intime avec Mark. Ce ne serait pas honnête. Et en plus, ça ne ferait que m'embrouiller davantage.

Même si Carter m'a énormément manqué toutes ces années, je n'arrive pas à croire que j'envisage cette idée. Mark est fiable. Mark ne me briserait jamais le cœur.

***

Le trajet dure environ cinquante minutes. Nous arrivons devant un restaurant de luxe en bord de mer sur la côte nord. Généralement, nous mangeons plus près ; alors, je suis surprise qu'il m'amène ici.

Mes yeux scrutent aussitôt le décor quand nous entrons. C'est très beau. Les serveurs sont tous habillés en smoking. Le restaurant est tout blanc, avec des touches de noir, d'argenté et du rouge cerise par-ci par-là. On voit tout de suite que c'est un établissement classe et cher. Je ne suis jamais allée dans un endroit aussi huppé auparavant. Je n'ai aucune envie de voir combien ça coûte de manger dans un lieu comme celui-ci.

– J'ai réservé pour deux au nom de Thomson, dit Mark au maître d'hôtel.

– Par ici, répond l'homme avec un sourire aimable.

Mes yeux regardent partout dans la salle tandis que nous traversons le restaurant jusqu'à une terrasse qui surplombe le port. Mark tire ma chaise quand nous arrivons à la table.

– Merci, dis-je en m'asseyant.

Il dépose un petit baiser sur le haut de ma tête en poussant ma chaise. Le maître d'hôtel étend une serviette blanche sur mes genoux avant d'aller voir Mark. Je ne me plains pas d'être ici, mais encore une fois, je me demande quelle est l'occasion spéciale qui nous amène dans un tel endroit.

Quand nous nous retrouvons seuls, il attrape ma main sur la table et je lui souris. Il est vraiment agréable à regarder. Cela ramène toutes mes inquiétudes au premier plan. Puis-je vraiment le quitter ? Puis-je laisser Carter ressurgir dans ma vie après avoir été absent pendant cinq ans et tout perturber ?

– Tu vas bien ? demande-t-il.

J'adore comme il est attentionné avec moi.

– Oui. C'est joli ici. Merci de m'y avoir amenée.

– Je ne veux que le meilleur pour toi, ma chérie, répond-il en portant ma main à sa bouche pour y déposer un petit baiser.

La culpabilité me ronge et me noue l'estomac. Je suis à nouveau assaillie par les doutes. Des doutes sur l'éventualité d'abandonner ce que j'ai avec Mark pour quelque chose d'incertain. Des doutes sur l'éventualité de laisser Carter partir à nouveau. Carter ne devrait même pas occuper mes pensées alors que je suis ici avec Mark, mais il est bien là.

Quand le serveur vient nous voir pour prendre notre commande de boissons, Mark demande une bouteille de leur meilleur vin. Sa mère me regarde souvent avec dédain quand je bois. « Boire de l'alcool n'est pas digne d'une lady », m'a-t-elle dit à plusieurs occasions. Un verre de vin de temps en temps n'a jamais fait de mal à personne. C'est vraiment une vieille vache prétentieuse, parfois.

Habituellement, quand nous sortons avec eux, ce qui, heureusement, n'arrive pas souvent, je ne prends plus de vin. Sa mère a le don de me donner le sentiment d'être inférieure. Comme si je n'étais pas assez bien pour son fils.

Mais ce soir, je suis ravie de boire. Cela m'aidera peut-être à me détendre un peu.

Le serveur en verse une petite quantité dans chaque verre. Je déteste quand ils font ça. Mark prend son verre et fait tourner le liquide avant de le porter à son nez. J'ai presque envie de rire. Je suis certaine qu'il n'y connaît rien en bons vins vu que sa famille ne boit pas. Bon sang que les riches peuvent être faux. Tout est dans l'apparence. C'est une bouteille de vin à deux cents dollars. Comment pourrait-il être mauvais ? Finalement, il en prend une gorgée et acquiesce, si bien que le serveur remplit nos verres.

Dès qu'il s'en va, je porte mon verre à ma bouche et prends une énorme gorgée.

– Doucement, me réprimande Mark. C'est un vin très cher. Tu es censée le savourer, pas le siffler comme ça.

Je lève les yeux au plafond avant de prendre une autre gorgée. Je me fiche du goût. Plus vite je boirai ce truc, plus vite l'alcool coulera dans mes veines.

– Alors ? C'est quoi, cette occasion spéciale ?

Je suis curieuse. Il ne se donne généralement pas tant d'efforts pour un rendez-vous.

– Chaque chose en son temps, dit-il avec un clin d'œil.

Super. Maintenant, il va me faire attendre. Je ne suis pas fan des surprises. Il me sourit avant de jeter un œil au maître d'hôtel et de lui faire un signe de tête. Qu'est-ce qu'il mijote ? Je le découvre assez tôt quand un violoniste apparaît à notre table. Bien sûr, il se place juste à côté de moi et se met à jouer. Ce n'est pas que je déteste le son du violon, mais avec cette migraine, c'est comme si le musicien faisait crisser ses ongles sur un tableau noir. Il pourrait tout aussi bien me cogner la tête avec son fichu instrument, cela me ferait le même effet.

Mark prend ma main et la serre légèrement. Je plaque un sourire sur mon visage. Je ne veux pas qu'il croie que je n'apprécie pas son effort. C'est très gentil de sa part.

Mais heureusement, le violoniste ne joue qu'un titre avant de repartir.

– Tu passes un bon moment ? me demande-t-il.

– Oui.

– Bien.

– Êtes-vous prêt à passer votre commande, monsieur ? demande le serveur en réapparaissant à notre table.

– Oui, merci, répond Mark.

Pendant que le serveur débite les suggestions du chef, je ne l'écoute pas. Je sais déjà que Mark va commander pour moi. Comme toujours. Son père passe aussi la commande pour sa mère. Je suppose qu'il pense que c'est comme ça qu'on fait.

Peut-être au seizième siècle.

Pendant que nous attendons notre repas, nous parlons du travail. Nos conversations semblent toujours prendre cette direction. Je suppose que, quand on fait le même métier que son partenaire, c'est normal. Mais je dois l'admettre, je crois que c'est la seule chose que nous avons vraiment en commun. Cette pensée m'attriste.

Mon esprit dévie vers Meg. Bon sang, qu'est-ce qu'elle me manque ! C'est dans des moments comme ça que j'aimerais pouvoir m'épancher sur son épaule. Je rêve d'avoir ses conseils. Elle est la seule à laquelle je pourrais parler de cette situation. Elle me connaît mieux que quiconque.

Elle vit à l'autre bout du monde avec son mari, Drew. Il travaille dans l'informatique. C'est comme ça qu'ils se sont connus. Elle détestait l'école ; alors, au lieu d'aller à l'université comme moi, elle est directement entrée dans le monde du travail après le lycée.

Elle est tout de suite tombée amoureuse, ce qui était surprenant de sa part. Je suppose que c'était le bon. C'était une romance éclair. Ils se sont mariés moins d'un an après leur rencontre. Puis on a proposé à Drew un poste de responsable des filiales internationales de la compagnie.

C'était une occasion en or pour lui. Naturellement, Meg a suivi son mari.

Il y a un immense vide dans ma vie depuis qu'elle est partie. Nous discutons au téléphone quand nous le pouvons, mais ce n'est pas pareil que de l'avoir à côté quand j'ai besoin d'elle. Comme maintenant. Elle adore son mari, mais déteste être ballottée de pays en pays. Dès qu'elle s'installe quelque part, ils doivent déménager à nouveau. J'entends la tristesse dans sa voix chaque fois que je l'ai au téléphone. Elle a tellement de problèmes de son côté en ce moment que je suppose que ce ne serait pas bien de l'accabler avec les miens.

Une fois que nous avons mangé, Mark me demande si j'aimerais danser. Je suis à deux doigts de dire non, mais quand je vois son impatience dans ses yeux, je change d'avis. Il s'est donné beaucoup de mal pour ce soir. Le moins que je puisse faire, c'est de m'en accommoder.

Il me serre dans ses bras tandis que nous bougeons au rythme d'une chanson lente.

– Sais-tu à quel point je t'aime ? murmure-t-il à mon oreille quand la chanson se termine.

La culpabilité m'assaille à nouveau. Je ne sais pas combien de temps je pourrai encore faire ça. Je renforce mon étreinte autour de sa taille et le serre contre moi pour savourer la sensation d'être dans les bras de l'homme qui m'aime.

Quand la musique s'arrête, Mark me lâche. Tandis que je me retourne pour regagner notre table, il m'attrape par le bras et me maintient en place. Je me tourne vers lui, et mon cœur se serre quand je réalise ce qu'il s'apprête à faire. Il fait un pas en arrière, et, à ma grande horreur, il pose un genou à terre.

Bordel ! Je ne suis pas prête pour ça.

– Non, non, non, dis-je soudain, paniquée, tandis que j'essaie de le remettre debout.

Noooon. *S'il te plaît, ne me demande pas de t'épouser devant tous ces gens*, ai-je envie de crier. Mais avant même que j'en aie le temps, il sort la bague de sa poche et la tend devant moi.

– Indiana Montgomery, je t'aime. S'il te plaît, accepte de passer le reste de ta vie avec moi.

Je reste d'abord immobile et muette de stupeur. Je me sens affreusement mal. Mes yeux parcourent le restaurant. Tout le monde a interrompu son activité et regarde désormais cette horrible scène se dérouler. Je me surprends à souhaiter qu'un grand trou noir s'ouvre au-dessus de moi et m'aspire.

Même avant que Carter revienne, je savais que je n'étais pas prête pour ce genre d'engagement. Je n'ai que vingt-deux ans. Il y a tant de choses que je veux vivre avant même de penser à m'installer. Voyager, par exemple. Comment puis-je lui dire non devant tous ces gens ? Je ne peux pas non plus lui mentir et dire oui. Ce serait encore pire.

Mes yeux croisent les siens tandis qu'il attend ma réponse. Je vois de l'espoir, puis le désespoir sur son visage. Je sens des larmes me piquer les yeux. Son regard suppliant me fait mal au cœur, mais je n'arrive toujours pas à me ressaisir pour lui répondre. Puis son expression se transforme en colère. Je reste abasourdie sans rien dire.

Quelques secondes plus tard, il se lève.

– Je n'arrive pas à croire que tu me mettes dans l'embarras devant tous ces gens, dit-il avec hargne, les dents serrées.

Comment cela pourrait-il être ma faute ? Nous n'avons jamais discuté mariage.

– Je suis désolée.

C'est tout ce que je parviens à dire, d'une voix qui ne semble même pas être la mienne. Il ne répond pas. Il se contente de se retourner et partir en trombe vers la sortie.

Je lui cours après. Les mots ne peuvent exprimer à quel point je me sens mal.

– Mark. Mark, attends.

– Va te faire voir.

C'est tout ce qu'il dit en poussant violemment la porte du restaurant pour sortir dans la nuit. Je le suis.

– Mark, s'il te plaît. On devrait en discuter.

– Il n'y a rien à dire. C'est fini entre nous, dit-il en ouvrant la portière côté conducteur pour monter dans la voiture.

Je m'arrête aussitôt. Est-ce qu'il vient vraiment de dire que c'était fini entre nous ?

– Mark ! dis-je en criant alors que les larmes me montent aux yeux.

Il m'ignore et fait démarrer la voiture. Quoi ? Il va simplement partir et me laisser seule ici ? La voiture avance, et je dois m'écarter pour qu'il ne me renverse pas. Ce n'est pas possible, il ne va pas partir comme ça. Il est juste contrarié. Je peux le comprendre.

– Je t'en prie, dis-je quand il passe près de moi. Parle-moi.

Il ralentit et baisse la vitre.

– Il n'y a rien que tu puisses dire pour arranger les choses ! lance-t-il sur un ton plein de rage.

– On ne peut pas au moins en discuter ? Tu ne me laisses même pas une chance.

La colère monte en moi. Il réagit vraiment comme un abruti.

– Nous n'avons jamais abordé la question du mariage. Bon sang, je ne t'ai même encore jamais dit que je t'aimais. Qu'est-ce qui t'a pris de penser que j'étais prête pour ça ?

Il continue à regarder devant lui. Ce connard de dégonflé ne me regardera même pas dans les yeux. Il pousse un profond soupir avant de croiser mon regard d'acier.

– Parce que j’ai paniqué, admet-il. Je ne voulais pas te perdre.

Les larmes me montent à nouveau aux yeux quand la colère sur son visage se transforme en tristesse. Je déteste l’avoir blessé, mais il se comporte comme un idiot. Ce n’est pas le Mark que je pensais connaître.

– Tu as changé depuis que ce voyou est revenu. Je ne suis pas stupide, Indiana. Je vois comment il te regarde…, comment tu le regardes. Nie-le si tu veux, mais n’importe qui pourrait voir qu’il y a quelque chose entre vous.

Je ne peux pas répondre parce qu’au fond de mon cœur, je sais que tout ce qu’il dit est vrai.

– C’est bien ce que je pensais, dit-il sur un ton abattu quand je ne nie pas. Je pense qu’il vaudrait mieux pour toi que tu trouves un autre boulot.

Quoi ?!

Quand il remonte sa vitre et s’en va, la rage bout en moi. Je suis tellement en colère contre lui que je suis tentée de donner un coup de pied dans sa voiture ridiculement chère quand il passe devant moi, mais cela ne ferait que m’abaisser à son niveau. Il trace sa route comme un enfant gâté.

Je croise les bras sur ma poitrine et le regarde se diriger vers la sortie du parking avant de s’insérer dans la circulation. Il reviendra. Indépendamment de ce qu’il a dit, je sais qu’au fond, c’est un type bien. Il est juste blessé. Il ne me laisserait jamais en plan comme ça. Il ne m’abandonnerait jamais comme Carter l’a fait. *Jamais*. J’attends, j’attends, mais il ne revient pas.

Je croyais vraiment qu’il le ferait.

7

CARTER

Cinq longs jours ont passé avant mon retour. Je me suis démené pour pouvoir revoir Indiana le plus vite possible. Je ne peux rester que quelques jours, mais c'est mieux que rien. Je ne sais toujours pas comment cette histoire d'allers et retours va marcher, mais je n'abandonne pas. La vérité, c'est que j'irais jusqu'au bout du monde pour elle s'il le fallait.

Jax et moi avons reprogrammé notre habituelle soirée jeux de cartes du vendredi à hier soir. Nous faisons ça depuis des années. J'adore discuter avec lui en buvant quelques verres. C'est notre façon de nous détendre après une semaine chargée. Avant, nous alternions entre chez lui et chez moi, mais ces derniers temps, il préfère venir chez moi. Il aime l'endroit. Nous avons les meilleurs pubs et il se passe toujours quelque chose de sympa le soir.

Il triche grave aux cartes, mais ça m'est égal. Je suis juste content d'avoir de la compagnie. Après avoir quitté ma mère et Indi, il était tout ce qu'il me restait. Je ne sais pas où j'aurais fini s'il n'avait pas été là.

Il connaît tout de mon passé avec Indiana. Parce qu'un soir, j'ai trop bu et j'ai tout déballé. J'ai avoué mon amour pour la fille que j'avais laissée. Il n'avait toujours vu que mon autre façade avant ça. Le côté « je les baise et je les jette ». Il pensait que j'étais une légende jusqu'à ce qu'il découvre que j'étais secrètement accro à une nana de mon passé.

Il m'a bien emmerdé avec ça pendant des semaines. Un soir, il est allé trop loin et nous avons failli nous battre. Nous n'en avons plus parlé jusqu'à hier soir. C'est moi qui ai abordé le sujet. J'avais besoin de ses conseils. Nous avons évoqué l'idée d'ouvrir un autre salon près du lieu où habite Indi, mais il y a déjà cinq tatoueurs installés dans un rayon de vingt kilomètres. Ce ne serait pas viable. Je trouverai quelque chose ou, en tout cas, je ferai vraiment tout pour que ça marche.

J'ai l'estomac noué tandis que j'arrive dans mon ancienne rue. Je ne sais pas du tout à quoi m'attendre. Je n'ai eu aucun contact avec elle depuis que je suis allé la voir au boulot il y a cinq jours. Je prie pour qu'elle ait sérieusement réfléchi à ce que je lui ai dit. Je prie pour que le branleur ne l'ait pas encore demandé en mariage. *Mince*. Et s'il l'a fait ? Et si elle a dit oui ? Soudain, j'ai l'impression que je vais vomir.

En m'arrêtant dans l'allée de ma mère, je jette un coup d'œil vers la maison d'Indi. Sa voiture et celle de Ross sont toutes les deux garées sous l'abri. Du coup, je me demande pourquoi elle ne travaille pas aujourd'hui. À moins qu'elle n'ait fait le trajet avec le *branleur*.

Alors que je coupe le contact et m'apprête à descendre de voiture, Ross sort de chez ma mère. Je souris quand il vient vers moi. Je suis content de savoir qu'il est là pour la réconforter. Ma mère m'a dit au téléphone qu'il passait la voir. Il a apporté à manger et a fait ses courses. C'est vraiment un type super.

Je l'ai appelée tous les jours depuis que je suis parti, parfois à plusieurs reprises. Elle a pleuré chaque fois que nous avons discuté. J'ai toujours du mal à comprendre son état. Surtout pour Peigne-Cul. Mais je suppose que je ne l'aimais pas comme elle l'aimait. Si seulement elle savait le crétin que c'était en réalité, mais qui suis-je pour détruire ses illusions ? Je suis presque sûr qu'elle ne le trouverait pas aussi merveilleux si elle savait comment il me traitait quand elle n'était pas là ou ce qu'il a fait à Larry.

– Salut, fiston, dit Ross avec le sourire.

J'adore comme il semble toujours content de me voir.

– Je ne m'attendais pas à te voir si tôt.

– J'ai essayé de revenir aussi vite que possible, dis-je en lui serrant la main. Comment va ma mère aujourd'hui ?

Il hausse les épaules.

– Aussi bien qu'on peut s'y attendre.

D'après nos appels téléphoniques, je m'attendais un peu à cette réponse.

– J'apprécie vraiment que vous gardiez un œil sur elle. Indi n'est pas au travail aujourd'hui ? dis-je en penchant la tête en direction de sa voiture.

– Elle est restée à la maison toute la semaine.

– Quoi ? Pourquoi ? Elle est malade ?

Je me sens paniquer.

– On va plutôt dire qu'elle a mal au cœur, répond Ross.

Mon cerveau s'emballe. Que veut-il dire par là ? Qu'est-ce qui a bien pu se passer ?

– Pourquoi ?

Ross secoue la tête avec un air dégoûté. La colère qui bout en lui est évidente. Qu'est-ce qu'il a, merde ?

– Y penser me met toujours en rogne, avoue-t-il.

– Ne me faites pas marronner. Dites-moi de quoi vous parlez.

Je devine déjà que je ne vais pas apprécier ce qu'il a à dire.

– Ce minable de Mark, siffle-t-il.

Je ne sais même pas ce qu'il a fait, mais j'ai déjà envie de le tuer.

– Il a amené Indi dans un foutu restaurant sur la côte nord. Il s'est fâché parce qu'elle n'a pas accepté sa demande en mariage ; alors, cet imbécile l'a abandonnée. Il l'a laissée seule dans un endroit inconnu tard le soir. Elle était dans un état pitoyable quand elle m'a appelé pour que je vienne la chercher. Il a de la chance que je ne l'aie pas tué pour avoir traité ma petite fille comme ça.

– Il a fait quoi ?

J'entends clairement l'aigreur dans ma voix. Une rage profonde me ronge. J'ai les mains qui tremblent tandis que je me tourne pour remonter dans ma voiture.

– Où vas-tu ? me demande Ross en m'attrapant par le bras.

– Rendre une petite visite à cet abruti.

– Pas besoin. Je l'ai déjà fait.

Je me libère de son emprise.

– Je m'en fiche. Il va en avoir une de ma part aussi.

– Reste là, fiston. N'y va pas dans cet état, insiste-t-il en me contournant pour m'empêcher de monter dans la voiture.

Je fronce les sourcils.

– Si tu veux vraiment aider, ajoute-t-il, va voir Indi. Elle est enfermée dans sa chambre depuis des jours.

Je dois lui reconnaître cette qualité. Il a un don. Un don pour me calmer avec un regard ou quelques mots. Je suppose qu'il est entraîné pour ce genre de situation. Je pousse un soupir frustré. J'adorerais aller la voir, mais si elle a le cœur brisé à cause de cet âne, voudra-t-elle de ma présence ? Je n'ai eu que cette pensée à la tête pendant toute la semaine : la voir.

– D'accord. J'ai quelque chose pour elle, de toute façon.

J'ouvre la portière arrière et sors l'enveloppe qui contient les vieux dessins de Larry. Je suis allé les chercher avant de revenir. Ce n'est pas grand-chose, mais bon. Je coince l'enveloppe sous mon bras et attrape le carton qui est posé sur la banquette arrière.

– Qu'y a-t-il là-dedans ? me demande-t-il avec un petit sourire.

Je soulève l'un des rabats et lui montre l'intérieur. Il rit doucement et me tape dans le dos.

– Elle va l'adorer. Tu es un type bien, Carter. N'en doute jamais.

Je me suis senti obligé de le lui prendre. J'espère bien qu'elle va l'aimer.

***

– Indi. C'est Carter, dis-je en frappant à la porte de sa chambre. Je peux entrer ?

J'appréhende vraiment de la voir. Je ne sais pas du tout quel genre d'accueil je vais recevoir. La tension monte pendant que j'attends une réponse. Je suis soulagée quand elle ouvre la porte, quelques secondes plus tard.

Ses yeux sont tout rouges et gonflés. Elle a l'air complètement abattue. Cela me fait mal au cœur. Je ne l'ai jamais vue comme ça auparavant. Et je n'aime pas ça. Où est passée ma tigresse ? Je déteste encore plus cet idiot. Je pose la boîte et les dessins par terre et la prends dans mes bras.

Tout ce que je trouve à dire, c'est :

– Je suis désolé.

Je ne suis pas désolé parce qu'ils ont rompu, mais je suis désolé parce qu'il l'a traitée comme ça. Je suis désolé parce que ça l'a profondément blessée.

Elle pleure doucement contre mon torse. Je vais vraiment aller rendre une visite à cet enfoiré, que Ross l'accepte ou pas.

– Je suis contente que tu sois revenu, murmure-t-elle.

Une vague de soulagement déferle sur moi quand elle dit ça. Je m'attendais presque à ce qu'elle joue à nouveau les ninjas sur moi. Je me sens en partie responsable de son état.

Est-ce ma requête qui l'a empêchée de dire oui ?

– Je t'ai dit que je reviendrais, dis-je en la regardant. Ton père m'a dit ce qui s'est passé.

Elle baisse la tête et fait un pas en arrière en s'essuyant les yeux.

– Je suppose que c'est mieux comme ça. On peut éviter d'en parler ? Je préférerais oublier que c'est arrivé.

– D'accord.

Mes yeux la contemplent. Ses cheveux sont attachés sur le haut de sa tête en un chignon décoiffé. Elle porte un pyjama combinaison qui, vous ne me croirez peut-être pas, est incroyablement sexy sur elle. Elle ressemble exactement à la gamine dont je suis tombé amoureux. Il y a quelque chose de doux chez elle. Elle ne ressemble à personne d'autre. Parfaite, c'est l'adjectif qui me vient à l'esprit.

– Je peux entrer ?

– Bien sûr.

Elle s'écarte pour me laisser passer. J'entends un couinement derrière moi. Je m'arrête quand je me souviens de mon cadeau.

– C'était quoi ce bruit ? demande-t-elle.

– Je t'ai acheté quelque chose.

Bon sang, j'espère que j'ai bien fait.

– Vraiment ?

Un sourire fugace passe sur son visage. Je me penche pour ramasser l'enveloppe qui contient les dessins.

– J'ai trouvé ça. Ne les regarde pas maintenant. Ce sont des dessins de Larry que j'ai faits il y a quelques années. J'ai pensé que tu aimerais les avoir.

Quand les larmes inondent ses yeux, je me sens vraiment bête. Ce n'était probablement pas le bon moment pour les lui donner. Elle me prend l'enveloppe et la serre contre sa poitrine. Je résiste à l'envie de la consoler.

– Merci. Je vais les garder précieusement.

– Je t'ai apporté autre chose, dis-je en hésitant.

Je reconsidère ma décision. Je me penche à nouveau et ramasse le carton. Mince. J'espère que ça ne va pas me revenir en pleine gueule. Vu son état, les deux solutions sont possibles. Je lui tends le carton.

– Ouvre les rabats.

Un autre sourire bref apparaît sur son visage tandis qu'elle pose l'enveloppe sur sa table de chevet. Je baisse les bras. Elle est toute petite. Elle peut atteindre le haut, mais elle ne pourra pas voir ce qu'il y a dans le carton si je ne le baisse pas.

Je retiens mon souffle quand elle regarde à l'intérieur.

– Oh... mon... Dieu. Carter. Tu n'as pas…

Quand elle me regarde, ses magnifiques yeux verts brillent à cause des larmes. *Mince.* Je ne sais pas si c'est bon signe ou pas.

– Oh… mon… Dieu, répète-t-elle.

– J'espère que ça ne te dérange pas. Je sais qu'il ne remplacera jamais…

Je n'arrive pas à finir cette phrase.

– C'est ma façon d'essayer de…, tu sais…, de réparer une injustice.

Je bégaie comme un idiot. Je ne suis pas doué pour ce genre de bêtises. Je ne sais pas quoi lui dire. D'après moi, elle a essayé de réparer une injustice qui était commise contre moi il y a longtemps, et, maintenant, j'essaie de lui renvoyer l'ascenseur. Puis je me sens en partie responsable de ce qui est arrivé à Larry.

Les larmes coulent à flots sur ses joues lorsqu'elle met ses mains dans le carton et sort le chiot.

Je réalise que je retiens encore mon souffle en la regardant. Elle le serre contre sa poitrine et sanglote. Cela me réchauffe et me brise le cœur en même temps. Le chiot tend le cou pour lui lécher le menton. Malgré les larmes, elle rit.

– Je l'adore, affirme-t-elle en reniflant quand son regard croise le mien. Je ne sais pas quoi dire, Carter. Merci.

Je pose le carton par terre et la prends dans mes bras.

– Tu n'as rien à dire. Je suis content que tu l'aimes. J'ai toutes ses affaires dans la voiture. Sa nourriture, son panier, ses jouets, sa laisse, des trucs comme ça. Il n'a que six semaines, et c'est la première fois qu'il est loin de sa mère.

J'ai cherché pendant des jours sur Internet avant de le trouver. C'est un petit mec mignon. J'ai choisi la même race que Larry, un berger allemand à poil long.

– Merci. Tu n'as pas idée à quel point j'avais besoin de ça. À quel point j'avais besoin que tu reviennes.

Je suis presque certain d'afficher un sourire radieux. Elle se met sur la pointe des pieds pour déposer un baiser sur ma joue. Mon cœur s'envole.

– Il faut que je lui trouve un nom ! lance-t-elle.

Je ris doucement.

– Pas besoin. Étant donné l'expérience passée, j'ai pris la liberté de le baptiser.

Elle me regarde et fronce légèrement les sourcils. Cela me fait rire.

– Ne te vexe pas, mais tu es nulle pour ça.

– Ce n'est pas vrai, réplique-t-elle en me donnant un petit coup dans l'épaule.

– Son nom est gravé sur sa médaille.

Elle baisse les yeux et attrape la médaille en forme de cœur attachée au collier du chiot. Elle éclate de rire. Je sens mon sourire grandir quand elle le lit à voix haute. *Je n'ai pas pu m'en empêcher.* Le nom que j'ai choisi est génial.

– Larry Junior, dit-elle en riant. J'adore, Carter. C'est parfait.

***

J'ai eu du mal à la convaincre, mais j'ai réussi à faire en sorte qu'Indi prenne une douche et s'habille. Elle a besoin de sortir de cette maison. Pendant qu'elle se prépare, je vais voir maman. Je prends Larry Junior avec moi. C'est un super petit gars. Si elle n'en avait pas voulu, je l'aurais gardé pour moi. Indi et moi décidons d'aller manger dehors. Rien de bien original. Nous nous rendons dans notre fast-food habituel, mais prenons à emporter. Comme Indi n'a pas supporté de laisser le chiot à la maison, nous l'avons pris avec nous. Nous amenons Larry Junior – ou LJ, comme on l'appelle désormais affectueusement – au parc pour un pique-nique. C'est mon tout premier pique-nique, mais j'adore. Je réalise que le lieu importe peu. Tant qu'Indiana est à mes côtés, je suis heureux.

Alors que la journée avance, Indi redevient progressivement comme elle était avant. Nous rions ensemble quand LJ bondit dans tous les sens et aboie sur n'importe qui et n'importe quoi. C'est bon de la voir heureuse à nouveau. Elle se confie même un peu à propos de ce qui s'est passé avec ce crétin, Mark. J'ai dû contrôler ma colère quand elle m'a tout raconté.

Non seulement il l'a abandonnée seule loin de chez elle, mais il l'a laissée avec la note de quatre cents dollars à payer au resto et l'a renvoyée au passage. Une chose est sûre, il faut que je mette les mains sur cet enfoiré et lui apprenne les bonnes manières.

Elle a admis qu'il lui avait laissé quelques messages sur son répondeur le lendemain, mais elle les a ignorés. Ça me fait plaisir, parce qu'il a fini par se montrer sous son vrai jour. Et il pourra toujours ramper, elle ne lui pardonnera pas.

J'ai l'impression qu'elle est bouleversée par leur rupture, mais surtout par la façon dont ça s'est terminé. Ce n'est pas très étonnant. Ce qu'il a fait était vraiment bas. Il n'aurait jamais dû l'abandonner comme ça. Je suis presque sûr qu'elle s'en remettra vite. Je m'en assurerai. Si ce n'était que moi, elle l'oublierait jusqu'à son existence. Pour la première fois de ma vie, je veux vraiment quelque chose. Je la veux pour moi tout seul. Je veux qu'elle soit à moi, qu'elle m'appartienne, et je veux pouvoir dire qu'elle est mienne.

Nous ne parlons pas de *nous* pendant la journée, mais ça me va. Nous avons besoin de commencer par reconstruire notre amitié, et elle doit se remettre de sa rupture avec ce *branleur*. Je ne veux pas être un pansement. Si nous devons être ensemble, je veux que ce soit au bon moment. Je ne veux certainement pas qu'elle soit encore attachée à quelqu'un d'autre. Ce sera tout ou rien.

Après les avoir déposés, elle et LJ, chez elle en fin d'après-midi, je ressors. Je veux passer du temps avec ma mère ce soir, mais j'ai un truc à faire d'abord. Je n'arriverai jamais à dormir si je ne m'ôte pas ce poids.

Garé devant le bâtiment, je prends une profonde inspiration pour essayer de me calmer avant d'entrer. Pour être honnête, je suis tout sauf calme quand je passe la porte. J'ai ruminé toute la journée.

La réception est vide. Je me dirige vers la salle où je présume qu'il se trouve. Je ne prends même pas la peine de frapper.

– Oh mon Dieu ! marmonne-t-il quand il lève les yeux et me voit dans l'encadrement.

– Désolé, mais même Dieu ne peut pas t'aider, dis-je en entrant dans la salle.

Je verrouille la porte derrière moi. Il déglutit nerveusement et fait un pas en arrière. Même si j'aimerais beaucoup lui botter les fesses, ce n'est pas pour ça que je suis venu. Lui fiche la trouille est bien plus amusant.

– Tu… Tu ne peux pas débarquer ici comme ça, balbutie-t-il.

– Je fais bien ce que je veux, dis-je en faisant un autre pas en avant.

Il lève les mains devant lui tout en reculant encore. Je continue et fais deux pas de plus. Il est coincé. La première chose que je remarque en me rapprochant, c'est son œil au beurre noir. Cela me fait sourire. Il n'est plus enflé, mais il est de toute beauté. Souvenir de Ross, je présume. Peut-être que je devrais lui en faire un deuxième. *L'enfoiré*. Il le mérite après ce qu'il a fait. Il aurait pu arriver n'importe quoi à Indiana quand il l'a laissée en rade comme ça.

Lorsqu'il réalise que je ne partirai pas, il redresse les épaules et se grandit. Il ne m'intimide pas le moins du monde. Il peut faire comme si ma présence ne l'affectait pas ; je sais que c'est faux. Ses mains tremblantes et son air mal assuré le trahissent. Je ne serais pas étonné de le voir faire dans son froc. *Espèce de poule mouillée.*

– Tu dois quatre cents dollars à Indiana, dis-je avec ma voix la plus calme.

– Pardon ? Je ne lui dois rien du tout.

Permets-moi de ne pas être de cet avis, pauvre nouille.

– Tu vas les lui rendre ou je vais devoir venir les récupérer moi-même ?

Je fais un autre pas vers lui pour lui faire comprendre que je suis sérieux. Il lui doit bien plus que de l'argent, mais c'est un début. Connaissant Indi, elle n'en voudra probablement pas, mais je vais les récupérer pour elle. Après tout ce qu'il a fait, elle devrait au moins être remboursée.

– D'accord, dit-il en sortant son portefeuille de sa poche de derrière. Je vais te donner l'argent et tu pourras partir. Si tu ne pars pas, j'appellerai la police.

Sa répartie me fait rire.

– Tu crois vraiment qu'ils vont venir après la manière dont tu as traité Indiana ?

Il respire difficilement, son visage pâlit. Il sait que j'ai raison. Il n'y a pas moyen qu'ils se pointent ici après la façon dont il a traité la fille chérie de Ross.

Il sort l'argent de son portefeuille et le jette sur la table d'examen devant lui.

– Voilà. Maintenant, va-t'en.

Je tends la main, les yeux rivés sur lui. Je n'ai pas besoin de prononcer un mot ; mon regard dit tout. Ses épaules s'affaissent et ses mains tremblent en les tendant pour ramasser l'argent sur la table. La crainte dans ses yeux tandis qu'il s'approche lentement de moi me fait sourire. *Lopette*.

Quand il est assez près pour poser l'argent dans ma main, il le lâche avant de faire un pas en arrière. Mais je suis trop rapide pour lui. J'utilise mon bras libre pour attraper sa blouse blanche et le tirer vers moi.

– À quoi pensais-tu en la laissant en plan toute seule dans la nuit ? dis-je, les dents serrées. Il aurait pu lui arriver n'importe quoi.

– J'étais blessé…, en colère. Je n'ai pas vraiment réfléchi.

C'est tout ce qu'il a pour sa défense ? Son excuse minable me fait bouillir. Je le tire encore plus près et pousse un grondement sous son nez.

– S'il te plaît, ne me fais pas de mal, me supplie-t-il comme la chochotte qu'il est.

Je range l'argent dans la poche de mon jean et le maintiens en place avec mon autre main.

– Donne-moi une raison de ne pas le faire.

– Je suis désolé de l'avoir laissée là-bas. Je lui ai laissé des messages, mais elle n'a pas répondu.

– Tu penses qu'un message suffit après ce que tu as fait ?

– Je passerai la voir pour le lui dire en face, mais son père m'a dit qu'il n'hésiterait pas à me tirer dessus si je m'approchais d'elle.

Cette affirmation me fait sourire.

– Si je pouvais me rattraper, je le ferais.

Mais bien sûr.

– Mauvaise réponse, crétin.

Sans hésitation, je lève le poing et l'abats sur sa gueule.

– Maintenant, tu as la paire, dis-je.

Waouh, ça fait du bien. Il mérite bien plus que ça après

ce qu'il lui a fait, mais je décide de le laisser tranquille. Il vient de perdre la meilleure chose qui lui soit jamais arrivée. J'ai été exactement dans sa position ; alors, je sais très bien qu'il va le regretter pendant le reste de sa vie. Quand je le lâche, il trébuche en arrière.

– Mon œil ! crie-t-il.

– Tu as de la chance que je m'arrête là. Ne t'avise pas d'approcher d'Indiana. Si tu ne m'écoutes pas, la prochaine fois, je ne serai pas aussi indulgent, dis-je sur un ton menaçant alors que je me retourne et déverrouille la porte pour regagner ma voiture.

8

INDIANA

J'ai laissé LJ dormir dans son panier dans ma chambre cette nuit. Il est trop petit pour dormir dehors. Et puis, c'est le début de l'hiver, et les nuits commencent à être fraîches. J'aime déjà ce petit bonhomme. Il ranime tant de souvenirs de l'époque où Lassie était bébé, tous les bons souvenirs qui ont été occultés par sa mort. Je veux embrasser toutes ces merveilleuses images et essayer d'oublier les horribles qui sont restées gravées depuis ce jour.

Cela fait des années que j'ai envie d'un autre chien, mais je ne trouvais pas la force d'en prendre un. Je ne voulais pas avoir l'impression de remplacer Lassie. Je ne pourrais jamais faire ça. Je suis contente que Carter m'ait soulagée de faire ce choix. Il ne réalise certainement pas à quel point son beau geste attentionné compte pour moi. Il peut être l'homme le plus doux, le plus gentil et le plus délicat du monde quand il ne se comporte pas comme un crétin autoritaire et exaspérant. Je ne trouve pas encore la force de regarder ses dessins de Lassie, mais je le ferai un jour.

Je n'ai pas revu Carter après qu'il m'a déposée hier après-midi, mais quand je suis allée me coucher hier soir, il était dans sa chambre. Quand je lui ai fait signe, il m'a envoyé un baiser. Mon cœur s'est mis à palpiter. Ça change du doigt d'honneur qu'il me faisait autrefois.

Je suis restée allongée sur mon lit pendant des heures à penser à lui, à quelques mètres…, tandis que seulement deux murs et une courte distance nous séparaient. C'est trop tôt après Mark pour aller le voir. Je veux prendre mon temps. Je dois être sûre qu'il va s'accrocher, cette fois. Je ne peux pas lui offrir à nouveau mon cœur tant que je n'en suis pas certaine. Si je le faisais et s'il me quittait encore une fois, je sais que je ne m'en remettrais pas.

Je suis réveillée tôt en ce dimanche matin par les pleurs de LJ. Un sourire illumine mon visage dès que je regarde à côté de mon lit et le trouve assis en train de me regarder. Il a vraiment une bonne tête. Après l'avoir sorti pour faire ses besoins, je lui donne à manger avant de le ramener dans ma chambre et de remonter dans mon lit. Ma migraine est toujours là. Certains jours, la douleur est supportable, d'autres, pas vraiment. Je sais que c'est à cause de tout ce stress. Le plus tôt je retrouverai une vie normale, mieux ce sera. Bizarrement, Mark ne me manque pas autant que je le pensais. Je crois que ce qui me manque le plus, c'est mon boulot et les animaux que je soignais. J'adorais travailler là-bas. Le plus dur pour moi, c'est la façon dont les choses se sont terminées entre nous. Je lui ai donné une année de ma vie et je déteste que ça se soit fini aussi abruptement. Je suppose qu'il n'était pas le type bien que je pense qu'il était. C'est ce que j'essaie encore de comprendre. Au final, les deux seuls hommes qui aient compté pour moi ont fait la même chose : m'abandonner, moi et tout ce que nous avons partagé, sans un regard en arrière. Je peux dire que ça met un sacré coup à l'ego. Vous pensez connaître quelqu'un, puis boum ! Vous réalisez que c'est complètement faux.

Un peu plus tard, je suis sortie du sommeil par le bruit d'une tondeuse à gazon. Quand je jette un œil au réveil sur la table de nuit, je vois qu'il est dix heures et demie. Cela ne me ressemble pas de dormir si tard. Je me lève et me dirige vers la fenêtre en me frottant les yeux. C'est là que je le vois. Bon sang. *Je bave.* Je prie les dieux du Soleil de nous accorder un jour assez chaud pour cette période de l'année. Carter est dans le jardin en train de tondre la pelouse de sa mère, torse nu. Je crois que je me lèche même les babines en le contemplant. Quel spectacle !

Son corps est encore plus musclé et dessiné que dans mes souvenirs. Il porte un jean délavé troué aux genoux. *Trop sexy.* Il descend bas sur sa taille, révélant son délicieux V et l'élastique de son boxer. Et ne me lancez pas sur ses tatouages. Je donnerais n'importe quoi pour passer à nouveau mes mains sur chaque centimètre carré de son corps. Je ne me souviens que trop bien de la sensation de ses muscles fermes sous mes doigts. Je reste là à l'observer pendant un long moment. J'ai l'impression de ne pas pouvoir détourner les yeux. Je suis tirée de ma rêverie par les gémissements de LJ à mes pieds. Je le prends dans mes bras et passe ma main dans sa fourrure.

– Je regarde juste ton papa, dis-je doucement. Chut. Ne le lui dis pas.

Il penche la tête sur le côté et me regarde avec ses grands yeux marron. Je souris.

– Il est vachement bien sans tee-shirt. Vachement bien.

Je tourne la tête de LJ dans la direction de Carter et il pousse un petit aboiement tout mignon quand il le voit.

Une fois que j'ai réussi à m'arracher de la fenêtre, je ressors LJ avant d'aller prendre une douche. Avoir Carter près de moi me redonne des forces. Je ne veux plus m'enfermer dans ma chambre. Je veux aller dehors, ou où qu'il se trouve.

***

J'ai peut-être fait un petit effort pour mon apparence ce matin, mais vu l'état dans lequel Carter m'a trouvée hier, j'ai eu envie d'être jolie pour lui. Je ne porte qu'un haut blanc et un jean slim noir avec mes bottes noires. Mais j'ai pris le temps de me coiffer et j'ai même mis un peu de maquillage.

Quand j'ai terminé, je vais dans la cuisine et sors une boisson fraîche du réfrigérateur pour Carter. J'entends toujours la tondeuse ; donc, je sais qu'il est encore là.

– Tu es très jolie aujourd'hui, ma princesse, dit mon père en levant les yeux du journal qu'il est en train de lire à la table de la cuisine.

– Merci, papa. Je me suis dit que j'allais apporter une boisson fraîche à Carter.

– C'est gentil, dit-il en me souriant. Oh ! tiens. C'est pour toi.

Il attrape une enveloppe sur la table et me la passe.

– C'est quoi ?

– Je crois que c'est l'argent que Mark te doit pour le restaurant.

– Quoi ? Comment l'as-tu obtenu ? dis-je alors que ma contrariété s'entend dans ma voix.

– Est-ce si important ? Sois juste contente de l'avoir récupéré, affirme-t-il sur un ton rageur.

Je devine qu'il est loin d'avoir oublié ce qui s'est passé. J'ai cru qu'il allait péter une artère quand il est venu me récupérer au restaurant après que Mark m'a laissée en plan. Je ne l'avais jamais vu aussi furieux. Il voulait se rendre directement chez lui, mais je l'ai supplié de ne pas le faire. Se battre avec lui ne résoudrait rien.

– Tu es allé le voir ? dis-je en fronçant les sourcils.

Je lui ai spécifiquement demandé de ne pas le faire. Il ignore ma question.

– Papa, qu'est-ce que tu as fait ?

– Je n'ai rien fait, répond-il en retournant à son journal.

C'est ça. Je connais Mark. Il n'aurait pas rendu cet argent comme ça. Sa famille est très aisée, mais aussi radine que possible. Ces gens-là ne dépensent pas leur argent facilement. J'ouvre la bouche pour dire quelque chose, mais mon père lève la main pour m'interrompre.

– Contente-toi de le prendre, Indiana. Pourquoi ne

vas-tu pas apporter à boire à Carter ? Je suis sûr que ça lui fera plaisir.

Je comprends alors que la discussion est close. Pfff ! *Les hommes.*

Après avoir mis sa laisse à LJ, je contourne la maison pour atteindre l'avant. C'est là que se trouve maintenant Carter. LJ tire sur sa laisse quand nous approchons. Je devine que le bruit de la tondeuse lui fait peur. Je me penche et le prends dans mes bras pour qu'il se sente en sécurité.

Quand Carter lève les yeux et remarque ma présence, il sourit. Il appuie sur le levier et éteint la tondeuse.

– Salut, dit-il tandis que je marche vers lui.

– Salut. J'ai entendu la tondeuse. J'ai pensé que tu aurais envie d'une boisson fraîche.

Je lui tends une cannette de coca.

– Merci, dit-il, la prenant d'une main et essuyant la sueur de son front avec l'autre.

La fine couche de transpiration qui couvre son corps délicieux met en valeur sa musculature. Mes yeux se promènent sur son torse. C'est là que je remarque que l'un de ses tétons a un piercing. *Bonté divine.* Je me surprends à avoir envie de me pencher pour passer ma langue autour.

– Hé, mes yeux sont plus haut, plaisante-t-il.

Je sens mon visage rougir quand je le regarde à nouveau dans les yeux. Ce sont les mots que j'ai utilisés quand il regardait ma poitrine l'autre jour.

– Désolée, dis-je, morte d'embarras.

– Ne le sois pas. J'aime que tu me trouves irrésistible.

– Ce n'est pas le cas, dis-je en faisant la grimace.

– Nie-le si tu veux, ma belle, mais toi et moi connaissons la vérité.

Je ne prends pas la peine de répliquer parce qu'il trouvera toujours quelque chose à répondre. D'ailleurs, il a raison. *Et en plus, il m'a appelée « ma belle ».* Cela fait longtemps que je ne l'ai pas entendu me dire ça.

– Tu as l'air plutôt en forme aujourd'hui. Tu as fait tous ces efforts rien que pour moi ? dit-il avec un sourire suffisant et un clin d'œil. Je suis touché.

Bon sang qu'il est insolent !

– Non, dis-je aussitôt, même si la réponse est oui.

LJ aboie dans mes bras et ce n'est qu'à ce moment que Carter réalise qu'il est là.

– Comment va notre petit bonhomme aujourd'hui ? deman-de-t-il en tendant la main pour caresser sa tête.

Le fait qu'il fasse référence à lui en disant « notre » me fait sourire.

– Il a bien dormi ?

– Oui. Je l'ai gardé dans ma chambre cette nuit.

Il lève les yeux du chien pour les river sur les miens.

– Il a dormi dans ta chambre ? Le veinard. Peut-être que j'aurais dû me cacher dans le carton hier ; comme ça, j'aurais dormi dans ta chambre, moi aussi.

– Ha, ha ! Bien essayé, dis-je.

– Tu devrais me donner dix points pour avoir tenté le coup, rit-il. Alors, que vas-tu faire aujourd'hui ? Tu as quelque chose de prévu ?

Je hausse les épaules.

– Tu veux qu'on fasse quelque chose ensemble ? J'ai presque fini.

– Quoi, par exemple ? dis-je, sceptique.

On ne peut jamais savoir avec Carter.

– On pourrait aller se promener ou au ciné.

– Le ciné ? Tu es déjà allé au cinéma ? dis-je, surprise.

Je ne pensais pas que c'était son truc.

– Non, mais il y a une première fois à tout.

Je souris. J'adore qu'il veuille passer du temps avec moi et propose n'importe quoi pour que ça se fasse.

– Je peux choisir le film ?

– Tant que ce n'est pas un film à l'eau de rose, oui, répond-il.

– D'accord.

Ma réponse le fait sourire. Et moi, mon cœur s'emballe. Je ne sais pas où ça nous mènera, mais j'espère vraiment que ça ira quelque part.

– Donne-moi une heure. Je dois d'abord finir ça, puis prendre une douche.

– Très bien. Je vais amener LJ faire une promenade. Passe me prendre quand tu seras prêt.

Après avoir reposé LJ par terre, je traverse la pelouse jusqu'au trottoir. En tournant la tête, je jette un dernier coup d'œil à Carter. Il me regarde. Je lui adresse un sourire et il me fait un clin d'œil. Je sens des petits papillons dans mon ventre. Bon sang, qu'est-ce qu'il est sexy !

***

– Comment va ta mère ? dis-je sur le trajet vers le centre-ville.

Il hausse les épaules. J'ai besoin d'une distraction parce que je n'arrive pas à penser à autre chose que tous les vilains trucs que j'aimerais lui faire. Comme passer ma langue sur chaque centimètre carré de sa peau. Je ne sais pas pourquoi, mais il a toujours réveillé mon côté sauvage. Il vient de se doucher et sent divinement bon, ce qui ne m'aide pas. Je pourrais vraiment me noyer dans son odeur.

– Pas trop mal, je dirais. Ton père a été super. Je lui suis très reconnaissant pour tout ce qu'il fait.

– J'aime bien l'idée qu'ils deviennent amis, lui dis-je en tournant la tête dans sa direction.

Son profil est si beau. Tandis que ses yeux sont rivés sur la route devant nous, je profite de ce moment pour admirer son magnifique visage.

– Ils ont en commun d'avoir perdu un compagnon. Avec un peu de chance, la présence de l'autre leur fera du bien.

Enfin, c'est ce que j'espère. Ses yeux quittent brièvement la route pour regarder vers moi. Pourquoi un simple regard de sa part m'excite-t-il comme ça ?

Elizabeth lui fera du bien. Cela fait seize ans que ma mère est morte. Mon père s'enferme toujours les jours de sa mort et de son anniversaire. Il n'est jamais sorti avec personne depuis sa disparition. Je sais qu'il l'aimait, mais il a besoin d'aller de l'avant. De vivre à nouveau. Je suis sûre que c'est ce que ma mère aurait voulu pour lui.

Carter ouvre ma portière et m'aide à sortir de la voiture quand nous arrivons au cinéma. Au départ, nous avions prévu d'aller déjeuner avant, mais il s'avère que nous n'avons pas le temps.

– On pourra aller manger après, dit Carter tandis que nous faisons la queue pour acheter les tickets.

– D'accord.

Je lui souris quand il pose sa main dans le creux de mon dos alors que la file avance. Je n'arrive toujours pas à croire que nous sommes ensemble.

– Tu vas prendre du pop-corn ? dis-je.

– Tu en veux ?

– Bien sûr. On ne peut pas regarder un film sans pop-corn. C'est contraire à l'éthique.

Il éclate de rire.

– Si tu le dis… Il faudra que tu me donnes un cours rapide sur l'éthique au cinéma. Souviens-toi que c'est ma première fois.

Après avoir récupéré les tickets, le pop-corn et un grand coca, nous nous dirigeons vers la salle.

– Je n'arrive pas à croire que je t'accompagne pour ta première séance ciné, lui dis-je pendant que nous marchons.

Il me regarde et affiche un grand sourire.

– Eh bien, comme j'étais là pour ton premier rapport sexuel, je suppose que c'est dans l'ordre des choses.

Je suis sûre que mes yeux sortent de leurs orbites quand j'entends ce qu'il dit. Pas possible ! Il n'a pas dit ça ? Je sens mon visage rougir. Il se penche vers moi et me dit d'une voix voilée :

– J'adore quand tu rougis comme ça. Ça m'excite comme tu ne peux même pas l'imaginer.

Oh mon Dieu ! Mon visage doit être aussi rouge que le gobelet qu'il a dans la main. Il me donne un petit coup de coude.

– Ne sois pas aussi timide avec moi, ma belle. Je te taquine.

Certaines choses ne changent jamais. Je vois bien le plaisir qu'il prend à m'embêter.

Monstre.

Je monte derrière lui les marches jusqu'à nos places et lui demande :

– On va jusqu'où ?

– Dernier rang.

– Je ne crois pas, non, dis-je en le tirant par le bras pour l'arrêter. Là, c'est très bien.

– Pourquoi ne veux-tu pas t'asseoir au dernier rang ?

Il plaisante, non ?

– Tu ne me fais pas confiance pour me comporter correctement ? ajoute-t-il.

Il m'adresse un regard tel, qu'on lui donnerait le bon Dieu sans confession. Bien tenté. Je sais très bien que la température monterait rapidement.

– Je crois que tu ne sais tout simplement pas te comporter correctement, dis-je en riant.

– Cette remarque me blesse profondément, affirme-t-il en feignant d'être affecté.

Il sait très bien que j'ai raison. Son prochain commentaire le confirme.

– Tu penses vraiment que s'asseoir ici va m'empêcher de mal me comporter ? Tu sais aussi bien que moi que non.

Même si ses paroles me donnent envie de serrer les cuisses, je déglutis nerveusement. Son regard de prédateur tandis que je passe devant lui pour m'asseoir provoque des remous dans mon ventre. Je sais que je ne suis pas encore prête pour ce genre de chose, mais il sait que je ne pourrais pas arrêter s'il essayait. Je me souviens trop bien de l'effet qu'il me faisait il y a si longtemps. Je ne pourrais vous dire combien de fois j'ai espéré que Mark me procure ne serait-ce qu'une fraction des sensations que me donnait Carter, mais malheureusement, il ne l'a jamais fait. Je ne devrais même pas les comparer, mais après avoir été avec Carter, c'est difficile de ne pas le faire.

Carter s'assied à côté de moi et pose le pop-corn sur mes genoux.

– Merci, dis-je en fixant droit devant moi.

Le regard intense qu'il avait à l'instant me rend nerveuse. Je ne trouve pas la force de croiser ses yeux. Je commence à regretter d'avoir accepté sa proposition. Pour préserver mon cœur, j'ai besoin de temps. J'ai besoin d'être sûre que ça va marcher avant d'aller plus loin.

– Détends-toi, dit-il en me donnant un petit coup de coude. Tu as de la chance, je suis d'humeur à bien me comporter.

Mes yeux se rivent sur lui, et je découvre qu'il sourit. C'est gentil et rassurant, mais j'ai toujours des doutes. Je ne peux m'empêcher de lever les yeux au plafond. C'est de Carter Reynolds qu'on parle, là. J'attrape un pop-corn et le balance dans ma bouche en me détendant dans mon fauteuil. Nous verrons bien. J'ai choisi d'aller voir *Fast and Furious*. C'est le septième volet de la série. Il va pouvoir baver sur les voitures, et moi, mater les mecs sexy. Même si je sais qu'ils n'arriveront pas à la cheville de celui assis à côté de moi. Je n'ai pas vu les six premiers opus, mais il a été assez gentil pour m'amener ici ; alors, la moindre des choses, c'était de choisir quelque chose qu'il apprécierait.

Nous restons assis en silence en attendant le début du film. Évidemment, quelques minutes plus tard, il recommence ses singeries. *D'humeur à bien se comporter, mais bien sûr.* Il essaie d'être discret, mais je vois dans son jeu. Chaque fois qu'il tend le bras pour attraper du pop-corn, il fait la même chose. Ses doigts caressent les miens. Cela me donne des picotements dans tout le bras à tous les coups. Quand je le regarde, sa tête est bien droite comme s'il était concentré sur le film, mais son petit sourire me confirme que c'est intentionnel. Je le regarde prendre une gorgée de soda avant de m'en proposer. Mes yeux dévient sur le gobelet avant de revenir à lui. Ce pop-corn salé me donne soif, mais je n'aime pas trop partager un verre.

– Quoi ? Je n'ai pas de microbes, dit-il en approchant le gobelet de moi.

– Pas sûr, ça, dis-je en levant un sourcil.

– Si.

Le ton de sa voix me fait croire qu'il est vexé. Je sais bien que non. Carter ne se vexe pas facilement. Il se penche vers moi.

– Si je me souviens bien, tu as enfoncé ta langue dans ma gorge. En fait, maintenant que j'y pense, tu as enfoncé ma queue dans ta bouche. Tu n'as pas tourné de l'œil et tu n'es pas morte ; alors, prends-en une gorgée, dit-il en mettant le verre dans ma main.

Mes yeux s'écarquillent. Je n'arrive pas à croire qu'il vient de dire ça. Je tourne la tête vers les gens assis à côté de nous. J'espère qu'ils n'ont rien entendu.

– O.K., dis-je sèchement en l'attrapant.

Il sourit quand je pose les lèvres sur la paille.

– Tu vois ? Pas de microbes ! lance-t-il quand je le lui rends.

Cela me fait rire.

– C'est encore trop tôt, dis-je tout bas en me penchant

vers lui. Je suis sûre que tes microbes ne causent pas une mort instantanée.

Il me donne un petit coup taquin avec son coude.

– Encore une fois, cette remarque ne me plaît guère.

Je ris encore.

Quelques minutes plus tard, ses manigances reprennent. Alors que j'attrape un pop-corn et que ma main monte à ma bouche, les doigts de Carter s'enroulent soudainement autour de mon poignet et m'arrêtent. Mes yeux se fixent aussitôt sur lui tandis qu'il me regarde avec un sourire malicieux. Quand il tire mon bras, je le regarde, horrifiée, porter ma main à sa bouche. Ses yeux sont plongés dans les miens, ses lèvres se referment lentement sur mes doigts, et il aspire le pop-corn que ma main contenait. Quand sa langue sort et qu'il lèche le sel sur ma peau avec un air séducteur, j'inspire profondément et serre les cuisses, car le désir monte en moi. Je me souviens aisément de la magie que peut prodiguer sa bouche. Puis il lâche mon poignet et se lèche les lèvres.

– Délicieux, souffle-t-il.

À qui le dis-tu ! Il a réussi à m'exciter comme une folle. Grrr ! Je suis certaine qu'il l'a fait exprès.

Je me surprends à lui lancer des regards furtifs pendant le film. Il est si beau. Il a l'air d'apprécier. Je l'ai vu rire à plusieurs reprises. Cela m'a fait sourire. Le voir heureux me fait quelque chose. Je ne peux pas l'expliquer. Il a tellement changé pendant ces cinq dernières années. Il n'a plus rien à voir avec l'ado perturbé que j'ai connu alors. Il semble montrer davantage du vrai Carter aujourd'hui. Vous ne pouvez pas imaginer ce que ça me fait. Je suis étonnée que, à part l'incident du pop-corn, il se comporte vraiment correctement jusqu'à maintenant. Environ à la moitié du film, ça change. Je le vois me regarder du coin de l'œil. Je fais semblant de ne pas remarquer et reste concentrée sur l'écran. Puis il fait un de ces faux bâillements.

Vous savez, de ceux qu'on voit dans les films. Quand le mec bâille en s'étirant les bras juste avant de les passer autour de l'épaule de la nana.

– Rassure-moi, tu n'as pas tenté ce geste minable ? dis-je en riant.

– Quoi ? J'ai bâillé, affirme-t-il avec un sourire penaud.

Il ne me dupe pas une minute.

– De nos jours, un mec n'a plus le droit de bâiller sans que la nana se fasse des idées ?

– Non, mais quel ringard parfois, dis-je en lui jetant un pop-corn.

Il l'attrape sur son tee-shirt et le met dans sa bouche.

– Peut-être, mais le ringard finit toujours par avoir la fille.

Il me fait un clin d'œil avant de se replonger dans le film. Bien sûr, il n'enlève pas son bras. Je cède, pose ma tête sur son épaule, et il me serre contre lui. Quand mes yeux montent vers son visage, il sourit. Je fais de même. J'adore être dans ses bras. Ça m'avait vraiment manqué.

9

CARTER

Cette journée s'est passée mieux que je m'y attendais. Je ne pensais pas aller un jour au cinéma ; en tout cas, pas en tant qu'adulte. Quand j'étais petit, c'est autre chose. Malheureusement, à l'époque, ma mère n'a jamais pu me payer un ticket.

J'ai proposé à Indi d'y aller parce que j'ai pensé que ça lui ferait plaisir. Les filles aiment ce genre de bêtises, non ? N'ayant jamais eu de vrai rancard avant, c'est tout nouveau pour moi. J'avais juste envie que nous soyons ensemble. Passer du temps avec elle de n'importe quelle façon.

À ma grande surprise, j'ai bien aimé le film que nous avons regardé. J'étais certain qu'elle allait opter pour un navet de nana mièvre, mais non. Elle a vraiment bien choisi. Mais l'important pour moi, c'était *elle.*

Quand nous sommes sortis du cinéma, j'ai glissé discrètement ma main dans la sienne et entremêlé mes doigts aux siens. Ça n'a pas eu l'air de la gêner, ce qui m'a fait plus plaisir que je n'oserais l'admettre. Dès que je suis près d'elle, j'éprouve un désir irrésistible de poser mes mains sur elle. Je sais que nous devons y aller lentement, mais un contact par-ci par-là, c'est déjà pas mal. Je devine à ses réactions à ma moindre caresse qu'elle ressent ce truc, quoi que ce soit. C'est aussi fort que jamais. Si on se laisse une chance, cela pourrait être explosif entre nous. Je le sais.

Nous avons marché un peu en riant et en discutant du film avant de trouver un resto sympa. Je n'ai jamais rien vécu qui ressemblait autant à un vrai rendez-vous. Mais j'ai carrément envie de vivre tout ça avec Indiana. J'ai l'impression de vibrer quand je suis avec elle. C'est électrique. Elle me donne le sentiment d'être vivant. Quand nous étions gamins, les sentiments qu'elle me procurait me faisaient flipper, mais maintenant, j'en profite. J'en ai besoin. Je les chéris. Je la chéris. Je me suis oublié pendant trop longtemps.

Plus tard cet après-midi, Ross nous a invités, ma mère et moi, pour un barbecue. C'est vraiment fantastique de passer une soirée avec les trois personnes qui comptent le plus dans ma vie. Est-ce mal de rêver que nous formions une famille ? Parce que c'est ce que je ressens. J'aimerais plus que tout que Ross soit mon père. J'aimerais qu'Indiana soit ma petite amie. Je suppose que si nous nous mettons ensemble, finalement, c'est un peu ce que Ross deviendra pour moi.

Je vais vraiment faire tout ce qui est en mon pouvoir pour que ça arrive.

***

Il était tard quand ma mère et moi sommes rentrés à la maison hier soir. J'avais prévu de retourner à Newcastle, mais j'ai décidé de partir de bonne heure ce matin. Je passais un trop bon moment avec eux. Je ne voulais pas qu'il se termine. Cela faisait longtemps que je n'avais pas eu le sentiment de faire partie d'une famille. Ma mère semblait même plus heureuse qu'elle ne l'était depuis la mort de Peigne-Cul. Pas de larmes, et même quelques sourires.

Ross et Indi nous ont raccompagnés ensemble ; je n'ai donc pas eu l'occasion de lui dire au revoir comme je l'aurais voulu. Elle sait que je rentre chez moi, mais je lui ai promis de revenir le week-end prochain.

Il est cinq heures du matin quand je balance mon sac dans la voiture. Il faut que je prenne la route avant que la circulation soit trop dense. L'heure de pointe, ça craint. Je n'arriverai jamais à temps pour ouvrir la boutique à huit heures et demie si je ne pars pas bientôt.

J'ai jeté un œil en direction de la chambre d'Indiana une bonne dizaine de fois depuis que je suis réveillé, espérant voir ses lumières allumées. J'ai secrètement envie de la réveiller. Il faut que je la voie une dernière fois avant de partir. Il va falloir attendre cinq longues journées avant de revenir. Je soupire quand j'ouvre la portière côté conducteur. Sa chambre est toujours plongée dans l'obscurité. Je reste encore là à la fixer. Merde. Il faut que je la voie.

Je cours vers sa fenêtre et tape doucement.

– Indi. Indi. Tu es réveillée ?

J'entends LJ aboyer dans sa chambre. Je sais que ça l'a réveillé. *Bon garçon.* Il faudra que je lui rapporte un mégasteak quand je reviendrai. La lumière s'allume. Je tape à nouveau.

– Indi, c'est moi, Carter.

– Carter. Qu'est-ce que tu fais ? Il est cinq heures du mat', dit-elle avec une voix rauque hyper sexy qui fait remuer ma queue.

Il me faut faire un effort surhumain pour ne pas sauter par cette fenêtre et faire ma petite affaire avec elle. Elle se frotte les yeux et les plisse tandis qu'elle essaie de s'habituer à la lumière. Elle est tellement mignonne quand elle vient de se réveiller. Ses cheveux sont tout décoiffés, mais je trouve vraiment que c'est la plus belle créature que j'aie jamais vue.

– Je sais. Désolé. Je voulais juste te revoir avant de partir.

Elle sourit.

– Je pourrais avoir ton numéro, si ça te va ? J'aimerais t'appeler pendant la semaine.

– Vraiment ?

Son visage s'illumine comme si elle était surprise. Elle ne réalise pas à quel point ces cinq jours loin d'elle vont être durs pour moi ?

– Tu vas me manquer.

C'est la vérité.

– Tu vas me manquer aussi.

Maintenant, c'est moi qui souris comme un idiot. Quand elle débite son numéro, je sors mon téléphone pour l'enregistrer directement.

– Je t'appellerai, d'accord ? dis-je en rangeant mon portable dans ma poche.

– O.K. Sois prudent sur la route.

– Promis.

Je reste là à la regarder. Pourquoi est-ce si dur de partir ?

– Je suis désolé de t'avoir réveillée.

– Je suis contente que tu l'aies fait.

Mes yeux quittent les siens pour se poser sur ses lèvres. J'ai trop envie de l'embrasser, mais je ne suis pas sûr qu'elle le veuille. Eh mince. Je ne le saurai jamais si je n'essaie pas. Je tends les mains et les pose sur son visage. *Je me lance.*

Lentement, je tire son visage vers moi jusqu'à ce que ses lèvres touchent les miennes. Je lui donne un baiser doux et délicat. Pas du tout le genre de baiser que j'aurais aimé lui donner, mais si je vais plus loin, je ne partirai jamais. Quand je m'écarte, j'appuie mon front contre le sien.

– Je reviens vendredi soir.

– J'ai hâte, murmure-t-elle.

– Retourne te coucher.

– Oui, souffle-t-elle en se redressant.

– Au revoir, ma belle.

– Au revoir, Carter.

Je souris quand je retourne vers ma voiture. Je jurerais même qu'il y a un élan dans ma démarche qui n'existait pas avant. Je sors mon téléphone et lui envoie un petit message :

Rêve bien de moi...

Sa réponse me fait rire.

Ça te ferait trop plaisir. x

***

Elle occupe mes pensées jour et nuit pendant toute la semaine. Même si j'aimerais bien le faire, je me retiens de l'appeler toutes les heures. Je parviens à me limiter à un message le matin et un appel chaque soir. Lundi, nous avons discuté presque une heure. C'est fou tout ce qu'on peut apprendre sur une personne quand on s'assoit pour avoir une vraie conversation avec elle.

Je continue à l'embêter quand je peux. Je crois que je ne me lasserai jamais de la mettre en rogne. C'est trop marrant. Mais elle ne se laisse pas faire. Et j'adore ça. Elle s'est vraiment ouverte à moi ces dernières soirées, et j'en ai fait de même avec elle. C'est toutes ces petites choses sans importance que j'apprends sur elle que j'aime le plus.

Comme le fait qu'elle préfère le salé au sucré. *Ça, c'est parce qu'elle est déjà bien assez sucrée comme ça.* Elle a des goûts musicaux très divers. Sa couleur préférée est le rose. Quand elle était petite, elle voulait devenir pompier ou princesse. Elle voulait avoir un cheval jusqu'à ses quatre ans. Toutes ces petites choses qui font d'elle ce qu'elle est. Tout ce qui la rend spéciale.

Hier soir, nous avons discuté presque trois heures jusqu'à ce qu'Indi s'endorme, le téléphone à l'oreille. Je n'ai pas raccroché tout de suite et je me suis contenté de l'écouter respirer comme un fichu pervers. Je ne sais pas pourquoi je me torture comme ça. Cela n'a fait que me donner envie de passer par le téléphone pour la prendre dans mes bras.

Qu'est-ce qu'elle me fait, bon sang ?

Je secoue la tête avec un air dégoûté quand je raccroche enfin et me rends dans la salle de bain pour prendre une douche froide. Je n'ai même pas regardé une autre fille depuis la première fois où je suis rentré pour l'enterrement. Je n'ai d'yeux que pour elle. Je l'ai de nouveau dans la peau, mais cette fois, j'ai bien peur que ce soit pour de bon. *Bordel.* Je pourrais aussi bien m'arracher les valseuses et les lui envoyer par courrier.

***

Encore un dodo. On dirait un gamin. On est jeudi et je n'arrête pas de penser que demain nous serons de nouveau ensemble. J'ai attendu que les journées passent toute la semaine. Non seulement pour arriver au week-end, mais pour être le soir et pouvoir l'appeler.

Après avoir terminé une tâche, je regarde l'heure sur mon téléphone. Treize heures. J'étais en retard ce matin ; du coup, je n'ai pas eu le temps de prendre mon petit-déjeuner. Ma réceptionniste, Justine, m'a pris un café sur la route. Elle le fait tout le temps. C'est une chouette gamine.

J'ai un creux de vingt minutes avant mon prochain rendez-vous et je décide de sortir déjeuner.

– Je sors manger un bout, dis-je à Justine en passant devant la caisse.

J'ai à peine passé la porte quand mon téléphone sonne. Le nom de Ross apparaît sur l'écran. *Mince.* Pourquoi m'appelle-t-il au milieu de la journée comme ça ? Mon cœur tambourine dans ma poitrine quand je réponds. Ma première pensée est qu'il est arrivé quelque chose à Indi ou ma mère.

– Salut, Ross. Tout va bien ? dis-je avant qu'il n'ait le temps de dire quoi que ce soit.

– C'est pour ça que je t'appelle. Je n'en suis pas sûr, fiston. Indi t'a-t-elle parlé de ses migraines ?

– Quoi ? Non. Pourquoi ?

C'est la première fois que j'en entends parler.

– Elle en a beaucoup ces derniers temps. Elle ne me l'a pas dit, mais j'ai remarqué qu'elle restait souvent allongée pendant la journée. Cela ne lui ressemble pas. Ce matin, j'ai abordé le sujet. Apparemment, ça fait deux semaines qu'elle en a.

– Elle ne m'a rien dit à ce sujet.

Bien sûr, cela ne me fait pas plaisir, mais elle a traversé pas mal d'épreuves ces derniers temps ; alors, ça ne m'inquiète pas trop.

– Je suis sûr que ce n'est rien, Ross. Probablement juste un peu de stress.

– C'est ce qu'elle a dit. Je suis inquiet, Carter. Elle ne veut pas aller chez le médecin. Qu'est-ce qu'elle est têtue parfois !

J'entends clairement la frustration dans sa voix.

– J'espérais que tu pourrais lui parler.

– Si c'était grave, je suis sûr qu'elle irait se faire ausculter, dis-je pour essayer de le rassurer – ou de me rassurer.

– Je ne crois pas que tu comprennes, Carter. C'est exactement comme ça que les choses ont commencé pour Isabella.

– Attendez. (Il m'a perdu.) Qui est Isabella ?

– Ma femme. La mère d'Indiana.

J'ai soudain un gros poids dans la poitrine. Maintenant, je comprends. Elle est morte d'une tumeur au cerveau. *Non... est-ce qu'il pense qu'Indiana a une tumeur ?* Quand mes genoux fléchissent sous moi, je pose ma main sur le mur pour me soutenir.

– Carter ? Tu es toujours là ?

– Oui. Il faut qu'elle aille consulter tout de suite, dis-je, soudain paniqué.

– J'ai essayé. Elle ne m'écoute pas. J'ai même perdu mon calme avec elle ce matin. Je ne lui avais jamais crié après. *Jamais*. Carter, je ne veux pas la perdre, elle aussi, implore-t-il.

Quand sa voix se casse, j'ai l'impression qu'on m'enfonce un couteau dans le cœur. L'idée de la perdre est tout simplement inenvisageable.

– Je m'en occupe.

C'est tout ce que je dis avant de raccrocher. J'ai l'impression de manquer d'air. Mes épaules s'affaissent et mes mains se serrent dans mes cheveux tandis que je pousse un profond soupir. Ce n'est pas possible, ça ne peut pas arriver. Quand je suis de nouveau d'aplomb, je me tourne vers Justine.

– Annule tous mes rendez-vous pour le reste de la semaine.

– Vous allez bien ? Vous n'avez pas l'air en forme.

– Je dois y aller, dis-je en me retournant pour pousser la porte.

Je crois que je vais être malade.

10

INDIANA

Je suis isolée dans ma chambre quand Carter débarque en tambourinant à ma porte. Je me suis trompée de jour ? Je croyais qu'il ne revenait pas avant demain soir. Son expression m'indique qu'il n'est pas content. Il s'approche de moi sans dire un mot. Soudain, il me soulève de mon lit et me balance sur son épaule d'un geste agile.

– Carter ! Qu'est-ce que tu fiches ?

Il a perdu la tête ou quoi ?

– Si j'étais toi, je la fermerais. Je n'ai pas besoin d'entendre tes conneries ! aboie-t-il.

Ses mains se posent fermement sur mes fesses. Aïe !

– C'est quoi ton problème ? Repose-moi tout de suite, crétin.

Tout le sang monte dans ma tête et la fait lanciner.

– La ferme, dit-il en traversant la cuisine pour se diriger vers la porte d'entrée.

J'ai la tête en bas, mais je vois clairement le sourire sur le visage de mon père en passant.

– Papa, aide-moi. Il est devenu fou.

– Désolé, ma puce. Je ne peux pas. C'est pour ton bien.

Quoi ? Je me retrouve soudain assise sur le siège passager de la voiture de Carter. J'essaie aussitôt de sortir. Je n'irai nulle part avec ce cinglé.

– N'y pense même pas, grogne-t-il en me jetant un regard qui me cloue au siège.

Il attrape la ceinture et se penche au-dessus de moi pour la boucler.

– Si tu essaies de t'échapper, tu le regretteras.

Il verrouille la portière avant de contourner la voiture pour s'installer sur le siège du conducteur. Pendant tout ce temps, mon père se tient sous le porche avec un grand sourire. Je me pince. Ce doit être un cauchemar. *Aïe !* Non. Je suis bien réveillée.

– Où m'amènes-tu ? dis-je quand il est assis.

Son regard furieux croise le mien.

– À ton avis ? Chez le médecin.

Oh non. Bon sang, mon père a dû l'appeler. *Le traître.* Comment a-t-il pu ?

– Tu ne peux pas m'y conduire, dis-je en posant la main sur la boucle de la ceinture.

– Je peux et je vais le faire, réplique-t-il en attrapant ma main pour m'arrêter.

Les larmes me piquent les yeux. Je ne sais pas si c'est à cause de la colère parce qu'il me force à le faire ou à cause de la peur. Entendre ce que les médecins ont à dire ne m'intéresse pas. Quoi que ce soit.

– Tu ne peux pas me forcer, dis-je, les dents serrées.

– J'ai une nouvelle pour toi, chérie. Je peux et je vais le faire.

– C'est un kidnapping.

Si cet imbécile ne m'avait pas arrachée de mon lit sans me laisser attraper mon sac et mon téléphone, je serais déjà en train d'appeler les secours.

– Un kidnapping, répète-t-il en riant comme un psychopathe. Ton père est officier de police et n'est pas de cet avis.

Il tourne la tête vers moi quand j'attrape la poignée de la portière. Il regarde ma main avant de croiser mon regard. L'un de ses sourcils diaboliques se lève pour me jeter un regard menaçant qui dit : « Ne me provoque pas. »

– Je n'arrive pas à croire que vous ayez fait ça, dis-je sèchement, lâchant la portière et croisant les bras sur ma poitrine comme une enfant gâtée.

En voilà, une réaction disproportionnée. Ce n'est qu'une petite migraine. Je pousse un soupir exaspéré quand il fait démarrer la voiture et recule dans l'allée.

– Là, je te déteste.

Il fronce les sourcils et serre le volant si fort que ses articulations blanchissent, mais il choisit d'ignorer ma remarque.

Nous ne disons rien sur le trajet jusqu'au cabinet du médecin. Ça m'énerve qu'ils m'aient forcée à venir ici. Il gare la voiture et sort. Les bras croisés sur la poitrine en signe de protestation, je ne bouge pas. Il vient de mon côté de la voiture et ouvre la portière.

– Descends, m'ordonne-t-il.

– Force-moi.

Il soupire avant de se pencher pour défaire ma ceinture.

– Comme tu veux, grogne-t-il.

Il me soulève hors de la voiture et me jette sur son épaule à nouveau.

– Repose-moi, crétin. Je vais marcher.

Je suis morte de honte.

– Non. Tu n'as pas saisi ta chance.

– Tu es nul, lui dis-je en frappant son dos comme une sale môme.

Je ne veux pas être ici. Je ne veux pas entendre ce que le médecin a à dire. Je comprends soudain ce qu'a pu ressentir ma mère quand elle a dû affronter ça. Des larmes de frustration me montent aux yeux. Parfois, il vaut mieux ne pas connaître la vérité. Dans mon cœur, je sais ce qu'il va dire. J'ai ces migraines depuis deux semaines. Au début, j'ai pensé que c'était à cause du stress, mais quand elles se sont installées et ne sont pas parties, j'ai commencé à avoir des doutes. Même si ça m'inquiétait, j'ai évité d'y penser. J'ai refusé de croire que c'était autre chose qu'un simple mal de tête. Même si la logique me disait que c'était plus grave que ça.

Ce matin, quand j'ai confié à mon père la raison pour laquelle je m'allongeais si souvent, non seulement son visage est devenu tout blanc, mais il a dû se tenir à la table parce que ses jambes ont menacé de se dérober sous lui. Je savais au fond de moi que mes inquiétudes étaient fondées. Je n'ai que vingt-deux ans. Je n'ai pas encore vécu tout ce que la vie a à offrir.

Je ne veux pas mourir.

***

Une heure plus tard, nous sortons du cabinet du médecin. Autant dire que j'ai l'estomac en vrac. Je dois rester à jeun à partir de minuit ce soir et être à l'hôpital à huit heures demain pour faire une prise de sang et un scanner. Le médecin avait l'air assez inquiet à cause de la durée de mes migraines et, bien sûr, de mes antécédents familiaux. Il a appelé l'hôpital avant que nous partions pour prendre mes rendez-vous pour la matinée. Je suis terrifiée quand je pense à tout ce que je vais devoir affronter demain.

Nous restons silencieux sur le trajet de retour. Carter m'a tenu la main à la minute où nous sommes entrés chez le médecin et ne l'a pas lâchée depuis. Il ne se doute pas de l'importance que revêt sa présence auprès de moi. Je suis toujours en colère contre lui pour m'avoir amenée ici contre ma volonté, mais je comprends pourquoi il l'a fait. J'apprécie qu'il s'inquiète assez pour moi pour m'avoir forcée à venir.

– Comment tu te sens ? demande-t-il quand nous arrivons sur l'allée.

Je hausse les épaules. Assommée serait le meilleur terme pour définir mon état.

– Ça va aller, dit-il en tendant la main pour me presser la jambe.

Je suis consciente de ce qu'il veut me transmettre avec ses paroles, mais est-ce que ça va vraiment aller ? Vais-je finir comme un autre chiffre dans les statistiques, comme ma mère ? Les larmes me brûlent les yeux quand je pense à ce que ça va faire à mon père.

– Je dois aller parler à mon père, dis-je, la voix cassée.

J'enlève ma ceinture et je m'apprête à attraper la poignée.

– Je crois que je dois te remercier de m'avoir forcée à y aller contre mon gré.

Que pourrais-je lui dire d'autre ? C'est exactement pour ça que je ne voulais pas m'y rendre au départ.

Je ne veux pas savoir.

Carter enlève sa ceinture et sort rapidement de la voiture. Avant que je m'en rende compte, il ouvre ma portière et me tire dans ses bras. Il me serre si fort que j'ai l'impression que je vais exploser. Quand il finit par me lâcher, il attrape mon visage entre ses mains. L'expression que je vois dans ses yeux cause ma perte. Je ne peux pas craquer devant lui. Il penserait que je suis faible.

– Quoi qu'il arrive demain, je te promets qu'on traversera tout ça ensemble.

Cela suffit à me faire craquer. J'essaie de contenir mes émotions depuis que nous avons quitté le médecin. Je respire profondément pour retenir mes larmes, mais un horrible sanglot m'échappe alors.

– Mince, dit-il, me reprenant dans ses bras et appuyant sur le côté de mon visage pour me serrer contre sa poitrine.

J'entends le battement erratique de son cœur tandis que son corps tremble contre le mien.

***

Carter est à ma porte à sept heures. Je ne lui ai jamais demandé de m'accompagner ce matin, mais je suppose qu'il s'est invité tout seul. Mon père n'a pas très bien pris la nouvelle hier soir. Carter a insisté pour venir la lui annoncer avec moi, mais j'avais le sentiment que c'était quelque chose que je devais faire seule. Je déteste l'idée que mon père doive traverser tout ça à nouveau. Quand ses épaules se sont affaissées et qu'il a caché son visage dans ses mains pour se mettre à pleurer, cela m'a brisé le cœur. C'est là que j'ai réalisé qu'il fallait que je combatte ça de toutes mes forces. Il faut que je sois forte pour lui. Peu importe ce que je ressens à l'intérieur, peu importe les résultats des examens, je dois être une grande fille et affronter ça du mieux que je pourrai.

– Tu n'es pas obligé de venir avec nous ce matin, dis-je à Carter en ouvrant la porte. Mon père a pris quelques jours de congé pour être avec moi.

– C'est bien, mais je viens aussi. Pour tous les deux, dit-il en se frayant un chemin pour entrer dans la maison.

Son entêtement devrait m'agacer, mais non. Je me surprends à sourire en le regardant s'éloigner dans le couloir jusqu'à la cuisine. Je vais peut-être devoir mener le combat de ma vie, mais c'est bon de savoir que, si c'est le cas, je ne serai pas seule.

II

CARTER

Une fois tous les examens effectués, nous devons attendre les résultats pendant deux interminables heures. Après qu'Indi s'est légèrement effondrée quand nous sommes rentrés hier, je me demandais comment elle allait affronter cette journée, mais c'est une vraie championne. Je suis fier d'elle. Étonnamment, je dirais que, de nous trois, c'est de loin celle qui gère le mieux.

Son père est resté silencieux depuis que je suis arrivé chez eux ce matin. Il a à peine dit un mot. Pendant qu'elle passait ses examens, il a fait les cent pas dans le couloir jusqu'à ce qu'elle sorte. Ça m'a fait mal au cœur. Je ne peux qu'imaginer l'enfer que ce doit être pour lui. Indi est tout ce qui lui reste.

Alors que nous sommes assis à attendre le verdict, j'ai l'estomac barbouillé. La jambe de Ross s'agite nerveusement, et Indiana est assise à côté de moi, super détendue. Cela m'ébahit et m'inquiète à la fois. Je prie pour que nous ayons de bons résultats.

– Le docteur va vous recevoir, mademoiselle Montgomery, dit l'infirmière qui apparaît devant nous.

– Bonne chance, ma princesse, dit Ross, attrapant sa main et la serrant.

– Tout va bien se passer, papa, répond-elle avec le sourire.

Je comprends maintenant pourquoi elle a paru aussi calme aujourd'hui. Elle fait ça pour son père.

– Par ici, indique l'infirmière avec un signe de la main pour qu'Indiana la suive.

Nous nous levons en même temps.

– C'est bon, Carter, dit Indi en tournant la tête vers moi. J'en ai déjà discuté avec mon père. J'y vais seule pour avoir les résultats.

– Tu en as parlé avec lui, pas avec moi. Je viens avec toi, que tu le veuilles ou non.

Il est hors de question qu'elle fasse ça seule.

– Ou non, dit-elle en me regardant, les sourcils froncés.

Cela me fait sourire. J'attrape sa main et entremêle mes doigts aux siens.

– Nous allons le faire ensemble. Un point, c'est tout.

Elle essaie de libérer sa main, mais je renforce ma prise. *Je ne crois pas, non.* Quand elle réalise que je n'ai pas l'intention de céder, elle soupire.

– O.K., espèce de tête de mule, marmonne-t-elle, ce qui me fait rire doucement.

– Qui se ressemble s'assemble, dis-je doucement à son oreille en la suivant vers le bureau du docteur.

Elle me pince la main méchamment et je souris. J'aime son caractère.

– Asseyez-vous, dit le médecin quand nous entrons. Je suis le docteur Emmerson, l'oncologiste de cet hôpital.

Après les présentations, nous nous asseyons. Mes yeux dévient sur Indiana. En apparence, elle a l'air calme. Je tends le bras et prends sa petite main dans la mienne. Quand je la sens trembler, je sais que ce n'est pas le cas. J'ai un pincement au cœur. *Faites qu'elle aille bien.*

– J'ai récupéré vos résultats, dit-il avec un regard neutre qui ne laisse rien transparaître.

Satanés médecins et leurs regards vides. Au moins, si son expression donnait un indice sur le verdict, je pourrais m'y préparer. Puis il poursuit et prononce exactement les paroles que je redoutais.

– Indiana, je suis désolé…

C'est tout ce que j'entends, car le reste est voilé par les battements de mon cœur. Je sens la main d'Indiana serrer la mienne.

Nooooooon ! Ce n'est pas possible.

***

Nos visages sombres disent tout. *La dévastation.* J'ai proposé à Ross de conduire sa voiture pour revenir de l'hôpital. Il n'était pas en état de tenir le volant. J'écoute attentivement Indiana raconter tout ce que le médecin lui a dit. Tout ce que j'ai raté tandis que mon monde s'écroulait.

Elle a une tumeur. Ce qui est positif, c'est qu'elle est petite. Le médecin est assez confiant. Selon lui, s'ils ne trouvent pas d'autres cancers, une radiothérapie de six semaines devrait suffire. Il lui a garanti que c'était la meilleure solution dans son cas. Cela permet d'éviter tous risques inutiles liés à la chirurgie du cerveau.

Ross ne réagit pas aux propos d'Indi. Je lui jette un coup d'œil dans le rétroviseur et vois clairement la douleur, le choc et l'incrédulité concernant ce qui se produit à nouveau. Il est habituellement si fort, si posé. Cela crée une boule dans ma gorge. Découvrir que sa fille unique a la maladie qui a tué sa femme doit être une pilule bien dure à avaler.

– Tout va bien se passer, papa, dit-elle en se retournant pour attraper sa main sur la banquette arrière.

Elle me laisse sans voix. Elle vient d'apprendre qu'elle a une tumeur au cerveau, et c'est elle qui le réconforte et le rassure. C'est elle qui est positive et optimiste ; alors, il est évident qu'il est rongé par le doute.

– Le docteur a même dit que la médecine a fait de gros progrès depuis le diagnostic de maman. En plus, on l'a découvert tôt. Vous avez appris le sien plusieurs années après les premiers symptômes.

Chacun de ses mots a un effet apaisant sur mon cœur blessé. Je suis dévasté par ce qui se passe. Je donnerais n'importe quoi pour changer la situation. Je ne veux pas la perdre avant même d'avoir pu la récupérer, parce que, ces dernières semaines, j'ai réalisé que ma vie sans elle est inimaginable. Elle me complète.

Elle a l'air si confiante, si sûre d'elle. Si elle y croit, en ce cas, moi aussi. Qui suis-je pour lui mettre des bâtons dans les roues ? Son optimisme est inspirant et pourrait bien être tout ce dont elle a besoin pour combattre cette fichue tumeur.

Elle doit retourner à l'hôpital lundi pour passer une IRM (ou imagerie par résonance magnétique). Le docteur veut s'assurer que le cancer se confine à son cerveau, qu'il n'y a pas de cancers secondaires ailleurs dans son corps. S'il n'y en a pas, il lui donne quatre-vingts pour cent de chances de survie. Je suis ravi, même si je préférerais que ce soit cent pour cent, mais si quatre-vingts est le maximum qu'il puisse promettre, c'est déjà ça. Ça fait un paquet de chances. Je mentirais si je disais que les vingt pour cent restants ne me font pas flipper grave.

Maintenant, il ne nous reste plus qu'à prier pour que la tumeur soit confinée.

Quand nous arrivons, nous entrons tous les trois dans la maison. Ross se dirige directement vers le réfrigérateur pour prendre une bière.

– T'en veux une ? me demande-t-il.

– Avec plaisir.

Je suppose que l'alcool n'est pas la solution, mais je pense que, dans cette situation, j'en ai bien besoin.

– Ça vous dérange si je vais m'allonger ? Je n'ai pas beaucoup dormi cette nuit. Je suis fatiguée, dit Indi.

– Bien sûr que non, ma princesse, dit son père tandis qu'il s'avance vers elle pour la prendre dans ses bras. Je suis désolé de ne pas avoir été d'un grand soutien aujourd'hui, c'est juste que…

– Chut, papa. Tu n'as pas à être désolé, réplique-t-elle en glissant ses bras autour de sa taille. Je t'aime. Je sais comme c'est dur pour toi, mais ça va bien se passer.

– Je t'aime aussi, mon bébé, dit-il en se penchant pour déposer un baiser sur le haut de sa tête avant de la lâcher.

Elle fait un pas en arrière et me regarde.

– Merci d'être venu aujourd'hui, Carter. Ça compte beaucoup pour moi.

– Relaxe, dis-je tandis que mes lèvres esquissent un bref sourire.

J'ai le cœur si lourd.

– Je serai avec toi pour franchir chaque marche.

Et ce sera le cas, qu'elle le veuille ou non. Elle sourit, mais ce sourire n'atteint pas ses yeux. Pendant une fraction de seconde, on dirait presque qu'elle va pleurer, mais elle se reprend rapidement. Alors, je m'interroge. Peut-être qu'elle ne gère pas aussi bien qu'elle en a l'air. Je ne peux pas lui en vouloir. Je ne suis pas sûr que j'y arriverais, si j'étais à sa place. Je reste assis à la table de la cuisine avec Ross pendant qu'il noie son inquiétude dans l'alcool. Pour être honnête, je suis tenté de faire pareil, mais non. Qu'est-ce que ça m'apporterait ? Cela n'arrangerait rien. Je décide plutôt d'être son roc. Celui qu'il a représenté pour moi pendant les cinq dernières années.

Les heures passent, et Indiana ne réapparaît pas de sa chambre. Je meurs d'envie d'aller la voir. Pour m'assurer qu'elle va bien.

– Je ne peux pas revivre ça, dit soudain Ross, la voix cassée.

Il cache son visage dans ses mains et je devine qu'il n'est pas loin de craquer. J'ai de la peine pour lui, vraiment, mais il doit se ressaisir. Sa fille a besoin de tout le soutien qu'on peut lui apporter.

– Regardez-moi, Ross.

Il lève la tête, et ses yeux vitreux croisent les miens.

– Vous pouvez le faire et vous allez le faire. C'est votre fille. Ça craint, je sais, mais vous devez vous ressaisir. Elle a besoin de vous.

– Je sais… Je sais, dit-il en secouant la tête.

Je ne l'ai jamais vu comme ça auparavant.

– C'est mon bébé. Elle est tout ce que j'ai.

Il me regarde, les yeux pleins de larmes.

– Je ne crois pas que je pourrais m'en remettre si je la perdais, elle aussi.

Je me lève de ma chaise et contourne la table pour venir de son côté. Il a assez bu.

– Allez, dis-je en passant mes mains sous ses bras pour l'aider à se lever.

Il titube, mais trouve son équilibre.

– Je pense que vous avez besoin de vous allonger.

– Tu as peut-être raison. Je suis content que tu sois revenu, fiston. Tu es tout ce dont ma fille a besoin.

Ses paroles me font sourire. J'adore qu'il pense que je suis assez bien pour elle, même si j'ai encore des doutes sur la question. Je le guide vers sa chambre avant de l'allonger sur son lit. Tandis que je lui retire ses chaussures et tire une couverture, il ferme les yeux.

– On se voit demain, lui dis-je en me tournant pour partir.

– Carter.

– Oui.

Je m'arrête et regarde par-dessus mon épaule. Il garde les yeux fermés.

– Je t'aime comme si tu étais mon propre fils, marmonne-t-il.

Je sens les coins de mes lèvres remonter. Je ne peux pas vous dire ce que ça signifie pour moi de l'entendre dire ça. Je reste là un instant à le regarder. Il représente ce que j'ai de plus proche d'un père. Avant que j'aie le temps de dire quoi que ce soit, je l'entends ronfler. Je secoue la tête en riant doucement. Moi aussi je l'aime vraiment.

Je ferme doucement la porte de sa chambre en partant. Tandis que je me dirige vers la porte d'entrée, je m'arrête. Je me sens obligé d'aller jeter un œil à Indi avant de partir. Je me retourne et parcours le couloir jusqu'à sa chambre. Je lève la main pour taper, mais me retiens. Si elle dort, je ne veux pas la réveiller. Elle a besoin de se reposer.

J'attrape la poignée et ouvre discrètement la porte en essayant de ne pas faire de bruit. Je vais juste jeter un œil et repartir. Je souris quand je la vois allonger dans son lit, dos à moi. Qu'est-ce que je ne donnerais pas pour être près d'elle à cet instant. En me retournant pour partir, je l'entends renifler. Est-elle en train de pleurer ? Je vois sa main essuyer son visage.

– Indi, dis-je en faisant un pas vers son lit.

Elle tourne la tête et me regarde par-dessus son épaule. Ses yeux sont rouges et gonflés. Elle a l'air si triste. Cela me brise le cœur. Je n'hésite pas une seconde. Je retire mes chaussures et grimpe dans son lit près d'elle. On ne dit rien. Je la tire vers moi et la prends dans mes bras. Elle passe son bras autour de ma taille en pleurant doucement contre ma poitrine. Les larmes me montent aux yeux, et je la serre contre moi. L'énormité de la situation et tout ce que réserve l'avenir finissent par m'atteindre. Je me déteste encore plus. Pourquoi n'ai-je pas su me ressaisir il y a si longtemps ? Nous avons perdu tant de temps. Une chose est sûre. Je serai auprès d'elle à chacun de ses pas à partir de maintenant. Je chérirai chaque seconde de notre temps passé ensemble. Quelle que soit sa durée.

La perdre comme ça n'est pas une option que je veux connaître un jour.

***

Quand j'ouvre les yeux, je découvre que le soleil inonde la chambre. Au début, je suis désorienté. Je suis enveloppé dans la chaleur. Mon regard descend et tombe sur Indi qui dort profondément sur mon torse. Cela me donne instantanément le sourire. Mon Dieu qu'elle est belle. Ses longs cils noirs sont étendus sur ses joues. Ses lèvres charnues et super sexy n'attendent que d'être embrassées. Sa jambe est posée sur moi et me bloque sur le lit. Son bras est toujours autour de ma taille.

Ma bûche du matin est tendue contre mon jean. Le fait qu'elle soit comme ça sur moi n'aide pas. Mince. Je donnerais n'importe quoi pour pouvoir la retourner et lui faire son affaire.

Je lève légèrement la tête de l'oreiller et dépose un doux baiser sur son front. Un sourire embellit son visage tandis qu'elle pousse un petit soupir sexy en se blottissant un peu plus contre moi. La jambe posée sur moi remonte légèrement. Elle se trouve maintenant à seulement quelques centimètres de ma queue, ce qui la fait durcir encore. Mince. Il faut que j'arrange ce machin parce que ça commence à faire mal, mais je ne veux pas la réveiller.

Je n'ai jamais passé la nuit comme ça avec quelqu'un avant. Si je pouvais rester là, pelotonné pour toujours, je le ferais. Elle lève la tête de mon torse, et ses yeux parcourent la chambre avant d'atterrir sur moi.

– Carter.

Son air choqué me fait sourire sans que je sache pourquoi.

– Quelle heure est-il ?

Je tourne la tête pour regarder son réveil.

– Huit heures.

– Mince. Tu es resté toute la nuit ?

– On dirait. On a dû s'endormir.

Elle essaie de se redresser, mais je la serre dans mes bras. Je ne suis pas encore prêt à la laisser partir.

– Laisse-moi me lever, demande-t-elle.

– Non. Je n'ai pas fini mon câlin.

Elle soupire, et son regard croise le mien.

– C'est mignon, mais je dois aller faire pipi.

– Oh !

Je la lâche en riant.

– Comment tu te sens aujourd'hui ? dis-je alors qu'elle me grimpe dessus.

– Bien, répond-elle en souriant.

Mais son sourire n'atteint pas ses yeux. Je sais qu'elle ment.

Pendant qu'elle est dans la salle de bain, j'arrange ma queue, mais ne bouge pas du lit. Il va falloir que je l'occupe aujourd'hui. Je ne veux pas qu'elle passe son temps à se morfondre en pensant à l'IRM de lundi.

Quand elle revient dans la chambre, je m'assieds.

– Je ferais mieux de partir avant que ton père me trouve dans ta chambre. Il a un flingue.

Elle se met à rire.

– Il t'aime bien, Carter. Je pense que tu ne crains rien. D'ailleurs, je ne suis plus une gamine.

– Ça a donc fini par changer, dis-je en me penchant pour attraper mes chaussures par terre.

– Ha, ha. Très marrant.

J'enfile mes chaussures et me lève. Je parcours les quelques pas qui nous séparent et passe mes bras autour de sa taille. Par chance, cela n'a pas l'air de la déranger.

– Prépare-toi. Je passerai te prendre dans environ une heure.

– Où allons-nous ? demande-t-elle en esquissant un sourire.

– On sort toute la journée. Ça te dérange si nos parents nous accompagnent ? Je pense que ça nous fera du bien à tous de sortir.

– Bien sûr que non, répond-elle avec un grand sourire.

– Mets quelque chose de chaud et confortable.

Elle en aura besoin là où nous allons.

– D'accord.

Je me penche et pose mes lèvres délicatement sur les siennes. Ce n'est qu'un smack, mais j'ai l'impression d'être obligé de l'embrasser. Je suis un homme patient. Je suis prêt à attendre le temps qu'il faudra. Mais pendant ce temps, je me faufilerai où je peux. Je ferai tout pour la presser un peu.

J'ai besoin d'elle. Le diagnostic d'hier n'a fait qu'intensifier mon désir pour elle. Les situations comme celle-là vous font réaliser que la vie est courte. Il faut vivre chaque jour comme si c'était le dernier.

– Ton père a beaucoup bu hier, lui dis-je. J'ai dû le mettre dans son lit. Il va probablement être dans un sale état aujourd'hui, mais essaie de le convaincre de venir avec nous. Je n'aime pas l'idée de le laisser seul.

– Tu es très gentil, Carter Reynolds, dit-elle en portant sa main à mon visage pour le caresser. Qui l'eût cru ?

Comme elle sourit, je ne suis pas vexé.

– Que veux-tu ? Tu fais ressortir le meilleur de ma personne. Et tu l'as toujours fait.

Cette fois, elle attrape mon visage entre ses mains et tire ma tête vers la sienne. Quand sa bouche couvre la mienne, je serre son corps en gémissant. Bon sang. Ça, c'est le genre de baiser dont je rêvais.

Bon sang, que ses lèvres m'ont manqué ! Ces sentiments complètement dingues qu'elle me fait éprouver m'ont manqué. C'est électrique. Ses caresses et ses baisers m'électrifient. C'est le meilleur moyen de décrire ces sensations. C'est comme un courant électrique qui traverserait chaque centimètre de mon corps. Mon Dieu.

Elle me donne le sentiment d'être vivant.

12

INDIANA

Je ressens encore les picotements sur mes lèvres après le départ de Carter. Je lui suis reconnaissante pour tout ce qu'il a fait, aussi bien pour moi que pour mon père. Il nous est d'un tel soutien. Je ne sais trop comment j'aurais supporté la journée d'hier sans lui. Même si j'étais très énervée qu'il m'ait forcée à aller voir le médecin au départ, je l'en remercie, maintenant. C'était l'élan dont j'avais besoin. Tout ce qui compte pour lui, ce sont mes intérêts. Je ne peux pas lui en vouloir.

Ce doit être ça, la différence entre vivre et mourir. Ma mère a attendu des années avant d'avoir un diagnostic. Grâce à Carter, je n'ai attendu que quelques semaines. Au moins, j'ai une chance de me battre pour vaincre cette foutue tumeur. Malheureusement, ma mère n'a pas eu ce luxe.

Cela me fait réfléchir à tout ce qu'elle a dû traverser. Je mentirais si je disais que cela ne me bouleverse pas. Je déteste qu'elle ait attendu si longtemps pour voir quelqu'un, malgré les supplications de mon père. Si elle l'avait écouté, je n'aurais probablement pas dû grandir sans mère. Mon père n'aurait pas eu à vivre sans son âme sœur.

Mon pauvre papa. Je vais combattre cette putain de tumeur de toutes mes forces. Je refuse de la laisser causer ma perte. Je refuse de lui apporter plus de chagrin. Cela le détruirait, je le sais. Après la mort de maman, devoir s'occuper de moi a été la seule chose qui lui a donné la volonté de continuer. De rester en vie. Après avoir pris une douche, je me rends dans la cuisine, où je le trouve assis à la table en train de boire un café. Carter avait raison : il est vraiment dans un sale état.

– Bonjour, papa, dis-je d'une voix guillerette.

Aujourd'hui, je me sens optimiste. Les larmes que j'ai versées hier seront les dernières. Je refuse d'en verser davantage. Restons positifs à partir d'aujourd'hui. Peu importe ce que dévoilera l'IRM, je vais vivre chaque jour pleinement. Je refuse de vivre comme si j'étais morte alors que je suis encore vivante.

– Bonjour, ma princesse. Comment te sens-tu ce matin ?

– Bien mieux que toi, on dirait, dis-je en m'approchant de lui pour passer mes bras autour de son cou par-derrière et lui faire un bisou sur la joue.

Il s'éclaircit la voix et son beau visage prend une légère teinte rose.

– Je suis heureux de l'entendre. Je suis désolé d'avoir agi comme ça hier…

J'enlève mes bras et m'assieds près de lui.

– Tu n'as pas à être désolé. Je comprends comme c'est dur pour toi. Je suis désolée de te faire revivre tout ça. On va la battre, papa. C'est promis.

Je lui prends la main.

– D'accord ?

Il me regarde et sourit.

– D'accord.

Je serre sa main et me lève. Assez parlé de tumeur pour aujourd'hui.

– Bon, que veux-tu pour le petit-déjeuner ? Carter et Elizabeth seront bientôt là. Nous sortons tous les quatre aujourd'hui.

– Du pain grillé, ça m'ira très bien, ma princesse, dit-il avec le sourire.

Il n'atteint pas vraiment ses yeux, mais au moins, il essaie.

***

En fait, nous roulons vers les Blue Mountains. Ce n'est qu'à une heure de route de l'endroit où nous vivons. Apparemment, c'est dans cette région que Carter a grandi. C'est un lieu magnifique. Je comprends pourquoi il m'a dit de mettre une tenue chaude. Il fait assez froid par ici. En hiver, il n'est pas rare de voir de la neige. Nous nous garons quand nous arrivons à Katoomba et sortons. Papa a proposé de conduire aujourd'hui. La voiture de Carter n'a que deux portières ; du coup, en monter et en descendre est pénible. Papa et Elizabeth se sont assis à l'avant. Carter et moi étions derrière. Il m'a pris la main alors que nous n'étions même pas au bout de notre rue et il l'a tenue pendant tout le trajet. J'adore sentir ma main dans la sienne.

Mon père contourne la voiture pour aider Elizabeth à sortir, pendant que Carter descend de son côté et me tend la main. J'attrape mon bonnet de laine et mon écharpe à côté de moi sur la banquette avant de sortir. Carter me prend l'écharpe de la main et la noue autour de mon cou pendant que je mets mon bonnet sur ma tête.

– Tu es trop mignonne, dit-il en tirant sur mon écharpe pour me rapprocher et déposer un minuscule baiser sur mon nez.

Ai-je déjà mentionné combien j'adore ça chez lui ? Il peut dire et faire des trucs vraiment adorables parfois. Il mêle ses doigts aux miens, et nous marchons vers le point d'observation pour admirer la grande formation rocheuse connue sous le nom des Trois Sœurs, et l'époustouflante Jamison Valley qui s'étend en dessous.

Carter a expliqué que le grand rocher de grès s'est érodé avec le temps et a créé les trois grandes formations rocheuses qui se dressent les unes à côté des autres et surplombent cette magnifique vallée. Une légende aborigène dit que ces trois sœurs tombèrent amoureuses de trois hommes d'une tribu voisine, ce qui fit éclater une guerre, et elles furent transformées en pierre, piégées à jamais. D'où le nom de ce site.

Même s'il a grandi dans la région, je suis surprise qu'il connaisse aussi bien les lieux. Quand je lui ai posé la question, il a confié être venu ici quelques fois en excursion scolaire quand il était petit.

Je n'arrive pas à croire comme cet endroit est vaste et beau. J'ai toujours connu son existence, mais je ne l'avais encore jamais visité jusqu'à aujourd'hui. Après avoir remonté la fermeture de mon manteau, je croise les bras sur ma poitrine. Le vent glacial est vraiment mordant.

– Tu as froid ? me demande Carter en passant son bras autour de mon épaule pour me tirer contre lui.

Je souris.

Une fois que nous avons contemplé le paysage du haut, Carter suggère que nous prenions le petit train touristique en bas de la falaise pour nous rendre dans la vallée. Apparemment, c'est très escarpé. Elizabeth choisit par conséquent de ne pas venir. Mon père l'invite à boire un café pour que Carter et moi puissions y aller.

Eh bien, « escarpé », c'est un euphémisme. C'est une inclinaison à cinquante pour cent qui mérite le titre de voie ferrée ouverte au public la plus raide du monde. On a la possibilité d'incliner son siège de vingt pour cent de plus, ce que nous faisons, évidemment. Carter me tient bien contre lui pendant la descente, ce qui est pour moi ce qu'il y a de meilleur. Encore une fois, nos doigts se mêlent tandis que nous marchons sur la piste de la vallée.

Nous discutons de tout et de rien en avançant. Quand nous nous arrêtons près d'une magnifique cascade, Carter sort son téléphone pour faire un selfie de nous deux. Il passe son bras sur mon épaule et me serre contre lui.

– Souris, ma belle, dit-il.

Après avoir fait quelques clichés, il me lâche et range son portable dans sa poche. Supposant que nous allons continuer à descendre sur le chemin, je fais un pas.

– Je n'en ai pas encore fini avec toi, dit-il, m'attrapant et me tirant vers lui.

Il me retourne dans ses bras et attrape mon visage entre ses mains. Le regard qu'il m'adresse fait fondre mon cœur. Il a l'air d'être comme moi : *heureux*.

– Maintenant, je vais t'embrasser, me prévient-il avant de plaquer sa bouche sur la mienne.

C'est encore un de ces baisers doux et sensuels qui font fléchir mes genoux. Mes bras se glissent autour de sa taille quand sa langue touche la mienne. Ce n'est pas le genre de baiser qu'on dirait acceptable pour un lieu public, mais je m'en fiche. Il m'obsède trop pour que j'y fasse attention.

Je ne peux même pas mettre de mots sur ce que le fait d'être avec lui dans cet endroit magique me fait ressentir. Je n'arrive pas à me souvenir de la dernière fois où j'ai été aussi heureuse, aussi vivante. Je n'ai pas pensé une seule fois à ma maladie et à ce qui m'attend. *Pas une fois*. Au lieu de cela, je me suis perdue dans chaque regard, chaque parole et chaque caresse de Carter. Il me possède.

***

C'est la fin de l'après-midi quand nous rentrons. Lorsque nous avons fini par remonter la montagne pour rejoindre nos parents, Carter a suggéré que nous allions à Leura pour déjeuner. C'est un petit village pittoresque, avec d'adorables boutiques, galeries, cafés et restaurants. Nous avons mangé dans un joli endroit avec une cheminée, que nous apprécions à sa juste valeur après cette matinée dans le froid. Tous les plats étaient préparés avec des produits locaux. Il y avait des fenêtres du sol au plafond qui donnaient sur la vallée. La nourriture et l'accueil étaient fantastiques. Nous devrons tous nous souvenir de cette journée : une jolie escapade pour fuir les inquiétudes qui nous attendent de retour à la maison.

Malheureusement, cela devait prendre fin. J'ai apprécié chaque seconde passée avec Carter. Quand mon père et moi sommes entrés dans la maison, et Carter et sa mère sont retournés chez eux, je ne peux pas expliquer le vide que j'ai ressenti. Après le dîner, je suis allée dans ma chambre en espérant que Carter serait dans la sienne pour que je puisse le voir. Mais non.

Finalement, j'ai laissé tomber et je suis allée prendre une douche. La journée a été chargée, et, pour être honnête, j'étais fatiguée. Plus vite je m'endormirais, plus vite demain serait là. Ce qui signifie que je pourrais revoir Carter. C'est amusant de voir comme je me suis rapidement attachée à lui. Je suppose que, même après toutes ces années d'absence, il était toujours dans mon cœur. D'une certaine manière, nous avons juste repris les choses où nous les avions laissées.

Plus tard dans mon lit, je ne peux m'empêcher de penser à lui. Il a prouvé ces dernières semaines combien je comptais pour lui. Peut-être est-il temps que je fasse tomber les barrières que j'ai dressées autour de mon cœur et que je le laisse entrer à nouveau.

13

CARTER

Je suis réveillée par une voix douce qui dit mon nom.

– Carter…, Carter, tu es réveillé ?

Ah ben, maintenant oui. Je tends le bras à l'aveugle et allume ma lampe de chevet. La lumière me fait mal aux yeux. J'essaie d'habituer ma vue à cette luminosité qui remplit maintenant ma chambre. Ça a intérêt d'être une urgence.

– Indi ?

Elle est devant ma fenêtre, vêtue d'un déshabillé en soie noir. Je ne sais pas du tout pourquoi elle s'est faufilée dans ma chambre comme ça. À moins que je rêve ? Mon cœur s'emballe quand je réalise qu'il doit y avoir quelque chose qui cloche. Je m'assieds en me frottant les yeux.

– Ça va ? Tout va bien ?

– Oui, tout va bien, dit-elle en faisant un pas vers moi. Je n'arrivais pas à dormir. Je pensais à toi, à nous.

– Vraiment ?

Je suis désorienté.

– Oui.

Pourquoi ça me fait sourire comme un idiot ? Je suppose que j'aime le fait qu'elle pensait à moi. Avec un peu de chance, c'était en bien. Elle fait un autre pas. Je l'observe prendre une profonde inspiration avant de souffler lentement. Elle a l'air nerveuse. Ce n'est pas bon signe. Me suis-je trompé sur les raisons de sa venue ?

Elle ne dit plus rien, mais ses mains se dirigent vers le lacet de son déshabillé. Je déglutis quand elle défait lentement le nœud. Non. Je ne me suis pas trompé. Je sens ma queue anticiper en s'agitant.

Sa main monte lentement sur son épaule avant de faire glisser la soie sur son bras. C'est comme un strip-tease érotique insoutenable. Ma queue gonfle aussitôt. Si c'est un rêve, je vais être frustré. J'ai presque envie de me pincer pour être sûr que ce n'est pas le cas. Je retiens mon souffle en attendant son prochain geste.

Elle s'attaque à l'autre côté et fait glisser son déshabillé sur sa seconde épaule. Quand elle a terminé, mes yeux suivent le tissu qui tombe par terre et s'étale à ses pieds. Tandis que mon regard remonte le long de ses jambes, je manque d'avaler ma langue quand je réalise qu'elle est totalement nue.

Je me frotte à nouveau les yeux. Je n'arrive pas à y croire. La femme de mes rêves est ici. Celle qui me manque, depuis cinq ans, se trouve dans ma chambre et ne porte rien d'autre qu'un joli sourire. *Bordel.* Je suis mort et au paradis ?

Je saute aussitôt du lit.

– J'ai envie de toi.

C'est tout ce qu'elle dit, timidement, alors que je marche vers elle et parcours la distance qui nous sépare. Si elle a envie de moi, elle va m'avoir. Tout entier. Je ne lui laisse pas la chance de prononcer un autre mot. Je la prends dans mes bras et plaque mes lèvres sur les siennes. J'ai fantasmé ce moment où je l'aurais à nouveau. *Pendant... cinq... foutues... années.*

Ma bouche et mes mains sont partout.

– Je ne peux pas te dire combien de fois j'ai rêvé de ça, dis-je doucement tandis que mes lèvres descendent dans son cou. Dis-moi que c'est la réalité.

– Oh mon Dieu, oui, c'est la réalité, gémit-elle en inclinant la tête en arrière et en appuyant ses seins contre mon torse nu. Nous avons perdu assez de temps loin l'un de l'autre.

Tout à fait d'accord. Mes mains descendent dans son dos pour attraper ses délicieuses fesses. Quand je la soulève, elle enroule ses jambes autour de ma taille et je la porte jusqu'à mon lit.

Une fois que je l'ai allongée, j'attrape ses jambes pour les décrocher de ma taille. J'ai besoin de la voir. En entier. Je me redresse et sens mes lèvres esquisser un sourire. Mes yeux se promènent sur son corps nu. *La perfection absolue.*

– Tu es encore plus belle que dans mes souvenirs, dis-je dans un souffle en me penchant pour poser mes mains de chaque côté de sa taille.

Quand mes yeux croisent à nouveau les siens, elle sourit aussi.

Elle lève les mains et me caresse le visage.

– Tu m'as manqué quand tu es parti, admet-elle.

– Tu m'as manqué aussi, dis-je en levant la main pour débarrasser son visage de ses cheveux. Tellement.

Je me relève pour défaire le cordon de mon bas de pyjama et le laisse tomber sur mes chevilles. Je l'enlève et me mets à genoux sur le lit avant de lui grimper dessus. Ma queue est si dure pour elle que c'en est douloureux.

– Tu es sûre que tu es prête pour ça ?

Je t'en prie, dis oui.

– Oui. Je n'ai jamais été aussi sûre de quoi que ce soit dans ma vie.

Je souris en entendant ces paroles. Elle aussi, mais il y a comme une incertitude sur son visage.

– Tu ne vas pas t'enfuir encore, comme la dernière fois ?

– Je ne pourrais pas te quitter à nouveau, même si j'essayais.

Et c'est vrai. Elle est tout pour moi. Je la désire. J'ai carrément besoin d'elle. J'ai refusé d'écouter mon cœur pendant assez longtemps. Je ne veux plus connaître une vie sans elle.

– Si les cinq dernières années m'ont appris quelque chose, c'est que je ne suis rien sans toi.

Ma confession lui met les larmes aux yeux. Je peux vous jurer que je pense chaque mot que je prononce.

Elle lève les bras et glisse ses mains derrière ma tête pour tirer mes lèvres contre les siennes. Je gémis dans sa bouche. Je suis d'accord : assez parlé. *Ma* nana est allongée sous moi, prête et nue. J'ai attendu des années l'occasion de la dévorer à nouveau. On aura bien le temps de parler plus tard.

Ma main tremble quand elle caresse son corps divin. Je n'ai jamais été nerveux avant de coucher, mais là, si. Cet instant semble trop beau pour être vrai. Mon cœur bat la chamade dans ma poitrine. *Reprends-toi, Reynolds.* Ce n'est pas un simple coup d'un soir. Ce soir, je dois sortir le grand jeu.

Je dois lui montrer que je suis celui qu'elle veut. Je dois effacer tous les souvenirs qu'elle a de ce *branleur* et des moments qu'ils ont passés ensemble. Elle est à moi maintenant, et ça restera comme ça. Je ferai tout ce qui est en mon pouvoir pour m'en assurer.

Mes mains effleurent son ventre ferme et descendent vers son petit coin de paradis. L'endroit que je meurs d'envie de toucher, de goûter. J'écarte ses jambes avec mon genou et passe les doigts sur son pubis jusqu'à ce que j'atteigne son clitoris. Mince, elle est mouillée.

– Bon sang que ce minou m'a manqué, dis-je tandis que ma bouche dépose des baisers dans son cou.

Elle gémit et pousse ses hanches en avant. Je glisse dans ses sécrétions avant d'enfoncer un doigt en elle. Ces petits gémissements sexy qu'elle fait quand elle est excitée m'ont manqué, eux aussi.

J'ai déjà l'impression d'être prêt à jouir alors que je ne suis pas encore en elle. Mes doigts continuent à opérer leur magie jusqu'à ce qu'elle vienne. C'est le premier de la longue suite d'orgasmes qu'elle aura cette nuit. Je ne m'arrêterai pas jusqu'à ce qu'elle tombe d'épuisement. Je dois assouvir le désir que j'ai pour elle, et j'ai cinq ans à rattraper.

– J'ai oublié comme tu étais doué de tes mains, souffle-t-elle en récupérant de sa jouissance.

– Je te le rappellerai encore plus tard, lui dis-je en suçant l'un de ses tétons parfaits et en pétrissant l'autre avec ma main.

Je ne m'arrêterai pas avant d'avoir goûté chaque centimètre de son corps.

– D'abord, il faut que tu refasses connaissance avec ma bouche et ma queue.

– J'ai hâte, répond-elle en attrapant mes cheveux et en levant ma tête pour voir mes yeux. Mais ta bouche peut attendre.

Ses rougeurs dues à son orgasme et qui se sont répandues partout sur sa peau parfaite m'excitent comme jamais. Surtout quand je réalise que j'en suis responsable.

– Je veux que tu viennes en moi. Cette connexion avec toi m'a manqué plus que tout, dit-elle sur un ton presque suppliant.

À moi aussi. Personne n'a jamais pu me faire ressentir tout ça.

– Pas besoin de me le demander deux fois, dis-je en l'embrassant doucement sur les lèvres et en tendant la main vers le tiroir près de mon lit. Le plus tôt je m'enfoncerai dans ton petit paradis, mieux ce sera.

Une fois que j'ai attrapé un préservatif, je m'accroupis et l'enfile. Ses fabuleux yeux verts observent chacun de mes mouvements. Je lui souris. Je n'arrive toujours pas à croire qu'elle me donne une seconde chance. Je peux vous assurer que je ne ferai pas tout capoter, cette fois.

Quand elle écarte les jambes pour m'accueillir, je m'installe entre elles et m'appuie sur mes coudes pour supporter mon poids. Mon cœur bat à tout rompre en pensant à ce qui m'attend. Je sais que lorsque je l'aurai prise cette fois, il sera impossible pour nous deux de revenir en arrière. C'est exactement ce que je veux.

– Je ne sais trop combien de temps ça va durer, dis-je en la regardant au fond des yeux.

Elle est hypnotique.

– Je vais te prendre sauvagement, cette fois. Puis j'irai plus lentement et délicatement après, d'accord ?

– Oh oui ! gémit-elle tandis que ses mains descendent dans mon dos avant de se poser sur mes fesses.

Son contact électrifiant envoie des ondes de choc qui me traversent. C'est si puissant. Elle donne vie à chaque centimètre de mon corps. Ses doigts s'enfoncent dans ma peau pour me tirer plus près de sa fente.

Dès que mon gland est en elle, je balance déjà la tête en arrière et gémis. Elle est si serrée, exactement comme dans mes souvenirs. Quand je m'enfonce en entier en elle, je sens que je suis prêt à venir. Qu'est-ce que ça m'a manqué. Elle appuie sa tête dans l'oreiller et émet un son d'extase absolue. Je sais exactement ce qu'elle sent. Ensemble, c'est magique. Nous sommes carrément faits l'un pour l'autre. Pas moyen de le nier.

Mes mains passent sur ses flancs pour attraper ses hanches et la maintenir en place. Je ressors presque en entier et me renfonce en elle. Si je tiens une minute, ce sera déjà bien. Les mains d'Indi reviennent dans mes cheveux pour tirer mon visage vers elle.

– Baise-moi, Carter, murmure-t-elle contre ma bouche avant d'approfondir son baiser.

J'en ai bien l'intention. Bon sang que j'aime la façon dont elle m'embrasse.

– Oh mon Dieu ! dis-je dans un râle.

Si elle continue à me parler comme ça, ce sera fini avant que ça ait commencé. Mes doigts s'enfoncent un peu plus dans ses hanches, et j'accélère la cadence. Je suis tellement à l'aise en elle. Tellement. Sa chatte a été faite pour moi. Rien que pour moi. Personne ne touchera plus jamais à ce qui m'appartient.

Par miracle, j'arrive à tenir jusqu'à ce qu'elle jouisse à nouveau. Dès que son minou se contracte autour de ma queue comme un étau, je perds le contrôle.

– Indi, dis-je en criant presque alors que mon corps se met à frémir avant de se calmer.

Mon orgasme est si intense que je jurerais voir des étoiles. Si je pouvais me glisser, je resterais dans sa chatte à jamais. Nous essayons tous les deux de reprendre notre respiration quand je m'écroule sur elle.

– Tu vas bien ?

– Merveilleusement bien, répond-elle en tournant la tête sur le côté et en posant ses lèvres sur ma joue. Je ne me suis jamais sentie mieux.

Je lève la tête et lui souris. Mon Dieu qu'elle est belle ! Je porte ma main à son visage pour écarter quelques mèches de cheveux qui sont collées sur son front avec la transpiration.

– Tu m'as tellement manqué.

– Toi aussi, dit-elle en posant sa main sur ma joue. S'il te plaît, ne me fais plus de mal, Carter.

Ses paroles sont cinglantes. Je déteste lui avoir fait du mal, mais ne réalise-t-elle pas que j'ai eu mal, moi aussi ?

– Jamais. Tu es à moi maintenant, tu sais ? Plus personne n'a le droit de te toucher. Rien que moi.

Elle sourit en levant un sourcil.

– Ah bon ? demande-t-elle en plissant légèrement les yeux.

Je me retiens de sourire. Je ne veux pas qu'elle croie que je rigole avec ça, parce que ce n'est pas le cas.

– Absolument, dis-je, tout à fait sérieux.

– Mais ça marche dans les deux sens, tu le sais, ça ?

– Tu es tout ce que je veux. Tout ce que j'ai toujours voulu, dis-je tandis que mes lèvres retrouvent les siennes.

Je suis toujours en elle, et ma queue recommence déjà à durcir.

– Prête pour le deuxième round ?

– Oh oui ! gémit-elle, ce qui me fait sourire.

– Ça, c'est ma nana, dis-je en déposant un petit baiser sur ses lèvres.

Cette fois, je vais prendre mon temps. J'ai toute la nuit pour réapprendre à connaître son corps divin. J'attrape ses mains et les bloque au-dessus de sa tête avant d'entremêler nos doigts. Mes lèvres descendent sur sa joue, puis dans son cou. Je pousse mes hanches en avant et m'enfonce dans sa petite chatte étroite avec des à-coups atrocement lents. J'aimerais rester comme ça pour toujours. Je ferme les yeux et me retrouve à souhaiter passer toute ma vie avec elle. Mon cœur brûle pour elle.

Il a toujours brûlé pour elle et le fera toujours. C'est mon addiction, mon oxygène.

14

INDIANA

Carter et moi sommes restés éveillés jusque tôt ce matin. Quand nous ne faisions pas l'amour, nous discutions, allongés dans les bras l'un de l'autre. Je suis si contente d'avoir trouvé le courage de venir ici, parce que cette nuit a été magique. Même mieux que notre première fois ensemble. Rien n'a changé, mais tout a changé, si on peut dire. Nous ne sommes plus des gamins. Nous sommes des adultes qui prennent des décisions d'adultes et nous avons des sentiments d'adultes. Même si une partie de moi est terrifiée à l'idée qu'il puisse partir à nouveau, mon cœur croit qu'il ne le fera pas. J'espère que mon cœur a raison.

Ce serait incompréhensible. Cette nuit, j'ai laissé tomber mes barrières. Je crois que lui aussi. Il n'avait rien à voir avec l'ancien Carter, le débile. Il était aimant, attentionné et extrêmement doux. Je lui ai tout donné. Chaque partie de mon corps. Même mon cœur. Cette nuit n'a fait que confirmer que je suis toujours amoureuse de lui. Pour moi, c'est lui. Ce que Mark et moi partagions ne peut même pas être comparé à ce que Carter et moi avons quand nous sommes ensemble. C'est hallucinant.

Nous restons au lit jusque tard ce dimanche après-midi. Quand je me suis réveillée au milieu de la matinée, je l'ai trouvé allongé près de moi en train de me regarder dormir. C'était un peu intimidant. J'espère que je ne bavais pas ou quoi. Je me suis réveillée une nouvelle fois quelques heures plus tard alors que son visage souriant se trouvait entre mes jambes. Laissez-moi vous dire que c'est une manière fantastique d'être réveillée. Nous avons tellement fait l'amour que je ne sais pas si je vais pouvoir marcher quand nous finirons par nous lever. D'ailleurs, il va vraiment falloir que nous nous levions. Elizabeth nous prépare à dîner. Elle a découvert que j'étais ici avec Carter quand il s'est faufilé dans la cuisine pour prendre un truc à manger. Apparemment, mon père vient aussi ce soir.

Je dois rentrer chez moi pour prendre une douche et me changer. Je n'ai que le déshabillé que je portais hier soir. Ce n'est décidément pas une tenue appropriée pour dîner. Surtout avec nos parents.

– Je pense qu'il vaudrait mieux que je rentre me doucher, lui dis-je en roulant sur le côté pour lui faire face.

– Je ne suis pas encore prêt à te laisser partir, répond-il en me tirant dans ses bras. Prends ta douche ici, avec moi.

– Je dois rentrer. Je n'ai pas de vêtements.

Quand il affiche un sourire espiègle, je sais qu'il concocte un plan.

– Si je t'apporte des fringues, tu accepteras de rester et te doucher avec moi ?

Il hausse les sourcils avec un air plein d'espoir. J'adore son côté attentionné. C'est adorable.

– Quoi ? Tu vas aller dans ma chambre récupérer quelque chose à mettre ? dis-je, intriguée et légèrement horrifiée.

– Bien sûr. Tu ne me fais pas confiance ?

Avec un sourire comme celui-là, je ne crois pas, non.

– Absolument pas.

Il m'allonge sur le dos et me bloque sur le matelas.

– J'imagine très bien ce que tu choisirais comme tenue. On mange avec nos parents, tu te souviens ?

L'expression sur son visage me fait sourire. Il essaie de paraître offensé, mais je sais que ce n'est pas le cas. Il sait que j'ai raison. Il m'habillerait probablement comme une prostituée. Plus c'est court, mieux c'est. Je connais ses goûts.

– Je te prouverai que tu as tort, dit-il en se penchant pour déposer un petit bisou sur mon nez avant de se redresser et sortir du lit.

– Carter. Je vais y aller moi-même et je reviens pour prendre une douche avec toi, dis-je en m'asseyant.

– Pas besoin. Je m'en occupe.

Il me fait un clin d'œil et enfile un jean. C'est ça, oui. Il s'en occupe. Je ne sais trop que penser du fait qu'il va fouiller dans mes tiroirs. Je n'ai rien d'embarrassant là-dedans. Enfin, j'espère.

Quand il saute par la fenêtre, je me lève et attrape un de ses tee-shirts. Le temps que j'aille regarder par la fenêtre, il est déjà dans ma chambre.

Il revient quelques minutes plus tard en ayant l'air très content de lui. Quand il me passe sa sélection par la fenêtre, j'éclate de rire. Un minuscule short et un haut hyper court. Je le savais. Je le connais mieux qu'il ne le croit.

– Tu réalises qu'on est en hiver, hein ?

– Tu n'as pas besoin de vêtements chauds, tu m'as, moi, affirme-t-il avec un air narquois.

Je secoue la tête. Je ne peux m'empêcher de rire devant son visage sérieux.

– Tu peux aller me chercher quelque chose de plus adapté ? Mieux, je vais y aller, dis-je en levant les yeux au plafond.

– Alors, tu ne vas pas porter ça ? demande-t-il, me les prenant des mains et les étendant devant lui avec un air déçu. Je veux te voir là-dedans ; tu dois être super sexy.

J'éclate de rire.

– Je ne porterai pas ça pour le dîner, Carter.

– Est-ce que tu accepterais de les porter plus tard, quand on sera seuls ?

Son air séducteur me fait acquiescer.

– Mais pas pour dîner.

Je me penche et dépose un baiser sur ses lèvres.

– O.K., dit-il.

Ses épaules s'affaissent légèrement.

– Je vais aller te chercher quelque chose d'un peu moins découvert.

Avant que je n'aie le temps de protester, il se dirige déjà vers chez moi.

– J'ai aussi besoin de sous-vêtements, au fait.

– Je m'en occupe, dit-il en regardant par-dessus son épaule avant de se hisser dans ma chambre.

Mes yeux sont rivés sur ses fesses. Il a vraiment un super cul. Rond, ferme et délicieux.

Quelques minutes plus tard, il réapparaît à ma fenêtre avec un sourire idiot. Mon regard se dirige vers le body en dentelle noire qu'il tient dans ses mains. *Super.* Il fouille dans mon tiroir à sous-vêtements. Je secoue vigoureusement la tête, mais il fait oui avant de le mettre en boule et le glisser dans sa poche. Je me cache le visage derrière mes mains. Je savais que c'était une mauvaise idée. Je ne peux m'empêcher d'admirer ses muscles quand il utilise ses bras pour passer par la fenêtre de sa chambre quelques minutes plus tard. Il est vraiment agréable à regarder. Cette fois, il revient avec un sweat à capuche rouge et un pantalon de yoga noir. *Voilà qui est mieux.* Son sourire s'agrandit quand il me tend mon soutien-gorge en dentelle noir et la culotte assortie.

– Eh bien, tu as des sous-vêtements hyper sexy, dit-il en sifflant. J'espère que tu me feras bientôt un défilé.

– Je ne crois pas, non, dis-je en riant et en lui arrachant mes fringues des mains. Et le body que tu as mis dans ta poche.

Je tends la main.

– Oh non ! C'est pour plus tard, répond-il.

Il le sort et le range dans le tiroir de sa table de chevet.

– Tout comme ça.

Il sort mon vibromasseur rose de sa poche de derrière. *Bordel.* J'avais oublié qu'il y avait ça là-bas.

– Donne-moi ça, dis-je en me jetant sur lui.

Mais il est trop rapide. Il lève le bras et le tient trop haut pour que je puisse l'atteindre. Quand je saute pour essayer de le prendre, il éclate de rire.

– Carter, dis-je en gémissant. Rends-le-moi.

– Désolé, ma belle. Je ne peux pas. À partir d'aujourd'hui, je t'interdis de l'utiliser sans ma permission. Si tu veux te faire plaisir avec un jouet, dit-il en l'agitant sous mon nez, je regarderai.

Il me l'interdit ? Pour qui il se prend ?

– Tu ne peux pas m'interdire quoi que ce soit, dis-je en croisant les bras sur ma poitrine.

– Je déteste te l'annoncer, chérie, mais tu es à moi, maintenant. Alors, je peux le faire, je le ferai et je viens de le faire.

Il pose délicatement son doigt sur le bout de mon nez.

– Tu es un idiot.

Mais le fait qu'il ait dit que j'étais *à lui* n'est pas tombé dans l'oreille d'une sourde. Au fond de moi, je souris.

– Je sais, mais je suis ton idiot, dit-il, me prenant dans ses bras et plaquant sa bouche sur la mienne.

Il passe sa main sur mes cuisses et les glisse sous son tee-shirt pour attraper mes fesses.

– Bon sang, qu'est-ce que tu es sexy dans mes fringues.

***

Jour J. J'ai l'estomac noué pendant que nous roulons vers l'hôpital pour mon IRM. *Rester positive.* C'est ce que je n'arrête pas de me répéter. Carter, mon père et Elizabeth m'accompagnent pour me fournir un soutien moral. Je leur suis reconnaissante, mais si ça n'avait tenu qu'à moi, j'y serais allée seule. Entendre que j'avais une tumeur l'autre jour était dur, mais voir la dévastation sur les visages de Carter et de mon père était encore plus déchirant.

Quand nous arrivons, je dois d'abord aller voir le médecin. Il veut juste m'informer et m'expliquer ce qui va se passer aujourd'hui. Bien sûr, Carter me suit dans la salle sans y être formellement invité. Quel présomptueux ! J'adore vraiment la façon dont il me soutient, mais je le regarde quand même en plissant les yeux quand il s'assied près de moi dans le bureau du docteur, avec un air satisfait. Naturellement, il sourit et me prend la main. Il est évident que ça l'amuse de m'agacer.

La procédure semble plutôt simple. Le docteur explique qu'une IRM utilise un puissant champ magnétique, des radiofréquences et un ordinateur pour produire des images détaillées des organes, des tissus mous, des os et pratiquement toutes les autres structures internes du corps. Il n'y a pas d'effets secondaires liés à cet examen, mais il me prévient que je pourrais avoir un sentiment de claustrophobie en étant confinée dans un espace aussi restreint pendant environ une heure. Si c'est le cas, j'ai une sonnette dans la main pour les prévenir et ils pourront me donner un léger sédatif pour me détendre si besoin est. Personnellement, je pense que rester immobile pendant si longtemps sera ce qu'il y aura de plus difficile.

– Quand aurons-nous les résultats, docteur ? demande Carter.

– Je vous donnerai un rendez-vous pour demain. Nous pourrons discuter des résultats et dresser un plan à partir de là, répond-il en souriant brièvement quand il se lève et marche vers la porte. Je vais faire venir l'infirmière pour vous accompagner jusqu'à la salle d'imagerie. Ils vous attendent.

– Merci, dis-je en me levant de ma chaise.

– Oui, merci, ajoute Carter en tendant la main au médecin quand nous arrivons à la porte.

– On se revoit demain matin.

L'infirmière informe Carter qu'il ne pourra pas entrer, mais il insiste quand même pour m'accompagner jusqu'au bout. Il me prend dans ses bras et m'embrasse sur le front avant que j'entre.

– Je t'attendrai juste là, dit-il.

Et c'est exactement où je le trouve quand c'est fini.

C'était assez impressionnant, et je suis soulagée que ce soit terminé. Nous décidons tous les quatre de nous arrêter quelque part pour manger avant de rentrer. On ne parle pas beaucoup de l'IRM ni de mon rendez-vous de demain. C'est comme s'il y avait un nuage noir au-dessus de nos têtes. Je ne vais pas m'inquiéter tant que ce n'est pas nécessaire. On m'a déjà diagnostiqué une tumeur ; donc, ça ne peut pas être bien pire que ça. Nous arrivons à la maison tard dans l'après-midi. Papa invite Elizabeth à entrer pour prendre un café. Quand nous nous retrouvons seuls, Carter me prend dans ses bras.

– Il faut que j'aille faire quelques courses, dit-il en déposant un doux baiser sur mes lèvres. On se voit tout à l'heure, d'accord ?

Ses doigts descendent sur mes flancs, puis attrapent mes fesses. Il me tire vers lui et plaque sa bouche sur la mienne. Je suis impatiente de passer du temps avec lui. Je préférerais que ce soit dès maintenant, mais il a une vie en dehors de moi. Je ne peux pas être égoïste. Il a mis ses besoins de côté pour être ici avec moi depuis mon diagnostic.

***

Après avoir promené LJ, je regarde un film pendant que papa et Elizabeth sont dans la cuisine. Quand il est terminé, je vais dans ma chambre, car Carter n'est toujours pas revenu. Je suis surprise de découvrir une grande boîte ornée d'un ruban rouge sur mon lit. Je ne sais absolument pas comment il est arrivé là. Il n'y était pas quand je suis partie ce matin. Je pense immédiatement à Carter. Ma tête se tourne brusquement vers sa chambre, mais je ne le vois nulle part.

Je m'approche du lit en souriant. Je me penche vers la boîte et écoute, mais je ne sais pas trop quoi. Un tic-tac ?

C'est idiot, je sais. Nous ne sommes plus des gamins. C'est là que je remarque qu'une carte a été glissée sous le ruban. Je l'attrape et lis *Indiana* écrit à la main sur l'enveloppe. C'est bien pour moi.

Je l'ouvre d'un geste hésitant et lis ce qui est écrit sur la carte.

> *Je veux que tu sois prête à dix-neuf heures précises. Pas de refus possible. Tu sais que je n'hésiterai pas à te mettre sur mon épaule si nécessaire. Ne porte QUE ce qu'il y a dans la boîte. Rien d'autre. Comme je sais à quel point tu es obstinée, j'ai pris des précautions pour être sûr que ce soit le cas.*
>
> *Carter x*

La première chose qui me passe par la tête, c'est que je le trouve bien culotté de me commander comme ça. Pour qui se prend-il ? Mais inutile de dire que je souris comme une idiote quand j'y pense. En fait, j'adore son côté autoritaire. Ça m'excite. Il me manque depuis qu'il m'a déposée tout à l'heure. J'adore qu'il veuille passer du temps avec moi.

Je commence à me demander ce que ça signifie quand il dit qu'il a pris des précautions. Je le connais, ça n'annonce rien de bon. J'imagine déjà ce qu'il y a dans la boîte.

J'attrape le ruban et le dénoue. Si c'est quelque chose qu'il veut que je porte, j'ai un peu peur de regarder à l'intérieur. Si c'est de la lingerie sexy, je vais lui botter les fesses. J'enlève le couvercle et retiens mon souffle en voyant ce qui se trouve en dessous. C'est une robe. Une robe magnifique et, a priori, outrageusement chère. Elle a une jolie couleur jade, et le tissu est doux et chatoyant. Je la sors de la boîte et la tiens devant moi. Elle est superbe. Elle descend jusque sous mes genoux et a de fines bretelles. Mes yeux tombent sur l'étiquette. C'est ma taille. Comment la connaît-il ?

Je suppose que, quand il est allé dans ma chambre pour récupérer mes vêtements hier, il a jeté un œil. Ça ne m'étonnerait pas de lui. Je place la robe devant moi et tourne sur moi-même. Mon sourire s'agrandit. Je l'adore. Je n'ai jamais eu quelque chose d'aussi joli de toute ma vie.

Quand je la dépose délicatement sur mon lit, je remarque une paire d'escarpins verts assortie au fond de la boîte. Elles font la bonne pointure. Même si je suis sceptique, je suis surtout extrêmement touchée qu'il ait fait ça pour moi. C'est bien un geste du vrai Carter. Le gentil. Pas le bâtard qu'il prétend être la plupart du temps.

Pour être honnête, je ne m'y attendais pas du tout. Mes pensées reviennent au message. Que veut-il dire par « ne porte rien d'autre » ? Essaie-t-il de me dire que je n'ai pas le droit de porter de culotte ? C'est bien quelque chose que Carter pourrait suggérer. Je me rue sur mon tiroir à sous-vêtements. Quand je regarde à l'intérieur, j'ai le souffle coupé. Il est vide. Tous mes sous-vêtements ont disparu. *Tous*. Tout ce qu'il reste, c'est une boîte de tampons.

Mes yeux se tournent immédiatement vers la chambre de Carter. Il est devant sa fenêtre, mon string en dentelle blanche au bout du doigt et un sourire narquois plaqué sur son beau visage. *Espèce de crétin exaspérant.* Ce n'est qu'un gros mais beau crétin exaspérant. Même s'il m'énerve vraiment, son superbe sourire taquin me fait sourire aussi. Je suis tentée de sortir pour aller acheter la culotte de grand-mère la plus moche que je peux trouver, juste pour le contrarier, mais l'idée d'être sans culotte avec lui m'excite en fait beaucoup.

Je suis impatiente de voir ce que cette soirée nous réserve.

15

CARTER

Nous ne savons pas ce que demain nous réserve, alors, ce soir, je veux faire quelque chose de spécial. Je veux l'inviter à sortir avant qu'elle n'ait ses résultats. Avant que le traitement ne commence. Lui offrir une nuit qu'elle n'oubliera pas. Quelque chose à quoi se raccrocher si les temps à venir sont durs, ce qui sera certainement le cas.

Tandis que je monte les marches pour atteindre la porte de la maison d'Indi, je commence à être nerveux. Je ne suis pas fait pour ce genre de trucs. J'ai l'estomac noué et j'ai l'impression que cette foutue cravate va m'étrangler. Je déteste porter ces machins. J'essuie mes mains moites sur mon pantalon avant de frapper. Quelques secondes plus tard, la porte s'ouvre.

J'inspire profondément et retiens mon souffle quand je vois ce qui se tient devant moi.

– Waouh !

C'est tout ce que je parviens à sortir. Je savais que cette couleur lui irait à la perfection, mais l'image que j'avais dans ma tête n'arrive pas à la cheville de ce à quoi elle ressemble en chair et en os. J'ai choisi la verte parce qu'à l'instant où je l'ai vue, elle m'a fait penser à ses yeux.

Superbe.

– Salut, dit-elle en souriant.

– Salut. Tu es jolie.

Franchement, « jolie » ne convient pas. « Magnifique », « super sexy », « à faire baver » auraient mieux convenu pour la décrire. Mes yeux dévient vers ses petits seins fermes sous sa robe. Même sans soutien-gorge, ils se dressent parfaitement. La vue de ses tétons durcis fait remuer ma queue. Je pensais que l'idée de lui interdire de porter des sous-vêtements était brillante, mais maintenant, je n'en suis plus si sûr. Comment vais-je pouvoir me retenir de la toucher pendant toute la soirée ?

Impossible.

– Tu es pas mal aussi, répond-elle, me sortant de mes pensées.

Quand je croise ses yeux, elle esquisse un sourire.

– Très charmant.

Bon sang, elle me fait sourire comme un con. Qu'est-ce qu'elle a de si particulier ? Je m'éclaircis la voix et tire sur la cravate qui m'empêche de respirer.

– Tu veux entrer ? demande-t-elle.

Je jette un coup d'œil à ma montre. Il faut vraiment que nous y allions si nous voulons arriver à l'heure.

– On est pressés par le temps. Tu es prête ?

– Oui, je n'ai plus qu'à prendre mon manteau. Enfin, je suis autorisée à en porter un, non ? demande-t-elle sur un ton sarcastique en levant ses jolis yeux verts au ciel.

– Bien sûr. Et tu vas en avoir besoin, dis-je en riant.

C'est l'hiver, après tout. Elle se gèlerait dans cette robe sans manteau. Je ne veux pas qu'elle tombe malade.

– Où allons-nous ? m'interroge-t-elle.

Si elle croit que je vais le lui dire, elle se trompe.

– C'est une surprise.

J'ai organisé quelque chose de simple, mais chouette. Tout comme elle. Je la connais bien. Elle n'est pas du genre à apprécier les trucs prétentieux.

– J'aurais dû m'attendre à ce que tu dises ça, répond-elle en roulant à nouveau les yeux.

Son attitude m'excite. J'ai envie de la plaquer contre le mur et de lui faire sa fête, mais ça viendra avant la fin de la soirée.

Je la suis dans le couloir jusqu'à sa chambre. Mes yeux sont rivés sur son derrière incroyable pendant tout le trajet. Le petit balancement de ses hanches fait bouger ma queue. Je suis tenté de tendre la main pour la passer sur ses jambes et sous sa robe, pour m'assurer qu'elle ne m'a pas désobéi, mais je sais que, si je fais ça, nous ne sortirons jamais d'ici. Même si j'en meurs d'envie, on aura tout le temps pour ça plus tard. Ce soir, tout ce qui compte, c'est elle et lui créer des souvenirs. Ma queue peut attendre.

– J'ai vraiment bon goût, dis-je tandis que nous nous dirigeons vers ma voiture.

– Comment ça ? Enfin, ai-je vraiment envie d'entendre la réponse ?

– La robe, lui dis-je en ouvrant sa portière.

Ma main effleure ses fesses quand elle lève la jambe pour monter. Je souris tout seul en l'entendant retenir son souffle. Lorsque je ne sens pas de trace de culotte, mon manche s'agite. *Gentille fille.* Pour une fois, elle a fait ce qu'on lui a demandé. Je vais avoir bien du mal à garder mes mains sages en sachant qu'elle est nue sous cette robe.

– Tu as bien choisi, mais des sous-vêtements pour l'accompagner auraient été pas mal.

Le ton sarcastique dans sa voix me fait rire. Je ne crois pas, non, beauté.

– Non. Tu es parfaite comme tu es. En plus, ça me facilitera l'accès à ta magnifique chatte, dis-je doucement en me penchant vers son oreille.

Je l'entends inspirer, et cela me fait sourire. Ça va être marrant. Ou insupportable. Je penche pour les deux.

***

Le trajet en ville se passe mieux que je ne l'aurais pensé. Nous sommes à l'heure. J'envoie un rapide message pendant que nous sommes arrêtés à un feu rouge, pour informer Jax que nous ne sommes plus loin. Il m'a fait chier tout l'après-midi. Il croit que je me suis transformé en gentil chaton. Cette soirée s'étant décidée à la dernière minute, il m'a fallu lui demander son aide. Peut-être qu'il a raison. Qui aurait cru que donner son cœur à une femme signifiait abandonner aussi sa virilité ? Mais quoi ? elle le mérite. J'accepterais d'être n'importe quoi, même un chaton, si ça peut la rendre heureuse.

Ma main est restée posée juste au-dessus de son genou pendant presque tout le trajet. Ma force de volonté pour ne pas la glisser entre ses cuisses m'impressionne. À un moment, tandis que mes doigts dessinaient des cercles sur sa peau, ses jambes se sont légèrement écartées. J'ai su que c'était une invitation à s'aventurer plus haut, mais même là, j'ai tenu bon. Quand j'en aurai fini avec elle ce soir, elle sera tellement chaude qu'elle me suppliera de la prendre. Ce sera une façon parfaite de terminer notre soirée.

Après m'être garé, je prends sa main et la porte à mes lèvres pour y déposer un baiser. Ses yeux sont rivés sur ma bouche qui effleure sa peau. Je regarde sa langue sortir et lécher sa lèvre inférieure. Je meurs d'envie de l'embrasser. Alors, c'est exactement ce que je fais.

Je me penche vers elle et passe ma main sur sa nuque pour amener ses lèvres vers les miennes. Quand elle ouvre la bouche et fait glisser sa langue entre mes dents, je gémis. Ma queue se tend contre mon pantalon. J'aurais dû tenir ma résolution parce que maintenant que j'en ai eu un avant-goût, je ne veux pas m'arrêter.

Mes doigts remontent entre ses cuisses, et elle écarte volontiers les jambes. Elle veut sentir mes mains sur elle autant que je le veux. Quand je me glisse sous sa robe, *Let Her Go* retentit. *Mince.* C'est probablement Jax. Je mets fin à notre baiser à contrecœur et sors mon téléphone de ma poche. L'imbécile.

– Tu es encore loin ? Je me les gèle ici, se plaint-il.

– Je suis en train de me garer, dis-je.

Mes yeux croisent ceux d'Indiana. Mon Dieu qu'elle est belle ! Ses grands yeux verts sont rivés sur les miens. Sa peau parfaite est légèrement rosie par son excitation. Ses lèvres charnues sont rouges et gonflées par mon baiser. Il n'y a rien que je voudrais plus que sauter la première partie de la soirée et l'amener directement à l'hôtel, mais je ne peux pas faire ça. Je me répète que *ce soir, c'est pour lui créer de nouveaux souvenirs... Ce soir, c'est pour elle.*

– O.K. Alors, grouille-toi pour que je puisse dégager de là.

Il me fait rire.

– On sera là dans une minute.

– C'était qui ? demande Indi quand je raccroche.

– Mon pote Jax. Tu vas le rencontrer dans une minute.

Je me penche et effleure ses lèvres avec les miennes.

– Ça, dis-je, reculant et nous désignant tous les deux, ça devra attendre un peu.

Elle m'adresse un sourire plein de déception. Je ressens la même chose. Je n'ai pensé qu'à elle toute la journée. En toute honnêteté, cela rendra la récompense ultime à la fin de la soirée encore meilleure. J'espère juste que ma queue raide et mes boules pourront attendre jusque-là. Il n'y a rien que je voudrais plus que la plaquer sur le capot de ma voiture et plonger dans sa moiteur.

Après que je l'ai aidée à descendre de voiture, elle s'emmitoufle dans son manteau.

– Il gèle ce soir, affirme-t-elle en tremblant légèrement.

– Je vais te tenir chaud, lui dis-je, passant mon bras autour de son épaule et déposant un baiser sur le haut de sa tête.

– J'aime bien la sonnerie de ton téléphone, fait-elle remarquer quand nous traversons la route. C'est une super chanson.

– Merci.

Je ne dis rien de plus. Il est hors de question que je lui dise que c'est ma sonnerie depuis ces cinq dernières années parce qu'elle me rappelle notre histoire. J'ai déjà assez perdu ma virilité pour ce soir.

Pendant que nous passons sous le Harbour Bridge et traversons la pelouse qui surplombe le spectaculaire port de Sydney, mes yeux cherchent Jax. Quand je vois la petite table que je lui ai demandé d'installer, avec des bougies au centre, la nervosité revient. Je veux que cette soirée soit spéciale, mais je me sens un peu bête, là. Jax a raison : je ne suis qu'un chaton.

– Par là, dis-je en la guidant vers la droite.

Je vois son sourire narquois alors que nous avançons vers lui. *Crétin.* Il ne me laissera jamais tranquille avec ça. Quand nous atteignons la table, je lui tends la main.

– Salut.

– Salut, dit-il avec le sourire avant que ses yeux ne se dirigent vers Indiana.

Je le regarde la dévisager. Son sourire s'élargit. Je ne pourrais pas dire pourquoi, mais ça m'agace.

– Indiana, voici mon ami Jax.

Mais je ne sais pas pour encore combien de temps s'il continue à la regarder comme ça.

– Jax, Indiana.

– Je rencontre enfin l'insaisissable Indiana, dit-il en prenant sa main et en la portant à sa bouche.

J'ai envie de lui arracher la main, mais je parviens à me retenir. Je passerais pour un abruti jaloux et pathétique si je faisais ça. *Mais je suis jaloux, bien entendu.*

– Carter n'arrête pas de me parler de toi.

L'enfoiré.

– Il t'a parlé de moi ? demande Indi en me regardant avec un grand sourire.

– Tout le temps.

Le sourire taquin qu'il affiche quand son regard se

fixe sur moi me dit qu'il me provoque volontairement. Je n'entrerai pas dans son jeu. C'est le plus grand fouteur de merde que je connaisse. D'habitude, je trouve ses bêtises amusantes, mais pas ce soir. Pas devant ma nana.

– Ce n'est pas vrai, crétin, dis-je en essayant de me défendre.

Jax éclate de rire. *L'abruti.*

– Je te taquine, mec, répond-il en me frappant dans le dos.

Je lui adresse un regard qui veut dire à la fois « Je sais » et « La ferme ». *Tu me le paieras.* Indiana rit à côté de moi. On dirait qu'elle trouve ça amusant.

– C'est pour nous, tout ça ? demande Indi en regardant la table installée devant nous.

Cette distraction tombe bien. Il me fait passer pour un con devant elle. Mais il a installé la table comme je le lui avais demandé. Ce n'est qu'une petite table couverte d'une nappe blanche. Deux assiettes en céramique blanches, deux verres de vin et des couverts en argent y sont posés. Il y a, au milieu de la table, un petit vase avec une rose rouge et deux bougies de chaque côté. Il a fait du bon boulot, pour un enfoiré.

– Oui, lui dis-je en passant mon bras sur son épaule. Tu aimes ?

– J'adore, répond-elle en me prenant par la taille avec le sourire.

C'est exactement ce que j'espérais. Du coup, les railleries que j'ai reçues de la part de Jax toute la journée en valaient la peine.

– Merci, Jax, ajoute-t-elle.

– Ne me remercie pas. Je n'ai fait que ce que m'a demandé le gros, dit-il avec un signe de tête dans ma direction.

Le regard que m'adresse Indi quand Jax dit ça fait bondir mon cœur dans ma poitrine. Je sais à cet instant que tout ce qu'a dit Jax aujourd'hui est vrai. Je suis bel et bien foutu.

– Je vais m'éclipser pour récupérer le repas, ajoute Jax en regardant sa montre. Puis je disparaîtrai.

Je tire la chaise d'Indi pour qu'elle s'asseye. Une fois qu'elle est installée, je me penche pour embrasser ses cheveux.

– Il faut juste que je parle à Jax une seconde, lui dis-je avant que Jax et moi nous éloignions de quelques pas. Merci pour ton aide, dis-je en lui tendant la main.

Il a vraiment dépassé toutes mes attentes. Je lui dois beaucoup.

– J'apprécie. Tu t'en es bien sorti pour un crétin.

Il se met à rire.

– Pas de problème. Ça me fait plaisir de faire plaisir, dit-il avant de sortir une cigarette et l'allumer.

Je n'ai pas fumé depuis mes dix-sept ans, le jour où Ross a trouvé mes clopes dans ma voiture. Ça ne me manque pas du tout, mais je m'en ferais bien une, là. Je prendrais n'importe quoi pour me calmer.

– Pour info, je me transformerais probablement en chaton pour elle, moi aussi, ajoute-t-il assez doucement pour qu'elle ne l'entende pas.

– Ne t'avise pas de trop la reluquer, elle est à moi, dis-je, les dents serrées.

Il éclate de rire. Bon sang, il me piège chaque fois.

– Merde, tu as vraiment perdu tes couilles pour elle.

– Va te faire voir.

Inutile de le nier, vu que c'est vrai. Il essaie juste de me mettre en rogne parce que c'est un fouteur de merde. Même s'il m'a bien cassé les pieds avec cette soirée, je sais qu'il est heureux que les choses aient fini par s'arranger entre Indi et moi. Ces cinq dernières années, il a dû, un nombre incalculable de fois quand nous étions bourrés, m'écouter me lamenter à propos de celle que j'ai laissée filer.

Il secoue la tête en riant tandis qu'il s'éloigne. Je retourne à la table. Il l'a installée de manière à ce que je sois en face d'elle, mais je bouge ma chaise et contourne la table avant de m'asseoir. Je veux être aussi près d'elle que possible.

Oui, je suis un chaton.

– Tu vas bien ? dis-je en lui prenant la main.

– Super bien. Je n'arrive pas à croire que tu te sois donné autant de mal pour moi.

– Il n'y a rien que je ne ferais pas pour toi, dis-je en coinçant une mèche de cheveux derrière son oreille.

Et je peux vous assurer que je pense chacun de mes mots. Elle sourit, et mon estomac se noue. *Bon sang, je suis accro*. Je me penche, et mes lèvres caressent les siennes.

– Qui aurait pu savoir que tu étais si romantique ? dit-elle quand je recule et plonge dans ses yeux.

Sa remarque me met mal à l'aise, et je tire sur ma cravate pour essayer de la desserrer. Super, elle aussi pense que je suis un chaton. Je suis loin d'être un romantique.

– Hé, fait-elle en passant sa main sur mon visage quand elle voit ma réaction. J'adore ça, chez toi. C'est très touchant. C'est mieux que le crétin auquel j'ai droit habituellement.

Son expression espiègle me fait sourire. Je suppose que mon comportement avec elle a parfois été vraiment déplorable.

– Comme je l'ai dit l'autre jour, tu fais ressortir le meilleur chez moi.

– Tant mieux, dit-elle en approchant son visage du mien. Tu fais ressortir le meilleur, et parfois le pire, chez moi.

Elle rit avant que ses lèvres ne touchent les miennes. C'est vrai.

16

INDIANA

Les mots ne peuvent exprimer ce que cette soirée signifie pour moi. C'est la distraction idéale. Je ne pensais pas qu'il était possible de l'aimer encore plus, mais plus il baisse la garde et montre son côté doux et vulnérable, plus je succombe.

– Bon, les deux tourtereaux, dit Jax quand il revient. Vous réalisez que vous êtes dans un lieu public ?

Carter et moi nous écartons l'un de l'autre. Nous nous sommes embrassés pendant tout le temps où il n'était pas là. Je suis frustrée et excitée comme vous ne pouvez pas l'imaginer. Les mains de Carter n'ont pourtant pas quitté mon visage. Je veux les sentir partout sur mon corps, désespérément. *Il ne le voit pas ?*

Je serre les cuisses quand il me regarde avec les yeux voilés. Je devine qu'il a autant envie de moi que j'ai envie de lui. Quand Jax s'éclaircit la voix à côté de nous, je détourne les yeux de Carter et le regarde. Je sens mon visage rougir quand je vois qu'il sourit.

– Trouvez une chambre.

– Tu es juste jaloux, crétin, dit Carter en riant doucement et en me faisant rougir davantage.

– Non. Mes testicules sont très bien où ils sont, merci.

La remarque de Jax me fait rire. J'adore la façon dont ils se taquinent, tous les deux. Je suis contente que Carter ait un ami comme lui. Il était si solitaire quand il était plus jeune. Jax pose la boîte qu'il porte sur un côté de la table et l'ouvre. Je dois me retenir de rire quand je vois ce qu'elle contient. Vu le décor et l'élégant dressage de la table, je m'attendais à quelque chose d'autre que des burgers et des frites, mais cela nous représente bien. C'est tout à fait Carter et tout à fait nous. C'est ce que nous mangeons toujours lorsque nous sortons ensemble.

– Merci, dis-je quand il en dépose dans mon assiette.

– J'ai un pote qui a un restaurant pas loin d'ici. Ce ne sont pas n'importe quels burgers, c'est sa spécialité. Vous n'en trouverez pas de meilleurs, explique Jax en posant le repas de Carter devant lui.

Ils sentent super bon. Ensuite, il sort un thermos en métal et le passe à Carter.

– Comme on est dans une zone où l'alcool est interdit, Carter a insisté pour des milk-shakes au chocolat comme boissons.

Un petit rire m'échappe. Je trouve ça très mignon.

– C'est parfait, dis-je en dirigeant mon regard vers Carter.

Il m'adresse un sourire.

– Oui, c'est un choix parfait pour un gamin de cinq ans, réplique Jax sur un ton sarcastique.

J'éclate de rire quand Carter râle contre lui. Il finit par l'ignorer et verser le lait au chocolat dans les verres de vin qui sont posés sur la table.

– Je m'en vais, dit Jax en attrapant la boîte vide. Je reviendrai pour tout ranger. Vers vingt-deux heures ? demande-t-il à Carter.

– Parfait. Merci, mon pote, répond-il en lui faisant un check.

– J'étais ravi de faire ta connaissance, Indiana, dit Jax en me serrant la main.

– Moi aussi. Merci pour tout ce que tu as fait ce soir.

– Pas de problème. Je suis content que les choses aient fini par s'arranger entre vous.

Mon regard retourne à Carter. Moi aussi, je suis contente.

– Ne faites rien que je ne ferais pas, ajoute Jax avec un clin d'œil avant de se retourner pour partir.

– Ça veut donc dire qu'on peut faire à peu près n'importe quoi, réplique Carter dans son dos.

Jax rit en lui faisant un signe.

Une fois qu'il est parti et que nous nous retrouvons à nouveau seuls, Carter attrape son verre de vin rempli de milk-shake et le lève.

– Aux bons moments à venir, dit-il avec un sourire doux.

– Aux bons moments, dis-je en cognant mon verre contre le sien.

Je dois retenir les larmes qui menacent de monter. J'espère que de nombreuses années nous attendent. Je prends une gorgée avant de reposer le verre sur la table.

– Depuis combien de temps connais-tu Jax ? dis-je pour essayer de chasser toutes sortes d'appréhensions.

– Cinq ans. Il m'a beaucoup aidé quand, tu sais…, quand je suis parti. Il m'a proposé un boulot et un endroit où dormir jusqu'à ce que je retombe sur mes pattes. Je lui dois beaucoup.

– Ça a l'air d'être un type bien. Je suis contente que tu le connaisses. J'ai souvent eu peur que tu sois seul, dis-je comme un aveu en attrapant sa main.

– Eh bien, je suis revenu ; je ne suis plus seul. Maintenant, mangeons avant que ce soit froid. Comme tu peux le voir, je me suis donné beaucoup de mal pour organiser ce repas de gourmet.

– Je vois ça, dis-je en mettant une frite dans ma bouche. C'est parfait. Comme toi.

***

Après le repas, nous discutons et rions ensemble. Je passe un super moment. Si seulement il me touchait, ce serait parfait. Il me caresse la main, le bras, le visage, mais ses mains ne vont nulle part où je les voudrais. Je ne sais pas trop s'il essaie volontairement de me rendre folle de désir, mais le connaissant, je suis sûre que c'est son plan.

Il se penche vers moi et plaque ses lèvres sur les miennes. Je ne sais pas combien de temps je pourrais encore le supporter. Je bous de désir pour lui. Je suis tellement prête que je suis même tentée de me caresser toute seule s'il ne se dépêche pas de le faire. Je l'attrape par sa veste et le tire contre moi.

– Dans combien de temps on va partir d'ici ? J'ai envie de toi.

Je sens ses lèvres se retrousser contre ma bouche. Il fait exprès de me rendre folle. Petit con. Je glisse ma main à l'intérieur de sa cuisse et attrape son manche. Je suis heureuse de constater qu'il est aussi dur qu'un roc. On dirait que ça le rend fou aussi. Je serre les cuisses tandis que mes doigts caressent toute sa longueur. Je veux le sentir en moi. Je regrette que nous soyons dans un lieu public, sinon, j'aurais pu le chevaucher tout de suite.

– Touche-moi, Carter.

D'abord, il hésite, puis sa main vient se poser à l'arrière de ma tête pour me serrer contre lui. Il pousse un râle dans ma bouche en renforçant notre baiser. *Touche-moi avec tes mains !* ai-je envie de crier. Finalement, son autre main vient caresser mon genou. Quand j'écarte légèrement les jambes, l'air froid de la nuit vient s'y engouffrer et touche ma fente. Il m'a forcée à ne pas mettre de culotte ; alors, pourquoi n'en profite-t-il pas ?

Il fait remonter sa main entre mes jambes, mais s'arrête avant qu'elle n'atteigne l'endroit où je rêve qu'elle aille. Je continue de m'occuper de lui, et, pourtant, sa main ne remonte pas plus haut. Je ne peux plus le supporter. Le désir est trop fort. Avec ma main libre, je le saisis par le poignet et le fais bouger. Il rit dans ma bouche. Mon Dieu qu'il m'agace, parfois.

– Ne me force pas à te supplier.

– Bon sang ! Tu es trempée, dit-il quand ses doigts se glissent dans ma fente.

– À quoi tu t'attendais ? Tu m'as rendue folle toute la soirée. Depuis quand es-tu si sage ?

– Ne pas te toucher n'a pas été facile, souffle-t-il alors que ses doigts habiles décrivent des cercles autour de mon clitoris.

– Oh mon Dieu ! dis-je en gémissant. Je crois que je vais déjà venir.

Il retire aussitôt sa main. *Quoi ?!*

– Je ne veux pas que tu jouisses maintenant. Patiente. Ça n'en sera que meilleur.

Il se fout de ma gueule ? À en voir sa tête, on dirait que non.

– Je ne veux pas attendre, dis-je en plaquant ma bouche sur la sienne. J'ai envie de toi, Carter. J'ai envie de toi, maintenant.

– Moi aussi, mais pas ici.

Il recule et regarde sa montre.

– Jax devrait être là dans dix minutes. Je vais lui envoyer un message pour m'assurer qu'il arrive.

Je me rassois sur ma chaise et croise les bras sur ma poitrine comme une enfant gâtée pendant qu'il tape un message sur son téléphone. Je n'ai jamais été du genre à aimer le sexe dans les lieux publics, mais là, je pourrais aimer n'importe quoi. Je m'assiérais sur ses genoux et le chevaucherais de toutes mes forces, même en criant à pleins poumons. Je me ficherais qu'on nous regarde. Voilà à quel point je suis désespérée.

Il a fait ça exprès. L'interdiction de porter des sous-vêtements. Chaque regard, chaque parole, chaque contact. Tout ça fait partie de son plan idiot. J'ai déjà entendu parler de priapisme chez l'homme, mais existe-t-il un équivalent chez la femme ? Parce que, sérieusement, si c'est le cas, je suis dans cette situation. Je n'ai jamais autant désiré quelque chose de toute ma vie. Je serre à nouveau les cuisses. Le simple fait d'y penser me rend folle.

Mark ne m'a jamais autant excitée. Loin de là. Je n'ai jamais eu envie de lui comme j'ai envie de Carter.

– Je devrais peut-être me faire plaisir toute seule, dis-je en passant ma main sous la table.

Il s'arrête de taper son message et attrape mon poignet.

– Pas question.

Il plaque ma main sur la table et la bloque avec la sienne. Il tape la fin du message avec le pouce de son autre main. Une fois qu'il l'a envoyé, il pose son portable et plonge ses yeux dans les miens.

– Je suis certain que tu peux tenir dix minutes de plus, dit-il avec un sourire espiègle.

Je le regarde en fronçant les sourcils.

– Non, je ne peux pas. Je suis en train de mourir, là.

Son sourire s'efface et sa main libre passe dans ses cheveux parfaitement décoiffés. C'était censé être une plaisanterie, mais ce que je vois alors fait tilt. *Je suis en train de mourir*. Bordel. Est-ce que c'est vrai ? Peut-être bien. Je ne voulais pas dire ça dans ce sens. J'ai mal à l'estomac quand il me tire dans ses bras et me serre si fort qu'il m'étouffe presque.

– Ne dis pas ça, murmure-t-il dans mes cheveux.

Je sens son corps trembler contre le mien. Il avait réussi à nous distraire tous les deux, jusqu'à maintenant. Les craintes sont bien là. Je refuse de mourir. Demain, nous saurons exactement ce à quoi nous sommes confrontés. Je vais y arriver, me dis-je. Je suis forte. Je vais vaincre cette maladie avec toutes mes tripes. J'espère juste que je suis assez forte.

***

Carter m'accompagne jusqu'à la voiture quand Jax arrive. Une fois que je suis assise, il fait le tour jusqu'à la place du conducteur et met la clé dans le démarreur. Le radiateur s'allume. La chaleur est plus que bienvenue ; c'est exactement ce dont j'avais besoin. Ma veste m'a tenu relativement chaud, mais mes jambes et mes pieds sont gelés. Il le met à fond avant de me sourire.

– Je vais juste aider Jax à tout mettre dans sa voiture. Je ne serai pas long, dit-il en s'agenouillant sur son siège pour se pencher et effleurer mes lèvres avec les siennes. Reste ici et réchauffe-toi.

Je souris et il s'écarte. J'ai tellement de chance de l'avoir. Je suis heureuse qu'il soit revenu. Je suis heureuse que les choses ne se soient pas bien passées avec Mark. J'ai besoin de Carter dans ma vie.

J'ai besoin de lui plus qu'il ne le saura jamais.

17

CARTER

– Tu vas bien ? demande Jax lorsque nous portons la table et les chaises jusqu'à sa voiture.

– Ça va.

Mais c'est un énorme mensonge.

– Arrête tes conneries, mec. Je te connais mieux que tu ne le crois. Il y a déjà un nuage au paradis ?

– Non. C'est juste que, tout à l'heure, Indi m'a dit un truc qui m'a fait flipper, c'est tout.

Il s'arrête et me regarde.

– Ah ! les nanas, soupire-t-il en secouant la tête. Je savais qu'elle était trop bien pour être vraie. Elle t'a parlé de mariage et de gosses ?

– Quoi ? Non, non.

Je soupire tandis que les mots d'Indi repassent en boucle dans ma tête. « Je suis en train de mourir, là. » J'espère qu'elle ne le croit pas. Je ne veux même pas y penser. Elle est si positive et ça m'inspire tant. En réalité, je sais qu'elle n'a pas dit ça dans ce sens, mais vu les circonstances, entendre sa bouche prononcer ces mots m'a vraiment mis la tête en vrac.

– Elle a une tumeur au cerveau, dis-je en le regardant dans les yeux.

Je ne lui ai pas encore parlé de sa maladie.

– Quoi ?

– Oui. On est dans le pétrin. Je viens de la retrouver et je risque de la perdre à nouveau. Elle aura les résultats demain. C'est pour ça que j'ai organisé cette soirée.

Je veux lui donner quelque chose à quoi se raccrocher. Quelque chose qui l'aide à supporter le traitement.

– Mince. Je n'en savais rien. Je suis désolé de t'avoir traité de chaton. Tu aurais dû me le dire.

– Ne sois pas désolé. Tu n'étais pas au courant.

– Ça va aller pour elle ? Elle ne va pas mourir, hein ?

J'espère bien que non.

– Nous ne connaîtrons l'étendue de sa maladie que demain. Elle a passé une IRM ce matin. Nous savons déjà qu'elle a une petite tumeur dans le cerveau, mais demain, nous apprendrons s'il y a des cancers secondaires. Si ce n'est pas le cas, le pronostic est plutôt bon.

– Putain, ça craint.

J'acquiesce et lui passe les chaises pour qu'il les mette dans son coffre. Oui. « Ça craint », c'est le moins qu'on puisse dire.

– Merci pour ton aide ce soir, dis-je en attrapant son épaule. C'était important pour nous deux.

– T'inquiète, c'est la moindre des choses. Je suis désolé de t'avoir emmerdé avec ça. Je n'aurais pas été aussi casse-pieds si j'avais connu les raisons de cette soirée, admet-il.

– Je ne t'en veux pas. Je te connais depuis assez longtemps pour savoir que tu fais naturellement le con. Tu ne peux pas t'en empêcher. Tu es comme ça.

Je ris quand il me met un coup de poing dans le bras.

– Tiens-moi au courant pour demain, O.K. ?

La sincérité que je vois sur son visage me fait sourire. C'est vraiment un mec bien. J'ai de la chance de l'avoir comme ami. Il a été comme un grand frère pour moi ces dernières années.

– Promis. Merci, dis-je en retournant vers ma voiture.

J'essaie d'oublier les événements de demain pour me concentrer sur ce soir. Il faut que j'amène mon Indi super sexy et folle de désir à l'hôtel aussi vite que possible pour pouvoir me perdre en elle. Je ne peux pas attendre une minute de plus.

Indi me sourit quand je m'assieds dans la voiture. Elle est vraiment superbe. *Un vrai canon.* Je pense qu'elle ne réalise même pas à quel point elle est belle. J'ai toujours le souffle coupé devant elle après tout ce temps. Et je pense que ça ne changera jamais.

– Tu vas bien ? lui dis-je en lui prenant la main.

– Parfaitement bien. Cette soirée est parfaite, répond-elle en me serrant la main. Je ne veux pas qu'elle se termine.

– Qui a dit qu'elle était sur le point de se terminer ? Elle ne fait que commencer.

Je tends le bras et passe ma main dans ses cheveux avant d'approcher son visage du mien. Elle se laisse faire volontiers. Sa bouche douce et chaude se presse contre la mienne, et je me perds à nouveau. Je n'ai jamais trop apprécié les baisers, mais avec elle, j'aimerais ne jamais m'arrêter.

Quand elle ouvre la bouche pour approfondir ce baiser, je m'écarte à contrecœur. Plus nous restons ici, plus il faudra attendre avant que je puisse la prendre. Tandis que je m'apprête à mettre le contact, elle m'arrête.

– Attends. Pas encore, dit-elle, retirant sa ceinture et grimpant sur mes genoux. Je ne peux plus attendre une seconde de plus.

À califourchon, elle glisse sa main entre nous et tripote ma ceinture. Quand j'essaie de protester, elle pose son doigt sur ma bouche et lève un sourcil. Je sais qu'elle me défie d'essayer de l'arrêter. Elle est trop mignonne.

– Je prends le contrôle à partir de maintenant. Tu m'as bien assez fait attendre.

Je sens mon sourire s'agrandir. La chambre d'hôtel que j'ai réservée pour la nuit ne se trouve qu'à une minute d'ici, mais elle ne le sait pas ; alors, qui suis-je pour contester ?

Je ne suis pas du genre à laisser l'autre tout maîtriser au lit, mais je suis curieux de voir où ça nous mène.

D'accord, nous sommes garés sous le pont de nuit, mais comme nous nous trouvons en pleine ville, il y a beaucoup de passants. Pour être honnête, je n'aurais jamais cru qu'elle jouerait à ce jeu. Je reste là à la regarder pendant qu'elle défait ma ceinture avant de s'attaquer à mon bouton et à ma fermeture éclair. Visiblement frustrée de mettre autant de temps à libérer ma queue, elle fronce les sourcils. Quand elle se mord la lèvre inférieure, je cède presque à la tentation de l'aider. J'ai moi aussi envie de mordre ses fichues lèvres. Je suis surpris par le self-control dont j'ai fait preuve ce soir. J'ai eu envie de m'enfoncer en elle à l'instant où elle a ouvert la porte pour m'accueillir. Savoir toute la soirée qu'elle ne portait pas de culotte ne m'a pas aidé. Mais, si elle veut prendre le contrôle, je le lui concède, juste cette fois. Après tout, ce soir, tout ce qui compte, c'est elle et ce qu'elle veut.

Effronté comme je suis, je mets mes mains derrière ma tête et la laisse faire tout le travail. Ma queue fait douloureusement pression contre mon pantalon, mais je ne pense vraiment pas qu'elle ira jusqu'au bout. Pas ici.

Je me trompe. Aussitôt qu'elle libère ma queue, elle souffle :

– Une capote.

– Il y en a dans la boîte à gants.

Je suis content qu'elle y ait pensé, parce que je suis tellement absorbé par l'instant que ça ne m'avait même pas traversé l'esprit, ce qui ne me ressemble pas du tout. J'en mets toujours. Je n'ai jamais pris le risque de mettre un autre bâtard au monde. Je ne voudrais jamais que mon enfant subisse ce que j'ai vécu.

La voir déchirer l'emballage avec les dents est le truc le plus sexy que j'aie jamais vu. Elle pose le préservatif sur mon gland, pince le bout et le déroule sur toute ma longueur. Elle ne l'a encore jamais fait avec moi avant, mais je suppose qu'elle le faisait avec le *branleur*. Cela me hérisse. Je n'ai pas le droit de lui en vouloir. J'ai couché avec un tas de nanas pendant mon absence.

Du coup, je me demande combien de partenaires elle a pu avoir. Et je me déteste encore plus de l'avoir laissée. Quand je suis parti, j'étais le seul. C'est moi qui l'ai forcée à en avoir d'autres. Il faut que je chasse ces pensées de ma tête. Souhaiter quelque chose que je ne peux pas changer ne peut pas me faire du bien. Ce dont je suis certain, c'est qu'il n'y aura plus jamais personne d'autre.

Quand la capote est en place, elle relève sa robe et aligne ma queue avec sa fente. D'un seul mouvement rapide, elle s'empale sur moi.

– Putain, dis-je en un râle tandis que mes yeux roulent vers le haut.

Je dénoue mes doigts de derrière ma tête et tire sa bouche vers la mienne. *Elle est super chaude.*

– Oui, gémit-elle en se soulevant avant de glisser à nouveau le long de mon manche, encore et encore.

J'adore ce côté sauvage chez elle. Ma petite chienne. Je pense que je devrais la laisser faire plus souvent. Sa chatte se serre autour de moi comme un étau. Notre baiser est fougueux, goulu. Brûlant. J'aime le fait que nous ayons l'impression de ne jamais pouvoir nous rassasier l'un de l'autre.

J'attrape sa veste et la fais descendre le long de ses bras avant de la jeter sur le siège d'à côté. J'enfonce mes doigts dans ses hanches et la soulève avant de la tirer vers le bas. Il n'y a rien de doux là-dedans. C'est sauvage et brut, exactement comme j'aime.

Elle interrompt notre baiser pour descendre la bretelle de sa robe sur une épaule avant de tirer mon visage vers son sein parfait exposé. Si elle continue comme ça, je ne vais pas tenir plus d'une minute.

– Ne t'arrête pas, gémit-elle en chevauchant ma queue avec une passion ardente. Je… Je…

Je suis sûre qu'elle est sur le point de me dire qu'elle va jouir quand quelqu'un tape à la vitre.

– Dégage, Jax, dis-je, car je pense tout de suite que c'est lui.

– Ouvrez la vitre, s'il vous plaît, dit une voix très sérieuse.

Qu'est-ce que c'est ? Je ne la pousse pas de mes genoux. Je me contente de remonter sa robe pour la couvrir avant d'attraper son manteau sur le siège du passager et l'envelopper dedans. Je n'en ai pas encore fini avec elle. Qui que ce soit, je vais baisser ma vitre et lui demander de dégager vite fait.

L'impatient tape de nouveau, ce qui me fait perdre mon sang-froid. Quand je me prends la lumière d'une torche électrique en pleine gueule, je suis à deux doigts de péter un câble.

– Écoute, dis-je, les dents serrées, descendant la vitre en une fraction de seconde.

Puis je me mords la langue quand je vois qu'il s'agit d'un policier qui n'a pas du tout l'air impressionné.

– Oh mon Dieu, murmure Indi, la voix teintée de honte quand le flic dirige sa lampe vers son visage.

Elle cache sa tête contre mon torse tandis que j'enroule mes bras autour d'elle pour la protéger.

– Je m'attendais à trouver un couple de gamins, mais vous êtes des adultes ; vous devriez être un peu plus responsables. Je vous donne deux minutes pour filer ou je devrai vous arrêter.

À ces paroles, Indiana se cache un peu plus.

– Cachez-moi dans un trou tout de suite, chuchote-t-elle.

J'ai presque envie de rire face à son embarras. Elle y réfléchira davantage avant de me sauter dessus la prochaine fois. Bien que je ne m'en plaigne pas. Tout ce que je me dis, c'est que nous avons eu de la chance que ce ne soit pas Ross. Ça serait plutôt mal tombé.

– Désolé, monsieur l'agent. Nous séjournons à l'hôtel Park Hyatt ce soir. On va y aller.

– C'est juste là, dit-il avec un air dégoûté en pointant sa torche dans la direction. Vous ne pouviez pas attendre une minute ?

– Elle m'a sauté dessus, dis-je en levant les mains pour ma défense.

Indi me pince sur le côté.

– Aïe ! fais-je en riant.

Le policier secoue la tête.

– Que je ne vous y reprenne pas.

– Pardon, monsieur l'agent. Ça n'arrivera pas, dis-je avec une voix sérieuse en essayant de ne pas sourire.

Je remonte la vitre et ris quand il s'éloigne.

– Comment as-tu osé ? crie Indi en frappant mon torse.

Cela me fait encore plus rire.

– Si je me souviens bien, c'est bien toi qui m'as attaqué.

Elle plisse les yeux quand ils croisent les miens.

– Oui, mais tu ne m'as pas dit qu'on dormait ici, en ville. Je t'ai juste sauté dessus parce que je pensais qu'il me faudrait encore attendre de rentrer à la maison.

Je prends son visage rougi entre mes mains et tire sa jolie bouche contre la mienne. Elle est si adorable quand elle est en colère.

– Tu ne m'en as pas donné l'occasion. On aurait dit une bête sauvage assoiffée de sexe, dis-je en plongeant de nouveau dans ses yeux.

– C'est pas vrai, réplique-t-elle sèchement en me pinçant de nouveau.

Cette fois, j'éclate de rire même si ça fait un mal de chien.

– C'est pas marrant, imbécile.

Permets-moi de ne pas partager cet avis. C'est carrément hilarant.

***

– Et si on faisait ça dans l'ascenseur ? dis-je en la bloquant contre le mur tandis que nous montons dans notre chambre.

Elle est toujours bouleversée par notre petite infraction à la loi. Elle n'a presque pas dit un mot depuis que nous sommes sortis de la voiture.

– Ha, ha. Je ne crois pas, non. Manquer de se faire arrêter une fois dans la soirée me suffit. Tu imagines si ça avait été mon père ?

– Il ne travaille pas dans ce coin, dis-je sur un ton neutre en passant mes mains autour de sa taille pour la tirer vers moi.

Comme elle ne réplique pas, je dépose un baiser chaste sur son front. Un jour, elle trouvera cette anecdote amusante. Je sais que nous ne sommes là que pour la nuit, mais j'ai réservé l'une de leurs plus belles suites. Avec un peu de chance, une fois qu'elle la verra, elle retrouvera le sourire. Tout ce que je veux, c'est que cette nuit soit mémorable. Je suppose qu'avec ce qui vient d'arriver, elle le sera. Je dois me retenir de rire en repensant au fait que nous avons vraiment été à deux doigts de nous faire arrêter pour avoir eu des relations sexuelles dans un lieu public.

– Waouh ! Cet endroit est impressionnant, dit-elle dès que nous entrons dans notre suite.

Je souris en l'observant lancer des regards dans tous les sens. Je pose par terre le sac que je porte et la prends dans mes bras.

– Le meilleur rien que pour toi, ma belle.

Je dépose un doux baiser sur ses lèvres et elle se détend tandis que son corps fond contre le mien. Pourquoi n'irais-tu pas prendre une douche pour te réchauffer ?

– D'accord. Tu la prends avec moi ? demande-t-elle avec une petite voix en passant ses bras autour de ma taille.

Elle n'a même pas besoin de me le demander. J'avais l'intention de l'accompagner, avec ou sans son invitation. J'attrape la trousse de toilette dans la petite valise que j'ai préparée.

– Je n'ai pas de pyjama, dit-elle quand je la suis dans la salle de bain.

Je tends la main pour toucher son postérieur. Il est parfait. Mon désir pour elle est irrésistible.

– C'est bien dans mes plans, dis-je en passant mon autre bras autour de sa taille pour tirer son dos contre moi.

Je fais remonter mon nez sur sa nuque. Bon sang qu'elle sent bon !

– Tu n'en auras pas besoin.

Ma bouche se déplace le long de sa joue, et mes mains glissent sur son ventre ferme avant de prendre ses seins parfaits. Elle penche sa tête sur le côté, et un gémissement lui échappe. Ces petits bruits qu'elle fait me rendent carrément fou.

J'avais prévu de la prendre dans la douche contre les carreaux, mais je ne peux pas attendre plus longtemps. Il faut que je termine ce que nous avons commencé dans la voiture, tout de suite. Je fais un pas en arrière et lui retire sa veste avant de la jeter sur le côté. Mes mains se promènent sur ses flancs lorsqu'elle enlève sa robe et la lance au-dessus de sa tête.

Je fais un autre pas en arrière pour admirer la perfection de son corps nu. La seule chose qu'elle porte, ce sont ses chaussures super sexy.

– Pose tes mains sur le meuble et écarte tes jambes, lui dis-je sur un ton autoritaire.

Comme c'est une bonne fille, elle fait exactement ce que je lui dis. J'enlève ma veste et la jette sur son tas de vêtements. Pendant que je défais ma cravate pour la retirer, je ne la quitte pas des yeux. Elle me regarde dans le miroir devant elle.

L'anticipation est presque insupportable lorsque je déboutonne ma chemise. Il me la faut maintenant. Je tire mon portefeuille de ma poche de derrière et en sors un préservatif avant de le balancer sur le côté. Je prends l'emballage entre mes dents et je m'occupe fébrilement de ma ceinture. Je la tire des passants d'un geste leste et la laisse tomber sur le sol. Je me dépêche de défaire les boutons et la fermeture éclair de mon pantalon avant de le faire glisser sur mes jambes avec mon boxer.

Je déchire l'emballage et fais glisser la capote sur ma queue dure comme de la pierre en retirant mes chaussures, mes chaussettes, puis en dégageant mon pantalon. Ses yeux parcourent mon corps dans le reflet du miroir. Son beau visage est légèrement rouge et elle écarte un peu plus les jambes au moment où je fais les quelques pas qui nous séparent.

J'émets un râle profond quand mes bras se faufilent autour de sa taille pour tirer son cul magnifique vers moi.

– Je vais te prendre vite et bien, dis-je en un souffle tandis que mes lèvres trouvent sa nuque.

– Oh oui, s'il te plaît, gémit-elle en levant un bras et en le glissant derrière ma nuque. Baise-moi maintenant, Carter. Je ne peux plus attendre.

Bon sang. L'entendre dire ça pourrait presque causer ma perte.

– Pose tes deux mains sur le meuble.

Même si j'adore sentir ses mains sur moi, il faudra qu'elle attende. Elle meurt d'envie d'avoir ma queue en elle depuis le début de la soirée ; alors, je vais lui donner exactement ce qu'elle veut. Je ne vais pas y aller mollo cette fois.

Mes doigts se glissent entre ses jambes. Je sais déjà qu'elle va être chaude et mouillée pour moi, mais je dois m'en assurer avant de la pénétrer brusquement. Je ne voudrais surtout pas lui faire mal. Je gémis quand je sens qu'elle est trempée. J'aligne mon pénis avec sa fente et pousse jusqu'au bout. Je suis enfoncé dans son paradis jusqu'aux testicules. Dieu qu'elle est bonne !

Je donne à son corps quelques secondes pour s'habituer pendant que j'écarte ses cheveux sur le côté et passe ma langue sur son épaule et sa nuque avant d'aspirer son lobe dans ma bouche. Je me retire lentement presque entièrement, puis me renfonce brusquement.

– Oh oui ! gémit-elle. Ne t'arrête pas.

Je n'ai pas l'intention de m'arrêter. Mes doigts s'enfoncent dans ses hanches pour la maintenir en place pendant que mon autre main se glisse devant entre ses jambes pour que mes doigts puissent caresser son clitoris. Elle pousse de petits cris, et sa chatte se contracte autour de ma queue. Je sais qu'elle est déjà sur le point de jouir. Et ce n'est pas la seule.

J'accélère le rythme et continue de la pilonner, encore et encore. Je la vois rouler les yeux dans le miroir et elle crie mon nom. J'adore quand elle fait ça. J'adore le fait que, même quand elle est dévorée par le plaisir, elle sait que c'est moi qui lui fais cet effet.

Son corps ramollit, mais je la maintiens fermement contre moi sans adoucir mon assaut. Mes doigts frottent toujours son clitoris tandis que ma queue fait de violents va-et-vient dans son minou. Moins d'une minute plus tard, elle crie à nouveau quand un autre orgasme l'assaille. Cela suffit à me faire craquer.

Comme ses jambes épuisées la lâchent, je la soulève dans mes bras et la porte jusqu'à la douche. Avec un peu de chance, l'eau chaude la revigorera parce que je ne suis encore loin d'avoir mon compte.

18

INDIANA

Je suis réveillée au matin par le beau visage de Carter placé entre mes jambes. Et je peux vous dire que c'est une vue merveilleuse. C'est la deuxième fois depuis que nous nous sommes remis ensemble que je suis réveillée de cette façon. Je pourrais bien m'y habituer. Mark n'était pas très fan du sexe oral alors que moi, par contre, j'adore ça. Il y a quelque chose de si érotique dans cette pratique.

– Bonjour, dit-il contre ma peau sensible quand je gémis et passe mes doigts dans ses cheveux.

– Bonjour, dis-je, déjà à bout de souffle.

Après les choses incroyables que nous avons faites en arrivant à l'hôtel hier soir, Carter m'a portée dans la douche quand mes jambes ont menacé de céder. Après avoir lavé chaque centimètre de mon corps, il m'a soulevée contre les carreaux. Je sais que cela ne fait que quelques jours, mais c'est comme si nous ne pouvions plus nous passer l'un de l'autre.

Il semblait inquiet pour moi quand nous sommes sortis de la douche. Il a dit que j'étais pâle et que j'avais l'air fatigué. Il n'avait aucune raison de s'inquiéter. Mes maux de tête sévissent encore, mais ils ne semblent pas trop me déranger pendant que je suis perdue en lui. Il est le traitement dont j'ai besoin.

Même si je lui ai dit que j'allais bien, il m'a enveloppée dans une serviette et m'a assise sur le bord de la baignoire pour me sécher les cheveux. C'était très mignon. Quand il a eu fini, il m'a ordonné d'aller au lit. Je dois admettre que j'étais un peu déçue quand il m'a prise dans ses bras et m'a demandé de dormir. J'espérais un troisième round.

Je suis surprise de ne pas ressentir d'appréhension concernant le rendez-vous avec mon médecin tout à l'heure. Peut-être que ça viendra plus tard. Là, ce serait une chance si j'arrivais à me souvenir de mon propre nom. Grâce à Carter et sa langue magique, je suis submergée par la magnitude des sensations qui me traversent. Si le broutage de minous était un sport olympique, il remporterait la médaille d'or haut la main.

Il enfonce deux doigts en moi et les replie pour atteindre mon point G tout en suçant mon clitoris.

– Oh mon Dieu, oui ! dis-je en gémissant tandis que je pousse les hanches vers son visage et enfonce ma tête dans l'oreiller.

Quand il pousse un râle sonore, les vibrations me font craquer. Mon corps convulse lorsque l'orgasme me frappe violemment.

Il sourit, remonte le long de mon corps en l'embrassant, les yeux rivés sur les miens. Ses cheveux ébouriffés vont dans tous les sens, mais il est plus beau que jamais. Mon cœur s'emballe quand ses lèvres se posent sur les miennes. Je suis transie d'amour pour cet homme. J'aimerais pouvoir lui dire ce que je ressens. Je veux qu'il sache à quel point il compte pour moi, mais je ne veux pas l'effrayer.

Je ne peux pas le perdre à nouveau.

– Tu veux bien être mon réveil tous les matins ? dis-je en caressant ses cheveux.

– Si je pouvais être entre tes jambes chaque matin, je serais le plus heureux des hommes, affirme-t-il en riant doucement alors que ses lèvres se promènent sur ma joue pour rejoindre mon cou.

– Cela pourrait s'arranger, dis-je en plaisantant.

Il éloigne sa bouche de moi et lève la tête. Son expression est sérieuse quand ses yeux se plongent dans les miens.

– Alors, arrange ça, dit-il, pince-sans-rire.

J'éclate de rire.

– Qu'est-ce qu'il y a de drôle ? demande-t-il.

– Toi. Tu sais que, pour être entre mes jambes chaque matin, on devrait passer toutes nos nuits ensemble ?

Je suppose qu'il pourrait se faufiler par ma fenêtre avant l'aube, mais ce serait quasiment impossible puisqu'il vit à deux heures de chez moi. Je redoute le jour où il rentrera chez lui, mais je ne veux même pas y penser pour le moment.

– Et alors ? répond-il en levant un sourcil.

Il ne peut pas être sérieux. Même si j'adorerais passer toutes mes nuits avec lui, je suis quasiment certaine qu'il ne le voudrait pas. Je pensais qu'il plaisantait, mais son air sérieux m'indique que non.

Je tourne la tête sur le côté. Pour une raison inconnue, j'ai soudain du mal à le regarder dans les yeux. Je ne veux pas me faire de fausses illusions. C'est de Carter Reynolds dont nous parlons. Monsieur Je-ne-m'engage-jamais.

– Hé ! dit-il, posant un doigt sous mon menton et tournant mon visage vers le sien. Tu n'aimerais pas te réveiller avec moi tous les matins ?

J'entends clairement la peine dans sa voix. Le doute sur son visage me fait mal au cœur.

– Bien sûr que si, dis-je pour essayer de le rassurer. Je croyais que tu plaisantais.

– Eh bien, non. Je suis amoureux de toi, Indiana. Et je veux qu'on se réveille ensemble tous les matins. Je veux qu'il y ait un « nous ».

Je sens les coins de mes lèvres remonter. Vient-il de dire qu'il m'aimait ?

– Tu m'aimes ?

– Je ne me contente pas de t'aimer, chérie. Je t'appartiens, *entièrement*. À un point complètement dingue. Je ne pensais pas que quelqu'un pourrait me faire ressentir ça un jour. C'est toi qui me fais cet effet. Je t'aimais quand je suis parti il y a cinq ans, et ça n'a jamais cessé. Il n'y a toujours eu que toi.

Il lève la main pour écarter les cheveux qui cachent mon visage. Ses paroles me font monter les larmes aux yeux.

– Je t'aime aussi, Carter.

Mon cœur chante à l'idée qu'il ressent la même chose que moi. Je n'ai jamais dit ça à un mec avant. Enfin, sauf à mon père, mais ça ne compte pas. Le visage de Carter affiche un immense sourire. Avant que je puisse dire quoi que ce soit d'autre, sa bouche se plaque sur la mienne.

Il écarte mes jambes avec son genou et s'installe entre mes cuisses. Je sens son érection pressée contre moi. Il tend la main sur le côté tandis que ses lèvres restent sur les miennes. Je sais qu'il cherche les préservatifs qu'il a laissés sur la table de nuit.

Quand il les attrape, il s'écarte de moi et s'accroupit pour le dérouler sur lui. Ses yeux ne quittent jamais les miens.

– Je n'arrive pas à croire que tu m'aimes, murmure-t-il.

Eh bien, tu peux. Quand il se rallonge entre mes jambes, le sourire que je vois sur son visage me fait fondre. Malgré ce qu'il pense de lui, c'est une personne facile à aimer. Il entremêle ses doigts avec les miens et les bloque au-dessus de ma tête.

Nous restons silencieux. Il me pénètre plus lentement que jamais. Ses lèvres viennent se poser délicatement sur les miennes alors qu'il s'enfonce tout doucement. Cette fois-ci, il ne me baise pas, il me fait l'amour avec douceur et passion. Il se donne entièrement à moi, et j'en fais de même. Nos cœurs ne font plus qu'un.

Je l'aime du plus profond de mon âme.

***

Nous sortons difficilement du lit une heure plus tard. J'ai l'impression de flotter. Je ne me suis jamais sentie aussi heureuse. Carter me fait couler un bain pendant qu'il commande le petit-déjeuner. Il n'a pas arrêté de sourire depuis que nous nous sommes déclaré nos sentiments. Être simplement avec lui est si bon. Ça l'a toujours été. Je sais que c'est pour ça que je n'ai jamais vraiment tourné la page. Pour ça que je n'ai pas pu me donner entièrement à Mark. Mon cœur a toujours appartenu à Carter. Et ce sera toujours le cas.

Quand je sors du bain, je m'emmitoufle dans une serviette et ramasse mes vêtements froissés par terre. Je suppose que je vais devoir les porter pour rentrer. Il faudra que nous passions à la maison en allant à mon rendez-vous. J'ai l'estomac barbouillé en y pensant. Je prie pour que nous ayons de bonnes nouvelles aujourd'hui. La vie ne peut pas être si cruelle. Nous venons de nous retrouver.

– Salut, dit Carter en entrant dans la salle de bain.

Il me sort de mes pensées.

– Tu vas bien ? dit-il.

Sa main passe autour de ma taille par-derrière, et il dépose un petit baiser sur ma joue.

– Ça va, dis-je en tournant la tête pour croiser son regard. On va devoir passer chez moi pour récupérer des vêtements.

– J'en ai pris. Ils sont étendus sur le lit.

– Vraiment ?

La surprise dans ma voix est évidente.

– Hmm, hmm, répond-il comme s'il était fier de lui.

– J'espère qu'ils ne sont pas trop sexy.

Cela le fait rire.

– J'y ai bien pensé, mais sachant que tu avais ton rendez-vous, j'ai pris un jean et une espèce de pull – je ne sais pas comment tu appelles ça.

– Et des sous-vêtements ?

– Aussi, dit-il en me faisant tourner dans ses bras pour déposer un bisou sur mon nez. Habille-toi, le petit-déjeuner vient d'arriver. Je t'ai aussi acheté une nouvelle brosse à dents. Elle est dans la trousse de toilette sur le meuble. Oh ! et du déodorant de fille. Je ne veux pas que ma chérie pue.

J'émets un rire et lui donne un petit coup dans le bras.

– Merci, dis-je en passant mes bras autour de sa taille pour le serrer très fort. Pour tout.

Je sens les larmes me monter à nouveau aux yeux. Je me sens vraiment submergée par les émotions.

C'est comme si ce qu'il y a entre nous était trop beau pour être vrai. Je prie pour que ce ne soit pas le cas.

***

Assise, dans la salle d'attente, je n'arrête pas de bouger ma jambe. Je fais de mon mieux pour paraître détendue, mais j'échoue lamentablement. Je croise les jambes quand Carter attrape ma main. On n'est que tous les deux aujourd'hui. Mon père a appelé quand nous avons quitté l'hôtel, mais Carter l'a convaincu de ne pas venir avec nous. Connaissant mon père, il n'a pas dû apprécier, mais Carter a promis de l'appeler à la minute où nous aurons les résultats.

Carter porte ma main à sa bouche pour y déposer un baiser. Je lui souris pour essayer de lui dire que je vais bien, même si j'ai mal au ventre.

– Le docteur va vous recevoir, mademoiselle Montgomery, dit l'infirmière derrière son bureau.

Carter se lève le premier et m'entraîne avec lui. Il entremêle ses doigts avec les miens pendant que nous parcourons le petit couloir jusqu'au bureau du médecin. J'ai renoncé à essayer de l'empêcher de venir avec moi. Au fond de moi, j'en suis heureuse. J'ai besoin de lui. Il est vite devenu mon roc.

– Quoi que dise le docteur, nous ferons face ensemble, murmure Carter à mon oreille.

Il serre ma main. Je ne sais pas si je pourrais vivre tout ça sans lui. Il est vraiment merveilleux. Je lui adresse un petit sourire nerveux quand ses yeux croisent les miens. J'ai peur de me mettre à pleurer si je parle.

Le docteur nous accueille à la porte. Il nous serre la main avant de nous inviter à nous asseoir. Dès que nous sommes installés, Carter reprend ma main. Mon regard se dirige vers lui. Ses yeux sont rivés sur le médecin. Avec ses sourcils froncés, son inquiétude est évidente. Cette fois, c'est moi qui lui serre la main alors que le calme tombe sur moi. Je réalise soudain que ce que dira le docteur importe peu. Il est là pour moi et je suis là pour lui. Pour combien de temps, on ne sait pas, mais à cet instant, c'est tout ce qui semble compter.

Mes yeux quittent Carter quand le médecin se met à parler.

– J'ai vos résultats de l'IRM, Indiana.

Je retiens ma respiration en attendant la suite.

– Je suis heureux de vous dire qu'il n'y a aucun cancer secondaire.

Mes joues se dégonflent. Je souffle doucement. Mes yeux se rivent sur Carter qui est visiblement soulagé. Son regard croise le mien, et ses lèvres affichent un magnifique sourire.

– Quelle bonne nouvelle ! dit Carter en retournant son attention vers le docteur. Alors, quelle est la suite du programme ?

– Eh bien, j'aimerais mettre Indiana sous stéroïdes pendant les deux prochaines semaines pour soulager tout gonflement autour de la tumeur, puis nous pourrons commencer la radiothérapie. J'aimerais que vous lisiez cette documentation pendant ce temps. Cela répondra à toutes les interrogations que vous pourriez avoir. Vous y trouverez aussi la liste des bénéfices, risques et effets secondaires liés à ce traitement, et d'autres choses dans le genre.

– Quels sont les risques et les effets secondaires ? demande Carter.

Je suis contente qu'il ait la présence d'esprit de poser des questions. Mon cerveau est en surcharge.

– Les risques sont minimes. C'est pour ça que j'ai choisi cette méthode plutôt que la chirurgie. La tumeur est petite ; donc, vous ne recevrez que de petites doses de radiation sur une période de six semaines. Plus si besoin est, mais je suis presque sûr que ce ne sera pas nécessaire. Les radiations tueront les cellules cancéreuses et, avec un peu de chance, empêcheront la tumeur de grossir ou de s'étendre. En ce qui concerne les effets secondaires, peut-être n'en aurez-vous aucun. Les patients réagissent différemment au traitement. Vous pourriez avoir des nausées ou une perte d'appétit. Il est important que vous vous nourrissiez correctement pendant la radiothérapie. Il y a une liste d'aliments et de choses que vous devriez éviter. Vous constaterez peut-être une certaine fatigue ou une perte de cheveux, mais encore une fois, chaque cas est différent. La peau de votre visage pourrait devenir sèche et vous pourriez ressentir des démangeaisons, mais il existe des crèmes pour y remédier. L'un dans l'autre, rien de très grave. Les bénéfices sont bien plus importants que tout ça.

Il y a tant de choses à intégrer que j'ai la tête qui tourne. Si cette radiothérapie doit me guérir, j'accepterai tous les effets secondaires qui pourraient se présenter à moi. Si ça me sauve la vie, je m'en fiche.

– Tout ce que vous devrez et ne devrez pas faire est clairement exposé dans les papiers à l'intérieur de l'enveloppe. Prenez le temps de les lire. Il vaut mieux que vous sachiez tout.

– Nous le ferons, lui assure Carter.

Je me sens vraiment submergée par tout ça.

Le docteur doit voir le doute sur mon visage parce qu'il ajoute :

– Vous êtes jeune et en bonne santé. Toutes les chances sont de votre côté, Indiana.

Il m'adresse un sourire rassurant en me tendant l'enveloppe.

– Je vais vous faire l'ordonnance pour les stéroïdes.

Je regarde ses yeux pianoter sur le clavier devant lui avant d'attraper le papier qu'il imprime.

– Si vous avez des inquiétudes après avoir lu tout ça, n'hésitez pas à m'appeler. C'est assez clair et cela devrait répondre à toutes vos questions.

– Merci, dis-je tandis qu'il se penche au-dessus du bureau pour me tendre le document.

– Nous allons fixer un rendez-vous pour la semaine prochaine, et nous pourrons discuter de vos appréhensions et vous préparer pour le début du traitement la semaine suivante. Quel genre de métier exercez-vous ?

– Je ne travaille pas en ce moment.

Je n'arrive toujours pas à croire que Mark m'ait virée, le crétin. Ce n'est pas que j'aurais pu continuer à travailler là-bas dans ces circonstances, mais j'ai bien l'intention de trouver autre chose. J'adore ce que je fais. Les animaux me manquent.

– Eh bien, c'est peut-être une bonne chose. Vous allez avoir besoin de beaucoup de repos pendant le traitement. Alors, vous pourriez peut-être laisser ça de côté pendant quelques mois. Ou au moins, ne trouver qu'un travail à temps partiel.

Heureusement que je vis avec mon père ; je devrais pouvoir survivre sans entrée d'argent pendant un petit moment. J'ai des économies dans lesquelles je peux piocher.

Quand il se lève, Carter et moi l'imitons. Carter lui tend la main avant que je n'en fasse de même.

– Merci, docteur, dit-il quand nous partons.

Dès que nous sortons du bâtiment, il me prend dans ses bras et me fait tourner.

– Qu'est-ce que je suis heureux ! dit-il avant de me reposer. Enfin, je suis heureux que les choses ne soient pas pires qu'on ne le pensait. Je déteste toujours autant que tu doives vivre ça.

Il pose ses mains sur mes joues et m'adresse un sourire triste.

– C'est dans la poche. Tu le sais, hein ? ajoute-t-il d'un air assuré en me tirant dans ses bras pour me faire un gros câlin. Je dois donner un coup de fil à ton père. Il attend mon appel.

Je souris quand il me lâche et sort son portable. Même si ce qui m'attend me fait peur, et c'est le moins qu'on puisse dire, son bonheur est contagieux.

19

CARTER

Sur le chemin du retour, nous nous arrêtons à la pharmacie pour récupérer les stéroïdes. Je n'arrive pas à effacer ce sourire de mon visage. Je sais qu'une longue route nous attend encore, mais après les résultats d'aujourd'hui, je suis optimiste. Elle est forte. Mon petit boute-en-train fougueux. Je suis convaincu qu'elle se débarrassera de ce cancer. Je ne veux même pas envisager le contraire. Je m'y refuse. Je la soutiendrai. *Je ne la perdrai pas une nouvelle fois.*

– Tu vas bien ? dis-je quand nous arrivons sur son allée.

Elle est restée relativement silencieuse pendant le trajet. En fait, depuis que je lui ai dit que je retournais à Newcastle tout à l'heure. J'aimerais pouvoir rester plus longtemps, mais mon entreprise a besoin de moi. Indi sera toujours ma priorité, mais une longue liste de clients m'attend vu que j'ai annulé un grand nombre de rendez-vous. Comme je vais souvent devoir prendre des congés quand son traitement aura commencé, il va falloir que je gère au mieux jusque-là.

Ne réalise-t-elle pas comme ça va être dur d'être loin d'elle ?

– Ça va, répond-elle, attrapant ma main et s'efforçant de sourire.

Elle ne va carrément pas bien. Pourquoi les nanas disent-elles tout le temps ça ?

– Tu es sûre ? Tu sais, tu pourrais venir chez moi. Je te ramènerai à temps pour ton rendez-vous la semaine prochaine.

Son sourire s'élargit, et je devine qu'elle y réfléchit sérieusement. J'adorerais la ramener. Je ne sais pas trop pourquoi je n'ai pas pensé à le lui demander plus tôt. Je suppose que j'avais peur qu'elle dise non.

– Je ne sais pas, répond-elle en haussant les épaules. Tu vas travailler tous les jours. Je ne ferais que traîner dans tes pattes.

– Arrête tes bêtises. Je vis au-dessus de mon magasin. Je l'ai converti en appartement quand j'ai acheté l'immeuble. Je serai juste en bas. Tu pourras venir quand tu veux. Ou je pourrai monter entre deux clients. La plage est de l'autre côté de la route, et j'ai un petit carré de pelouse à l'arrière pour LJ.

Je suis vraiment pathétique à tout détailler dans l'espoir qu'elle dira oui. La ramener chez moi est une idée brillante. Je veux qu'elle soit à mes côtés, dans mon espace. J'en ai besoin. Je ne pourrai pas me concentrer toute la semaine si elle est si loin de moi.

– S'il te plaît, dis-moi que tu vas venir, dis-je en serrant sa main. Si tu n'aimes pas, je te ramènerai aussitôt.

– Si je suis avec toi, je ne pourrai pas ne pas aimer, admet-elle.

– Alors, tu viens ?

– Je viens.

Avant qu'elle ne puisse ajouter quoi que ce soit, ma bouche se retrouve sur la sienne. Je n'arrive pas à croire qu'elle ait accepté de rentrer avec moi. J'ai hâte de lui montrer mon appart, mon boulot, l'endroit où je vis. Je souris comme un abruti quand je mets fin à notre baiser. Je suis vraiment super heureux.

Cela me prouve encore que c'est la bonne. Il y a bien longtemps, l'idée de partager ma vie et mon chez-moi avec quelqu'un m'aurait carrément fait flipper. C'est quelque chose que je n'aurais même pas envisagé. Maintenant, je suis impatient d'y être. Je suis impatient de me coucher avec elle chaque soir, de me réveiller avec elle chaque matin et de partager mes journées avec elle.

– Pourquoi ne rentres-tu pas faire tes valises ? Je vais voir si ma mère a besoin de quelque chose avant que je parte, puis je passerai te prendre.

Je pose mes mains sur ses joues et dépose un autre baiser sur ses lèvres.

– D'accord. Je peux récupérer mes sous-vêtements ?

J'éclate de rire.

– Je vais y réfléchir.

– Tu ferais mieux de me les rendre, monsieur, ordonne-t-elle en tendant la main pour me pincer le bras. Je suis sérieuse.

– Aïe ! dis-je en riant. Tes doigts sont presque aussi mortels que ton genou.

***

Après avoir fait quelques petites courses pour ma mère et sorti ses poubelles, je me rends dans ma chambre. Plus vite je ferai mon sac, plus vite je pourrai ramener Indi chez moi. J'ai vraiment hâte qu'elle voie ça. Avec un peu de chance, elle voudra rester toute la semaine et je pourrai la ramener ici pour son prochain rendez-vous avec l'oncologue.

Après avoir balancé mes affaires dans mon sac, j'ouvre le tiroir de ma commode près de mon lit pour récupérer mon carnet. J'y trouve un petit bout de papier.

Tu ne peux pas me dicter où et comment je choisis de prendre du plaisir !

Dès que je le lis, j'éclate de rire. *Bien sûr que je peux !* Je le peux et je vais le faire. Bien sûr, quand je fouille le tiroir, je découvre que son vibromasseur n'est plus là. Je le récupérerai. Vous allez voir ça.

Une fois que mon sac est fait, je me dirige vers la cuisine pour dire au revoir à ma mère. J'ai pu constater que son état s'est clairement amélioré pendant ma visite. Elle a encore des moments difficiles, mais je suis convaincu qu'avec le temps, elle surmontera cette épreuve. Ce n'était pas l'homme qu'elle pensait. Quand je la vois verser des larmes pour lui, j'ai envie de lui dire la vérité concernant le type qu'il était vraiment, mais cela ne ferait que la bouleverser davantage.

***

– Tu as pris la documentation du docteur ? dis-je à Indiana en mettant sa valise dans le coffre de ma voiture.

– Non. Je ferais mieux d'aller la chercher.

Je souris quand elle se retourne pour rentrer dans la maison.

– Veille bien sur ma petite fille, dit Ross quand je lui tends la main.

– Vous n'avez pas besoin de me le demander. Bien sûr que je veillerai sur elle.

– Je sais, répond-il en posant sa main sur mon épaule. Tu es celui qu'il lui faut, fiston.

Ses paroles me donnent le sourire. J'ai envie de lui dire qu'elle est celle qu'il me faut, mais je ne le fais pas.

Pendant qu'Indi étreint son père pour lui dire au revoir, je rabats mon siège pour que LJ puisse monter à l'arrière.

– Il y a des boîtes dans le congélateur contenant les pâtes que nous avons faites l'autre soir, et le ragoût de poulet du week-end, si tu n'as pas envie de cuisiner quand je serai partie. Oh ! et…

– Tout ira bien, ma princesse, l'interrompt-il en la prenant dans ses bras. J'ai bien survécu quand tu étais à l'université, non ?

– C'est vrai, doit-elle admettre en riant doucement. Tu devrais inviter Elizabeth à dîner un soir si tu te sens seul.

– Je m'en souviendrai, dit-il en riant avant de déposer un baiser sur son front.

J'ouvre la portière d'Indi quand elle contourne la voiture. Je suis incapable de mettre des mots sur l'excitation que je ressens à l'idée qu'elle vienne chez moi. J'ai l'impression d'être un gamin le matin de Noël.

Une fois que je suis assis sur le siège du conducteur, Ross se penche par ma vitre.

– Il suffit de m'appeler si vous avez besoin de moi, dit-il assez doucement pour que je sois le seul à entendre.

Je sais qu'il y a un sous-entendu derrière ces mots. Il n'a pas de raisons de s'inquiéter. J'ai bien l'intention de la surveiller de près le temps qu'elle sera avec moi. Je ne laisserai jamais rien lui arriver. Je pense que Ross le sait.

***

Pendant la majeure partie du trajet, nous roulons dans un silence confortable. Sauf quand Indi accompagne les chansons qui passent à la radio. C'est mignon. J'adore voir comme elle est détendue avec moi. Il n'y a absolument rien de faux chez elle. Ce qu'on voit est la réalité.

– Je suis impatiente de découvrir comment c'est chez toi, dit-elle en posant sa main sur la mienne. Meg et moi, nous sommes allées à Newcastle il y a quelques années pour un week-end entre filles, quand j'étais à l'université.

Je la regarde et souris. Je devais déjà y vivre, à l'époque. Si j'avais su… Ça m'en aurait bouché un coin de tomber sur elles.

– Comment va Meg ? Tu la vois toujours ?

Quand nous étions gamins, ces deux-là étaient toujours ensemble.

– Elle vit à l'étranger avec son mari, Drew. On parle encore au téléphone quand on peut, mais ce n'est pas pareil.

On peut clairement entendre la tristesse dans sa voix.

– Ils voyagent beaucoup, et, avec le décalage horaire entre les pays, c'est difficile. Elle me manque tellement.

Je n'en doute pas. Meg mariée ? Bizarrement, je n'arrive pas à l'imaginer.

– Elle est au courant pour la tumeur ?

– Non. Elle a ses propres soucis. Elle n'a pas besoin que je l'embête avec ça, répond-elle en m'adressant un sourire peu enthousiaste.

– Peu importe, Indi. C'est ton amie. Je suis sûre qu'elle aimerait être au courant.

Elle hausse les épaules.

– Si l'occasion se présente la prochaine fois que je l'aurai au téléphone, je le lui dirai.

Comme je vois bien que ce sujet lui plombe le moral, je passe rapidement à autre chose.

– J'ai hâte de te montrer mon salon. Il y a quelque chose de spécial que je ne t'ai pas dit, dis-je en lui serrant la main.

– Ah bon ?

Son visage s'illumine quand elle me regarde.

– C'est quoi ? ajoute-t-elle.

– Tu verras quand on y sera.

***

– Indi Ink, chuchote-t-elle quand je me gare devant. Oh mon Dieu ! Tu as donné mon nom à ton salon, dit-elle d'une voix aiguë en tournant vivement la tête dans ma direction.

– Oui, dis-je avec le sourire lorsque je vois sa tête.

– Quand ? demande-t-elle, tout excitée, tandis que nous descendons de voiture.

– Quand je l'ai ouvert.

– Mais c'était il y a quatre ans.

Ses beaux yeux s'écarquillent lorsqu'elle avance vers la boutique, la tête penchée en arrière pour voir l'enseigne.

– Je sais. C'est sûrement idiot, mais d'une certaine manière, je voulais que tu en fasses partie.

– Ce n’est pas idiot, murmure-t-elle avant de se jeter dans mes bras. C’est fantastique. Je suis tellement touchée que tu aies fait ça.

Ses lèvres se plaquent sur les miennes avant que je n’aie le temps de répondre.

– J’adore. Je t’adore, dit-elle contre ma bouche.

Je glisse mes mains autour de sa taille pour la serrer contre moi. J’adore qu’elle m’adore, car… qu’est-ce que je l’aime !

20

INDIANA

– Merci de m'avoir fait prendre part à ton projet, dis-je quand je m'écarte de lui.

J'ai failli m'étouffer quand je l'ai vu. Je pensais qu'il l'avait rebaptisé récemment, mais le fait qu'il lui ait donné mon nom alors même que je ne faisais plus partie de sa vie compte beaucoup pour moi. Cela confirme les espoirs que j'ai nourris pendant toutes ces années : il ne m'avait pas oubliée après son départ, et je comptais vraiment pour lui.

– Tu étais dans mon cœur pendant tout le temps où j'étais loin de toi, admet-il.

Cela me fait fondre. Sa sincérité forme une boule dans ma gorge tandis que mon étreinte se renforce. Je n'arrive pas à croire que nous ayons perdu cinq longues années en étant séparés. Mais en y pensant, je sais que cela nous permettra d'apprécier à sa juste valeur ce que nous avons aujourd'hui.

– On peut entrer pour visiter ? dis-je, tout excitée.

J'ai envie de voir à quoi ça ressemble à l'intérieur. Je veux le contempler dans toute sa gloire. Je suis si fière de tout ce qu'il a accompli. Même si mon cœur a été brisé quand il est parti, ce qu'il y avait de plus dur pour moi, c'était de ne pas savoir ce qu'il était devenu. Il était tout seul. Un adolescent avec un gros poids sur les épaules et une montagne de colère en lui. C'est ce qui me faisait le plus de souci.

Mon inquiétude principale, c'était qu'il s'attire des problèmes. Ou, pire, se tourne vers l'alcool ou la drogue pour oublier. Je suis tellement heureuse que ça n'ait pas été le cas. Même à l'époque, alors qu'il essayait désespérément de le cacher, je savais que son cœur était bon. Il était juste taché par un mot stupide.

– Vraiment ? Tu veux entrer maintenant ?

Je ne peux pas ne pas remarquer la déception dans sa voix. Quand il me tire à nouveau dans ses bras et que je sens son manche dur se presser contre mon dos, je sais pourquoi.

– J'espérais t'amener en haut d'abord.

Son expression pleine d'espoir me fait presque craquer. Mais je veux me débarrasser de ça pour que nous puissions nous enfermer chez lui pour le reste de la soirée. J'insiste pour le voir.

– Juste une visite rapide. Puis tu pourras m'amener à l'étage et me violer.

– Marché conclu, dit-il en attrapant ma main pour me traîner vers le salon.

Il ouvre la porte et appuie sur l'interrupteur pour éclairer les lieux. Mes yeux regardent partout pendant qu'il désactive le système d'alarme. J'adore déjà cet endroit. Ça n'a rien à voir avec ce que j'avais imaginé.

– C'est bon. Tu as vu. On y va.

Il me prend par la main pour me traîner vers la porte, mais je refuse de bouger. *Bien essayé.*

– Laisse-moi visiter d'abord, dis-je avec un petit rire en me dégageant de son emprise et en avançant vers la réception.

Je l'entends soupirer derrière moi, mais je l'ignore. C'est immense. Ça n'a pas l'air aussi grand de la rue. Les sols sont couverts de carrelages gris anthracite. Il y a deux longs canapés en cuir noir au milieu de la pièce, posés sur un épais tapis bleu turquoise. Une table basse noire est installée entre les canapés. Il y a quatre grands livres empilés dessus.

Je m'en approche et ouvre le premier, qui est plein de ses dessins. J'ai envie de m'asseoir pour tous les regarder, mais sachant que ça va l'agacer, je remets ça à plus tard.

Sur la droite, il y a un grand comptoir noir en forme de L, avec trois lampes suspendues positionnées stratégiquement au-dessus. Cet endroit est si classe. Ça n'a rien à voir avec l'image que je m'étais faite d'un salon de tatouage. Je suis fascinée par chaque détail. Mes doigts se promènent sur tout. Les murs sont peints de la même couleur turquoise que le tapis, et les dessins en noir et blanc encadrés sur les murs ressortent sur le bleu. Je m'imprègne des lieux en me déplaçant dans la salle. Il y a des lampes encastrées dans le plafond au-dessus de chaque dessin, pour les éclairer.

Mes yeux se dirigent vers Carter qui attend toujours dans l'encadrement de la porte. Ses mains sont enfoncées dans les poches de son jean, et il m'observe.

– J'adore te voir dans mon espace, affirme-t-il en avançant vers moi.

J'adore qu'il m'ait amenée ici.

– Cet endroit est magnifique, lui dis-je. Je suis tellement fière de toi.

Mes bras s'enroulent autour de son cou. J'incline la tête en arrière pour le regarder dans les yeux.

– Vraiment fière, Carter.

– Merci, répond-il en approchant sa bouche de la mienne. Je peux te faire monter, maintenant ?

Sa remarque me fait rire.

– Je n'ai pas encore fini ma visite. Montre-moi le reste des lieux.

Il souffle de frustration.

– O.K., mais ce sera rapide.

Il attrape ma main et me tire à travers la pièce jusqu'à un long couloir. Plusieurs portes sont alignées. Au moins dix de chaque côté, peut-être plus.

– Ce sont les salles de mes artistes. Là où la magie opère, explique-t-il.

– Il y a tant de personnes que ça qui travaillent pour toi ? dis-je, surprise.

– Oui. Vingt-trois personnes font partie de mon personnel : vingt artistes, plus Vicki qui s'occupe des piercings. Justine est à l'accueil et puis il y a Jacquie. Elle s'occupe des stocks et des commandes.

– Waouh !

Je ne sais pas quoi dire d'autre. Je pensais qu'il était seul ou peut-être qu'une ou deux autres personnes travaillaient ici. Je suis sidérée.

– Laquelle de ces salles est la tienne ?

Il me guide jusqu'au fond du couloir.

– La plus grande, dit-il en riant. Je suis le patron, il faut bien que j'aie quelques avantages.

Évidemment, il fallait qu'il ait la plus grande. Cela ne me surprend pas du tout. Il sort ses clés de sa poche et ouvre la porte.

– Pourquoi fermes-tu la porte à clé ?

– Elles ont toutes des serrures. Mes employés ont tous leurs clés, et j'ai un passe-partout pour pouvoir toutes les ouvrir. Le matériel que nous utilisons est cher. Cela m'a paru logique de mettre des serrures sur les portes quand j'ai fait faire le salon.

– Logique.

Quand il allume, il s'écarte sur le côté pour me laisser entrer. Encore une fois, ça n'a rien à voir avec ce que j'avais imaginé. La pièce a un aspect lumineux et stérile. Je suppose que c'est une obligation étant donné la nature du travail. Les murs sont peints en blanc. Près du mur du fond se trouve un lit en cuir noir. Dans le coin, un fauteuil inclinable assorti est installé avec un tabouret ajustable. Il y a un établi en acier immaculé d'un côté, deux longues lampes avec des bras rétractables. Un autre meuble en acier est installé en face. Il contient de petits tiroirs sur toute la hauteur des deux côtés.

Je m'approche des cadres suspendus au mur de gauche. Ce sont des certificats.

– Tu as remporté tous ces prix ?

– Ouais. Jax m'a inscrit à des concours quand je bossais pour lui. Je n'ai plus le temps pour ce genre de truc aujourd'hui.

– C'est fantastique, dis-je en le regardant par-dessus mon épaule.

Il a un petit sourire timide et puéril que je trouve vraiment adorable. Mes yeux sont attirés par un grand dessin derrière lui.

– Oh mon Dieu, Carter. C'est moi.

C'est une immense esquisse encadrée de mon visage. Elle prend la moitié du mur. *Pas croyable.*

– Ouais, répond-il, se grattant la tête et baissant les yeux comme s'il était gêné que je l'aie vue.

Je le contourne pour mieux le voir. *C'est magnifique.* Ma bouche affiche un petit sourire naturel. Il a dessiné mes yeux avec tellement de détails qu'on dirait qu'ils pétillent. Est-ce ainsi qu'il me voit ? Je reste là un long moment à le regarder. Je suis hypnotisée.

Carter s'approche de moi par-derrière tandis que je le contemple. Il passe ses bras autour de ma taille, et ses lèvres remontent dans mon cou.

– Sortons d'ici avant que je te penche sur le lit et te prenne de manière insensée. Te voir dans cette pièce me donne envie de faire toutes sortes de choses complètement dingues.

Je penche la tête sur le côté et souris tandis qu'il suce le lobe de mon oreille. Quand il le mord doucement, je gémis.

– Ça me va, dis-je en un souffle en me retournant dans ses bras.

– Ne me tente pas, parce que je suis déjà super chaud.

Le désir que je vois dans ses yeux me donne un frisson dans le dos. Je glisse mes bras autour de son cou et tire ses lèvres vers les miennes. Cet encouragement lui suffit. Avant que je m'en rende compte, je me retrouve plaquée contre le mur et il m'enlève mon haut.

Sa bouche, sa langue et ses mains sont partout. J'attrape le bord de son tee-shirt et le soulève alors que mes doigts se promènent sur ses délicieux abdos. Il passe la main derrière sa tête pour tirer sur le col et le retirer violemment. Ma bouche se jette sur son piercing au téton, et ma langue décrit des cercles avant que je ne le prenne dans ma bouche.

Il penche la tête en arrière et émet un râle.

– Il faut que je vienne en toi, souffle-t-il.

Ses mains passent dans mon dos pour que ses doigts puissent dégrafer mon soutien-gorge. Il le fait glisser le long de mes bras et le laisse tomber par terre. Mon corps se fond en lui alors que ses mains remontent sur mes flancs jusqu'à ce qu'elles attrapent mes seins et les caressent.

Mes doigts s'activent fébrilement au niveau de son pantalon pour défaire son bouton et sa fermeture éclair. Je le baisse sur ses hanches en emportant son boxer. J'attrape son manche à pleine main et commence à le masturber.

– Je ne peux plus attendre, gémit-il en me retournant avant de me pencher la tête contre le lit.

Ses mains passent devant et se hâtent de défaire mon jean pour le descendre le long de mes jambes avec ma culotte.

– Mets-toi à genoux, m'ordonne-t-il.

J'obéis sans rechigner.

Je me retrouve le cul à l'air et complètement exposée à sa vue, mais je suis tellement excitée que je m'en fiche totalement. J'ai envie – non, j'ai besoin de sentir ses mains, sa bouche et sa queue en moi tout de suite. Comme s'il venait de lire mes pensées, son doigt vient caresser mon clitoris et se glisse dans mes sécrétions avant de s'enfoncer profondément en moi. Mon dos se cambre, et je presse mon corps contre sa main.

– Oh mon Dieu ! gémis-je.

– Ce n'est pas mon nom, dit-il d'une voix sérieuse tandis qu'il retire son doigt pour en ajouter un autre.

– Carter. Je t'en prie, baise-moi.

Quand ses doigts me quittent et que j'entends l'emballage se déchirer, je sais que je suis sur le point d'obtenir exactement ce que j'ai demandé. Je gémis bruyamment lorsque je le sens frotter son manche sur ma fente. Ses doigts remontent le long de mon dos jusqu'à ce qu'il atteigne mes cheveux. Il enroule ma queue de cheval autour de son poignet et tire délicatement ma tête en arrière.

– Je me souviens le jour où je t'ai rencontrée, gémit-il en s'enfonçant sans peine en moi. La première chose qui m'est passée par la tête, c'est exactement ça. J'ai eu envie que tu te penches en avant pour que je te prenne violemment par-derrière en t'attrapant par les cheveux.

Il se retire presque entièrement avant de se renfoncer brusquement. Il répète cette action encore et encore jusqu'à ce que je crie. C'est super chaud et tellement bon.

– Ne t'arrête pas, dis-je en gémissant.

Plus c'est fort, mieux c'est. Cela ne fait que m'exciter davantage. Chaque fois qu'il se renfonce en moi, la tête du lit heurte le mur avec un bruit sourd.

– Plus fort, dis-je comme pour le supplier tandis que mes doigts s'agrippent de chaque côté en s'enfonçant dans le cuir pour me maintenir en place.

Il n'a jamais été aussi brutal avec moi, mais j'adore ça. C'est tellement bestial, brut. C'est de la baise pure et dure.

– Putain, Indi ! crie-t-il alors que ses doigts s'enfoncent dans mes hanches pour m'immobiliser.

Il continue à me pilonner violemment avec de petits à-coups.

– Je t'aime tellement, Indiana.

Cela suffit à me faire craquer.

– Carter, gémis-je en penchant la tête en arrière tandis que mes yeux roulent. Je jouis…

– Je sais, bébé. J'adore comment ta chatte serre ma queue quand tu viens, gémit-il en faisant encore quelques va-et-vient avant que son corps frémisse, puis se calme.

Ses lèvres trouvent mon cou quand il s'écroule sur moi.

– C'était fantastique, dis-je, haletante.

– Oh oui ! répond-il.

Ses lèvres esquissent un sourire contre ma peau.

– Je ne verrai plus jamais ce lit de la même façon.

– Je crois que nous avons fait des marques sur le mur, dis-je en riant.

– Je me fous royalement de ce mur. Je ne t'ai pas fait mal au moins ?

– Pas du tout, dis-je en tournant la tête pour pouvoir l'embrasser sur la bouche.

Il sourit. Sa main vient débarrasser mon visage de mes cheveux. L'amour que je vois dans ses yeux fait fondre mon cœur. Personne ne me fera jamais ressentir ça. *Personne.*

Il dépose un autre baiser sur mes lèvres avant de se retirer et de se redresser.

– Habille-toi. Je veux t'amener en haut. Tu pourras prendre un bain pendant que je nous préparerai quelque chose à manger, puis je te mettrai au lit.

La promesse que je vois sur son visage me donne des palpitations. Je suis si heureuse d'être venue ici avec lui. Je sais déjà que cette semaine va être fantastique.

21

CARTER

Ni elle ni moi n'avons réalisé que le pauvre LJ était encore à l'arrière de la voiture jusqu'à ce que nous l'entendions aboyer en sortant du salon. Indi s'est précipitée vers lui pendant que je sortais les sacs du coffre. Après l'avoir amené sur le carré de pelouse près de mon immeuble pour qu'il puisse se soulager, nous sommes montés à l'étage.

J'ai toujours adoré vivre ici, mais l'avoir avec moi rend mon retour à la maison encore plus agréable. J'ai refait tout l'étage : la cuisine, la salle de bain, tout. Pour le moment, il n'y a qu'une chambre, mais le vieux propriétaire de l'immeuble d'à côté partira à la retraite dans quelques mois, et j'ai déjà commencé à négocier pour le lui acheter. J'envisage d'abattre le mur entre mon appartement et celui au-dessus de sa boutique pour étendre le séjour et ajouter deux autres chambres. Je louerai probablement le magasin en dessous en attendant d'avoir assez d'argent pour étendre mon salon.

– Waouh ! Regarde-moi cette vue, dit Indi quand je l'invite à entrer.

Quand j'ai aménagé, j'ai fait remplacer les ridicules petites fenêtres par des baies vitrées qui s'étendent du sol au plafond. D'ici, la vue sur l'océan est impressionnante. J'aurais juste aimé pouvoir y ajouter un balcon, mais la ville l'interdit. *Les nuls.*

On peut voir jusqu'à l'horizon, et le coucher de soleil est vraiment fou. J'ai hâte de partager ce moment avec Indi.

– La vue à l'intérieur n'est pas mal non plus, lui dis-je en la prenant dans mes bras et en posant mon menton sur son épaule.

Je vois le reflet de son sourire dans la vitre devant nous. Bon sang, j'ai vraiment de la chance qu'elle soit là.

Elle se retourne et passe ses bras autour de mon cou.

– Merci de m'avoir invitée à venir ici avec toi. C'était tellement surréaliste d'être ici chez toi. Je suis si heureuse, Carter.

Pour une raison inconnue, ses paroles font naître une boule dans ma gorge. Je ne peux même pas répondre. Je renforce mon étreinte et savoure le fait qu'elle soit dans mes bras.

***

– J'adore ton appart, dit-elle quand nous nous asseyons pour manger.

Je lui ai fait couler un bain après lui avoir fait faire le tour, ce qui a pris en tout et pour tout trois minutes. Il n'y a vraiment pas grand-chose à voir. Mon séjour est ouvert. Ma cuisine et la table sont sur la gauche quand on entre. J'ai un canapé en cuir noir en L au fond de la pièce, en face d'un grand téléviseur à écran plat accroché au mur. À gauche du canapé, il y a une table de billard et un coin bar. Derrière se trouve la porte qui mène à ma chambre et à la salle de bain.

– Un vrai appart de célibataire, dit-elle avec humour. Et si bien rangé. Tu as une femme de ménage ou quoi ?

– Non, dis-je sur un ton plat en me retenant de lever les yeux au plafond.

J'ai toujours été assez maniaque pour ça. Les hommes sont capables de garder une maison propre, malgré ce que pense la majorité.

– Mange avant que ce soit froid.

J'ai appelé Justine, ma réceptionniste, avant de quitter Sydney et lui ai demandé d'aller me chercher les ingrédients nécessaires pour préparer des *fettucine alla boscaiola.* Je savais qu'il serait tard quand nous arriverions et que je n'aurais pas le temps de faire les courses.

– Je n'arrive pas à croire que c'est toi qui as fait ça, dit-elle en entortillant les pâtes autour de sa fourchette pour les mettre dans sa bouche. C'est délicieux.

Je lui souris.

– Eh bien, j'ai vécu seul ces cinq dernières années. C'était apprendre à cuisiner ou mourir de faim, dis-je en riant.

– Tu as bien des talents.

Je saisis le sous-entendu. *Tu ne crois pas si bien dire, chérie.*

Ma queue remue quand je vois ses lèvres glisser sur l'ustensile en métal. Si je ne tenais pas autant à ce qu'elle garde des forces, je ferais passer le dîner à la trappe et la balancerais sur mon épaule pour l'amener directement au lit.

Après avoir mangé et fait la vaisselle, je la prends dans mes bras.

– Je vais prendre une petite douche. Tu pourrais appeler ton père pour lui dire qu'on est bien arrivés ? lui dis-je en l'embrassant sur le front.

Je respire son parfum sucré de vanille. Elle sent si bon… On en mangerait, et c'est bien ce que j'ai l'intention de faire dès que je l'aurai dans mon lit. Elle est mignonne dans le pyjama qu'elle a enfilé après son bain, mais il faut que je l'en débarrasse. Elle n'en aura pas besoin tant qu'elle séjournera ici.

***

Quand je me réveille, je n'ai jamais été aussi heureux depuis que j'ai aménagé ici. Je sais que c'est parce qu'Indi est près de moi. Maintenant qu'elle est là, je ne veux plus jamais qu'elle parte. C'est peut-être trop tôt pour vouloir qu'elle emménage avec moi, mais je sais déjà que c'est ce que je veux. Avec un peu de chance, dans quelque temps, elle sera du même avis. Maintenant que je l'ai récupérée, je n'ai pas l'intention de la laisser partir. C'est un ange gardien. *Mon gardien.* Je roule sur le côté et sens mes lèvres afficher un sourire en la regardant dormir. Je le fais souvent. C'est bête, je sais, mais j'adore l'avoir près de moi. Ses longs cils sur ses joues. Ses lèvres parfaites légèrement entrouvertes. Ses cheveux noirs déployés sur l'oreiller. Je lève la main et écarte délicatement les quelques mèches qui sont tombées sur son visage. Je n'aurais jamais cru qu'il était possible d'aimer quelqu'un aussi fort.

Cela ramène toutes mes inquiétudes au premier plan. Une légère panique m'étreint. Et si son traitement ne marchait pas ? Et si elle décidait qu'elle ne voulait plus être avec moi ? Et si elle ne voulait pas de moi pour toujours, comme je le désire tant ? Je ne sais pas comment je survivrai sans elle aujourd'hui.

Les cinq dernières années ont été un enfer. J'ai vécu trop longtemps dans le déni à lutter contre mes sentiments en permanence. Je ne peux plus faire ça. Mon cœur et mon âme lui appartiennent. Elle est mon oxygène. Je ne suis rien sans elle. Je ressens soudain ce besoin irrésistible de la serrer contre moi pour la supplier de ne jamais me quitter.

Mince. Je suis pathétique.

Peut-être que je devrais juste la réveiller et lui demander de me rendre ma virilité. Je suis tiré de mes pensées quand LJ couine à côté du lit.

– Salut, mon pote, dis-je à voix basse en roulant doucement pour lui jeter un coup d'œil.

Il est resté enfermé toute la nuit. Je suppose qu'il a envie de pisser.

– Attends, dis-je en sortant du lit pour enfiler un sweat.

– Hé ! reviens, entends-je dire Indi tandis que je traverse la chambre sur la pointe des pieds.

Je tourne la tête dans sa direction quand elle se redresse en se frottant les yeux. Qu'est-ce qu'elle est mignonne quand elle se réveille ! Le drap qui la couvre descend sur sa taille, révélant ses seins superbes. Cela agite ma queue. J'adore le fait qu'elle ne prenne pas la peine de les cacher.

Je me tourne et reviens vers elle.

– Ne bouge pas. Je reviens dans une minute, lui dis-je, plaquant mes lèvres sur les siennes et attrapant un de ses seins dans ma main. Je vais juste faire sortir LJ.

– D'accord, dit-elle avec le sourire en passant ses bras autour de mon cou. Bonjour.

– Bonjour, ma belle, dis-je en enlevant les cheveux qui cachent son joli visage. Comment va ta tête ce matin ?

Elle hausse les épaules. Je déteste qu'elle doive subir cette douleur constante à cause de cette foutue tumeur. Je donnerais n'importe quoi pour pouvoir la lui enlever. Plus tôt ce traitement sera terminé, mieux ce sera.

– Je vais passer acheter des cachets pour la migraine en revenant.

– Merci.

Je l'embrasse sur le front avant de la rallonger délicatement. Je me redresse et siffle LJ pour qu'il me suive. Ça va être super dur d'aller bosser aujourd'hui en sachant qu'elle est ici toute seule.

***

Indi s'était rendormie le temps que je revienne. Peu de temps après que je me suis glissé près d'elle pour la prendre dans mes bras, elle se réveille à nouveau.

– Tes cachets sont sur la table de nuit, dis-je en la tirant vers moi pour l'embrasser sur le front.

Nous restons enlacés pendant environ une heure avant que je doive vraiment me bouger les fesses. Je pourrais aisément m'habituer à me réveiller près d'elle chaque matin. Quand je me suis dirigé vers la douche pour pouvoir me préparer pour le boulot, elle a insisté pour la prendre avec moi. Bien sûr, j'ai dû la prendre contre les carreaux. J'ai l'impression de ne pas pouvoir tenir mes mains loin d'elle. Je crois que nous allons tous les deux être épuisés à la fin de la semaine. *Je ne m'en plains pas.*

Après nous être habillés, nous avons pris le petit-déjeuner et sommes descendus au salon ensemble. Elle voulait rencontrer mes employés et, pour être honnête, j'étais impatiente de lui montrer tout ça.

– Oh mon Dieu ! s'écrie Justine à l'instant où elle passe la porte et voit Indi près de moi. Tu es la fille du dessin.

J'avais oublié ça. Ça va faire parler pendant des années. Mes yeux dévient vers Indiana, et je suis surpris de la voir rougir.

– Justine, voici l'amour de ma vie, Indiana…, mon Indi, dis-je fièrement en passant mon bras sur son épaule pour la tirer contre moi.

Indiana affiche un sourire radieux quand elle me regarde. *Je ne dis que la stricte vérité.*

– Waouh !

C'est tout ce que dit Justine avec un air ébahi tandis qu'elle s'approche vers nous et tend la main.

– Salut… Bon sang, mais tu existes vraiment.

Cela me fait rire. Pendant des années, ils se sont acharnés sur moi pour savoir qui était la femme sur le dessin. Je disais généralement que c'était ce à quoi ressemblait la femme de mes rêves. Je n'allais pas dévoiler quoi que ce soit à ces imbéciles. Alors, je pense que je peux comprendre son choc. Personne n'a réalisé qu'il s'agissait d'une personne réelle. Ils pensaient tous que c'était le fruit de mon imagination.

– Ravie de te connaître, répond Indi avec un doux sourire.

Quand la porte du salon s'ouvre, nos têtes se tournent dans cette direction.

– Regarde, Jacquie, fait remarquer Justine avec une voix aiguë en désignant Indi. Elle est réelle.

22

INDIANA

J'ai passé la plus merveilleuse des semaines. Ça m'attriste de penser qu'elle arrive à sa fin. J'espère que Carter me demandera de revenir ici, parce que j'ai adoré chaque minute passée avec lui. Cet endroit est absolument magnifique.

Quand il ne travaille pas et que nous ne faisons pas l'amour sur chaque surface de son appartement, il m'emmène partout pour me faire visiter Newcastle et ses environs. C'est surprenant comme tout est plus beau quand on voit les choses à travers les yeux d'une personne du coin. Il connaît tous les meilleurs endroits. Je devine à quel point il est fier de sa ville. Je ne suis ici que depuis une semaine et j'en suis tombée amoureuse, moi aussi.

Nous avons fait de longues balades sur la plage chaque après-midi et, hier soir, il m'a invitée dans un fantastique restaurant de bord de mer dans la marina de Newcastle, qui s'appelait Rocksalt. Il nous a commandé une assiette de fruits de mer pour deux. C'était délicieux. Je pourrais facilement m'habituer à la vie ici.

Même si Carter a beaucoup travaillé, il a fait de son mieux pour venir me voir entre les clients, mais il a l'air vraiment crevé. Il ne peut généralement rester que quelques minutes quand il apparaît à l'étage, mais j'apprécie cet effort. D'ailleurs, il s'assure de passer toute sa pause déjeuner avec moi.

Je lui ai proposé de cuisiner pour lui, mais il insiste chaque fois pour m'amener dans un café du coin pour le déjeuner. Mais aujourd'hui, c'était différent. Nous avons pique-niqué sur la plage. Il a acheté des crevettes fraîches au marché aux poissons et nous les avons mangées directement dans leur emballage de papier blanc. Elles étaient divines, tout comme la compagnie que j'avais. Je ne pensais pas possible de l'aimer plus que je ne l'aimais déjà, mais avec chaque jour qui passe, je succombe un peu plus.

Pour être honnête, je suis plutôt contente de ne pas avoir à faire grand-chose parce que je suis épuisée. Mes migraines semblent empirer et je me sens tout le temps fatiguée. Je le lui cache. Je ne veux pas qu'il s'inquiète plus qu'il ne le fait déjà. Il essaie de dédramatiser, mais je vois bien le malaise dans ses yeux quand il me regarde. Il veille toujours sur moi ou me demande comment je me sens ; alors, je sais qu'il est inquiet.

Après notre pique-nique, il m'a raccompagnée à son appartement avant de retourner travailler. La première chose que j'ai faite, c'est m'écrouler sur le canapé. Je profite que nous soyons séparés pour faire des siestes.

Ses rendez-vous peuvent durer entre une et trois heures ; donc, il n'est pas au courant que je dors quand il est occupé. Cela me donne le remontant dont j'ai besoin pour quand il est là, mais cela soulage aussi la douleur lancinante dans ma tête. J'en ai marre. J'en ai assez de me sentir si molle en permanence.

Je suis réveillée par de petits bisous sur mon visage.

– Salut, ma belle, dit Carter quand j'ouvre les yeux. Tu te sens bien ?

Je vois l'anxiété sur son visage ; alors, je souris en espérant le rassurer.

– Ça va, dis-je quand il recule pour que je puisse m'asseoir. J'ai dû m'endormir. Quelle heure est-il ?

– Seize heures.

Mince, il n'était que treize heures quand nous sommes revenus du déjeuner. J'ai dormi presque trois heures.

– Je comptais t'amener faire un tour sur mon jet-ski, mais si tu ne t'en sens pas capable…

– Tu as un jet-ski ? dis-je, tout excitée.

Il s'assied près de moi sur le canapé et me prend sur ses genoux.

– Oui.

Il sourit avant de presser ses lèvres contre ma joue.

– Je le sors souvent le week-end. Jax en a un aussi. Nous allons faire un tour ensemble quand il est dans le coin. Comme nous rentrons à Sydney demain, j'ai pensé qu'on pourrait sortir maintenant, si ça te dit.

L'idée de partir d'ici demain me fait mal au cœur. Carter a été merveilleux et m'a vraiment donné le sentiment d'être la bienvenue. Je veux profiter au maximum avant de partir. Je n'ai jamais fait de jet-ski auparavant.

– Ça me dit.

Je passe mes bras autour de son cou.

– Tu es sûre que tu t'en sens capable ? demande-t-il, l'inquiétude voilant sa voix.

J'aimerais tant qu'il s'arrête de s'inquiéter pour moi.

– Bien sûr. Allons-y.

Je me lève et attrape sa main.

– J'adore comme tu es toujours partante pour tout, affirme-t-il avec un doux sourire tandis qu'il prend un sac par terre et me le tend. Je t'ai acheté une combinaison et un gilet de sauvetage. L'eau est plutôt froide à cette période de l'année.

– Vraiment ? Merci, dis-je avec un immense sourire.

Je prends le sac et regarde à l'intérieur.

Il m'a gâtée. La combinaison est noire avec de grandes pièces roses, assortie au gilet de sauvetage. J'adore l'idée qu'il ait choisi ma couleur préférée. Je suis touchée par sa prévenance. Je me mets sur la pointe des pieds et effleure ses lèvres avec les miennes.

– Va te changer pendant que j'attelle la remorque à la

voiture, dit-il en se penchant pour m'embrasser sur le front. Retrouve-moi en bas quand tu seras prête.

***

Blottie contre le corps de Carter qui incitait à la débauche tandis qu'il filait sur l'eau, j'ai passé un moment fantastique sur le jet-ski. L'odeur de l'eau salée, le soleil sur mon visage et le vent dans mes cheveux m'ont revigorée. Nous sommes restés dehors presque deux heures. Carter y est allé doucement pour naviguer dans les vagues. Je suis presque sûre qu'il a fait ça pour moi. Et ça me touche.

Il ne m'a pas lâchée jusqu'à ce que nous regagnions des eaux plus calmes. Par chance, c'était une belle journée ; la mer n'était pas trop agitée. Nous avons quand même fait un bond qui a causé une douleur intense et soudaine dans ma tête, me faisant grimacer. Mais bizarrement, quand je suis avec lui, on dirait que cela amoindrit la douleur constante dans mon cerveau. Peut-être que je suis simplement tellement absorbée par lui que je ne me focalise pas trop sur le mal. Ou alors, c'est autre chose.

Avant de regagner le rivage, Carter s'est arrêté à environ un kilomètre en mer. Il m'a fait passer à l'avant du jet-ski et m'a prise dans ses bras pour regarder le soleil se coucher sur l'horizon. C'était majestueux. Nous aurions pu rester là plus longtemps, mais il commençait à faire nuit. Il m'a promis de m'amener refaire une promenade la prochaine fois que je viendrai. Avec un peu de chance, ce sera bientôt.

Quand nous sommes rentrés, Carter m'a envoyée à l'appartement pour que je me fasse couler un bon bain chaud pendant qu'il nettoyait le jet-ski avant de le ranger dans le petit garage à l'arrière du salon de tatouage.

La chaleur de l'eau est la bienvenue après l'océan et le vent froid des dernières heures. Allongée, je me détends et repense aux moments merveilleux que j'ai passés depuis que je suis ici, quand Carter entre dans la salle de bain. J'ouvre les yeux et le découvre en train de retirer sa combinaison.

– J'espère qu'un peu de compagnie ne te dérange pas, dit-il avec un sourire espiègle en s'approchant de moi.

– Pas du tout, dis-je.

Mes yeux parcourent son corps magnifique.

Il est vraiment beau, et tout à moi. J'ai énormément de chance. Je m'avance pour qu'il puisse se glisser derrière moi et pousse un soupir de satisfaction quand il me prend dans ses bras forts.

– Tu te sens bien ? demande-t-il en déposant un délicat baiser sur mon épaule.

J'aimerais qu'il arrête de me poser cette question.

– Je me sens merveilleusement bien. J'ai adoré chaque minute passée avec toi ici, lui dis-je en tournant la tête pour frôler sa joue avec mes lèvres.

– Je suis heureux de l'entendre, affirme-t-il en souriant. Est-ce que ça signifie que tu reviendras ?

L'espoir que je vois dans ses yeux me fait fondre.

– Si tu veux bien de moi, j'adorerais revenir et séjourner chez toi à nouveau.

– La semaine prochaine ? Je me suis dit qu'on pourrait peut-être rester à Sydney pour le week-end pour que tu puisses passer du temps avec ton père. Je pourrais te ramener ici dimanche soir.

Le fait qu'il veuille que je revienne aussi vite me fait extrêmement plaisir.

– Cela me semble être une merveilleuse idée.

Je tourne mon corps pour être face à lui et enroule mes jambes autour de sa taille.

– Mais je ne veux pas t'envahir. Je ne veux pas chambouler ta vie plus que je ne l'ai déjà fait. Tu as été tellement bien avec moi.

– Hé ! dit-il en posant ses mains sur mes joues. T'avoir ici n'a pas du tout chamboulé ma vie. Ça l'a améliorée.

Ses mots me font sourire.

– Je t'aime, dis-je en plaquant ma bouche sur la sienne.

Je l'aime de tout mon être. Il a été une formidable distraction de ce qui m'attend et a tellement bien pris soin de moi. Je déteste le fait que cette maladie nous menace, mais le simple fait qu'il soit avec moi m'aide plus qu'il ne le saura jamais.

– S'il te plaît, dis-moi que tu reviendras avec moi la semaine prochaine alors, murmure-t-il contre ma bouche en m'attrapant par les hanches et en me tirant vers lui pour que nos corps se collent.

– D'accord. Ce serait génial.

– Ça, c'est ma nana.

Je sens ses lèvres esquisser un sourire contre ma bouche. J'adore être sa nana. Je passe mes doigts dans ses cheveux et renforce notre baiser. Carter gémit en glissant sa langue dans ma bouche.

– Bon sang, j'ai envie de te prendre tout de suite, grogne-t-il.

– Alors, fais-le, dis-je, haletante.

– Je ne peux pas, je n'ai pas de capote.

– Je prends la pilule, Carter, dis-je en m'écartant pour le regarder. Je n'ai eu des relations qu'avec une seule personne auparavant et nous n'avons jamais eu de rapports non protégés. Je veux vivre ça avec toi.

– Je n'ai jamais eu de rapports non protégés non plus, soupire-t-il, mais c'est trop dangereux. Je ne veux pas prendre ce risque.

Ses paroles me blessent. L'éventualité d'avoir un enfant avec moi le rebute-t-elle autant ?

– O.K., dis-je.

J'essaie de dissimuler ma peine, mais j'échoue lamentablement.

Je me lève de ses genoux et m'apprête à me retourner quand il me maintient en place.

– Non, dit-il. N'essaie pas de te détourner de moi, Indi. Tu connais mon passé. Tu sais que je ne voudrais jamais mettre au monde un enfant illégitime et prendre le risque qu'il soit traité comme je l'ai été.

– Carter, dis-je en l'enlaçant. Pardon. C'est juste que…

– Chut, chuchote-t-il en effleurant mes lèvres avec les siennes. Ne va pas croire une minute que je ne veux pas vivre ça avec toi. Je ne peux simplement pas prendre ce risque.

– Tu pourrais toujours te retirer avant de venir.

Pleine d'espoir, j'arque les sourcils. J'ai envie de faire ça avec lui.

– Bordel, grogne-t-il en me reprenant dans ses bras. Tu me rends vraiment la vie dure, bébé.

Quand ses mains plongent sous l'eau et se glissent entre mes jambes, je sais que j'ai gagné. Je penche la tête en arrière et gémis tandis que ses doigts caressent mon clitoris.

– J'ai toujours voulu sentir ce que ça fait d'y aller sans rien, murmure-t-il contre mon cou alors que sa langue remonte jusqu'à cette zone sensible derrière mon oreille. Rien qu'avec toi. Il n'y aura toujours que toi, Indi, souffle-t-il.

Il m'attrape par les hanches et me soulève légèrement avant de me reposer en m'empalant sur sa queue.

– Oh oui ! gémis-je quand il me remplit entièrement.

– Oh mon Dieu ! fait-il en levant les yeux au plafond. J'ai l'impression d'être au paradis.

Idem, M. Reynolds. Idem.

***

Carter a commandé chinois quand nous somme sortis du bain. Après le repas, nous nous sommes blottis dans le canapé, moi entre ses jambes, le dos contre son torse avec la tête appuyée sur sa poitrine. Ses doigts décrivent des cercles indolents sur mes tempes. C'est trop bon. J'adore comme il prend soin de moi.

– Comment vont tes migraines aujourd'hui ? demande-t-il.

– Ça va. C'est supportable.

C'est un mensonge.

– Tu veux que je te rapporte des cachets ?

– Non. Ce que tu fais avec tes doigts est parfait. De toute façon, les cachets ne sont pas très efficaces.

Ma confession le fait pousser un gros soupir.

– Je sais que tu repousses ce moment, mais il faut vraiment qu'on lise la documentation que le docteur t'a donnée. On pourrait avoir des questions à lui poser demain.

– Peut-être, dis-je en soupirant.

Il a raison. J'ai évité le sujet. Je ne voulais pas que ça gâche ma semaine avec lui.

– Où est-elle ? demande-t-il en m'écartant de son torse pour pouvoir se lever.

– Au fond de ma valise.

Quand il vient se rasseoir près de moi, il ouvre l'enveloppe et en sort tous les papiers. Il m'en passe la moitié et garde le reste pour lui. Je le regarde en souriant.

– Quoi ? demande-t-il en haussant les épaules. Je ne vais pas te laisser lire tout ça toute seule. Je vais m'occuper de ceux-là, puis on échangera nos notes.

Mon Dieu que j'aime comme il s'investit !

– Je t'aime. C'est tout, dis-je en me penchant pour effleurer ses lèvres. Tu es fantastique.

– Je t'aime aussi, Indi. *Tellement.*

Une heure plus tard, je pose ma pile sur la table basse. Toute cette lecture intensifie mes maux de tête. C'est très décourageant et il y a bien trop d'informations à intégrer.

– Ça va ? demande-t-il, les sourcils froncés en m'étudiant.

– Ouais. J'ai juste besoin de faire une pause. Lire me fait mal à la tête.

– Viens par ici, dit-il en tirant ma tête sur ses genoux. Ferme les yeux. Je vais continuer.

Je soupire quand il utilise sa main libre pour me masser le cuir chevelu.

– Hmmm. C'est agréable.

Je me réveille plongée dans l'obscurité. Je suis au lit. Je roule en tendant le bras pour trouver Carter, mais il n'est pas près de moi. Quand je regarde le réveil, je vois qu'il est une heure et demie. Je retire les couvertures et pars à sa recherche. Quand j'arrive dans le séjour, je souris. Il est toujours étendu, en train de lire, sur le canapé. Des papiers sont éparpillés tout autour de lui et il a un stylo entre les dents et un carnet sur les genoux. Je me sens coupable. Je me sens mal à l'idée qu'il est toujours en train de faire ça pendant que je me suis endormie.

– Hé ! dis-je en m'approchant de lui. Viens te coucher.

– J'ai presque fini, répond-il en levant les yeux vers moi avec le sourire.

Il prend le carnet et gribouille quelque chose avant de le poser à côté de lui. Il ouvre les bras quand je l'atteins et m'installe sur ses genoux.

– Comment tu te sens maintenant ?

– Mieux, dis-je en me pelotonnant contre lui.

Je jette un œil sur le carnet et constate qu'il est rempli de notes.

– C'est quoi, tout ça ?

– Juste quelques questions pour le médecin et les choses qu'il faudra que j'achète une fois que le traitement aura commencé.

– Quelles choses ?

– Juste des aliments particuliers dont tu auras besoin…,

des trucs dans le genre. Il faudra que tu fasses attention à ce que tu manges pendant le traitement. Ils conseillent de manger des choses saines et d'éviter les friandises, sauf moi, bien sûr.

Je me mets à rire.

– Qu'ils essaient de m'empêcher de t'avoir !

– Je ne les laisserai jamais faire, bébé, affirme-t-il en riant doucement avant de poser ses lèvres contre ma joue. Comme les rayons toucheront directement ta tête, il faudra que tu fasses particulièrement attention à ton hygiène buccale. Comme ça peut affecter tes dents et tes gencives, tu ne pourras pas manger trop chaud ou trop froid. J'ai fait une liste de toutes leurs suggestions. On a un marché aux producteurs super ici tous les dimanches. Ils vendent tous les produits frais. Quand le traitement commencera, on pourra y aller et stocker tous tes aliments préférés.

Les larmes me montent aux yeux. Qu'ai-je fait pour mériter quelqu'un d'aussi merveilleux ?

– Merci, dis-je en reniflant.

Je passe mes bras autour de sa taille. Je ne pourrais jamais mettre de mots sur toutes ses qualités.

– Laisse le reste. Je le lirai dans la matinée avant de partir. J'ai besoin de t'avoir avec moi dans le lit.

– Pas besoin de me le demander deux fois, répond-il en se levant alors que je suis toujours dans ses bras. Il n'y a pas de meilleur endroit que tes bras pour moi.

Il éteint la lumière, ses lèvres capturent les miennes et il me porte jusqu'au lit.

23

Un mois plus tard

CARTER

Nous sommes dans la troisième semaine de radiothérapie. L'oncologue a fait prendre à Indi des médicaments qui sensibilisent aux ondes radio la première semaine de traitement. Apparemment, ils rendent les cellules cancéreuses plus sensibles aux radiations pour aider à les détruire plus vite. Elle est en forme, mais ces dernières semaines ont été dures. La première semaine, on aurait dit que c'était hyper facile pour elle ; elle avait peu ou pas d'effets secondaires. Ces deux dernières semaines, ça n'a pas été la même histoire. Elle reçoit de petites doses de radiation du lundi au jeudi et a vendredi, samedi et dimanche pour se reposer.

Nous sommes allés à Sydney lundi matin et y sommes restés jusqu'à jeudi, puis nous sommes rentrés chez moi pour le restant de la semaine. J'ai fait ce que j'ai pu pour caser tout mon boulot en un minimum de jours, travaillant jusque tard jeudi soir, toute la journée de vendredi et une grande partie de samedi. Je déteste devoir la laisser seule, mais il faut que je bosse. De toute façon, elle passe la majeure partie du temps à dormir.

Maman et Ross ont tous les deux proposé de venir pour lui tenir compagnie pendant que j'étais au travail, mais elle n'a pas voulu en entendre parler. Je pense que ça la gêne de préoccuper tout le monde. Elle passe son temps à s'excuser auprès de moi. Ne réalise-t-elle pas à quel point nous l'aimons ? Qu'il n'y a rien que nous ne ferions pas pour que ce soit plus facile et moins désagréable pour elle ?

Je monte jeter un œil sur elle entre chaque client et, si c'est un travail long, j'envoie Jacquie ou Justine s'assurer qu'elle va bien et n'a besoin de rien. Ça me tue de la voir si malade. Je n'étais pas préparé à ce que les choses se passent si mal. Elle a la nausée en permanence et ne mange donc pas autant que je le voudrais. Du coup, elle a perdu du poids. Comme elle n'était déjà pas bien grosse, ça m'inquiète beaucoup.

En général, elle se sent mieux le dimanche, mais le traitement reprenant le lundi, c'est reparti pour un tour. J'essaie habituellement de lui faire avaler autant de nourriture que possible les bons jours. Je sais qu'une fois que ce sera fini, elle retrouvera la forme, mais entre-temps, c'est dur à voir. Je donnerais n'importe quoi pour échanger ma place avec elle. Même LJ devine que quelque chose ne va pas. Il ne la quitte pas. Il la suit partout dès qu'elle se lève et reste couché à côté d'elle le reste du temps. Je suis content qu'il soit là auprès d'elle quand je suis en bas en train de travailler.

J'aimerais pouvoir passer chaque seconde avec elle, surtout pendant ses jours de repos, mais être absent du boulot trois jours et demi par semaine a vraiment un effet néfaste sur mes clients. Heureusement, ils sont plutôt compréhensifs. J'ai perdu quelques-uns de mes clients habituels au profit des autres artistes, mais la plupart sont restés loyaux et fidèles. Plus que trois semaines, et, avec un peu de chance, nous pourrons alors laisser tout ça derrière nous, et la vie reviendra à la normale. En plus de mon planning déjà surchargé, le vieil homme d'à côté est passé me voir pour me dire qu'il envisageait de fermer sa boutique à la fin du mois. Il voulait savoir si j'étais toujours intéressé à acheter son immeuble, ce qui est évidemment le cas. J'ai quelques arguments sous le bras pour persuader Indi de rester de manière permanente une fois le traitement terminé. En tout cas, c'est ce que j'espère.

J'ai donc maintenant le souci supplémentaire de m'occuper de ce projet sur le plan financier, ainsi que de contacter l'architecte, qui pourrait dresser des plans pour agrandir l'appartement et restaurer la boutique d'à côté. J'aimerais attaquer les rénovations dès que l'achat sera signé. Je vais employer la même entreprise en bâtiment que celle qui a refait mon appartement quand j'ai aménagé. Pour être honnête, je suis carrément épuisé, mais si tout se déroule comme prévu, ça vaudra vraiment le coup.

Après avoir terminé le remplissage sur lequel je bosse, j'accompagne mon client jusqu'au bureau et découvre que mon prochain rendez-vous m'attend déjà.

– Tu veux bien m'accorder cinq minutes, mec ? lui dis-je quand je passe devant lui et lui serre la main.

Il faut juste que j'aille faire un tour en haut.

Seuls mes employés savent ce qui arrive à Indiana. Je suis un mec discret et je n'aime pas parler de ce genre de choses avec mes clients.

– Bien sûr. Pas de problème, répond-il en se rasseyant.

Je monte les marches deux à deux pour aller voir comment va Indi. Je la trouve profondément endormie dans le lit. Quand je vois que le sandwich que je lui ai préparé pour le déjeuner est intact sur la table de nuit, je soupire. Il faut qu'elle mange, merde. Elle est si faible, et le fait qu'elle n'arrive pas à manger n'aide pas.

– Indi, dis-je tout doucement en m'agenouillant près du lit pour caresser ses cheveux.

– Hé ! fait-elle quand ses paupières s'ouvrent.

Elle a vraiment le teint pâle et terreux, avec des cernes sous les yeux. Quand je la vois comme ça, je suis mort d'inquiétude. Elle est si courageuse. Elle ne se plaint jamais. J'ai un pincement au cœur quand ses yeux verts plongent dans les miens. Ils ont perdu leur éclat, et je déteste ça. Je veux juste que tout ça se finisse pour qu'elle puisse aller mieux à nouveau.

– Coucou, dit-elle en s'efforçant de sourire.

Je déteste qu'elle pense qu'elle doive être courageuse pour moi, parce que ce n'est pas le cas.

– Comment tu te sens ? dis-je en l'aidant quand elle essaie de se redresser.

– Ça va.

C'est toujours ce qu'elle dit, même quand je sais parfaitement qu'elle ne va pas bien.

– Tu n'as pas mangé ton sandwich.

– Je n'avais pas faim, répond-elle en haussant les épaules.

– Tu dois manger, bébé, dis-je sur un ton suppliant en coinçant des mèches derrière son oreille. Tu as à peine touché à ton petit-déjeuner.

J'attrape l'assiette sur la table de chevet et enlève l'emballage du sandwich.

– Tu veux bien en prendre une bouchée pour moi, s'il te plaît ? Ça me ferait plaisir.

Elle m'adresse alors un sourire sincère.

– D'accord. Pour te faire plaisir, répond-elle en ouvrant la bouche quand je tiens le sandwich devant elle.

Je la regarde mâcher lentement. Je vois bien que c'est vraiment difficile pour elle. Cela crée une boule dans ma gorge. J'attrape la bouteille d'eau et dévisse le bouchon.

– Tiens, bois un peu.

Quand elle lève la main pour prendre la bouteille, je remarque qu'elle tremble. C'est souvent le cas, ces derniers temps. Elle fait probablement de l'hypoglycémie à cause du manque de nourriture.

– Laisse-moi faire, dis-je en l'approchant de sa bouche.

Voir ses lèvres se refermer autour de la bouteille ne m'excite même pas.

Nous n'avons pas eu de rapports depuis plus de deux semaines. Elle a demandé, non, presque supplié, mais je n'ai pas pu. Ne vous méprenez pas. J'en ai envie. J'en ai envie plus que tout. Cette connexion avec elle me manque trop. Mais elle est si faible…, si fragile. Non seulement elle doit conserver son énergie pour les choses basiques comme se lever, mais j'ai peur de la briser ou de lui faire mal. Je ne peux pas prendre ce risque pour le moment.

Nous y reviendrons. Je suis confiant. Le jour où je pourrai à nouveau enfoncer ma queue dans sa petite chatte divine sera un jour mémorable, je peux vous le dire. Mais pour le moment, le plus important, c'est qu'elle aille mieux.

– Et si j'allais au marché aux poissons après le travail pour acheter les crevettes que tu adores ? Je pourrais te faire une bonne salade de crevettes pour le dîner.

Je la sonde, les yeux pleins d'espoir. Je suis désespéré. J'ai remarqué qu'elle semble ne pas réussir à digérer les plats que je lui prépare. Dès qu'il y a trop de sauce, on dirait que cela intensifie sa nausée.

– Super, répond-elle en attrapant ma main et en la serrant faiblement.

Je sais que mon client m'attend en bas, mais il va devoir attendre. Ma copine passe en premier. Je m'assieds près du lit jusqu'à ce que j'aie réussi à lui faire avaler la moitié du sandwich et presque toute la bouteille d'eau. Quand elle me dit qu'elle en a assez, je la rallonge et tire les couvertures jusqu'à son cou.

– Je reviens dans environ une heure.

Je pose délicatement mes lèvres sur les siennes.

– Je t'aime.

– Je t'aime aussi, répond-elle avec le sourire. Merci beaucoup de prendre soin de moi comme ça.

– Tu n'as pas à me remercier. Je le fais parce que j'en ai envie.

J'attrape son téléphone sur la table de chevet et le pose sur l'oreiller près de sa tête.

– Appelle-moi si tu as besoin de quelque chose d'ici là.

– D'accord.

Je me penche et l'embrasse doucement sur le front.

– Veille bien sur notre chérie pendant mon absence, bonhomme, dis-je à LJ en le caressant avant de me retourner pour partir.

***

Nous sommes partis tôt lundi matin pour être de retour à Sydney à temps pour la prochaine séance de rayons d'Indi. Le dimanche est vite devenu mon jour préféré. Non seulement je peux passer la journée entière avec elle, mais c'est le seul jour de la semaine où elle redevient presque elle-même et est assez bien pour sortir de la maison. Ces quelques jours de repos après la radiothérapie semblent vraiment faire une différence.

Hier soir, je l'ai même portée de l'autre côté de la route pour aller à la plage après l'avoir bien emmitouflée. Elle a essayé de se débattre en insistant sur le fait qu'elle pouvait marcher, mais je n'ai rien voulu entendre. Nous avons finalement trouvé un compromis et elle a grimpé sur mon dos. C'est fou, le nombre d'étoiles qu'on peut voir le soir dans le ciel quand on vit près de l'océan. Je ne l'avais jamais vraiment remarqué jusqu'à ce que je retourne à Sydney et lève les yeux. Je suppose que la pollution de la ville n'aide pas.

Je voulais qu'elle voie ça ; alors, j'ai étendu une couverture sur le sable et j'en ai pris une deuxième pour la mettre sur elle et qu'elle ait chaud. Son système immunitaire est faible, en ce moment. Elle ne peut pas se permettre de tomber malade. Nous sommes restés allongés sur le sable pendant des heures, blottis dans les bras l'un de l'autre, à regarder le ciel en discutant et en riant et même plus par moments. C'était comme au bon vieux temps.

Même s'il aurait été merveilleux de faire l'amour ici, ce n'était pas une bonne idée. Plus je reste longtemps comme ça, plus c'est dur. Elle m'a pratiquement supplié de lui faire l'amour sous les étoiles. Lui dire non a été l'une des choses les plus difficiles que j'aie jamais faites.

Mon refus l'a clairement contrariée. Ne réalise-t-elle pas comme c'est pénible pour moi ? Comme j'ai envie d'elle ? Détestant la priver de quoi que ce soit, je suis finalement revenu sur ma décision et j'ai glissé ma main dans sa culotte pour lui faire plaisir avec mes doigts.

Entendre ses petits couinements et la sentir jouir contre ma main a failli me faire craquer. J'avais terriblement envie d'être en elle, mais j'ai tenu bon. Dès qu'elle ira mieux, je l'attacherai à mon lit et la baiserai jusqu'à ce que nous nous écroulions tous les deux. Ça, elle peut en être sûre.

Je n'ai pas pu m'arrêter de sourire quand nous sommes rentrés à l'appartement, et elle non plus. C'était exactement ce dont nous avions besoin. Mon cœur était bien plus léger.

Maintenant, nous sommes de retour au point de départ. Je déteste ce que ces foutus rayons lui font. Sur le trajet pour rentrer chez Ross, j'ai dû m'arrêter sur le bord de la route deux fois pour qu'elle puisse vomir. Après l'avoir portée dans la maison et déposée dans son lit, je me suis allongé près d'elle jusqu'à ce qu'elle s'endorme avant de me lever et d'aller chez ma mère. J'avais besoin d'une petite pause. Malheureusement, ce que j'ai découvert en arrivant là-bas m'a fait regretter de ne pas être resté au lit avec Indiana.

Dès que je suis entré dans la maison, j'ai trouvé ma mère le visage caché dans les mains en train de sangloter. Mince. Je pensais que ça allait mieux. Je jette mes clés sur la table près de l'entrée et me précipite vers elle.

– Maman, dis-je, inquiet en m'asseyant près d'elle et en passant mon bras sur son épaule. Qu'est-ce qui se passe ? Tu vas bien ?

– Oh ! Carter, pleure-t-elle en collant son visage contre mon torse.

– Qu'est-ce qu'il y a ?

Je ne supporte pas de la voir comme ça.

– Je viens d'avoir un détective privé au téléphone. Mon père est mort.

C'est quoi, ces conneries ? Son père est mort et elle pleure ? Je ne sais pas pourquoi, mais ça me met en rogne. En fait, si, je sais pourquoi. Vu la façon dont il l'a traitée, la façon dont il m'a traité…

– Et ça te bouleverse ? Pourquoi ? dis-je sur un ton plus agressif que je ne le voudrais.

– Malgré tout, c'était mon père, Carter.

Son père, mon œil. C'est la chose la plus absurde que j'aie jamais entendue. Non seulement il a fichu sa fille à la porte quand elle avait dix-neuf ans, qu'elle était enceinte et n'avait nulle part où aller, mais il a gâché ma vie. La vie de son unique petit-fils.

– J'espérais juste qu'un jour nous pourrions nous racheter. Mais cela n'arrivera jamais.

– Je suis désolé, maman, mais c'était un con. Il nous a traités comme des moins-que-rien.

– Je sais, admet-elle en reniflant et en s'essuyant les yeux. Ma mère veut que je la contacte. Elle a embauché un détective après la mort de mon père pour me retrouver. Il va lui transmettre mes coordonnées.

– Tu comptes la contacter ?

Elle n'hésite même pas avant de répondre.

– Bien sûr.

Cela m'horripile.

– Elle n'était pas du tout comme mon père, dit-elle pour la défendre.

– Alors, où était-elle pendant les vingt dernières années de ta vie ? dis-je en criant presque tandis que je me lève.

Je me sens mal quand je la vois tressaillir, mais j'ai l'impression de ne pas pouvoir contrôler la colère qui bout en moi.

– Si tu veux le faire, tu le feras toute seule. Je ne veux rien avoir à faire avec elle.

– Carter, m'appelle-t-elle alors que je me dirige vers ma chambre d'un pas lourd.

Je ne sais trop pourquoi cela me rend si furieux. Peut-être que mes nerfs sont à fleur de peau à cause de tout ce que je traverse avec Indi. Ou alors, c'est autre chose.

Assis sur le bord de mon lit, le visage enfoui dans mes mains, les souvenirs de ce jour ressurgissent. *Pourquoi as-tu amené ce petit bâtard ici ? Dégage-le de là. Ne le ramène jamais ici.* C'est marrant : cela fait dix-neuf ans, mais c'est aussi clair dans ma mémoire que si cela s'était produit hier. Je déteste cet homme. Je suis content qu'il soit mort. Il a gâché ma vie et a brisé le cœur de ma mère. C'est peut-être violent, mais c'est exactement ce que je pense.

– Carter, dit ma mère en tapant à la porte de ma chambre. Je peux entrer ?

– Bien sûr.

Je ne devrais pas être en colère contre elle. C'est elle la victime dans cette histoire. C'étaient ses parents. Ils l'ont laissé tomber quand elle avait le plus besoin d'eux.

– Je suis désolé, maman, dis-je en la regardant dans les yeux quand elle vient s'asseoir près de moi sur le lit.

– Tu n'as pas à être désolé, chéri.

Elle parle d'une voix douce. Elle lève la main et me frotte délicatement le dos.

– Tu as raison. Il nous en a fait voir de toutes les couleurs à tous les deux. Mais ma mère n'était pas du tout comme lui. Il faut que tu comprennes qu'il contrôlait tout. Elle n'avait pas son mot à dire. Elle était dévastée quand il m'a mise à la porte. Elle a essayé de le raisonner, mais il n'a rien voulu entendre. Il ne l'a jamais écoutée. Il était très obstiné. Le jour où j'ai quitté la maison, elle était effondrée. Elle m'a tendu une enveloppe qui contenait deux mille dollars. Elle avait économisé de l'argent pendant des années dans le dos de mon père. Elle m'a aussi donné des bijoux à vendre au cas où j'en aurais besoin. Ce n'était pas grand-chose, mais c'était tout ce qu'elle avait. Ça m'a aidée à m'en sortir jusqu'à ce que je puisse trouver un travail. Ça m'a permis de trouver un logement et à manger pour survivre. Sans ça, j'aurais fini dans la rue.

Je l'écoute attentivement, mais je ne peux toujours pas accepter la situation. Elle n'a eu aucune nouvelle de sa mère pendant toutes ces années. En ce qui me concerne, c'est un peu tard pour essayer de se rattraper maintenant.

– Les choses étaient différentes, à l'époque, poursuit-elle. Coucher avant le mariage, avoir un bébé illégitime…, c'était tabou, honteux. Mon père était très croyant et conservateur. C'était aussi un homme fier. Sa réputation était essentielle pour lui. Malheureusement, ce que les gens pensaient de lui s'est avéré plus important que le bien-être de sa propre fille et de son petit-fils. Ça, je ne pourrai jamais le lui pardonner. Mais ma mère ? Elle était différente, Carter. Quand tu la rencontreras, tu comprendras ce que je veux dire.

– Hors de question que je la rencontre, dis-je sèchement. Si tu veux y aller, vas-y, mais je ne veux rien avoir à faire dans cette histoire.

– Carter, dit-elle, visiblement choquée. S'il te plaît. J'ai besoin que tu viennes avec moi. Je ne suis pas sûre d'être capable de le faire seule. Cela fait presque vingt-cinq ans que je ne l'ai pas vue. Je pense que ça te ferait du bien, que ça nous ferait du bien à tous les deux. Il est temps de faire table rase du passé, chéri. Il est temps de guérir.

Je pousse un soupir découragé. Je n'ai jamais pu lui dire non, et ce regard suppliant me dit que je vais rencontrer cette femme, que je le veuille ou non.

***

Maman a appelé sa mère un peu plus tard dans l'après-midi. Apparemment, elle était ravie de l'entendre et elles ont discuté et pleuré au téléphone pendant plus de deux heures. Elle voulait que nous venions tous les deux tout de suite. Il était hors de question que j'abandonne tout et coure la voir, même si c'est ce que ma mère voulait. Ma priorité était Indi, et, franchement, si je ne pouvais pas annuler cette réunion indésirable, je comptais bien la repousser au maximum.

Mais avec les jours, les supplications de ma mère sont devenues insupportables. J'ai fini par céder et accepter de l'accompagner mercredi après-midi. Je n'en ai pas encore parlé à Indiana. Je veux d'abord voir comment se passe la rencontre. Je ne veux pas la bouleverser ou l'inquiéter inutilement. Je ne sais pas du tout à quoi m'attendre en allant là-bas. À en juger notre précédente visite toutes ces années auparavant, je n'ai pas beaucoup d'espoirs.

Ma mère a prévu que nous soyons chez sa mère à quinze heures, pour le thé. Merde. Je ne compte pas manger quoi que ce soit là-bas, et encore faut-il que nous arrivions à passer la porte d'entrée. Il est quatorze heures passées ; il va donc bientôt falloir que nous partions. Il y a quarante minutes de route jusqu'à la maison de ses parents.

Je prends l'assiette de fruits que j'ai découpés pour Indi et retourne dans le séjour où elle est pelotonnée sur le canapé avec LJ. Son regard se détache du téléviseur et se rive sur moi quand j'entre dans la pièce. Je plaque un sourire sur mon visage pour essayer de dissimuler le tumulte qui me ronge. Par chance, elle me retourne mon sourire. J'ai réussi à lui cacher mon inquiétude et mes doutes toute la journée. Indi n'est pas trop mal aujourd'hui. C'est une de ses rares bonnes journées. Elle a dormi quelques heures à notre retour de l'hôpital, mais elle est restée éveillée depuis. Elle a même réussi à manger tout le repas et à le garder, ce qui me fait infiniment plaisir.

– Coucou, ma belle, dis-je quand je m'agenouille devant elle et pose l'assiette sur ses genoux. Est-ce que je peux faire quelque chose pour toi avant de partir ?

– Non, mais merci, répond-elle tandis que ses mains tremblantes viennent caresser mon visage.

– Je vais devoir y aller. Le rendez-vous de maman est à quinze heures. Ton père vient d'appeler et il arrive. Il va rester avec toi jusqu'à ce que je revienne.

– Je n'ai pas besoin de baby-sitter, Carter. Tout ira bien jusqu'à ton retour, dit-elle en levant les yeux au plafond.

J'adore son caractère.

– Je sais, mais j'aurais l'esprit plus tranquille en sachant que tu n'es pas seule.

Je me penche et pose mes lèvres sur les siennes. Ross sait où nous allons, mais je lui ai demandé de ne pas le dire à Indiana. Il fallait qu'il soit au courant parce que quelqu'un doit être là pour Indi pendant que ma mère et moi sommes absents. Puis j'étais curieux de connaître son avis sur la question. Contrairement à moi, il pense que cette rencontre est une bonne idée. C'est facile pour lui de dire ça, parce qu'il ne sait pas ce qui s'est passé avant.

– Je t'aime, dis-je à Indi en me levant.

– Je t'aime aussi. J'espère que le rendez-vous de ta mère se passera bien.

Moi aussi. Je lui souris. Mon estomac se noue en pensant à ce qui m'attend.

– Veille bien sur notre chérie, dis-je à LJ en tendant la main pour la passer dans sa fourrure.

***

Nous sommes restés silencieux pendant le trajet. Ma mère, nerveuse, a remué la jambe presque tout le temps. L'immense sourire plaqué sur son visage me dit qu'elle est excitée par cette réunion. Même si j'aimerais qu'elle n'ait pas lieu, je me surprends à espérer, pour elle, que tout se passe bien.

En fait, j'ai l'impression que je vais être malade quand nous roulons sur la longue allée circulaire et nous arrêtons devant la maison. C'est amusant : après toutes ces années, je m'en souviens toujours. Je suppose que c'était un moment traumatisant de ma vie ; donc, je ne suis pas surpris que cette image soit restée gravée tout ce temps. C'est le jour où ma vie a changé à jamais. Le jour où ce type m'a détruit. Je ne veux pas m'approcher de cette maison. Je regrette d'avoir accepté de venir ici ; d'un autre côté, je ne veux pas que ma mère affronte ça toute seule.

Quand j'éteins le moteur, j'ai un soudain moment de panique. *Mince.* Je ne peux pas faire ça.

– Ça te dérange si je reste dans la voiture ? dis-je en tournant la tête vers elle.

– Quoi ? Non. S'il te plaît, Carter. Après ce qui s'est passé la dernière fois où nous sommes venus ici, je peux comprendre que tu aies une certaine appréhension, répond-elle en prenant ma main. Tu crois vraiment que je te ramènerais ici si je pensais qu'on allait avoir le même accueil ? Ce jour me hante toujours, moi aussi. Tu crois que je n'ai pas vu comme tu as changé après ce moment ? Je suis ta mère, Carter. Les mères remarquent ce genre de chose. Pas un instant n'a passé sans que j'aie regretté de t'avoir fait vivre ça. Je te promets que ce sera différent cette fois. Ma mère n'est pas du tout comme mon père. Elle est vraiment impatiente de nous voir.

Je pousse un gros soupir.

Pourquoi ne puis-je jamais dire non à cette femme ?

Elle en a besoin. Je vais par conséquent devoir mettre mes états d'âme de côté et le faire pour elle. Elle a tout abandonné quand elle a découvert qu'elle était enceinte de moi. Elle aurait pu avorter et continuer sa vie avec sa famille dans cette maison. Mais non. Si je peux l'aider à retrouver une partie de son ancienne vie, je serais vraiment un sale égoïste de ne pas le faire pour elle.

Je sors de la voiture d'un pas hésitant et la contourne pour ouvrir la portière de ma mère. Je compte les mêmes cinq marches dans ma tête que quand j'étais gamin. Mais au lieu de l'excitation que je ressentais alors, je suis dévoré par la trouille. J'ai l'estomac barbouillé alors que nous nous tenons devant la grande porte jaune, sauf que, cette fois, elle n'a plus l'air si grande. Ce n'est qu'une porte normale, et je la déteste. Je la déteste, elle et tout ce qu'elle signifie. Tellement que je dois lutter contre un besoin irrépressible de lui donner un coup de pied. Comment peut-on détester autant une porte ?

Parce qu'elle a hanté mes rêves pendant les dix-neuf dernières années, voilà pourquoi.

Ma mère lève la main et frappe deux fois. Elle attrape la mienne avant de la serrer fort, sauf qu'aujourd'hui, ça n'a rien à voir. Tout comme la dernière fois où nous nous sommes retrouvés ici, elle tourne la tête dans ma direction, lève les yeux et me sourit. Comme je n'ai plus cinq ans, maintenant, je surplombe son tout petit corps. C'est le pire sentiment de déjà-vu qu'on puisse avoir. Bon sang, j'ai de nouveau l'impression que je vais être malade.

Nos mains tremblent tandis que nous attendons notre destin. Nous n'avons pas à patienter longtemps. Une minute plus tard, la porte s'ouvre. Une version âgée et frêle de ma mère se tient devant nous. Je retiens ma respiration, et mon cœur bat à toute allure dans ma cage thoracique. Je souffle quand elle croise brièvement le regard de ma mère avant de se jeter dans ses bras.

– Mon bébé ! lance-t-elle. J'ai attendu trop longtemps pour revoir ton beau visage.

Elle se met à sangloter. Ma mère la prend dans ses bras et commence à pleurer, elle aussi. Une boule se forme dans ma gorge pendant que je reste là à les regarder. Même si je regrette toujours d'être ici, je suis content pour ma mère. Je suppose que c'est le genre de réunion qu'elle espérait quand nous sommes venus ici la dernière fois.

Je ne sais pas trop pourquoi je m'attends encore à ce que la rencontre tourne mal quand ma grand-mère me remarque. Quelques minutes plus tard, elles se lâchent, et ma grand-mère fait un pas en arrière en posant ses mains frêles sur les joues de ma mère.

– Laisse-moi te regarder, dit-elle avec un sourire radieux.

Je remarque qu'elle a des yeux gentils. Rien à voir avec le regard méchant de mon grand-père.

– Tu es aussi belle que dans mes souvenirs. Tu m'as tellement manqué, Lizzy.

Elle se penche et dépose de petits bisous sur tout son visage.

– Tu m'as manqué aussi, maman, murmure ma mère en essuyant ses larmes avec le dos de sa main. Voici Carter, ajoute-t-elle.

Le regard de ma grand-mère se porte alors sur moi.

– Ton petit-fils.

J'ai vraiment l'impression que mon cœur s'arrête de battre quand elle quitte ma mère des yeux pour les lever vers moi. Au lieu du regard méprisant et plein de rage que mon grand-père m'a adressé la dernière fois que j'étais ici, elle affiche un beau sourire avant de m'enlacer. Je reste là, sans bouger. Les bras ballants. Je suis paralysé.

– J'ai attendu vingt-quatre ans pour te connaître, pleure-t-elle doucement contre mon torse. J'ai prié si longtemps pour que ce moment arrive. Pas un jour n'est passé sans que j'aie eu une pensée pour toi…, sans que je t'aie aimé.

La boule dans ma gorge grossit et je dois retenir les larmes qui menacent de couler. *Elle m'aime.* Même si j'avais espéré, non, rêvé ce genre de réunion, je reste prudent. Je m'attends toujours à ce que ça tourne mal.

– Laisse-moi te regarder, dit-elle en s'écartant. Regarde comme tu es beau, affirme-t-elle en souriant tandis que sa main vient délicatement caresser mon visage.

Ma mère avait raison : elle n'est pas du tout comme mon grand-père.

24

INDIANA

Une fois que j'ai mangé autant de fruits que je pouvais en avaler, je me rends dans la salle de bain pour prendre une douche pendant que mon père prépare le dîner. Je déteste ne pas pouvoir aider, mais mon stupide corps est trop faible à cause du traitement. Je lutte déjà pour rester debout. J'ai hâte que ce soit terminé et que je puisse retrouver une vie normale. Le point positif, c'est que mes migraines semblent être moins fortes. J'ai donc l'espoir que le traitement fonctionne. Je prie pour que ce soit le cas, parce que je ne sais pas combien de temps je pourrai encore supporter tout ça.

Je m'assieds sur le ridicule siège en plastique que mon père a placé dans la douche. Je déteste devoir m'asseoir sur ce truc parce que je suis trop faible pour rester debout longtemps. Cela me donne le sentiment d'être handicapée. Au début, Carter m'aidait à me doucher, mais j'y ai vite mis fin. Il en fait déjà tellement. *Tellement.* Il ne s'arrête jamais. Si je peux alléger son fardeau de quelque manière que ce soit, je le ferai.

Ne vous méprenez pas : cela ne semble pas le déranger, mais il s'occupe de tout depuis qu'il a proposé de veiller sur moi pendant mon traitement. Il ne laisse personne d'autre l'aider. J'adore qu'il veuille faire ça, et je lui serai à jamais reconnaissante, mais je vois bien que ça commence à avoir un effet néfaste sur lui aussi. Ça m'inquiète.

Tandis que je laisse l'eau chaude couler en cascade sur mon corps fatigué et douloureux, il occupe mes pensées.

Il n'est pas lui-même depuis quelques jours. Évidemment, il affiche un sourire quand il est avec moi, mais quand il ne remarque pas que je le regarde, je vois clairement que les soucis sont gravés sur son beau visage. Je compte avoir une discussion à cœur ouvert avec lui quand il rentrera.

Quand je sors de la douche, je m'enroule dans une serviette et me dirige vers ma chambre. LJ me suit de près. Il était assis devant la porte de la salle de bain quand je l'ai ouverte. Il ne m'a pas quittée depuis le début du traitement. Je suppose qu'il sent que quelque chose ne va pas.

En ouvrant mon tiroir à sous-vêtements, la première chose que je vois est un message posé sur le dessus. Oh ! Je devine déjà à l'écriture que c'est de la part de Carter.

Je peux le faire et je le ferai. TU ES À MOI ! Si tu veux prendre du plaisir, tu sais où me trouver, ma belle !!!

Je devrais être énervée contre lui, mais non. En fait, ça me fait rire. Je n'ai même pas besoin de regarder. Je sais que mon vibro n'est plus là. Faire l'amour avec Carter me manque. Je sais qu'il pense faire ça pour mon bien, et il a peut-être raison, mais j'ai besoin de cette connexion avec lui. Je déteste que nous perdions du temps séparés. *Nous ne savons pas combien de temps il nous reste.*

Une fois habillée, je m'étends sur le lit. Ça me soûle qu'une simple douche me vide de toute mon énergie. Je veux redevenir celle que j'étais avant. Je veux aller de nouveau bien.

Le cancer, c'est vraiment la merde.

***

Mes yeux s'ouvrent lentement quand je sens le lit se pencher et deux bras m'enlacer. Il est rentré. Cela me donne le sourire. Je roule pour être face à lui et effleure ses lèvres avec les miennes quand ses beaux yeux chocolat plongent dans les miens.

– Salut, beau gosse, dis-je en souriant.

– Salut, ma belle.

Le sourire époustouflant qu'il m'adresse me fait fondre. J'adore le voir heureux comme ça. Je tends la main et caresse délicatement sa joue.

– Comment s'est passé le rendez-vous de ta mère ?

– Bien mieux que je ne le pensais. Je ne t'en ai pas parlé avant parce que je ne voulais pas t'inquiéter inutilement, mais en fait, nous sommes allés voir ma grand-mère.

Quoi ?

– Arrête. Ce n'est pas vrai, dis-je d'une voix suraiguë.

Ce n'est pas que je ne le crois pas, mais je suis sous le choc, c'est tout.

– Si, affirme-t-il en riant.

Il s'apprête à entrer dans les détails, mais je l'interromps.

– Quoi ? Comment ? Et pourquoi ne l'ai-je pas su avant ?

Je lui pince le flanc. Je n'arrive pas à croire qu'il m'ait caché ça.

– Aïe ! fait-il en riant et en se frottant les côtes. Si tu me laisses en placer une, je te raconterai.

Il se tourne sur le côté pour que nous soyons face à face et passe son bras autour de ma taille.

Il me raconte tout. Du détective privé aux doutes qui l'ont assailli avant d'y aller, et la joie qu'il a ressentie quand il a été accueilli à bras ouverts. Il a l'air si heureux et insouciant, comme si un énorme poids lui avait été enlevé. Cela me réchauffe le cœur.

– Ma mère avait raison, poursuit-il. Elle n'a rien à voir avec mon grand-père. Elle ne savait pas du tout qu'on était venus chez elle cette fois-là. Mon grand-père ne le lui a jamais dit. Ça lui a brisé le cœur quand elle l'a découvert.

Je ne dis rien. Je me contente d'écouter.

– Je n'ai jamais vu ma mère aussi heureuse, Indi. Son visage rayonnait sur le trajet de retour. Tu aurais dû la voir.

Je n'en ai pas besoin. Je parie que c'est la même expression que je vois à cet instant sur son visage à lui.

– Je suis si contente que vous ayez enfin pu faire la paix avec ce qui s'était passé, dis-je en posant mes mains sur ses joues. Vous allez la revoir ?

– Bien sûr, répond-il sans aucune hésitation. Et elle veut te rencontrer aussi. Tu vas l'adorer, bébé. C'est une sorte de version plus âgée de ma mère. Elle est tellement gentille.

Je souris en m'avançant pour l'embrasser sur la bouche. L'excitation dans sa voix est contagieuse. Je suis ravie pour lui. Je sais que ce qu'a fait son grand-père l'a hanté pendant les dix-neuf dernières années. J'espère que cette rencontre lui a apporté un peu de paix. Il le mérite. Il a porté les cicatrices de ce jour pendant bien trop longtemps.

– Je suis impatiente de la rencontrer, lui dis-je sincèrement.

***

Quand nous revenons à Newcastle jeudi après-midi, je me sens affreusement mal. Hier était une bonne journée, mais aujourd'hui me le fait certainement payer. En général, je dors sur le trajet jusqu'ici, mais nous avons dû nous arrêter sept fois pour que je puisse vomir. Enfin, essayer, puisque c'est tout ce que j'ai pu faire. J'avais vidé le contenu de mon estomac avant même que nous ayons quitté Sydney.

Carter est dans un sale état quand nous arrivons. Son inquiétude est gravée sur son visage.

– Je pense que je vais appeler Justine pour qu'elle annule tous mes rendez-vous de l'après-midi, dit-il quand il me porte dans la chambre.

Je déteste qu'il doive me porter partout. Aujourd'hui, je suis probablement trop faible pour monter ces escaliers, mais même quand ce n'est pas le cas, il insiste pour le faire.

– Non, dis-je aussitôt sur un ton qui lui indique que je suis sérieuse.

Il est temps de me montrer affectueuse mais ferme.

– Arrête d'être ridicule. Je peux rester toute seule ; tout ira bien. Tu as perdu assez de travail à cause de moi. Je ne tolérerai pas que…

Avant que j'aie fini ma phrase, il se met à rire.

– Qu'est-ce qu'il y a de si drôle ? dis-je en fronçant les sourcils.

– Toi, répond-il en se penchant pour me faire un petit bisou sur le nez. J'adore ton sale caractère. Ça m'avait manqué.

Sa légèreté m'adoucit aussitôt.

– S'il te plaît, n'annule pas tes rendez-vous, lui dis-je d'une voix plus douce. Honnêtement, je vais bien.

Après m'avoir allongée sur le lit et avoir été aux petits soins avec moi, il descend. Il ne me faut pas longtemps pour m'endormir. Je suis réveillée quelques heures plus tard quand il vient vérifier que je vais bien. Il m'apporte une assiette de biscuits secs et du jus de fruits, puisque c'est tout ce que je supporte. Je parviens à avaler deux biscuits pendant que Carter amène LJ dans l'herbe pour faire ses besoins.

– S'il te plaît, essaie de manger un peu plus que ça, dit-il avec les sourcils froncés quand il remonte.

Je lève les yeux au plafond. Je sais que je ne devrais pas, mais parfois, il me donne l'impression d'être une enfant. J'aimerais tellement ne pas être aussi malade. Bien sûr, je mangerais plus si c'était le cas. Après s'être assis sur le bord du lit, il me force à prendre quelques biscuits supplémentaires avant de repartir.

Quand la nausée revient, je m'allonge en espérant que mon estomac va se calmer si je dors. Je ne sais pas combien de temps j'ai dormi, mais quand je me réveille, l'envie de vomir est trop forte. Je me traîne hors du lit et me dirige vers la salle de bain. Je dois utiliser les murs pour me soutenir parce que j'ai la tête qui tourne et manque d'équilibre.

Je reste devant la cuvette une éternité. Le peu de nourriture que j'avais réussi à avaler est reparti. J'utilise le meuble pour m'aider à me relever. Je me sens super mal. Retourner au lit serait sage, mais je me dis qu'une douche chaude me ferait du bien.

Après m'être brossé les dents, je me déshabille et me dirige vers la douche. Je m'assieds sur cette foutue chaise que Carter et mon père veulent absolument que j'utilise et tourne le robinet. L'eau chaude qui coule sur ma peau me fait un bien fou. C'est exactement ce dont ont besoin mes muscles endoloris.

Je me sens déjà relativement mieux quand j'arrête l'eau. Presque humaine, dirons-nous. Mais quand je me lève, je suis à nouveau prise de vertige. Il serait plus malin de rester assise là, mais je veux absolument me sécher et retourner au lit.

En sortant de la douche, j'attrape une serviette d'une main tremblante. J'ai à peine le temps de l'enrouler autour de moi quand je réalise que je vais m'évanouir. Je réfléchis vite et me retourne pour essayer d'atteindre les toilettes et m'y asseoir. *Mais non.* Je tombe et tout devient noir.

25

CARTER

Je suis en plein milieu d'un tatouage quand j'entends le premier aboiement. Il arrive occasionnellement à LJ d'aboyer dans la journée, mais pas souvent. Parfois, c'est quand il veut aller faire un tour, mais je sais que ce n'est pas le cas parce que je l'ai sorti il n'y a pas bien longtemps. D'autres fois, c'est quand il voit quelqu'un passer dans la rue par la fenêtre du séjour, mais aujourd'hui, les volets sont tirés. Je les ai fermés parce que la lumière vive semble aggraver les migraines d'Indiana.

Je suis tout de suite inquiet. Quand l'aboiement continue, je dois m'excuser.

– Désolé, mec, mais il faut juste que j'aille vérifier un truc.

Heureusement, mon client est un habitué, et cela ne semble pas le déranger.

Au fond de moi, je sais que quelque chose ne va pas. Je parcours le couloir en courant et monte les marches deux par deux.

– Indi, dis-je dès que j'entre dans l'appartement.

Rien. Quand j'entends les aboiements de LJ devenir plus désespérés, je suis leur direction.

Je le trouve sur ses pattes arrière en train de gratter frénétiquement à la porte de la salle de bain. Mon cœur fait un bond.

– Indi, dis-je à nouveau en me précipitant.

Toujours pas de réponse. J'attrape la poignée. Dieu merci, elle n'est pas verrouillée.

Paniqué, je l'ouvre brusquement.

– *Indiana.*

Je jurerais que mon cœur cesse de battre et que mes poumons se vident quand je la vois étendue, le visage contre le sol carrelé. Mes genoux faiblissent. J'imagine immédiatement le pire. Sûrement parce qu'elle a une maladie grave. Je m'approche rapidement.

Je me jette sur les genoux et vérifie immédiatement son pouls. *Dieu merci, elle est vivante.*

– Indi, dis-je en la secouant.

Je la fais délicatement rouler et pose sa tête sur mes genoux. Elle reprend aussitôt connaissance. Je suis soulagé. Jusqu'à ce que je voie du sang couler le long de son cou. En approchant ma tête, j'aperçois une entaille sous son menton. Elle a dû se cogner en tombant.

– Indi… Indi, c'est moi… Carter. Parle-moi, bébé.

– Carter, gémit-elle en ouvrant difficilement les yeux.

Alléluia.

– Tout va bien se passer, dis-je sur un ton rassurant en la soulevant dans mes bras et en me levant.

Je marche d'un pas rapide jusqu'à la chambre et l'allonge délicatement sur le lit.

– Carter, gémit-elle à nouveau en essayant de se lever.

– Ne bouge pas, bébé. Tout va bien se passer.

Je lui caresse doucement les cheveux pour essayer de la calmer. J'attrape son téléphone sur la table de chevet et appelle en bas.

– Justine, c'est Carter. Indi a eu un malaise. Appelle une ambulance.

– Quoi ? Elle va bien ? demande-t-elle, paniquée.

Mes employés ont appris à l'aimer au cours des derniers mois. Il est difficile de ne pas l'aimer.

– Elle va bien. Elle a une vilaine coupure sur le menton. Appelle-les et indique-leur mon appartement quand ils arriveront. Je dois m'occuper d'elle, dis-je avant de raccrocher.

Justine est une gamine bien. Je sais qu'elle fera exactement ce que je lui ai demandé.

Indi lève la main et passe ses doigts sur son menton.

– Je saigne ! s'exclame-t-elle en retirant sa main et en la portant à son visage.

– Je sais. Tu as dû te cogner quand tu es tombée.

Je retire la serviette de sous son corps et la mets en boule avant de la presser sur la blessure.

– Tu peux tenir ça contre ton menton une minute ? Il faut que je t'habille avant que l'équipe de secours arrive.

– Bien sûr.

Comme d'habitude, même hébétée, elle est toujours aussi détendue. Moi, par contre, ce n'est pas le cas. Je flippe grave. Mes mains tremblent quand je fouille dans les tiroirs pour essayer de trouver quelque chose à lui mettre. Mes nerfs sont à cran depuis des semaines. Je ne sais pas comment je vais encore pouvoir tenir.

***

– Elle va bien, Ross, dis-je avec une voix rassurante tandis que je fais les cent pas dans le couloir de l'hôpital John Hunter.

Le docteur m'a dit de quitter la salle le temps qu'il l'examinait. Elle nous a dit dans l'ambulance qu'elle avait eu un vertige en sortant de la douche, et c'est tout ce dont elle se souvient.

– Je vais appeler au travail pour dire que je dois m'absenter. Je serai là dans quelques heures, répond-il sur un ton inquiet.

– Non. Vous n'avez pas besoin de venir. Je peux m'occuper d'elle. C'est bon, Ross.

Enfin, c'est ce que je n'arrête pas de me répéter. Je me sens responsable de ce qui est arrivé. J'aurais dû être là.

Pense-t-il que je ne prends pas assez soin d'elle ? Parce qu'à part là, je crois que c'est le cas. Peut-être que c'est juste mon côté parano.

– Dès que le docteur aura fini de l'examiner, je vous rappellerai pour vous rapporter ce qu'il a dit.

– D'accord, fait-il en soufflant.

Ce n'est pas facile pour lui, je m'en doute.

– Ross. Vous savez, si je pensais que c'était grave, je vous le dirais. L'équipe de secours a dit qu'elle aurait peut-être besoin d'un point ou deux sur le menton, mais sinon, ses organes vitaux vont bien.

Encore une fois, la culpabilité me ronge. *J'aurais vraiment dû être là.*

– Appelle-moi dès que tu en sais plus.

– Promis, dis-je avant de raccrocher.

***

INDIANA

Quand je me réveille, je suis toujours à l'hôpital. Il fait nuit dehors, mais il y a une petite lumière derrière moi qui éclaire assez la chambre pour que je voie Carter endormi sur le fauteuil près de mon lit. Après m'avoir fait passer une radio pour être sûr que rien n'était cassé ou fracturé, le médecin a fait quelques points de suture sur mon menton. Il me garde en observation pour la nuit.

Honnêtement, je me sens beaucoup mieux. On m'a mis sous perfusion, ce qui aide grandement. Apparemment, j'étais gravement déshydratée à cause des vomissements.

Je me sens vraiment coupable, allongée là, à regarder Carter. Il a l'air si las. J'aimerais qu'il retourne à la maison et dorme correctement dans un vrai lit, mais quand je le lui ai demandé tout à l'heure, il a refusé. Je suis heureuse de l'avoir. Il est fantastique. Nous ne sommes ensemble que depuis un peu plus d'un mois. La majorité de ce temps a été occupée par ma maladie. C'est tellement injuste. Cela a vraiment eu un effet néfaste sur lui.

J'adore comment il s'est impliqué et a endossé le rôle de protecteur pour moi, même s'il n'a jamais signé pour ça. La plupart des gens dans sa situation auraient démissionné il y a de cela des semaines. Pas lui. C'est un mec super et il ne s'est pas plaint une seule fois, mais cela m'inquiète. Je déteste lui faire subir ça.

– Carter… Carter, dis-je en tendant la main pour le secouer.

Il remue sur le fauteuil avant d'ouvrir les yeux.

– Mince. Tout va bien ? demande-t-il.

Il passe ses mains sur son visage et se lève. Il est à cran. Je me sens d'autant plus mal.

– Tout va bien, oui, dis-je en attrapant sa main. Pourquoi ne rentres-tu pas à la maison pour avoir une bonne nuit de sommeil ? Ce fauteuil ne doit pas être confortable.

– Je ne te laisserai pas, Indi.

Son entêtement me fait soupirer. Après notre conversation de tout à l'heure, je sais que je ne gagnerai pas, cette fois. Je me décale un peu et tapote le lit près de moi en lui adressant un sourire.

– Alors, viens t'allonger avec moi.

Ses lèvres esquissent un sourire avant qu'il n'ôte ses chaussures et grimpe sur le lit avec moi. Je soulève légèrement la tête pour qu'il puisse passer son bras sur ma nuque. Je roule sur le côté et me blottis contre son torse.

– Je t'aime, Carter, dis-je doucement.

– Je t'aime aussi, bébé, répond-il en m'embrassant sur la tête.

Je ne sais pas quoi faire. J'ai parlé avec mon père au téléphone, tout à l'heure. Il voulait venir, mais il a dit que Carter n'avait pas accepté. Je n'aime pas qu'il se sente aussi responsable de moi, parce que ce n'est pas le cas.

Peut-être qu'il faudrait que je rentre chez moi. Même s'il ne reste que quelques semaines avant la fin du traitement. Carter a besoin de se reposer. Il est merveilleux, mais il a fait plus que sa part. Il est temps de lui accorder une pause. J'ai assez bouleversé sa vie comme ça.

***

CARTER

– Tu vas bien, mec ? demande Marcus tandis que je prépare son bras pour le tatouage. Tu n'as pas l'air dans ton assiette aujourd'hui.

– Ouais, dois-je admettre en soufflant tandis que mes yeux croisent brièvement les siens. J'ai juste des problèmes perso.

Je déteste être bloqué ici au boulot pendant qu'Indi est seule en haut. Elle a insisté pour que je travaille aujourd'hui. Je lui ai fait promettre de m'appeler directement si elle avait besoin de se lever pour quoi que ce soit. Je n'ai accepté sa requête qu'à cette condition.

– Désolé de l'entendre, répond-il en m'adressant un sourire compatissant. Mais tu ne vas pas rater mon tatouage, hein ? Je ne t'ai jamais vu comme ça. Tu n'arrêtes pas d'être déconcentré… et, franchement, tu as une sale tête, mon pote.

Je ris sans enthousiasme. Oui, je *suis* dans un sale état.

– Je ne raterai pas ton tatouage.

Enfin, j'espère. *Reprends-toi, Reynolds.* Nous ne disons plus rien tandis que je commence le travail sur son bras. Je n'étale pas mes problèmes perso avec mes clients. Je ne fonctionne pas comme ça. J'ai toujours été discret là-dessus. Et puis il faut vraiment que je me ressaisisse. Toute cette situation a un effet néfaste sur moi. Sur nous tous.

Ça me tue de la voir si mal. Je sais que le traitement améliorera son état sur le long terme, mais cela ne rend quand même pas les choses faciles pour le moment. J'ai même pris le médecin à part à l'hôpital ce matin pour lui expliquer la situation pendant qu'elle prenait une douche. Il m'a assuré que tout ce qu'elle vivait était normal.

Rien de tout ça ne me semble normal, à moi.

Heureusement, j'ai terminé mon boulot sans me planter. Quand je suis Marcus jusqu'à la caisse, mon téléphone sonne dans ma poche. Sans raison apparente, mon cœur s'emballe. Je suppose que je suis à cran après tout ce qui s'est passé hier.

Quand je le sors, je vois le nom de Ross clignoter à l'écran. Il veut probablement juste prendre des nouvelles d'Indi.

– Salut, Ross.

– Salut, fiston. Je viens d'avoir un appel d'Indi. Elle veut que je vienne la récupérer. Qu'est-ce qui se passe ?

26

INDIANA

Après avoir mis fin à l'appel avec mon père, je sors ma valise de l'armoire et la pose sur le lit. J'ai le cœur lourd, mais je sais que je fais ce qu'il faut. J'espère que Carter comprendra. Il va falloir quelques heures à mon père pour rouler jusqu'ici, mais je veux être prête quand il arrivera. Si je m'en occupe maintenant, cela me donnera un peu de temps à passer avec Carter avant de partir.

Tandis que j'ouvre l'un des tiroirs, j'entends la porte d'entrée claquer avant que Carter débarque dans la chambre.

– Qu'est-ce que tu crois faire là ? crie-t-il, me faisant sursauter.

Mince, il est au courant. Quand je me retourne vers lui, je vois clairement qu'il est blessé. Mon père a dû l'appeler. *Argh !* C'est la dernière chose que je voulais qu'il fasse. J'aurais aimé avoir une chance d'expliquer la situation à Carter moi-même. Je suis furieuse contre mon père. Il n'aurait pas dû interférer.

– Ce n'est pas ce que tu crois, Carter, dis-je d'une voix douce et apaisante tandis qu'il s'avance vers moi.

– Tu me quittes ?

C'est tout ce qu'il dit en soupirant alors que ses épaules s'affaissent. Il a l'air complètement dévasté. Cela me brise le cœur.

– Je ne te quitte pas, Carter. Je vais juste rentrer chez moi quelques jours pour te laisser souffler. Je m'inquiète pour toi. Tu ne manges pas correctement, tu dors mal. Je bouleverse ton travail…, ta vie. Je déteste que tu t'inquiètes constamment pour moi. Je suis responsable de tout ce que tu traverses en ce moment. Ce serait égoïste de ma part de rester dans ces circonstances.

J'essaie de le rassurer. Je lui tends la main, mais il la repousse et recule.

– Tu crois que je vais moins m'inquiéter quand tu seras à deux heures d'ici ? hurle-t-il.

Il ne m'a jamais parlé aussi violemment avant. Il laisse sortir toute sa rage. Quand ses mains passent dans ses cheveux, les larmes me montent aux yeux. Ce n'est pas comme ça que je voulais que ça se passe.

– Tu n'as pas besoin de faire tout ça, Carter. Tu n'as pas signé pour ça. Je sais quel genre d'homme tu es. Je sais que tu ne fuirais jamais, même si tu le voulais. Je te facilite les choses, c'est tout.

Il tend une main et m'attrape le haut du bras pour me tirer violemment vers lui.

– Écoute-moi, crache-t-il. Je vais le dire une seule et unique fois. Je t'aime, Indiana. Pour le meilleur et pour le pire. Je ne veux pas que tu te barres. Tu m'entends ? Ne t'avise pas de prendre des décisions en te basant sur ce que tu penses être le mieux pour moi. Ne t'avise pas de faire ça.

– Je… Je…

C'est tout ce que je parviens à dire. Je ne peux plus retenir les larmes qui se mettent à couler sur mes joues. Il affiche une mine abattue dès qu'il les remarque. Il lâche aussitôt mon bras et m'étreint.

– Je suis désolé, murmure-t-il d'une voix bien plus calme, mais tu n'iras absolument nulle part, Indiana. Un point, c'est tout.

– J'ai l'impression de t'entraîner vers le bas avec moi. Je ne veux pas faire ça, dis-je en pleurant contre sa poitrine.

Toute cette situation, c'est trop. Il s'écarte de moi et

prend mon visage entre ses mains. La colère qui brillait dans ses yeux il y a seulement un instant a disparu.

– Tu ne m'entraîneras jamais vers le bas, bébé. Tu es mon rayon de soleil. Tu ne le vois pas ? Même avec tout ce qui se passe, tu illumines encore mes jours. Je serais carrément perdu sans toi.

Il me reprend dans ses bras et me serre si fort qu'il m'écrase presque.

– Je t'ai promis dès le début que nous allions traverser ça ensemble, et je pensais chaque mot. S'il te plaît, ne pars pas. J'ai besoin de toi.

Quand il finit par me lâcher, il m'attrape la main et me traîne vers le lit. Il s'assied sur le bord et me prend sur ses genoux en m'enlaçant.

– Nous ne sortirons pas d'ici tant que nous n'aurons pas réglé tout ça, décrète-t-il.

***

Nous restons assis ici pendant plus d'une heure jusqu'à ce que nous ayons déballé tout ce que nous avions sur le cœur. J'ai accepté de rester à condition qu'il lâche un peu du lest et arrête de laisser ma maladie prendre le dessus sur sa vie. Il a accepté à contrecœur. Quand je lui ai dit qu'il fallait que j'appelle mon père pour lui dire de ne pas venir, il a dit :

– Ne t'inquiète pas. Je lui ai déjà dit que tu resterais.

Quel présomptueux ! J'appelle quand même mon père pour le rassurer et lui dire que tout va bien.

Carter finit par retourner bosser de mauvaise grâce. Plus tard ce soir-là, nous n'avons pas parlé de ce qui s'est passé. Nous avons tous les deux dit ce que nous avions à dire et laissé ça derrière nous. Après le dîner, nous nous sommes blottis sur le canapé et avons discuté de tout et de rien. Rien de profond. Rien à propos de ma maladie. Juste les choses normales de la vie quotidienne. C'était sympa.

– Je réfléchissais, dit-il.

Holà, ça m'inquiète.

– À propos de quoi ? dis-je, sceptique.

– Justine parlait d'un truc de fille, un spa où elle va. Pourquoi je ne te réserverais pas une journée de soins ? Ça te ferait du bien.

Je penche la tête en arrière et lui souris en haussant les épaules.

– Je ne sais pas. Ça a l'air sympa, mais c'est quelque chose que Meg et moi faisions toujours ensemble. Ça ne sera pas amusant toute seule.

– Je pourrais venir avec toi.

J'éclate de rire en me mettant à plat ventre pour le voir.

– Tu viendrais et te ferais faire un soin du visage et une manu-pédi ? dis-je, incrédule, parce que c'est quelque chose que je n'arrive pas à imaginer.

– C'est quoi une manu-pédi ?

– Une manucure et une pédicure.

– Oh ! dit-il, abasourdi, ce qui me fait rire de nouveau. Ouais, peut-être que ce n'est pas pour moi.

– Ce n'est assurément pas pour toi, dis-je en me réinstallant contre lui.

***

Le vendredi suivant, Carter me ramène à l'hôpital John Hunter, à New Lambton, pour qu'on m'enlève les points. Hier, j'ai terminé mon avant-dernière semaine de radiothérapie. Les mots ne peuvent exprimer à quel point je suis heureuse que ce soit presque fini.

La semaine prochaine, nous devrons rester un jour de plus à Sydney, parce que vendredi, j'ai un nouveau scanner à passer et une prise de sang à faire pour voir si le traitement est efficace. Mes migraines ont pratiquement disparu ; alors, je suis confiante et je pense que les résultats seront bons. En tout cas, je prie pour que ce soit le cas.

Les choses ont été différentes entre Carter et moi, cette semaine. Il a vraiment pris du recul, ce qui fait que je me sens beaucoup mieux. Il veille toujours sur moi comme un papa poule, mais il semble bien plus détendu. J'ai passé une semaine plutôt bonne en ce qui a trait aux effets secondaires. Je me sens toujours faible, mais mes nausées sont moins fortes et j'ai donc pu garder tout ce que j'avalais.

En milieu de matinée samedi, Carter m'a demandé d'être douchée, habillée et prête pour midi. Je n'ai pas demandé pourquoi ; j'ai juste présumé que nous sortions pour déjeuner. Nous le faisons souvent quand je me sens bien.

Je porte un nouveau jean et un joli haut quand il arrive à l'étage après midi. J'ai acheté de nouveaux vêtements parce que j'ai perdu quelques kilos depuis le début du traitement. Je peux toujours porter la plupart de mes vêtements, même s'ils sont un peu trop grands, mais mes jeans ? Non. J'aime quand ils sont moulants.

– Prends ton sac à main ! lance-t-il en entrant dans l'appartement. Je prends une longue pause déjeuner.

– Où allons-nous ? dis-je quand il m'adresse un sourire espiègle.

Il manigance quelque chose. Je le vois bien.

– La journée spa.

– Quoi ?

– Tu as dit que tu ne voulais pas y aller seule ; alors, je viens avec toi.

Je ne peux pas m'en empêcher. J'éclate de rire. Carter Reynolds au spa. Il faut que je voie ça.

– Je croyais que tu avais dit que la manu-pédi, ce n'était pas pour toi.

– Non, mais puisque je veux te faire plaisir, je suis prêt à déposer mes bijoux de famille à l'entrée. Ne t'inquiète pas, je les récupérerai en sortant.

Nous rions ensemble en descendant l'escalier et en nous dirigeant vers sa voiture.

Après s'être garé dans la rue du spa, il contourne la voiture pour m'ouvrir la portière. Je suis toujours aussi étonnée qu'il soit ici avec moi. J'adore qu'il soit prêt à faire n'importe quoi pour me rendre heureuse.

Pendant que Carter ferme ma portière et verrouille la voiture, je reste sur le trottoir et incline la tête pour laisser les rayons du soleil me réchauffer le visage et picoter ma peau. Même si nous sommes en plein hiver, c'est une belle journée ensoleillée. Je sens mes lèvres esquisser un sourire après que j'ai pris une profonde inspiration pour remplir mes poumons d'air frais. Quand j'ouvre les yeux, je trouve Carter en train de me fixer avec un grand sourire.

– Tu vas bien ?

– Ouais. Je profite juste d'être dehors.

– C'est bon à voir, se contente-t-il de dire en se penchant pour m'embrasser sur le front.

Il entremêle ses doigts avec les miens, et nous marchons dans la rue. Je ne peux pas vous dire comme c'est bon d'être dehors dans l'air frais et sous le soleil. J'ai été clouée dans cet appartement bien trop souvent ces derniers temps. Autrefois, je tenais le simple fait d'être dehors comme acquis. Plus maintenant. C'est amusant comme on réalise l'importance des petites choses une fois qu'on en a été privé.

– Tu es sûr de vouloir faire ça ?

– Affirmatif, répond-il. Tu en as besoin, bébé.

– Est-ce que je t'ai dit à quel point je t'aime aujourd'hui ?

– Oui, mais je ne me lasserai jamais de l'entendre, admet-il en portant la main qu'il tient dans la sienne jusqu'à sa bouche pour embrasser mes doigts. Alors, n'hésite pas à me le redire.

Carter pousse la porte du spa et s'écarte pour me laisser entrer. Je ne fais que quelques pas avant d'être paralysée. Les larmes montent instantanément. Oh... mon... Dieu.

Quand je tourne la tête vers Carter, il me regarde avec un immense sourire idiot.

– Surprise, dit-il.

Surprise, c'est peu de le dire. Je n'arrive pas à croire qu'il ait fait ça pour moi.

Les larmes coulent maintenant à flots sur mes joues lorsqu'elle se lève et parcourt la distance qui nous sépare avant de me prendre dans ses bras. Je suis submergée par l'émotion.

– Meg, dis-je doucement en l'enlaçant et en la serrant fort.

Je n'arrive pas à croire qu'elle soit là en chair et en os.

– Qu'est-ce que tu m'as manqué ! pleure-t-elle en me pressant contre elle.

– Toi aussi. Tu ne peux même pas imaginer à quel point.

Je suis vraiment folle de joie.

Elle recule pour me regarder dans les yeux. Même si nous pleurons toutes les deux, nous affichons de grands sourires. Elle m'étreint une nouvelle fois. Nous restons comme ça un long moment. Je ne veux pas la lâcher.

Finalement, elle fait un pas en arrière avant de me pincer le bras.

– Aïe ! fais-je en fronçant les sourcils. Pourquoi tu as fait ça ?

– Je n'arrive pas à croire que tu sois tombée malade et que tu ne me l'aies pas dit, vilaine.

J'entends clairement à sa voix qu'elle est peinée.

– Je ne voulais pas t'inquiéter.

Elle me reprend dans ses bras et me serre à nouveau.

– Je t'aime, murmure-t-elle. J'aurais voulu le savoir. Ne me cache plus jamais rien.

– Je t'aime aussi, Meg. Je suis désolée de ne pas te l'avoir dit.

***

J'ai passé la journée la plus merveilleuse de ma vie. Le simple fait d'avoir ma meilleure amie avec moi m'a vraiment fait du bien au moral, vous ne pouvez pas imaginer à quel point. Je n'ai pas pu remercier assez Carter pour ce qu'il avait fait quand nous sommes rentrés à la maison.

Apparemment, il a piqué le numéro de Meg dans mon téléphone et lui a donné un coup de fil. Elle a sauté dans le premier avion qu'elle a trouvé quand elle a appris que j'étais malade. Je ne sais trop combien de temps elle reste, mais je vais profiter de chaque minute passée avec elle.

Carter nous a offert un soin complet. Nous sommes restées au spa pendant plus de quatre heures. Nous avons eu droit à un bain thermal thérapeutique, un gommage, un massage aux pierres chaudes, un soin du visage et, bien sûr, une manucure et une pédicure. L'offre incluait même le repas. C'était tout ce dont avait besoin mon corps fatigué. J'étais revigorée quand je suis sortie de là. Aussi fantastique que ça ait été, le meilleur pour moi était le simple fait de passer du temps avec Meg.

***

Quand Carter termine son dernier tatouage de la journée et rentre à l'appartement, il nous découvre, Meg et moi, en train de bavarder dans le canapé. Il se dirige vers nous et se penche vers moi pour me faire un petit bisou.

– Je vais prendre une petite douche, puis je vous amènerai toutes les deux dîner, dit-il en me souriant.

– D'accord, dis-je en lui retournant son sourire.

Mes yeux sont rivés sur ses fesses quand il se retourne pour se diriger vers notre chambre. Il refuse toujours de coucher avec moi. Nous arrivons à un point où j'envisage de l'attacher au lit dans son sommeil pour pouvoir profiter de lui.

Je sais que l'abstinence n'est pas facile pour lui non plus. Chaque fois que nous avons fricoté, il était tout dur, mais il a refusé de me laisser faire quoi que ce soit pour le soulager. Je déteste ça. Je sais comme j'en souffre ; donc, je ne peux qu'imaginer ce que ça lui fait.

Nous ne prenons plus de douche ensemble. Non seulement le fait qu'il ressente le besoin de me laver me donnait l'impression d'être invalide, mais la tentation en étant nus ensemble sans pouvoir aller plus loin est devenue insupportable. Mercredi, c'était la première fois que nous le faisions depuis longtemps. Je me plaignais de ne pas pouvoir me laver les cheveux sous la douche à cause des points sur mon menton ; alors, il m'a proposé de le faire. Il m'a fait asseoir sur cette stupide chaise en plastique et a retiré le pommeau de douche du support. Après avoir délicatement incliné ma tête en arrière, il m'a lavé les cheveux en faisant bien attention de ne pas me mouiller le visage.

Quand il a eu fini, je me suis levée et retournée, et j'ai découvert son magnifique pénis qui se dressait fièrement. Il était dur comme un roc. C'était la goutte d'eau. J'ai enroulé mes doigts autour de son manche, et, même quand il a protesté, j'ai refusé de le lâcher.

Il n'a fallu que quelques caresses pour qu'il balance la tête en arrière et qu'un râle guttural lui échappe pendant qu'il éjaculait. Il en avait besoin et il le savait. Cela faisait des semaines qu'il n'avait rien fait. Cela ne me convenait pas vraiment. Je sais comme le sexe est important pour lui et je détestais l'idée qu'il s'en prive. Je savais qu'il n'irait pas voir ailleurs parce que je sais qu'il m'aime vraiment, mais je voulais le faire pour lui.

Tandis qu'un de ses bras me soutenait en passant autour de ma taille, ses lèvres sont venues se poser sur les miennes. Son autre main est descendue entre mes jambes, et ses doigts ont décrit des cercles autour de mon clitoris tandis que je continuais de m'occuper de lui.

En seulement quelques minutes, nos corps tremblaient, nous gémissions dans la bouche de l'autre et jouissions ensemble. Son étreinte s'est renforcée quand mes jambes ont menacé de céder à cause de l'intensité de l'orgasme. Une chose est sûre : se retenir semble rendre les orgasmes encore meilleurs. Quand nous irons à nouveau jusqu'au bout, ça promet d'être explosif.

Même si c'était loin de ce que nous aurions vraiment voulu faire à l'autre, cela a suffi à calmer le jeu.

À son insu, j'ai de grands projets pour demain soir. Nous ferons l'amour. Ça, vous pouvez en être sûr. J'ai pris toutes les précautions nécessaires pour que ça se produise. Il ne saura pas ce qui lui arrive.

27

CARTER

J'aurais dû appeler Megan il y a des semaines parce que je constate déjà une amélioration sur la santé d'Indi. Son moral semble remonter. J'adore voir à nouveau les étoiles dans ses yeux. J'ai pris le risque d'appeler Megan dans le dos d'Indiana, mais par chance, tout s'est bien passé. Dès que je lui ai dit ce qui arrivait à Indi, elle a été choquée et complètement dévastée. Avant même que j'aie le temps de lui demander si elle pouvait venir, elle avait déjà dit :

– Je vais m'organiser pour prendre l'avion. Je serai là au plus vite.

Une heure plus tard, elle m'a rappelé pour me dire qu'elle se rendait à l'aéroport et qu'elle arriverait dans quelques heures.

Tout s'est déroulé à la perfection. Son avion devait atterrir à Sydney dans la matinée le lendemain. J'ai demandé à Justine de louer une voiture pour passer la prendre à l'aéroport et la conduire ici, ainsi que prendre rendez-vous pour elles au Spa. Je lui ai précisé que je voulais que les filles aient droit à la totale, qu'il ne fallait pas qu'elle regarde à la dépense.

Je dois admettre que j'ai eu une boule dans la gorge quand j'ai été témoin de leurs retrouvailles. C'était très touchant. J'étais si content de pouvoir faire ça pour elle. Elle en avait besoin. Elle arrive à la fin de son traitement, et je vois bien comme c'est dur pour elle. Avec un peu de chance, cela lui donnera le coup de *boost* dont elle a besoin pour affronter la dernière épreuve.

Après avoir pris une douche et enfilé un jean foncé et une jolie chemise, je retourne prendre les filles. Indi siffle quand je m'approche d'elles.

– Tu es à croquer, murmure-t-elle quand elle se lève du canapé et enlace ma taille. Hmmm. Tu sens bon, soupire-t-elle après avoir mis son nez près de mon torse et inspiré.

Bon sang.

Je meurs d'envie de la soulever, la porter dans la chambre et la dévorer. Cette idée m'obsède chaque minute de chaque jour, mais je ne peux pas faire ça. Encore une semaine, c'est ce que je n'arrête pas de me répéter. Jamais dans ma vie je ne me suis passé de sexe pendant aussi longtemps. Vous rendez-vous compte à quel point c'est dur de dormir près de la femme que vous aimez chaque nuit sans pouvoir vous connecter avec elle de cette façon ? C'est carrément de la torture. Je ne peux pas vous dire combien de fois j'ai failli craquer quand Indiana m'a pratiquement supplié de lui faire l'amour. Je déteste lui refuser quelque chose, surtout le sexe, mais c'est pour son bien. Elle est trop malade et trop faible.

Si tout se passe bien, dans une semaine, je vais la prendre jusqu'à ce qu'elle ne puisse plus marcher.

Finalement, j'invite les filles dans un restaurant qui s'appelle le Surfhouse. Il est situé sur le rivage à Mereweather Beach. Il m'a été recommandé par l'une de mes clientes, Kellie. Elle m'a dit que la cuisine et la vue étaient à se damner et elle avait raison.

Pendant la majeure partie de la soirée, je suis resté assis au fond de ma chaise à les regarder bavarder et rire. Cela m'a réchauffé le cœur de voir Indiana à nouveau comme ça. Son rire, son sourire et sa nature insouciante m'avaient manqué. On aurait dit que les filles étaient revenues à l'époque du lycée, et cela me fait plaisir de voir que rien n'a changé.

Il est tard quand nous rentrons à l'appartement. Je savais qu'Indi ne voudrait pas que Megan reste à l'hôtel, mais comme je n'avais qu'une seule chambre, nous avons rassemblé les deux canapés pour former un lit de fortune. Ce n'était pas grand-chose, mais cela n'a pas eu l'air de la déranger. Nous retournerons à Sydney lundi matin pour attaquer la dernière phase du programme de radiothérapie, de toute façon ; donc, ce n'est que pour deux nuits.

Dimanche matin, nous nous levons tôt et nous rendons au marché aux producteurs. C'est devenu notre rituel dominical depuis qu'Indiana vit avec moi. Après avoir fait le stock de fruits, légumes et mets locaux, nous nous dirigeons vers le marché aux poissons pour acheter des fruits de mer pour le déjeuner.

Plus tard dans l'après-midi, Jax passe à l'appartement à l'improviste.

– Salut, mon pote, dis-je, surpris, quand j'ai ouvert la porte. Qu'est-ce que tu fiches ici ?

Pour être honnête, nos moments ensemble me manquent. Nous n'avons pas fait de soirée cartes depuis qu'Indiana a commencé son traitement. Elle était bien trop malade.

– Ta nana m'a appelé, répond-il. Elle s'est dit que tu avais besoin de passer un aprèm en ville avec tes potes.

Quand je regarde par-dessus mon épaule, je vois Indiana me sourire. Mon Dieu que je l'aime ! Même si l'idée de la laisser seule m'inquiète dans un premier temps, elle a Megan, et je sais que ça ira bien.

Elle se lève et se dirige vers nous. Après avoir accueilli Jax avec un bisou sur la joue, elle passe ses bras autour de ma taille.

– J'espère que ça ne te dérange pas, mais tu en as besoin. Ça te fera du bien de te détendre un peu, affirme-t-elle en me souriant. D'ailleurs, si j'ai de la chance, je pourrais même profiter de toi si tu rentres ivre.

– Bien essayé, dis-je en riant.

– Il ne te résiste pas quand même, non ? demande Jax à Indi.

– Si. Alors, il faut que tu le soûles pour que je puisse profiter de lui à son retour.

Jax et moi éclatons de rire. Je déteste qu'elle se sente négligée sur ce point. Mais nous avons déjà eu une longue discussion à ce sujet. Je sais qu'elle comprend les raisons qui me poussent à ne pas coucher avec elle.

***

Il est environ vingt-trois heures quand je rentre à l'appart en titubant. Je suis seul. Jax est rentré avec deux nanas. À vrai dire, elles ont essayé de nous avoir tous les deux. Elles nous ont invités chez elles. Bien sûr, ça ne m'intéressait pas. La seule femme que je voudrai jamais m'attend à la maison. Finalement, il est parti avec une nana à chaque bras. Le veinard. Plus qu'une semaine, me suis-je répété en secouant la tête tandis que je me retournais pour prendre la direction opposée et rejoindre l'appartement.

Les lumières sont éteintes quand j'arrive, mais Indiana a laissé allumée celle du couloir qui mène à notre chambre. J'aperçois Megan qui dort déjà sur le canapé. Doucement pour ne pas la réveiller, je me dirige vers ma chambre. J'ai pas mal bu, mais je me sens plutôt bien. Très détendu. Jax a vraiment essayé de me bourrer la gueule, mais il faut que je conduise jusqu'à Sydney demain matin ; alors, tandis que la soirée avançait, j'ai levé le pied. C'était une bonne soirée. Indi avait raison : c'était exactement ce dont j'avais besoin.

Quand j'allume la lumière de la chambre, cela réveille Indi. Mince. Elle se redresse en se frottant les yeux. Elle est tellement mignonne quand elle se réveille. La couverture glisse et révèle ses seins superbes. Waouh ! elle est nue. Ma queue remue aussitôt.

Elle retire les couvertures et descend du lit. Bon sang, je sais exactement ce qu'elle a en tête. Elle marche vers moi d'un pas assuré.

– Où est ton pyjama ? dis-je en détournant le regard.

Si je la regarde maintenant, je sais que je vais craquer. Le fait que j'aie bu n'aide pas. Ma capacité de jugement est altérée. Enfoncer ma queue dans sa chatte divine m'obsède depuis des semaines.

– J'avais chaud, répond-elle avec un sourire espiègle tandis qu'elle passe ses bras autour de ma taille.

Mais bien sûr. C'est l'hiver. Des salades, oui. Je garde les mains sur les côtés, et mes yeux regardent le plafond. J'essaie de ne pas penser au fait que je sens ses tétons durs contre mon torse. C'est vraiment une garce. Ma queue est de plus en plus dure.

– Tu portes trop de vêtements, murmure-t-elle en se mettant sur la pointe des pieds pour m'embrasser dans le cou.

Au moins, moi, je porte des fringues.

Elle s'amuse. Je dois rester fort. Elle lève les mains et commence à défaire mes boutons un à un.

– Je peux le faire tout seul, dis-je en baissant les yeux sur elle.

Bien sûr, elle me fixe derrière ses longs cils avec le sourire. Ouais, c'est une vraie garce.

Mon Dieu qu'elle est belle !

– Je n'en doute pas, ronronne-t-elle. Mais laisse-moi m'en occuper.

– Tu ne la joues pas franc-jeu, bébé.

– Je ne vois pas du tout de quoi tu parles.

Je ne peux m'empêcher de rire doucement. Elle croit vraiment que je suis idiot ? Bien sûr qu'elle sait de quoi je parle.

Une fois que tous les boutons sont défaits, elle glisse ses mains sous ma chemise avant de la faire glisser le long de mes bras. Elle tombe par terre. Ses yeux se promènent sur mon torse et mes abdos. Elle se lèche les lèvres. Ma queue durcit encore. Ses doigts passent sur l'écriture tatouée sur mon torse.

– Que veut dire *Mi vida loca* ? murmure-t-elle.

– « Ma folle vie ».

Je vois les coins de sa bouche remonter.

– Je suis contente que ta folle vie t'ait mené à moi, dit-elle.

– Moi aussi, bébé.

Je caresse sa joue avec le dos de la main. Grâce à elle, je trouve que tout ce que j'ai vécu dans ma jeunesse valait le coup. *Tout.*

Ensuite, elle passe au bouton de mon jean.

– Ah ça, non, dis-je en faisant un pas en arrière.

Elle m'ignore et se rapproche de moi en tendant les mains vers la ceinture de mon jean. Je suis incapable de résister.

Tandis qu'elle s'occupe fébrilement de mon bouton et de ma fermeture éclair, elle dépose des baisers sur mon ventre avant de sortir la langue et tracer une ligne en remontant sur mon torse.

– Hmmmm. Tu es délicieux, souffle-t-elle.

– Tu te sens bien ? dis-je en riant.

J'adore sentir sa bouche sur moi et elle le sait.

– Quoi ? J'ai faim, ronronne-t-elle encore, ce qui me fait gémir.

Séductrice.

– Faim de ta queue.

Ça y est. *Je suis foutu.* Si sa bouche super sexy s'approche de ma queue, pas moyen de l'arrêter.

Elle défait finalement mon jean avant de le faire descendre le long de mes jambes. Je meurs d'envie de l'aider, mais je refuse de l'encourager. Quand elle tombe à genoux, un râle puissant et guttural m'échappe. Elle lève les yeux vers moi et affiche un sourire angélique. À cet instant précis, elle n'a rien d'un ange.

Elle profite de moi. Elle sait très bien que mes inhibitions sont altérées par l'alcool que j'ai bu. C'est son plan depuis le début. Je serais un sale menteur si je disais que ça ne me plaît pas énormément. C'est trop sexy… Elle est super sexy et tout à moi.

Je suis un sacré veinard.

Je reste là, immobile, tandis qu'elle lève mes jambes une à une, me retire mes chaussures, mes chaussettes et fait sortir mes pieds de mon jean. Je sais que je pourrais facilement mettre fin à tout ça, mais je n'ai plus la force de lutter. J'en ai envie plus que je n'ai besoin de respirer.

Une fois qu'elle m'a entièrement déshabillé, ses doigts remontent délicatement le long de mes jambes. Ses yeux sont rivés sur ma queue qui est si dure que c'en est douloureux. Elle s'humecte les lèvres avec la langue alors que son pouce étale la goutte de liquide préséminal sur mon gland. *Bonté divine.*

Elle referme sa petite main autour de ma queue et la caresse une fois. Je pousse un râle puissant en basculant la tête en arrière, les yeux fermés. Oh oui, je suis vraiment foutu. Je rouvre les yeux et la regarde juste au moment où elle ouvre grand la bouche pour engloutir ma queue.

– Hmmmm, gémit-elle.

Le son vibre le long de mon manche et j'ai déjà l'impression que je vais venir.

– Mon Dieu, Indi, dis-je quand sa langue tourne autour de ma queue alors que le reste est enfoui au fond de sa bouche.

Mes mains descendent s'emmêler dans ses cheveux tandis qu'elle continue à s'occuper de moi. Je kiffe trop quand elle me suce.

Elle gémit à nouveau quand mes hanches commencent à bouger, faisant de lents va-et-vient dans sa bouche.

Quand je vois sa main glisser entre ses jambes, je perds le contrôle. Il faut que je touche sa chatte. Non, il faut que je la baise. Elle a gagné. Ma petite chienne a gagné. Elle va en avoir pour son argent.

Mon besoin d'être en elle l'emportant, mes mains quittent ses cheveux pour passer sous ses bras. Je la soulève d'un geste rapide et la porte sur le lit.

– J'abandonne, dois-je admettre quand je l'allonge et grimpe sur elle. J'ai besoin d'être en toi, bébé.

Elle affiche un immense sourire quand elle réalise qu'elle va avoir ce qu'elle veut.

– Dieu merci, gémit-elle avec un sourire triomphal.

Cela me fait rire.

– Je vais te baiser tout de suite, dis-je doucement avant que ma bouche ne couvre la sienne.

Elle écarte les jambes et je m'installe entre elles. J'en ai tellement envie que je ne prends même pas le temps de vérifier qu'elle est prête à m'accueillir. Je sais très bien qu'elle le sera. Dès que j'attrape ma queue et la fais glisser contre sa chatte, je gémis. J'avais raison : elle est carrément trempée. Mon corps commence à trembler d'anticipation quand je m'aligne avec sa fente. Je meurs d'envie de plonger dans son petit paradis depuis des semaines. Je n'ai pensé qu'à ça. Elle m'obsède. Dès que je glisse mon gland en elle, elle gémit. Quand je m'enfonce entièrement, nous gémissons à l'unisson. L'extase. Voilà ce que c'est : l'extase ultime. Même si je meurs d'envie de pilonner sa chatte étroite, je ne le fais pas. Elle est encore trop fragile et je ne voudrais surtout pas lui faire mal.

Elle, par contre, n'est pas de cet avis. Ses mains descendent dans mon dos avant de se poser sur mon cul. Ses doigts s'agrippent à mes fesses pour m'inciter à m'enfoncer encore.

– Baise-moi, Carter, me supplie-t-elle. Ne te retiens pas. J'en ai besoin.

Je ne peux pas lui résister. Comment le pourrais-je ? Je l'ai fait trop longtemps. Je descends les mains pour attraper ses hanches.

– D'accord, dis-je sur un ton mal assuré. Mais ne bouge pas. Laisse-moi faire tout le travail.

– Contente-toi de me baiser, me supplie-t-elle encore alors que ses ongles s'enfoncent un peu plus dans ma peau.

Si ma nana veut que je la baise, c'est exactement ce que je vais faire. Je commence à effectuer de brusques à-coups rapides. Dieu qu'elle est bonne. Je ne sais trop combien de temps je vais tenir.

Après seulement quelques minutes, elle se met à gémir bruyamment sous l'effet de l'orgasme. Dès que je sens sa chatte se contracter autour de ma queue, je perds le contrôle. Je m'enfonce en elle encore quelques fois avant de me calmer. Mon corps tremble tandis que j'envoie ma semence au fond d'elle. Quand je rouvre les yeux, je la vois me sourire. C'est un sourire empreint de bonheur absolu, mais je vois une touche de jubilation. Elle s'est jouée de moi. Elle s'est bien débrouillée.

– Tu vas bien ? dis-je en écartant les cheveux de son visage.

– Merveilleusement bien, répond-elle.

Alors, on est deux. Ce n'est que lorsque je me retire que je réalise que je ne me suis pas couvert. J'ai joui en elle.

– Ça va, Carter ? demande-t-elle en remarquant la panique sur mon visage.

– Je n'ai pas mis de capote. Merde.

Je n'arrive pas à croire que j'aie été aussi bête.

– Hé ! dit-elle en levant le bras pour caresser mon visage. Je prends la pilule. Ne t'inquiète pas. Ce n'est pas grave.

Facile à dire pour elle. Je sais qu'elle a probablement raison, mais cela ne m'empêche pas de me faire de la bile. *Et si ça ne suffisait pas ?*

***

Nous retournons tous les trois à Sydney lundi matin pour la dernière partie du traitement d'Indiana. Je prie pour que la thérapie ait marché. Je ne supporte plus de la voir malade comme ça. Megan dort chez ses parents pendant que nous sommes à Sydney, mais elle nous a accompagnés tous les jours à l'hôpital. C'était agréable d'avoir quelqu'un avec moi en attendant Indi.

Le premier matin, Megan m'a demandé si je voulais aller prendre un café. J'ai dit non. Techniquement, je sais que je ne peux rien faire pendant qu'elle est là, mais si je ne peux pas être plus près d'elle pendant qu'on lui fait son traitement, je resterai là.

Finalement, elle a disparu quelques minutes et est revenue avec deux cafés avant de s'asseoir près de moi. C'est devenu notre rituel ces quatre derniers jours. Nous étreignions et embrassions Indi en lui souhaitant bonne chance avant qu'elle ne disparaisse derrière les portes battantes. Meg allait nous chercher des cafés et nous restions assis en silence jusqu'à ce qu'Indi réapparaisse.

Je voyais clairement l'inquiétude sur le visage de Meg tandis que la semaine avançait et qu'Indi était de plus en plus malade. J'aimerais pouvoir dire que je m'y suis habitué, mais c'est faux.

Jeudi matin, quand Megan et moi sommes seuls devant la salle de traitement, elle me demande :

– A-t-elle été aussi malade pendant toute la durée du traitement ?

– À peu près, oui.

Elle ne dit rien. Quand je la regarde, je vois des larmes silencieuses couler sur son visage. Je ne sais pas quoi faire, ni quoi dire. Je me contente de la prendre dans mes bras. J'adore que ma copine compte autant pour elle que pour moi.

Quand nous quittons l'hôpital, j'aimerais inviter les filles à fêter le dernier jour de traitement, mais Indiana est trop mal. Nous devons nous arrêter plusieurs fois sur le chemin du retour pour qu'elle vomisse. Ça me tue de la voir comme ça. Avec un peu de chance, aujourd'hui sera la dernière fois où je devrai en être témoin et la dernière fois où elle devra l'endurer.

L'oncologue a fait une batterie de tests sanguins et un nouveau scanner avant que nous quittions l'hôpital. Megan s'est allongée dans le lit avec Indi quand nous sommes rentrées, et je suis allé chez ma mère. J'aurais voulu être à sa place près d'elle, mais Megan repartira à l'étranger bientôt. Je n'ai pas voulu être égoïste. Elles ont besoin de passer du temps ensemble. Si tout se passe comme je le souhaite, j'aurai le reste de ma vie pour être avec Indiana.

Demain, c'est le jour J. Nous avons un rendez-vous le matin pour voir si la radiothérapie a marché. Je suis partagé. Je suis à la fois excité et terrorisé à l'idée d'entendre les résultats. Je ne peux qu'imaginer comment se sent Indiana. Si ces radiations ne l'ont pas guérie, je ne sais pas ce que je ferai.

***

Vendredi matin, nous nous entassons tous les cinq dans la voiture de Ross, avec nos parents et Meg. Nous l'accompagnons tous aujourd'hui pour la soutenir moralement. En espérant qu'elle n'en aura pas besoin. Indiana est restée silencieuse depuis son réveil. Je ne peux pas lui en vouloir. Une étape importante l'attend aujourd'hui. Même si je l'ai accompagnée pendant tout le traitement, ce n'était pas moi qui étais malade. Ce n'est pas mon avenir qui dépend de ces résultats. Quelle que soit l'issue, je sais que je resterai à ses côtés.

Nous sommes tous assis dans la salle d'attente quand elle se tourne vers moi en serrant ma main.

– Carter. Je sais que tu es venu me tenir la main à chaque rendez-vous et je l'apprécie plus que tu ne le crois.

Je n'aime pas ce que ça présage.

– Est-ce que ça te dérange si j'y vais seule aujourd'hui ?

Voilà. *Bien sûr que ça me dérange.* Je me sens rongé par la peine à l'idée qu'elle ne veuille pas que j'entre avec elle. Même si, depuis le début, je me suis imposé à elle. Je veux être son roc. Je ne veux pas qu'elle doive affronter seule ce que le docteur va dire. Et si le pronostic n'était pas bon ?

– C'est vraiment ce que tu veux ? dis-je en essayant de ne pas lui montrer que je suis blessé.

Il faut que je mette de côté mes envies et mes besoins. Au final, ça la concerne, elle. C'est sa vie, son avenir. Si c'est vraiment ce qu'elle veut, je dois le respecter. Personne ne dit que je dois apprécier cette décision, car ce n'est franchement pas le cas. Carrément pas.

Quand l'infirmière dit son nom, nous nous levons tous.

– Tu es sûre ? dis-je à nouveau en la prenant dans mes bras.

– Je suis sûre.

Je la serre fort avant de l'embrasser sur le front.

Je m'écarte et prends son visage dans mes mains pour plonger mon regard dans le sien. Je vois le doute sur son visage. Cela me déchire le cœur.

– D'accord. Bonne chance, dis-je à voix basse avec toute la confiance dont je peux faire preuve.

– Merci. Juste pour que tu le saches, je n'aurais pas pu traverser tout ça sans toi.

Une boule se loge dans ma gorge lorsque je la reprends dans mes bras.

Je me rassieds. Mon cœur bat à tout rompre dans ma poitrine. Mes yeux sont rivés sur elle quand elle suit l'infirmière vers la porte. Je la regarde s'arrêter brièvement avant d'entrer. La tête haute, je la vois inspirer profondément et se redresser. Elle m'impressionne. La boule dans ma gorge grossit. Elle est si forte, c'est une battante. Je suis tellement fier. *C'est dans la poche.*

Une fois qu'elle a disparu, mes yeux se dirigent vers les jambes de Meg qui s'agitent nerveusement près de moi. Puis mon regard se tourne vers la main de ma mère, qui serre celle de Ross. Cela fait apparaître un bref sourire sur mon visage. Les voir ensemble me rend heureux. Je sais qu'ils ne sont qu'amis, mais ils se sont vraiment rapprochés ces derniers mois. Cela va paraître vraiment pathétique, mais parfois, j'imagine qu'ils sont mariés. Que ce sont mes parents. Je sais que je prends mes désirs pour des réalités, mais vraiment, j'adorerais ça.

Finalement, je me lève et fais les cent pas. J'ai l'impression d'attendre une éternité avant qu'elle sorte, alors qu'en réalité, seulement quinze minutes ont passé. Mes yeux restent rivés sur la porte par laquelle elle est passée tout à l'heure.

Quelques minutes plus tard, elle s'ouvre. Mon cœur a un raté. Quand elle sort, elle s'arrête. Ses yeux se dirigent vers nos parents, puis Megan. Quand ils se fixent sur moi, je retiens ma respiration. Un immense sourire se forme sur son visage. Enfin, je peux souffler. Et un soulagement incroyable m'emporte quand elle prononce les quatre mots dont je rêvais :

– Le cancer a disparu.

Je parcours rapidement les mètres qui nous séparent et la prends dans mes bras pour la faire tourner. Je suis tellement heureux. Quand je la repose, ses bras se glissent autour de ma taille avant qu'elle fasse quelque chose qu'elle n'a pas fait depuis qu'on a posé le diagnostic : elle éclate en sanglots contre ma poitrine. Des larmes de joie montent dans mes yeux.

Dieu merci. Ma nana est sauvée.

28

CARTER

Indiana doit continuer à subir trois examens par mois, juste pour s'assurer que le cancer ne revient pas. J'espère bien qu'il ne reviendra pas. Néanmoins, nous sommes tous surexcités sur le trajet de retour de l'hôpital.

Ross nous a invités à fêter ça ce soir. Une célébration s'imposait après cette nouvelle. Nous avons passé un super moment. Je pense que nous avons tous le sentiment qu'un énorme poids nous a été ôté des épaules. Cela faisait longtemps que je n'avais pas vu Indiana ou son père sourire autant.

Un petit nuage nous surplombe toutefois. Il y a quelque chose dont je dois parler avec Indi, et je ne sais trop comment elle va le prendre. C'est pour ça quc j'ai repoussé le moment ces derniers jours.

Ce soir, alors que nous sommes au lit, je décide d'aborder le sujet. Comme je pars demain matin, c'est maintenant ou jamais.

– Il faut que je te parle de quelque chose, lui dis-je tandis qu'elle est dans mes bras, en train de décrire des cercles sur mon torse avec son doigt.

Cela ne fait pas longtemps que nous avons fini de faire l'amour. Comme c'est bon d'être revenu à la normale.

– À quel propos ? demande-t-elle, son doigt s'immobilisant.

– Eh bien, tu sais que je dois rentrer demain matin. Jax vient m'aider à enlever tous les meubles de l'appartement pour que les ouvriers puissent commencer les travaux lundi.

– Et ?

– Et je me disais que ce serait peut-être mieux si tu restais ici.

– Quoi ? Pourquoi ? demande-t-elle en levant la tête pour me regarder dans les yeux.

Je vois clairement qu'elle est blessée.

– Ce n'est pas ce que tu crois, dis-je aussitôt en caressant ses cheveux pour essayer de la rassurer. C'est juste que ça va être le chaos cette semaine avec les ouvriers et tout le reste. En plus, tu as Megan ici. J'ai pensé que tu voudrais passer du temps avec elle avant qu'elle ne rentre chez elle.

– Oh ! Peut-être, dit-elle avec un ton déçu en reposant son visage sur ma poitrine. Je suppose que je devrais commencer à chercher un nouveau boulot aussi. On continuera à se voir le week-end ?

Elle est folle ? Je savais qu'elle ne comprendrait pas.

– Indi.

Je mets un doigt sous son menton pour qu'elle lève la tête.

– Si tu me laissais terminer, j'allais dire que je me demandais si, une fois les rénovations achevées, tu envisagerais d'emménager à Newcastle de manière permanente.

– Vraiment ? dit-elle d'une voix suraiguë, ses beaux yeux verts écarquillés par la surprise.

– Oui. Vraiment. Je suis sûr que tu pourrais trouver du boulot là-bas. Et si ce n'est pas le cas, tu pourrais toujours travailler pour moi.

– Dans le salon de tatouage ? demande-t-elle en riant. C'est gentil, mais j'adore travailler avec les animaux. J'aimerais beaucoup retrouver quelque chose dans ce domaine.

– Je pensais plutôt à t'embaucher comme esclave sexuel, dis-je sur le ton de la plaisanterie.

Elle me frappe le torse en plissant les yeux.

– Ha, ha, ha. Même si je reconnais que ça pourrait me plaire comme poste, dit-elle en riant.

Bien sûr que ça lui plairait : c'est une garce insatiable. *Ma* garce insatiable.

– Blague à part, continue-t-elle, tu es sûr que tu es prêt pour ce genre d'engagement ?

Je n'ai même pas besoin d'y réfléchir. Bien sûr que je le suis. Elle est faite pour moi. Je ne pourrais plus imaginer ma vie sans elle, maintenant.

– Je ne pourrais pas en être plus sûr.

– Alors, j'adorerais, dit-elle avec un sourire radieux.

Je sais que j'ai la même expression. Elle vient de faire de moi l'homme le plus heureux sur cette terre. Il y avait une part de moi qui craignait qu'elle ne dise non ; c'est pour ça que je reportais constamment ce moment. J'ai abordé le sujet avec Ross hier. Je voulais m'assurer qu'il était d'accord avant que je ne demande à Indi. Il a dit qu'elle allait follement lui manquer, mais il semblait heureux que notre relation passe à la vitesse supérieure.

***

Ma semaine a été complètement folle. Non seulement j'ai fait mon travail habituel pendant la journée, mais en plus, j'ai bossé tard le soir sur les travaux. Mon appartement est dans un bordel monstrueux, mais on en voit la fin. Les ouvriers se sont démenés pour essayer de finir au plus tôt.

Même en étant super occupé, Indiana m'a trop manqué. Le pire, c'est le soir, quand je vais enfin me coucher. Même si je suis épuisé, j'ai du mal à trouver le sommeil sans elle à mes côtés. Heureusement, je lui manque aussi. C'est pour ça que je me bouge pour que tout soit vite terminé. Plus vite ce sera fini, plus vite je pourrai la ramener à la maison.

Demain, maman vient passer la journée ici. Elle amène ma grand-mère. Je suis impatient de la revoir. Elles vont m'aider pour les trucs de filles comme les touches finales et la déco.

Il est tard vendredi après-midi quand Jax arrive. Il va rester pour le week-end. Au lieu de notre habituelle soirée cartes, nous allons faire de la peinture. Nous allons au pub pour dîner et prendre une petite bière avant de nous y mettre.

Pendant qu'il remplit les bacs à peinture que nous allons utiliser avec les rouleaux, je passe un petit coup de fil à Indiana.

– Coucou, bébé, dis-je quand elle décroche.

– Coucou. Comment se passent les travaux ?

– Ça avance. Je me démène pour tout finir. J'ai besoin de toi ici. Tu me manques trop, lui dis-je.

J'entends Jax ricaner. Je lui tourne le dos.

– Tu me manques aussi. Beaucoup.

Sa réponse me fait sourire.

– Comment te sens-tu ?

Je sais que je devrais arrêter de lui poser cette question, mais c'est encore trop frais dans ma tête. Même avec les bonnes nouvelles du médecin, c'est dur de ne pas m'inquiéter.

– Super. Je n'ai pas arrêté de manger toute la journée. Je me rattrape certainement pour toute la nourriture que je n'ai pas pu digérer pendant le traitement.

Cela me fait hyper plaisir.

– Je suis content, bébé. Il faut que tu retrouves des forces. Et les cartons, ça avance ?

– J'ai presque fini. Il va peut-être falloir que tu apportes une remorque quand tu viendras me chercher, dit-elle en riant.

Mince.

– Tu as tant d'affaires que ça ?

– Oh ! la remorque ne serait pas pour mes affaires, mais pour moi. Si je continue à manger comme ça, je n'arriverai pas à entrer dans ta voiture.

Je suis mort de rire. Elle est trop mignonne.

– Quelques kilos de plus ne te feront pas de mal. De toute façon, je m'assurerai de te les faire perdre dans la chambre quand tu seras là.

– Oh ! ça me plaît, ça.

À moi aussi. Le simple fait d'y penser fait remuer ma queue. Nous discutons encore quelques minutes avant que Jax s'éclaircisse la voix. Il a tout préparé et il m'attend pour commencer.

– Il faut que j'y aille, bébé. J'essaierai de te rappeler avant que tu ailles te coucher.

– O.K. Je t'aime.

Je souris. Je jette un coup d'œil à Jax. Il est là à écouter ce que je dis. Je sais qu'il va se fiche de ma gueule.

– Je t'aime aussi.

Je le chasse de la main quand il affiche un sourire narquois. Imbécile.

***

Nous avons bossé jusqu'à deux heures du mat', mais nous avons presque terminé. J'ai l'impression que je vais me traîner toute la journée au boulot. Je suis épuisé. J'ai confié à Jax la tâche d'amener ma mère et ma grand-mère en ville pour qu'elles puissent trouver tout ce dont elles ont besoin pour décorer l'appart. Je veux qu'il soit parfait pour le retour d'Indi.

Je monte à l'heure du déjeuner. Ma grand-mère a préparé un grand plat de sandwiches pour nous. C'est super qu'elle soit ici, et dans ma vie. Même ma mère semble différente. Je le vois dans ses yeux. Elle est enfin en paix.

Je leur ai fait visiter mon salon de tatouage quand elles sont arrivées ce matin. Elles m'ont dit qu'elles étaient vraiment fières de moi et de ma réussite. C'était bon à entendre. Avant qu'elles partent pour leur virée shopping, ma grand-mère m'a pris à part.

– J'ai quelque chose que j'aimerais te donner, a-t-elle dit en sortant une enveloppe de son sac à main avant de me la tendre.

– C'est quoi ?

– Ouvre.

Je suis resté sous le choc. Il y avait un chèque de cinq cent mille dollars à l'intérieur.

– Je ne peux pas accepter ça, lui ai-je dit en le remettant dans l'enveloppe et la lui rendant.

– Tu peux et tu vas le faire, a-t-elle répliqué en repoussant ma main. Vois ça comme vingt-quatre ans de cadeaux d'anniversaire et de Noël en retard.

C'était une gentille proposition, mais je ne pouvais pas l'accepter.

– J'apprécie le sentiment qui se cache derrière ce geste, mais je ne peux pas te prendre ça. C'est trop.

– Si, tu peux, dit-elle en repliant sa main frêle sur la mienne. Quand je mourrai, tout ce que je possède vous reviendra, à ta mère et à toi. Considère ça comme un héritage anticipé. S'il te plaît, laisse-moi faire ça pour toi, Carter. Tu pourras l'investir ou l'utiliser pour agrandir ton affaire. Avec moi, l'argent ne fait que dormir. Je préférerais le voir dépensé à bon escient. Je peux me le permettre. J'ai toujours su que nous étions plutôt aisés, mais c'est mon mari qui gérait toutes les finances quand il était vivant ; alors, je ne savais pas combien nous avions. Et il s'est avéré que je vaux des millions, a-t-elle murmuré en me faisant un clin d'œil.

Cela m'a fait sourire.

– S'il te plaît, a-t-elle insisté.

Son regard suppliant a failli me faire accepter.

– Je ne sais pas si je peux, ai-je admis.

– S'il te plaît, dis-moi que tu vas l'accepter. Cela rendrait une vieille dame très, très heureuse.

J'ai ri doucement. Elle est dure en affaires.

– D'accord. Merci, ai-je fini par dire en la prenant dans mes bras.

Je n'ai pas su quoi dire d'autre. J'étais sans voix.

– De rien. Cela me rend heureuse de savoir que je peux t'aider. Je suis sûre que la vie n'a pas été facile pour toi. Je regrette juste de ne pas avoir pu être là à l'époque.

Elle se recule et passe sa main sur mon visage.

– Je le regrette aussi, dis-je avec le sourire.

Parce que c'est la vérité.

– Je vérifierai à la banque si tu l'as bien encaissé, ajoute-t-elle en agitant un doigt sous mon nez.

Nous nous mettons tous les deux à rire avant que je l'étreigne à nouveau.

Il a fallu vingt-quatre ans pour que tout tourne rond, mais avec du recul, maintenant, ça valait le coup d'attendre. Je ne pourrais pas être plus heureux de la direction que ma vie a prise.

29

INDIANA

Meg a passé toute la semaine chez moi, ne rentrant chez ses parents que le soir pour dormir. Je m'inquiète pour elle. Ces derniers jours, elle semblait ailleurs. Je lui ai demandé si elle allait bien, mais elle répond toujours que oui. Elle ne va pas bien, et j'ai bien l'intention de découvrir le fin mot de l'histoire quand elle arrivera ce matin.

J'ai emballé toutes mes affaires pour le déménagement. Je n'aurai plus que les trucs de dernière minute à faire demain matin. Comme Carter revient, j'aurai sa voiture. Papa conduira la mienne, et Elizabeth nous suivra dans la sienne. Un voyage devrait donc suffire. Je ne pensais pas avoir autant de cartons.

Même si j'ai hâte d'emménager avec Carter, mon père va me manquer. Il a pris quelques jours de congé pour que nous puissions passer du temps ensemble. Je sais que je ne serai qu'à deux heures de route, mais je vais m'inquiéter en le sachant seul ici. Bien sûr, Elizabeth est juste à côté, mais ce n'est pas pareil. C'est le seul truc qui m'embête. La seule ombre au tableau de mon grand départ. Je scotche encore un autre carton contenant des chaussures quand Meg arrive. Je devine aussitôt qu'elle a pleuré. Elle a une mine affreuse.

– Hé ! dis-je, me levant et me dirigeant vers elle. Qu'est-ce qui ne va pas ?

– Rien, répond-elle en se forçant à afficher un sourire.

Mais bien sûr. Je l'attrape par le bras et la traîne jusqu'à mon lit, et nous nous asseyons.

– Crache le morceau.

Au lieu de me dire ce qui se passe, elle cache son visage dans ses mains et se met à sangloter.

– Hé ! dis-je doucement en la prenant dans mes bras. Parle-moi.

– Je vais bien, finit-elle par répondre en s'écartant et en s'essuyant les yeux.

Espèce de menteuse ! Je lève la main et lui pince le bras.

– Aïe ! se plaint-elle tandis que ses lèvres esquissent un petit sourire.

– Tu as trois secondes pour me raconter ce qui t'arrive.

Ça me fait mal de la voir comme ça. Elle est habituellement si insouciante. Je lève la main, prête à la pincer de nouveau.

– Une.

Mon Dieu, je compte. On dirait Carter.

– Deux.

– Je suis juste triste, c'est tout, répond-elle en repoussant ma main.

– Arrête. Pourquoi ? lui dis-je en serrant mes doigts autour des siens. Tu as le mal du pays ?

– Pfff, fait-elle. Quel pays ? J'en ai vu quinze ces deux dernières années.

Je serre sa main. Je sais que déménager en permanence est dur pour elle.

– Drew te manque ?

– Bien sûr qu'il me manque, dit-elle, les larmes lui montant de nouveau aux yeux.

– Alors, retourne le voir. Même si j'adore que tu sois avec moi, ta place est avec ton mari.

– Je lui ai dit hier soir que je ne rentrais pas, avoue-t-elle tandis que les larmes se mettent à couler sur son visage.

Oh non !

– Quoi ? Pourquoi ? dis-je, inquiète et vraiment sous le choc.

Je ne m'y attendais pas du tout. Je la prends dans mes bras.

– Même si je l'aime vraiment énormément, Indi, je ne peux plus vivre comme ça. Revenir en Australie m'a fait voir à quel point je suis malheureuse en vivant là-bas. Chaque fois que nous nous installons, nous devons remballer aussitôt pour repartir. Je ne peux même pas sortir de chez moi sans un fichu interprète, parce que la plupart des pays où on a vécu ne sont pas anglophones. Je me sens seule. Il est absent la plupart du temps. Je n'en peux plus.

Je resserre mon étreinte quand elle se remet à pleurer. Je ne l'ai jamais vue aussi bouleversée.

– As-tu pensé à fonder une famille ? Peut-être que cela aiderait à remplir tes journées. Peut-être que tu ne te sentirais plus aussi seule.

– Drew a dit la même chose, mais ce ne serait pas juste de mettre un enfant au monde alors que nous n'avons même pas de foyer stable.

– Oh ! Meg, dis-je, la voix empreinte de tristesse. Es-tu vraiment prête à perdre tout ce que tu as avec Drew ?

– Je ne peux pas y retourner, Indi. C'est impossible.

– Qu'a dit Drew ? Il ne pourrait pas trouver un autre travail ?

Je comprends ce qu'elle ressent, mais je ne peux m'empêcher de penser qu'elle fait une énorme erreur.

– Il était dévasté. Mais il adore son boulot ; je ne lui demanderais jamais de le quitter pour moi.

Je continue de l'étreindre pendant qu'elle pleure. Je ne sais pas ce que je peux faire d'autre. Je dois la soutenir. Je suis sûre que ça n'a pas été une décision facile. Je prie pour qu'ils trouvent un compromis. Ils vont si bien ensemble.

Un peu plus tard, mon père nous amène toutes les deux déjeuner. Mais nous ne sommes pas de très bonne compagnie. Megan est clairement abattue par sa décision, et moi, non seulement je suis inquiète, mais j'ai le cœur en miettes pour elle. Je ne sais pas si je peux la laisser alors qu'elle est dans cet état. Je devrais peut-être appeler Carter et reporter le déménagement de quelques jours. Elle a besoin de moi.

– Tu veux dormir à la maison cette nuit ? lui dis-je plus tard dans la soirée alors que nous sommes allongées sur mon lit. On pourrait faire une soirée pyjama comme dans le bon vieux temps.

Je ne veux pas qu'elle se retrouve seule.

– Pourquoi pas ? répond-elle en haussant les épaules.

– La situation finit toujours par s'arranger, Meg, dis-je sur un ton rassurant en attrapant sa main tandis que nous sommes allongées l'une à côté de l'autre sur mon lit, à fixer le plafond. Regarde Carter et moi. Qui aurait dit qu'on en serait où on en est aujourd'hui ?

– Je suis heureuse que les choses se soient arrangées pour vous deux.

– Les choses s'arrangeront aussi pour Drew et toi, tu verras.

– Merci, ma chérie. Je l'espère.

Et j'avais raison. Nous n'avons pas eu à attendre bien longtemps. Cinq minutes après, mon père frappe à la porte de ma chambre.

– Megan, dit-il en passant la tête. Tu as de la visite.

Nous nous redressons toutes les deux quand la porte s'ouvre grand et Drew fait irruption. *Yes !*

– Oh mon Dieu ! couine Meg en bondissant de mon lit jusque dans ses bras. Qu'est-ce que tu fais ici ?

– J'ai démissionné, répond-il en l'enlaçant.

Je devine aux cernes qu'il a sous les yeux qu'il a souffert lui aussi. Je suis de tout cœur avec eux.

– Quoi ? Non !

Elle recule pour le regarder dans les yeux et poursuit :

– Tu adorais ton boulot.

– Mais je t'aime encore plus.

– Mais…

– Pas de « mais », l'interrompt-il. Je pourrai toujours trouver un autre travail, mais toi, tu es l'amour de ma vie, tu es irremplaçable.

Il caresse tendrement la joue de Meg avec le dos de sa main avant de poser ses lèvres sur les siennes. *Waouh !* Des larmes me montent aux yeux. Je suis si heureuse que les choses se soient arrangées pour eux.

***

Carter arrive tôt dimanche matin. À l'origine, il devait arriver samedi soir, mais il avait encore des trucs de dernière minute à faire à l'appartement. Mon Dieu qu'il m'a manqué ! Dès que j'entends sa voiture dans l'allée, je cours dehors l'accueillir. Je suis encore en pyjama, mais ça m'est égal. Je saute du porche et traverse la pelouse à toute allure tandis qu'il descend de voiture. Dès que je suis assez près, je me jette dans ses bras.

– Qu'est-ce que tu m'as manqué ! souffle-t-il dans le creux de mon cou alors qu'il me serre dans ses bras.

– Tu m'as manqué aussi.

– Laisse-moi te regarder, dit-il en me reposant par terre.

Je lui souris quand il met ses mains sur mes joues.

– Enfin, ma chérie. Ton joli visage m'a manqué. C'est si bon de voir que tu as repris des couleurs.

Mon père a dit la même chose hier. Je n'avais même pas remarqué comme j'avais le teint pâle pendant le traitement.

Avant que je puisse répondre, sa bouche couvre la mienne. Ses baisers m'ont manqué. Il gémit dans ma bouche quand je renforce notre baiser. Nous nous arrêtons enfin pour prendre de l'air, et il appuie son front contre le mien.

– Je suis impatient de te ramener à la maison.

On est deux.

***

Quelques heures plus tard, nous sommes sur la route. Enfin, Carter et moi. Mon père et Elizabeth partiront dans quelques heures pour nous laisser un peu de temps seuls. Ils passent prendre la grand-mère de Carter sur le trajet. J'ai hâte de la voir. Ils vont tous les trois passer la nuit chez nous, et, puisque ma voiture restera là-bas, mon père fera le trajet de retour avec Elizabeth demain. Carter et moi discutons pendant tout le trajet. C'est si bon d'être à nouveau réunis. Je lui raconte tout ce qui s'est passé avec Meg, et il me parle des travaux. Je suis impatiente de voir le nouvel appartement.

– Je me disais... Pendant que je cherche du boulot, je pourrais voir s'il y a des abris pour animaux dans le coin. Je pourrais faire du bénévolat.

Carter attrape ma main et la porte à ses lèvres.

– C'est gentil, mais je ne pense pas que tu auras du mal à trouver un boulot, dit-il avec le sourire.

Je suis contente qu'il soit aussi confiant. J'ai été tellement occupée avec Meg et mes cartons que je n'ai pas eu l'occasion de faire des recherches pour savoir combien il y a de cliniques vétérinaires dans le coin. Je suis excitée à l'idée de monter à l'étage quand nous nous garons devant le salon de tatouage. Comme d'habitude, Carter contourne la voiture pour ouvrir ma portière. J'adore son côté prévoyant. Après m'avoir aidée à sortir, il me prend dans ses bras et dépose un doux baiser sur mes lèvres.

– Je veux que tu fermes les yeux.

– Quoi, maintenant ? Je ne ferais pas mieux d'attendre d'être en haut ?

– Ferme-les. Je veux te montrer quelque chose en bas d'abord.

Qu'est-ce qu'il mijote ? Il a ce sourire espiègle qui éveille instantanément mes soupçons. Bon. J'accepte. Je ferme les yeux. Il attrape mon bras et place son autre main dans le creux de mon dos pour me guider sur le trottoir.

– On ne triche pas.

Pour regarder quoi ? Je présume qu'il veut me montrer quelque chose à l'intérieur du salon, mais il m'amène dans la direction opposée. Soudain, il s'arrête de marcher. Il passe derrière moi et me fait incliner la tête en arrière pour que je regarde vers le haut. Mais qu'est-ce qu'il fiche ?

– Ouvre les yeux, murmure-t-il.

J'obéis. Quand je vois ce qu'il veut me montrer, j'ai le souffle coupé.

– Oh... mon... Dieu. Carter, tu n'as pas fait ça ? dis-je en me tournant vers lui.

– Si, répond-il. J'avais raison quand je te disais que tu n'aurais pas de mal à trouver du boulot.

Je me jette dans ses bras, plaque mon visage contre son torse et je me mets à pleurer. Des larmes de surprise, des larmes de bonheur, des larmes pour Lassie.

– Tu n'aimes pas ?

– J'adore !

Je m'écarte pour le regarder dans les yeux. J'affiche un large sourire malgré mes larmes.

– Je suis juste submergée par l'émotion.

Il m'embrasse sur le front avant de me retourner dans ses bras pour que je sois de nouveau en face de la devanture. Il y a une pancarte dans la vitrine où est écrit OUVERTURE PROCHAINEMENT. Ses mains se glissent autour de ma taille, son menton se pose sur mon épaule. Je n'arrive pas à croire qu'il ait fait ça pour moi. Encore une fois, je lève les yeux vers la grande enseigne qui s'étend sur toute la façade de l'immeuble. CLINIQUE VÉTÉRINAIRE DE LASSIE. Il y a même un dessin de lui sur le côté.

– Tu veux jeter un œil à l'intérieur ? demande-t-il.

Évidemment.

– S'il te plaît. J'adorerais.

Il entremêle ses doigts avec les miens tandis que nous avançons vers la porte.

– Tiens, dit-il en me passant les clés. Elle t'appartient ; donc, à toi l'honneur.

Après lui avoir pris les clés, je passe mes bras autour de son cou et tire son visage vers moi.

– Qu'est-ce que j'ai fait pour mériter quelqu'un d'aussi merveilleux ? dis-je en effleurant ses lèvres.

Ma question le fait rire.

– Tu m'as bien emmerdé jusqu'à ce que je tombe amoureux de toi.

– Ce n'est pas vrai, dis-je en lui pinçant le bras.

– Aïe ! fait-il en riant et en se frottant le biceps. Tes doigts sont mortels.

– Désolée, dis-je en déposant un petit bisou à l'endroit où je l'ai pincé.

– J'ai mal à la queue aussi. Tu ne veux pas plutôt lui faire un bisou ?

Je le regarde en plissant les yeux quand il attrape son entrejambe, et nous éclatons de rire.

– Bien essayé.

– Tu pourrais me donner dix points pour avoir essayé, dit-il en reposant sa main dans le creux de mon dos pour me guider à l'intérieur.

J'embrasserai volontiers son sexe après la visite, mais je ne le lui dis pas. On sent l'odeur de peinture fraîche en entrant. Les murs sont peints en jaune clair. Le carrelage au sol est blanc. Il y a un long comptoir de réception blanc d'un côté, et une rangée de chaises blanches devant la vitre qui s'étend du sol au plafond dans la salle d'attente. Un palmier d'intérieur trône dans un coin dans un grand pot en céramique blanc. Ça a l'air si propre, si frais. J'adore.

Mes yeux se promènent partout pendant que Carter va désactiver l'alarme.

– Le code, c'est deux mille dix, dit-il en revenant près de moi. Tout comme dans mon salon. C'est une année très importante.

– Ah bon ?

Je commence à réfléchir. Que s'est-il passé de si important en deux mille dix ?

– C'est l'année où ma vie a changé pour être mieux. C'est l'année où je t'ai rencontrée, dit-il en se penchant pour m'embrasser sur la tête.

Ooooh ! Il dit vraiment des trucs super mignons parfois.

Il attrape ma main tremblante et me tire vers le fond. Il y a deux grandes salles d'examen. Elles sont identiques. Cela me fait penser à la petite salle minable que j'avais quand je travaillais pour Mark. Cet endroit est carrément mieux que sa clinique. Les deux salles sont équipées de tables d'examen en acier immaculé au centre et de grandes paillasses blanches personnalisées tout le long du mur. Il y a aussi des meubles et des placards pour stocker le matériel et l'équipement.

– Je sais que les murs sont nus, mais je voulais que tu puisses y ajouter ta touche personnelle. Je t'ai juste installé l'essentiel.

– C'est parfait, dis-je en serrant sa main.

Je suis toujours sous le choc après ce qu'il a fait pour moi, mais je rayonne de joie pendant qu'il me montre les lieux. Nous avançons dans un couloir jusqu'à une pièce plus grande. Elle est entièrement équipée pour la chirurgie, avec deux grandes tables d'opération en acier. Je suis sidérée. Sans voix. Cela a dû lui coûter une fortune. Je suis époustouflée à l'idée qu'il ait réussi à faire ça en une petite semaine.

– Je t'aime, lui dis-je en glissant ma main autour de sa taille et en posant ma tête sur son bras.

Je finis par le lâcher pour m'aventurer dans la salle en promenant mes mains sur tout. Je suis impatiente de commencer à travailler ici. À côté, il y a une porte qui mène dans une salle de réveil. Des cages sont empilées sur trois rangées contre chaque mur. Elles seront pour les animaux qui devront rester là après une opération, mais aussi pour n'importe quel animal qui aura besoin de rester en observation ou pour un traitement. Vivre au-dessus me permettra de garder un œil sur eux très facilement.

– Oh ! Carter, dis-je en passant mes bras autour de lui quand la visite est finie. Je ne sais pas quoi dire.

– Tu n'as rien à dire, bébé. Je suis heureux d'avoir pu faire ça pour toi. Mais je devrais probablement avouer quelque chose. J'avais une arrière-pensée.

– Ah bon ?

– Oui. C'était ma façon de garantir que tu resterais ici avec moi, dit-il avec un sourire penaud.

– Eh bien, je déteste avoir à te le dire, mais tu as gaspillé ton argent parce que je serais restée de toute façon. Vous êtes coincé avec moi, monsieur Reynolds.

– Mince, dit-il avant que nous nous mettions tous les deux à rire. J'ai demandé à un représentant de venir te voir mercredi pour que tu puisses faire les stocks dont tu auras besoin avant d'ouvrir.

– Tu es fantastique, dis-je en posant mes lèvres sur les siennes.

– Je sais.

– Et extrêmement modeste.

Je l'embrasse encore une fois.

– Ça aussi, dit-il en riant.

– Et tout à moi.

– Y a intérêt, bébé.

Nous nous dirigeons ensuite à l'étage pour que je puisse voir les travaux qu'il a faits dans l'appartement.

– Waouh !

C'est tout ce que je trouve à dire quand nous entrons. Je n'arrive pas à croire comme ça a l'air plus grand. Ils ont abattu la majeure partie du mur qui séparait les deux immeubles pour ouvrir l'espace.

– On a trois chambres, maintenant. La nôtre a déménagé. J'ai même ajouté une salle de bain attenante. Viens, je vais te montrer.

J'entends l'excitation dans sa voix tandis qu'il me fait avancer. C'est contagieux. Je suis toujours transportée par ce que j'ai découvert en bas. Bien sûr, il nous amène directement dans notre nouvelle chambre.

– Waouh ! dis-je en entrant.

La chambre est maintenant dans ce qui était l'immeuble d'à côté. Carter a installé des fenêtres qui vont du sol au plafond dans cette partie aussi. Notre nouvelle chambre a désormais la même vue sur l'océan que le séjour. C'est époustouflant. Je ne sais pas ce qui sera le plus agréable chaque matin : voir le beau visage de Carter ou l'océan.

Même si l'océan est vraiment magnifique, je pense que Carter gagnera ce duel.

– Comme tu peux le voir, je nous ai acheté un nouvel ensemble de meubles. J'ai mis les vieux dans la chambre d'amis. Tes meubles sont là aussi, dit-il en désignant celui à gauche. Viens voir le dressing que j'ai fait monter pour toi.

Je souris pendant qu'il me fait traverser la pièce. Je regarde ma nouvelle chambre par-dessus mon épaule pour essayer de tout intégrer.

Les meubles qu'il a choisis sont jolis. Il y a deux commodes de bois peint en blanc assorties, mais les façades sont en bois foncé avec des poignées blanches. Les tables de chevet sont de la même série. Le lit est gigantesque, bien plus grand que le précédent. Les murs sont peints dans une couleur bleu ciel profond, gardant une part de masculinité, mais le grand miroir blanc accroché au mur du fond, les rideaux blancs et le dessus-de-lit de la même couleur apportent de la douceur à la pièce. Il y a un grand tapis ovale bleu et blanc sur le sol, et quelques coussins bleus sur le lit assortis à la couleur des murs. Honnêtement, j'adore. Il a dû avoir de l'aide pour la décoration de cette pièce. Même si elle reste masculine, elle a décidément une touche féminine.

– Bon sang, dis-je d'une voix aiguë quand nous arrivons devant le dressing. Je dois être morte et au paradis.

Ça le fait rire.

– Je savais que tu aimerais. Regarde, il y a même de petites étagères pour la quantité ridicule de chaussures que tu as.

– Ce n'est pas ridicule, dis-je en lui mettant un petit coup de coude. Je suis une fille. Les filles ont besoin de beaucoup de chaussures. C'est dans les gènes.

Il lève les yeux au plafond, mais ne dit rien. J'ai les yeux partout. C'est un super dressing. Carter y a déjà rangé quelques-uns de ses vêtements.

– C'est absolument époustouflant.

J'ouvre grand les bras et tourne sur moi-même.

– Je pourrais carrément vivre dans cet espace.

Ma folie le fait rire.

– Tant que tu es dans mon lit chaque nuit, je me fiche de savoir combien de temps tu passes ici.

Quand j'ai fini de tourner, je me jette sur lui et m'attaque au bouton de son jean.

– Qu'est-ce que tu fais ? demande-t-il en arquant les sourcils.

– Un bisou à ta queue. Tu as dit qu'elle te faisait mal, tout à l'heure.

Il gémit doucement.

– Si elle fait mal, c'est juste parce que tu lui as manqué.

– Alors, peut-être qu'on devrait être présentées à nouveau, dis-je en tombant à genoux.

– Oh oui ! siffle-t-il, les dents serrées, dès que je libère sa queue. Il faut d'abord que je retrouve ta bouche, puis ta chatte. Qu'est-ce qu'elle m'a manqué, ta chatte, bébé.

Il émet un râle quand sa queue passe mes lèvres. Ses doigts s'emmêlent dans mes cheveux tandis qu'il penche la tête en arrière en faisant un bruit bestial. Je ne m'occupe de lui que depuis environ une minute quand il passe ses mains sous mes bras pour me soulever.

– Il faut que je sois en toi tout de suite.

Nous ne retournons même pas dans la chambre. Il me déshabille en quelques secondes avant de me plaquer contre le mur.

– Enroule tes jambes autour de moi, m'ordonne-t-il en me soulevant.

D'un geste rapide, il m'empale.

– Oui, gémis-je quand il s'enfonce complètement.

J'adore l'effet qu'il me fait quand nous sommes connectés comme ça. C'est comme si nous ne faisions plus qu'un.

– Tu m'as tellement manqué.

– Tu m'as manqué aussi, bébé, dit-il avant de plaquer sa bouche sur la mienne.

30

Trois mois plus tard

CARTER

Nous allons bientôt passer notre premier Noël ensemble. Je n'ai jamais vraiment célébré cette journée, mais cette année, ce sera différent. Cette année, j'ai Indiana. Elle est ma renaissance. L'avoir ici est vraiment fantastique. Je n'aurais jamais cru que la vie pouvait être aussi agréable. La personne que j'étais avant de la rencontrer a disparu. Maintenant, j'adore me réveiller chaque jour. J'attends chaque réveil avec impatience parce que je vais passer la journée avec elle.

La semaine dernière, nous sommes même allés faire du shopping et nous avons acheté un sapin de Noël pour l'appartement. Nous l'avons décoré ensemble. C'était sympa. Hier, j'ai posé le premier cadeau en dessous. Je l'ai surprise en train de le secouer ce matin pour essayer de deviner ce qu'il contient. Elle ne devinera jamais. Je savais qu'elle essaierait de le savoir ; alors, j'ai mis une petite boîte à l'intérieur d'une plus grande.

C'est quelque chose de spécial. Quelque chose que je veux lui donner depuis qu'elle a emménagé avec moi. En fait, je l'ai acheté il y a des mois, mais j'ai attendu le bon moment. Noël représente l'occasion parfaite.

J'adore qu'elle travaille juste à côté. Sa clinique marche super bien. Elle a même embauché une autre vétérinaire parce qu'elle était débordée. Elle s'appelle Sarah-Jane. Indi en est très contente.

Megan travaille aussi pour elle. C'est sa réceptionniste. Comme Drew a fini par trouver un poste d'informaticien dans le coin, ils ont acheté une maison pas loin de chez nous. Indiana était super excitée quand elle a appris que Megan allait vivre à Newcastle. Drew et moi sommes devenus amis. C'est un type sympa. Nous faisons beaucoup de choses ensemble, tous les quatre.

Indiana a passé ses examens trimestriels il y a deux semaines. Nous sommes allés à Sydney le vendredi matin pour son rendez-vous et nous avons passé le week-end avec nos parents. L'oncologue l'a rappelée plus tard dans la journée pour lui dire que les résultats étaient négatifs. Le cancer n'a pas réapparu. C'était un grand soulagement. Même si elle semble aller bien, cela perdure au fond de mon esprit. J'ai toujours peur qu'il revienne. Le médecin veut la revoir dans trois mois. Si tout se passe bien, ses rendez-vous ne seront plus que semestriels.

***

Une semaine avant Noël, nous sommes tous les deux K.O. Nous allons fermer pendant une semaine pour les fêtes ; comme ça, nous pourrons passer du bon temps ensemble. Indi n'a pas réussi à dormir beaucoup ces dernières nuits. Elle a un chien malade à la clinique. Quand on le lui a amené, il était paralysé à cause d'une tique. Elle lui a donné des médicaments et l'a mis sous perfusion, mais il est toujours dans un état critique. Elle se lève la nuit pour aller voir comment il va. Elle va être dévastée s'il ne s'en sort pas, je le sais.

J'adore comme elle est attentionnée, mais dans son domaine, elle doit pouvoir faire preuve d'un certain détachement, sinon, elle n'y survivra jamais. Elle s'est même engagée auprès d'un refuge local pour animaux. Elle fait gratuitement toutes les vaccinations et d'autres soins pour les animaux errants. Elle a accroché un tableau dans la salle d'attente de sa clinique, avec les photos et les histoires de tous les animaux qui attendent leur tour. Elle a aidé la majorité d'entre eux à trouver une nouvelle maison. Elle m'épate. Je suis sûr que si notre jardin n'était pas si petit, elle adopterait ceux qu'elle n'arrive pas à placer. C'est triste, mais j'ai bien peur que ça fasse partie de la vie.

Hier soir, je lui ai proposé d'aller voir comment allait le chien, mais elle n'a pas voulu en entendre parler. J'avais remarqué les cernes sous ses yeux et cela m'inquiétait. Je savais qu'elle manquait de sommeil. Enfin, c'est ce que je pensais jusqu'à ce que je la trouve la tête dans la cuvette des toilettes, en train de vomir, ce matin. Toutes mes inquiétudes sont alors passées au premier plan, et, même si elle protestait, je l'ai traînée chez le docteur.

Il a fait des prélèvements de sang et d'urine, et nous avons attendu pendant deux heures que les résultats arrivent. Pas question de partir tant que nous n'avons pas de réponse. Elle n'arrête pas de me dire qu'elle va bien, mais jusqu'à ce que j'en sois sûr, je ne veux pas bouger.

– Quelle tête de mule ! lance-t-elle quand je refuse de rentrer à la maison.

Cela me fait sourire. Je ne me lasserai jamais de son caractère bien trempé. Je le kiffe trop.

– C'est celui qui dit qui l'est, dis-je comme un gamin.

Elle croise les bras sur sa poitrine et me regarde en fronçant les sourcils. Notre petite querelle est interrompue quand l'infirmière appelle son nom.

– Le docteur va vous recevoir, mademoiselle Montgomery.

Je me lève et attrape sa main. Elle m'adresse un bref sourire quand j'entremêle nos doigts. Elle ne peut pas rester en colère contre moi longtemps. Je suis trop irrésistible.

– Asseyez-vous, dit le docteur quand nous entrons dans son cabinet.

Je déteste être ici. Cela me rappelle trop de mauvais souvenirs. J'espère qu'il a de bonnes nouvelles pour nous.

– Alors, j'ai vos résultats, Indiana. Je ne sais pas si c'était prévu, mais félicitations : vous êtes enceinte.

Quoi ?! J'ai l'impression de manquer d'air. Ai-je bien entendu ? Elle ne peut pas être enceinte. Nous ne sommes pas mariés. Je refuse d'imposer à mon enfant ce que j'ai vécu. Il doit y avoir une erreur.

– Vous en êtes sûr ?

J'entends le choc et l'incrédulité dans ma voix.

– Oui. Les tests sanguins et urinaires l'ont confirmé.

Ses paroles sont comme des coups de poing dans mon ventre.

31

INDIANA

L'air dévasté que je vois sur le visage de Carter me fait mal. Vraiment. Bien sûr, ce n'était pas prévu. Pour être honnête, je ne sais trop ce que j'en pense, mais son regard m'agace. Je ne sais pas si j'ai envie de pleurer ou lui mettre mon poing dans la figure. Il ne m'a pas dit un mot sur le chemin du retour.

– Carter, je suis désolée.

C'est tout ce que je trouve à dire en attrapant sa main. Ce n'était pas calculé, il faut qu'il le sache.

– Nous devons nous marier, répond-il en détachant ses yeux de la route pour me regarder.

Euh…, non.

– Je ne t'épouserai pas juste parce que je suis enceinte, Carter.

C'est ridicule. Il arrête aussitôt la voiture sur le bord de la route en faisant crisser les pneus.

– Tu ne veux pas te marier avec moi ? demande-t-il à voix basse.

Son visage pâlit.

– Un jour peut-être, mais pas maintenant.

– Quoi ? Pourquoi ?

Je vois la peine marquer ses traits et cela me fait mal. Bien sûr, j'avais espéré qu'un jour, nous nous marierions, mais je ne le forcerai pas à m'épouser juste parce que nous allons avoir un bébé.

– Parce que c'est ridicule de se marier pour cette raison.

– N'importe quoi ! lance-t-il.

Je prends une profonde inspiration pour essayer de me calmer. Je me tourne sur mon siège et attrape sa main.

– Écoute, Carter. Je ne vais pas t'obliger à te marier avec moi juste parce que je suis enceinte. Ce serait mal. Je voudrai t'épouser quand tu en auras envie, pas parce que tu te sens obligé.

– Bon sang, Indiana. Je veux t'épouser, dit-il en haussant le ton.

– Un jour peut-être, mais pas maintenant. Tu dis ça juste parce que je suis enceinte.

– On va se marier, Indiana, un point, c'est tout.

Il lâche ma main et redémarre avant de s'introduire dans la circulation. Mon Dieu qu'il m'énerve, des fois.

– Hors de question.

Je décide de regarder par la fenêtre du passager quand je vois qu'il tourne la tête dans ma direction. Cette conversation est close.

Quand nous nous garons devant le salon de tatouage, je sors immédiatement de la voiture et marche vers la clinique.

– Où vas-tu ? me demande-t-il.

– Travailler, dis-je sans me retourner.

Il m'a forcée à m'asseoir dans ce fichu cabinet médical pendant deux heures. Maintenant, je suis en retard.

***

J'ai la tête en vrac alors que j'essaie de me concentrer sur mon boulot. Je me sens terriblement mal vis-à-vis de ce qui s'est passé avec Carter. J'ai été tentée d'aller le voir plusieurs fois ces dernières heures, mais il vaut probablement mieux que nous nous calmions d'abord. Nous pourrons en discuter sérieusement ce soir. Une chose est sûre : il ne me forcera pas à me marier avec lui.

Quand Mme Kennedy et son chat Felix s'en vont, Meg frappe à ma porte.

– Tu vas me dire ce qui se passe ? demande-t-elle en mettant ses mains sur ses hanches.

Elle essaie de me faire cracher le morceau depuis que je suis revenue de chez le médecin.

– Je suis enceinte, dis-je de but en blanc.

De toute façon, elle le découvrira bien assez tôt.

– Quoi ? Oh… mon… Dieu, couine-t-elle en se jetant dans mes bras. Mais alors pourquoi es-tu de si mauvaise humeur ? Tu n'es pas heureuse ?

– Je suis heureuse, mais sous le choc. Ce n'était pas prévu.

– Et alors ? Toi et Carter vous aimez. Vous ferez de super parents. Il suffit de voir comment vous traitez LJ pour le savoir.

– Il veut qu'on se marie d'abord, dis-je avec un soupir.

– Pas possible. Il t'a demandé en mariage ?

– Je dirais plutôt qu'il m'a imposé ce mariage. Je ne l'épouserai pas juste parce que je suis enceinte.

– Pourquoi ? demande-t-elle en m'adressant un regard bizarre.

– Parce que c'est grotesque.

– Non. C'est tout à fait logique, dit-elle en levant les yeux au plafond comme si ma réaction était ridicule. Tu sais pourquoi il fait ça, non ? Cette histoire de bâtard.

– Je sais. Les gens ont des enfants sans être mariés tout le temps, de nos jours. Ce n'est pas grave.

– Pour lui, si. Tu sais comment il est, Indi. Il ne te laissera pas gagner cette bataille.

C'est bien ce qui me fait peur. Je ne veux pas qu'il ait l'impression de devoir m'épouser.

Quand Meg repart, ses paroles repassent dans ma tête. L'idée d'être mariée à Carter m'excite, mais je ne veux pas précipiter les choses. Je ne veux pas me marier pour les mauvaises raisons.

Même pas dix minutes plus tard, elle frappe à nouveau à ma porte.

– Une livraison vient d'arriver pour toi, dit-elle avec un petit sourire.

Je lève les yeux au plafond parce que je devine à sa tête que ça a un rapport avec Carter.

Je la suis dans la salle d'attente, où je trouve un vieil homme avec un énorme bouquet de roses blanches.

– Signez ici, dit-il avant de me le tendre.

Quand il part, je le pose sur le comptoir et attrape la carte.

À ma fiancée, Indiana,
Je t'aime.
J'aime notre bébé.
J'ai hâte de t'épouser.
Amoureusement,

Ton fiancé, Carter

Même si cette carte est très mignonne, ça m'agace au plus haut point. Je ne peux m'empêcher de rire de son effronterie. Meg avait raison : il n'abandonnera pas la bataille. Je sors mon téléphone de la poche de mon manteau et lui envoie un message.

Merci pour les fleurs. Elles sont magnifiques. Je suis désolée pour tout à l'heure. Je déteste me disputer avec toi. Je t'aime, mais n'ayant pas accepté de t'épouser, techniquement, je ne suis pas ta fiancée !

Quelques secondes plus tard, il me répond.

Je t'aime aussi, bébé. Mais tu te trompes. Tu es ma fiancée, Indiana, et nous allons nous marier !!!

Mes doigts tapent furieusement ma réponse.

Non, nous ne nous marierons pas !!!

Je reste là à attendre sa réponse qui n'arrive pas. Au moment où je me tourne pour me diriger vers le couloir, la porte d'entrée s'ouvre brusquement. C'est lui. Il m'attrape par le coude et me traîne vers ma salle avant de fermer la porte à clé derrière nous.

– On va se marier, Indiana ! aboie-t-il. Écoute.

Il lève son annulaire.

– Ça le prouve, poursuit-il. Tu m'appartiens et tu seras ma femme dès que j'aurai tout organisé.

J'attrape sa main et la tire vers mes yeux. Non ! Il a tatoué *Indiana* sur son annulaire.

– Ça ne prouve rien, dis-je en lâchant sa main.

Il ne comprend pas ? S'il me l'avait demandé avant que j'apprenne que j'étais enceinte, j'aurais dit oui. J'aurais été ravie. Mais maintenant, il est forcé de le faire, et cela ne me convient pas du tout.

– Ça prouve tout, dit-il en me tirant dans ses bras et en plaquant sa bouche sur la mienne avant que je n'aie le temps de répondre.

J'essaie de le repousser pendant une seconde, mais nos corps se mêlent, et cela renforce notre baiser. Je déteste me battre contre lui. Il finit par s'écarter et attrape mon visage entre ses mains.

– Je t'aime, bébé, et tu m'aimes. Pourquoi ne devrions-nous pas nous marier ? C'est parfaitement logique.

Quand j'essaie de répondre, il pose un doigt sur mes lèvres.

– Réfléchis-y, d'accord ?

C'est exactement ce que je fais pendant l'heure suivante avant de revenir sur ma décision et d'appeler Justine. Elle réussit à décaler les rendez-vous de Carter pour moi ; donc, à l'heure dite, je vais le voir.

– Entrez, dit-il quand je tape à la porte.

Son visage s'illumine quand il voit que c'est moi. Cela me fait instantanément sourire. J'adore quand il fait ça chaque fois.

– Indi.

Il se lève et se dirige vers moi.

– Tout va bien ? me demande-t-il.

– Je suis ton prochain rendez-vous.

Il me prend dans ses bras.

– Ah oui ? dit-il en reculant pour me regarder, surpris.

– Oui. Je veux me faire tatouer le nom de mon fiancé sur l'annulaire.

– Alors, tu vas m'épouser ? demande-t-il avec un sourire radieux.

– Oui, je vais t'épouser.

Il me prend dans ses bras et me serre fort.

– Dieu merci, souffle-t-il.

Après m'avoir fait asseoir dans le fauteuil, il prépare mon doigt en l'essuyant avec de l'alcool.

– N'y a-t-il pas de risque à se faire tatouer en étant enceinte ? dis-je soudain.

– Non, si tu utilises du matériel stérilisé et une nouvelle aiguille. Je me suis renseigné il y a plusieurs années quand une femme enceinte jusqu'au cou m'a demandé de la tatouer. Tu sais que je ne ferais jamais rien qui puisse vous mettre en danger, toi ou notre enfant.

Il se penche et effleure mes lèvres avec les siennes.

– Je vous aime tellement, tous les deux.

Ses paroles me font sourire, mais elles me font également fondre. Il fera un merveilleux époux et un merveilleux père.

***

Le matin de Noël arrive rapidement. Nous sommes assis dans le séjour et nous échangeons nos cadeaux. Nous n'avons plus parlé de mariage, mais nous nous sommes mis d'accord pour nous marier avant l'arrivée du bébé. Je déteste qu'il ait l'impression que notre enfant serait impur s'il naissait en dehors du mariage, mais si c'est tout ce que je dois faire pour qu'il n'ait pas ce sentiment, ce serait égoïste de ma part de ne pas l'épouser.

Je passe son cadeau à mon fiancé super sexy en lui souriant. Je lui ai fait faire une miniature de voiture. Elle est identique à sa Monaro. J'ai envoyé au type qui l'a fabriquée des photos de l'extérieur et de l'intérieur de sa voiture, et il l'a copiée à partir de ça. Elle est géniale. Ce n'était pas donné de la faire personnaliser, mais je savais que Carter l'adorerait. Il aime tellement sa voiture, peut-être même plus qu'il ne m'aime. D'accord, pas autant que ça, mais il l'adore.

Les garçons et leurs joujoux.

– Waouh ! dit-il avec un immense sourire en l'ouvrant. Comment tu as fait ?

– J'ai trouvé un type sur le Net. Je lui ai envoyé des photos et il a fait ça.

– Je l'adore, bébé.

Je souris en le regardant la passer en revue. Les portières, le capot et le coffre s'ouvrent. Il a même fait en sorte que le moteur et l'intérieur de la voiture correspondent à celle de Carter. Il lui a fallu des mois pour commander toutes les pièces et les assembler, mais par chance, elle a été prête à temps.

Dix minutes plus tard, il l'a toujours dans la main, et ouvre et ferme les portières en souriant comme un gamin. C'est très amusant à voir. Je suis contente qu'il l'apprécie autant que je l'espérais.

– Hmmm… Je peux avoir mon cadeau, maintenant ? dis-je en haussant les sourcils.

Il rit doucement avant de poser enfin la voiture et attrape le paquet que je meurs d'envie d'ouvrir depuis qu'il est posé sous le sapin. J'ai le sourire jusqu'aux oreilles quand il me le passe. Je l'ai secoué quand il n'était pas là pour essayer de deviner ce que c'était, mais je n'en ai aucune idée. Tout ce que je sais, c'est que ça fait un petit bruit et que c'est léger. En défaisant le nœud, je récupère la carte scotchée à la boîte. Je sais que je devrais d'abord lire la carte, mais je meurs d'envie de découvrir mon cadeau. Je soulève le couvercle et trouve une boîte plus petite. Cela explique le bruit. Il s'est payé ma tête. Je le regarde. Il sourit en m'observant.

Je sors la plus petite boîte et, quand je retire le papier cadeau, je découvre un écrin à bijou en velours noir. Je retiens mon souffle quand je l'ouvre. À l'intérieur, il y a une bague. Une bague de fiançailles avec un énorme diamant magnifiquement taillé. Je le regarde à nouveau. Je suis presque sûre que j'ai la bouche ouverte.

– Lis la carte, se contente-t-il de dire.

J'obéis.

À ma très chère Indiana,

Il était une fois, au beau milieu de ma vie pourrie, l'amour qui m'offrit un conte de fées. Toi. Une deuxième chance. Tu es mon conte de fées, Indi. Mon rayon de soleil. Mon oxygène. La raison pour laquelle je suis impatient de me réveiller chaque matin. Ma vie sans toi n'aurait aucun sens. Je veux que ce que nous partageons ne se termine jamais. C'est notre premier Noël ensemble, et je veux faire en sorte que ce soit un jour mémorable que ni toi ni moi ne pourrons oublier. Je t'aime tout entière, bébé. De tout mon être. Je veux passer le reste de ma vie avec toi à mes côtés. S'il te plaît, accepte de m'épouser !

Joyeux premier Noël.
Je t'aime,

Carter

P.-S. – Je t'en prie, je t'en prie, dis oui !!!

Les larmes brouillent ma vue quand je ferme la carte et le regarde dans les yeux. Il avait raison : il voulait déjà m'épouser avant de découvrir l'existence du bébé. Ce cadeau est resté sous le sapin pendant des semaines. Je serre la carte contre mon cœur tandis qu'il avance à quatre pattes par terre pour se rapprocher de moi.

– Eh bien, j'attends, dit-il avec un sourire malicieux.

Lui dire oui me semble inutile maintenant, puisque j'ai déjà accepté de l'épouser. Néanmoins, je me jette à son cou.

– Bien sûr que je veux t'épouser. Rien ne pourrait me rendre plus heureuse.

Je pleure contre sa poitrine quand il m'enlace et me serre contre lui. Ces fichues hormones de grossesse me rendent très émotive.

Il s'écarte et prend mon visage dans ses mains en essuyant mes larmes avec ses pouces.

– Je t'aime tellement, Indiana, dit-il avec un gros soupir. Tellement, tellement.

– Je t'aime aussi, Carter.

Il lâche mon visage et attrape la boîte à bijou sur mes genoux avant de sortir la bague et la glisser à mon doigt. Elle couvre mon tatouage *Carter*, mais ça m'est égal. Je suis marquée à vie. Je baisse les yeux sur mon doigt en souriant.

J'adore cette bague. Je l'adore, lui.

– Tu as encore un cadeau à ouvrir, dit-il en retournant vers le sapin pour récupérer un long paquet blanc avec un ruban rouge.

Je n'avais pas vu ce cadeau. Il a dû le poser sous le sapin cette nuit. Il sourit en me le tendant. Je défais le ruban, puis soulève le couvercle. Quand je retire le tissu de soie, je découvre une robe de soie blanche. Elle est simple, mais très élégante.

Je veux que tu portes ça aujourd'hui quand nous irons déjeuner avec nos parents.

– D'accord. Elle est magnifique. Merci, dis-je, le sourire aux lèvres en tenant la robe devant moi.

Nos parents et la grand-mère de Carter viennent prendre le repas de Noël avec nous aujourd'hui. Carter a réservé une table au restaurant sur Merewether Beach. Celui où nous avons amené Meg après notre journée au spa. Carter et moi y sommes retournés quelques fois depuis. C'est un peu devenu notre endroit.

– Oh ! j'ai failli oublier. Il y a encore un cadeau.

Une fois qu'il l'a retrouvé, il me le passe. Le paquet est minuscule. Je le presse entre mes doigts. Ce qu'il contient est mou. Je déchire le papier. À l'intérieur, il y a une petite grenouillère pour bébé blanche. Les larmes me montent aux yeux.

– Déplie-la, dit-il.

Quand je le fais, j'éclate de rire. On peut lire MON PAPA EST CARRÉMENT SEXY brodé dessus.

– Oh oui, il est sexy ! dis-je.

J'attrape son tee-shirt et le serre dans mon poing pour le tirer vers moi. J'embrasse Carter sur les lèvres. Sa main passe derrière mes genoux et il me soulève dans ses bras avant de se lever.

– On a quelques heures devant nous avant que nos parents arrivent. Alors, si ça ne te dérange pas, je vais ramener ma fiancée au lit pour pouvoir lui montrer à quel point je l'aime.

– Ça ne me dérange pas du tout.

– Joyeux Noël, Indiana.
– Joyeux Noël, Carter.

***

J'éteins le sèche-cheveux et passe la brosse. Quand je lève les yeux, je vois Carter dans l'encadrement de la porte de la salle de bain. Il est en train de me regarder, sourit à mon reflet dans le miroir. Il est déjà habillé avec une chemise blanche et un pantalon gris. Il est sublime.

– Tu es très beau, dis-je en me retournant pour avancer vers lui.

– Toi aussi, tu es belle.

Son commentaire me fait rire.

– Je suis enroulée dans une serviette, dis-je sèchement.

– Tu es quand même magnifique, affirme-t-il, me tirant dans ses bras et effleurant mes lèvres avec les siennes. Et encore plus sans serviette.

Je lève les yeux au plafond. J'étais sûre qu'il allait dire ça.

– Je viens d'avoir un appel du restaurant. Il y a un problème avec notre réservation. Je vais aller voir ça, mais nos parents passeront te prendre. On se retrouve là-bas.

– Oh ! vraiment ? dis-je, un peu déçue.

– Rien de grave. Je t'appelle s'il y a un problème, dit-il pour me rassurer tandis qu'il m'embrasse sur le front.

Je l'espère. J'adore cet endroit.

Après son départ, j'enfile la robe qu'il m'a achetée. Elle me va comme un gant. Il a vraiment très bon goût. J'ai passé ma première échographie la semaine dernière. Je ne suis enceinte que de sept semaines ; alors, ça ne se voit pas encore. Il y a eu des matins où je n'étais pas très bien, mais en gros, je suis plutôt chanceuse en ce qui concerne les nausées matinales.

Une heure plus tard, mon père arrive. Il est tout seul.

– Où sont Elizabeth et Evelyn ?

– Je les ai déjà déposées au restaurant. Carter m'a appelé pour me dire qu'il était déjà là-bas ; alors, c'était logique. Et puis, cela me donne l'occasion de passer un peu de temps seul avec ma petite fille.

Il se penche et m'embrasse sur le front.

– J'ai un cadeau spécial pour toi, ajoute-t-il. Je voulais te le donner pendant que nous étions seuls.

– Merci, papa, dis-je en l'embrassant sur la joue quand il me le tend. Joyeux Noël.

– Joyeux Noël, ma puce.

– Ton cadeau est sous le sapin, mais je te le donnerai quand Carter sera là.

– D'accord. Ouvre, dit-il en baissant les yeux sur le petit paquet dans ma main.

Je déchire le papier et fais ce qu'il me dit.

– Oh ! papa. C'est magnifique, lui dis-je en ouvrant la boîte.

C'est un collier avec un cadenas en forme de cœur. Il y a un diamant au milieu.

– Le diamant vient de la bague de fiançailles de ta mère. Je voulais le transformer en quelque chose de spécial pour toi.

Les larmes me montent aux yeux en entendant ça.

– Je l'adore, dis-je en un souffle en le prenant dans mes bras.

– Ouvre le cadenas.

Quand je le fais, je trouve une photo de ma mère à l'intérieur. C'était le jour de leur mariage. Je le serre contre mon cœur.

– Merci. Je le chérirai à jamais.

– Elle sera toujours dans ton cœur, ma puce, mais comme ça, tu pourras aussi porter un morceau d'elle avec toi chaque jour.

Quand je croise son regard, je vois des larmes briller dans ses yeux. Je le prends dans mes bras et le serre fort.

C'est dans les moments particuliers comme Noël, la fête des Mères ou mon anniversaire qu'elle me manque le plus. J'aimerais tellement qu'elle soit en vie pour rencontrer Carter et son petit-fils ou sa petite-fille lorsque j'aurai accouché.

Nous n'avons pas encore parlé du bébé à nos parents. Carter et moi avons fait encadrer des copies des échographies. Nous les avons emballées avec leurs cadeaux de Noël.

– Je t'aime, dis-je tout bas tandis qu'il attache le collier autour de mon cou.

– Je t'aime aussi, mon bébé.

***

Quand nous nous garons devant le restaurant, je suis surprise de voir Meg.

– Qu'est-ce que tu fais ici ? lui dis-je en sortant de la voiture. Je pensais que Drew et toi retourniez à Sydney pour passer Noël avec tes parents.

– J'ai menti, répond-elle avec un sourire espiègle.

Qu'est-ce qu'elle trame ?

– Je passe Noël avec eux, mais ici.

– Pourquoi ?

– Parce que, si tu crois que je vais rater ton mariage, tu te mets le doigt dans l'œil. D'ailleurs, je suis la demoiselle d'honneur ; je suis obligée d'être là. Ma mère ne voulait pas rater ton mariage non plus. Tu es sa fille adoptive, après tout.

– Quoi ? Mon mariage ? dis-je, sous le choc.

– Oui. Toi, mon amie, tu vas te marier aujourd'hui.

Elle m'en apprend une belle. Mes yeux se déplacent vers mon père pour qu'il me confirme ses dires.

– Elle a raison, se contente-t-il de dire.

– Viens, dit Meg en passant son bras sous le mien et en me faisant faire le tour du bâtiment. Regarde.

Quand je suis la direction qu'indique son doigt, je vois Carter et Jax côte à côte près du rivage. Un vieil homme en costume se tient devant eux. Puis je remarque LJ assis aux pieds de Carter. Je sens mes lèvres esquisser un sourire. Mes yeux se promènent alors sur sa mère, sa grand-mère, les parents de Meg et Drew qui sont assis sur cinq des six chaises installées derrière eux. Je frissonne d'excitation.

Mon père passe son bras autour de mes épaules.

– Félicitations, ma puce, dit-il en m'embrassant sur le front. Voilà pourquoi je voulais te donner le collier aujourd'hui. Je voulais que ta mère fasse partie de ce jour spécial pour toi. Je sais que, si elle était encore vivante, elle serait aussi fière de toi que je le suis.

– Oh ! papa.

Je lutte pour retenir mes larmes tandis que je l'enlace.

– Il faut qu'on aille te préparer, dit Meg, interrompant notre moment tous les deux.

Elle se dirige vers la voiture de Drew et récupère un carton sur la banquette arrière. En revenant vers nous, elle sort une grande rose de soie blanche fixée sur une barrette. Elle l'attache dans mes cheveux, juste au-dessus de mon oreille.

– Magnifique, murmure-t-elle.

Ensuite, elle sort une petite bourse en cuir. Quand elle la renverse pour faire tomber un bracelet de saphir bleu dans sa main, je souris. Je le reconnais tout de suite. Il appartenait à sa grand-mère. Meg le portait le jour de son mariage. Il représente à la fois mon objet emprunté et mon objet bleu.

– Merci, Meg, dis-je en l'étreignant.

– Je suis ta demoiselle d'honneur, c'est mon boulot.

Je souris. Je l'aurais évidemment choisie comme demoiselle d'honneur, mais je trouve ça amusant qu'elle se donne elle-même ce titre.

– Voici ton bouquet.

C'est une superbe composition de boutons de roses blanches. Elle sort une composition rose dans le même genre pour elle. Elle est assortie à sa robe.

– Tu détestes le rose, fais-je remarquer.

– Je sais, mais c'est ta couleur préférée. Je savais que, si tu avais eu le choix, c'est ce que tu aurais voulu.

Je l'aime tellement. Je ne pourrais pas rêver d'une meilleure meilleure amie.

Mon père me donne le bras.

– Tu es magnifique. Es-tu prête à épouser l'homme de tes rêves ?

– Oui.

Carrément. Je vais me marier aujourd'hui.

***

La cérémonie a été parfaite. Carter et moi avions les yeux un peu mouillés quand nous nous sommes échangés nos vœux. Pour être honnête, j'ai été un peu submergée par les émotions toute la journée. Mais dans le bon sens. Le meilleur, pour moi, c'était de voir Carter aussi heureux. Le sourire n'a pas quitté son visage une seconde.

Quand l'officiant nous a déclarés mari et femme, Carter n'a même pas attendu qu'il dise « Vous pouvez embrasser la mariée ». Il a pris les devants et m'a tirée dans ses bras pour plaquer ses lèvres contre les miennes. C'était un baiser passionné. Pas le genre de baiser à me donner devant mon père, ça, c'est sûr. Quand il s'est enfin écarté pour prendre de l'air, il m'a tendrement caressé la joue avec le dos de sa main.

– Je vous aime tellement, madame Reynolds, a-t-il murmuré, faisant palpiter mon cœur.

Je dois admettre que, « Mme Reynolds », ça sonne bien.

Notre réception s'est tenue au Surfhouse. Enfin, ça ressemblait plus à un bon gros déjeuner avec nos proches, mais c'était parfait. Je n'aurais pas fait mieux si je l'avais organisé moi-même. Carter avait même prévu un gâteau de mariage. Je n'ai pas pu me retenir de rire quand je l'ai vu.

C'était un gâteau à un seul étage, puisque nous n'étions que dix. Il avait la forme d'un grand cœur, couvert de glaçage blanc. La base était entourée d'un gros ruban rouge, mais le plus mignon, c'étaient les décorations en glaçage sur le dessus. Une réplique miniature de la Monaro rouge de Carter était posée vers l'arrière du gâteau. Devant se tenaient deux petites figurines, Carter les bras autour de mes épaules et LJ couché à nos pieds. Ce n'était pas un gâteau traditionnel ; il était parfait pour nous. Difficile de croire que nous formons désormais une vraie famille, et que dans un peu plus de sept mois, nous serons parents.

De retour à l'appartement ce soir, nous avons donné nos cadeaux à nos parents. Elizabeth s'est mise à pleurer quand elle a vu l'échographie. Mon père était ravi, lui aussi. C'était une fin parfaite pour une journée parfaite.

Le lendemain matin, Carter et moi nous sommes envolés pour la Côte d'Or, dans le Queensland, pour notre lune de miel. Il nous avait réservé une chambre au Sheraton Mirage Resort. Nous avons passé cinq jours magiques. Nous avons même eu droit à un massage relaxant aux pierres chaudes d'une heure au spa avant de reprendre l'avion pour rentrer. Après ces quelques mois complètement fous que nous avons connus avant le mariage, c'était exactement ce dont nous avions besoin pour relaxer. La seule ombre au tableau, c'est qu'il a fallu que ça se termine. Mais je sais que nous avons tout le temps devant nous et je suis impatiente de passer le reste de ma vie avec Carter.

J'ai le mari le plus fantastique qui existe.

32

Sept mois plus tard...

CARTER

– Carter, entends-je Indiana siffler derrière moi en me secouant pour me réveiller.

– Quoi ? dis-je en ouvrant un œil.

Je suis vraiment crevé. J'espère pour elle que ce qu'elle veut, ce n'est pas du sexe, parce qu'elle m'a épuisé. L'Indiana normale était insatiable, mais l'Indiana enceinte, n'en parlons pas. Même si j'adore faire l'amour avec ma magnifique épouse, ma queue est exténuée. Elle a besoin d'au moins quelques heures de repos.

Ces derniers mois, elle s'est même faufilée dans mon salon entre deux clients pour un petit coup rapide. Même nos pauses déjeuners se passent au lit à nous envoyer en l'air. Du coup, nous devons passer la cinquième vitesse pour avaler notre repas avant de retourner au boulot. Honnêtement, je kiffe grave, mais si je veux tenir le coup, j'ai besoin de me reposer. Besoin de temps pour reprendre mes forces.

– Je viens de perdre les eaux, dit-elle, aussi détendue qu'à son habitude.

– Quoi ? dis-je presque en hurlant, pris de panique, tandis que je me redresse brusquement.

– Je viens de perdre les eaux, répète-t-elle comme si je ne l'avais pas entendue la première fois.

Évidemment que je l'ai entendue. J'ai l'estomac barbouillé. Je pensais m'être préparé pour ce moment.

Faux. Je ne suis même pas encore sorti du lit que je suis déjà une boule de nerfs.

– Je peux le faire, me dis-je pour essayer de me calmer.

Je saute du lit et le contourne pour me placer près d'elle en lui tendant la main.

– Arrête de paniquer, Carter.

– Je ne panique pas.

Je mens. Je panique grave.

– Ça va, dit-elle d'une voix calme.

Comment peut-elle rester aussi posée ? Je l'aide à se lever et elle me prend dans ses bras.

– Tout ira bien. Respire fort, ajoute-t-elle pour essayer de me rassurer.

Ça ne marche pas. Je suis complètement déboussolé. Merde. Nous avons répété une centaine de fois. Pourquoi étais-je si calme et détendu alors ? *Ressaisis-toi, Reynolds.* Ta femme a besoin de toi. C'est moi qui devrais être en train de la soutenir, pas le contraire. Quand elle me lâche et se plie de douleur, je suis à deux doigts de péter un câble.

– On y va, dis-je en la guidant vers la porte.

– On doit se changer d'abord. On ne peut pas y aller en pyjama.

Mince. Elle a raison. D'accord. Je peux le faire. De qui est-ce que je me fous ? Je me tire les cheveux avec les deux mains.

– Des vêtements.

– Écoute. Habille-toi. Je peux m'habiller toute seule, dit-elle en se dirigeant vers la commode et en fouillant à l'intérieur.

J'en fais de même. J'enfile rapidement un tee-shirt et retire mon bas de pyjama pour mettre un pantalon de sport. Voilà, j'y arrive. Je regarde vers Indiana, qui a bien du mal à enfiler son pantalon. Qui est-ce que j'essaie de tromper ? Je n'y arriverai jamais. Je m'approche d'elle et l'aide à s'habiller. Quand elle se plie à nouveau à cause de la douleur, j'attrape ma tête entre mes mains. Je me précipite vers la table de chevet pour récupérer mon téléphone. Je cherche le numéro de Ross. Il décroche presque immédiatement. Il est quatre heures du matin. Je suppose qu'il sait que c'est important. Nous attendions tous ce jour.

– Ça y est.

C'est tout ce que je lui dis. Je ne lui laisse même pas le temps de parler.

– Il faut que tu viennes. Nous partons à l'hôpital tout de suite.

– J'arrive, répond-il.

Dieu merci. Je ne pense même pas au fait qu'il a un trajet de deux heures à faire. Je suis tout seul. Je vais devoir me débrouiller pour l'amener à l'hôpital.

Finalement, nous arrivons à la voiture.

– Mon sac pour l'hôpital, dit Indiana une fois que je l'ai fait s'asseoir sur le siège du passager.

Quel imbécile ! J'avais pourtant bien appris le protocole. Qu'est-ce qui m'arrive ? Je suppose que c'est parce que cette fois, c'est la réalité. Je dois me reprendre si je veux nous conduire tous les deux jusqu'à l'hôpital en un seul morceau.

Je remonte les marches en courant et attrape le sac. Je le jette à l'arrière de la voiture et m'assieds.

– Comment tu te sens, chérie ? dis-je en mettant le contact.

– En dehors des contractions, étonnamment bien.

Ouf ! Elle va bien. Quand j'arrive au bout de la rue, je mets mon clignotant à gauche.

– L'hôpital, c'est dans cette direction, dit-elle en riant et en indiquant la droite.

J'ai parcouru ce trajet vingt fois ces dernières semaines pour m'entraîner et, maintenant, je n'arrive même pas à me souvenir de la route.

Suivant les instructions d'Indi, je tourne à droite.

– Tu vas toujours bien ? dis-je en tournant brièvement la tête dans sa direction.

Elle affiche un large sourire.

– Je vais mieux que toi, on dirait.

Je suis content de voir qu'elle trouve ça amusant.

– Respire profondément. Comme ils nous l'ont appris pendant les cours de préparation à l'accouchement.

Je la regarde comme si elle avait perdu la tête. Je me souviens de m'être dit que c'était complètement ridicule quand nous avons vu les techniques de respiration.

– Allez, dit-elle en levant les yeux au plafond. Ça t'aidera.

Je l'imite tandis qu'elle se met à haleter et faire cette stupide respiration. Je me sens idiot, mais je fais comme elle. En quelques minutes, je commence à sentir que je me détends. Bizarrement, ça aide vraiment. Qui l'aurait cru ?

***

Trois heures ont passé et toujours pas de bébé. La pauvre Indi souffre tellement. Cela fait une heure que je lui masse le dos. J'aimerais pouvoir prendre sa place. Je déteste la voir vivre ça. Nos parents et ma grand-mère sont arrivés il y a dix minutes. Ils sont entrés la voir, mais sont maintenant dans la salle d'attente avec Meg et Jax. Je les ai appelés pour leur dire qu'Indi avait commencé le travail, et ils sont tous les deux venus aussitôt. Nous attendons que le médecin revienne pour l'ausculter. La dilatation n'était pas complète, tout à l'heure, mais j'espère que maintenant, si. Je veux que ça se termine le plus vite possible. Je veux rencontrer mon enfant. Nous attendons ce jour depuis si longtemps.

Je me lève quand le docteur entre dans la chambre. J'aide Indi à rouler sur le dos. Elle est restée à quatre pattes pendant que je faisais de mon mieux pour soulager ses douleurs lombaires. Elle me serre la main pendant que le médecin l'examine.

– C'est le moment, dit-il en la regardant dans les yeux. À la prochaine contraction, je vais vous demander de pousser.

Elle acquiesce avant de me regarder. Elle a l'air épuisée, la pauvre, mais elle réussit quand même à me sourire.

Quelques secondes plus tard, je la vois grimacer de douleur. Cette contraction est si forte qu'elle la fait gémir bruyamment. Jusqu'à maintenant, elle était restée plutôt silencieuse. Elle est vraiment épatante. Si courageuse. J'ai entendu la dame dans la salle d'accouchement d'à côté hurler si fort qu'on a dû l'entendre dans presque tout l'hôpital pendant la dernière heure ; alors, je sais qu'Indiana se retient.

Elle serre ma main plus fort tandis que la sage-femme prend place près du médecin.

– Poussez, dit-il.

Ma femme fait exactement ce qu'il demande. Un autre gémissement puissant lui échappe et une boule se loge dans ma gorge.

– Tu fais du bon travail, chérie, dis-je pour l'encourager en essuyant la transpiration sur son front avec le linge que m'a donné l'infirmière.

Elle n'a pas eu de calmant ni rien. Elle les a refusés. Je dois admettre que j'ai pris quelques bouffées de gaz hilarant quand elle ne regardait pas. Ça fait du bien, ce truc.

Quand sa contraction suivante arrive, le docteur lui demande de nouveau de pousser. Cette fois, elle crie, et moi, je deviens fou.

– Vous vous débrouillez très bien, Indiana, dit-il. Je peux voir la tête.

Son regard monte vers moi.

– Venez voir.

Comme je ne veux pas quitter Indi, sans lâcher sa main, je me penche en avant et regarde entre ses jambes.

La minuscule tête du bébé est tournée sur le côté, m'offrant un aperçu du profil le plus angélique que j'aie jamais vu. Un sentiment magique me frappe en plein cœur. Des larmes me montent aux yeux. C'est mon enfant.

– Tu y es presque, chérie, dis-je en revenant à ses côtés et en me penchant pour embrasser son front. Je suis si fier de toi.

Elle se met à faire ses exercices de respiration à l'arrivée de la contraction suivante. Quand elle pousse à nouveau, elle émet un puissant gémissement. Elle souffre le martyre. C'est tellement dur de la voir comme ça. Cela me brise le cœur. Je n'y étais pas préparé. Je savais que ce ne serait pas une partie de plaisir, je ne suis pas naïf, mais voir la femme qu'on aime de tout son cœur souffrir autant, c'est carrément déchirant.

– Encore une fois, dit le docteur.

La dernière. Le bébé sort et atterrit dans les mains du médecin. Je suis soulagé. *C'est enfin terminé.* Nous avions décidé de ne pas savoir le sexe du bébé. Même si chaque fois que nous sommes allés faire une échographie, je pense que nous étions tous les deux tentés, nous avons tenu bon.

– C'est un garçon, annonce le docteur.

Je me penche et appuie mes lèvres contre la bouche d'Indiana.

– Merci, dis-je doucement.

J'ai tellement de raisons de la remercier. Elle m'a sauvé. Sauvé de moi-même. Elle a donné un sens à ma vie. Elle s'est donnée à moi et, maintenant, elle m'a donné un fils. Une chance de réparer tous les torts qui m'ont été faits il y a si longtemps.

Waouh, j'ai un fils. Je suis papa.

Les mots ne peuvent décrire le sentiment incroyable que j'éprouve à cet instant. Après que j'ai coupé le cordon, le médecin pose notre fils sur la poitrine d'Indi. Les larmes me montent aux yeux tandis que je contemple le spectacle parfait qui s'offre à moi. Ma femme. Mon fils. Toute ma vie. Indiana a des larmes qui coulent sur son visage tandis qu'elle lève légèrement la tête et dépose un baiser sur son front.

– Salut, bonhomme, murmure-t-elle. Je t'attends depuis longtemps.

Je porte la main à mon visage et essuie mes propres larmes. Je pensais que le jour où Indi est devenue ma femme était le plus beau de ma vie, mais cet instant le surpasse. J'ai une famille. Mon fils a un père qui va l'aimer et être là pour lui chaque seconde. Il ne connaîtra jamais ce que j'ai connu enfant. Il ne saura jamais ce que ça fait de ne pas être désiré.

Indi va être une mère fantastique. Je n'ai qu'à voir l'amour et l'affection qu'elle me montre pour le savoir. Ses yeux remplis de larmes croisent les miens tandis qu'elle tend la main vers moi. J'entremêle nos doigts, et elle me tire vers le lit.

– Je t'aime, dit-elle alors que je me penche pour l'embrasser.

– Je t'aime aussi, dis-je contre sa bouche.

Je m'écarte et débarrasse son visage de ses cheveux avant de poser ma main sur sa joue.

– Je suis si fier de toi. Merci de m'avoir donné un fils. De m'avoir donné une famille. De m'aimer d'un amour inconditionnel.

Parce que c'est ce qu'elle a toujours fait.

Une fois qu'Indi a été nettoyée et que nous avons passé un petit moment seuls avec notre fils, je sors dans la salle d'attente pour annoncer la nouvelle aux autres. Ma mère et Meg se mettent à pleurer. Même Ross verse une petite larme quand il me serre la main et me prend dans ses bras.

– Félicitations, fiston, murmure-t-il.

Ils me suivent dans la chambre. Après que nos parents ont pris leur petit-fils dans leurs bras, ma mère fait asseoir ma grand-mère dans un fauteuil et lui confie le bébé. Je les observe de l'autre côté du lit. C'est un moment à la fois doux et amer. Cela me rappelle tout ce que je n'ai pas eu quand j'étais gamin. Quand je vois une larme couler sur sa joue tandis qu'elle regarde mon fils, une boule se forme dans ma gorge.

Je me demande alors si elle aurait eu la même réaction si on ne l'avait pas empêchée de me voir à ma naissance. Soudain, elle lève la tête et me regarde dans les yeux. Elle m'adresse un sourire incroyable alors que d'autres larmes coulent. J'ai le sentiment qu'elle pensait à la même chose que moi.

L'avenir de mon petit mec est déjà prometteur. Il a tellement plus que moi à ma naissance : deux parents, des grands-parents et une arrière-grand-mère qui l'aiment, mais aussi qui, je le sais, feront de lui le centre de leur monde. Je veux que mon enfant ait tout ça, parce que c'est tout ce dont j'ai toujours rêvé pour moi quand j'étais petit.

ÉPILOGUE

Huit semaines plus tard…

INDIANA

Je n'arrive pas à croire comme je suis excitée sur le trajet de la maison pour aller voir nos parents. Bon, techniquement, ce n'est plus ma maison, mais mon père et la mère de Carter vivent toujours à Sydney ; alors, cette ville aura toujours une place spéciale dans mon cœur. Ma maison maintenant, c'est où résident mon mari et mon fils, Jaxson. Nous avons donné à notre fils le nom de son oncle Jax.

Sydney, c'est l'endroit où je suis née, où ma mère a poussé son dernier souffle, où a vécu, joué et est malheureusement mort Lassie, où j'ai rencontré Meg, puis Carter. Même si, en grandissant dans ma ville natale, j'ai connu des moments incroyables, bons et mauvais, je ne peux rien regretter. En fin de compte, elle m'a menée où je suis aujourd'hui. Elle a formé la personne que je suis devenue. Elle m'a donné la vie épanouie que je mène aujourd'hui. Mes hommes sont tout pour moi.

Mon examen semestriel est maintenant devenu annuel. Le médecin est assez confiant et pense qu'il y a peu de chances que le cancer revienne. J'imagine qu'on ne peut pas en être sûr, mais c'est encourageant. Tout ce que je peux faire, c'est continuer à aller à chaque auscultation et prier pour que les résultats soient toujours bons. Il m'arrive d'avoir mal à la tête de temps en temps, comme tout le monde, je suppose. Je dois admettre que la première fois, je me suis inquiétée. Je ne crois pas que ce sentiment passera un jour. Le cancer restera toujours dans un coin de ma tête. Dès que la migraine disparaît, je sais que ce n'était que ça : une simple migraine.

Quand nous nous garons dans l'allée devant chez mon père, je bous d'excitation. Cela ne fait que trois semaines que nous ne nous sommes pas vus, mais il me manque. Lui et Elizabeth sont venus à Newcastle chaque semaine depuis la naissance de leur petit-fils. Chaque visite est spéciale. C'est notre premier grand voyage loin de Newcastle en tant que famille. Même si mon père travaillait beaucoup quand je vivais ici, ce qui voulait dire que nous ne nous voyions pas autant que je l'aurais voulu, il a toujours été là si j'avais besoin de lui. Maintenant qu'il vit à plusieurs heures de moi, c'est parfois dur. Je déteste le savoir seul. Avant que j'emménage avec Carter, nous étions toujours tous les deux.

Bon, il a Elizabeth juste à côté, ce qui devrait me réconforter, je suppose. Ils se sont rapprochés depuis la mort de son mari. Ils sont devenus très amis. Rien de romantique, juste des compagnons, si je puis dire. Il leur arrive parfois de dîner ensemble ou d'aller au cinéma. Quand ils viennent chez nous, ils font généralement le trajet ensemble. *Ce genre de choses.* Cela rend pour moi un peu plus facile le fait que je sois loin.

– Tu es impatiente ? demande Carter en portant ma main à sa bouche pour y déposer un petit baiser.

– Oui. Nos parents vont être si heureux de voir Jaxson, et surpris de voir comme il a grandi ces trois dernières semaines.

– C'est vrai, dit-il avec le sourire avant de tourner la tête pour regarder notre fils sur la banquette arrière.

J'adore le regard de Carter quand il contemple Jaxson. Désormais, il est rare qu'il fronce les sourcils. Il a fait tellement de progrès. C'est un père fantastique.

– On peut passer rapidement voir si mon père est réveillé avant d'aller chez ta mère ?

Nos parents ne nous attendent pas avant la semaine prochaine, mais nous avons eu envie de leur faire la surprise.

– Bien sûr, répond-il en me serrant légèrement la main avant de sortir de voiture.

Je regarde mon beau mari contourner la voiture pour ouvrir ma portière. J'ai remplacé ma petite voiture par un SUV. Nous avions besoin de quelque chose de plus grand, maintenant que nous sommes une famille. Carter a toujours sa Monaro. Il ne s'en débarrassera jamais, mais quand nous sortons tous les trois, c'est cette voiture que nous prenons. Je souris à mon charmant époux quand il me tend la main pour m'aider à sortir de voiture. C'est vraiment un gentleman et il me traite comme n'importe quelle fille rêverait d'être traitée : comme une princesse, comme le centre de son univers, de son existence. C'est exactement ce que je ressens pour lui aussi. Je ne peux pas mettre de mots sur notre bonheur. Nous allons parfaitement ensemble. Un mariage au paradis.

Aucun doute là-dessus.

Bien sûr, quand nous étions jeunes, il m'a fait subir des choses horribles, mais je suis heureuse d'avoir eu le bon sens de passer outre, heureuse d'avoir eu l'occasion de voir le vrai Carter Reynolds. Celui qu'il réussissait si bien à cacher au reste du monde. À la seconde où je l'ai rencontré, j'ai soupçonné qu'il ne s'agissait que d'une façade. Comme une armure protectrice pour l'empêcher d'être blessé. J'avais raison.

J'aperçois encore de temps à autre son côté angoissé, mais cela ne me dérange plus autant qu'avant. Par chance, avec un peu d'aide de ma part, il a fini par accepter qui il est. Il voit maintenant avec du recul que ce n'est qu'un mot idiot, dénué de sens. Un mot qui n'a le pouvoir de vous définir que si vous le laissez faire. Techniquement, c'est peut-être un bâtard, mais pour moi, c'est un bâtard beau, gentil, doux, incroyablement loyal et adorable. La liste de ses qualités est interminable. Malgré la vie qu'il a eue, je suis fière de l'homme qu'il est devenu. Je ne serais pas avec lui autrement. Je sais que je le rends heureux, comme il me rend heureuse.

Après que Carter a fait sortir LJ de la voiture, il l'amène à côté de la maison et le lâche dans le jardin de derrière. C'est un super chien, très protecteur avec le bébé. Quand Carter revient vers moi, il passe son bras autour de ma taille. Il me tire contre lui et dépose un doux baiser sur mes lèvres. Je pense que je ne perdrai jamais le sentiment que j'ai quand je suis dans ses bras. Il a toujours le pouvoir de faire palpiter mon cœur.

– Tu vas bien ? demande-t-il en me souriant.

– Je ne pourrais pas aller mieux.

Il renforce son étreinte et m'embrasse sur le front.

– Ouais, moi aussi, bébé.

Il me lâche pour ouvrir la portière arrière et attrape notre petit bonhomme dans son siège pour bébé. Carter pose aussitôt ses lèvres sur les joues moelleuses de Jaxson. Cela me réchauffe le cœur de les voir ensemble.

– Tu es prêt à revoir tes grands-parents, champion ? murmure-t-il à son fils.

C'est comme ça qu'il l'appelle : « champion ». Il est fantastique. Il s'efforce d'être tout ce qu'il a rêvé d'avoir quand il était petit. Nous avons déjà évoqué l'idée d'essayer d'en avoir un deuxième.

Les yeux rivés sur mes hommes avec le sourire, je sors mes clés de mon sac tandis que nous montons les marches de l'entrée. Je ne frappe pas à la porte au cas où mon père dormirait encore. La maison est très calme quand nous passons le seuil. Je présume qu'il est encore couché. Je guide silencieusement Carter vers la cuisine. Je peux très bien nourrir Jaxson pendant que nous attendons qu'il se réveille.

Quand je passe l'angle, je suis arrêtée net dans mon élan. Carter me rentre dedans et me fait presque tomber. Je l'entends rire doucement derrière moi quand il voit ce que je vois. Je suis sûre que j'ai la bouche grande ouverte. Je lui donne un petit coup de coude dans le ventre pour qu'il se taise.

Je n'arrive pas à croire ce que je vois.

Juste devant nous, il y a nos parents. Disons simplement qu'ils sont dans une position très compromettante. Mon père est sur Elizabeth, étalée sur toute la surface de la table de la cuisine. *Bordel.* Je ressens le besoin soudain de me cacher les yeux. On dirait que leur amitié s'est transformée en autre chose. *Une amitié avec certains avantages.* Vu la manière dont ils se regardent dans les yeux, je dirais qu'il y a un peu plus que ça. Ils ont l'air plutôt amoureux, selon moi.

Mince, Carter. Je m'attends à ce qu'il me pousse et se jette sur mon père pour ce qu'il ose faire à sa mère. Quand je jette un coup d'œil hésitant par-dessus mon épaule, je suis surprise de voir son sourire. Et pas un petit. Un sourire radieux. On dirait que ça lui fait plaisir.

Même si je suis complètement horrifiée par ce spectacle, cela me donne aussi le sourire. Honnêtement, j'aime l'idée qu'ils soient ensemble. Au fond de mon cœur, je l'ai souvent espéré. Ils sont parfaits l'un pour l'autre. Je lève la main et couvre instinctivement le visage de mon fils. Ce n'est qu'un bébé, mais je ne veux quand même pas qu'il voie ce que fabriquent ses grands-parents.

Ils sont tellement absorbés par ce qu'ils font qu'ils ne remarquent même pas notre présence. Je fais un signe de tête à Carter pour lui proposer que nous repartions. Je ne veux pas les déranger. Mais connaissant Carter, il n'est pas de cet avis. Il s'éclaircit la voix bruyamment. Nos deux parents tournent brusquement la tête dans notre direction. Le visage d'Elizabeth devient tout rouge. Mon père, lui, a l'air absolument horrifié. C'est impayable.

– Pris sur le fait, dit Carter.

Et nous nous mettons à rire.

Oh... mon... Dieu. *Sur le fait, c'est peu de le dire.*

***

Onze mois plus tard...

CARTER

Je descends de voiture et entre.

– Tu es jolie, dis-je en me penchant pour poser mes lèvres sur sa joue quand elle m'accueille à la porte.

– Et tu es très beau, réplique-t-elle en caressant mon visage avec sa main frêle. Mon petit-fils est beau, n'est-ce pas ? dit ma grand-mère en tournant la tête vers l'assistante qui fait son lit.

– C'est vrai, affirme-t-elle en me souriant.

Elle m'adresse un regard qui dit qu'elle aimerait arracher mon costume avec ses dents. Je lui adresse un regard qui, je l'espère, lui dit « Désolé, chérie, je suis pris ». La seule femme dont j'aurai jamais besoin m'attend à la maison. Mon âme sœur, mon épouse, la maman de mon bébé.

– Prête, grand-mère ? dis-je en lui souriant.

Je ne peux pas décrire le sentiment que me procure le fait de l'avoir dans ma vie. Je regrette uniquement que ça n'ait pas été le cas pendant toute ma vie, mais seulement ces dernières années. C'est une femme absolument fantastique. Mon grand-père nous a privés d'énormément de bonnes choses avec son esprit étroit, entêté et obstiné. Je le déteste pour ça. Mais aujourd'hui, c'est un nouveau départ, l'heure de regarder en avant, pas en arrière. Aujourd'hui, ma vie va être encore meilleure parce que ma mère épouse Ross. Dans un peu plus d'une heure, il deviendra officiellement mon père. Le père que j'ai l'impression d'avoir attendu toute ma vie. Je ne pourrais pas être plus heureux pour moi et pour ma mère. Elle aura enfin l'homme qu'elle mérite et j'aurai la figure paternelle que j'ai toujours voulue.

Ils ont tous les deux émis beaucoup de réserves concernant cette union. Comme Indi et moi sommes ensemble, ils pensaient que ce mariage serait immoral. Ce ne sont que des bêtises. Indi et moi en avons discuté une minute. Nous le voulions pour eux. Ils sont vraiment faits l'un pour l'autre. J'ai grandi sans père, et Indi n'a eu sa mère que quelques années… Ce n'était que du bon pour nous. Ils doivent vivre des jours heureux, dans l'amour et ensemble. Indi et moi allons avoir deux parents. Comment cela pourrait-il être immoral ?

– Je vais juste prendre mon sac à main, dit ma grand-mère.

Quand elle revient, elle me prend le bras tandis que nous avançons vers la porte. Ma grand-mère vit désormais dans une résidence pour retraités. En fait, cela ressemble plus à un immeuble d'appartements de luxe pour les plus de soixante ans. Elle a un logement tout équipé avec deux chambres. Il y a une zone de repas commune et toute une équipe d'assistants qui vivent sur place pour veiller sur les résidents. Elle en avait assez de vivre toute seule dans cette immense maison.

Elle a toujours son indépendance ici, mais aussi la compagnie de plein de gens de son âge. Pour être honnête, j'ai toujours été mal à l'aise quand je venais la voir dans *l'autre* maison. Ici, je n'ai aucune appréhension.

Tandis que nous parcourons le couloir, un vieil homme qui marche vers nous affiche un large sourire quand ses yeux se posent sur ma grand-mère.

– Eh bien, qu'est-ce que vous êtes jolie, Evelyn ! dit-il en s'arrêtant devant nous.

Il prend sa main et la porte à sa bouche. Cela fait glousser ma grand-mère comme une écolière. Quand je la regarde, je vois qu'elle rougit. Je sens mes lèvres esquisser un sourire. Ce petit vieux est très affable, un vrai don Juan, j'en suis sûr. Il semble beaucoup plaire à ma grand-mère.

– Merci, Arthur, répond-elle en papillonnant des cils.

Bon sang. Les femmes font-elles encore ça à son âge ? Figé dans un silence embarrassant, j'observe ces deux-là se lancer des œillades. Je déteste devoir interrompre ça, mais il faut que nous partions.

– Il faut vraiment qu'on y aille, grand-mère, dis-je en m'éclair-cissant la voix.

– Vous serez de retour pour le dîner ? demande Arthur, ses yeux pleins d'espoir plongés dans ceux de ma grand-mère.

– Non. J'ai bien peur que non. Je vais au mariage de ma fille. Je ne reviendrai pas avant tard dans la nuit.

Je dois me retenir de rire quand il fait la tête. Il a manifestement le béguin pour elle. Je ne sais trop quoi en penser.

– Mais je serai là pour le petit-déjeuner demain matin.

O.K., donc maintenant, il sourit à nouveau. C'est mignon, mais un peu flippant quand même. Ne sont-ils pas trop vieux pour ce genre de choses ?

– Je vous garderai une place, dit-il pendant que nous nous éloignons.

Je me retiens de lever les yeux au plafond en pensant à tout ça, mais c'est sympa qu'elle ait de la compagnie quand nous ne sommes pas là. Elle semble extrêmement heureuse de vivre ici. Quand je la regarde, je la vois sourire joyeusement. La voir comme ça me rend vraiment heureux. Je sais d'expérience le sentiment merveilleux que procure l'amour.

– Est-ce qu'il faut que je ramène mon fusil, grand-mère ? dis-je tandis que nous nous dirigeons vers la porte devant laquelle la voiture attend.

Je n'en ai pas, mais je sais qu'elle comprend ce que je veux dire par là quand elle me tape le bras en riant.

– Ne sois pas idiot. Arthur est un homme charmant. Un véritable gentleman. Il fait toujours attention à moi.

C'est peut-être le cas, mais je vais quand même le surveiller de loin à partir d'aujourd'hui. Je jette un coup d'œil par-dessus mon épaule et le vois s'éloigner en sifflant. Je secoue la tête en souriant.

Arthur, tu es officiellement sur mon radar, mon pote.

***

Quand nous revenons à la maison, j'aide grand-mère à sortir de la voiture et l'accompagne jusqu'à l'arrière de la propriété.

Indi est la demoiselle d'honneur de ma mère aujourd'hui, et Ross m'a demandé d'être son témoin. Ils ont fait appel à un traiteur, et les employés sont déjà dans la maison en train de préparer les plats pour la réception qui suivra la cérémonie.

Nous avons monté un belvédère blanc près du lac. C'est là qu'ils échangeront leurs vœux. Pour aider à décorer, Megan est arrivée pendant que maman et Indiana étaient chez le coiffeur. Elle a accroché du tulle blanc et une longue guirlande de roses de soie blanches aux barrières pour lui donner un air plus festif.

Chaque fois que je descends sur le quai près du lac, cela ranime de nombreux souvenirs. C'est ici qu'Indiana m'a donné son plus beau cadeau : sa virginité. En retour, je lui ai offert mon cœur. C'est cette nuit-là que les choses ont changé pour moi, à jamais. Avec du recul, le fait de partir a été la meilleure chose qui aurait pu nous arriver.

Si j'étais resté, je ne suis pas sûr que notre relation aurait duré. J'avais la tête en vrac et j'étais rongé par la colère. Déménager m'a donné l'occasion de grandir. De me rendre compte à quel point j'avais besoin d'elle. Quand je suis revenu, j'étais prêt. J'étais un homme meilleur…, plus digne. Ma mère a vendu la maison de Peigne-Cul il y a six mois et a emménagé avec Ross. Je n'ai pas du tout été triste. Au moins, quand Indi et moi venons chez eux quelques jours, je n'ai plus à me sentir mal à l'aise. Ross a même débarrassé la chambre qu'il partageait avec la mère d'Indiana. Elle a été transformée en chambre pour ses petits-enfants. Enfin, pour le moment, c'est celle de Jaxson, mais il devra la partager avec son petit frère, Levi, quand il sera né.

Si cela ne tenait qu'à moi, ils devraient agrandir la maison, vu tous les petits-enfants que je prévois de leur donner. Jaxson n'avait que quelques mois quand j'ai remis Indiana enceinte. Je ne peux pas expliquer ce que ça me fait de la voir porter mon enfant, mais je kiffe grave.

– Pa-pa, dit Jaxson dans les bras de Ross quand il me voit.

Son grand-père le pose par terre, et je lui tends les bras et il marche de manière instable vers moi. Il essaie toujours de trouver son équilibre. Il a fait ses premiers pas il y a seulement quelques semaines.

Ross attrape la main de ma grand-mère et la guide vers les chaises installées près du belvédère.

– Merci, papa, dis-je en lui souriant.

Il m'a demandé si je voulais l'appeler « papa » le jour où Indiana et moi nous sommes mariés. Je n'ai pas hésité un instant. C'est l'un de ces moments poignants que l'on n'oublie jamais, comme le jour où Indiana est devenue ma femme, le jour où mon fils est né et celui où ma grand-mère m'a accueilli les bras ouverts.

– Coucou, champion, dis-je en prenant mon petit garçon dans mes bras et en plaquant mes lèvres contre sa joue moelleuse.

Qu'est-ce que j'aime ce petit bonhomme ! Mon vrai père ne sait pas ce qu'il a manqué quand il a quitté ma mère alors qu'elle était enceinte. Rien n'est plus fort que le sentiment d'être parent. *Rien.*

Jaxson est si mignon dans le petit costume que ma mère lui a confectionné pour l'occasion. Je souris en regardant ses grands yeux verts. Ce sont exactement les mêmes qu'Indi.

– Non ! crie-t-il en tirant sur sa cravate.

Je te comprends, bonhomme. Moi aussi, je déteste ces trucs.

– Tu dois la garder jusqu'à ce que mamie et papy se marient, dis-je calmement en écartant sa petite main potelée de la cravate.

– Non, répète-t-il en faisant la moue et en m'adressant un regard noir.

Cela me fait rire. Il a hérité des yeux de sa mère, mais aussi de son caractère et de son entêtement. C'est bientôt l'heure de sa sieste ; alors, il n'est pas de très bonne humeur. Je sors sa sucette de ma poche et, après avoir retiré le cache, la lui mets dans la bouche. J'en ai toujours une avec moi. C'est vraiment un accessoire magique. Je m'approche de la chaise et récupère son nounours avant de le lui donner. Il le serre contre sa poitrine. Avec un peu de chance, cela le distraira jusqu'à la fin de la cérémonie.

– Ils sont prêts, annonce Meg en s'approchant vers nous avant de me prendre Jaxson des bras.

Elle souffle dans son cou pour le distraire quand il essaie de protester. Je la regarde se diriger vers Drew, qui porte leur fille, Isabella. Elle est née quatre semaines après Jaxson. Indiana a versé des larmes de joie quand Megan a donné le nom de sa mère à leur fille. C'était très touchant.

– Tu es prêt, papa ? dis-je en l'attrapant par l'épaule.

– Je n'ai jamais été aussi prêt, répond-il avec le sourire tandis que nous avançons vers la personne qui célébrera le mariage.

Il n'y a qu'une trentaine d'invités aujourd'hui, principalement des collègues de travail de Ross et quelques voisins. Ils ont voulu que ce soit une petite cérémonie intime.

Quand la musique retentit, mes yeux se dirigent vers Indiana qui se dandine vers nous. Elle me coupe toujours le souffle après tout ce temps. Ses cheveux sont tirés en un chignon sur le haut de sa tête, et quelques mèches bouclées tombent sur son joli visage. Elle porte une robe bustier rose pâle qui met en valeur son corps splendide. Elle descend lâchement jusqu'aux genoux pour convenir à son gros ventre. Levi doit arriver la semaine prochaine.

Nous attendons tous sa naissance avec impatience. Son sourire s'élargit quand elle croise mon regard.

– Je t'aime, fais-je mine de lui dire quand elle se rapproche.

Ce n'est que lorsqu'elle se tient en face de nous que mon regard dévie vers ma mère. Elle porte une robe ivoire couverte de dentelle. Elle est très belle et si heureuse. Cela me réchauffe le cœur de la voir comme ça. Je me tourne pour regarder Ross, dont les yeux mouillés sont rivés sur ma mère au moment où elle avance vers lui.

L'amour qu'il éprouve pour elle émane de lui. J'ai une boule dans la gorge. J'aime tellement cet homme. Je pense que j'attendais ce mariage avec autant d'impatience que le mien. Finalement, ma mère aura eu le mariage qu'elle méritait, mais aussi l'homme qu'elle méritait.

***

Une fois les vœux échangés, une sensation de paix m'envahit. Je sais que je suis exactement où je devrais être, où j'étais destiné à être. Tout ce que j'ai enduré dans ma vie était censé arriver. Cela a fait de moi l'homme que je suis aujourd'hui. Cela me permet d'apprécier tout ce que j'ai maintenant à sa juste valeur.

Pendant la majeure partie de ma vie, je n'ai connu l'amour que d'une personne : ma mère. Maintenant, j'en suis entouré. J'ai l'impression d'être l'homme le plus riche du monde. *Je suis enfin entier.* Il m'aura fallu vingt-six ans, mais j'y suis enfin arrivé. À partir d'aujourd'hui, je ne me considère plus comme un bâtard. J'ai une mère et un père qui m'aiment autant que je les aime. J'ai la femme de mes rêves à mes côtés, mon fils Jaxson que j'adore, et notre deuxième enfant ne va pas tarder à arriver. La vie ne pourrait pas être plus douce. Mon cœur est comblé, il n'y a plus de place pour l'obscurité qui me rongeait autrefois. Grâce à mon rayon de soleil, Indiana, je suis rempli de lumière…

Jusqu'aux profondeurs de mon âme.

***

Après le repas, nos parents sont allés sur la piste de danse pour donner la valse d'ouverture. Ils dansent sur *Only You*, des Platters. Indi et moi nous tenons près de la piste à les regarder. Ils ont l'air si heureux. Je passe mon bras autour de la taille de ma femme et pose mon menton sur son épaule en caressant délicatement son ventre.

– Tu es heureuse ? lui dis-je en tournant légèrement la tête pour déposer un doux baiser sur sa joue.

– Extrêmement, répond-elle avec un soupir avant de poser ses doigts sur les miens.

– Pareil.

J'affiche un immense sourire parce que – oh oui ! – je suis heureux. Indiana se penche soudain sur la droite et baisse les yeux vers le sol.

– Mince, l'entends-je marmonner.

– Qu'est-ce qui ne va pas, chérie ? lui dis-je en suivant son regard.

Elle n'a même pas besoin de répondre à ma question parce que je le vois moi-même. Je suis pris de panique. *C'est reparti pour un tour.*

– Je viens de perdre les eaux.

Eh merde…

Remerciements

Je vais commencer mes remerciements en vous racontant une histoire. C'était un moment poignant dans ma vie d'écrivain et je crois donc qu'il faut que ça se sache. Même si c'était une expérience négative, elle s'est vite transformée en quelque chose de positif. J'aurais aisément pu la laisser m'abattre, mais non. Je sais au fond de mon cœur que ce moment fait partie de la raison pour laquelle j'en suis là où j'en suis aujourd'hui.

Il y a un peu plus de deux ans, je me suis assise pour écrire mon premier roman, *My Destiny*. J'ai toujours voulu écrire, mais pour être honnête, je n'étais pas sûre d'en être capable. Cependant, je suis de ce genre de personnes qui aiment se lancer des défis. J'aime me prouver que je peux faire quelque chose, même si j'en doute. Je n'ai pas peur d'essayer, même si ça finit dans la pile des projets insurmontables.

Quand j'ai écrit *My Destiny*, je n'avais pas l'intention de le publier. Comme je l'ai dit, c'était simplement quelque chose que je voulais faire, pour me prouver que j'en étais capable. Seuls mes proches savaient que j'écrivais. Toutes ces personnes étaient très encourageantes, sauf une. Elle m'a dit : « Tu perds ton temps. Tu n'y arriveras pas. Cela ne mènera jamais à rien. » Je ne vais pas mentir, entendre ces mots de la bouche de quelqu'un qui compte pour moi m'a fait mal. Cela m'a vraiment blessée. Mais, au lieu de les laisser me décourager, j'ai utilisé ses paroles pour me motiver. Si vous me dites que je ne peux pas faire quelque chose, vous pouvez être sûr que je vais le faire, juste pour vous prouver que vous vous trompez. Ou en tout cas, essayer jusqu'à en crever. LOL.

C'est exactement ce que j'ai fait. Non seulement j'ai terminé le livre, mais j'ai aussi écrit la deuxième partie, *My Forever*, qui fut suivie de *Damaged* et *Against All Odds*. *Bastard* est ma cinquième œuvre publiée. Et je travaille déjà sur la sixième.

Je ne suis pas une personne rancunière ou vindicative, mais je peux vous dire que j'ai pris beaucoup de plaisir à servir à cette personne qui devra rester anonyme une grosse part de tarte à l'humilité, accompagnée d'une bonne dose de « Va te faire

voir ». Sa réponse ? « Personne ne l'achètera. » Sérieusement ! *Encore une fois, cette personne avait tort.*
La morale de cette histoire, c'est qu'il ne faut pas avoir peur de ses rêves, même s'ils sont grands. Ne laissez pas le pessimisme vous pousser à abandonner. Comme moi, utilisez-le pour vous inspirer, pour vous motiver. Même si les gens ne croient pas en vous, croyez en vous. *Je crois en vous, vous pouvez le faire.*
Mes paroles d'adieu à cette personne sont : « Je peux le faire, je vais le faire et je l'ai fait. » Je suis la preuve vivante qu'avec un peu de travail et beaucoup de détermination, les rêves se réalisent, parce que c'est ce qui est arrivé au mien.

***

À ma famille et mes amis : merci de toujours m'encourager et croire en moi. Vous n'avez pas idée de l'importance de votre soutien à mes yeux. Je vous aime de tout mon cœur. Ma vie est bien plus riche parce que vous en faites partie.
À mes lecteurs : merci de m'avoir donné une chance et de lire mes histoires. Vous m'inspirez tous pour continuer. Pour continuer à faire ce que j'aime : écrire. Écrire sur des situations de la vie. Des choses auxquelles on peut tous se rapporter. Sur des gens qui ont eu la vie dure. Je continuerai peut-être à les torturer davantage, mais au final, je transforme toujours leur vie pour leur donner la fin heureuse qu'ils méritent. LOL. Comme dit le proverbe, ce qui ne tue pas rend plus fort.
À ma Street Team : je vous aime. Merci pour tout ce que vous faites pour moi, les filles. Pour me faire rire quand ça ne va pas, me remonter le moral quand je suis découragée et me soutenir quoi qu'il arrive. Je serais perdue sans vous toutes.
J'aimerais attribuer une mention spéciale à Jacquie, Sophia, Cheryl, Candy, Charmaine, Vicki, Elaine, Justine, Nicola, Rachel, Sarah-Jane, Jeanette, Nadine, Beth, Kristy, Jamie, Sam, Lisa, Sandra, Yulanda, Amanda, Christie, Erika, Jennifer, Jules, Rebecca, Stephanie et Kris. Vous dépassez toutes mes attentes. Du fond de mon cœur, merci pour tout le temps que vous me consacrez. Je ne pourrais pas faire ça sans vous.
À Karen Mandeville-Steer : merci de remplir tous les trous que je laisse. Tu as un talent merveilleux pour voir les petites choses qui manquent. J'adore travailler avec toi.
À Candy Ross : merci pour tout le temps et tous les efforts que tu as consacrés pour dépasser l'ébauche brute de ce livre et pour m'aider du mieux que tu le peux.

À mon éditrice, Nicola : comme toujours, merci d'être aussi merveilleuse. Je serais perdue sans toi. Tu n'es pas seulement mon éditrice, tu es mon amie.

À Stephanie Smith et Kristine Barakat : merci d'avoir pris le temps de lire la dernière ébauche de cette histoire, et de m'avoir donné vos idées et votre opinion honnête. J'apprécie vraiment que vous ayez fait ça pour moi.

À Kylie McDermott, de Give Me Books : merci pour le temps et les efforts que vous avez fournis, toi et ton équipe, pour organiser la promo. Vous avez fait un superbe travail. J'adore travailler avec vous.

Aux merveilleux blogueurs : merci pour tout ce que vous faites pour moi d'une façon désintéressée. Je serais perdue sans votre soutien. À tous ceux qui se sont engagés dans la promo, merci d'avoir pris le temps de lire et promouvoir mon travail. J'apprécie beaucoup.

À Soxie : merci pour le travail merveilleux que tu as fait pour la couverture super sexy de *Bastard* et pour toutes les autres choses que tu fais pour moi régulièrement. Je sais que nous avons connu pas mal de déboires avec cette couverture et je te suis reconnaissante de ne pas m'avoir lâchée. Tu es une personne fantastique et tu as un talent incroyable.

À Max Henry : merci pour le travail merveilleux que tu fais, comme toujours, pour le formatage de mes livres. J'adore ton travail. Tu assures !

À Kelly Donaldson : merci de m'avoir fourni les informations dont j'avais besoin sur ta belle ville natale de Newcastle. J'espère lui avoir fait justice.

À Melissa McDonald : merci pour le superbe dessin que tu as fait de mon mec, Carter Reynolds. Tu lui as donné vie. Il n'y a pas de mots pour décrire ton talent. Tu as un don spécial, mon amie.

Les règles sont faites pour être transgressées...
PULSATION
Eden
VI KEELAND

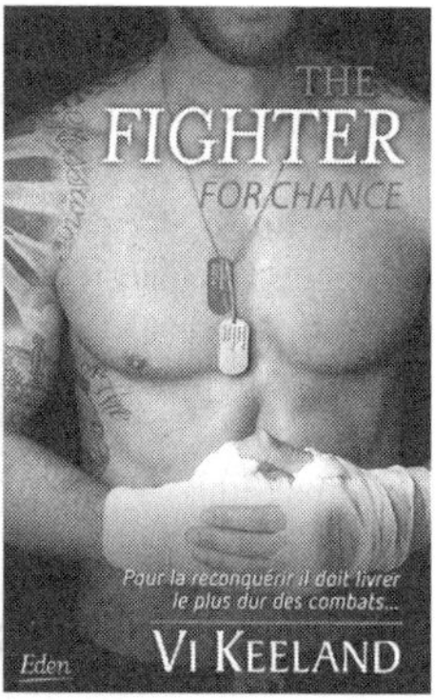
THE
FIGHTER
FOR CHANCE
Pour la reconquérir il doit livrer le plus dur des combats...
Eden
VI KEELAND

VI KEELAND
The Player
Eden
Poche
Un footballeur arrogant et sexy.
Une journaliste débutante.
Une rencontre torride...

THE
FIGHTER
FOR EVER
Pour la posséder, il est prêt à tous les combats...
Eden
VI KEELAND

THE
FIGHTER
FOR LOVE
Pour elle, il est prêt à livrer tous les combats...
Eden
Poche
VI KEELAND

Elle a le choix entre deux hommes.
Et elle les aime tous les deux...
BEAT
Eden
VI KEELAND

Vi Keeland

Pulsation

Pas de sexe avec un homme en dehors du jeu : lorsque Kate signe son contrat pour participer à une émission de télé-réalité, les règles sont très claires.

Il a juré de la conquérir. Elle a interdiction de céder...

The fighter : for chance

Au lycée, Liv et Vince ont vécu ensemble une passion intense. Mais au bout d'un an, le bad boy a brutalement quitté Liv et dévasté son cœur.

Pour la reconquérir, il doit livrer le combat le plus difficile de sa vie.

The Player

La première fois que Delilah rencontre Brody, c'est dans un vestiaire. La jeune journaliste sportive a décroché une interview exclusive.

Un footballeur arrogant et sexy. Une journaliste débutante. Une rencontre torride.

The fighter : for ever

Charmant, poli et toujours élégant. Jackson Knight détonne dans les salles d'entraînement où il pratique le street-fighting. Et son style et son talent n'ont pas échappé à Lily, la propriétaire du gymnase où le bad boy s'entraîne.

Pour la posséder, il est prêt à tous les combats.

The fighter : for love

Ella a une vie parfaite : un bon job d'avocate et un mec gentil. Un peu trop gentil, même... Leur relation amoureuse manque sérieusement de piment. Elle s'ennuie, mais ne veut surtout pas bousculer cette vie bien rangée.

Un bad boy sexy. Une jeune femme trop sage. Une série best-seller !

Beat

Il a le corps d'un homme et sourire d'un adolescent. Il chante comme un ange et fait l'amour comme un diable. Dylan est le chanteur star d'un groupe de rock, le fantasme de toutes les jeunes filles.

Aimer deux hommes, c'est possible. Jusqu'à un certain point...